MICHAEL PHILLIPS

DER STEIN DER KELTEN

ROMAN

Ins Deutsche übertragen
von Ulrike Werner-Richter

WELTBILD

Die amerikanische Originalausgabe erschien unter dem Titel
Legend of the Celtic Stone

Besuchen Sie uns im Internet:
www.weltbild.de

Genehmigte Lizenzausgabe für Verlagsgruppe
Weltbild GmbH, Steinerne Furt, 86167 Augsburg
Copyright der Originalausgabe © 1998 by Michael Phillips
Copyright der deutschsprachigen Ausgabe © 2001 by
Verlagsgruppe Lübbe GmbH & Co. KG, Bergisch Gladbach
Übersetzung: Ulrike Werner-Richter
Umschlaggestaltung: Studio Höpfner-Thoma, München
Umschlagmotiv: B. Faust/Agentur Walter Holl, Aachen
Gesamtherstellung: Oldenbourg Taschenbuch GmbH,
Hürderstraße 4, 85551 Kirchheim
Printed in Germany
ISBN 3-8289-7221-7

2006   2005   2004   2003
Die letzte Jahreszahl gibt die aktuelle Lizenzausgabe an.

*Zum Andenken an James A. Michener
den Meister des Historischen Romans*

Inhalt

Einführung

Jedes Buch zeichnet sich durch viele unterschiedliche Ebenen aus. *Der Stein der Kelten* wird sicher aus ebenso vielen verschiedenen Gründen zur Hand genommen, wie es Menschen gibt, die diese Worte lesen.

Die Leser, in deren Adern keltisches Blut fließt, werden natürlich vor allem durch die Liebe zu ihrem Land und den Stolz auf ihre Vorfahren zur Lektüre veranlasst.

Natürlich ist die Hingabe an die weite, wilde und bezaubernde Landschaft im Norden von Solway und Tweed nicht nur Schotten vorbehalten. Niemand kann Schottland besuchen, die Schotten kennen lernen oder ihre Herkunft verstehen, ohne selbst eine tiefgreifende Veränderung durchzumachen. Es ist ein mystischer Vorgang, wie ein kleiner Stich in die Seele. Ein fast unsichtbarer Stich, wie die hauchfeine Verletzung eines dieser unglaublich scharfen Highlander-Messer, die *sgian dubh* heißen. Plötzlich weiß man, dass man auf geheimnisvolle Weise ein Teil dieses Landes ist.

Andere Leser wiederum fühlen sich vielleicht gefesselt von einem Roman, der historische Begebenheiten auf unvergessliche Weise zum Leben erweckt. Denn in diesem Roman wird eine alte und spannende Geschichte erzählt, voller Intrigen und Romantik, voll Dramatik und Abenteuer, die auch Menschen anspricht, die keine persönliche Verbindung zu den handelnden Personen haben.

Der bekannte schottische Autor Nigel Tranter schreibt:
»Das schottische Volk ist immer unabhängig und indivi-

dualistisch geblieben. Das Land besitzt eine gewaltige Dramatik. Seine lange und vielfältige Geschichte wurde bestimmt von Ereignissen und Reaktionen auf eine stürmische und kontroverse Vergangenheit. In diesem Land gibt es kaum ein Yard, der nicht seine eigenen Geschichten erzählen könnte, Geschichten von Heldentum und Verrat, von Krieg und Anbetung, aber auch von Blumen und Irrsinn und verschmähter Liebe. Die Schotten tun nichts halbherzig. Tatsächlich hat das älteste Königreich der Christenheit mehr Schlösser, Abteien, Schlachtfelder, Friedhöfe, Denkmäler, Steinkreise, gravierte Steine und ähnliche Hinterlassenschaften solcher Art als irgendein anderes Land dieser Größe ...«

Das alte Land Kaledonien, auch Scotia oder Alba genannt, kann auf eine in ihrer Vielfalt einzigartige Geschichte zurückblicken. Für alle Schotten, wo immer auf der Welt sie sich befinden mögen, ist dieses Vermächtnis nicht nur bloßes Buchwissen, sondern eine elementare Facette ihres Seins. Schotte zu sein bedeutet, historisch nachvollziehbare Wurzeln in einer Ära zu besitzen, die lange vor unserer Zeitrechnung liegt. Wurzeln in einer Zeit, als die Menschheit sich gerade erst selbst kennen lernte und begann, ihre Umgebung zu erforschen. Das Erbe dieses Volkes, das über Jahrtausende hinweg den Norden Britanniens besiedelte, ist das Vermächtnis eines der bedeutendsten Menschenstämme dieser Welt.

»Gedenke der Menschen, von denen du abstammst.« Diese gälische Weisheit war für die Kelten kein leeres Gerede, sondern der wichtigste Lebensinhalt überhaupt.

Die Geschichte Schottlands fordert geradezu zum Erzählen heraus. Ich habe versucht, mich ihr nicht nur als Historiker und Schriftsteller zu nähern, sondern auch wie ein Journalist, der mit Vergnügen eine selbst erlebte Geschichte von einem Land und seinen Menschen berichtet. Zwar spitzt sich die Handlung im Verlauf der Erzählung dramatisch zu, der eigentliche Höhepunkt ist jedoch noch nicht in Sicht.

Ich liebe Geschichte. Mich fasziniert die Historie fast jedes Volkes. Menschen und Begebenheiten früherer Zeiten ziehen mich mit sehr viel mehr Macht in ihren Bann, als es moderne Ereignisse tun. Außerdem glaube ich, dass dem Ablauf der Geschichte eine *Bedeutung* innewohnt. Erzählungen, Legenden und Mythen sind aber für die Geschichte eines Landes ebenso wichtig wie Fakten, denn sie enthalten sowohl bestimmte Perspektiven als auch Innenansichten eines Volkes, die unser Wissen vertiefen und damit auch unser Leben in vieler Hinsicht bereichern.

Wenn es aber um Geschichte in ihrer ganzen Vielfalt geht, ist Schottland eine wahre Fundgrube!

Folgen Sie dem schottischen Epos durch die Jahrhunderte, und Sie werden feststellen, dass es beeindruckende Parallelen zur biblischen Geschichte gibt. Sie lernen eine kaledonische Version des alten Abraham kennen, der seine Heimat verließ, um mit seinem Sohn in einem anderen Land ein neues Volk zu gründen. Sie finden Isaak und Ismael wieder und mit ihnen Zwist und Verrat zwischen nahen Verwandten. Wie in der Bibel geben Stämme dem Land ihre Namen. Ein Josua des Nordens überquert einen Fluss, um seine Feinde zu schlagen und aus dem Land zu vertreiben. Auch eine kaledonische Variante der biblischen Prostituierten Rahab taucht auf, die sich dem Glauben zuwandte und später Stammmutter einer großen Familie wurde. Das gleiche gilt für den greisen Priester Zacharias, der lange das Geheimnis einer Prophezeiung verschwieg. Er war überzeugt, dass sie sich in einem Kind erfüllen würde, bei dessen Geburt er zugegen war. Jeder wird den Judas Kaledoniens in diesem Buch entdecken, der Schuld auf sein eigenes Haupt und auf seinen Clan lud. Und in der Geschichte von der Ankunft

Columbas findet auch das Neue Evangelium eine Entsprechung.

Vielleicht finden Sie noch andere Parallelen. Die biblische Geschichte ist schließlich im Grund genommen eine universelle Saga der Menschheit, und zwar jedes Volkes und jedes Landes. Ich hoffe aber, dass Ihnen die Parabel *Der Stein der Kelten* nicht nur wegen ihrer sicher vorhandenen spirituellen Untertöne, sondern auch dank ihrer spannenden Erzählung und ihrer historischen Fakten gefällt.

Außerdem hoffe ich, dass unser gemeinsames historisches und literarisches Abenteuer Sie bereichern wird – aus welchem Grund auch immer Sie sich entschieden haben, mit mir die kleinen Seitenpfade der Geschichte zu erkunden. Ihnen allen möchte ich zurufen: Ich wünsche Ihnen eine gute Reise auf dem Streifzug durch Kaledoniens wunderbare Geschichte.

Gestatten Sie mir noch eine Bitte. Ich wünsche mir, dass Sie sich Zeit nehmen. Es ist ein *langes* Buch. Genießen Sie es. Zur Unterstützung meiner Bitte möchte ich Ihnen ein Zitat aus James A. Micheners Autobiographie *Die Welt ist mein Zuhause* vorstellen. Seine Gedanken und Wünsche spiegeln meine eigene Einstellung wider.

»Irgendwann in den späten fünfziger Jahren kam mir eine zündende Idee, für die ich bereit war, mein gesamtes Berufsleben aufs Spiel zu setzen.

Ich entdeckte, dass es beim Fernsehen eine grausame Zeitbeschränkung gab. Das durchschnittliche Ein-Stunden-Programm war tatsächlich nur achtundvierzig Minuten lang. Eines Abends, nachdem ich tief in die Mysterien und die Magie des Bildschirms eingetaucht war, hatte ich eine so klare Vision, als ob Worte auf die Wand geschrieben worden wären: ›Wenn die Menschen der Achtundvierzig-Minuten-Programme müde sind, sehnen sie sich nach dicken Romanen, zwischen deren Buchdeckeln sich ihre Fantasie wochenlang vergnügen kann. Die ausschweifenden Erzählungen im Stil des achtzehnten Jahrhunderts werden mit Macht wieder auferstehen, weil die Leser es so fordern.«

Diese Ansicht teile ich, seit ich mit dem Schreiben begonnen habe. Sicher ist es auch einer der Gründe, warum meine Bücher im Laufe der Zeit immer dicker geworden sind. Ich empfinde es als große Ehre, mich mit meinem Standpunkt in derart illustrer Gesellschaft zu befinden.

Ich hoffe, dass das vorliegende erste Buch meiner Serie zu Schottlands Geschichte ebenso wie die folgenden, einer jener Romane sein wird, in dem Sie wochenlang »leben« möchten. Schottlands Geschichte ist wie ein Mehrgängemenü – genießen Sie es mit Muße.

Wenn der schottische Zauber zu wirken beginnt, werden Sie vielleicht feststellen, dass auch Sie den Gedanken an die Möglichkeit schottischen Blutes in Ihren Adern nicht ganz von der Hand weisen können. Vielleicht reizt Sie ja auch nur die Suche nach Ihrem Erbe und Ihren Wurzeln, denn das geht jedem so. Und gerade deswegen ist es auch *Ihre* Ahnenforschung, denn, wo immer Sie wohnen, Schottland ist in gewisser Weise auch Ihr Land.

Tatsächlich finden sich Spuren des Berichts von Kaledonien in Geschichte und Erbe eines jeden Mannes und einer jeden Frau, denn auf mysteriöse und zauberhafte Weise – und vielleicht wirklicher, als wir es selbst wahrnehmen können – sind wir alle Schotten.

Michael Phillips

CALEÐONIA
DIE LEGENDE VOM KELTENSTEIN ...

Im Jahr 843 wurde Kenneth MacAlpin in der kleinen schottischen Stadt Scone[1] zum König der Scoten und Pikten gekrönt. Zum ersten Mal im Verlauf seiner Geschichte wurde das Land Alba, das später Schottland genannt wurde, unter einer Krone vereint.

Für die Krönungszeremonie ließ MacAlpin den Heiligen Stein des Schicksals aus Dunstaffnage in Argyll holen. Dieser Stein, von dem die Sage ging, dass sich Generationen irischer Könige auf ihm hatten krönen lassen, war vor vielen hundert Jahren unter Fergus Mor mac Erc, dem Begründer der Dalriadischen Dynastie, von Tara in Irland auf die Britischen Inseln gebracht worden.

Wie später noch viele schottische Könige nach ihm, saß auch MacAlpin während der Krönung auf dem Stein. Die Reihe endete erst im Schicksalsjahr 1296.

In diesem Jahr stahl König Edward I. von England den Stein. Er brachte ihn nach Westminster Abbey, wo er unter einem eigens zu diesem Zweck erbauten Thron aufbewahrt wurde, der ausschließlich der Krönung der englischen Könige vorbehalten war. Hier blieb der Heilige Stein von Scone, Symbol für die uralten Wurzeln der schottischen Monarchie, mit zwei kurzen Ausnahmen bis zum Jahr 1996.

Am siebenhundertsten Jahrestag von König Edwards Diebstahl wurde der Stein von England an Schottland zu-

[1] Ausgesprochen wie »Skuhn«

15

rückgegeben. Seither liegt er in Edinburgh Castle und wird nur nach Westminster Abbey gebracht, wenn es die Krönung eines britischen Monarchen erfordert.

Dies ist die Geschichte und das Schicksal des historischen Keltensteins, der nicht, wie lange Zeit vermutet, aus einem Steinbruch in Irland stammt, sondern aus dem einsamen Hochland des Gebietes, dessen alte Bezeichnung Kaledonien lautet.

CALEDONIA

●●●

Cuimhnich có leis a tha thu

Gedenke der Menschen, von denen du abstammst
ALTES GÄLISCHES SPRICHWORT

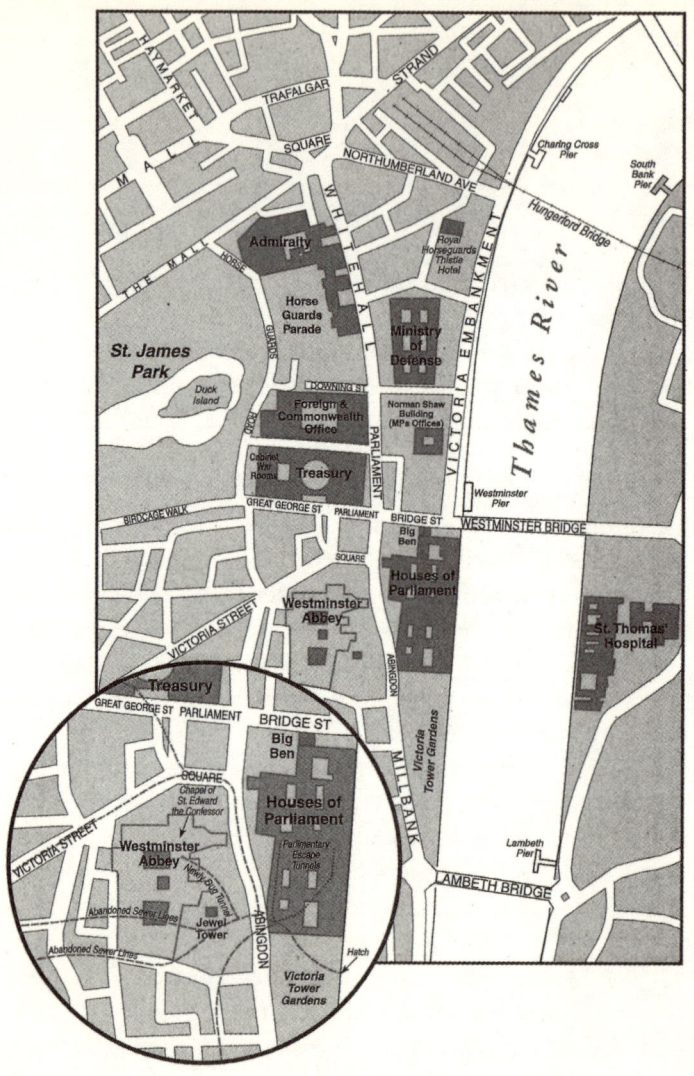

Prolog

Hier meldet sich Kirkham Luddington live vom Buckingham Palace ...«

Seit mehr als zwanzig Jahren berichtete der bekannte BBC-Journalist nun schon von den wichtigsten gesellschaftlichen und politischen Brennpunkten des Königreichs. Doch noch niemals hatte er ein Ereignis von solcher Tragweite bekannt geben dürfen.

Fernsehgesellschaften aus der ganzen Welt hatten wahre Reporterheere in Windeseile nach London abkommandiert. In weniger als zwölf Stunden würden die Mall und beide Parks schwarz vor Kameras sein. Aber jetzt gehörte die Bühne noch Luddington allein. Und er wusste, dass die Augen von Millionen, wenn nicht gar Milliarden Fernsehzuschauern wie gebannt auf ihn gerichtet waren ...

»Ganz Großbritannien«, fuhr er fort, »ja vielleicht die ganze Welt hat sich noch nicht von der unglaublichen Meldung erholt, die der königliche Palast vor einer Stunde bekannt gegeben hat. Ihre Majestät, Königin Elisabeth II, wird heute in einem Monat abdanken und den Thron ihrem Sohn, Seiner Königlichen Hoheit Charles, Prinz von Wales, überlassen. Gleichzeitig mit der Pressemeldung gab der Palast eine Erklärung folgenden Inhalts heraus: ›Es war Uns Privileg und Freude zugleich, im Dienste des englischen Volkes eine lange und zufriedenstellende Herrschaft ausüben zu dürfen. Doch Unser geliebtes Vaterland ist an einen Wendepunkt gelangt. Wir glauben, dass es im Sinne der gesamten Nation ist, wenn die nächste Gene-

ration mit frischer Kraft das Steuer in die Hand nimmt. Unser Sohn Charles, Prinz von Wales, hat in langen Jahren das Rüstzeug zu dem Beruf erworben, der ihm durch seine Geburt bestimmt wurde. Nun ist seine Zeit gekommen. Er wird sich beweisen müssen. Für ihn bitten Wir um Ihre Unterstützung und Ihre Gebete in gleichem Maß, wie Sie auch Uns damit geholfen haben. Wir danken jedem Einzelnen von Ihnen, jedem Unserer treuen Untertanen, all Unseren Freunden und Landsleuten für die Liebe und Unterstützung, die Sie Uns in fünfzig Regierungsjahren als Ihrer Königin erwiesen haben. Gott segne Sie.‹«

Luddington machte eine Pause, damit sich die unglaubliche Nachricht besser setzen konnte. Selbst hier vor dem Palast, mitten im dicksten Verkehrsgewühl, war es fast still.

Ein paar Sekunden später fuhr er fort: »Selbstverständlich werden wir Sie unterrichten, sobald wir weitere Nachrichten erhalten«, sagte er. »In der letzten Stunde wurden bereits erste Spekulationen über mögliche Gründe für den unerwarteten Rücktritt laut. Die Bandbreite reicht von gesundheitlichen Problemen bis zur Abwendung des drohenden Niedergangs des Hauses Windsor und damit der englischen Monarchie im Allgemeinen. Ein hoher Palastangestellter, der vor wenigen Minuten bereit war, mir ein Interview zu geben, erklärte, es sei durchaus möglich, dass die Königin nicht als Englands letzte Monarchin in die Geschichte eingehen wolle. ›Was sie Charles übergibt‹, meinte er wörtlich, ›ist nicht die Zukunft der Krone, sondern ihr letztes Todesröcheln.‹

Eine Verlautbarung des Prinzen von Wales wird heute im Laufe des Tages erwartet. Bisher hat er zur Ankündigung seiner Mutter noch nicht Stellung genommen.

Die genauen Daten für die Krönungsfeierlichkeiten stehen bislang noch nicht fest. Wie aus Kreisen des Palastes verlautet, gibt es Pläne, die Zeremonie noch vor den Wahlen im kommenden Jahr stattfinden zu lassen ...«

1

ᴅᴇʀ sᴛᴇɪɴ

• Eins •

Die kleine, mit Stroh gedeckte Steinhütte zwischen den Abhängen zweier zerklüfteter Berge in den westschottischen Highlands hätte kein passenderes Symbol für die vielfältige Vergangenheit des Landes sein können. Doch der Mann und die Frau vor dem Torffeuer am Kamin sprachen mit viel Hingabe eher von der Zukunft: der des Landes und ihrer eigenen. Ihre Ansichten darüber waren unterschiedlicher, als sie es sich selbst eingestanden.

»Bald ist es soweit, Liebes«, sagte der Mann. »Wird er mitziehen?«

»Er wird einverstanden sein«, gab sie zurück. »Was sollte er auch sonst tun? Schließlich steht seine Karriere auf dem Spiel. In dieser Beziehung können wir sicher sein.«

»Und du, Fiona? Du hast ihn doch sicher glauben lassen, dass du in seiner Zukunft eine wichtige Rolle spielen wirst.«

Die Lippen des Mannes verzogen sich zu einem verschmitzten Lächeln, das eine leise Eifersucht allerdings nicht verbergen konnte. In der letzten Zeit hatte er das Gefühl, dass sein Verdacht ihren Methoden gegenüber durchaus berechtigt sein könnte.

»Kümmere du dich auf deine Weise um deinen Teil,

Baen«, antwortete die Frau, »und lass mich meinen Teil auf meine Art machen. Deine Aufgabe ist die Politik. Ich bin für seine Mitarbeit zuständig. Was ist mit der Ausrüstung?«

»Wird nächste Woche geliefert.«

»Dann bleibt es also bei der ersten Februarwoche?«

»Wir sind genau im Zeitplan. Drei Tage vor den Krönungsfeierlichkeiten befinden wir uns auf dem besten Weg zum Sieg, und der Stein wird uns dabei helfen. Willst du wirklich mitmachen?«

»Natürlich! Ich will doch nicht den Höhepunkt versäumen, für den wir alle so hart gearbeitet haben!«

»Aber es könnte gefährlich werden.«

»Es wäre nicht das erste Mal, dass ich mich einer Gefahr aussetze!«

»Ich will doch nur nicht, dass dir irgend etwas geschieht«, sagte er und fasste über den Tisch nach ihrer Hand. Sie tat, als bemerke sie es nicht, und fuhr fort, die warme, bauchige Tasse mit beiden Händen zu umklammern.

»Mir wird schon nichts passieren«, sagte sie.

»Komm, wir freuen uns einfach schon einmal auf den Tag, an dem wir alles erledigt haben. Wenn wir das nächste Mal hier zusammen Tee trinken, liegt bereits Schnee in den Highlands.«

»Und wir haben unsere Belohnung«, fügte sie hinzu.

Der Mann nickte und prostete ihr mit der Teetasse zu. Er war sich ganz sicher, dass an jenem Tag zwei Belohnungen auf ihn warten würden. Zum einen der Stein, auf den sie es abgesehen hatten, und dann die wunderschöne Frau, die ihm gegenüber saß. Bis es soweit war, würde er alle weiteren Bewerber um ihre Gunst aus dem Feld geschlagen haben.

»Auf Kaledonien!«, sagte er.

»Auf das alte Scotia!«, nickte sie und hob ihre Tasse ebenfalls.

• Zwei •

Trüb und träge floss die Themse dahin.

Als die Nacht herabsank, stieg leichter Dunst von der schwarzen, schimmernden Oberfläche empor. Schleichend dehnte er sich über die Docks aus und fingerte in die kleinen Uferstraßen.

Mit der Nacht kam die für Februar übliche, feuchte Kälte, die in jede Ritze kroch. Am Morgen würde die Stadt in den dichten Nebel gehüllt sein, für den sie überall auf der Welt berühmt war.

Ein schlanker Flussdampfer mit Holzrumpf tuckerte langsam unter der Waterloo Bridge hindurch und am Charing Cross Pier entlang flussaufwärts. Fast lautlos schob er sich durch die Strömung und teilte die Nebelbänke am westlichen Ufer. Nur ein einzelner Mann war an Bord. Er stand in der kleinen Kabine und kontrollierte die Instrumente. Die Geschwindigkeit betrug höchstens zwei oder drei Knoten.

Nicht jedes geschichtliche Ereignis findet vor den Augen der Öffentlichkeit statt. Das Schicksal des oft vergessenen Volkes, dem der Mann an Bord angehörte, sollte während der kühlen, nebligen Nachtstunden eine Wende erfahren. Nur wenige Menschen würden Zeuge seiner Tat werden. Und doch würde innerhalb der nächsten vierundzwanzig Stunden die ganze Welt Bescheid wissen. Der Mann hatte diesen Augenblick zehn Jahre lang vorbereitet. Sein geliebtes Vaterland würde schon sehr bald endlich wieder den Stellenwert einnehmen, der ihm zustand.

Als das Schiff unter der Westminster Bridge hindurch fuhr und sich dem Parlament näherte, drosselte der Mann nochmals die Geschwindigkeit. Aber erst nachdem er die hellen Lichter der Terrasse des Parlamentsgebäudes passiert hatte, steuerte er den Kahn sanft auf das Ufer zu. An der

Mauer, die das Parlament von den Victoria Tower Gardens trennte, kam das Schiff zum Stillstand. Doch der Stopp war nur von kurzer Dauer. Ein dumpfer Schlag irgendwo weit unten am Rumpf war das verabredete Zeichen dafür, dass die versteckte Ladung von Bord geschafft worden war.

Die Seile, die der Kahn zuvor hinter sich hergeschleppt hatte, waren ordentlich entfernt worden. Ein wenig schneller als zuvor fuhr das Schiff unter den langen Schatten der kahlen Ahornbäume Richtung Lambeth Bridge und Battersea. Im Morgengrauen würde es den gleichen Weg in umgekehrter Richtung zurücklegen, allerdings mit einer um mehrere hundert Pfund schwereren Fracht.

Unter der Wasseroberfläche tauchten vier in Neoprenanzüge gekleidete Gestalten zielstrebig auf den Grund des schwarzen, schmutzigen Flusses. Nun begann ihr Teil der verschwörerischen und schwierigen Aufgabe. Die Morgendämmerung sähe sie entweder tot, hinter Gittern, auf wilder Flucht oder samt ihrer Beute friedlich auf offener See Richtung Norden dümpeln. Was tatsächlich ihr Schicksal war, darüber würden die nächsten Stunden entscheiden. Aber zunächst einmal mussten sie sich an die Arbeit begeben.

Der Ebbesog machte sich im Fluss bemerkbar, und sie waren nicht so tief unter Wasser, wie sie es gerne gehabt hätten. Doch sie mussten jetzt eindringen, damit die Flut ihre spätere Flucht mit mehreren zusätzlichen Fuß schwarzen Wassers decken konnte.

Der Taucher an der Spitze schaltete das Licht auf seinem Helm ein. Mehr als zwei oder drei Fuß weit konnte er auch damit nicht sehen, aber es war ausreichend. Sollte irgendwer das merkwürdige Leuchten im Fluss sehen, wäre auch das nicht weiter schlimm, denn dank der hell angestrahlten Westminster Bridge und der sich im Wasser spiegelnden beleuchteten Parlamentsgebäude würde man das Licht nicht unterscheiden können.

Sie hatten ihre Bohr-Ausrüstung in den Tiefen von Loch Ness getestet. Zwar waren sie dabei auf kein Ungeheuer gestoßen, aber sie hatten Gelegenheit gehabt, die tückischen kleinen Fehler der Testphase auszumerzen. Jetzt schwamm der Anführer zuversichtlich vor den anderen her auf das Ufer zu. Seine Aufgabe war es, die lange nicht mehr benutzte Luke zu einem bestimmten Abwasserkanal zu suchen und zu öffnen. Die anderen paddelten hinter ihm her und bemühten sich, in der Nähe des schwachen Lichtkegels zu bleiben. Jeder von ihnen schleppte einen schweren, wasserdichten Behälter mit verschiedenen Ausrüstungsgegenständen hinter sich her.

Sie erreichten die ansteigende Uferböschung, die schräg in die senkrechte Betonmauer über der Wasseroberfläche überging. Die Bewegungen der behandschuhten Hände und der Schwimmflossen an ihren Füßen wirbelten eine zähe Wolke aus Schlick und Schmutz auf. Vorsichtig bewegten sie sich rückwärts. Das schwächliche Helmlicht fuhr zuckend hin und her und wies ihnen den Weg. Sie hatten eine halbe Stunde veranschlagt, um die vergessene Tür zu finden, die unter einer sechs Zoll dicken Schlickschicht verborgen war. Jeder der vier Taucher holte eine Metallsonde aus seinem Gepäck. Sie stellten sich in gleichmäßigen Abständen auf und bewegten die dünnen Stäbe vorsichtig durch den Modder auf dem Flussgrund hin und her.

Am Ufer über ihnen, ungefähr zweihundert Yards von der Stelle entfernt, wo das Boot stehen geblieben war, schlenderte eine Gestalt langsam über den Bürgersteig von Lambeth Bridge. Ein dicker Mantel hing über den Schultern des Mannes. Augen und Gesicht wurden von einer Wollmütze weitgehend verborgen. Das einzige Lebenszeichen, das man außer seinem langsamen, regelmäßigen Schritt wahrnehmen konnte, war von Zeit zu Zeit das rötliche Aufglühen einer Zigarette, die zwischen seinen Lippen hing. Der Rauch, der ihm anschließend aus Mund und Nase quoll, verlor sich schnell in der Nacht.

Hätte sich jemand nah genug an die Gestalt herangewagt, hätte er gesehen, dass gleich neben der Zigarette ein kleines Mikrofon vor dem Mund des Mannes hing. Auf einer Seite war es mit einem Ohrhörer, auf der anderen Seite mit einem Hochleistungssender in seiner Manteltasche verbunden. Außerdem hatte der Mann ein Fernglas in der Hand. Sollte Gefahr drohen, würden sämtliche Utensilien, mit Ausnahme der Zigarette, binnen kürzester Zeit in den Fluten der Themse versinken. Doch im Augenblick sicherte der Mann den Kontakt zwischen dem Skipper des schlanken Holzbootes, das unter ihm hindurch flussaufwärts verschwunden war und den vier Tauchern irgendwo dort unten im schlammigen Wasser. Nicht, dass er viel für sie hätte tun können. Doch sollte er von seinem Ausguck irgendeine ungelegene Aktivität am Ufer feststellen, konnte er mit einer Warnung den anderen zumindest ein paar Sekunden Vorsprung verschaffen.

Aber im Augenblick gab es nichts zu sehen. Sowohl oben als auch unten blieb die Nacht ruhig und still.

Ganz London schien friedlich auf die in drei Tagen bevorstehende Krönung zu warten.

• Drei •

Ein metallischer Anschlag ließ das Ende einer der Sonden erzittern. Mit Handzeichen beorderte der erfolgreiche Taucher die drei anderen an den Ort seines Fundes. Schwaches Helmlicht fuhr suchend über die fragliche Stelle. Vier Handpaare räumten vorsichtig den angehäuften Schlick zur Seite.

Falls es nicht das war, wonach sie Ausschau hielten, würden sie hier später nicht mehr nachsehen müssen.

Doch die Vorsorge war überflüssig. Sie hatten gefunden, wonach sie gesucht hatten – eine runde Luke von etwa zwei Fuß Durchmesser.

Vorsichtig traf der Führer alle notwendigen Maßnahmen, die Luke zu öffnen. Er verfügte über einen detaillierten Plan, der sehr viel Geld gekostet hatte. Aber ob er nach dem Öffnen von einem gewaltigen Sog ins Innere des Kanals gezogen werden würde oder ob der Hohlraum bereits geflutet war, das vorauszusehen war trotz intensiver Vorbereitung nicht möglich.

Er machte den anderen Zeichen, sich in einen sicheren Abstand zurückzuziehen. Sollte der Fluss in die Öffnung drücken, wäre auf diese Weise nur ein Verlust zu beklagen.

Mit Hilfe der mitgebrachten Ausrüstung gelang es ihm in weniger als fünf Minuten, das eingerostete Ventil freizulegen. Mit ein paar ruckartigen Drehungen des Brecheisens gegen den Uhrzeigersinn löste er den Hebel. Er spürte, wie die Plombe brach. Die insgeheim befürchtete Sogwirkung blieb aus. Sollte der Hohlraum hinter der Luke sich jetzt allerdings als mit Schlick verstopft erweisen, dann wäre ihr Auftrag beendet, bevor er wirklich begonnen hatte.

Langsam drehte der Taucher den Hebel, bis die Luke frei war und er sie entfernen konnte. Mit seinem Licht leuchtete er in den dahinter liegenden Raum. Er schien völlig unter Wasser zu stehen. Sicher würden sich auch noch einige Rückstände des Abwassers finden. Er machte den anderen ein Zeichen, drehte sich um und verschwand mit einigen raschen Flossenschlägen langsam im Innern des Kanals. Seine Komplizen folgten ihm einer nach dem anderen mit dem Gepäck.

Als alle sicher im Dekompressionsraum angelangt waren und vom Fluss aus nicht mehr gesehen werden konnten, flammten drei weitere Lichter auf. Der letzte Taucher zog die Luke hinter sich an ihren Platz zurück, verriegelte den Hebel von innen und schloss das Ventil. Der Anführer hatte mittlerweile am anderen Ende des Kanals das Ablassventil gefunden. Einer der Taucher machte sich bereits an die schweißtreibende Arbeit, das große Handrad einer weiteren Luke zu lösen. Hinter dieser Luke lag das Tunnelsystem, durch das sie an ihr eigentliches Ziel gelangen würden.

Die dicke, schmierige Brühe sank erstaunlich schnell. Weniger als fünf Minuten später konnten sie ihre Helme absetzen und atmeten Luft, die nicht mehr durch Plastikschläuche kam. Zwar war es ziemlich abgestandene Luft, aber sie konnten endlich die Tauchausrüstung ausziehen.

Hastig schälten sie sich aus dem engen Neopren und verstauten die Sauerstoffflaschen für den Rückweg. Einer nach dem anderen kletterten sie die Leiter hoch, die sie in den ersten von vielen in dieser Nacht noch zu erkundenden Tunnel brachte.

Eine Minute später knisterte der Ohrhörer des einsamen Spaziergängers auf der Lambeth Bridge, und er empfing eine kurze Botschaft.

»Wir sind drin.«

• Vier •

Zu diesem Zeitpunkt steuerte Andrew Trentham viele hundert Kilometer weiter nördlich seinen Wagen durch die Nacht. Er hatte nicht die geringste Ahnung von den Ereignissen, die sein Leben völlig umkrempeln würden. Im Augenblick war er auf dem Weg nach Hause. Seine Familie lebte in Cumberland, hoch im Norden Englands. Den gesamten Vormittag hatte Trentham in eben jenem Gebäude verbracht, unter dem zu dieser Stunde die geheimnisvollen Aktivitäten stattfanden. Andrew Trentham war Parlamentsabgeordneter, und der Westminster-Palast war der Ort, an dem er seine Arbeit für Vaterland und Wähler verrichtete.

Doch im Augenblick waren Trenthams Gedanken ganz und gar nicht bei seinen Pflichten als Unterhausabgeordneter. Zur Stunde beschäftigten ihn weder die Krönung am nächsten Dienstag noch die Wahlen in einigen Monaten.

Vor seinem inneren Auge standen die Gesichter zweier Frauen.

Die eine liebte er. Allerdings war es ihm immer schwer gefallen, ihr das zu zeigen. Er würde gleich bei ihr sein, sah diesem Treffen aber mit eher gemischten Gefühlen entgegen.

Von der anderen hatte er gedacht, dass er sie liebe. Vor wenigen Stunden noch hatte er vorgehabt, diese Liebe mit einem Schwur für das ganze Leben zu besiegeln. Immer noch klang ihm der fatale Satz im Ohr, den sie heute beim Mittagessen ausgesprochen hatte.

»Es tut mir leid, Andrew«, waren ihre Worte gewesen, »aber ich glaube, ich möchte lieber Schluss machen.«

Einen Augenblick hatte er wie versteinert dagesessen. Während er sie ungläubig anstarrte, war seine Hand wie von selbst in die Tasche geglitten. Verwirrt strich er über eine kleine Schachtel. Es war der Verlobungsring, den er ihr eigentlich nach dem Essen hatte überreichen wollen.

Ob sie seine Pläne vorausgeahnt hatte? Und wie kam sie ausgerechnet an diesem Tag dazu, ihn mit ihrem schrecklichen Entschluss vor den Kopf zu stoßen?

»Was? Was sagst du da, Blair?«

Verzweifelt suchte er nach Worten.

»Willst du das ... willst du das wirklich? Warum gerade jetzt?«

»Ich glaube, es ist am besten, wenn wir uns eine Weile nicht sehen«, meinte sie kühl. Ihre dunkelblauen Augen wichen seinen aus. »Ich muss ein bisschen nachdenken.«

»Nachdenken?«, echote er. »Über was denn?«

»Über uns, Andrew.«

»Wieso über uns? Ich dachte ...«

»Bitte, Andrew«, unterbrach sie ihn. »Wir wollen doch jetzt keinen Streit anfangen. Ich trage den Entschluss schon seit ein paar Tagen mit mir herum. Ich bin sicher, dass es so am besten ist. Zumindest ist es für mich das Beste«, fügte sie nach kurzer Pause hinzu.

Sein Blick schweifte ab, und er schüttelte den Kopf. Er konnte es noch immer nicht glauben. Wie konnte sie plötzlich so kühl und distanziert wirken? Innerhalb weniger Minuten war die Frau, die ihm am Tisch gegenüber saß, eine Fremde geworden.

Trentham seufzte. Mühsam zwang er seine Gedanken zurück in die Gegenwart. Doch damit kam das Bild des anderen Gesichtes zurück. Es war das Gesicht seiner Mutter. Sie hatte Blair immer gemocht und ihn vorsichtig nach und nach dahingehend beeinflusst, über eine festere Bindung nachzudenken. Er kannte seine Mutter gut genug, um zu wissen, dass ihr die Trennung ganz und gar nicht gefallen würde.

Andrew tat sein Bestes, sich auf die Straße vor ihm zu konzentrieren. Der Schmerz über die Ereignisse des heutigen Tages saß tief. Sehr tief. Er wollte nicht mehr daran denken müssen.

Aber es ging nicht. Etwas zwang seine Gedanken, immer und immer wieder um das gleiche Thema zu kreisen. Noch niemals war er so verstört gewesen. Wie hatte er ihre Gefühle derart falsch deuten können? Immer noch steckte der Verlobungsring in seiner Manteltasche.

War er denn wirklich so blind gewesen? Oder hatte in

Blairs Leben eine einschneidende Änderung stattgefunden, von der er nichts wusste? Aber warum hatte sie ihm dann nichts davon gesagt?

Er war heilfroh, dass ein ganzes Wochenende vor ihm lag. Die paar Tage auf dem Land würden seine Wunde sicher nicht heilen können. Aber einen Vorteil hatten sie: Er würde nicht gezwungen sein, größere Menschenmengen zu ertragen. Dazu fühlte er sich jetzt wirklich nicht in der Lage.

Morgen wollte er eine lange Wanderung durch die Hügel machen. Viel frische Luft würde ihm sicher helfen, die unerwartete Katastrophe in seinem Gefühlsleben unter Kontrolle zu bringen. Allerdings gab es da noch etwas, das ihm wirklich Kopfzerbrechen bereitete. Irgendwie musste er die Trennung seiner Mutter beibringen. Und zwar so, dass sie nicht in ihr übliches, missbilligendes Schweigen verfiel. Jetzt schon ahnte und fürchtete Andrew, dass seine Mutter die Schuld am Scheitern der Beziehung bei ihm suchen würde.

Denn etwas konnte er in seiner jetzigen Situation wirklich nicht brauchen: einen weiteren Bereich in seinem Leben, den sie nicht guthieß.

• Fünf •

Vier schwarz gekleidete Gestalten hasteten durch das Tunnelsystem unter dem Parlament zu einer Verabredung mit der keltischen Mythologie.

Sie brauchten keine Karte, um sich in dem Labyrinth zurechtzufinden. Das verwirrende Netz aus düsteren Gängen hatte sich während der einjährigen Planungszeit unauslöschlich in ihr Gedächtnis gebrannt. Heute Nacht sollte der historische Diebstahl stattfinden. Seit der Woche nach der Verlautbarung der Königin waren die Vorbereitungen dann auf Hochtouren gelaufen. Jedem war klar, dass der Stein von Scone zur Krönung nach England gebracht werden würde. Diese einmalige Gelegenheit durften sie auf keinen Fall verpassen.

Ihr Gepäck war schwer, aber für ihr Vorhaben unverzichtbar. Mittlerweile hatten sie das Gewirr von unterirdischen Gängen verlassen, das früher einmal zu Londons Abwasserkanälen gehört hatte, und bewegten sich durch relativ trockene, gemauerte Gewölbe.

Sie gehörten zu einem fast sechzig Jahre alten Luftschutzkeller, der während des Krieges zum Schutz der Parlamentarier vor deutschen Bomben gebaut worden war. Er war nie benutzt worden. In den frühen fünfziger Jahren waren die Eingänge zugemauert worden, und der Keller geriet in Vergessenheit. Nur die Irisch-Republikanische Armee erinnerte sich noch an das Labyrinth und brachte es auf irgendeine Weise fertig, die Tunnelgänge zu vermessen und detaillierte Karten zu zeichnen. Hintergrund für solche Mühen waren die vor langer Zeit ausgetüftelten Pläne des radikalen Flügels der IRA, eines Tages den gesamten Palast samt den Parlamentsabgeordneten in die Luft zu sprengen.

Glücklicherweise hatte die gemäßigte Fraktion die Oberhand behalten. Auf verschlungenen Pfaden war das Kartenmaterial schließlich in die Hände einer anderen Gruppierung gelangt, die ihre eigene Vorstellung von einer politischen Umstrukturierung der Britischen Inseln verfolgte. Dass diese Vorstellung weniger gewaltorientiert war, änderte nichts an der Tatsache, dass sie im Erfolgsfall unabsehbare Auswirkungen auf die nationalistischen Ziele ihrer Initiatoren haben würde.

Endlich kamen die vier Gestalten am Ende des schier endlos scheinenden Ganges an. Sie befanden sich jetzt knapp nördlich unterhalb des Juwelenturms, kurz vor Millbank. Sie hielten an und setzten ihr schweres Gepäck ab.

Es war zweiundzwanzig Uhr dreiundfünfzig. Sie hatten drei Stunden veranschlagt, um ein Bohrloch in die etwa zweihundertfünfundzwanzig Fuß Erde und Gestein zu treiben, die sie von der Abtei trennten. Sechshundert Fuß hatten sie seit dem Tunneleingang bereits zurückgelegt. Schnell und leise setzten drei Handpaare die Einzelteile des Bohrers zusammen, während ein weiteres Paar Hände sich um Kompressor und Motor kümmerte. Dank der Erkenntnisse der Eurotunnel-Technologie und der großzügig bemessenen Unterstützung ihres Geldgebers war ihre Ausrüstung auf dem neuesten Stand. Sie zweifelten keine Sekunde daran, dass sie ihr Ziel unterhalb von Westminster Abbey vor dem Zeitplan würden erreichen können.

Der Spaziergänger draußen am Fluss warf eine Kippe ins Wasser und zündete sich sofort eine neue Zigarette an. Dabei kam eine weitere Botschaft über seinen Ohrhörer. Er nahm sie auf und sandte ein Signal an das Boot, das flussaufwärts festgemacht hatte und wartete.

»Ferguson«, knarrte die Stimme aus dem Funkgerät im Führerhaus, wo der Anführer des gesamten Unternehmens auf einer Pritsche lag.

Er richtete sich auf, griff nach dem Mikrofon neben dem Funkgerät und meldete sich.

»Sie fangen jetzt an zu bohren«, berichtete der Beobachter.

»Wo bist du?«

»Auf der Brücke.«

»Geh weiter Richtung Millbank. Sonst irgendetwas zu sehen?«, fragte der Mann namens Ferguson.

»Nichts Besonderes.«

»Und auf dem Fluss?«

»Nur Tankschiffe.«

»Jemand an Bord?«

»Niemand. Sie liegen in Reih' und Glied vor Anker. Ansonsten absolute Grabesruhe.«

»Hoffentlich bleibt das so. Lass mich wissen, wenn's was Neues gibt!«

• Sechs •

Big Ben schlug elf Uhr.

Die Parlamentssprecherin zog sich in ihre Privatwohnung zurück. In den Räumen und Gängen des Westminster-Palastes drehten Wachmänner und Sicherheitspersonal ihre Runden.

Kurz nachdem die große Turmuhr halb zwölf geschlagen hatte, brachte ein dumpfer Knall die Wände im Untergeschoss des Parlaments zum Zittern. Er schien von unterhalb des Victoria-Turms zu kommen. Auch der Boden bebte kurz. Doch in den unteren Etagen hielt sich niemand auf, und der Knall wurde nicht gehört.

Einen Stock höher allerdings blickte sich ein Sicherheitsmann verdutzt um.

»Was war das?«, fragte er seinen Kollegen.

»Was denn?«, gab der andere zurück.

»Hast du das nicht gespürt?«

»Ich habe gar nichts gespürt. Wovon redest du überhaupt?«

»Keine Ahnung. Es war fast wie ... aber das ist unmöglich!« Der Mann schüttelte den Kopf.

»Was ist unmöglich?«

»Es war wie ... Einen Augenblick lang habe ich gedacht, es gibt ein Erdbeben!«

»Jetzt bist du aber wirklich übergeschnappt, mein Lieber!«

»Wahrscheinlich hast du Recht. Ich weiß nicht einmal, wie sich ein Erdbeben anfühlt. Aber der Boden schien für den Bruchteil einer Sekunde zu zittern.«

»Vielleicht war es eine U-Bahn.«

»Die habe ich bisher allerdings noch nie gespürt.«

Eine kurze Weile war es still.

»Vielleicht habe ich es mir auch nur eingebildet«, sagte der Sicherheitsbeamte schließlich. »Was auch immer es war – jetzt ist es nicht mehr da.«

• Sieben •

Andrew Trentham lag wach in seinem Bett in Cumberland. Immer noch musste er an Blair denken.

Wie spät mochte es wohl sein? Ein oder zwei Uhr morgens, schätzte er.

Kurz nach elf war er auf dem Gut angekommen. Er hatte noch kurz mit seinen Eltern gesprochen und dabei das Thema Blair sorgfältig vermieden. Das würde er ihnen morgen erzählen. Heute hatte er keinen Nerv mehr für eine Diskussion.

Und außerdem, was hätte er ihnen auch sagen können? Er war selbst noch ganz durcheinander.

Was war wirklich passiert?, fragte er sich zum wohl hundertsten Mal.

Warum war ihre Beziehung plötzlich so abgeglitten?

Er dachte an den Abend vor drei Jahren zurück, als er sie kennen gelernt hatte. Er war sofort völlig von ihr hingerissen gewesen. Ein Hauch schwedischen Akzents verriet ihre Kindheit in Stockholm, und ihr langes blondes Haar und die tiefblauen Augen ließen in ihr eher eine Skandinavierin als eine Engländerin vermuten. Ihr Lächeln wirkte ernst, und sie lachte selten.

Blair war wunderschön, da gab es nicht den geringsten Zweifel. Blair war faszinierend und bezaubernd.

Aber hatte Blair ihn jemals wirklich geliebt?

Vielleicht hatte er sich die ganze Zeit selbst etwas vorgemacht. Er wusste, dass sie ab und zu mit anderen Männern ausging. Trotzdem hatte er nie daran gezweifelt, dass sein ehrliches Gefühl mit der Zeit den Sieg davontragen würde. Hatte er sich von Anfang an in ihr getäuscht?

Während der langen Fahrt nach Norden hatte er beschlossen, sie nächste Woche zu besuchen und zu retten, was zu retten war. Sie würden miteinander reden, herausfinden, was in Blair vorgegangen war, und eine Lösung finden. Anschließend wollte er ihr den Ring geben.

Doch während er wach lag und das Gespräch vom vorigen Tag noch einmal Revue passieren ließ, fiel Andrew auf, wie naiv er gewesen war. Blair würde nicht zurückkommen. Der endgültige Klang ihrer Worte war eindeutig gewesen. Er musste sich einfach darüber klar werden, dass sie nicht mehr mit ihm zusammen sein *wollte*. Es war wirklich aus.

Die Wahrheit tat weh. Nicht nur, dass er sie verloren hatte, sondern er hatte auch die ersten Anzeichen für den Bruch nicht wahrhaben wollen. Wie blind war er doch gewesen! Da hatte er sich Gedanken um die Brautwerbung gemacht, während seine zukünftige Verlobte bereits alle Vorkehrungen traf, ihm den Laufpass zu geben!

Sie hatte ihn zum Narren gehalten. Er war ein erwachsener Mann, Mitglied des Unterhauses und ein sehr populäres noch dazu. Bei der kommenden Wahl würde er mit Sicherheit eine große Mehrheit für sich verbuchen können. Sein Sitz im Parlament war ihm sicher. Und trotzdem fühlte er sich wie ein geohrfeigter Schuljunge.

Selbst die Tatsache, dass jeder normale Mann ihn um seine kometenhafte Karriere beneidete, spielte im Augenblick keine Rolle für ihn. Das Einzige, woran er denken konnte, war der Verlust einer Frau, die er sehr geliebt hatte.

Über der Beschäftigung mit der Frage, was die Zukunft ihm wohl noch bringen würde, dämmerte Andrew Trentham in einen erquickenden Schlaf.

• Acht •

In London war eine weitere Stunde vergangen.

Ein Hausmeister stieg die Treppe zum Untergeschoss unter der Royal Gallery im Westminster-Palast hinunter.

Plötzlich hörte er ein merkwürdiges Geräusch. Er blieb stehen und lauschte. Das Geräusch war nicht einzuordnen. Nie zuvor hatte er so etwas gehört. Es klang wie eine Maschine tief unter der Erde. Er drehte sich auf dem Absatz um, stürmte die Treppe hoch und benachrichtigte den Sicherheitsdienst.

Fünf Minuten später standen zwei uniformierte Beamte im Untergeschoss. Sie neigten die Köpfe, lauschten angestrengt und zuckten schließlich die Schultern. Das merkwürdige Geräusch war verschwunden.

»Ich höre absolut nichts«, sagte der verantwortliche Beamte. »Aber vielleicht sollten wir trotzdem Scotland Yard informieren.«

• **Neun** •

Der Bodenstein ist fast los«, sagte eine Männerstimme. »Gleich sind wir durch. Helft mir!«

Am Ende des Durchschlupfs, den sie gerade gefräst hatten, winkte der Anführer die beiden anderen Männer heran. Sie quetschten sich neben ihn. Mit einer letzten, gemeinsamen Anstrengung hebelten sie den Stein heraus und rollten ihn zur Seite. Er fiel auf die anderen Steine, die sie bereits gelöst hatten. Dabei gab er einen dumpfen, krachenden Laut von sich. Einen Augenblick später kroch der Anführer, von helfenden Händen gestützt und geschoben, hoch in das nun wieder totenstille Gewölbe. Als er oben war, beugte er sich über die Öffnung und half seinen Komplizen.

Vier Taschenlampen erhellten den kleinen Raum, in den sie gerade eingebrochen waren. Er enthielt erstaunlich moderne Geräte und Regale, in denen ordentlich gefaltet Wäsche und Priesterkleidung lag.

»Wo sind wir hier gelandet, Malloy?«

»In der Wäscherei«, antwortete Malloy. »Wir sind ganz nah dran. Jetzt brauchen wir nicht mehr lange.«

Sichtlich zufrieden untersuchte er Wände und Ecken. »Hier entlang«, sagte er schließlich. »Noch eine Mauer, dann sind wir drin.«

Sie holten die Ausrüstung und begannen mit der letzten Bohrung. Eine halbe Stunde später standen sie im Südschiff von Westminster Abbey, an der Stelle, die Poet's Corner genannt wird.

»Seid bloß leise«, flüsterte Malloy, »an jedem Eingang sind Wachen postiert.«

»Wo ist der Stein?«

»Wenn sie den Thron nicht schon ins Hauptschiff gebracht haben, müsste er gleich hinter der Kapelle von Edward dem Bekenner sein, wo er immer war. Hier entlang.«

Zwei Gestalten huschten hinter dem Anführer her. Die dritte blieb wie benommen stehen. Eine Welle historischer Nostalgie brach über ihr zusammen, ein ihr sonst eigentlich eher unbekanntes Gefühl.

»Fiona! Hör endlich auf, wie ein Tourist herumzustarren«, zischte einer der Männer.

»Ich bin noch nie hier gewesen. Hier ist so viel ... Geschichte ...«

Die junge Frau betrachtete die Kirche noch immer. Schließlich drehte sich Malloy um.

»Nicht unsere Geschichte, Fiona«, sagte er, »es ist die Geschichte Englands. Aber nicht unsere. Das hier ist ein englisches Denkmal. Komm jetzt. Wir haben keine Zeit für Sightseeing. Heute geht es um *unsere* Geschichte.«

Fast bedauernd gehorchte sie. Wenig später hatten sie die historische Kapelle durchquert und standen vor dem Krönungssessel, unter dem der ehrwürdige, heilige Keltenstein ruhte.

»Jungs, Mädel, hört zu«, flüsterte Malloy. »Wir machen uns jetzt mit Volldampf an die Arbeit, damit wir so bald wie möglich hier rauskommen. So eine Nacht ist schnell vorüber! Die Touristen hatten zwei Wochen Zeit, ihn anzuschauen. Jetzt sind wir dran.«

»Ich verstehe immer noch nicht, warum wir uns nicht einfach über Nacht haben einschließen lassen«, wisperte einer der Männer, als sie mit der Arbeit begannen.

»Das haben vier Studenten vor fünfzig Jahren einmal gemacht«, antwortete der Anführer. »Seither sind die Sicherheitsvorkehrungen erheblich strenger geworden. Hätten wir das versucht und wären anschließend durch die Tür hinausspaziert, hätten sie uns spätestens nach hundert Yards geschnappt. Vor allem mit dem schweren Stein. Aber wir wollen doch gerade nicht bemerkt werden! Ehe die Nacht vorüber ist, haben wir den Stein, der Krönungssessel bleibt, wo er ist, und unser Privateingang wird ordentlich zugemauert sein. Keiner merkt etwas. Wir fahren gemütlich die Themse runter, und die Garden draußen frieren sich in ihren Kilts sonst was ab.«

Sie brauchten fast vierzig Minuten, ehe sie den Thron beiseite geschoben und den schweren Sandstein in ihren Besitz gebracht hatten. Endlich lag er in einer dicken Decke mit Transportbändern umwickelt auf dem Boden. Wenn jeder von ihnen an einer Ecke zwei Schlaufen nahm, wäre das Gewicht ganz gut zu handhaben.

Vorsichtig schlichen sie durch die Kapelle. Dieses Mal gingen sie vorne an der Kanzel vorbei.

»Was ist das für ein rotes Licht?«, flüsterte Fiona plötzlich.

Die drei anderen blickten erschrocken auf.

»Ein Bewegungsmelder!«, entfuhr es einem.

»Leise!«, zischte Malloy verärgert. »Sofort stehen bleiben!«

Er starrte ein paar Sekunden angespannt auf das kleine rote Lichtchen, das jetzt hektisch blinkte. »Wie konnten wir nur so blöd sein!«, knurrte er.

»Ich höre aber gar nichts!«

»Das ist stummer Alarm. Vermutlich ist schon halb Scotland Yard auf den Beinen. Hoffentlich haben wir nicht schon Alarm ausgelöst, als wir rein kamen!«

»Bevor wir hier um die Kanzel gingen, habe ich nichts gesehen.«

»Vielleicht haben wir ja Glück gehabt. Egal. Einen haben wir jedenfalls ausgelöst. Es ist also nicht gerade sinnvoll, hier stehen zu bleiben. Machen wir, dass wir weg kommen. Und zwar fix.«

So schnell sie konnten, hasteten sie zu dem Lüftungsschacht im Südschiff zurück, durch den sie gekommen waren. Malloy und Fiona krochen durch die Öffnung. Die beiden Männer in der Kirche schoben vorsichtig ihre kostbare Last hinter ihnen her. Malloy zog von unten. Schließlich glitten auch die beiden anderen Männer in den Schacht und zogen das Bodengitter hinter sich an seinen Platz zurück. Zehn Minuten später hatten die vier Diebe den Stein mit viel Mühe in die Wäscherei geschafft, wo ihre Ausrüstung wartete.

Sie setzten die schwere Last in der Decke für einen Augenblick ab, holten einmal tief Luft und schleppten den Stein dann in den finsteren Tunnel, den sie selbst gefräst hatten.

»Rein mit euch ... aber passt mir auf den Stein auf«, sagte Malloy. »Ich rühre nur eben Mörtel an und setze den Bodenstein wieder ein. Geht schon einmal vor. In ein paar Minuten habe ich euch eingeholt. Und wenn einer von uns erwischt wird – wichtig ist vor allem, dass dem Stein nichts passiert!«

• **Z e h n** •

Inspektor Shepley von Scotland Yard stand im Untergeschoss des Westminster-Palastes und sah sich gründlich um. Die Sicherheitskräfte hatten ihn gerufen. Ein halbes Dutzend uniformierte Männer stand um ihn herum und musterte aufmerksam sein Mienenspiel, als sei er allein in der Lage, etwas Verdächtiges zu bemerken.

Es war ganz still.

»Sie haben also so etwas wie ein Erdbeben gespürt?«, wandte der Inspektor sich schließlich an einen der Männer.

»Ich weiß, es klingt ein bisschen merkwürdig. Aber ich meine, der Boden hat für den Bruchteil einer Sekunde gezittert.«

»Und dann?«

»Nichts mehr. Seitdem war alles ruhig.«

»Vielleicht ist ein Kahn an die Kaimauer gestoßen. Oder es war die U-Bahn.«

»Um diese Zeit fahren keine Züge mehr, Inspektor.«

»Sie haben Recht. Haben Sie sonst alles überprüft? Eingänge? Monitore? Dachradar? Gab es Alarm?«

»Nein, Sir. Alles in Ordnung.«

Shepley drehte sich um und ging zur Treppe.

»Wir werden die nähere Umgebung überprüfen«, sagte er, »und wir rufen die Monitore für sämtliche Fenster und Türen ab. Sicherheit geht vor. In der Zwischenzeit postieren Sie einen Ihrer Männer hier unten. Wenn er irgend etwas hört oder auch *fühlt*, lassen Sie es mich umgehend wissen. Dann installieren wir einen Seismografen und gehen der Sache auf den Grund.«

Er stieg die Treppe hinauf und ging durch die Halle zum Büro der Sicherheitskräfte. Auf halber Strecke klingelte das Handy in seiner Manteltasche.

Shepley kramte es hervor und meldete sich. Der Anruf war kurz. Der Inspektor machte kehrt und lief mit großen Schritten zum Ausgang.

»Tut mir leid, Leute«, rief er den verdutzten Männern zu. »Ihr müsst hier allein klar kommen. Anscheinend ist gerade jemand in Westminster Abbey eingebrochen!«

• Elf •

Gerade, als sich das Schiff dem verabredeten Treffpunkt näherte, hörte der Skipper Alarmsirenen, die für seinen Geschmack viel zu nah waren.

»Was ist da los, Cruim?« flüsterte er verunsichert ins Funkgerät.

»Keine Ahnung«, antwortete der Beobachter am Ufer.

»Hast du irgend etwas von den anderen gehört?«

»Vor zehn Minuten waren alle außer Malloy in der Druckkammer. Er wollte nachkommen.«

»Na, hoffentlich sind jetzt alle da. Ich werde jedenfalls den Teufel tun und hier warten! Hör mal, du hast doch jetzt nichts mehr zu tun. Geh doch mal rüber und sieh nach, was da los ist.«

»Und wenn die mich mit meinem Sender schnappen?«

»Wenn du merkst, dass sie aufmerksam werden, schmeiß ihn in den Fluss. Geh jetzt einfach nur rüber und finde heraus, ob der Lärm irgend etwas mit uns zu tun hat.«

Im gleichen Augenblick waren Geräusche unter dem Boot zu hören. Ferguson hörte ein Platschen, dann sah er einen Kopf aus dem Wasser auftauchen.

»Hol uns raus, Ferguson!«, sagte der Kopf.

»Seid ihr alle angeleint? Wo ist Fiona?«

»Sie ist hier. Wir sind alle hier«, antwortete Malloy. »Wir sind soweit. Aber lass es langsam angehen.«

»Habt ihr ihn?«

»Wir haben ihn. Er ist ziemlich schwer. Wir wollen ihn weder verlieren noch selbst dabei draufgehen. Hinter Charing Cross bringen wir ihn an Bord.«

»Gut, dann verschwinde jetzt.«

Langsam tuckerte Ferguson weiter. Schließlich drehte er das Ruder und lenkte das Schiff allmählich in die Flussmitte.

• Zwölf •

Selbst in der Touristenhochsaison hatte Westminster Abbey selten eine solch hektische Aktivität erlebt wie an diesem Februarmorgen zwischen halb drei und vier Uhr morgens. Zwei Dutzend uniformierte Polizisten und Detektive in Straßenkleidung rannten kreuz und quer durch das ehrwürdige Gebäude und suchten nach Anzeichen für Vandalismus oder Einbruch.

Alles war an Ort und Stelle, wie es sich gehörte. Nirgends fand sich das geringste Lebenszeichen, obwohl es zweifellos eine Menge möglicher Verstecke gab.

»Durchsucht jeden Winkel«, rief Inspektor Shepley. »Auch die äußeren Kapellen. Was auch immer hier los war, wir müssen sicherstellen, dass die Krönung nicht sabotiert wird.«

Wahrscheinlich hätte es mindestens eine Stunde, wenn nicht länger gedauert, ehe irgend etwas entdeckt worden wäre, hätte nicht ein Polizist zwei Wochen lang vergeblich auf die Möglichkeit gewartet, den ausgestellten Heiligen Stein von Scone zu sehen. Er packte die Gelegenheit beim Schopf und bewegte sich zielstrebig in Richtung des Krönungssessels. Eine Minute später gellte seine Stimme durch die Abtei.

»Hierher, Inspektor«, rief er. »Der Stein ist weg!«

Alles strebte zum Ort des Geschehens. Damit war zumindest das Motiv für den Einbruch klar.

»Ausschwärmen!«, befahl Inspektor Shepley. »Ihr durchsucht mir jeden Zoll dieser Kirche, und wenn es mit der Zahnbürste ist. Vielleicht sind die Diebe ja noch hier. Ich kann mir jedenfalls nicht vorstellen, dass sie mit dem Stein weit gekommen sind. Findet ihn!«

Nur wenige Minuten später wurde Shepley gerufen. Mit weiten Schritten eilte er zum Poet's Corner.

»Sehen Sie, Inspektor«, sagte einer der Detektive, »direkt hier neben Sir Henry Irving und Sir Laurence Olivier. Das Gitter sieht so aus, als habe jemand daran herumgefummelt.«

Shepley kniete sich auf den kalten Steinboden. Das Gitter, das zu einem Lüftungsschacht gehörte, schien tatsächlich kürzlich herausgenommen worden zu sein.

»Das kann doch nicht sein ...«, brummte er vor sich hin und versuchte sich vorzustellen, ob der Stein durch das Gitter passen konnte. Der Schacht maß ungefähr sechsundzwanzig Zoll im Durchmesser. Das war weit genug, einen menschlichen Körper hindurchzuzwängen, und sicher auch groß genug für den Stein.

»Wenn Sie gestatten, Sir«, fuhr der Detektiv fort, »da, wo der Schacht sich unter der Mauer fortsetzt, ungefähr dort bei den Schwestern Brontë, das sieht aus wie ein Riss.«

Sofort richtete sich ein halbes Dutzend Scheinwerfer auf die Stelle.

Im nächsten Augenblick hob Inspektor Shepley das Gitter vom Schacht und ließ es auf den Boden scheppern. Er leuchtete mit seiner Lampe in den düsteren Gang, der sich unter ihm auftat.

»Los! Irgend jemand muss da reinsteigen und nachsehen, wohin es führt.«

Zwei oder drei Männer folgten dem Befehl und quetschten sich durch die Öffnung. Sie verschwanden schnell. Die anderen drängten sich gespannt um das Loch im Boden. Nach zwei Minuten kam einer der Männer zurück.

»Der Tunnel führt geradenwegs in die Wäscherei im Untergeschoss, Inspektor.«

»Irgendeine Spur von dem Stein?«

»Nichts, Sir.«

»Wir gehen nachschauen! Kommt, Männer!«

Auf allen vieren krochen einige der größten Kapazitäten von Scotland Yard unter dem Boden der Abtei entlang.

Schließlich kamen sie in der verschwiegenen kleinen Wäscherei wieder zum Vorschein und auf die Füße.

»Hier, Inspektor«, rief einer der drei, die sich als erste in den Tunnel gewagt hatten. Er hatte sich bereits gründlich umgesehen. »Ich glaube, ich habe etwas gefunden.«

Shepley ging zu ihm und beugte sich über das, was der Mann ihm zeigte. Alle Taschenlampen richteten sich auf eine Steinfliese, deren umlaufende Fuge eine merkwürdige Färbung aufwies. Shepley fuhr mit dem Finger am Rand des Quadrats entlang.

»Der Mörtel ist noch feucht«, stellte er fest, während er Daumen und Zeigefinger gegeneinander rieb. »Ziemlich stümperhafte Arbeit. Wahrscheinlich haben sie versucht, die Fliese von unten zu verfugen. Was ist hier drunter?«, fragte er mit Blick auf ein Mitglied der Abtei-Garde, das ebenfalls in die Wäscherei gekommen war.

»Nichts mehr, Sir«, antwortete der Mann. »Hier ist das unterste Stockwerk. Man erzählt allerdings, dass es hier überall unterirdische Gewölbe gibt.«

Der Inspektor sah seine Leute an.

»Holt die Fliese da raus«, sagte er. »Macht sie los, egal wie!«

Taschenmesser und sogar ein Schraubenzieher kamen zum Vorschein. Die Kachel wurde auf einer Seite leicht hoch gehebelt. Den Rest erledigten die Männer mit bloßen Händen. Bald hatten sie den Stein ausgegraben und herausgehoben. Sofort leuchteten sämtliche Scheinwerfer in den Hohlraum. Der Tunnel war eindeutig neu und wesentlich breiter als der Durchbruch, durch den sie von der Abtei in die Wäscherei gekrochen waren. Einer von Shepleys Männern ließ sich nach unten gleiten und landete in etwa fünf Fuß Tiefe auf festem Boden. Er richtete sein Licht in den Gang.

»Was sehen Sie?«, rief Inspektor Shepley zu ihm hinunter.

»Es ist wirklich ein Tunnel ... Hier liegen ein paar Sachen ... ein kleiner Beutel mit trockenem Zement und ein Eimer, der offenbar für Wasser benutzt wurde.«

»Wo führt der Tunnel hin?«

»Nach Osten, wenn mich nicht alles täuscht.«

»Richtung Parlament!« Shepleys Stimme überschlug sich fast. »Das haben die also gehört!«

»Gibt es nicht unter dem Westminster-Palast ein altes Abwassersystem und die ehemaligen Luftschutzkeller?«, fragte ein Beamter.

»Das wird's wohl sein!«, sagte Shepley und drehte sich zu einem der Wachmänner um. »Haben Sie die Schlüssel?«

Der Mann schüttelte den Kopf. Schon kroch Shepley wieder durch den engen Gang zurück ins Hauptschiff der Abtei. Sofort griff er nach seinem Handy, während die nicht an der Suche im Tunnel beteiligten Männer einer nach dem anderen aus dem Luftschacht krochen.

»Ich brauche sofort die Wasserpolizei hier«, brüllte er in den Apparat, »und zwar alle verfügbaren Einheiten. Der Fluss muss taghell sein. Und schickt mir einen Heli. Ich muss mir das Ganze von oben ansehen. Ich warte draußen vor dem Parlament!«

Seine Männer folgten ihm eilig durch das Hauptschiff zum Portal. Im Laufen bellte der Inspektor seinem Assistenten noch ein paar Befehle zu, dann rannte er hinaus in die Dunkelheit und wartete auf seinen Hubschrauber.

Dreizehn

Sie sind hinter dir her, Ferguson!«, kam eine aufgeregte Stimme aus dem Bordfunkgerät des kleinen Bootes.

»Was meinst du damit, Cruim?« krächzte der Ohrhörer des Spaziergängers.

»Hier geht's echt zur Sache. Überall sind Bullen und die Typen vom Yard. Die Abtei wimmelt nur so von ihnen. Die Hälfte rennt gerade runter zum Fluss. Ein Hubschrauber ist auch unterwegs!«

»Schmeiß dein Zeug weg und verschwinde!«, brüllte Ferguson.

Er ließ das Steuerrad los und stieg kurz an Deck. Ein rascher Blick genügte. Mit hellen Scheinwerfern ausgestattete Polizeischnellboote schwärmten vom Westminster Pier aus. Sie leuchteten die Flussseite aus, wo er gerade noch gewesen war. Überall jaulten Sirenen.

In der Ferne war der Rotor eines Helikopters zu hören. Wenn man ihn von oben entdeckte, war alles vorbei.

Er spurtete in die Kajüte, drosselte die Geschwindigkeit und hielt auf das gegenüberliegende Flussufer zu. Er durfte nicht zu schnell werden, sonst würden die Leinen unter dem Boot abreißen. Aber sie mussten näher ans andere Ufer ...

Eine lange, angespannte Minute hielt er den Kurs. Dann blickte er sich um. Der Heli schien irgendwo hinter dem Parlament zu landen. In spätestens zwanzig Sekunden, schätzte Ferguson, würde er wieder in der Luft sein.

Er schaltete zurück und hielt den Motor an.

Das musste reichen. Er rannte zum Heck, beugte sich über Bord, griff nach den Leinen und zerrte einmal kräftig. Zwei, drei, schließlich vier Köpfe tauchten auf.

»Los, Malloy, Fiona und ihr da ...«, drängte er. »Raus mit euch. Wir können nicht länger warten.«

»Wir sind aber noch nicht weit genug flussabwärts!«

»Ich weiß zwar nicht, was ihr gemacht habt«, gab Ferguson zurück, während er einen nach dem anderen an Bord zog, »aber sowohl die Wasserpolizei als auch Scotland Yard sind uns auf den Fersen. Ich dachte, ihr wolltet unbemerkt da rauskommen.«

Als alle auf dem Boot waren, nahmen sie sich gegenseitig die Sauerstoffflaschen und die Masken ab. Eine halbe Minute später lehnten sie sich alle über die Reling und hievten die Ladung hoch, für die sie die ganze Nacht gearbeitet hatten.

Sobald der Stein sicher an Bord war, gab Ferguson so viel Gas, wie er gerade noch vertreten konnte. Hinter ihm schraubte sich der Helikopter in die Luft und tastete mit seinen Scheinwerfern den Fluss in weiten Bögen ab.

Ferguson drehte flussabwärts ab und verschwand unter Westminster Bridge. Wenn er es bis hinter Hungerford Bridge schaffen könnte, würde das Festival Pier ihnen genügend Schutz bieten. Dort lagen immer so viele Schiffe vor Anker, dass er sich wunderbar hinter einem von ihnen verstecken könnte. Der Heli hinter ihm flog weite Kurven und ließ sein Licht über den Fluss streichen.

Genau voraus lagen ein paar Touristendampfer vor Anker. Ferguson drängte seinen Kahn dazwischen, schaltete zurück und machte den Motor aus.

»Verschwindet in die Kajüte!«, rief er.

Vier Gestalten huschten gerade noch rechtzeitig außer Sichtweite, ehe der Strahl des Hubschraubers über sie hinweg strich.

»Er wird zurückkommen«, sagte Ferguson. »Bringt die Tauchausrüstungen und den Stein unter Deck. Ich werde versuchen, uns zwischen diesen Schiffen durchzulotsen. Mit etwas Glück schaffen wir es soweit flussabwärts, dass ich ein bisschen mehr Gas geben und euch nach Gravesend bringen kann.«

Der Hubschrauber kam zurück. Kaum war er vorbei, als mit einem lauten Platschen die gesamte Ausrüstung über Bord flog.

Sie warteten noch eine Weile. Der Helikopter überquerte die Themse, flog am anderen Ufer entlang und entfernte sich dann in entgegengesetzte Richtung nach Chelsea und Battersea.

Vorsichtig manövrierte Ferguson das Boot zwischen vertäuten Yachten und dem Ufer hindurch, lenkte dann wieder ins Fahrwasser, wandte sich flussabwärts und beschleunigte auf fünfzehn Knoten.

Ohne Zwischenfall passierten sie Blackfriars Bridge und später London Bridge, konnten endlich richtig Fahrt aufnehmen und fuhren auf die Themse-Mündung zu. Fünfzig Minuten später hatten sie Dartford Bridge erreicht und brausten mit fünfunddreißig Knoten auf das offene Meer zu.

Der Unterhausabgeordnete Ferguson besaß noch ein größeres Schiff, das in Southend auf sie wartete.

• Vierzehn •

Am folgenden Nachmittag war vor der Küste von Licolnshire eine Privatyacht auf nördlichem Kurs unterwegs. Den fünf Passagieren, von denen drei in ihren Kabinen unter Deck schliefen, war erheblich leichter ums Herz als noch sechs Stunden zuvor. Scotland Yard und die halbe Londoner Polizei suchte nach ihnen und ihrer schweren Fracht; nur suchten sie am falschen Ort. Sie hatten die Luke zum Abwasserkanal gefunden, desgleichen ein paar bewusst in eine bestimmte Richtung weisende Anhaltspunkte. Darüber allerdings war Skipper Ferguson nicht informiert worden.

Außerdem wurden bereits einige bekannte Londoner Verfechter seiner Sache verhört.

An Deck saßen der Schiffseigner und einer der Taucher, ein junger Heißsporn namens Fogarty, und unterhielten sich.

»Wo bringen wir den Stein jetzt hin?«, fragte Fogarty.

»Dahin, wo wir unsere Unabhängigkeit verloren haben«, antwortete Ferguson, der immer noch glaubte, er sei der führende Kopf bei dem symbolischen Diebstahl gewesen. »Wir bringen ihn ins spirituelle Herz der Highlands. Dort wird der historische Geist Schottlands wieder auferstehen.«

Ein verwirrter Ausdruck erschien auf dem Gesicht des jungen Tauchers.

»Sie haben uns immer nur benutzt«, fuhr Ferguson fort. »Selbst die Rückgabe des Steins an Edinburgh 1996 kurz vor den Wahlen war nur ein Schachzug. Sie wollten sich bei den Schotten einschmeicheln, um Stimmen zu gewinnen. Du glaubst doch nicht etwa, dass ihnen wirklich etwas an uns lag? Natürlich war der Stein seither in Edinburgh, aber in Wahrheit gehörte er immer noch ihnen. Du siehst ja – kaum krönen sie einen neuen König, schon ist der Stein wieder in London! Aber jetzt ist er wirklich in unserem Besitz, im wahrsten Sinn des Wortes. Er gehört nicht nach Edinburgh. Dort bliebe er ein Spielball der Laune des englischen Parlaments. Nein, er ist das Eigentum aller echten Schotten und gehört in die Highlands. Wir bringen ihn nach Glencoe! Du solltest dich mal mit unserer Geschichte beschäftigen.«

»Wir sind also nicht …«

Hinter ihnen war die einzige Frau des erlauchten Kreises die Stufen zum Deck hinaufgeklettert und hatte sich zu ihnen gesellt. Sie schnappte die letzten Bruchstücke der Unterhaltung auf und blickte Fogarty scharf an. Als er ihren Gesichtsausdruck sah, verstand er sofort und schluckte den Rest des Satzes hinunter. Er stellte keine weiteren Fragen mehr.

»Glencoe war der Höhepunkt unseres Kampfes um Unabhängigkeit«, sagte sie. Es klang wie eine Antwort, war aber in Wirklichkeit dazu gedacht, Fergusons eventuelle Zweifel zu zerstreuen. Ihre Hand glitt unter Fogartys Arm. »Der Verrat von Glencoe schreit nach Rache. Den ersten Schritt haben wir heute Nacht getan.«

»Genau genommen ist es der einzig richtige Ort für einen Neuanfang«, fügte Ferguson hinzu.

Fogarty gab Zustimmung vor, nickte, drehte sich um und ging. Ihm war klar, dass er unvorsichtigerweise um Haaresbreite etwas ausgeplaudert hätte.

Die beiden anderen sahen ihm nach. Als er ihren Blicken entschwunden war, sagte die Frau sanft:

»Du hast es geschafft.« Lächelnd blickte sie den Schotten an.

»Ohne dich hätte ich es nicht geschafft, meine Fiona, mein Liebling«, antwortete Ferguson. »Aber ich muss gestehen, dass auch Malloy, Fogarty, Kerr und Cruim ihre Sache gut gemacht haben.«

»Wir alle zusammen haben es geschafft«, nickte sie. »Jetzt sind deine Kollegen im Unterhaus dran. Du musst dich so bald wie möglich auf den Rückweg machen.«

»Mir gefällt es gar nicht, dich in Grimsby abzusetzen. Stell dir vor, Scotland Yard kann die Spur verfolgen. Dann bist du in Gefahr!«

»Das ist schon in Ordnung. Je nach Wetter bleiben wir in Küstennähe, aber in ein paar Tagen sind wir in Sicherheit. Malloy ist ein gewiefter Seebär. Aber du ... du bist das wichtigste Mitglied unseres Teams. Du musst zurück nach London, damit auf keinen Fall Verdacht aufkommt.«

Ferguson nahm ihre Hand. Dieses Mal zog sie sie nicht zurück. »Ich wünsche mir nur, dass du sofort verschwindest, wenn irgendeine Gefahr droht«, sagte er.

Sie nickte.

»Wir treffen uns in Glencoe«, fügte er hinzu, führte ihre Hand an die Lippen und küsste sie zärtlich.

»Mach dir keine Sorgen um mich«, lächelte sie. »Wir bringen den Stein in Sicherheit. Aber pass du auch auf dich auf.«

»Das tue ich«, sagte er. »Nach der Wahl treffen wir uns im Cottage.«

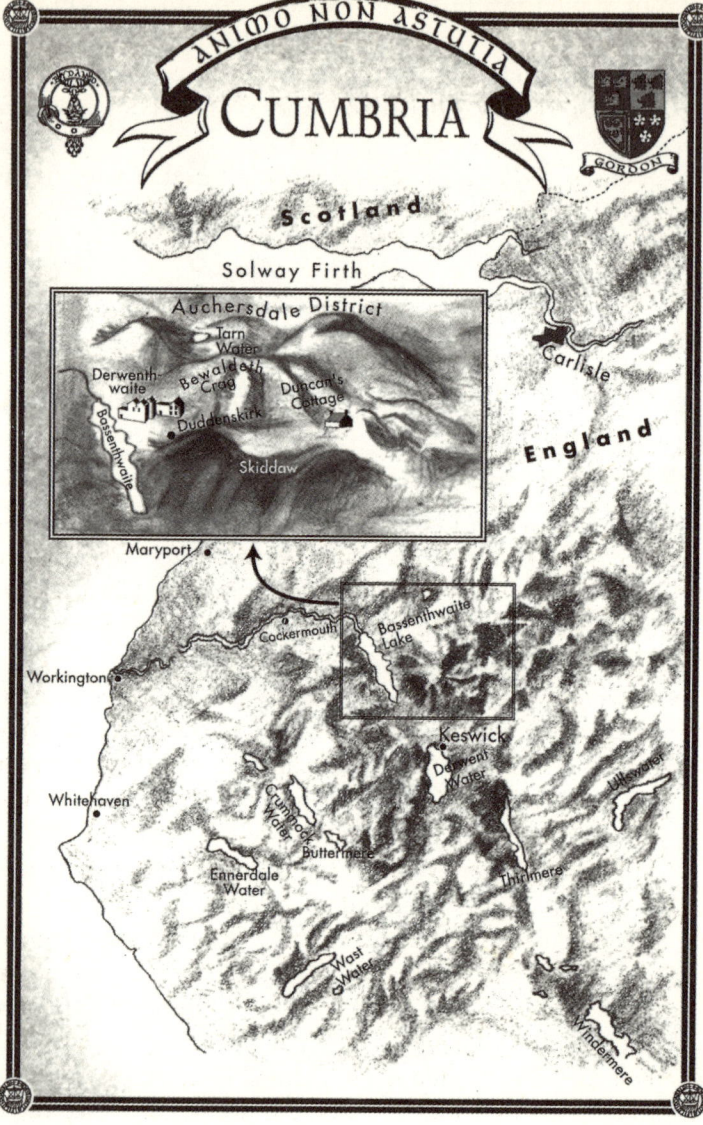

ANIMO NON ASTUTIA

CUMBRIA

GORDON

Scotland

Solway Firth

Auchersdale District

Tarn Water

Derwenth-waite

Bewaldeth Crag

Duncan's Cottage

Bassenthwaite

Duddenskirk

Skiddaw

Carlisle

England

Maryport

Cockermouth

Bassenthwaite Lake

Workington

Keswick

Derwent Water

Whitehaven

Crummock Water

Ullswater

Buttermere

Ennerdale Water

Thirlmere

Wast Water

Windermere

2

ᗰᗩS ᐯᕮᖇᗰᐯᑕᕼTᑎIS

•Eins•

Der Wind in den Hügeln weiß viele Geschichten zu erzählen.

Wenn er frisch aus Norden bläst, duftet er nach den eisigen, arktischen Stürmen. Kommt er aber aus Westen über die Irische See, trägt er den unverkennbaren Geruch von Gischt und Fisch weit in die Täler und erinnert daran, dass die Küste weniger als acht Meilen entfernt ist.

Die leichte Brise, die heute über das einsame Moor strich, kam weder aus Norden noch aus Westen, sondern aus südöstlicher Richtung; es war ein in dieser Gegend für Februar sehr ungewöhnlicher Wind. Er enthielt eine Spur Wärme und einen Hauch geheimnisvoller, südlicher Düfte.

Der Spaziergänger streifte bereits seit mehr als einer Stunde durch das offene Heideland. Seit langer Zeit schon hatte er die schmalen, fast zugewachsenen Pfade seiner Jugend nicht mehr benutzt. Viel zu lange nicht, dachte er. Am Morgen hatte er den Duft des Windes geschnuppert und war sofort hellwach gewesen.

Alle im Haus schliefen noch. Schnell hatte er sich ein Flanellhemd und Kordhosen übergestreift, seinen Lieblingswanderstock geholt, einen Hut aufgesetzt und war dem noch schüchternen Morgenlicht entgegen gegangen. Noch immer schmerzte sein Herz, wenn er an das Mittagessen mit Blair zurückdachte. Aber die frische Luft des hellen, kühlen Morgens und der Anblick der geliebten Hügel erfüllten ihn mit neuem Mut. Vielleicht würde das Leben ja trotzdem weitergehen.

Er stöberte an einigen Stellen herum, wo er schon als Kind gerne gespielt hatte und kehrte schließlich ins Haus zurück, um mit Vater und Mutter zu frühstücken und einen Blick in die Frühausgabe der Times zu werfen. Seine Mutter war ausgesprochen guter Laune und schwatzte von einer erfolgreichen Einmach-Orgie. Sein Vater war, wie immer, die Ruhe selbst. Das Thema Blair wurde nicht angeschnitten.

Andrew schlug die Zeitung auf und stutzte. Ungläubig starrte er auf einen langen Bericht.

»Hast du das gelesen, Vater?«, platzte er heraus.

»Ich hatte bisher nicht die Gelegenheit«, schmunzelte Harland Trentham. »Was ist denn passiert?«

»In Westminster Abbey ist eingebrochen worden.«

»Was? Vandalismus – oder wurde etwas gestohlen?«

»Der Stein von Scone, so wie es aussieht«, antwortete Andrew. Er breitete die Zeitung aus und las den bestürzenden Artikel.

»In der vergangenen Nacht fand ein wagemutiger Überfall auf Westminster Abbey statt. Eine unbekannte Anzahl Einbrecher, deren Ausrüstung sich offenbar auf dem neuesten Stand der Technik befand, grub einen Tunnel unter dem Parlament hindurch und entwendete den Stein von Scone, der für die bevorstehenden Krönungsfeierlichkeiten nach London gebracht worden war. Die Eindringlinge gruben sich durch mehrere stillgelegte Gewölbe bis zu einer Wäscherei unter dem Chapter House, einem Gebäude aus dem dreizehnten Jahrhundert und Sitz des ersten englischen Parlaments. Von dort aus bohrten sie weiter und gelangten im

Poet's Corner an die Oberfläche. Sie entwendeten den Stein unter dem Krönungssessel und verschwanden auf dem gleichen Weg, ohne dass die um das Gebäude stationierten Garden einen Verdacht geschöpft hätten.

Der Stein von Scone ist historischen Berichten zufolge jener Stein, auf dem Kenneth MacAlpin im Jahr 843 n.Chr. zum ersten König von Schottland gekrönt wurde. 1296 wurde er als Krönungsstein nach England gebracht und blieb in Westminster Abbey, bevor er im Jahr 1996 an Schottland zurückgegeben wurde. Seither wird er im Krönungszimmer Jakobs VI. von Schottland in Edinburgh Castle ausgestellt. Während der letzten 700 Jahre wurde der Stein nur einmal von London an einen anderen Ort gebracht – 1657 bei der Ernennung Oliver Cromwells zum Lord Protector – und einmal gestohlen. Das war im Jahr 1950. Damals wurde er nach wenigen Wochen wiedergefunden. Vor zwei Wochen kam der Stein im Zuge der Vorbereitungen zu den Krönungsfeierlichkeiten anlässlich der Inthronisation König Charles III. nach London zurück und fand seither in der Abtei unter starken Sicherheitsvorkehrungen ein großes Publikumsinteresse. Laut Zeitplan hätte der Stein eine Woche nach der Krönung nach Edinburgh zurückgebracht werden sollen.

Scotland Yard geht zur Zeit einer Reihe von Hinweisen aus der Bevölkerung nach. Eine vielversprechende Spur verweist auf eine mögliche Verbindung zu schottischen Nationalisten, wobei allerdings hier ein triftiges Tatmotiv fehlt. Das Eigentumsrecht an dem Stein ist nicht mehr strittig; im Übrigen wäre er deutlich vor Beginn der Wahlkampagne wieder in Edinburgh gewesen.

Dugald MacKinnon, der Sprecher der Schottischen Nationalpartei SNP, hat in einer sofortigen Stellungnahme jede Art von Mitwisserschaft vehement bestritten. Hingegen stellte er die Vermutung in den Raum, bei den Einbrechern könne es sich möglicherweise um Irische Nationalisten handeln, deren

Absicht, den Stein von Scone mit dem Blarney-Stein von Irland zu vereinigen, seit längerem bekannt ist und als Ausdruck der Unabhängigkeit aller von London verwalteten Völker verstanden werden soll. Andere Quellen sehen einen möglichen Zusammenhang mit der IRA und mutmaßen, sie könne den Diebstahl mit dem Ziel begangen haben, die Krönung zu stören und die englische Krone in Verruf zu bringen.

Wie berichtet wird, hat der zuständige Inspektor bei Scotland Yard, Allan Shepley, eine Verbindung mit der IRA als unwahrscheinlich bezeichnet und erklärt, dass er diesbezüglich keine Spuren verfolge. Ob der Raub etwas mit den bevorstehenden Unterhauswahlen zu tun haben könnte, ist zur Zeit ebenfalls noch nicht bekannt.

In einer Stellungnahme des Buckingham-Palastes war zu erfahren, dass die Krönung in jedem Fall am Dienstag stattfinden wird, ohne Rücksicht darauf, ob der Stein bis zu diesem Zeitpunkt gefunden worden ist. Der Krönungssessel aus dem Jahr 1300 wurde bei dem Raub nicht beschädigt.

Die Legende bringt den Stein von Scone mit dem Irischen Krönungsstein in Zusammenhang. Der bekannte irische Druide Amairgen Cooney Dwyer, den wir an seinem Wohnort in County Carlow um einen Kommentar baten, sagte wörtlich: ›Der *lia fail* oder Heilige Stein von Tara in Altirland ist erheblich größer als sein schottisches Gegenstück. Ihm gebührt die Ehre, den historischen irischen Königen bei ihrer Krönung Macht verliehen zu haben. Er steht heute auf einem Grabhügel namens Cormac's House in County Meath.‹

Der letzte Raub des Schicksalssteins im Jahr 1950 wurde von vier schottischen Studenten durchgeführt. Sie gaben sich als Touristen aus und ließen sich am fraglichen Abend in die Abtei einschließen, aus der sie mit dem Stein fliehen konnten. Sie brachten ihn nach Abroath Abbey und legten ihn vor den Hochaltar. Dort wurde er gefunden und nach Westminster Abbey zurückgebracht.

Die Diebe der vergangenen Nacht verschafften sich offensichtlich Zugang durch ein nicht mehr genutztes Kanalsystem, das südlich des Parlaments in die Themse mündet. Eine moderne, den neuesten Errungenschaften der Technik entsprechende Bohrausrüstung, versetzte die Räuber in die Lage, sich innerhalb weniger Stunden durch verschiedene Gewölbe bis in die unter der Abtei gelegene Wäscherei zu graben. Der Rückzug fand vermutlich auf demselben Weg in die Themse statt. Beide Flussufer wurden bislang ohne Erfolg durchkämmt.

›Allein das Gewicht des Steins gestaltet den Transport äußerst schwierig‹, sagte uns Inspektor Shepley. ›Dank der Bewegungsmelder und des im Parlament anwesenden Personals waren wir so schnell vor Ort, dass die Diebe den Stein nicht sehr weit vom Tunneleingang entfernt haben können. Ich könnte mir vorstellen, dass sie gezwungen waren, ihn auf der Flucht auf dem Grund der Themse zurückzulassen. Zur Stunde suchen Taucher den gesamten Flussboden ab.‹

Der geschichtsträchtige schottische Stein ist ein rosafarbener Sandstein, in den an jedem Ende ein Eisenring eingelassen ist. Seine Länge beträgt 26 Zoll, die Breite 16 Zoll und die Höhe 10 Zoll. Sein Gesamtgewicht beläuft sich auf 336 Pfund.«

Andrew ließ die Zeitung sinken. »Ich kann es nicht glauben«, sagte er und reichte seinem Vater die Seite. »Wann werden diese Nationalisten endlich anfangen, nachzudenken … Und warum stehlen sie Dinge, die ihnen bereits gehören?«

»Du solltest sofort nach London zurückkehren«, sagte Andrews Mutter.

»Vermutlich kann ich in dieser Sache nichts tun«, antwortete Andrew. »Nach dem Frühstück werde ich aber ein paar Leute anrufen.«

»Hat der Vorfall irgendeinen Einfluss auf die Krönung?«

»Ich weiß nicht. In der Zeitung steht, dass alles wie geplant abgewickelt wird. Vielleicht ist der Stein bis dahin längst wieder aufgetaucht. Kommt ihr beiden am Montag mit dem Zug nach London?«

»Wenn sich am Termin der Krönung nichts ändert, ja«, sagte Andrews Mutter. »Und am Mittwoch treffen wir dich und Blair zum Abendessen.«

»Tut mir leid«, seufzte Andrew, »da muss ich euch leider enttäuschen ... es sei denn, wir gehen zu dritt.« Der Augenblick der Wahrheit war da, und es gab keinen Grund, ihn noch länger vor sich her zu schieben. In knappen Sätzen erzählte Andrew seinen Eltern, was sich am Vortag ereignet hatte.

»Was ist geschehen, Andrew?«, fragte seine Mutter in genau dem missbilligenden Ton, den Andrew befürchtet hatte. »Was hast du getan?«

»Ich weiß es wirklich nicht, Mutter«, antwortete er und fühlte sich plötzlich wie ein kleiner Junge. »Es ist mir ehrlich schleierhaft.«

»Du musst doch irgendetwas getan haben, das sie vor den Kopf gestoßen hat«, forschte Lady Trentham und sah ihm ins Gesicht.

Andrew zuckte die Schultern, stand auf und entschuldigte sich. Er nahm seine Jacke und verließ das Haus. Schnell vergaß er sowohl Blair als auch seine Mutter. Der fröhliche Südwind trieb ihn unwiderstehlich in die Hügel. Seine Gedanken kreisten um den Zeitungsartikel.

Der Bericht vom Raub des Steins hatte Andrew tief berührt. Er hatte den Keltenstein häufig in der Abtei gesehen und als Mitglied der Delegation 1996 an der feierlichen Rückgabezeremonie in Edinburgh teilgenommen, als der Stein den schottischen Kronjuwelen hinzugefügt wurde. Die wichtigsten Daten seiner Geschichte und seine Bedeutung für die schottische Mythologie waren ihm im Wesentlichen bekannt.

Zum ersten Mal interessierte ihn der Stein selbst. Wo

mochte er herkommen?, überlegte er. Worin lag seine eigentliche Bedeutung? Warum verehrten ihn die Schotten? Ob ihm irgendeine mystische Macht innewohnte?

Der Stein, in dem König Arthurs Schwert gesteckt hatte, gehörte ins Reich der Legenden. Aber den Keltenstein der schottischen Überlieferung konnte man ansehen und anfassen, und trotzdem verloren sich seine Anfänge im Nebel des Altertums. Er hatte mit vielen Schotten über ihre Geschichte gesprochen. Die meisten vertraten die Ansicht, ihre Historie sei zwar älter, aber auch viel einheitlicher als die der Engländer. Wenn dem tatsächlich so war, welche Rolle spielte dann der Stein in dieser Geschichte?

Andrew geriet ins Schwitzen. Es war wirklich erstaunlich warm für die Jahreszeit. Er erklomm einen Hügel unweit eines Anwesens, das Bewaldeth Crag hieß.

Endlich konnte er einmal in Ruhe nachdenken. Der Raub des Steins beschäftigte ihn mehr, als er sich erklären konnte. Aber auch die Ereignisse des Vortages schmerzten immer noch in seiner Seele. Andrews Gedanken schweiften in die Vergangenheit ab.

Die eigenen Wurzeln, ein Gefühl der Zugehörigkeit, dachte er, das waren die wirklichen Verbindungen mit der Vergangenheit – und sie waren sehr wichtig.

Vor allem in der gesellschaftlichen Stellung, in der er sich befand. Wie konnte er seinen Wählern gegenüber offen und aufmerksam sein, wenn er nicht einmal wusste, wer er selbst war und woher er kam? Konnte er den Schotten einen Vorwurf daraus machen, wenn sie ihre Geschichte nicht vergessen und ihre Wurzeln lebendig erhalten wollten?

Trotz seiner Trennung von Blair und der Tatsache, dass seine Mutter ihm wieder einmal Vorwürfe machte, konnte Andrew nicht verhehlen, dass er diesen Ort hier – seine Heimat – von ganzem Herzen liebte. Vermutlich nicht weniger, als die Schotten das wilde Land liebten, aus dem sie stammten. Vielleicht hatte sein gefühlsmäßiges Desaster ihm einen wichtigen Anstoß gegeben, sich endlich einmal aus der Gegenwart zu befreien und sich zu erinnern, wie wichtig *sein* Land und *seine* Wurzeln für ihn waren.

Mit Cumberland verbanden ihn düstere und sehr traurige Erinnerungen, dessen war er sich bewusst. Aber hier lag auch sein Erbe – das heimatliche Gut Derwenthwaite, und das zugehörige Dörfchen Duddonskirk, das etwa drei Meilen von Derwenthwaite entfernt lag. Es bestand nur aus einer Handvoll Häusern in einem gewundenen Tal am Abhang der Saddleback Ridge, wo das Gelände steil von Englands dritthöchstem Berg zum Meer abfiel.

Diese Landschaft, das nordwestliche Bergland von Cumberland, war sein Zuhause. Hier war er aufgewachsen. Er liebte den Himmel und die Hügel, die Seen und die verschlungenen Pfade.

Andrew ging langsamer und blickte nach Westen. Dort drüben war das Meer. Es schimmerte im Dunst hinter den weiten Feldern, deren Grenzhecken jetzt im Winter braun und kurz geschnitten waren. Das Meer war genau so blau, wie er es in Erinnerung hatte, und verlor sich am endlosen Horizont.

Andrew drehte sich ein wenig nach Norden. Auch dort erstreckte sich das fröhliche Flickwerk ausgedehnter Felder bis zur Küste.

Dahinter, jenseits des Meeresarms, eingeschmiegt zwischen dem Blau des Himmels und dem Blau des Meeres, konnte er Schottland sehen. Southerness Point und die East Stewartry Coast waren gerade noch erkennbar. Am Horizont erahnte er im Dunst die letzten Ausläufer der Galloway Hills.

Schottland. Das geheimnisvolle Land, dessen Volk in so leidenschaftlicher Liebe zu ihm entbrannt war, dass einige Menschen Kopf und Kragen riskierten, um einen ihnen heiligen Gegenstand heimzuholen.

Wenn der Himmel grau und tief hing, konnte man jenseits der Förde nichts erkennen. Doch bei Sonnenschein waren die zehn bis zweiundzwanzig Meilen Entfernung durchaus zu überschauen. Manchmal brauchte man das, was der alte Duncan den Zweiten Blick nannte. Heute war es bereits beim ersten gelungen.

Andrew seufzte zufrieden und setzte seinen Weg fort.

• Zwei •

Der einsame Spaziergänger wanderte weiter durch die Hügel von Cumberland, von denen aus er den Meeresarm überblicken konnte. Eine unerwartet melancholische Stimmung überfiel ihn wie Londoner Nebel. Wieder krochen Blairs fatale Worte durch seinen Kopf. Mit ihnen kehrten auch der verzweifelte Schmerz und die Verwirrung zurück, die er gestern Mittag verspürt hatte.

»Es tut mir leid, Andrew, aber ich glaube, ich möchte Schluss machen.«

Waren es diese Worte gewesen, die das viele Nachdenken über Schotten und Steine, über Wurzeln und Geschichte hervorgerufen hatten? Was hatte er mit Schottland zu tun, außer, dass er an der schottischen Grenze aufgewachsen war und vielleicht ein wenig schottisches Blut aus früheren Generationen in seinen Adern floss? Das Interesse seiner Familie war seit langem schon auf London und nicht auf Edinburgh gerichtet. Warum hatte der Artikel über den Raub des Steines ihn so aufgewühlt?

Andrew legte einen Schritt zu. Vielleicht ließ sich die Laune abschütteln.

Andrew Gordon Trentham war siebenunddreißig Jahre alt

und galt als Mann, dem das Schicksal nur das Beste in die Wiege gelegt hatte. Allerdings fragte er sich manchmal tief in seinem Innern, was denn das Beste eigentlich war. Gab es irgend etwas in seinem Leben, auf das er stolz zurückblicken und von dem er ehrlich sagen konnte, dass er es aus eigener Kraft und nicht nur aufgrund seines berühmten Namens erreicht hatte? Und wenn er etwas erreicht hatte, war es nicht nur geschehen, weil es irgendwer von ihm erwartete? Selbst das Gut würde er nicht erben, wenn nicht ...

Er rief sich selbst zur Ordnung. Darüber wollte er jetzt nun wirklich nicht nachdenken!

Seit seiner frühesten Kindheit hatten alle von ihm erwartet, dass er genau das tun würde, was er auch tatsächlich getan hatte, nämlich vorwärts zu kommen, Gleichrangigen immer einen Schritt voraus zu sein, Teil der neuen Elite Englands zu werden. Er hatte das Gefühl, immer unter Kontrolle gewesen zu sein. Wie der Prince of Wales, dachte er. In zwei Tagen würde jener König sein und war sein Leben lang unter Kontrolle gewesen.

Andrew war der Sohn von Lady Waleis Bradburn Trentham, und bereits das allein bewirkte, dass aller Augen – insbesondere natürlich die seiner Mutter – immer auf ihn gerichtet waren.

Es war weiß Gott sowieso schon keine leichte Aufgabe, die Rätsel von Erwartungen und Überzeugungen im Hexenkessel der britischen Politik zufriedenstellend zu lösen. Hinzu kam auch noch, dass Andrew sich in das hierarchische System der aussterbenden englischen Aristokratie eingebunden fühlte. Andrew war bekannt dafür, niemals Verrat an seiner Überzeugung zu begehen. Darin glich er seiner Mutter. Er fürchtete sich nicht davor, für eine Sache in die Bresche zu springen, an die er fest glaubte. Auf keinen Fall hätte er sich mit zweifelhaften Methoden die Hände beschmutzt; dafür war er immer einer der Ersten, die bereitwillig ihr Jackett auszogen, die Ärmel aufkrempelten und zupackten, wenn Not am Mann war.

Andrews Persönlichkeit befand sich noch in der Entwicklung. In gewisser Weise wuchs er noch. Die Daten seines Lebenslaufs hatten Trentham als Jugendlicher wenig interessiert. Doch das Geheimnis, das sich hinter seinem Lebenslauf verbarg, schmerzte noch immer mit unverminderter Gewalt. Meistens gelang es ihm, den Gedanken daran so tief in seiner Seele zu verstauen, dass er sich manchmal fragte, ob das Unglück wirklich geschehen war. Doch allein der Anblick des Familienporträts in der Eingangshalle von Derwenthwaite rief die Erinnerung zurück. Auch die Tatsache seiner politischen Karriere war letztlich darauf zurückzuführen.

Andrew Trentham war ein junger, aufstrebender Parlamentarier. Jeder wusste, dass er der Sohn der ehemaligen konservativen Unterhausabgeordneten Waleis Bradburn Trentham war, doch er hatte sich schnell ein eigenes Profil geschaffen. Boulevardzeitungen und Klatschkolumnisten liebten den gut aussehenden, redegewandten Oxfordabsolventen, Erbe eines riesigen Vermögens, dessen Name mit einem der angesehensten englischen Landsitze verbunden war.

Um solche Dinge scherte Andrew sich wenig. Er war dazu erzogen, die Rolle zu spielen, die seine Familie von ihm und die er von seiner Familie erwartete. In seinen Augen bedeutete das weniger ein Privileg als vielmehr eine Verpflichtung. Sein Leben war in gewisser Weise vorherbestimmt, und er durfte seine Familie nicht enttäuschen.

Ob seine Mutter ihm diese Bürde auferlegt hatte oder ob er selbst so hohe Ansprüche an sich stellte, diese Frage zu beantworten bedürfte es eines Sigmund Freud. Jedenfalls lastete sie auf ihm, und er war sich dessen ständig bewusst. Seit dem Unfall spürte er die Erwartungshaltung seiner Mutter. Sie hatte nie offen mit ihm darüber gesprochen, aber unterschwellig erkannte er ihren Wunsch, er möge das vollenden, was sie für ihre Tochter geplant hatte.

Seine Rolle war ihm vom Schicksal zugeteilt worden. Er hatte sich bereitwillig unterworfen und tat alles in seiner Macht Stehende für Volk, Vaterland und nachkommende Generationen. Seine Eltern hatten sowohl ihn als auch seine Schwester in strengem Pflichtbewusstsein und Verantwortungsgefühl erzogen. Seine Schwester war darauf trainiert worden, es in einer angestammten Männerdomäne als Frau so weit wie möglich zu bringen.

Die politische Erziehung der Trentham-Kinder hatte sich mehr auf Andrews sechs Jahre ältere Schwester konzentriert. Lindsay war aus dem gleichen Holz geschnitzt wie ihre Mutter. Sie war ehrgeizig gewesen, redegewandt und bereit, sich der Öffentlichkeit zu stellen, wenn ihre Zeit gekommen war. Ihre Mutter, eine bekennende Anhängerin Margaret Thatchers, hatte für Lindsay noch weit ehrgeizigere Pläne gehabt als für sich selbst.

Der Ehrgeiz war niemals befriedigt worden.

Während er an jenem verregneten Tag schweigend hinter dem Sarg her trottete, spürte Andrew plötzlich die familiäre Verpflichtung wie einen Mantel über seinen Schultern. Er würde ihr Folge leisten müssen, und sei es auch nur, um in den starren, schwarz verschleierten Augen seiner Mutter den eigenen Wert unter Beweis zu stellen. Und als sie stumm von dem frischen Grab zum Wagen zurückkehrten – er und seine Mutter, die beiden einzigen Menschen auf der Welt, die wussten, was wirklich geschehen war –, da hatte er bereits beschlossen, dass er Lindsays Platz einnehmen wollte. Er würde versuchen, seiner Mutter ein wenig von dem zu ersetzen, was ihr so plötzlich genommen worden war.

Er bemühte sich noch immer.

Allerdings merkte Andrew im Verlauf seiner politischen Entwicklung schnell, dass er seine Überzeugungen nicht vergewaltigen konnte. Mittlerweile war das helle Entsetzen seiner Mutter ein wenig abgeklungen, das sie befallen hatte, als sie ihren Sohn ausgerechnet als Abgeordneten der Liberaldemokraten ins Unterhaus einziehen sah. Inzwischen schien sie ihn fast ein wenig dafür zu bewundern, dass er eine ihren Ansichten entgegenstehende Politik betrieb. Aber niemals sagte sie ein anerkennendes Wort. Lob war ihr schon immer schwer über die Lippen gekommen.

Nachdem ihre Träume zerronnen waren, Andrews Schwester in Downing Street 10 einziehen zu sehen, begann Lady Trentham allmählich, ihrem Sohn politisch den Rücken zu stärken. Das geschah zunächst etwas widerwillig und vor allen Dingen, ohne seine Ansichten gutzuheißen. Immer wieder ließ sie ihn spüren, dass er ihrer Meinung nach nie so weit kommen würde, wie sie es von seiner Schwester erhofft hatte. Für einen Mann war es in Lady Trenthams Augen normal, eine steile Karriere zu machen. Lindsay Bradburn Trentham hätte Andrew sicher in den Schatten stellen können.

Wieder seufzte Andrew und kickte ein Steinchen vom Weg. Er respektierte seine Mutter. Vermutlich liebte er sie auch. Aber sie waren einander nicht nah und würden es wahrscheinlich nie sein.

Ein neuer, charakteristischer Duft mischte sich in die vom Wind herangetragenen Gerüche. Andrews Gedanken kehrten in die Gegenwart zurück.

Er wandte den Blick vom Meer ab.

Eine zarte weiße Rauchsäule stieg aus dem Schornstein eines Cottages, das zwischen den Hügeln verborgen lag. Der Rauch löste sich schnell auf, aber sein unverkennbares Aroma hing über den Feldern.

Der alte Duncan ... nie ohne Feuerchen, dachte Andrew und lächelte unwillkürlich. Sofort verblassten die Gedanken an London und die Mutter.

Wenn sein Geruchssinn ihn nicht gewaltig täuschte, verbrannte der alte Pächter neben Eiche und Ahorn auch das eine oder andere Stück Torf. Er war eben durch und durch Schotte. Andrew wusste, dass Duncan jedes Stückchen Torf hortete, dessen er habhaft werden konnte. Er tat das weniger um der Wärme willen, sondern um seinem Feuer die Würze zu geben, die er aus dem Land seiner Vorfahren gewohnt war.

Duncan MacRanald war der schottische Schäfer des Landgutes, der seine bescheidene Steinhütte im Nordosten des Trenthamschen Besitzes schon länger bewohnte, als Andrew Jahre zählte.

Als Kind hatte Andrew viele wunderbare Stunden lang Duncans spannenden Geschichten aus seinem wilden Land nördlich der Grenze gelauscht. Die Erzählungen waren umso einzigartiger, als MacRanald trotz langer Jahre in England niemals seinen starken, schottischen Akzent abgelegt hatte.

Andrews Vater verhehlte eine gewisse Zuneigung für MacRanald durchaus nicht, aber Andrew konnte sich nicht erinnern, irgendeinen seiner restlichen Verwandten jemals anders als mit unmissverständlicher Herablassung von den Schotten sprechen gehört zu haben.

Es gab keinerlei Anzeichen dafür, dass Duncan eine bessere Beurteilung zuteil wurde als seinen Landsleuten aus den Highlands. Aber der alte Mann war stolz auf seine schottische Herkunft. Ihm war völlig egal, wie hoch die Engländer ihre Nasen trugen.

Der stolze Schotte MacRanald verfügte interessanterweise über ein profundes Wissen bezüglich der Ahnenreihe der Trenthams. In die Geschichten, die er Andrew als Kind erzählt hatte, mischten sich oft gewisse Anspielungen auf mehr als einen schottischen Vorfahren in der Familie.

Allerdings hatten den jungen Andrew die spannenden Erzählungen viel mehr interessiert. Den unterschwelligen Andeutungen des geheimnisvollen Nachbarn hatte er wenig Beachtung geschenkt.

Im Lauf der Zeit entwickelte der kleine Junge eine tiefe Liebe zu dem Schotten. Und seine Eltern hinderten ihn nie daran, viel Zeit mit dem alten Schäfer zu verbringen.

● Drei ●

Andrew hatte in Duncan immer mehr als einen einfachen Schafhirten gesehen, dessen einzige Einnahmequelle seine zottige Herde war. Bereits die Frage, warum sein Wohnhaus auf den Ländereien des Trenthamschen Gutes lag, war eines der Geheimnisse, die der junge Parlamentarier erst noch ergründen sollte.

Die Erinnerung an den alten Hirten brachte Andrew in die Gegenwart zurück. Was würde Duncan wohl zum Raub des Steines sagen? Wahrscheinlich wusste er noch nicht einmal davon, denn er besaß weder ein Radio, noch hatte er eine Tageszeitung abonniert. Ob der alte Mann sich darüber im Klaren war, dass sein geliebtes Schottland heute jedes Titelblatt zierte?

In wenigen Tagen würde Andrew in London mit den anstehenden Beschlüssen zur Zukunft Schottlands beschäftigt sein. Wie stand der alte Mann wohl zur Teilunabhängigkeit und dem neugegründeten schottischen Parlament? Es gab Schotten, die alles andere als zufrieden mit der Neuregelung waren. Vor allem die Teilunabhängigkeit hatte bei manchen zu tiefer Verbitterung geführt. Wahre Nationalisten kämpften noch immer für eine endgültige Ablösung von England. Würde die Antwort auf die Frage, wer für den Diebstahl des Steins verantwortlich war, nicht vielleicht die Entscheidung des Parlamentes beeinflussen?

Andrew hatte seinen alten Freund seit zwei Jahren nicht

gesehen. Und auch damals war es nur ein kurzes Gespräch über eine wild wuchernde Hecke hinweg auf einem der zum Gut gehörenden Felder gewesen.

Wie lang mochte es wohl her sein, seit er zum letzten Mal in dem kleinen Haus gewesen war, das er als Kind so geliebt hatte? Wie lang, seit er zum letzten Mal vor dem Feuer aus Eichenscheiten und Torf gesessen und Duncan gelauscht hatte, der eine mitreißende Geschichte von mutigen Männern und uralten Zeiten erzählte? Wie lang, seit die brüchige, warme Stimme ihm gälische Balladen vorgesungen hatte, deren Bedeutung er dank der fremdartigen Melodien und Rhythmen erfühlen konnte?

Wie lang war es her, seit er teils ängstlich, teils fasziniert die Beschreibung wilder Täler und majestätischer Gipfel in den Highlands vernommen hatte, in deren verborgener Einsamkeit tapfere Clans bewaffneter Kiltträger lebten? Wie lang, seit er atemlos zugesehen hatte, wie Duncan alte Wälzer mit vergilbten Seiten aus dem Schrank holte und ihm Bilder von Kriegern und Barden, von Schwertern, Harfen und Schlachten zeigte? Nicht eines der zehntausend Bücher in der Bibliothek von Derwenthwaite bei Andrew zu Hause konnte sich mit dem knappen Dutzend Bände vergleichen, die sich in Duncans Besitz befanden.

Bestimmt war es mehr als zwanzig Jahre her, seit er das letzte Mal eine von Duncans Geschichten gehört hatte. Wo war nur die Zeit geblieben?

Und warum kam ausgerechnet heute die Erinnerung zurück?

Ein warmes Gefühl stieg in Andrew auf. Er würde Duncan besuchen. Heute noch. Jetzt sofort.

Andrew hielt das Gesicht in die leichte Brise, die ihn hergeführt hatte, ging den Abhang von Bewaldeth ein Stück hinunter und lief dann fröhlich über einen Hügel knapp nördlich des Pfades, den er zuvor benutzt hatte.

Hier gab es keine Wege. Jenseits der Kuppe traf er auf einen von Schafen ausgetretenen Pfad. Einige hundert Yard weiter östlich mündete dieser in einen Feldweg, der zur Nordgrenze des väterlichen Besitzes führte. Die Felder hier erinnerten Andrew endlich nicht mehr an das Verwirrung stiftende Bild seiner Mutter. Dieses Land hier gehörte seinem Vater. Noch eine Meile bis zu Duncans Cottage.

Der Boden unter seinen Füßen war feucht, allerdings blieben auf dem felsigen, mit dicken Grasbüscheln übersäten Untergrund seine Stiefel weitgehend trocken. Andrew konnte den Schafspfad kaum noch erkennen. Auch das war ein Hinweis, dass er ziemlich lange nicht mehr hier gewesen war. Mit dreizehn war er nach Eton gegangen und mit achtzehn nach Oxford. Wie bei Jugendlichen üblich, empfand er die Spielplätze seiner Kindheit als weit unter seiner Würde und war nur noch selten hergekommen.

Gerade noch hatte Andrew in angenehmen Erinnerungen geschwelgt, doch jetzt kehrte plötzlich seine Melancholie zurück. War vielleicht doch das Andenken an seine Schwester der Grund, warum Andrew die Pfade und Hügel gemieden hatte?

In der Ferne erkannte er weidende Schafe. Es war ihm unmöglich festzustellen, ob es sich um Duncans oder eine andere Herde handelte. Der Anblick ihres weißen Fells, das im Sommer schön weich, jetzt im Winter aber struppig und schlammverklebt war, erfüllte ihn mit einem Gefühl plötzlicher Einsamkeit, viel zu schnell verrinnender Zeit und einer Sehnsucht, die er nicht in Worte zu fassen vermochte und die weder sein Ruhm noch sein Status in London befriedigen konnte.

Er bemühte sich, das unwillkommene Gefühl abzuschütteln.

Eigentlich war er doch zufrieden mit seinem Leben! Auch wenn die Frau, die er liebte, ihm gestern den Laufpass gegeben hatte. Eines Tages würde er darüber lachen! Vielleicht noch nicht so bald, aber er würde darüber hinwegkommen. Auch seine Mutter würde es überleben, wenn er Blair nicht heiratete. Er würde sich einfach bemühen, das Thema für eine Weile nicht anzuschneiden. Es gab so viele andere Frauen! Er brauchte jetzt nur etwas Zeit, um seine Wunden zu lecken, das war alles.

Und jetzt wollte er seinen Besuch bei Duncan genießen! Der alte Mann würde die Gedanken an Blair und die Mutter wenigstens für eine Weile verbannen.

Andrew seufzte. Dann sog er in tiefen Zügen die frische Luft ein, in dem sich der Duft von Duncans Torffeuer noch immer mit den ungewöhnlichen Einsprengseln südlicher Wärme mischte.

• Vier •

Im Weitergehen zauste der Wind Andrews hellbraunes Haar. Fast fühlte er sich ein wenig aufgeregt, als stünde er am Beginn eines spannenden Abenteuers.

Zwanzig Minuten später hatte er das Häuschen fast erreicht. Unwillkürlich rannte Andrew den Hang hinauf und klopfte atemlos an die alte Eichenholztür, hinter der der alte Schotte wohnte.

»Hallo, Jungchen. Schön, dass du da bist!« Duncan öffnete die Tür, trat einen Schritt zurück und betrachtete den keuchenden jungen Mann. Ein strahlendes Lächeln legte sein runzliges Gesicht in noch mehr freundliche Falten. »Was treibst du dich so weit weg von zu Hause herum?«

Bereits der Anblick des durchlöcherten, ehemals rot und blau gemusterten Wollpullovers, dessen Farben vom fettigen

Schmutz aus vielen Schafsfellen fast unkenntlich geworden waren, der braunen Arbeitshose und der schwarzen Stiefel, die vermutlich älter waren als Andrew selbst, ließ Andrews Gedanken in einen Wirbel von Erinnerungen tauchen.

»Ich wollte einem guten Freund einen längst überfälligen Besuch abstatten.«

»Dann komm rein, Jungchen. Ich mach' uns einen Tee.«

MacRanald ging ins Haus zurück. Sein Gast folgte ihm.

Vor fünfundzwanzig Jahren war Duncan MacRanald dem jungen Andrew Trentham sehr alt vorgekommen. Aber seither schien sich das wettergegerbte Gesicht des Schotten nicht mehr verändert zu haben. Sein dichtes Haar allerdings, das damals gerade die ersten grauen Strähnen aufzuweisen begann, war mittlerweile völlig weiß geworden. Die ungebändigte Mähne des Alten sah aus, als ob der Bergwind sie ordentlich durchgepustet hätte, so wie er den Schnee auf seinem geliebten Ben Nevis aufwirbelte.

»Ich tu' nur noch ein paar Torfbrocken aufs Feuer«, sagte der Schotte. »Holst du den Kessel? Du weißt doch sicher noch, wo er steht.«

Kurz darauf hängte Andrew den mit frischem Wasser gefüllten Kessel an einen Haken über dem fröhlich prasselnden Feuer. Duncan holte einen zweiten Stuhl, rückte ihn vor die Feuerstelle, und die beiden Männer setzten sich.

»Na, wie geht's einem wichtigen Mann in London so?«, fragte Duncan und streckte bequem die Beine aus.

»Viel Arbeit. Aber interessante. Manchmal ist es spannend und manchmal ganz schön frustrierend«, gab Andrew zurück. »Ach ja, Duncan: Es gibt Neuigkeiten über deine Heimat.«

»Was für welche?«

»Vergangene Nacht wurde der Heilige Stein von Scone gestohlen.«

»Na so was!«, platzte der alte Schotte heraus. Entgeistert

blickte er Andrew an. »Aus Edinburgh Castle? Ganz oben vom Felsen? Wie sind sie da bloß reingekommen?«

»Nein, er wurde aus Westminster Abbey gestohlen«, stellte Andrew richtig. »Er war für die Krönung nach England zurückgebracht worden. Aber jetzt ist er spurlos verschwunden.«

»Stimmt. Hatte ich ganz vergessen. Wer hat ihn gestohlen?«, fragte Duncan.

»Das weiß niemand. Manche behaupten, die Schotten waren es, andere verdächtigen die Iren.«

»Die Iren? Kann ich mir nicht vorstellen! Für uns ist der Stein doch viel wichtiger.«

»Aber weshalb sollten die Schotten ihn stehlen? Er gehört ihnen doch schon. Außerdem wäre er nächste Woche sowieso nach Edinburgh zurückgebracht worden.«

Duncan schüttelte den Kopf. Auf diese Frage wusste er auch keine Antwort.

Andrew lehnte sich nach vorn und spähte in den Kessel. Das Wasser dampfte noch nicht einmal, von irgendwelchen Anzeichen des Kochens ganz zu schweigen.

»Weißt du eigentlich, Duncan, dass die Zeiten sich geändert haben?«, sagte Andrew grinsend und ließ sich auf seinen Stuhl zurückfallen. »Vielleicht solltest du dir endlich eine Mikrowelle anschaffen. Dein Teewasser wäre in wenigen Sekunden fertig.«

Allein der Gedanke ließ den alten Schotten amüsiert glucksen.

»Eine Mikrowelle! Hier im Cottage! Guter Witz, Jungchen! Duncan MacRanald kocht Wasser in der Mikrowelle!«

»Nicht alle modernen Errungenschaften sind schlecht«, lachte Andrew. »Das einundzwanzigste Jahrhundert lässt grüßen!«

»Da geb' ich dir Recht. Aber eine Mikrowelle – stell dir mal vor: Torffeuer in der einen Ecke und Mikrowelle in der anderen. Nee, Jungchen. Mein Wasser kocht eben langsam. Dem Tee schadet's bestimmt nicht.«

»Vielleicht hast du ja Recht. Wahrscheinlich schmeckt über Torffeuer gekochtes Wasser wirklich besser«, pflichtete Andrew grinsend bei. Die Vorstellung einer chromblitzenden Mikrowelle im Cottage entbehrte tatsächlich nicht einer gewissen Komik.

Ihre Unterhaltung kehrte wieder zu dem gestohlenen Stein zurück.

»Was ist dran an dem Stein, dass er den Schotten so viel wert ist?«, fragte Andrew. »Und warum nennen sie ihn Schicksalsstein?«

»Genauso gut könntest du fragen, was einen Schotten zum Schotten macht, Jungchen«, gab MacRanald zurück.

»Ich fürchte, ich verstehe nicht.«

»Die Schotten lieben ihr Land und alles, was dazugehört. Ihre Geschichte. Ihre Kultur. Der Stein gehört dazu. Als ob er lebendig wäre.«

»Nach all den Jahren ... Auch heute noch?«

»Schottische Geschichte ist etwas Lebendiges, Jungchen. Was vor dreihundert Jahren passiert ist, ist für einen Schotten genau so wirklich, als wenn es gestern passiert wäre.«

»Ich erinnere mich. Das hast du mir als kleinem Jungen schon erzählt«, lachte Andrew.

»Unsere Geschichte lebt. Lebt und atmet. Sie ist keine tote Vergangenheit. Sie ist ein Stück Leben, aus dem wir hervorgegangen sind.«

»Jedes Land hat seine eigene Geschichte. Allerdings fühlen sich nicht viele Völker ihrer Historie so verbunden.«

»Kein Land hat eine Geschichte wie wir. Außer vielleicht den Hebräern. Aber den lieben Gott findest du genau so gut bei uns. Weißt du«, fügte Duncan mit einem leisen Lachen hinzu, »ich bin ganz schön voreingenommen, was das angeht. Der Hebräer wird durch seine Geschichte zum Hebräer. Und unsere Geschichte macht uns zu Schotten.«

»Was also macht dann den Schotten zum Schotten, Duncan?«

»Du brauchst nur bis Glencoe zurückzugehen. Dann hast du die Antwort.«

»Glencoe? Kommen dort deine Vorfahren her?«

»Ja. Ein paar von deinen auch. Und viele vom MacDonald-Clan, dem ich angehöre. Wenn du rausfinden willst, warum ein Schotte ein Schotte ist, liegt die Antwort in Glencoe. Ein Teil jeder schottischen Seele wohnt noch immer in dem Tal. Eine furchtbare Nacht lang haben sie versucht, die schottische Seele zu töten. Aber den Geist der Highlands kann man nicht töten!«

»Den Geist der Highlands?«

»Ja ...«, sagte Duncan leise.

Sein Gesicht bekam einen nachdenklichen Ausdruck, als ihm eine seiner geliebten Erzählungen durch den Sinn ging.

»Das ist eine lange Geschichte, Jungchen«, sagte er schließlich. »Eine traurige Geschichte. Von verlorener Freiheit. Nächste Woche feiern wir ihren Jahrestag.«

»Erzähl sie mir, Duncan!«

»Jetzt?«

Andrew nickte.

»Hast du denn Zeit, Jungchen?«

»Ich nehme sie mir.«

»Dann koch' ich uns noch einen Tee und erzähl' dir die Geschichte von der Urgroßmutter aller schottischen Jungs und Mädchen. Sie war der Engel der Highlands. In ihrer Seele war der Geist des Hochlands. Danach wirst du verstehen, warum das Blut der Schotten vor Liebe für ihr Land brennt. Und für ihre Geschichte. Und für die Freiheit, die ihnen weggenommen wurde. Wenn du das innerste Wesen von Schottland ergründen willst, musst du als erstes nach Glencoe gehen.«

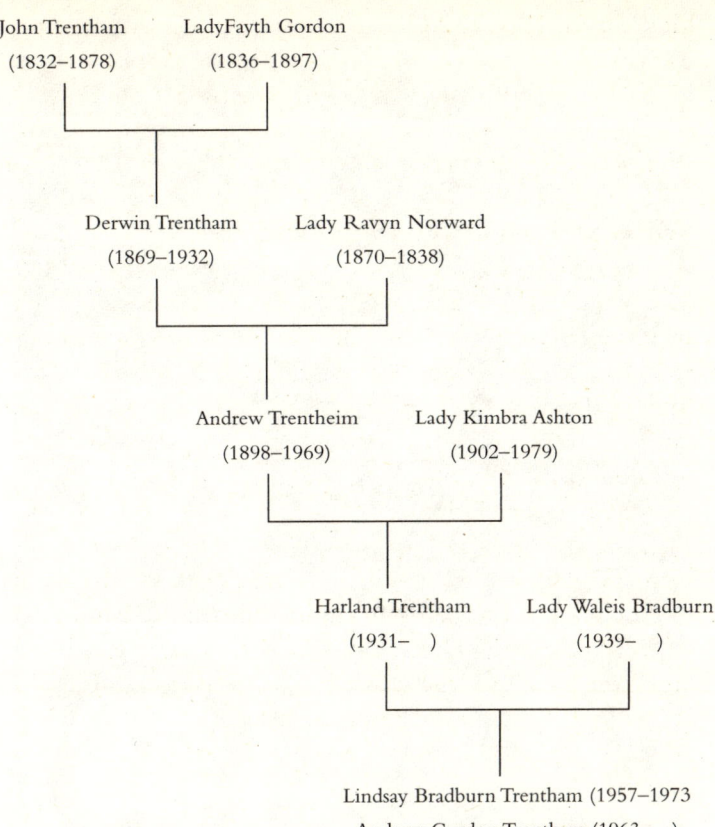

John Trentham   LadyFayth Gordon
(1832–1878)   (1836–1897)

Derwin Trentham   Lady Ravyn Norward
(1869–1932)   (1870–1838)

Andrew Trentheim   Lady Kimbra Ashton
(1898–1969)   (1902–1979)

Harland Trentham   Lady Waleis Bradburn
(1931–)   (1939–)

Lindsay Bradburn Trentham (1957–1973)
Andrew Gordon Trentham (1963–)

Andrew Trendhams jüngere Vorfahren

3

DAS MÄDCHEN VON GLENCOE

Februar 1692

• Eins •

Es war einmal ein wildes Gebirgstal. Das Flüsschen, das den Hang hinabtobte, hatte ihm seinen Namen gegeben. Seit Menschengedenken lebte hier die Familie Donald von ihrer Hände Arbeit.

Das schmale Tal lag in einem umstrittenen Landstrich zwischen den Niederwäldern von Appin am Ufer der Seen Loch Linnhe und Loch Leven und dem Hochmoor von Rannoch. Es war der einzige Zugang zu den zentralen Highlands, denn die Berge rechts und links bildeten eine unüberwindliche Barriere, die Strathclyde vom nordwestlichen Hochland trennten. Auch wenn es nicht sehr hoch über dem Meeresspiegel und den Seen der Umgebung lag, spiegelte Glencoe die Seele der Highlands wider, in deren Umarmung es auf drei Seiten lag.

Das Tal verlief von Osten nach Westen und wurde von den Ufern des Loch Leven her zunehmend enger. Zwölf Meilen weiter war es nur noch ein steiler, schmaler Durchlass zwischen jäh abfallenden Graten, der einzige Weg zu den hoch und einsam gelegenen Sumpfflächen des Rannoch-Moors. Der westliche Teil des Tales wirkte wie ein scharfer Schnitt zwischen kahlen Bergen, deren Steilhänge nur die unfreundlichen Hochlandziegen bewältigen konnten. Majestätische Gipfel ragten im Norden und Süden auf, hinter denen sich wiederum andere, noch höhere Gipfel verbargen. Vor allem im Winter gab es nur wenige Möglichkeiten, das Tal zu verlassen.

Die nördliche Bergkette hieß Aonach Eagach, was soviel wie Gezackter Gebirgskamm bedeutet. In dem gesamten Massiv gab es nur einen einzigen, gewundenen Pfad. Er hieß Teufelstreppe und führte von Kinlochleven zum Rannoch-Moor am östlichen Talausgang. Im Süden türmten sich fünf durch abweisende Grate verbundene Berge auf. Die Abhänge am Fuß der Erhebungen boten in den Sommermonaten ein wenig karges Weideland. Außerdem führten zwischen den Bergen im Süden die wenigen Pfade hindurch, auf denen man Glencoe verlassen konnte. Sie waren allerdings nur Eingeweihten bekannt. Dahinter stiegen die Gipfel und Berge höher und höher an. Den größten Teil des Jahres waren sie von Schnee bedeckt, oder sie verloren sich im Nebel.

Von den Abhängen der umgebenden Berge, aus Schluchten und ungezählten Seitentälern, stürzten sich Hunderte kleiner Bächlein in den Coe, der vom Rannoch-Moor kam und in der Nähe eines Dörfchens namens Invercoe ins Loch Leven mündete. Das Flüsschen sprang am Oberlauf lebhaft über riesige Steinblöcke und hohe Granitstufen, bildete Wasserfälle und Becken voller eiskaltem, kristallklarem Wasser. Später beruhigte sich sein Lauf. In der Mitte des Tals verbreitete es sich zu einer Art Teich, den man Loch Achtriachtan nannte. Dann wurde der Coe wieder schmaler und bewegte sich geschwind auf Loch Leven zu.

Neun oder zehn Monate im Jahr führten die Bäche reichlich eiskaltes Schmelzwasser. Im tiefen Winter allerdings froren die meisten von ihnen zu. An ihren Ufern wuchsen die eine oder andere Tanne, kleine Piniengehölze, Birken, Bergeschen und Erlen. Allerdings wurde keiner der Bäume sehr hoch. In den kurzen Sommermonaten konnte man Schatten nur hinter dicken Steinblöcken und unter Felsüberhängen finden.

Es war ein abgelegenes Gebiet, das in späteren Jahren kaum noch bewohnt war. Doch in der Zeit, als das Leben in den Highlands seinen Höhepunkt erreichte, war das Tal fruchtbar und voller Leben. Für die dreihundert Männer, Frauen und Kinder, die Glencoe als ihre Heimat betrachteten, war es untrennbar mit ihrem Clan und ihren Ländereien verbunden.

Die Bewohner sprachen fast ausschließlich gälisch und waren von reinstem keltischen Blut. Auf ihren winzigen Feldern bauten sie in der Hauptsache Hafer, Kohl und Gerste sowie ein paar Kartoffeln an. Nur an wenigen, geschützten Stellen gedieh während der kurzen Sommer der Weizen, den sie zur Herstellung von Whisky benötigten. Kühe lieferten Milch und Butter. Ein paar magere Schafe wurden ebenfalls wegen ihrer Milch, doch vor allem der Wolle wegen gehalten. Hühner gaben Eier und ihr eigenes Leben im Dienst der Ernährung. Die nahegelegenen Seen sorgten für einen Überfluss an Fisch. Auf den umgebenden Abhängen wuchsen Heidekraut und Moos, es gab eine Menge Wasser, viel Schnee und Steine, Steine und abermals Steine ...

Und es gab Einsamkeit. Wenn man eines der wenigen kleinen Dörfer im Tal verließ, konnte man meilenweit durch die Hügel streifen, ohne die geringste Spur menschlicher Anwesenheit zu entdecken. Manchmal kündete der Duft eines Torffeuers in der frischen Bergluft von der Nähe einer Behausung, doch der zugehörige Kamin war umso schwerer zu entdecken, als die Hütten mit den Bergen verschmolzen, aus deren Steinen sie erbaut und mit deren Gräsern sie gedeckt waren.

• Zwei •

In der Nähe des westlichen Talausgangs, gut eine Meile vor der Mündung des Coe, lag das Dörfchen Carnoch. Es bestand aus nicht mehr als zehn bis fünfzehn aneinander gedrängten Hütten.

Langsam wurde es dunkel. Die Luft roch nach Schnee. Ein Mädchen kämpfte sich gegen den Wind auf eines der Häuser zu. Ein glückliches Lächeln lag auf ihren Lippen. Trotz des ungemütlichen Wetters und der hereinbrechenden Dämmerung wirkte sie sommerlich unbeschwert und fröhlich. Gäste waren auf dem Weg ins Tal, und das junge Mädchen hatte allen Grund zur Hoffnung.

Die Männer gehörten einem benachbarten Clan jenseits der Hügel an. Die einundzwanzigjährige Ginevra MacIain[2] wusste, was das bedeuten konnte. Zwar hatte sie ihren Brochan nicht unter den uniformierten Reitern entdecken können, aber sie *fühlte* seine Anwesenheit. Für jemanden wie Ginevra war das bereits genug. Nicht alles, was sie wusste, hatte sie durch eigenen Augenschein erlernt. Viel wichtiger waren ihr die unerklärlichen Gefühle, die sich tief und still in ihrer Seele verbargen.

Das Haus, zu dem sie lief, hatte zwei Räume und einen Boden aus gestampftem Lehm. Das Dach war aus Holz und Erde mit einem Loch in der Mitte.

In der Gegend gab es viele Steine, aber wenig Holz. Die Balken der Dachkonstruktion waren daher der wertvollste und wichtigste Bestandteil eines Hauses. Wurde ein Dach zerstört, konnte in aller Regel das Haus nicht gerettet werden.

Über die Balken verteilte man üblicherweise dick ausgestochene Grasplacken oder gebündeltes Heidekraut. Nur die wichtigsten und größten Häuser der kleinen Gemeinden hatten Strohdächer, denn Stroh wurde viel nötiger als Viehfutter gebraucht.

An jedem Haus oder zumindest in seiner unmittelbaren Nähe gab es eine Scheune. Manchmal war der Wohnbereich der Menschen nur mittels aufgehängter Häute oder mit Verschlägen von den Stallungen des Viehs getrennt. Während der harten Wintermonate mussten die Tiere drinnen gehalten und mit vorsorglich angelegten Vorräten vor dem Hungertod bewahrt werden. Die

---

[2] *Ginevra* mit weichem g wie in Gin. Italienische Form des französischen *Geneviève*. Bedeutet soviel wie *Weiße Welle*. MacIain vom Clan MacDonald, wörtlich *Sohn des Iain* oder *Sohn des John*.

Hinterlassenschaften der Tiere dampften als große Misthaufen vor den Ställen.

Das Mädchen hatte die Soldaten lange vor den anderen Bewohnern von Carnoch entdeckt, war aber selbst nicht gesehen worden. Hätte dennoch einer der Reiter sie wahrgenommen, als sie sie eine halbe Stunde zuvor heimlich beobachtet hatte, hätte er womöglich geglaubt, eine Bergnymphe oder einen Geist aus einer Hochlandlegende vor sich zu haben. Allerdings hätte die wilde lange Mähne Ginevras sie schließlich doch als eng verwandt mit dem derzeitigen Chief des Dorfes verraten. Kein Gespenst trüge je eine solch strahlend rote Haarpracht.

Wären die Leute aus dem Dorf Zeugen von Ginevras Versteckspiel geworden, hätten sie ihm vermutlich keine besondere Aufmerksamkeit geschenkt. Jeder im Tal kannte Ginevra. Den meisten war sie egal, obwohl sie die Clanmitglieder manchmal durch ihre ganz besondere Art verunsicherte. So tauchte sie unerwartet an den unmöglichsten Plätzen zu ebensolchen Zeiten auf, beobachtete stumm und hörte alles. Außerdem wusste sie immer, was vor sich ging, so wie jetzt, als Soldaten des Grafen nach Carnoch ritten, um Unterkunft zu erbitten. Die Dörfler würden die Nachricht aber von den beiden Söhnen des Clan-Chiefs bekommen, nicht von Ginevra Maclain MacDonald.

Man schrieb das Jahr 1692. Niemand, weder das Mädchen noch die Reiter, noch die Söhne des Chiefs wussten, dass eine geschichtliche Wende vor der Tür stand. Das, was bald geschehen sollte, würde das kleine Tal im Rund schneebedeckter Gipfel für alle Zeit unvergesslich machen.

Die Füße des Mädchens waren trotz des winterlichen Wetters nackt und trotzten Regen, Schnee, Wind und Hagel, wie es nur eine Bergnymphe konnte.

Ginevras Mutter war eine MacPhail aus Laroch, die ihre Ahnenreihe bis zum Großen Archibald zurückverfolgen konnte. Ihr Vater war ein Neffe von Chief Alasdair. Das Mädchen wohnte mit seinen Eltern und einem jüngeren Bruder in Carnoch.

Ginevra trug ein wollenes Kleid, aber weder Mantel noch Haube. Eine solch unzureichende Kleidung zu dieser Jahreszeit hätte mehr als eine schottische Mutter zu tiefer Sorge veranlasst. Doch die Zeiten, in denen Ginevras Mutter noch ängstlich um ihre Tochter zitterte, waren lange vorbei. Das Mädchen kannte jeden Zoll des Tales, jeden Sturzbach, jeden Felsen, jeden Schafspfad, jeden Gipfel. Sie hatte einundzwanzig harte Winter überlebt. Warum sollte sie nicht einen weiteren überstehen?

In den vergangenen Jahren war Ginevra oft durch die östlichen Regionen der Berge gewandert. Der Grund war der gleiche gewesen, dessentwegen heute ihr Herz fröhlich und hoffnungsvoll schlug. Ginevra war verliebt. Ein einziger Blick in ihre Augen hätte diese Tatsache selbst einem Fremden enthüllt.

Nur wenige Jahre zuvor hatte noch niemand es überhaupt für möglich gehalten, dass sich Ginevra jemals verlieben könne. Das Mädchen war anders als andere Menschen, und jeder im Tal wusste es.

• Drei •

Eine Zeitlang hatte Ginevras Mutter sich wirklich Sorgen gemacht. Vom Tag seiner Geburt an hatte das Mädchen sich von anderen Kindern unterschieden. Das dunkle, fast schwarze Haar auf dem Köpfchen des Säuglings und die tiefblauen Augen, die alles um sich herum genau wahrzunehmen schienen, zogen die Aufmerksamkeit aller Frauen im Dorf unwiderstehlich auf sich.

»Was für ein hübsches Kind«, riefen die anderen Mütter begeistert, »und was für wundervolle Augen!«

Nur eine hielt sich mit Äußerungen über die Schönheit des Kindes zurück. Es war ein verhutzeltes Weiblein mit ledrig gegerbter Haut und mehr Jahren auf dem Buckel, als irgendwer im

Tal sich vorstellen konnte. Vielleicht war sie eine Hexe, doch darüber sprach man nicht. Alle aber fürchteten die wissenden Augen der alten Frau, und alle maßen ihren Worten große Bedeutung bei. Jeder im Umkreis von vielen Meilen wusste, dass sie den Bösen Blick hatte.

»Ja«, nickte die alte Betsy MacDougall, während sie das Neugeborene betrachtete, »sie könnte das Zweite Gesicht haben.«

Die anderen Frauen hielten entsetzt die Luft an. In der engen Hütte herrschte feierliche Stille.

»Das bedeutet Gnade und Fluch zugleich«, fuhr das seltsame Weib fort. »Ich kann ein Lied davon singen, denn viele Jahre lang erfuhr ich beides.«

Ginevras Mutter erschauerte. Sie kannte die Gefahr. Sie wusste, dass Menschen mit dem Zweiten Gesicht oft zur Einsamkeit verdammt waren, weil sie erkannten, was niemand außer ihnen sah. Sie trugen den Schmerz der Welt in ihrer Seele, und kein anderer konnte ihnen die Bürde erleichtern.

Aber nicht nur ihre Augen kennzeichneten Ginevra als ungewöhnliches Kind. Bereits als Säugling gab sie niemals den geringsten Laut von sich. Ihre Augen sahen und verstanden alles, lange bevor die anderen Kinder ihres Alters auch nur sprechen lernten. Sie wuchs und gedieh, aber nie kam ein Ton über ihre Lippen. Als sie zwei wurde, wusste ihre Mutter, dass irgend etwas nicht stimmte.

Mit der Zeit wandelte sich Ginevras Haarfarbe allmählich von tiefem Schwarz in das flammende Rot der MacIains. Auch ihre Augen wurden heller. Zunächst hatten sie die Farbe des Abendhimmels widergespiegelt, nun schien heller Sommermittag in ihnen zu leuchten.

Ihr Charakter passte sowohl zu ihrer wilden Mähne als auch zu ihren hellen Augen. Meistens lächelte Ginevra, doch ihr Lächeln war irgendwie abwesend, so, als ob es die anderen nicht gäbe. Schnell wurde es im Dorf als das dümmliche Grinsen einer Einfältigen abgetan. Wenn jemand sie ansprach, schaute sie ihn nicht an, sondern schien durch ihn hindurch zu blicken. Auch wusste man nie, ob Worte irgendeinen Sinn für sie ergaben. Ihr Gesicht blieb immer ausdruckslos. Nur Ginevras Augen waren von einem seltsamen Licht erfüllt, von einer Art innerem Leuchten.

Ihr Verhalten zeigte allerdings, dass ihre Ohren durchaus funktionierten und dass sie sowohl für Klänge als auch vielleicht für manche Bedeutungen in gewisser Weise empfänglich war. Obwohl ihr die Gabe der Sprache offenbar nicht in die Wiege gelegt worden war, schien sie alle anderen Dinge in normaler Weise ausführen zu können. Doch selbst der weiseste Dorfbewohner hätte nicht mit Gewissheit sagen können, ob sie alles verstand, was um sie herum vorging.

Dass Ginevra in vieler Hinsicht seltsam war, konnte niemand abstreiten. Manchmal starrte sie irgendetwas für andere Bedeutungsloses einfach nur stundenlang an. Oder sie ließ sich auf alle Viere nieder und machte einen Hund nach, aber nicht nur für kurze Zeit, wie andere Kinder, sondern oft über Tage hinweg. Sie begann, allein durch die Hügel zu streunen. Im Sommer wanderte sie auch nachts. Angst kannte sie nicht. Immer lag auf ihrem Gesicht ein klares, starres, ausdrucksloses Lächeln. Hätten nicht zahlreiche Beobachtungen dagegen gesprochen, hätte man sie für stocktaub halten können.

Ginevras Eltern versuchten, ihre Tochter in die kleine Dorfschule zu schicken, die es seit einiger Zeit im Ort gab. Doch die anderen Kinder verhielten sich dem Mädchen gegenüber ziemlich unfreundlich. Ginevra zeigte nie, ob sie irgend etwas verstand. Manchmal stand sie einfach während des Unterrichts auf, ging hinaus und wurde für den Rest des Tages nicht mehr gesehen. Weder Ermahnungen noch Schimpfen, noch nicht einmal Rohrstockhiebe auf Finger oder andere Teile ihrer Anatomie zeigten bei ihr eine andere Wirkung als ihr übliches, leeres Starren oder allenfalls ein süßes Lächeln. Keine wie auch immer geartete Benimmregel konnte dem Mädchen eingebläut werden.

Eines Abends hatte der Lehrer sie grün und blau geprügelt. Die einzige Reaktion Ginevras war ein freundliches Lächeln, obwohl ihre Augen voller Tränen standen. Der Schulmeister machte sich daraufhin die schrecklichsten Vorwürfe und schwor, dass er das Mädchen, komme was wolle, niemals mehr anrühren würde. So merkwürdig Ginevras Verhalten auch war, mit Gewalt war ihr auf keinen Fall beizukommen.

Ob sie je das Lesen gelernt hatte, wusste noch nicht einmal ihre Mutter. Ginevra starrte mit ihrem wohlbekannten leeren Blick auf die Seiten, ohne dass jemand herausfinden konnte, was sie aufnahm.

Der alte Chief Alasdair, dessen wilde, mittlerweile weiß gewordene Mähne Ginevra geerbt hatte, konnte sich nicht erinnern, jemals ein ähnliches Kind erlebt zu haben. Aber der Barde des Dorfes, ein greiser Poet und Krieger namens Ranald MacDonald of the Shield, der sogar noch älter war als Betsy MacDougall, liebte Ginevra. Ihre Art machte ihn neugierig. Als er eines Tages die Saiten seiner keltischen Harfe zupfte und tief in die unergründlichen Augen des Mädchens blickte, erfand er ein trauriges Lied für ein Kind, dessen Seele er nicht auszuloten vermochte.

O kleine Ginevra, du Kind mit flammendem Haar.
Sag uns, was du denkst. Sag uns, was du weißt.
Entdecke uns deine Seele. Vielleicht ist sie wunderbar.
Sag uns, was du denkst. Sag uns, was du weißt.
Wer bist du, mein Mädchen und wo willst du hin?
Sprich mit uns, wenn du kannst ...

Wer bist du, mein Kind? Wer wird aus dir schlau?
Sag uns, was du denkst. Sag uns, was du weißt.
Wir sehen deine Augen, so herrlich tief und blau.
Sag uns, was du denkst. Sag uns, was du weißt.
Augen wie Himmel. Leeres, weites Azur.

Sprich mit uns, wenn du kannst ...

Du kleine Ginevra, woran denkst du, Kind?
Sag uns, was du denkst. Sag uns, was du weißt.
Hilf uns, zu verstehen, was deine Träume sind.
Sag uns, was du denkst. Sag uns, was du weißt.
Wer bist du, mein Mädchen und wo willst du hin?
Sprich mit uns, wenn du kannst ...

Die melancholische Melodie, die der Barde mit seiner im Alter brüchig gewordenen Stimme vortrug, brachte Ginevras Mutter zum Weinen. Doch auf Ginevra hatte das Lied eine ganz andere Wirkung. Sie gab zum ersten Mal in ihrem Leben einen Laut von sich, den man später noch öfter von ihr hören sollte: ein zart glucksendes, seliges Lachen.

Nach allgemeiner Auffassung der Leute im Dorf war Ginevra MacIain, Großnichte des Chiefs »nicht ganz beisammen«.

• **Vier** •

Ginevra war fünfzehn, als sie den jungen Brochan Cawdor zum ersten Mal traf. Der Junge stammte aus einem Zweig des Clan Campbell, der am Rand des Rannoch-Moores an den Abhängen des Meall a'Bhuiridh in der Nähe von Black Mount wohnte.

Am Morgen hatte sie ihr Dorf verlassen und war dem Fluss eine Meile aufwärts gefolgt. Plötzlich erregte ein kegelförmiger Berg, der in der Gegend Signalhügel genannt wurde, ihre Aufmerksamkeit. Sofort lief sie hin. Sie hatte vor, die wenigen hundert Fuß bis zu seinem Gipfel hinauf zu klettern, den zerklüfteten

Stein auf seiner Spitze zu erklimmen und die Aussicht über das ganze Tal zu genießen.

Eine Gruppe von vier oder fünf Jungen kehrte vom Fischen in Loch Achtriachtan zurück. Wenn Ginevra sie überhaupt wahrnahm, maß sie ihnen jedenfalls ebenso wenig Bedeutung bei, wie sie das mit jedem menschlichen Wesen tat.

Aber die Jungen sahen das Mädchen.

»Seht mal, die Idiotin!«, rief einer.

Und schon waren sie hinter ihr her.

Zunächst bereiteten die Quälgeister Ginevras Ausdauer keinerlei Mühe. Sie war schon halb auf dem Signalhügel, als die Jungen noch über die unteren Ausläufer des Abhanges keuchten. Aber die Beine des Mädchens waren kürzer als die seiner Verfolger. Überdies stachelten die Jungen sich gegenseitig an.

Auf dem Gipfel holte der erste sie ein. Am Fuß des Steins stolperte Ginevra und blieb schwer atmend liegen. Schon bald war der erste Verfolger neben ihr und beugte sich drohend über sie. Er war genau so außer Atem wie das Mädchen. Ginevra sah ihrem Peiniger gerade ins Gesicht und lächelte dabei so geheimnisvoll wie immer.

»Lach nicht so blöd!«, zischte der Junge. Offensichtlich war er der Anführer. Er ärgerte sich fast schwarz, dass er sich von einem Mädchen derart hatte abhängen lassen, holte aus und schlug Ginevra wuchtig mit der Faust auf das linke Ohr.

Sie sah zu ihm auf. Ihr Gesichtsausdruck war eine Mischung aus Verwirrung und Mitleid. Ginevra kannte den Jungen. Er stammte aus dem Nachbardorf. Sie hatte keine Ahnung, warum er sie so schlecht behandelte. Langsam wich das Lächeln von ihren Lippen. Als sie wieder Atem geschöpft hatte, stand sie ruhig auf und ging langsam bergab.

Auch die anderen Jungen waren nun auf dem Gipfel angekommen. Und sie wollten ihren Spaß auf Kosten des Mädchens.

»Sag doch mal was, Ginevra!«, frotzelte einer und folgte ihr dicht auf den Fersen.

»Was ist los mit dir? Hat die Katze deine Zunge gefressen?«

Die anderen lachten. Sie bauten sich vor dem Mädchen auf und hinderten sie am Weitergehen.

Ein kleinerer Junge sprang vor und schlug Ginevra mitten ins Gesicht. Verwirrt und bestürzt wandte das Mädchen sich ab.

»Sei bloß vorsichtig«, rief der Jüngste, der sich ängstlich in Hintergrund hielt, »sonst verwünscht sie dich noch!«

»Sie ist nur eine arme Irre, Ruadh«, gab der größere Junge zurück. »Sie kann bestimmt nicht zaubern!«

»Die alte Hexe hat aber gesagt, sie hat das Zweite Gesicht!«

Irgendwo von der anderen Seite des Signal Hill tauchte plötzlich ein älterer Mann im Laufschritt auf dem Gipfel auf. Keiner der Jungen hatte ihn kommen hören.

»Haut ab, ihr Taugenichtse! Lasst das Mädchen in Ruhe!«, rief er und versetzte den beiden Nächststehenden ein paar harte Hiebe mit seinem Wanderstab.

»Das geht Euch nichts an, alter Mann!«, keifte der Anführer zurück. Dabei trat er nach dem Stock des Alten.

»Das geht mich schon was an, wenn ich ein kleines Mädchen vor euch Feiglingen beschützen muss!«

»Wen meint Ihr mit Feigling?« Der Junge gab sich großspurig. Schließlich sahen die anderen ihm zu. Doch deren Unterstützung ließ mit einem Mal arg zu wünschen übrig. Der kleine Ruadh hatte sich bereits verdrückt. Er war in großer Sorge, ihr Abenteuer auf dem Signalhügel könne im Dorf ruchbar werden. Er war der Sohn von John Maclain, ein Enkel des Chiefs und Vetter von Ginevra. Wenn jemand von der Sache erfuhr, hätte er eine ganze Menge Ärger am Hals!

»Nur ein Feigling quält ein schutzloses Mädchen!«, schnauzte der Mann und schlug wieder mit seinem Stock zu. Dieses Mal traf er den Kopf des Jungen. Der dumpfe Laut auf dem dicken Haarwust, gefolgt von einem wütenden Schmerzensschrei, genügte den anderen. Schleunigst drehten sie um und gaben Fersengeld. Da hielt es auch ihr Anführer nicht mehr aus. Er stürmte hinter ihnen her den Signalhügel hinunter und schimpfte wie ein Rohrspatz.

Der Retter drehte sich zu Ginevra um. Sie blickte ihn an. In ihren Augen lag mehr Ausdruck als sonst; trotzdem wäre es schwierig geworden, dem Ausdruck eine Bedeutung beizumessen.

Der alte Mann ging auf das Mädchen zu und legte seine Hand sanft auf ihre rote Mähne.

»Mach dir nichts aus ihnen«, sagte er tröstend und nickte zu ihr hinunter. »Du hast die Seele der Highlands in dir, mein Mädchen. Ich bin sicher, der liebe Gott lächelt, wenn er dich ansieht. Und denk immer dran, es spielt keine Rolle, was die Menschen sagen.«

Ginevra lächelte ihn an. Aber ihr Lächeln war traurig und erlosch nach wenigen Augenblicken.

Sie drehte sich um, lief über den Gipfel des Signalhügels und rannte auf der anderen Seite bergab.

• Fünf •

Ginevra rannte und rannte. Als sie den Fuß des Hügels erreicht hatte, lief sie immer weiter Richtung Osten, über einen Pass bis zu den unteren Abhängen der Drei Schwestern, einer Bergkette, die das östliche Talende im Süden dominierte. Nun ging es wieder steil bergauf. Nach einer guten Stunde Laufen, Klettern, Rennen und wenigen kurzen Pausen hatte sie fast vier Meilen zurückgelegt. Sie war weit von jeglicher menschlichen Behausung entfernt an den nördlichen Hängen des Stob Dubh angekommen.

Nachdem sie dem alten Mann auf Signalhügel davongerannt war, hatte sie, völlig ungewohnt, Tränen in den Augen gespürt. Und diese Tränen wollten und wollten nicht versiegen, obwohl sie sich bis an die Grenze der Erschöpfung verausgabt hatte. Eigentlich war sich Ginevra nicht einmal darüber im Klaren, warum sie ihre Tränen unbedingt bezwingen wollte. Sie wusste nur, dass Tränen immer mit unschönen, verwirrenden Gefühlen einher gingen und dass sie einen Knoten im Hals, Magenschmerzen und viele Fragen ohne Antwort in ihr hinterließen.

Warum riefen ihr die Kinder im Dorf hässliche Namen nach? Warum warfen sie mit Steinen und Stöcken nach ihr? Warum wollten die älteren Leute sie unbedingt dazu bringen, Geräusche mit ihrem Mund zu machen? Wozu? Sie brauchte nicht zu sprechen. Ihre Welt war eine Welt der Gefühle, nicht der Worte.

Seit einiger Zeit erlebte sie immer wieder neue, merkwürdige Gefühle. Ihr Körper hatte sich verändert, und sie fürchtete sich ein wenig davor. Unbekannte Sehnsüchte überkamen sie, plötzliche Glücksaufwallungen, die ihr Tränen in die Augen trieben, aber auch grundlose Trauer, die ihre Seele kalt und wie versteinert zurückließ. Manchmal, wenn sie die älteren Jungen im Tal ansah – die wenigen, die einigermaßen nett zu ihr waren –, erschien es ihr, als hätten auch sie sich verändert. Sie starrte ihnen oft nach und fühlte sich auf merkwürdige Weise angezogen, wusste aber nicht warum.

Die Tränen heute waren nicht ihre ersten gewesen, aber noch nie hatte es so lange gedauert, bis sie getrocknet waren. Wie schwierig es doch war, sie loszuwerden!

Ginevra setzte sich müde auf einen Felsblock und betrachtete die steinige Umgebung mit verweinten Augen. Hier fühlte sie sich zu Hause. In den schweigenden Bergen fand sie die Stille ihrer eigenen Seele. Die Welt der Männer und Frauen da unten war ihr zu laut und zu hektisch. Sie fühlte sich dort wie eine Fremde. Nirgends in der Welt der Menschen gab es ein stilles Eckchen, wo sie hätte Frieden finden können. Selbst zu Hause, wo man sie liebte und ihr jeden Wunsch von den Augen ablas, fand sie nicht die Ruhe, die ihrer Seele Balsam war. Denn sogar die Ruhe der anderen war für Ginevra eine lärmende Ruhe.

Hier, auf steilen Abhängen unter einem schweigsamen Himmel, war sie so zufrieden wie niemals sonst. Die murmelnden Bächlein nahmen mit ihrer Musik den Rhythmus ihres Herzens auf. Wasser brauchte keine Worte, um ihr von seiner Reise zu erzählen, von Abenteuern und Träumen. Warum sollte sie Worte benutzen? Warum sollte nicht ihr Herz so sprechen wie das Wasser oder die über ihrem Kopf still dahin treibenden Wolken?

Die Berge atmeten den Geist der Ruhe. Hier war sie allein, ohne einsam zu sein. Die Stille, die Seele der Berge, lebte auch in ihr.

Ginevra stand auf. Wieder begann sie zu rennen, immer weiter bergauf auf einem kaum erkennbaren Pfad, der ihr wenige Jahre später das Leben retten würde.

Sie hatte keine Ahnung, wo sie hinlief. Die Stellen, an denen sie sich üblicherweise orientierte, lagen weit hinter ihr. Sie befand sich in einer Gegend, die weder ihren Augen noch ihren Füßen bekannt vorkam.

Nach langem Wandern fand sich Ginevra an einem steilen Abhang wieder. Sie stand auf einem kahlen Felsblock. Tief unter ihr donnerte ein Wasserfall in ein weites Becken. Sie hatte den Fluss Etive erreicht, ohne natürlich diesen Namen zu kennen.

Eine Zeit lang stand sie einfach nur da und bewunderte die Aussicht. Plötzlich drehte sie sich um und sauste den Abhang hinunter. Ihr war in den Sinn gekommen, dass möglicherweise die Feuchtigkeit in den Augen verschwinden würde, wenn ihr ganzer Körper nass wäre. Sie erreichte einen weniger hoch gelegenen Felsen und sprang, ohne auch nur einen Moment zu zögern, in die Tiefe. Mit der Grazie eines Adlers flog sie in weitem Bogen auf das grüne Wasser zu, das sie von oben entdeckt hatte.

Sekundenlang war es so still wie zuvor, dann gab es ein lautes Aufklatschen, das niemanden störte. Ein paar Augenblicke später tauchte Ginevra prustend, strahlend und mit geröteten Wangen auf. Ihre Tränen waren wirklich verschwunden, nachdem sie sich von Kopf bis Fuß in den übrig gebliebenen Tränen des letzten Winterschnees gebadet hatte.

Ginevras Herz klopfte heftig. Das Wasser war eiskalt gewesen, aber jetzt wuchs neue Freude in ihr. Sie kletterte auf der anderen Seite aus dem Becken und setzte ihren Weg ins Ungewisse fort.

Der Tag war hochsommerlich warm. Ginevras Kleid trocknete innerhalb einer Stunde. Als die Sonne sich schließlich langsam den Bergen zuneigte, aus denen Ginevra gekommen war, wusste das Mädchen nicht mehr, wo es sich befand. Doch Ginevra hatte keine Angst. Jeder Berg war ihre Heimat, egal, ob sie ihn schon tausend Mal erklommen hatte oder ob sie heute erst seine Bekanntschaft machte.

• Sechs •

Der Junge aus Black Mount am Rand des Rannoch Moores war ein stolzer Jäger. Gerne pirschte er durch das wilde Gelände am Meall a'Bhuiridh nach Hasen und Hirschen. Das Land war öde, gefährlich und mindestens fünf oder sechs Monate im Jahr völlig unzugänglich, aber für jemanden wie Brochan Cawdor machte genau das seinen Reiz aus.

Er liebte die Jagd. Wenn er weder Fuchs noch Hase, weder Hirsch noch Wildschwein aufstöbern konnte, begnügte er sich mit einem der Bergkaninchen, die zu Tausenden die steilen Hänge bevölkerten. Auf seiner einsamen Pirsch träumte Brochan gerne davon, eines Tages mit den Männern seines Clans in den Kampf gegen die Engländer oder die Dänen ziehen zu dürfen.

Brochan kannte die Geschichten von den Wikinger-Invasionen in seinem Land vor vielen hundert Jahren auswendig. Er liebte die Erzählungen über Flodden und ganz besonders die Geschichte der Schlacht von Sauchieburn, die seinen Vorfahren Colin Campbell berühmt gemacht hatte. Seither hatte der Clan Campbell in Argyll große Bedeutung gewonnen. Schon als kleines Kind hatte Brochan den alten Berichten immer hingerissen gelauscht. Sie hatten in seinem Kopf ein romantisches Bild von edlen Recken, heldenhaften Schlachten und großer Ehre hinterlassen, die eines Tages auch seinen Namen zieren sollte.

Brochan war sechzehn Jahre alt. Er hatte volles, goldenes Haar, sein Gesicht wurde allmählich kantiger, und sein schlaksiger Körper begann, so muskulös zu werden, wie es sich für einen Soldaten seiner Ansicht nach gehörte. Noch war Brochan zu jung, um zu wissen, dass die Schotten die meisten Kämpfe nicht gegen fremde Invasoren, sondern viel häufiger gegen ihresgleichen führten. Irgendwer hatte einmal gesagt: »Sie führen immer Krieg. Und wenn gerade kein Krieg ist, dann kämpfen sie gegeneinander.«

Der Verbindungsmann des Grafen in der Region war Robert Campbell of Glenlyon, ein entfernter Großonkel Brochans. Viele seiner Landsleute hielten ihn für einen Trunkenbold, der sich ständig am Rande des finanziellen Ruins befand und mehr schlecht als recht durchbrachte. Das hinderte den Jungen jedoch nicht, verklärten Fantasien von einem gloriosen Ritt in die Schlacht unter dem Befehl seines Onkels nachzuhängen.

Während Brochan vom Feld der Ehre träumte, schoss plötzlich ein Karnickel wie ein graubrauner Blitz quer über den Weg.

Eine Sekunde später hatte der Junge den Bogen von der Schulter gerissen und einen messerscharfen Pfeil in der Hand.

Vorsichtig schlich sich Brochan an das Heidedickicht, in dem das Tier verschwunden war. Der junge Krieger spannte die Sehne und zielte.

In diesem Augenblick sprang eine Gestalt von einem Felsen gegenüber dem Heidedickicht. Sie warf sich genau in die Schusslinie und tanzte mit erhobenen Armen wild vor dem Versteck des Kaninchens hin und her.

Es war ein Mädchen! Ein verrücktes, blödes Mädchen!

Brochan war so erschrocken, dass er den Pfeil unwillkürlich losgelassen hatte. Er schoss mindestens drei Fuß an ihrem wilden, roten Haar vorbei, knallte gegen ein paar Steine und schlidderte schließlich harmlos über das kurze Gras.

Das Kaninchen hatte sich im Nu in Sicherheit gebracht. Der junge Jäger senkte den Bogen. Er war furchtbar verärgert, zitterte aber gleichzeitig bei der Vorstellung, was hätte passieren können.

»Was denkst du dir dabei, du blöde Gans?«, brüllte er und rannte auf sie zu. »Das hätte ganz schön ins Auge gehen können!«

Das Mädchen antwortete nicht. Sie hörte auf, umherzutanzen, und starrte den Jungen an. Brochan starrte zurück. Er verstand nicht, wie ein so junges Ding sich so weit entfernt von jeder menschlichen Behausung aufhalten konnte.

»Wo kommst du her?«, fragte er schließlich.

Sie schaute ihn noch immer an. Die nackte, leicht gebräunte Brust des Jungen gefiel ihr ausnehmend gut.

»Ich habe dich gefragt, wo du herkommst«, wiederholte er. Allmählich verlor er die Geduld. »Bist du vielleicht taub?«

Endlich antwortete Ginevra. Brochan vernahm zum ersten Mal das süße, glucksende Lachen. Sein Ärger schwand sofort. Vielleicht lächelte er nicht gerade, aber sein Gesichtsausdruck wurde erheblich sanfter. Verlegen trat er von einem Fuß auf den anderen.

»Weißt du, dass ich dich beinahe erschossen hätte?« Jetzt sprach er zu ihr wie zu einem Kind. »Außerdem habe ich das Karnickel verpasst!«

Ginevra ließ die Mundwinkel hängen. Lange hielt sie den traurigen Ausdruck aber nicht durch. Schon bald lächelte sie wieder, und das Leuchten ihres Gesichtes strahlte auf ihre Augen über.

»Warum lächelst du immer so?«, fragte Brochan.

Ein glucksendes Lachen war die einzige Antwort.

»Kannst du nur lächeln und lachen?«

Wieder lachte Ginevra, dann schüttelte sie den Kopf.

»Wie heißt du?«

Keine Antwort.

»Wo kommst du her?«, fragte der Junge zum wiederholten Mal.

Ohne die Augen vom Gesicht ihres Gegenüber abzuwenden, deutete Ginevra hinter sich, in die Richtung von Glencoe. Brochan Cawdor konnte nicht wissen, dass er soeben in den Genuss der längsten Unterhaltung gekommen war, die Ginevra MacIain je mit einem Menschen geführt hatte.

»Aus den Bergen kommst du? Vielleicht aus Glencoe?«

Ginevra nickte.

»Glencoe! Dann musst du eine MacDonald sein!«

Wieder nickte das Mädchen.

»Na ja, du kannst ja nichts dafür. Ich bin ein Campbell, und ehrlich gesagt, mir hat noch nie ein MacDonald ein Haar gekrümmt. Ich heiße Brochan Cawdor, und ich wüsste wirklich gerne deinen Namen. Wie soll ich dich denn nennen?«

Ginevra kicherte.

»Warum sagst du nichts, Mädchen? Kannst du überhaupt sprechen?«

Die Antwort auf diese Frage kannte Ginevra selbst nicht. Sie lächelte den Jungen nur an.

»Gut, dann sage ich eben MacDonald-Mädchen zu dir«, beschloss Brochan.

Ihr glucksendes Lachen klang sehr zufrieden.

»Was treibst du hier, so weit weg von zu Hause, MacDonald-Mädchen?«, fragte Brochan.

Da begann Ginevra zu tanzen. Ihre Bewegung war ganz anders als vorhin, als sie das Kaninchen vor einem unrühmlichen Ende in Mutter Cawdors Kochtopf gerettet hatte. Ihr klopfendes Herz und die Fülle neuer Gefühle, die der Anblick des Jungen in ihr hervorgerufen hatte, erweckten in ihr zum ersten Mal den Wunsch, sich ausdrücken zu können. Bisher hatte sie das nie gebraucht. Sie tat es mit der einzigen Möglichkeit, die ihr zur Verfügung stand: Sie bewegte sich.

Als sie fertig war, drehte sie sich zu Brochan um. In ihrem Gesicht war klar und deutlich ihre Erwartung zu lesen, dass der Junge sie verstanden haben musste.

Brochan lachte leise.

»Du bist schon ein komisches Mädchen«, sagte er. »Aber du bist verdammt hübsch, und du hast die schönsten Augen, die ich je gesehen habe. Außerdem finde ich dich ganz schön mutig. Macht nichts, dass du stumm bist.«

Unwillkürlich schaute er nach der Sonne, die gerade hinter den höchsten Gipfeln im Westen abtauchte.

»Es ist spät«, fuhr er fort. »Irgendwie musst du heimkommen. Ich habe keine Ahnung, ob du dich verlaufen hast oder ob du weißt, wo du bist. Und weil du es mir nicht sagen kannst, muss ich dich wohl nach Hause bringen. Komm!«

Ginevra gehorchte. Sie folgte Brochan den nordwestlichen Hang hinunter und fühlte sich glücklicher, als sie je in ihrem Leben gewesen war.

Hätte Ginevra gewusst, was es hieß, verliebt zu sein, dann hätte sie ein solches Wort vielleicht benutzt, um ihren Gemütszustand zu beschreiben. Aber sie war erst fünfzehn und der nette Junge neben ihr sechzehn.

Es war einfach zu früh, von Liebe zu sprechen.

Aber sie wusste, dass sie einen Freund gefunden hatte.

• Sieben •

Die beiden jungen Leute wurden älter, und das Band zwischen ihnen stärker.

Obwohl ihre Dörfer elf Meilen voneinander entfernt lagen, sahen sie einander oft.

Nachdem Brochan sie an der Stelle verlassen hatte, wo die ersten Lichter des Dorfes sichtbar wurden, und Ginevra nach Hause zurückgekehrt war, fand sie keinen Schlaf mehr. Weder in dieser Nacht, noch in einer der nächsten. Drei Tage später wanderte sie wieder durch die einsamen Moore, immer in der Hoffnung, den netten Jungen wiederzusehen, der ihren Kopf immer noch beschäftigte. Eine ganze Woche lang fand sie ihn nicht. Aber eines Tages entdeckten sie sich gegenseitig. Beide standen auf einem Hügel und hielten Ausschau nach dem anderen. Begeistert rannten sie in das kleine Tal dazwischen. Sie waren restlos entzückt, sich wiederzusehen.

»MacDonald-Mädchen!«, rief der Junge fröhlich.

Beim Klang seiner Stimme, die einen Namen aussprach, mit dem sie sonst niemand rief, tanzte Ginevra vor Freude. Als sie sich endlich gegenüberstanden, strahlte ihr ganzes Gesicht.

»Komm mit, MacDonald-Mädchen«, schlug Brochan vor. »Ich bin gerade hinter einem Reh her. Den Spuren nach scheint es ein ziemlich großes Tier zu sein. Ich verspreche dir, ich schieße nicht, solange du dabei bist. Wir schauen es uns nur an!«

Er kletterte den steilen Abhang voran und freute sich über die Geschmeidigkeit und Zähigkeit des Mädchens, während sie den Spuren durch das Heidekraut folgten. Sie war ebenso schnell wie er. Außerdem spürte sie die Anwesenheit des Tieres, lange bevor er es wahrnahm. Sie schlichen sich an. Ginevra signalisierte mit Händen und Augen, und Brochan begriff. Nun führte sie. Der Junge hatte verstanden, dass das Reh sehr nah sein musste und dass Ginevra ihn bat, ganz leise zu sein.

Plötzlich schnappte Brochan nach Luft. Er konnte es einfach nicht glauben. Es war der weiße Hirsch!

Sein Bogen rutschte ihm über die Schulter, als er atemlos das Tier beobachtete. Aber er wollte auch gar nicht schießen. Als er die Spuren entdeckt hatte, wusste er, dass es sich um ein großes Tier handeln musste. Aber dass es der weiße Hirsch war, hätte er nicht einmal in seinen kühnsten Träumen zu hoffen gewagt. Das schneeweiße, riesige Wild stand ruhig an einem kleinen Weiher und senkte graziös den Kopf mit dem ausladenden Geweih, um seinen Durst zu löschen.

Seit frühester Kindheit kannte Brochan die vielen Geschichten vom Weißen Hirsch der Highlands, die jedem Kind erzählt wurden. Doch bis zu diesem Tag hatte er sie eher als Legende abgetan.

Plötzlich nahm der Hirsch ihre Witterung auf. Er hob den Kopf und blickte ihnen mit seinen großen, feuchten, braunen Augen genau ins Gesicht. Es war ein Moment, der sich beiden für ihr ganzes Leben in die Seele brennen sollte.

Es dauerte höchstens eine Sekunde. Dann sprang der Hirsch so leichtfüßig über den Weiher, als ob er Flügel an den Hufen hätte, und verschwand im Felsgewirr auf der anderen Seite.

Andächtig blieben Brochan und Ginevra noch eine Weile stehen. Wie traumverloren gingen sie schließlich weiter. Die unerwartete Begegnung hatte einen seltsamen Frieden ausgestrahlt. Nur nach und nach fand Brochan seine Sprache wieder. Erneut verfolgten sie Spuren, dieses Mal allerdings von etwas weniger edlem Wild. Im Lauf des Nachmittags bemerkte Brochan erstaunt, welche Bereicherung Ginevras Anwesenheit für einen Jäger bedeuten konnte. Gleichzeitig musste er allerdings feststellen, dass er in ihrer Gesellschaft nicht einmal fähig war, eine Maus zu töten.

Den ganzen Sommer hindurch gingen sie zusammen auf die Pirsch, wann immer es ihnen möglich war, sich zu treffen. Es machte ihnen Freude, Spuren zu verfolgen, Tieren zuzuschauen und die Highlands verstehen zu lernen. Brochan entwickelte allmählich eine veränderte Einstellung zu den Tieren der Bergwelt. Sie waren nicht länger ausschließlich Beute, sondern Mitgeschöpfe in einer Welt, die weiter, schöner und reicher war, als er es sich je vorgestellt hatte.

Mit Ginevra an seiner Seite erlebte der Junge die Stimme der Stille und lernte die Lektionen des Schweigens. Sie vertieften die Liebe zu seinem Land und dessen Tierwelt, denn er begann, sie mit Ginevras Augen zu sehen.

Acht

Allmählich drehte der Wind und trug den Geruch von Schnee über die Berge. Es wurde Winter.

So gesund und widerstandsfähig Ginevra auch war, im Winter war es unmöglich, auch nur einen einzigen Tag in den Regionen zu überleben, wo sie und Brochan einen ganzen Sommer lang auf die Jagd gegangen waren.

Ginevras Mutter bemerkte die Veränderung ihrer Tochter sehr wohl. Das Mädchen nahm mehr vom Leben wahr, war aber noch ruhiger geworden. Einen ganzen Winter lang hatte die Mutter Zeit, über Ginevras offensichtlich tieferes Wissen nachzudenken. Doch erst im darauf folgenden Sommer sollte sie den wahren Grund erfahren.

Im späten Frühjahr tauchte ein junger Mann in Glencoe auf. Es war ein Fremder, den noch keiner im Tal je gesehen hatte und von dem niemand wusste, dass er ein Campbell war.

Er fragte nach einem Mädchen mit wildem roten Haar und himmelblauen Augen. Einem Mädchen, das niemals sprach.

Seine Suche dauerte nicht lang. Jeder in Glencoe kannte dieses Mädchen.

Die Frauen begannen sofort zu tratschen. Die Kinder von Achtriachtan, dem ersten Dorf, wo der junge Mann nachgefragt hatte, stürmten schon mit der Neuigkeit Richtung Carnoch voraus. Ein paar der jüngeren Kinder tollten neugierig hinter dem Fremden her, und als er schließlich das Dorf des Clans MacIain erreichte, folgte ihm ein ganzer Schwarm kleiner Jungen und Mädchen und fröhlich bellender Hunde.

Er war längst angekündigt worden. Dank der Berichte der Kinder, die an die Tür ihrer Mutter geklopft und aufgeregt durcheinander geredet hatten – ein Fremder käme aus dem Osten und er sei jung und stark und schön –, wusste Ginevra bereits sehr wohl, um wen es sich handelte. Ginevras Mutter saß und wiegte ihren kleinen Sohn. Fragend schaute sie Ginevra an. Ob ihre Tochter den Grund für die allgemeine Aufregung kannte?

Ginevra ging zitternd zur Tür und spähte hinaus. In der Ferne erkannte sie eine für Carnochs Verhältnisse ungewöhnliche Menschenmenge auf der kleinen Dorfstraße. An ihrer Spitze ging jemand, der mit Sicherheit kein Junge mehr war. Ihr Herz klopfte so sehr, dass sie fürchtete, es würde ihren Brustkorb sprengen.

Langsam öffnete sie die Tür, trat auf die Straße und wartete vor dem Haus. Den ganzen Winter lang hatte sie von ihm geträumt. Jetzt fiel es ihr schwer, ihn anzusehen. Angelegentlich betrachtete sie den Boden vor ihren Füßen.

Der Lärm näherte sich, hielt an und ließ nach. Langsam wurde es still. Sie wartete noch einen kurzen Moment.

»MacDonald-Mädchen«, sagte eine wunderbar vertraute Stimme, »du bist ja noch hübscher geworden, seit ich dich das letzte Mal gesehen habe.«

Langsam hob Ginevra den Kopf.

Da stand er, und er war noch viel schöner, als sie ihn in Erinnerung gehabt hatte.

Ihre Augen trafen sich. Sie lächelten einander an. Für einen kurzen Augenblick gab es nichts auf der ganzen Welt als nur sie beide, und sie waren eins, wie sie es immer gewesen waren.

Ginevras Augen sprühten Funken. Heute tanzte sie nicht. Sie schenkte ihm nur ein Lächeln voller Glück, seine Stimme wieder zu hören.

»Sie haben mir erzählt, du heißt Ginevra«, sagte Brochan.

Vor Freude schloss sie die Augen. MacDonald-Mädchen, das hatte ihr wirklich gut gefallen – aber ihren eigenen Namen aus diesem Mund zu hören war reinstes Glück.

Sie hatten sich beide verändert. Zwar war Brochan nicht mehr viel gewachsen, aber seine Brust war breiter, seine Stimme tiefer und seine Muskeln voller als im letzten Sommer. Auch seine Gesichtszüge waren markanter geworden. Er war noch kein gestandener Mann, aber auf dem besten Weg dahin.

Ginevra hingegen hatte sich zu einer schönen jungen Frau entwickelt. Ihr Gesicht war etwas schmaler als zuvor, mit hohen Wangenknochen und vollen Lippen, und ihre ganze Silhouette erschien insgesamt weiblicher. Nur ihre Augen hatten sich nicht verändert. Es gab nichts, was an diesen strahlend blauen Sternen unter ihren schwarzen Wimpern hätte verbessert werden können. Ginevra war wirklich schön, nur bedurfte es eines Menschen wie Brochan, das zu erkennen. Wäre sie von den Leuten nicht als »arme Irre« eingestuft worden, hätten sich sicher viele junge Männer des Tals um ihre Gunst beworben. Aber so, wie es nun einmal war, scherten sie sich einen Teufel um das Mädchen. Ginevras Andersartigkeit schirmte ihre Schönheit vor unwissenden Blicken ab.

Schließlich konnte Ginevra sich nicht mehr zurückhalten. Sie tanzte einen langen Tanz des Verzichts. Ihre Arme flogen über ihren Kopf, und ihr Haar wippte.

Brochan lachte glücklich.

Der Zauber war gebrochen. Zwei Dutzend Kinder schwärmten in alle Richtungen aus, begierig darauf, als erste die Neuigkeit von Ginevra und dem fremden jungen Mann in die Dörfer zu bringen.

Nun war Ginevra wirklich verliebt. Sie wusste es. Und ihre Mutter wusste es auch.

• Neun •

Hinsichtlich Ginevras geistiger Fähigkeiten blieb das Dorf geteilter Meinung. Wirklich blind zeigte sie sich allerdings gegenüber den zunehmenden Spannungen zwischen England und Schottland. Doch ob sie sie nun wahrnahm oder nicht, das harte Aufeinandertreffen der beiden Nationen beendete ihre unschuldige, schweigsame Kindheit und Jugend ebenso plötzlich wie das sanfte Erwachen ihrer Weiblichkeit.

Im Jahr 1685 folgte der katholische König James VII. seinem Bruder Charles II. von England und Schottland auf den Thron. Der neue König war in keinem der beiden Länder beliebt. Nur die schottischen Highlands hielten ihm die Treue, weil die Clan-Chiefs sich noch immer der Dynastie der früheren James und Maria Stewarts verbunden fühlten. James VII. konnte so katholisch sein, wie er wollte – er war ein Stewart und damit war die Frage klar. Jeder Highlander würde ihn treu bis in den Tod unterstützen.

Die englische Regierung jedoch war unerbittlich. Kein Katholik durfte den Staat regieren, und James' Absetzung wurde mit allen Mitteln betrieben. Das Parlament forderte James' Tochter Maria und den Schwiegersohn des Königs, Wilhelm von Oranien auf, den Thron zu übernehmen.

Wilhelm gehorchte nur allzu gern. Wer hätte schon ein Königreich abgelehnt, das einem auf dem silbernen Tablett präsentiert wurde? Er landete also im November 1688 mit seiner Armee in England, woraufhin James nach Frankreich flüchtete. Wilhelm und Maria wurden gekrönt und nannten sich William III. und Mary von England, Schottland und Irland.

Das war in Ginevras siebzehntem Lebensjahr. Natürlich wusste sie nichts davon. Ihre Gedanken drehten sich um den jungen Mann aus dem Campbell-Clan, der wiederum davon träumte, mit den Soldaten des Grafen zu marschieren.

Der größte Teil Südschottlands unterstützte den neuen König. Die protestantischen Clan-Chiefs konnten mit der verblühenden Stewart-Dynastie nichts mehr anfangen, hingegen hatten sie sich nach und nach mit der englischen Herrschaft abgefunden. Aber viele Highland-Clans beharrten dickköpfig in ihrer Ansicht, der Holländer sei ein Usurpator und der Thron stehe rechtmäßig einem Erben der Stewarts zu. Vereinzelt kam es zu Feindseligkeiten zwischen den Anhängern von James, den sogenannten Jakobitern, und der Regierung von William und Mary.

Im Sommer 1689 schickte König William Truppen nach Norden, um die aufständischen Jakobiter zu unterdrücken. Eine Einheit aus verschiedenen Highland-Clans traf auf dem Pass von Killiecrankie in Zentralschottland auf die königliche Armee und vernichtete sie bis fast auf den letzten Mann. Die meisten schottischen Soldaten gehörten dem Clan MacDonald an. Clan Campbell hatte die wenigsten Männer zur Verfügung gestellt, denn Campbell stand der jakobitischen Sache eher skeptisch gegenüber.

Der Sieg vertiefte die Entschlossenheit der Jakobiter, sich der neuen Ordnung entgegenzustellen. Weitere Kämpfe folgten. Da beschloss König William, der Rebellion gegen seine Herrschaft ein endgültiges Ende zu bereiten, koste es, was es wolle. Er war nicht bereit, die Auflehnung der Highlander länger in Kauf zu nehmen.

• Zehn •

Der Donald-Clan war der größte Clan der Highlands. Er entstand aus einer Vermischung norwegischer und keltischer Stämme. Sein Namensgeber Donald (1207 – 1249) war ein Enkel des berüchtigten Somerled, der in den Jahren um 1150 einen großen Teil Westschottlands erobert hatte. Der Titel »Lord of the Isles«, der Somerled verliehen und Jahrhunderte lang weitervererbt worden war, bestärkte die MacDonalds in der Annahme, die Clan-Chiefs ihrer zahlreichen Sippen seien die wahren Herrscher der gälischen Welt.

Die Bewohner des Tales von Glencoe gehörten dem kleinsten Zweig dieses großen Familienbaumes an. Sie nannten sich selbst Clan Iain oder Clan John nach ihrem Vorfahren Iain Og nan Fraoch (Junger John von der Heide). Die Ländereien des Tales waren dem jungen John von seinem Vater Angus Og of Islay überlassen worden, dem ruhmreichen Anführer der MacDonalds bei der Schlacht von Bannockburn unter Robert the Bruce.

Nach dem Tod des Jungen John von der Heide und seinem Begräbnis auf der Insel Iona 1338, wurde der Clan Iain von acht nachfolgenden Johns regiert. Daher betrachteten sich die meisten Bewohner von Glencoe als Söhne des John, oder eben MacIains. Die Ahnenreihe der MacIains war eindrucksvoll. Sie konnten die Herkunft ihres derzeitigen Clan-Chiefs Alasdair über zwölf Generationen bis zu Iain Og verfolgen, dann weiter zu Angus Og, Angus Mor, Donald, Ranald und Somerled höchstpersönlich. In noch früherer Zeit gehörte Colla the Prince zu ihren Vorfahren, genau wie Conn, der Hochkönig von Irland, der auf dem Stone of Fail gekrönt worden war. Die MacDonalds besaßen ihrer Meinung nach den längsten, königlichsten und heiligsten Stammbaum aller Highland-Clans[3]. Und wie bei den meisten Highland-Clans üblich, zollten sie ausschließlich ihren eigenen Clan-Chiefs eine unbeirrbare Loyalität. Sie vor allem lehnten sich gegen die zunehmende Tendenz aus dem Süden auf, die Clans zu unterwerfen und ihnen eine nationale Zentralregierung aufzuzwingen. In ihrer Jahrhunderte alten Stammestradition bedeutete Nation gar nichts, Clanzugehörigkeit alles.

---

[3] Die englische Namensgebung in einem solchen Bericht kann recht verwirrend sein. Jeder Clan hat viele Unterclans oder Sippen, die alle einen zusätzlichen eigenen Namen tragen. So gibt es zum Beispiel Dutzende von MacDonald-Sippen, die alle ihre Ursprünge auf den Enkel Somerleds zurückführen. Kommen in einer solchen Konstellation verschiedene Namen zusammen, werden sie oft in den Namen des Clans übernommen. Im Fall der MacDonalds von Glencoe war der Sippenname MacIain. Der Chief hieß 1692 Alasdair, genannt »der Rote«. Zu Verwirrungen kommt es, wenn ein solcher Mann wie in jenen Tagen üblich, entweder bei jedem seiner Namen oder nach seiner Herkunft benannt werden konnte. Folgende Namen waren für den Clan-Chief möglich: »Alasdair MacIain«, »MacIain«, »MacIain of Glencoe«, »MacDonald of Glencoe«, »MacDonald« oder einfach nur »Glencoe«. Wenn also der König in London mit John Dalrymple von »Glencoe« sprach, ging es ihnen in aller Regel nicht um das Tal, sondern um Alasdair MacIain, Chef des Glencoe-Zweiges im Clan MacDonald. Alasdairs Sohn, der ebenfalls Alasdair hieß, hätte die gleiche lange Namensliste.
Robert Campbell of MacLyon, der Gegenspieler Alasdairs bei den Ereignissen von Glencoe, besaß nur einen zusätzlichen Namen. Das vereinfacht seine Benennung erheblich. Er war unter den Namen »Campbell« und »Glenlyon« bekannt.
Noch verwirrender wird die Namensgebung, wenn ein Mann entweder bei seinem Titel oder bei seinem Gut oder mit seiner Adelszugehörigkeit benannt wird. Ein Beispiel hierfür ist Sir John Dalrymple, König Williams Staatssekretär für Schottland, dessen Titel »Master of Stair« lautete. In historischen Dokumenten ist von ihm häufig als von »Stair« die Rede, als handele es sich dabei um seinen Nachnamen.

Die Spannung zwischen den beiden verschiedenen Ansichten, der alten Stammestradition auf der einen und der jüngeren, zentral regierten Gesellschaftsform auf der anderen Seite, hatte im Lauf der Zeit zugenommen. Viele hundert Jahre lang hatte ein englischer König nach dem anderen versucht, die wilden Schotten im gebirgigen Norden zu unterwerfen. Die schottischen Lowlands an der Grenze hatten sich dagegen nach und nach der englischen Kultur angepasst und duldeten die Regierung.

An der Schwelle zum achtzehnten Jahrhundert mussten die Highland-Chiefs erkennen, dass ihre alte Tradition langsam ausstarb. Einige von ihnen, wie zum Beispiel das Oberhaupt von Campbell, gaben nach und ließen sich in den Fortschritt einbeziehen. Die kooperationsbereiten Clans wurden von der Regierung belohnt. Geld, Landbesitz und Macht waren zusammen mit den dazu gehörenden Schwertern und Gewehren ein verführerischer Anreiz für das Ablegen alter Traditionen.

Doch es gab auch andere Clans, stolze Mitglieder der alten Rasse wie die MacDonalds, denen ihre Unabhängigkeit und das Vermächtnis ihres keltischen Erbes wichtiger war. Sie waren nicht bereit, vor irgend jemand anderem als dem Oberhaupt ihres Clans die Knie zu beugen … außer vor dem rechtmäßigen König ihres Landes. Einer der überzeugtesten Anhänger dieser Ansicht war Ginevras Großonkel Alasdair MacIain von Glencoe.

In unmittelbarer Nachbarschaft der Glencoe MacIains, in Argyll im Süden und im Rannoch-Moor im Osten, lebten fast ausschließlich Campbells, die den neuen König anerkannt hatten und dem jakobitischen Anliegen mit Misstrauen begegneten. Seit hundert Jahren zog der Clan Campbell Nutzen aus seinen Verbindungen nach London und Edinburgh. Die Folge war, dass Campbell immer mehr Macht und Vermögen anhäufte, während MacDonald wegen seines Widerstandes gegen die englische Krone immer weiter enteignet wurde.

In den letzten Jahrzehnten des sechzehnten Jahrhunderts neigte König William III. dank seiner Ratgeber zu der Ansicht, dass

Campbell der vernünftigste schottische Clan überhaupt und der Graf von Argyll der wichtigste englische Verbündete in den Highlands war. MacDonald hingegen hielt seine Nachbarn für Verräter.

Die Rivalität zwischen den beiden Clans hatte allerdings auch noch andere Gründe. Seit Jahrhunderten waren sie Nachbarn in den westlichen Highlands, und ebenso lange schon stahlen sie sich gegenseitig ihre Herden. Einer der frechsten Raubzüge war Alasdair MacIain, »dem Roten«, 1689 gelungen. Als er nach dem Sieg am Killiecrankie-Pass Richtung Heimat zog und sich noch immer ärgerte, dass so wenige Campbells an der Schlacht teilgenommen hatten, marschierte er durch die Campbell-Hochburg Glen Lyon westlich von Aberfeldy, über den Black Mount und dann nach Norden zum Rannoch-Moor, bevor er an den heimatlichen Coe zurückkehrte. Auf dem Weg fielen ihm dreizehnhundert Campbell-Pferde in die Hände, außerdem Rinder, Schafe, Ziegen und jede Menge Haushaltsgegenstände.

Der Schaden war kaum zu beziffern. Viehhaltung bedeutete in den Highlands weit mehr als Reichtum und soziale Anerkennung. Sie war bitter notwendig für die Ernährung der Menschen. Die Campbells meldeten einen materiellen Verlust von 7500 Pfund, für die damalige Zeit eine ungeheure Summe. Und in Glen Lyon wurde Rache geschworen.

Campbell und MacDonald gehörten zu den größten und wichtigsten Namen im alten Kaledonien. Zwischen beiden Clans bestanden viele Blutsbande. Trotzdem blieben sie Rivalen, sogar Feinde, und nur einer der beiden Stämme würde die gälische Welt in die Zukunft führen.

Elf

Im Herbst 1691 hatten Brochan und Ginevra viele glückliche Stunden zusammen verlebt, sowohl in den Hochmooren der Berge als auch in ihren beiden Dörfern, wo sie trotz der Feindschaft ihrer beiden Chiefs ein gern gesehenes Paar waren. Sie hatten sich auch über eine gemeinsame Zukunft verständigt – Brochan mit Worten, Ginevra mit ihren Augen und ihrem Herzen.

Doch die Zeit der unbeschwerten Kaninchenjagd mit Pfeil und Bogen war für Brochan vorüber. Er trug nun Schwert und Dolch unter seinem Umhang, denn er war mit seinen einundzwanzig Jahren zum Mann geworden.

Brochan war stolz darauf, endlich erwachsen zu sein. Er wollte wissen, was er wert war, und seinen Mut unter Beweis stellen, wie es für einen Highlander und Gälen üblich war.

Brochan Cawdors Ehrgeiz ging weiter. Er wollte seinen Wert beweisen, um sicher zu gehen, dass er Ginevras Liebe verdiente.

Also ging er zu den Soldaten. So war es Sitte in seinem Clan, so war es Sitte in seinem Land, so hatte er es sich sein Leben lang gewünscht.

Eines Tages kam er nach Glencoe und wusste, dass es sein letzter Besuch für lange Zeit sein würde.

Ginevra hatte sich zu einer ruhigen jungen Frau entwickelt. Alle Dorfbewohner konnten ihre Schönheit nun sehen. Sie tanzte nicht mehr so oft mit hoch erhobenen Händen umher, aber immer noch wurde sie häufig auf langen, einsamen Spaziergängen in der Wildnis gesehen. Immer noch schien sie in eine andere Welt zu blicken, und das schuf nach wie vor eine gewisse Distanz zwischen ihr und den Dörflern. Sie würde wohl immer anders sein. Doch die Welt, in der ihre Seele zu Hause war, war nach Ansicht der Menschen um sie herum eine Welt der Engel und nicht der Dämonen.

Diejenigen, die sie in ihren Kindertagen unfreundlich behandelt hatten, erwiesen ihr nun eine Art linkischer Ehrfurcht. Manche hatten auch Angst vor ihr. Andere wiederum grüßten sie jetzt und redeten auf sie ein. Es gab auch immer noch ein paar Dörfler, die ihr aus dem Weg gingen, weil die rätselhaften Augen Ginevras sie allzu nervös machten. Sie wussten nicht recht, wie sie sich der jungen Frau gegenüber verhalten sollten. Aber das waren nicht mehr viele. Die meisten verehrten sie in gleicher Weise wie ihren Barden Ranald of the Shield.

Natürlich war Ginevra nicht stiller geworden, als sie vorher schon war. Aber irgendwie schien ihre innere Ruhe jetzt tiefer. Wenn sie mit Brochan zusammen war und andere ihnen zusehen konnten, legte sie seiner Zuneigung gegenüber eine gewisse Scheu an den Tag und errötete rasch. Waren sie hingegen allein, zeigte sie sich so lebhaft wie immer. Brochan kannte ihr Gesicht in- und auswendig. Er wusste immer, was ihre Mimik zu bedeuten hatte. Dass Ginevra nicht sprach, gab ihm oft das Gefühl, ihr dadurch noch näher zu sein. In einer Hinsicht hatte sich Ginevra allerdings wirklich verändert. Ihr mädchenhaft glucksendes Kichern hatte sich in ein herzhaftes, glückliches, freudiges Lachen verwandelt.

An dem Tag, als Brochan sie das letzte Mal für lange Zeit besuchen kam, blieb ihr das Lachen jedoch im Halse stecken. Gerade hatte er ihr gesagt, dass er fortgehen würde.

Sie gingen Hand in Hand am Ufer des Coe entlang, immer höher in den Taleinschnitt hinein. Das Wasser des Flüsschens gluckerte sanft vor sich hin. Erst im Winter würde es wieder toben und brüllen.

Lange war Brochan ebenso still wie Ginevra. Die Neuigkeit hatte sie traurig gemacht. Beide hatten inzwischen gelernt, dass sie schweigend am besten zueinander fanden. Sie fürchteten die Stille nicht, ganz im Gegenteil. Ginevra konnte nicht anders als schweigen, und Brochan liebte sie, verstand sie und wusste, dass ihr Schweigen eine tiefe Bedeutung hatte.

Als er schließlich zu reden begann, beschwor er die schönen Zeiten, die sie gemeinsam verlebt hatten. Während der Trennung, die vor ihnen lag, wollten sie sich die schönen Erinnerungen immer wieder ins Gedächtnis rufen.

»Als ich dich zum ersten Mal gesehen habe«, sagte Brochan träumerisch, »war ich richtig sauer auf dich, weil ich deinetwegen das Karnickel verpasst hatte. Und ich habe einen furchtbaren Schreck bekommen, weil ich dich um Haaresbreite erschossen hätte. Aber am meisten erinnere ich mich an deine Augen. Sie haben mich wirklich verzaubert …

Und weißt du noch, als wir mal oben am Stob Dubh waren? Es stürmte und donnerte, und überall auf den Bergen ringsum regnete es schon … Meine Güte, sind wir gerannt! Wir wollten unbedingt bei dir zu Hause sein, bevor das Unwetter so richtig losging …«

Ginevra nickte vergnügt.

»… aber wir haben es nicht geschafft. Wir sind klatschnass und völlig außer Atem in die Stube gestürmt und haben gejauchzt wie kleine Kinder. Deine Mutter wusste gar nicht, wie ihr geschah …«

Und ob Ginevra sich erinnerte! Niemals würde sie auch nur eine einzige Minute der glücklichen vier Jahre vergessen, die sie mit Brochan verbracht hatte.

»Letzte Woche habe ich einen Hirsch gesehen. Weißt du noch, im Sommer haben wir zusammen einen aufgespürt, oben auf dem Bhuirid. Wahrscheinlich war es der Gleiche. Ach, ich wünsche mir, den weißen Hirsch noch einmal zu sehen! Kannst du dich erinnern, wie wir ihn verfolgt haben?«

Während Brochan noch sprach, schoss Ginevra plötzlich davon. Kurz darauf kehrte sie mit einem winzigen Veilchen zurück. Sie streckte es Brochan entgegen und betrachtete ihn mit fragenden, hoffnungsvollen Augen, in denen er lesen konnte wie in einem Buch.

»Sicher kann ich mich an die wunderbare Blumenwiese am Bach erinnern. Du hast mich fast gezwungen, niederzuknien und mir die Blüten genau anzusehen. Ich hatte mal wieder nur Augen für den Fisch, den ich fangen wollte. Du hast mich mit geschlossenen Augen riechen lassen. Oh ja, ich weiß das noch sehr gut!«

Er unterbrach sich und öffnete die kleine Ledertasche, die er vorne am Kilt trug.

»Sieh mal«, sagte er, »ich habe immer noch die Blumen, die du für mich gepresst hast.«

Unwillkürlich lächelte Ginevra, als sie an den großen starken Mann dachte, der zu den Soldaten ging und dabei ihre kleinen gepressten Blumen bei sich trug.

Brochan sprach weiter von ihren schönen Erinnerungen. Er wusste, er musste für beide die richtigen Worte finden, die ihre gemeinsamen Erlebnisse beschrieben. Nur so konnten sie sie zusammen genießen.

»In der Nacht, als wir mit dem Boot deines Vaters über den See ruderten und der Mond so wundervoll schien, da waren deine Augen ganz hell im Mondschein. Und auf einmal sah es aus, als ob du sprechen wolltest. Wirklich! Wenn überhaupt jemals, dann in dieser Nacht!«

Es kam nicht häufig vor, dass sich Ginevra danach sehnte, sprechen zu können. Aber wenn Brochan eine solche Bemerkung machte, wünschte sie von ganzem Herzen, wenigstens einmal etwas sagen zu können, einfach nur, um ihn glücklich zu machen.

»Ich habe nur einen einzigen Wunsch, MacDonald-Mädchen«, flüsterte er. »Einmal in meinem Leben möchte ich meinen Namen von deinen süßen Lippen gesprochen hören. Nur das Wort ›Brochan‹. Du würdest mich so glücklich machen! Kannst du es nicht sagen, Ginevra? Nur einmal? Nur für mich?«

Die einzige Antwort war ihr freundliches Lächeln.

Er blieb stehen, beugte sich zu ihr hinunter und küsste ihre stummen und doch so ausdrucksvollen Lippen. Als er sich wieder aufrichtete, waren Ginevras Augen voller Tränen.

Wenn sie doch nur sprechen könnte! Was würde sie ihm alles sagen, wenn sie nur in der Lage wäre! Ihre ganze Liebe würde sie ihm zu Füßen legen!

Sie gingen noch ein Stück weiter, dann drehten sie um und wanderten zurück nach Carnoch.

»Wie schön es doch war, als wir beide noch frei waren«, seufzte Brochan. »Für dich eilt die Zeit vielleicht nicht so schnell dahin, aber für mich tut sie es. Nächste Woche ziehe ich fort, Ginevra. Ich bin endlich in das Regiment meines Onkels aufgenommen worden.«

Ginevras Herz wurde kalt vor Angst. Er erkannte es an ihrem Gesicht.

»Du darfst dir keine Sorgen um mich machen, mein MacDonald-Mädchen«, beruhigte er sie. »Ich habe mich immer nach diesem Beruf gesehnt. Ich werde endlich Soldat. Und eines Tages kehre ich zurück, heirate dich, und wir bauen ein Haus am Abhang des Aonach Mor, wo wir uns zum ersten Mal begegnet sind. Wir bekommen viele Kinder und werden miteinander alt in unserem Häuschen, umgeben von Heidekraut und mit dem weiten, blauen Himmel hoch über uns. Unsere Kinder werden halbe MacDonalds und halbe Campbells sein, und wir bringen ihnen bei, dass die Clans zusammenstehen müssen, so wie wir beide zusammenstehen. Aber zuerst muss ich Soldat werden, Ginevra, mein MacDonald-Mädchen. Das war immer mein Traum.«

Ginevra nickte. Sie verstand. Dank Brochans Hilfe verstand sie.

Trotzdem fror sie tief innerlich. Die Angst hatte Brochan ihr nicht nehmen können. Bis zu jenem Schneeluft-Abend, als er mit anderen Soldaten in ihr Tal ritt, sollte sie ihn nicht mehr wiedersehen.

• Zwölf •

Nach dem Gemetzel, das die Highlander am Killiecrankie-Pass unter seinen Truppen angerichtet hatten, beschloss der englische König, ein für alle Male mit den Clan-Chiefs aufzuräumen, die James VII. noch immer unterstützten.

In Williams Augen waren die Highlander das letzte Hindernis vor einer endgültigen politischen Vereinigung Englands mit

Schottland. Ihre überkommene Stammesgesellschaft, die altbackenen Bräuche, die lächerlichen Kilts und die unzivilisierte Sprache ... er wollte sie einfach ausmerzen, zerstören, ihren unabhängigen Geist brechen und sie so tief wie möglich erniedrigen. Clans wie MacDonald waren nichts als streunende, diebische Herumtreiber. Wenn sie sich nicht unterwarfen, würde sie ein unerfreuliches Schicksal ereilen.

Das Wort, das in London hinter verschlossenen Türen zwischen dem König und seinem engsten Berater, Sir John Dalrymple, selbst Schotte und Mitglied der Vertraulichen Ratsversammlung, fiel, war »Ausrottung«[4]. Schließlich beschloss der König auf Anraten Dalrymples ein Ultimatum.

---

[4] Vielleicht hilft es, die vielen, oft verwirrenden Namen der Menschen, die an den dramatischen Ereignissen beteiligt waren, hier einmal kurz aufzuzählen:

König William III. von England – Wilhelm von Oranien, wurde 1689 gekrönt, Schwiegersohn des geflohenen James VII.

Sir John Dalrymple – Master of Stair, Staatssekretär für Schottland, auch bekannt als »Stair«.

Sir Thomas Livingstone – König Williams Oberbefehlshaber in Schottland.

Chief Alasdair Maclain of the MacDonalds of Glencoe – »Alasdair der Rote«, »der alte Fuchs«, »Maclain of Glencoe«, »Maclain«, »MacDonald of Glencoe«, »MacDonald«, »Glencoe«.

John Maclain – ältester Sohn Alasdairs, folgte ihm als Clan-Chief nach.

Alasdair Og Maclain – jüngerer Sohn Alasdairs, »Alexander der Jüngere«, war mit Sarah Campbell, einer Nichte Robert Campbells of Glenlyon verheiratet.

Ruadh Og – Sohn von Alasdair Og, Enkel des Clan-Chiefs.

Archibald Campbell, zehnter Graf von Argyll – »der Graf«, »Argyll«.

Hauptmann Robert Campbell of Glen Lyon – »Campbell«, »Glenlyon«.

Sir Colin Campbell of Ardkinglas – Sheriff von Argyll, »Ardkinglas«.

Colin Campbell of Dressalch – Hilfssheriff von Argyll, Büro in Edinburgh, »Dressalch«.

Oberst John Hill – Kommandant von Fort William.

Oberstleutnant Sir James Hamilton – als stellvertretender Kommandant nach Fort Williams berufen.

Major Robert Duncanson – Kommandeur des Argyll-Regiments, das von Hamilton von Fort William nach Ballachulish geschickt wurde.

Hauptmann Thomas Drummond – von Duncanson am 12. Februar 1692 zu Robert Campbell geschickt.

MacDonald of Inverrigan – Robert Campbells Gastgeber in Glencoe, »Inverrigan«.

Feldwebel Robert Barber – Kommandeur von Brochans Einheit, war mit seinem Männern bei MacDonald of Achnacone untergebracht.

Außerdem kommen vor: Sir John Campbell, Graf von Breadalbane, »Breadalbane«; Alasdair the Black MacDonald of Glengarry, »Glengarry«; Allan MacDonald of Clanranald, »Clanranald«; Sir Donald MacDonald of Sleat, »Sleat«.

116

Er verfügte, dass alle Highland-Chiefs dem englischen König gegenüber einen Treueeid leisten mussten. Die Unterzeichnung des Eides hatte bis zum 31. Dezember 1691 zu erfolgen. Sollte ein Clan bis zu diesem Tag nicht unterzeichnet haben, drohte ihm als Vergeltungsmaßnahme ein Straffeldzug mit Feuer und Schwert.

Der abgesetzte König James VII. hörte in seinem französischen Exil von dem Ultimatum. Er wusste, welch gefährlicher Mann sein Schwiegersohn war und dass William mit Sicherheit nicht bluffte. James sandte eine Botschaft nach Schottland und entband alle Clan-Chiefs von der ihm geschworenen Treue. Gleichzeitig beschwor er sie, den Treueeid an König William zu leisten. Die jakobitische Zeit war vorüber.

Die meisten Chiefs hielten sich an James' Anweisung. Sie waren der Kämpfe müde. Ihnen war klar geworden, dass sie sowieso nicht gewinnen konnten.

Gegen Ende des Jahres hatten nur wenige Sippen den Eid noch nicht unterzeichnet. Die meisten gehörten dem MacDonald-Clan in den nördlichen und westlichen Highlands an. Die Chiefs von Glegarry, Sleat, Glencoe und Clanranald of Moidart waren die dickköpfigsten. Einer von ihnen brachte Dalrymple mit seiner Verbohrtheit ganz besonders in Rage. Es war der bejahrte Chef der kleinsten MacDonald-Sippe, Alasdair der Rote von Glencoe. Der alte Mann repräsentierte in Dalrymples Augen genau das, was er an den Highlands so hasste. Und so wurde er zur Zielscheibe der Gehässigkeit des Staatssekretärs.

Was auch immer geschehen mochte, Dalrymple war nicht bereit, Alasdair MacDonald ungeschoren davonkommen zu lassen. Er hatte bereits geheime Pläne, wie er den Chief bestrafen wollte, selbst wenn er den Eid doch noch unterzeichnete.

Dalrymple hoffte allerdings insgeheim, Alasdair möge das nicht tun.

•Dreizehn•

Es war unbestritten, dass Alasdair MacIain of Glencoe ein Dieb war und niemals große Rücksicht auf seine Feinde genommen hatte. Ebenso unbestritten war allerdings, dass es in den Highlands Ehrencodices gab, die ein solches Handeln rechtfertigten.

Hundert Jahre zuvor waren die Campbells von Argyll für ihre wackere Hilfe im Kampf gegen die politische Unordnung Schottlands von der englischen Krone mit fruchtbaren Ländereien belohnt worden. Das Land hatte zuvor den MacDonalds gehört. Seither waren die Clans erbitterte Feinde und bestahlen und ermordeten sich gegenseitig.

Als das siebzehnte Jahrhundert zu Ende ging, waren die Campbells noch immer Günstlinge der Krone. In ihrer Festung in Inveraray waren Gericht und Gefängnis für die nördlichen Regionen untergebracht. Archibald Campbell, der zehnte Graf von Argyll, betätigte sich dort als verlängerter Arm der englischen Justiz. Jeder Mann in Inveraray hoffte nichts sehnlicher, als dass endlich Glencoes Raubzüge ein für alle Mal endeten, und viele Campbells träumten davon, Alasdair MacIain am Galgen baumeln zu sehen.

Es würde ein hoher Galgen sein müssen. Selbst in seinem fortgeschrittenen Alter war Alasdair noch eine imposante Erscheinung, weit über sechs Fuß groß, mit wildem, langem Haar und einem wallenden Bart. In seiner Jugend war das Haar flammend rot gewesen, und sein Charakter hatte dazu gepasst. Alasdair war einer der bekanntesten Halunken in den Highlands und wurde mindestens so heftig geliebt wie gehasst.

Einmal hatte Argyll es geschafft, MacIain in Inveraray hinter Schloss und Riegel zu bringen. Das war 1674 gewesen. Trotz seines hohen Alters – er war damals schon hoch in den Sechzigern – war es dem hünenhaften Mann gelungen, dem Campbellschen Kerker zu entfliehen und sicher nach Glencoe zurückzukehren.

Jetzt, siebzehn Jahre später, waren sein roter Bart und die flammende Mähne weiß geworden. Trotzdem war der alte Alasdair noch immer der gleiche Gauner. Doch die Jahre hatten ihre Spur hinterlassen. Es würde zu weit führen, zu behaupten, Alasdair bereue seine Taten, aber immerhin zeigte sein Hass auf die Campbells mittlerweile Lücken, die auf ein gewisses Maß an Realismus schließen ließen. Ende 1691 hatte er endlich begriffen, dass es ohne Zusammenarbeit nicht mehr weitergehen konnte.

Nach Weihnachten machte sich Alasdair widerwillig auf den Weg nach Fort William in Inverlochy, wo er am 31. Dezember ankam. Es war der letzte Tag vor dem Auslauf des Ultimatums. Alasdair wurde bei Oberst John Hill vorstellig.

Er erklärte, er sei bereit, den geforderten Eid zu leisten und dem König Treue zu schwören.

• Vierzehn •

John Hill war nicht zum ersten Mal nach Schottland abkommandiert.

Zu Beginn seiner Militärlaufbahn war er schon einmal in Inverlochy gewesen und hatte für kurze Zeit die gleiche Aufgabe gehabt, die er jetzt wieder übernommen hatte. Damals war er zunächst Stellvertreter des Kommandanten, dann Kommandant dieses nördlichen Vorpostens im Schatten von Ben Nevis gewesen, dem höchsten Berg Britanniens. Die Highlander nannten den Vorposten »Gearasdan dubh nan Inbhir-Lochaidh«, die Schwarze Garnison von Inverlochy. Hill hatte in dieser Zeit viele Freundschaften mit Highlandern geschlossen und die Garnison zur allgemeinen Zufriedenheit geleitet.

In den folgenden dreißig Jahren war Hill kreuz und quer durch das Empire gereist, je nach der jeweiligen Beförderung in seiner militärischen Laufbahn. Er war jetzt Oberst, hoch in den Sechzigern und in die ehemalige Garnison zurückgekehrt, die nun Fort William genannt wurde. Seine nach wie vor guten Beziehungen zu den Highland-Chiefs versetzten ihn in die Lage, mehr für den Frieden zu tun als die anderen Militärs.

Hill war ein ehrlicher, vergleichsweise einfacher Mann und nicht unbedingt der Favorit der neuen Machthaber in London. Vor allem John Dalrymple konnte ihn nicht leiden. Vielleicht war Hill ein wenig zu sehr Prinzipienreiter. Aber er war ein guter Soldat und vor allen Dingen bereit, die Stämme eher durch Freundschaft als durch Drohungen an sich zu binden. Er unterschied sich von den anderen Militärs unter anderem durch eine tiefgehende literarische Bildung, eine profunde Kenntnis der Heiligen Schrift und einen strengen protestantischen Glauben. Allmählich ließ seine Gesundheit zu wünschen übrig, und die Einsamkeit des Alters machte ihm zu schaffen. Doch seine Bücher halfen ihm über vieles hinweg. Er wusste nicht, dass die Ereignisse längst dabei waren, ihn zu überrollen.

Hill wurde zur traurigen Gestalt, nicht etwa, weil er keine Skrupel kannte, sondern weil er zu den wenigen an dem Drama Beteiligten gehörte, die überhaupt welche hatten. Aber seine Macht reichte nicht aus, das Schicksal aufzuhalten.

An jenem Dezembertag fiel der Schatten des drohenden Desasters auf ihn wie der nasse, großflockige Schnee draußen vor seinem Büro. Entsetzt starrte er MacIain an, dessen Worte noch in seinen Ohren widerhallten.

»Warum kommt Ihr zu mir?«, fragte er schließlich.

»Ich komme, den Eid zu schwören«, wiederholte Alasdair in seinem gälisch durchsetzten Englisch.

»Das geht hier nicht«, erklärte Hill verzweifelt. »In der Erklärung stand, dass der Eid vor dem Sheriff oder seinem Stellvertreter in der Grafschaft erfolgen muss, wo Ihr wohnt. So lautete der Befehl. Ihr wisst ebenso gut wie ich, dass ich kein Sheriff bin.«

Alasdair stand stumm und starr.

Oberst Hill blickte zu dem harten, wilden Mann auf, dessen

grün und rot karierter Kilt noch schmutzig von der langen Reise war. Von seiner Hüfte baumelte ein Dolch, und der Schnee auf seinen Schultern war noch nicht geschmolzen. Unter seinem weißen Bart presste MacIain dickköpfig die Lippen fest zusammen.

»Ich habe nicht das Recht, den Eid entgegenzunehmen«, fügte Hill hinzu. Er hatte alles in seiner Macht Stehende getan, das fortschreitende Unglück aufzuhalten. Und nun kam dieser alte Starrkopf an den falschen Ort!

»Ich bin Soldat, kein Regierungsbeamter«, versuchte er zu erklären. »Ihr müsst zu Ardkinglas nach Inveraray gehen. Er ist der zuständige Sheriff.«

»Inveraray ist eine Campbell-Stadt«, gab MacIain stur zurück. »Ich bin nicht mehr dort gewesen, seit ich aus ihrem Gefängnis fliehen konnte. Auf keinen Fall gehe ich da hin!«

Endlich dämmerte es Hill, warum der alte Chief nach Fort William gekommen war. Sein Stolz erlaubte ihm nicht, diesen demütigenden Eid vor einem Campbell zu schwören.

»Ich verstehe, MacIain ...«, nickte Hill.

»Wie viele MacDonalds haben sie in Inveraray wohl an Campbell-Galgen aufgeknüpft?«, unterbrach Alasdair. »Ich habe keine Lust, der nächste zu sein.«

»Ich verstehe Eure Vorbehalte wirklich«, fuhr Hill fort. »Aber glaubt mir, niemand wird Euch aufhängen, wenn Ihr zu Ardkinglas geht, den Schwur zu leisten. Ardkinglas ist ein verständiger Mann.«

»Er ist ein Campbell!«

»Ihr müsst Dalrymples Drohungen ernst nehmen, MacIain. Bitte! Mit dem ist nicht zu spaßen!«

Die Sache war ernster, als Hill dem alten Chief zu sagen wagte. In der Erklärung vom letzten August hatte klar und deutlich gestanden: »Wer sich nach Unserem großzügigen Angebot weiterhin uneinsichtig zeigt, hat mit der schlimmsten nach dem Gesetz zulässigen Strafe zu rechnen.«

Hill war immerhin Oberst der königlichen Armee. Er durfte

nicht verraten, dass sich bereits Truppen zur Erstürmung der Festungen jener Clans versammelten, die den Eid nicht geleistet hatten. Einige Regimenter befanden sich schon im Anmarsch auf die entsprechenden Gebiete, während er hier mit dem alten Mann debattierte.

»Seid doch nur einmal im Leben vernünftig, MacIain«, sagte Hill ein wenig sanfter. »Das Leben Eurer Leute hängt jetzt ganz allein von Euch ab. Seid nicht stur! Glaubt mir doch einfach, wenn ich Euch sage, dass Gefahr im Verzug ist.« Seine leise Stimme hatte etwas Drängendes.

Er machte eine kurze Pause und sah dem Chief ernst und eindringlich in die Augen. »Versteht Ihr, was ich meine? Gefahr!«, fügte er schließlich hinzu.

Endlich begriff der stolze, sture Highlander. Er wusste, Hill war eine ehrliche Haut. Ehrlich genug, um sich ernste Sorgen um ihn zu machen.

Er trat von einem Fuß auf den anderen und nickte schließlich langsam.

»Gut«, seufzte Oberst Hill erleichtert. »Ihr habt noch vierundzwanzig Stunden. Bei dem Wetter schafft Ihr das nie! Ich werde Ardkinglas einen Brief schreiben und ihm versichern, dass Ihr innerhalb der vom König vorgegebenen Zeit vorgesprochen habt. Er wird das berücksichtigen.«

Hill nahm ein Blatt, setzte sich an seinen Schreibtisch, schrieb ein paar kurze Worte, faltete und versiegelte den Brief. Er gab MacIain das Schreiben; dann begleitete er ihn hinaus. Zusammen durchschritten sie das Eingangstor.

»Beeilt Euch, MacIain«, drängte Hill noch einmal. »Die Gefahr für Euch und Euer Volk ist wirklich sehr groß!«

Der alte Chief bestieg sein klappriges Pony und ritt durch den Schnee Richtung Süden.

Der direkte Weg nach Inveraray am Ufer des Loch Fyne führte durch eines der unwegsamsten Gebiete Schottlands. Doch jetzt, mitten im Winter und vor einem sich ankündigenden Schneesturm, wäre diese Strecke reiner Selbstmord gewesen. Der Chief ritt also einen langen Umweg von mehr als hundertfünfzig Meilen und traf am 3. Januar 1692 in Inveraray ein. Dort musste er feststellen, dass der Sheriff des Königs, Sir Colin Campbell of Ardkinglas nicht anwesend war.

Alasdair Maclain wartete zwei Tage. Endlich kam Ardkinglas zurück. Der Chief stellte sich vor. Der Campbell rügte ihn wegen seiner Verspätung. Gleichmütig hielt Maclain ihm Hills Brief vor die Nase. Ardkinglas las den Appell des Kommandeurs.

»Maclain«, stand da, »ist rechtzeitig bei mir gewesen. Es ist seiner Unwissenheit zu verdanken, dass er einige Tage zuviel verstreichen ließ. Ich glaube jedoch, dass ein verlorenes Schaf jederzeit in seinem Stall willkommen ist. Für die Regierung unseres Königs kann das nur von Vorteil sein.«

Ardkinglas schüttelte den Kopf. Er sagte, das Ultimatum sei verstrichen. Gesetz sei schließlich Gesetz. Jetzt könne er den Eid nicht mehr annehmen.

Plötzlich brach der alte, hochgewachsene Mann aus dem rivalisierenden Clan vor seinen Augen in Tränen aus.

»Bitte, nehmt den Eid an«, bettelte Maclain. »Bei meiner Ehre, ich weise alle meine Leute an, dem König treu zu dienen. Wenn einer sich nicht daran hält, könnt Ihr ihn ins Gefängnis werfen oder nach Flandern an die Front schicken.«

Noch nicht einmal ein Campbell konnte einer solchen Selbsterniedrigung widerstehen. Der Sheriff gab nach. Die Menschlichkeit des alten Mannes rührte ihn.

»Kommt morgen früh zu mir«, sagte Ardkinglas schließlich, »dann bringen wir die Sache hinter uns.«

Am Morgen des 6. Januar 1692 unterzeichnete Alasdair MacIain vom Clan Donald vor dem Sheriff, verschiedenen Beamten und anderen Offiziellen den Treueid gegenüber König William und Queen Mary, bat sie um Verzeihung, Schutz und Sicherheit.

Die Sonne schien, als Maclain nach Glencoe zurückkehrte. Der Sturm war vorüber. Schon schmolz der Schnee. Auf dem Signalhügel wurde ein großes Feuer entzündet, mit dem der Chief alle Männer und Frauen des Tales zusammenrief. Ginevra stand mit Vater und Mutter bei den anderen Clanmitgliedern und hörte dem Chief zu, der ihnen erklärte, dass er um seiner Sippe willen den Eid unterzeichnet hatte. Matt, aber mit kerzengeradem Rücken stand der alte Mann vor ihnen und wies sie an, den Frieden der Regierung König Williams nicht zu stören. Er fügte hinzu, dass sie, solange sie nach dem Wortlaut des Schwurs lebten, nichts mehr zu befürchten hätten.

Ginevra vernahm die Ankündigung mit einer Mischung aus Gleichgültigkeit und Hoffnung. Gleichgültig war ihr die Welt der Könige und Schwüre, die so weit entfernt von ihrer eigenen Welt des Dorfes und der Berge schien. Hingegen hoffte sie, dass diese Angelegenheit Brochan vielleicht schon eher zurückbringen könnte. Wenn wirklich alles so gut war, wie ihr Großonkel sagte, dann war sie sicher, dass Brochan bald zurückkehren würde.

Doch nicht alles war so gut, wie der Chief gehofft hatte.

Eine Woche später sandte Ardkinglas alle Papiere nach Edinburgh, unter anderem eine Liste der Personen, die den Eid in Inveraray abgelegt hatten. Auch Hills Brief bezüglich Maclains war dabei. Ardkinglas beauftragte den Beamten, die Papiere an den Vertraulichen Rat in London zu schicken.

Der Beamte war ein gewisser Colin Campbell of Dressalch, der bei dem Raubzug der MacDonalds zwei Jahre zuvor einige Kühe verloren hatte. Er studierte die Liste und nahm mit Interesse das Datum von Maclains Schwur zur Kenntnis: 6. Januar.

War das noch rechtsgültig? Dressalch besprach sich mit anderen Beamten in Edinburgh. Auch einige Rechtsanwälte der Campbells kümmerten sich um die Angelegenheit.

Schließlich wurden die Papiere nach London geschickt. Zuvor aber tilgte Dressalch mit einigen tintenschwarzen Federstrichen den Namen »Alasdair Maclain of Glencoe« von der Liste.

• Fünfzehn •

Zu Beginn des Jahres 1692 wusste in London niemand, wie viele Chiefs den Schwur unterzeichnet hatten. Der Oberbefehlshaber der königlichen Truppen in Schottland, Sir Thomas Livingstone, wurde angewiesen, seine Soldaten in Alarmbereitschaft zu halten.

Sir John Dalrymple erfuhr zu seinem Entzücken, dass ein halbes Dutzend MacDonald-Chiefs den Eid nicht geleistet hatten.

Als kleiner Junge hatte Dalrymple versehentlich seinen Bruder getötet und war von seinen Eltern in die Niederlande geschickt worden. Im wehrpflichtigen Alter lernte er Wilhelm von Oranien kennen, der ihn im Laufe der Zeit zu einem seiner wichtigsten Ratgeber machte. Mit dem neuen König, der ihn zum Master of Stair berufen hatte, war er auf die Inseln zurückgekehrt. Seine Dankbarkeit und Loyalität dem König gegenüber waren ebenso ausgeprägt wie seine Ablehnung des Schottlands seiner Kindheit. Als Staatssekretär für schottische Angelegenheiten hielt er das Schicksal der Highlands in seinen Händen. Er war entschlossen, an den aufmüpfigen Clan-Chiefs ein Exempel zu statuieren, das niemand je vergessen würde.

Ein starkes Truppenkontingent wurde in Fort Williams stationiert. Die Soldaten sollten MacDonald of Glengarry angreifen und alle anderen, bei denen es nötig erschien.

Als die Verstärkungstruppen schon auf dem Weg waren, wurde von Oberst Hill aus den Highlands die Nachricht überbracht, dass auch die restlichen noch ausstehenden Chiefs rechtzeitig unterschreiben würden. Sowohl MacDonald of Sleat als auch Coll of Keppoch und Clanranald of Moidart sowie die mächtige Sippe der MacDonald of Glengarry hatten sich schließlich gebeugt. Hill wollte unnötiges Blutvergießen vermeiden und war erleichtert, dass die zahlreichen MacDonalds endlich doch noch die neue Ordnung zu akzeptieren schienen. Eine friedliche Lösung rückte in greifbare Nähe.

Aber die Vorgesetzten von Oberst Hill teilten seine Sympathien nicht.

Am 7. Januar dinierte Dalrymple mit den Grafen von Argyll und Breadalbane, die beide Campbells waren. Gemeinsam besprach man das leidige Highland-Problem und was man tun könne, es ein für alle Mal zu bereinigen.

»Maclain of Glencoe hat nicht vor dem Jahresersten unterzeichnet«, sagte der Graf von Argyll.

Dalrymple nickte und nippte an dem hervorragenden Wein, den der Graf besorgt hatte. Ein schadenfrohes Lächeln breitete sich auf seinem Gesicht aus. Alles war genau so gekommen, wie er es sich erträumt hatte.

In ihm reifte ein Plan heran, wie er Maclain und seine Brut ausrotten könnte, ohne dass ein befreundeter Clan in der Lage wäre, zu Hilfe zu eilen.

Dalrymple verließ das gemeinsame Abendessen. Allein in seinen Räumen entwarf er einen Befehl für Livingstone, den König William am folgenden Tag unterzeichnete. Der Befehl begann folgendermaßen:

»HIERMIT ERTEILEN WIR IHNEN DEN BEFEHL, UNSERE DERZEIT IN INVERLOCHY UND INVERNESS STATIONIERTEN TRUPPEN GEGEN DIE REBELLEN IN DEN HIGHLANDS IN MARSCH ZU SETZEN, DIE UNSEREN SCHUTZ UND UNSERE SICHERHEIT BIS HEUTE ABLEHNEN. SIE SIND BERECHTIGT, DIE REBELLEN MIT FEUER UND SCHWERT ZU BEKÄMPFEN, IHRE HÄUSER NIEDERZUBRENNEN, IHR VIEH ZU KONFISZIEREN ODER ZU TÖTEN, IHR EIGENTUM ZU ZERSTÖREN, DIE MÄNNER UMZUBRINGEN ...«

Unter den königlichen Befehl schrieb Dalrymple noch einige eigene Worte: »Mylord Argyll hat mir mitgeteilt, dass Glencoe den Schwur nicht unterzeichnet hat, was mich freut. Es wird sich als Werk der Nächstenliebe erweisen, diese verfluchte Sippe so gründlich wie möglich auszurotten.«

Beim Abendessen hatte Argyll Sorgen um die Soldaten seines eigenen Regiments geäußert, falls Glengarry nicht unterschreiben sollte. Argylls Männer waren unter Major Robert Duncanson nach Fort William abkommandiert worden, hatten aber nur Proviant für wenige Wochen dabei. Außerdem war das Fort viel zu klein, um alle Soldaten unterbringen zu können. Dalrymple fügte seinem Schreiben daher noch eine Order an Livingstone hinzu, sich um Nachschub für Argylls Männer zu kümmern.

Die Befehle wurden nach Norden abgesandt. Der Master of Stair war sicher, Livingston so deutlich wie irgend möglich mitgeteilt zu haben, dass er bei der Bestrafung der Rebellen völlig freie Hand hatte.

Ein paar Tage später besprach Dalrymple mit dem König die Haltung gegenüber den Clans, die den Treueeid noch nicht geschworen hatten.

»Vielleicht wäre es nicht sehr sinnvoll, momentan in den Highlands einen Krieg vom Zaun zu brechen«, sagte William. »Wenn die restlichen Chiefs unterzeichnen, wäre ich geneigt, die Verspätung auf sich beruhen zu lassen.«

»Gilt das auch für Glengarry?«, fragte Dalrymple.

»Die Männer nützen mir an der Front in Flandern mehr«, antwortete William. »Wenn sie schwören, soll mir das Datum egal sein.«

»Aber Ihr stimmt mir zu, dass MacIain of Glencoe bestraft werden muss, nicht wahr?«, sagte Dalrymple beiläufig. »Wir sollten auf jeden Fall ein Exempel statuieren.«

»Tut, was getan werden muss«, gab der König zurück. »Ich unterschreibe den Befehl.«

»Oberst Hill in Fort William könnte uns vielleicht Probleme machen«, gab Dalrymple zu bedenken. »Ich fürchte, er zeigt mehr Sympathie für die Clans, als unser Interesse verkraften kann.«

»Ist irgendwer sonst in der Gegend abkömmlich?«

»Sir James Hamilton.«

»Sein Dienstgrad?«

»Oberstleutnant.«

»Beruft ihn zum stellvertretenden Kommandanten des Forts.«

»Hill ist auch dann noch sein Vorgesetzter.«

»Das sind doch nur Details«, antwortete der König. »Ich bin König und der Vorgesetzte von beiden.«

»Was schlagt Ihr vor?«

»Umgeht Hill. Lasst Eure Befehle von diesem Hamilton ausführen.«

Dalrymple nickte. Noch in der gleichen Nacht schrieb er Briefe mit neuen Anweisungen an Livingstone, Oberst Hill und Oberstleutnant James Hamilton.

An Oberbefehlshaber Livingstone schrieb er: »Wir müssen endlich unter Beweis stellen, dass uns die Sache ernst ist. Ich empfehle dringend, den diebischen Clan in Glencoe rücksichtslos auszurotten.«

Kaum war der Brief unterwegs, als Dalrymples Pläne plötzlich in Frage gestellt wurden. In London wurde bekannt, dass Glencoe den Eid tatsächlich noch vor Glengarry unterzeichnet hatte.

Dalrymple dachte kurz nach. Die Nachricht änderte seiner Ansicht nach nichts an der Tatsache, dass Glencoe erst nach Ablauf des Ultimatums unterzeichnet hatte. Das war Grund genug, den anderen als unrühmliches Beispiel vor Augen geführt zu werden. Er würde den König nicht noch einmal mit der Angelegenheit belästigen.

Er schrieb Livingstone ein weiteres Mal.

»Ich bin froh, dass Glencoe nicht rechtzeitig eingetroffen ist. Wir werden ein für alle Mal mit diesem Clan aufräumen, denn die anderen Sippen sind nicht in der Lage, ihnen zu Hilfe zu kommen. Ihr erweist der Nation einen großen Dienst, wenn Ihr diesen diebischen Stamm von der Landkarte tilgt. Allerdings dürft Ihr kein Aufsehen erregen.«

Nachdem Livingstone Dalrymples Depesche erhalten hatte, schrieb er an Hamilton: »Der König wünscht die vollkommene Ausrottung des Diebesnestes in Glencoe. Die Befehle des Hofes

128

verlangen klar und deutlich, niemanden zu verschonen. Fangt in Glencoe an. Keine unnötige Rücksicht! Und vor allem: keine Gefangenen.«

Hamilton las den Brief seines Befehlshabers und überlegte, welches die beste Methode zur Ausführung der Befehle sei. Dalrymple hatte seinen Mann gut ausgewählt. Die beiden waren vom gleichen Schrot und Korn.

Allmählich entwickelte Hamilton einen verschlagenen Plan. Er würde die Überbelegung des Forts zum Vorwand nehmen und außerdem die verwandtschaftliche Bindung eines seiner Hauptleute zu den MacIains ins Spiel bringen. Er wollte ein Regiment nach Glencoe entsenden und die Dörfler um Quartier bitten. Unter dem Deckmantel der Gastfreundschaft konnte er dann MacIains Verteidigung unterwandern und ihn von den anderen Sippen abschneiden.

Natürlich würde er zunächst niemandem seine Absicht offen legen. Zu gegebener Zeit ließe er die Falle dann zuschnappen.

Hamilton erteilte die notwendigen Befehle. Mit sofortiger Wirkung setzte er Hauptmann Robert Campbell of Glenlyon mit zwei Kompanien Richtung Glencoe in Marsch.

• Sechzehn •

Hauptmann Robert Campbell war jetzt sechzig Jahre alt. Während er seine Männer nach Süden Richtung Ballachulish führte, von wo aus sie nach Glencoe weiter marschieren wollten, dachte er über die Umstände nach, die ihn an diesen Ort gebracht hatten.

Sein Gesicht, das früher die Frauen zum Träumen gebracht hatte, war jetzt alt und runzlig. Und im Augenblick ziemlich kalt. Er war die tragische Gestalt, der Feigling in einem Drama, von dem er nicht ahnte, dass er darin mitspielte. Früher war er einmal beherzt gewesen, aber das war lange her. Er würde als Judas von Kaledonien in die Geschichte Schottlands eingehen. Sein Leben lang lastete die schreckliche Schuld seiner Tat auf ihm. Aber er war auch zu feige, sich selbst zu richten.

Wie Hill und Alasdair hatte Campbell seine besten Jahre hinter sich, falls man diese Jahre überhaupt »beste« nennen konnte. Er hatte sie mit Spiel und Alkohol verbracht. So lange er denken konnte, waren seine Finanzen dank dieser beiden Hauptinteressen ziemlich knapp gewesen. In seiner Jugend war er im Tal von Glen Lyon, zwischen Rannoch-Moor und Loch Tay, berühmt und berüchtigt gewesen. Durch sein gutes Aussehen, seine Fröhlichkeit und gute Umgangsformen war er bei Männern und Frauen gleichermaßen beliebt. Doch er lebte über seine Verhältnisse, borgte sich Geld und war sehr bald bankrott. Bei mindestens der Hälfte aller Männer seines Tals hatte er Schulden. Sein gutes Aussehen, seine Ländereien und seine Gesundheit waren unwiederbringlich dahin. Mit fünfzig war er am Ende. Seine Sippe zwang ihn, den kümmerlichen Rest seines Besitzes auf seine Frau zu überschreiben, damit er nicht auch noch das Dach über dem Kopf der Familie verspielte.

Erst ein Jahr zuvor war er in Graf Argylls Regiment eingetreten. Mit acht Shilling am Tag war er zwar nicht einmal in der Lage, die Zinsen seiner Schulden zu begleichen, aber er verhungerte wenigstens nicht. Und ein Whisky ab und zu war auch noch drin.

Als Robert Campbell Hamiltons Befehl erhielt, kochte der ganze Ärger über die ungeliebten Nachbarn in ihm hoch. Er hatte bei MacIains Raubzug einen ziemlichen Verlust erlitten und hasste die MacDonalds von ganzem Herzen wie jeder gute Campbell.

Der schnelle Ritt durch den schneidenden, Schnee verheißenden Wind und der Gedanke an MacIains Whisky besänftigte seinen Zorn nach und nach. Jungen Männern mochte die Kargheit des Militärs vielleicht gefallen, aber ihm würden ein paar gemütliche Tage in Glencoe gut tun, dachte er. Schließlich war er mit dem Clan MacIain verschwägert. Er war der Onkel der Frau von Alasdairs jüngerem Sohn. Daher wollte er das Beste aus der verfahrenen Situation machen und seiner Nichte Sarah einen netten Besuch abstatten.

Robert Campbell hatte keine Ahnung von Hamiltons Plänen. Er wusste nicht, dass er nur eine Schachfigur in dem großen Spiel um Glencoe war.

• Siebzehn •

Am Abend des ersten Februar entdeckten ein paar Männer aus Glencoe zwei voll bewaffnete Kompanien, die in einer Fähre über Loch Leven nach Ballachulish übersetzten. Sofort machten sie sich nach Carnoch auf, den Clan-Chief zu warnen.

Sie waren nicht die einzigen, die die Soldaten gesehen hatten. Aber die heimliche Beobachterin dachte nicht an Warnung, sondern fühlte nur eine überschwängliche Freude.

Die Soldaten von Fort William stiegen am Südufer des Sees aus und setzten ihren Weg nach Glencoe fort. An der Spitze der etwa hundertzwanzig Mann starken Truppe ritt Hauptmann Robert Campbell of Glenlyon.

Das Regiment, nicht etwa in das Grün der Campbells, sondern in königliches Rot gekleidet, war ein merkwürdiges Sammelsurium aus Engländern und Schotten. Nur wenige trugen Pelzmützen; schottische Kopfbedeckungen waren in der Überzahl. In den niederen Rängen wurde fast nur Gälisch gesprochen, was die Verständigung mit den englischen Feldwebeln sehr erschwerte. Auch ein Dudelsackpfeifer war mit von der Partie.

Campbell ließ die Truppe anhalten.

Vor den Soldaten stand eine Gruppe von mindestens zwanzig MacIains mitten auf dem Weg. Nachdem der alte Chief von der

Ankunft der berittenen Regimenter erfahren hatte, schickte er ihnen seine Söhne John und Alasdair entgegen. Andere Männer und viele Kinder hatten sich dazugesellt. Sie wurden immer zahlreicher, denn auch aus den entferntesten Weilern kamen sie angerannt, um dabei zu sein.

Campbell ließ sein Pferd einige Schritte nach vorn tänzeln. Die beiden MacIain-Söhne traten vor.

Der jüngere grüßte den Onkel seiner Frau. Höflich erwiderte Campbell den Gruß. Was los sei, wollte der ältere MacIain wissen.

Campbell drehte sich um und hob die Hand. Ein Reiter preschte nach vorn und brachte ihm den von Hamilton unterzeichneten Befehl. Campbell reichte ihn den beiden MacIains weiter. John nahm das Schriftstück. Die Brüder lasen es.

Inverlochy sei voll, erklärte Campbell, als die Brüder fertig waren. Ein Marsch nach Glengarry sei geplant, daher stünden zu viele Regimenter in Fort William. Aus diesem Grund sei er, Campbell, nach Glencoe entsandt worden, um seine hundertzwanzig Männer für eine Weile hier unterzubringen.

»Ist das deine einzige Absicht?«, fragte Alasdair misstrauisch.

»Wir kommen als Freunde, das verspreche ich euch«, antwortete Campbell. »Bei meiner Ehre, meine Leute werden weder deinem Vater noch sonst irgend jemandem ein Haar krümmen. Wir sind dankbar für jede Art Unterkunft. Es ist nur eine Sache von wenigen Tagen.«

MacIains Söhne überlegten. Immer schon hatte es Misstrauen zwischen den beiden Clans gegeben, und gerade dieser Campbell war ein persönlicher Feind ihres Vaters.

In den hinteren Rängen saß einer der jungen Reiter unruhig auf seinem Pferd. Er dachte weder an seine Pflichten noch folgte er der vorne geführten Verhandlung. Seine Gedanken waren weit vorausgeeilt in das Tal, dem er sich verbunden fühlte. Während des langen Anmarschs hatte er zwischen zwei niedrigen Hügeln eine Gestalt gesehen. Er musste sich sehr zusammenreißen, nicht laut zu rufen und seine Abteilung zu verlassen.

Aber Brochan Cawdor war jetzt Soldat, und er ritt, wie er es sich immer erträumt hatte, hinter einem Hauptmann aus seinem Clan. Er wusste, er musste seine Zunge hüten und schweigen wie Ginevra. Von ihr hatte er den Wert der Stille gelernt. Und jetzt hatte er keine andere Wahl, als sich dem Schweigen hinzugeben, das sie ihn lieben gelehrt hatte.

Vielleicht könnten sie sich manchmal sehen, wenn sie wirklich einige Tage blieben, dachte Brochan. Ob sie nun die Gestalt in den Hügeln gewesen war oder nicht, jedenfalls wusste sie bestimmt längst, dass er hier war. Brochan lächelte in sich hinein. Sie wusste immer alles.

Robert Campbell wartete. Die nächsten beiden Wochen würden bittere Schande über seinen Namen bringen, aber das ahnte er noch nicht. Sein Befehl hatte lediglich gelautet, nach Süden zu reiten, seine Verwandten um eine befristete Unterkunft zu bitten und weitere Instruktionen abzuwarten.

»Wir heißen dich und deine Männer in Glencoe willkommen«, sagte John MacIain schließlich und schüttelte Campbell die Hand.

Er drehte sich um und führte Campbells Pferd zum Haus seines Vaters. Die kleinen Jungen und Halbwüchsigen, die alles beobachtet hatten, rannten weit voraus und brachten allen Talbewohnern die Neuigkeit, dass Soldaten aus Fort William eine Zeitlang bei ihnen wohnen wollten.

• Achtzehn •

Zwei Wochen lang wurden in jeder der bescheidenen Hütten zwischen zwei und fünf Soldaten beherbergt und durchgefüttert. Die Vorsicht der ersten Tage verlor sich schnell angesichts einer ähnlichen Herkunft und der gemeinsam unter einem Dach verbrachten Nächte. Das Wetter wurde freundlicher. Tagsüber kletterte das Thermometer über den Gefrierpunkt, und einige Bachläufe begannen bereits zu tauen.

Campbell war im Haus von MacDonald of Inverrigan untergebracht. An vielen Abenden aber aß er mit Chief Alasdair in dessen geräumigem Haus in Carnoch. Mit der Zeit vergaßen die beiden ihre früheren Streitigkeiten. Häufig betranken sie sich fröhlich und lauschten im Whiskyrausch den Dudelsackspielern oder den Gesängen des alten Barden. Manchmal spielte Campbell auch Karten oder Backgammon mit dem Clan-Chief und dessen Söhnen, oder er genoss die Gastfreundschaft im Haus seiner Nichte Sarah und ihres Ehemannes, Alasdair dem Jüngeren.

Lange vor den ersten Anzeichen für ein Ende der Einquartierung hatten sich echte Freundschaften entwickelt. Die benachbarten Sippen der Glen Lyons und der MacIains hatten wieder zu der innigen Nähe ihrer gemeinsamen Herkunft gefunden. Zusammen spielte man Karten oder tobte sich beim Ringen draußen in den Wiesen aus. Man saß um warme Herdfeuer, man redete miteinander bei Wein oder Whisky über gleich geartete Interessen, man genoss Musik. Aus den beiden rivalisierenden Clans wurde eine aus Gastfreundschaft geborene, eingeschworene Gemeinschaft. Ihre verwandten keltischen Wurzeln und die Traditionen, die sie teilten, ließen die Erinnerung an frühere Ärgernisse allmählich verblassen.

Die gegebenen Umstände schweißten die Menschen zusammen. In der winterlichen Jahreszeit hielt man sich nur selten draußen auf. Die Häuser in Glencoe waren nach dem gleichen Muster gebaut wie die Hütten der Campbell-Soldaten in ihren eigenen Tälern. Die Mauern waren ohne Mörtel aufeinander geschichtet und die Windseite mit Lehm oder Gras abgedichtet. Meistens hatten die Häuser einen oder zwei Räume. Es gab keinen Kamin, sondern nur einen Rauchabzug am höchsten Punkt des Daches. Auf dem gestampften Lehmboden brannte den ganzen Winter lang ein lebhaftes Torffeuer. Weil der Rauch nicht abgezogen wurde, waberte er durch das gesamte Haus und schwärzte alles, was ihm in die Quere kam, ehe er mehr zufällig durch das Loch im Dach verschwand.

An den langen Winterabenden teilten die Campbell-Soldaten die bullige Wärme der Torffeuer mit ihren Gastgebern und starrten mit geröteten Augen und schwärzlichen Wangen in die lodernden Flammen. Die Ausdünstungen der direkt nebenan untergebrachten Tiere mischten sich mit den strengen Gerüchen der Misthaufen vor den Türen, und der Hals kratzte dank des Rauchs, der jeden Winkel der Hütte heimsuchte. Und sie konnten sich genau vorstellen, wie zu Hause ihre Frauen, Kinder und Verwandten in genau den gleichen Häusern um genau die gleichen Feuer saßen, ihre Augen genau so rot waren und vom gleichen Himmel der gleiche Schnee auf die Dächer herabrieselte.

Welchem Clan auch immer er angehört, das Leben eines Highlanders ist ein ständiger, harter Kampf gegen die Elemente. Ohne dass jemand es aussprechen musste, merkte allmählich jeder von ihnen, dass die Unterschiede zwischen den Campbells und den MacDonalds eigentlich gar nicht so groß waren.

Die freundschaftlichen Beziehungen galten allerdings nicht für alle Truppenteile. Die englischen Soldaten empfanden den Aufenthalt im Tal als eine der eher unangenehmen Seiten ihres Militärlebens.

»Warum bleiben wir so lange hier?«, fragte einer von ihnen seinen Kameraden nach dem Morgenappell. »Mir gefällt es hier nicht. Und ich verstehe kein Wort von dem, was die Leute hier reden.«

»Angeblich gibt es in Inverlochy nicht genügend Proviant.«

»Nun, jetzt hatten sie wohl genügend Zeit, welchen zu beschaffen. Ich mag das einfach nicht, diese Berge, die von überall auf dich hinabstarren. Irgendwas geht hier vor, sage ich dir!« Er blickte zu den steilen Hängen empor, zurrte seinen Mantel fester um seine Schultern und schüttelte sich. »Irgendwas! Jedenfalls nichts Gutes!«

So ähnlich dachte auch Sarahs Mann. Der jüngere Alasdair war die ganze Zeit misstrauisch geblieben. Trotz Wein und Spielen, trotz Lachen und Musik fühlte er sich nie ganz wohl in seiner Haut.

Ihm gefiel das tägliche Exerzieren der Campbell-Soldaten ganz und gar nicht, bei dem sie mit ihren Musketen und Bajonetten protzten, und damit stand er durchaus nicht allein. Manch einer duldete die in das Rot des englischen Königs gekleideten Campbells nur mit Mühe und Not unter seinem Dach.

Nach einigen Tagen beklagten sich einige Männer bei ihrem Chief.

»Schick sie weg, MacIain«, sagte einer. »Unsere Frauen fürchten sich. Diese Hauptleute, die in der Sprache des Südens herumbrüllen, dieses Marschieren und Exerzieren … Chief, das führt zu nichts Gutem!«

Seine Begleiter nickten. Ihre Bedenken waren ähnlich. Der alte Chief hörte ihnen zu und wurde ärgerlich.

»Ich will sie aber nicht wegschicken«, sagte er schließlich. Seine Stimme war hart. »Wir haben das Brot miteinander geteilt. Auch ich liebe Glenlyon nicht, aber er hat mir sein Wort gegeben. Er ist Highlander wie ihr und ich. Niemandem wird ein Haar gekrümmt. Das ist Ehrensache!«

Die MacIain-Männer gingen und versuchten, das Beste aus der Angelegenheit zu machen. Vielleicht hatte ihr Chief ja Recht. Gastfreundschaft war allen Highlandern heilig.

• Neunzehn •

Oberst Hill in Fort Williams hatte nicht die geringste Ahnung von der Verschwörung, die sein Stellvertreter angezettelt hatte. Er wollte nichts mehr gegen die MacDonalds unternehmen. Ganz im Gegenteil. Er hatte eine Depesche nach London geschickt und darin klar und deutlich erklärt, dass die Highlands befriedet seien. Alle Chiefs hätten den Eid geleistet oder zumindest versprochen, dies in absehbarer Zeit zu tun, und es bestehe keinerlei Handlungsbedarf mehr.

Trotzdem fühlte er sich nicht ganz wohl in seiner Haut. Irgend etwas war im Gange. In stillen Stunden musste Hill sich eingestehen, dass er Dalrymples Vertrauen wohl verloren hatte. Der Staatsekretär schien über seinen Kopf hinweg zu agieren. Und in wie weit Hamilton in die Sache verwickelt war, darüber wagte er keine Vermutungen anzustellen.

Hamilton indessen wurde allmählich ungeduldig. Ohne seinem Vorgesetzten die Gründe zu erläutern, setzte er Major Robert Duncanson mit einer Hundertschaft nach Süden in Bewegung. Duncanson kampierte mit seinem Männern am nördlichen Landungssteg der Fähre von Ballachulish, an der engsten Stelle zwischen den beiden Seen.

Eines Tages erhielt Hill eine Botschaft von Dalrymple: »Kann keine weiteren Anweisungen erteilen ... nehmen Sie die Sache ernst ... Es muss unter größter Geheimhaltung und plötzlich geschehen ... Handeln Sie schnell.«

Endlich begriff Oberst Hill, dass der weitere Verlauf der Dinge nicht aufzuhalten war. Der Schlag würde mit oder ohne ihn stattfinden. Eine Weigerung bedeutete Hochverrat. Doch auch, wenn er nur zögerte, wäre ein Bericht Hamiltons nach London unvermeidlich. Hill konnte beim besten Willen nicht mehr verhindern, was sich hinter seinem Rücken zusammengebraut hatte.

Krank von dem Gedanken an die bevorstehenden Ereignisse gab Oberst Hill schließlich nach. Er seufzte tief. Das Fieber, das ihn seit einem Jahr nicht mehr losließ, machte ihm schwer zu schaffen. Er sandte nach seinem Stellvertreter. Hamilton kam und baute sich vor Hill auf.

»Ich finde es schrecklich«, sagte Hill, »schrecklich und unnötig. Aber ich lege es in Eure Hände. Führt Eure bereits erhaltenen Anweisungen aus.«

Oberstleutnant Hamilton verlor keine Zeit. Flugs verließ er Hills Büro und sandte Duncanson ein kurzes Schreiben, um den Angriff zu koordinieren. Dann setzte er sich mit seinen eigenen vierhundert Soldaten in Marsch. Er plante, über Kinlochleven und die Teufelstreppe in das Tal einzudringen. Duncanson sollte die Fähre nach Ballachulish nehmen und von Westen kommen.

Am Abend dieses Tages erhielt Major Duncanson in seinem etwa drei Meilen vor Glencoe aufgeschlagenen, geheimen Lager folgenden Befehl:

IM DIENSTE IHRER MAJESTÄTEN
   HERRN MAJOR ROBERT DUNCANSON IM REGIMENT DES GRA-FEN VON ARGYLL
   FORT WILLIAM, DEN 12. FEBRUAR 1692

SIR,
   LAUT KÖNIGLICHEN BEFEHLS AN DEN OBERKOMMANDIEREN-DEN, OBERST HILL, HABEN SIE SICH AM MORGIGEN SAMSTAG UM SIEBEN UHR FRÜH AN DEN VORHER FESTGELEGTEN POSTEN EIN-ZUFINDEN. SIE WERDEN DORT MIT DEM IHNEN UNTERSTELLTEN KONTINGENT DES GRAFEN ARGYLL IN AKTION TRETEN. ICH WER-DE MIT MEINEM HEER EBENFALLS ZU BESAGTEM ZEITPUNKT AN-WESEND SEIN. DIE STRASSE NACH SÜDEN MUSS SO WEIT GESI-CHERT WERDEN, DASS WEDER DER ALTE FUCHS NOCH EINER SEINER WELPEN ENTKOMMEN KANN. LAUT BEFEHL DARF KEIN MANN UNTER SIEBZIG DEM SCHWERT ENTRINNEN, AUCH SOLLTE DER REGIERUNG JEDE ART VON GEFANGENEN ERSPART BLEIBEN.
   IHR ERGEBENSTER DIENER
   JAMES HAMILTON

Nachdem Duncanson die Depesche gelesen hatte, schrieb er ebenfalls einen Brief, faltete ihn, steckte ihn in einen Umschlag, versiegelte ihn und schickte nach seinem Hauptmann Thomas Drummond.

»Das ist ein Befehl für Campbell«, sagte Duncanson, als Drummond vor ihm stand. Er reichte dem Hauptmann den Umschlag. »Soviel ich weiß, ist Campbell bei Inverrigan untergebracht. Bleibt über Nacht bei ihm und stellt sicher, dass er den Befehlen Folge leistet. Im Morgengrauen werde ich Euch treffen.«

Drummond nickte und verließ Duncansons Zelt. Es war windig geworden, und nasse Schneeflocken peitschten die Zelte. Ein neuer Sturm lag in der Luft.

• Zwanzig •

Es war bereits dunkel, als die von Duncanson entsandte Abteilung bei Inverrigan eintraf. Robert Campbell saß mit den beiden Söhnen des Chiefs beim Kartenspiel.

Hauptmann Drummond trat ein. Campbell erhob sich sofort und ging ihm entgegen. Die beiden Soldaten begrüßten einander. Drummond händigte den Brief aus. Campbell riss den Umschlag auf.

Mit unbewegtem Gesicht las er den Befehl. Seine Miene verriet nichts. Drummond beäugte währenddessen misstrauisch die beiden Söhne des Chiefs. Da er nicht wochenlang die Gastfreundschaft des Tals genossen hatte, hegte er wenig freundschaftliche Gefühle für die Leute von Glencoe. Und für die Brut des alten Fuchses schon ganz und gar nicht.

Nachdem Campbell den Brief überflogen hatte, gab es keinerlei Zweifel mehr über die Aufgabe, für die man ihn ausgesucht hatte.

Deutlicher hätte sein Vorgesetzter den Befehl nicht formulieren können.

IM DIENSTE SEINER MAJESTÄT
  ROBERT CAMPBELL OF GLENLYON

SIR,

HIERMIT BEFEHLE ICH IHNEN, EINEN ÜBERRASCHUNGSAN-GRIFF AUF DIE REBELLEN DES CLANS MACDONALD OF GLENCOE ZU UNTERNEHMEN UND JEDEN MANN UNTER SIEBZIG MIT DEM SCHWERT ZU ENTHAUPTEN. EIN BESONDERES AUGENMERK HAT DABEI DEM ALTEN FUCHS UND SEINEN SÖHNEN ZU GELTEN. SÄMT-LICHE AUSFALLSTRASSEN SIND SO ZU SICHERN, DASS NIEMAND ENTKOMMEN KANN. DER ANGRIFF HAT UM FÜNF UHR IN DER FRÜHE ZU ERFOLGEN. ICH WERDE ZU DIESEM ZEITPUNKT ODER NUR WENIG SPÄTER MIT EINEM STÄRKEREN KONTINGENT EIN-TREFFEN. SOLLTEN WIR BIS FÜNF UHR NOCH NICHT ANWESEND SEIN, HABEN SIE DEM BEFEHL DENNOCH UNVERZÜGLICH FOLGE ZU LEISTEN. ES IST DER AUSDRÜCKLICHE WUNSCH DES KÖNIGS, DASS DIE SCHURKEN MIT HAUT UND HAAR AUSGELÖSCHT WER-DEN. MIT HINWEIS AUF IHRE EIGENE SICHERHEIT UND IHRE ZU-KUNFT IN DER KÖNIGLICHEN ARMEE ERWARTE ICH DIE PÜNKTLI-CHE UND RÜCKHALTLOSE AUSFÜHRUNG ALLER BEFEHLE.

GESCHRIEBEN UND UNTERZEICHNET IN BALLYCHYLLIS AM 12. FEBRUAR 1692

ROBERT DUNCANSON

Campbell faltete den Brief und stopfte ihn in seine Jackentasche. Der schöne Abend mit Wein, Spiel und Gelächter war vorüber.

Mit undurchdringlichen Gesicht sah er zu John und Alasdair hinüber.

»Meine Befehle sind gekommen«, sagte er nur.

»Werdet ihr uns verlassen?«, fragte John.

Campbell nickte. »Meine Männer und ich danken euch für eure großzügige Gastfreundschaft«, sagte er. »Aber jetzt gibt es viel zu tun.«

140

Die Brüder brachen sofort auf. Campbell und Drummond nickten einander düster zu.

Langsam ging Glenlyon in die schwarze Nacht hinaus. Die Befehle mussten weitergegeben werden.

Einundzwanzig

In dieser Nacht fand Robert Campbell keinen Schlaf.

Trotz der vergangenen fröhlichen Wochen empfand Campbell keine besonders tiefe Zuneigung für den alten Alasdair. Glencoes Raubzüge hatten immerhin einen gehörigen Anteil an seiner eigenen finanziellen Misere und ihn letztlich dazu gezwungen, in seinem Alter noch einen solch elenden Auftrag anzunehmen. Aber abschlachten? Nein. Das hatte er nicht gewollt. Wäre der alte Gauner doch nur nicht so dickköpfig mit dem Eid gewesen!

Aber wie er die Sache auch drehte und wendete – Glenlyon wusste, dass er keine Wahl hatte. Wenn er jetzt nicht gehorchte, würde ihn das gleiche Schicksal erwarten wie Alasdair.

Im ganzen Tal bemühten sich währenddessen die Soldaten, die ihren Befehl bereits kannten, ihre Gastgeber mit verschlüsselten Botschaften zu warnen.

Das ungeschriebene Gesetz der Highlands hielt die Unverletzlichkeit der Gastfreundschaft in hohen Ehren. Es gab kaum eine ärgere Schande, als seinen Gastgeber zu verraten. Nachdem Argylls Soldaten erfahren hatten, welche Aufgabe ihnen am nächsten Morgen bevorstand, lieferte sich ihr Gewissen einen schier aussichtslosen Kampf mit ihrer vor Gott und dem Vaterland beschworenen Soldatenpflicht.

Einer von Campbells Männern saß nach dem Abendessen mit seinen Gastgebern zusammen und strich sanft über den Rand eines schönen wollenen Umhangs.

»Das ist ein guter und warmer Umhang«, sagte er und suchte den Blick der Hausfrau. »Wenn das mein Umhang wäre, würde ich ihn mir umlegen und heute Nacht noch hinausgehen, nach dem Vieh zu sehen.«

Er schwieg und sah ihr starr in die Augen. Dann wandte er sich an ihren Mann. »Wenn das mein Umhang wäre«, fügte er feierlich hinzu, »dann würde ich ihn umlegen und mein Vieh und meine Familie an einen sicheren Ort bringen.«

Der Hausherr verstand den Hinweis seines Gastes sehr wohl und tat, was ihm nahegelegt worden war. Am nächsten Morgen war das Haus leer.

Ein anderer Soldat saß mit seinen Gastgebern beim Essen. Er war außergewöhnlich still. Seit zwei Wochen behandelten die Leute ihn wie einen eigenen Sohn, und der junge Mann liebte sie tief und ehrlich. Der Befehl hatte eine tödliche Kälte in ihm ausgelöst. Mitten in der Hütte, vor dem wärmenden Feuer, döste der Hund des Hauses. Der junge Soldat seufzte schwer und sprach zu dem Hund:

»Grauer Hund, wenn ich du wäre, dann würde ich diese Nacht trotz des Schnees in der Heide schlafen.« Bei diesen Worten sah er seine Gastgeber auffordernd an.

Der Mann und die Frau gingen zu Bett und rätselten, was der junge Mann gemeint haben könnte. Als sie mitten in der Nacht von merkwürdiger Unruhe im Dorf geweckt wurden, verstanden sie schließlich. Sie standen auf, verließen ihre Hütte und wanderten in die Hügel.

Ginevras Herz war schwer an diesem Abend, ohne dass sie einen Grund dafür entdecken konnte. Sie ging zu dem Dorf, wo Brochan einquartiert war, und hoffte, wenigstens einen kurzen Blick auf ihn erhaschen zu können. Unterwegs traf sie einen einsamen Campbell-Soldaten, der an einem dicken Felsbrocken lehnte. Sein Gesicht war voller Trauer.

Ginevra blieb stehen. Der Mann sah sie mit einem merkwürdigen, fast verschwörerischen Blick an.

Ihre Augen trafen sich. Sie hielt seinem Blick stand.

Da drehte der Soldat sich zu dem Stein um, an dem er lehnte, und sagte leise:

»Du Sandstein ...«

Er brach ab und schaute Ginevra eindringlich an.

»... dein Platz ist hier im Tal, Stein ... Aber wenn du wüsstest, was geschehen wird, bevor der Morgen heraufdämmert, du würdest auf und davon gehen.«

Wieder starrte er das ihm unbekannte Mädchen unverwandt an. »Hörst du mich, Sandstein? Flieh, wie der Stein von Scone! Flieh, bevor der Morgen graut!«

Ginevra verharrte nur noch einen Augenblick. Ihre Füße schienen zu fliegen, als sie vor dem Fremden davonrannte. Sie sah in den Himmel. Dicke Wolken wälzten sich über die Berge. Plötzlich spürte sie tief in sich eine tödliche Kälte.

Auch der junge Alasdair, der Sohn des Chiefs, fand keinen Schlaf. Sein Misstrauen war zurückgekehrt. Der Gesichtsaudruck des Hauptmanns, der mit dem Brief zu Glenlyon gekommen war, hatte ihm ganz und gar nicht gefallen.

Mitten in der Nacht stand er auf und ging hinaus. Er achtete darauf, nicht gesehen zu werden. Ein eisiger Wind fegte durch das Tal. Schneeflocken klatschten in Alasdairs Gesicht. Viel zu viele Soldaten waren auf den Beinen.

Alasdair schlich zum Haus seines Bruders und weckte ihn. John teilte Alasdairs Bedenken nicht. Doch er stimmte mit ihm überein, dass sie den Vater informieren sollten. Gemeinsam gingen sie ihn wecken.

Der Chief allerdings reagierte ziemlich ungehalten, als seine Söhne ihn mitten in einer kalten und zudem stürmischen Nacht aus dem Schlaf rissen. Er erklärte seinen Söhnen, sie machten sich Sorgen um nichts und wieder nichts. Wenn sie nach dem Rechten sehen wollten, sollten sie das ruhig tun. Er aber würde wieder ins Bett gehen.

Seine beiden Söhne folgten seinem Beispiel.

Zweiundzwanzig

Die Soldaten des Campbell-Regiments, die ins Vertrauen gezogen worden waren, kämpften die ganze Nacht lang gegen ihr Gewissen.

Einige betranken sich. Andere versuchten, nicht darüber nachzudenken, was ihnen am Morgen bevorstand. Fast keiner fand Schlaf.

Schließlich schlug die bewusste Stunde.

Zwischen vier und halb fünf standen Campbells Männer auf. Sie rissen die neun Bewohner von Inverrigans Haus aus dem Schlaf, legten ihnen Fesseln an und knebelten sie. Laut Befehl durften sie nicht vor fünf Uhr morgens getötet werden. Aber Campbell brauchte das Haus als vorläufiges Hauptquartier. Schweigend begannen seine Soldaten, ihre Musketen und Pistolen für fünf Uhr vorzubereiten.

Auch Ginevra lag schlaflos. Schreckliche Visionen gaukelten durch ihren Kopf, ohne dass sie einen Sinn dahinter entdecken konnte. Die geheimnisvollen Worte des fremden Soldaten bei dem Stein wollten ihr nicht aus dem Kopf gehen.

Ein Stein … ein Stein … Warum nur sollte ein Stein aus seiner Heimat fliehen wollen?

Tränen schossen ihr in die Augen. Sie weinte nicht um sich selbst, sondern aus Angst vor einem schrecklichen Ereignis, das sie nur ahnen konnte.

Sie wusste, dass Brochan im Dorf Achnacone untergebracht war, nicht weit vom Signalhügel. In den vergangenen Wochen hatten sie oft genug die Möglichkeit gehabt, sich davonzustehlen und ein paar gemeinsame Stunden zu verbringen. Sie musste ihn warnen. Sie musste Brochan erklären, dass er fliehen sollte, wie der Stein.

Ginevra stand auf, zog sich warm an und ging in die Nacht hinaus. Es war vier Uhr dreißig.

Im gleichen Raum lag Ginevras Mutter hellwach mit angstweiten Augen. Kaum war das Mädchen zur Tür hinaus, sprang sie vom Lager auf, holte Ginevras kleinen Bruder aus der Wiege und wickelte ihn warm ein.

Als Ginevra Carnoch verließ, sah sie eine Menge Soldaten. Mindestens sechs Mann marschierten zum Haus des Chiefs. Sie waren voll bewaffnet und bemühten sich, so wenig Lärm wie möglich zu machen.

Der Schnee fiel jetzt schwer und dicht.

Ginevra hatte genügend Erfahrung darin, nicht gesehen zu werden. Sie versteckte sich vor den vorbeieilenden Soldaten und rannte anschließend in entgegengesetzter Richtung aus dem Dorf.

Sie dachte nur an Brochan. Keinen Augenblick lang kam es ihr in den Sinn zu überlegen, was die Gewehre zu bedeuten hatten.

• Dreiundzwanzig •

Jemand klopfte heftig an Chief Alasdair MacIains Tür.

Der alte Mann wachte auf. Es war stockfinster. Schlaftrunken dachte er, dass seine Söhne noch einmal zurückgekommen wären. Doch dann trat einer seiner Diener mit einer brennenden Kerze in den Raum, um ihn zu wecken. Er erklärte, an der Tür seien ein paar Campbell-Männer. Sie seien gekommen, um sich für die Gastfreundschaft zu bedanken.

MacIain stand auf, befahl seiner Frau, Wein für die scheidenden Gäste zu holen und begann, seine Hose anzuziehen.

Plötzlich war das kleine Zimmer voller Soldaten. Zwei Schüsse peitschten durch den frühen Morgen. Die verzweifelten Schreie der Frau gellten durch das Haus.

Im nächsten Augenblick lag der stolze Clan-Chief Alasdair

MacIain mit dem Gesicht nach unten tot auf seinem Bett. Seine Hose hing ihm in den Kniekehlen. Eine Kugel steckte in seinem Rücken, die andere hatte seinen Kopf durchschlagen. Wieder wurde geschossen. Die beiden Bediensteten, die versucht hatten zu fliehen, fielen tödlich getroffen auf den gefrorenen Boden.

Vom Erfolg ermutigt, kümmerten sich die Soldaten nun um die hysterisch schreiende Frau. Einer packte sie von hinten, ein anderer versuchte, ihr die Ringe von den Fingern zu reißen. Doch sie saßen zu fest. Da schlug er seine Zähne in ihr warmes Fleisch und biss und zerrte, bis der Schmuck in seinen Mund rollte. Sie fetzten ihr die Kleider vom Leib und warfen sie nackt auf den Boden. Zwei andere Männer schleppten MacIains lebloses Körper nach draußen. Alasdairs noch warmes Blut sickerte in den Schnee und gefror.

Im ganzen Tal war das Gemetzel in vollem Gange.

Im Haus von Inverrigan war Glenlyon dabei, seinen Gastgebern ihre Gastfreundschaft mit schrecklicher Münze zu vergelten. Er ordnete an, die gefesselten Körper der neun Hausbewohner genau um fünf Uhr auf den gefrorenen Misthaufen zu werfen. Sein Befehl wurde pünktlich ausgeführt.

Campbell hob selbst die Pistole und schoss seinem Gastgeber eine Kugel in den Kopf, ohne auf die entsetzten Schreie der Frau und der Kinder zu achten. Einer nach dem anderen fielen die Gefangenen den Musketen zum Opfer. Einige wurden mit Bajonetten erdolcht. Als acht Familienmitglieder tot waren, blieb nur noch ein junger, etwa zwanzigjähriger Mann übrig.

Plötzlich zögerte Glenlyon. Er hob die Hand.

»Aufhören!«, bellte er.

Hatte sein Gewissen sich doch noch gemeldet? Die Männer warteten. Das Gesicht ihres Hauptmanns spiegelte mit einem Mal Abscheu und Ekel wider.

»Was tut Ihr da, Mann?«, brüllte Drummond. »Denkt an unsere Befehle! Tötet ihn!«

Immer noch bewegte sich niemand. Campbell starrte seine Soldaten an und drehte dann langsam den Kopf, um den zitternden Gefangenen auf dem Misthaufen zu betrachten.

Da hob Drummond sein eigenes Gewehr. Im nächsten Moment zuckte der sterbende Körper des jungen Mannes mit einer Kugel im Kopf neben den anderen Leichen.

Ein etwa zwölfjähriger Junge tauchte von irgendwoher aus dem Dunkel auf. Er klammerte sich an Campbells Hosenbeine und bettelte weinend darum, verschont zu werden.

»Ich werde Euch dienen«, schluchzte er. »Ich verspreche Euch ... Bitte, tötet mich nicht! Bitte ... Ich tue, was Ihr wollt ... Ich gehe, wohin ...«

Drummond wurde aufmerksam. »Erschießt ihn endlich!«, brüllte er. »Macht dem Geplärr endlich ein Ende!«

Gewehrmündungen blitzten auf. Der Junge rollte tot vor Glenlyons Füße.

Nachdem ihre Aufgabe in Inverrigans Haus erledigt war, legten die Soldaten Feuer in der Scheune und den Wohngebäuden und wandten sich weiteren Taten zu.

Von überall aus dem von peitschenden Schüssen erfüllten Tal flohen Frauen mit Säuglingen im Arm in die umliegenden Berge. Kleine Kinder bemühten sich atemlos, mit ihren Müttern Schritt zu halten.

Bei den ersten ungewohnten Geräuschen weckten Diener die beiden Söhne des Chiefs. Sie hatten gerade noch Zeit, sich mit ihren Familien in einem Wäldchen auf dem Meall Mor in Sicherheit zu bringen, bevor eine Einheit an ihrer Tür auftauchte, um ihnen das gleiche Schicksal zu bereiten, dem zuvor bereits ihr Vater zum Opfer gefallen war. Die Dörfer unter ihnen brannten. Musketenfeuer, Schreie und heisere Befehle schallten durch die eisige Morgenluft.

Unterwegs trafen sie andere Flüchtlinge. Die Brüder schickten sie weiter in die Berge hinauf, wo sie zwar vor dem Blutbad in den Dörfern in Sicherheit waren, nicht aber vor dem drohenden Schneesturm. John und Alasdair hingegen schlichen sich vorsichtig an den gefrorenen Ufern des Coe entlang zurück ins Tal und suchten nach weiteren Überlebenden. Wer noch laufen konnte, den schickten sie in die Berge zu den anderen Entkommenen, die im lichten Wäldchen an den Hängen des Meall Mor warteten.

Unten im Tal aber ging der entsetzliche Verrat weiter. Die Soldaten schlachteten Männer in ihren Betten mit Bajonetten ab oder warfen sie wie eine letzte Beleidigung auf die Misthaufen ihres eigenen Viehs und erschossen sie dort. Die Sympathien der vergangenen Nächte waren vergessen. Blutrünstig führten die Campbell-Soldaten ihren grauenhaften Befehl aus. Auf einen alten Mann von achtzig Jahren wurde ebenso rücksichtslos geschossen wie auf mehrere kleine Kinder unter fünf. Ein schwer verwundeter älterer Mann versuchte, sich in einer Hütte zu verkriechen. Die Soldaten folgten ihm nicht. Sie zündeten die Hütte an und sahen zu, wie der Verwundete jämmerlich verbrannte.

• Vierundzwanzig •

Brochan wurde wach. Jemand flüsterte in seiner Nähe.

Er traute seinen Ohren nicht, als er seinen eigenen Kommandeur Robert Barber erkannte, der leise raunte:

»... weckt jetzt Eure Leute ... Schickt eine Abteilung in jedes Haus der Gemeinde ... Ihr kennt Eure Befehle ... Keine Gefangenen!«

Was bahnte sich da an?

Er musste sie warnen! Er musste Ginevra warnen!

Hastig zog er sich an und wickelte sich zusätzlich in einen Mantel und ein Plaid. Unbeobachtet schlich er sich aus dem Haus. Der Sturm peitschte harte Schneeflocken in sein Gesicht. Er konnte kaum die Hand vor den Augen erkennen.

Er war noch nicht weit gekommen, als plötzlich eine Stimme aus dem Dunkel kläffte: »Cawdor!«

Brochan drehte sich um. Barber stand hinter ihm.

»Wo willst du hin?«, fragte der Feldwebel aufgebracht.

Die beiden Männer starrten einander an. Jeder wusste genau, was in dem anderen vorging.

»Hol dein Gewehr, Cawdor«, sagte Barber. »Wir haben Befehle.«

»Ich habe die Befehle gehört«, gab Brochan zurück.

»Dann komm!«

»Ich mache da nicht mit!«

Hinter seinem Feldwebel konnte Brochan ein paar Männer seiner eigenen Kompanie erkennen, die das Haus von MacDonald of Achnacone umstellten. Er wusste, dass sich mindestens neun Familienmitglieder in dem Haus aufhielten und dass außerdem MacDonalds Bruder aus Achtriachtan über Nacht geblieben war.

»Dir bleibt keine Wahl, Cawdor«, sagte Barber. »Befehl ist Befehl! Tu, was man dir sagt, oder du wirst enden wie der alte Fuchs oder wie die da drüben, die jetzt dran sind.« Dabei deutete er mit dem Kopf in Richtung des Hauses hinter ihm.

»Ich tue es nicht, das schwöre ich Euch!« Brochans Stimme überschlug sich.

Er wirbelte herum und rannte in die Dunkelheit.

»Du versuchst doch nur, deine kleine MacIain-Freundin zu warnen. Ich habe euch zusammen gesehen!«, brüllte Barber hinter ihm her. »Spar dir die Mühe! Sie wird vor Sonnenaufgang so tot sein wie all die anderen. Bleib stehen, Cawdor! Das ist ein Befehl!«

Brochan zögerte einen Augenblick und sah sich zum letzten Mal um. »Nein!« rief er. »Soll der König mich doch hängen!«

»Wenn du nicht sofort gehorchst, wird der König gar keine Zeit mehr haben, dich aufzuhängen. Vorher erschieße ich dich!«

Brochan drehte sich um und huschte durch das Schneetreiben davon. Plötzlich entdeckte er die dunklen Umrisse einer Gestalt.

Ginevra!

Er musste sie fernhalten! Auf keinen Fall durfte sie näher kommen!

Und dann hörte er das, wonach er sich seit Jahren gesehnt hatte. Aber das Wort erklang ohne Freude. Es war nur eine Warnung vor dem, was sich in seinem Rücken abspielte, und schallte voll Schmerz und Angst durch den grauenden Morgen.

»B-r-o-c-h-a-n!« Es war ein Schrei wie aus einer anderen Welt.

Nur ein einziger Name! Verzweifelt wurde er in den dämmernden Morgen gerufen und ließ jeden, der den Schrei vernahm, bis ins innerste Mark erschaudern. Noch niemand hatte je diese Stimme gehört. Und mit dem Namen ihres Geliebten auf den Lippen fand Ginevra endlich Zugang zur Welt der anderen Menschen.

Gleichzeitig jedoch endete die Unschuld ihres früheren Lebens. Die Warnung kam zu spät. Der Finger von Brochans englischem Kommandanten war nicht mehr zu stoppen.

Ginevras Schrei schrillte fremd und entsetzlich in den Ohren von Feldwebel Barber. Sein Gewehr brachte ihn zum Schweigen.

Ein lauter Knall zerriss die Luft. Dreißig Yards entfernt sah Ginevra das Licht aus den Augen ihres Geliebten schwinden. Er taumelte und fiel mit dem Gesicht voran in den Schnee.

Noch einmal schrie Ginevra. Und dann wimmerte sie nur noch leise immer und immer wieder den geliebten Namen.

Der junge Brochan Cawdor war in der Blüte seiner Jugend gefallen. Sein Blut breitete sich aus und färbte den Schnee röter als das Haar des Mädchens, das er geliebt hatte.

Ginevras Schrei klang mit dem Echo des Schusses über den Schnee. Viele Menschen im Dorf wachten auf und konnten gerade noch rechtzeitig fliehen. Für einen war ihre Warnung zu spät gekommen, vielen anderen aber rettete sie das Leben.

In dem Haus, zu dem Barber nun zurückkehrte, saßen die Brüder MacDonald ahnungslos beim Frühstück. Der Rest der Familie drängte sich um das wärmende Feuer. Auch hier hörte man den gellenden Schrei.

»Das war doch ein Mädchen! Habt ihr die Stimme erkannt?«, fragte jemand.

»Nein«, sagte ein anderer. »Aber sie muss ziemlich viel Angst gehabt haben.«

Auch für MacDonald of Achnacone kam Ginevras Warnung nicht mehr rechtzeitig.

Barber und ein Dutzend seiner Männer traten die Tür ein. Gewehrläufe tauchten in jedem Fenster auf. Schüsse zerrissen die morgendliche Stille. Die Hälfte der Anwesenden sank getroffen zu Boden. Weißer Qualm aus Gewehrmündungen mischte sich mit schwarzem Torfrauch von der Feuerstelle. Einige Verletzte versuchten, sich nach draußen zu retten. Wieder wurde geschossen.

»Erledigt sie!«, brüllte Barber. »Jeder nimmt sich einen vor!«

Er tastete sich ins Haus vor und zerrte seinen schwer verwundeten Gastgeber nach draußen. Er lehnte ihn an die Wand seines eigenen Hauses und machte sein Gewehr schussbereit. In diesem Augenblick riss MacDonald of Achnacone mit übermenschlicher Anstrengung das schwere Plaid von seinen Schultern, warf es dem Feldwebel über den Kopf und verschwand mit letzter Kraft in der fahler werdenden Dunkelheit, die überall von Schüssen zerfetzt wurde.

Ginevra rannte zurück nach Hause. Heiße Tränen strömten über ihr Gesicht.

Sie musste nicht weit gehen. Ihre Mutter kam ihr entgegen. Sie hatte gespürt, dass etwas nicht stimmte. Ginevras kleiner Bruder lag warm eingepackt in ihren Armen.

Wieder wurde geschossen, dieses Mal ganz in der Nähe. Und wieder schrie Ginevra verzweifelt auf.

Die arme Frau, die eine stumme Tochter zur Welt gebracht und immer liebevoll umhegt hatte, sollte niemals erfahren, dass ihr Mädchen an diesem Morgen seine Stimme wiedergefunden hatte. Vor Ginevras Augen sanken Mutter und Bruder von derselben Kugel durchbohrt tot in den Schnee.

Ginevras verzweifeltes Wimmern verunsicherte den Mörder. Er vergaß, nachzuladen. Bewegungslos starrte er die junge Frau an. Schließlich riss er sich zusammen und hob seine Muskete.

Doch da war das rothaarige Phantom längst in der Dunkelheit verschwunden.

Ginevra floh, ohne sich darüber im Klaren zu sein, wohin ihre Füße sie trugen.

Die wenigen Überlebenden von Achnacone folgten ihrer schemenhaften Gestalt immer höher hinauf in die Berge.

An diesem Morgen war Glencoe voller Frauen, die um ihre Männer und Liebsten weinten, um ihre Brüder und Kinder, um ihren Clan und ihr Land.

Aber es war niemand mehr da, sie zu trösten ...

• Fünfundzwanzig •

Ginevra floh auf dem gleichen Weg, den sie acht Jahre zuvor gegangen war, als ihr Schicksal noch vor ihr lag. Jetzt lag es hinter ihr.

Ohne zu wissen, was sie tat, lief sie das Tal hinauf und wandte sich nach Süden in die Berge, wo sie Brochan zum ersten Mal gesehen hatte. Ihre Trauer führte sie auf die Wege, auf denen sie so viel Glück mit einem jungen Mann erlebt hatte, der nichts sehnlicher wünschte, als Soldat zu werden.

Ginevra rannte durch den Schnee. Sie war dankbar, dass sie heute ausnahmsweise Schuhe trug. Ein paar Flüchtlinge sahen sie vorbeilaufen. Einer von ihnen war der Enkel des ermordeten Chiefs, der zu einem großen Jungen von sechzehn Jahren herangewachsen war. Auch einige der anderen Jungen, die Ginevra früher gequält hatten, waren dabei. Sie wussten, dass dieses merkwürdige Mädchen mit dem Zweiten Gesicht ihre beste Überlebenschance war, und folgten ihr, ohne zu zögern. Sie hatten keinen anderen Gedanken im Kopf, als sie nur ja nicht aus den Augen zu verlieren, denn jedem von ihnen war klar, dass sein Leben davon abhängen konnte. Weitere versprengte Überlebende sahen die Gruppe, und einer nach dem anderen folgte ihr in den grauenden Morgen. Weit unter ihnen waren noch immer Schüsse zu hören. Gellende Schmerzensschreie zerrissen die stille, schneegeschwängerte Luft.

Nach einiger Zeit erreichte Ginevra eine Höhle am Abhang des Bidean Nam Bian, in der sie im Sommer oft Schutz gesucht hatte. Alle anderen schmiegten sich ebenfalls unter die Zuflucht des Felsendachs. Die Flüchtlinge waren zwischen sechzehn und dreiundfünfzig Jahren alt. Einige hatten vor dem Aufbruch daran gedacht, wärmende Decken mitzunehmen, manche hatten sogar etwas zu essen dabei. Aus dem Tal stieg schwarzer Rauch von den brennenden Häusern empor.

Sie rasteten eine Weile, wussten aber, dass sie sich nicht lange aufhalten konnten. Sicher würden bald Suchtrupps auf ihre Fährte gesetzt. Keiner hatte eine Ahnung, wie viele von ihnen überlebt hatten. Sollten sie die einzigen sein, dann wäre der junge Ruadh Og nun Chief. Doch der Junge stand noch viel zu sehr unter Schock, um irgendeine Entscheidung treffen zu können.

Ginevra wurde zur allgemein anerkannten Anführerin der kleinen Gruppe. Sie befahl und tröstete, als ob sie ihr Leben lang über die Gabe der Sprache verfügt hätte. Seit sich ihre Zunge gelöst hatte, sprach sie klar und intelligent mit einer Stimme, die an einen Frühlingsquell erinnerte. Einige, die sie am Tag zuvor noch als Dorfidiotin bezeichnet hatten, mussten anerkennen, dass sie sich geirrt hatten. Jeder Einzelne fühlte, dass er dieser jungen Frau bedenkenlos sein Leben anvertrauen konnte und musste.

»Ihr müsst hier weg«, sagte sie. »Steigt höher hinauf. Immer das Tal entlang.«

»Das geht nicht, Mädchen«, wandte einer der Männer ein. »Wir würden im Schnee umkommen.«

»Keiner stirbt hier«, sagte Ginevra ruhig. Allmählich fand sie wieder zu sich und wandte ihre Gedanken den praktischen Dingen zu ... und Brochan. »Weiter oben, ein Stück östlich, ist noch eine Höhle«, fuhr sie fort. »Dort könnt ihr Feuer machen und euch aufwärmen. Es gibt dort Torf.«

»Woher weißt du das, Mädchen?«, fragte der Mann.

»Weil ich ihn hingebracht habe. Geht jetzt. Ich muss noch einmal hinunter ins Tal, aber ich komme wieder. Ihr könnt auf mich warten, wenn ihr wollt. Aber jetzt solltet ihr wirklich gehen. Es ist sicherer. Ruadh Og, du kennst die Pässe ebenso gut wie ich. Bring sie nach Dalness.«

Sie drehte sich um und verschwand im Schneetreiben. Niemand dachte daran, ihren Vorschlag in Frage zu stellen.

Während Ginevra die kleine Gruppe sicher aus dem Tal führte, hatten John und Alasdair viele Meilen weiter westlich mehr als hundert Überlebende um sich versammelt. Sie wanderten nach Süden, Richtung Appin. Auch ihre Mutter hatten sie wiedergefunden, warm eingepackt und ihr so gut es ging etwas zu essen gegeben. Dabei hatten sie erfahren müssen, wie ihr Vater gestorben war.

Der neue Chief machte sich Sorgen um seinen Sohn. Er hatte ihn nicht mehr gesehen, seit die Familie bei den ersten Schüssen auseinandergetrieben wurde. Nun fürchtete er, dass er das Schicksal seines Großvaters teilte.

Er hätte sich nicht sorgen müssen. Der junge Ruadh Og war von dem einst stummen Mädchen von Glencoe in Sicherheit gebracht worden.

• Sechsundzwanzig •

Ginevra schlich sich zurück nach Achnacone. Schwaches Tageslicht sickerte allmählich durch den immer noch fallenden Schnee. Die Morgendämmerung brach an.

Überall brannte es. In der Ferne hörte man die Stimmen der

Soldaten. Aber der Angriff war vorüber. Die Dörfler waren tot oder geflohen, und die Truppe entfernte sich.

Ginevra hatte keine Ahnung, wie viel Zeit vergangen war. Eine halbe Stunde? Eine Stunde? Oder noch mehr? War es möglich, dass Brochan vielleicht doch noch lebte?

Sie folgte ihren eigenen Spuren zurück. Da war das Haus. Das Dach war völlig verkohlt. Dicke, schwarze Rauchwolken stiegen aus den Trümmern. Die Scheune dahinter brannte noch immer lichterloh.

Ginevra stürzte vorwärts.

Da lag er noch. Mit dem Gesicht nach unten im Schnee.

Fast flog sie zu ihm. Ihr Herz klopfte vor Hoffnung und Angst. Sie kniete im dicken Schnee nieder und hob den Körper vorsichtig an.

»Brochan ... Brochan, bitte«, flehte sie verzweifelt. »Bitte, wach auf!«

Mit viel Mühe drehte sie ihn um und bedeckte sein Gesicht, seine Lippen und seine Augen mit brennenden Küssen.

Seine Haut war kalt. Aber es war die Kälte des Schnees, nicht die des Todes.

»Brochan! Bitte, bitte, Brochan ...«

Endlich hörte sie ein schwaches Stöhnen.

»Brochan!«, rief Ginevra erleichtert. »Komm ... Du musst aufstehen. Ich weiß, dass du verletzt bist. Aber ich muss dich hier wegbringen, bevor sie dich finden.«

Sie küsste ihn mit der ganzen Glut ihrer Liebe. Endlich kam er zu sich und erinnerte sich schmerzlich an das, was geschehen war. Er war sehr schwer verletzt. Doch dank der Kälte hatte er nur wenig Blut verloren.

Mit Ginevras Hilfe kam er mühsam auf die Beine. Er stützte sich schwer auf das Mädchen und humpelte mit ihr in den grauenden Morgen davon.

Sie brauchten länger als eine Stunde. Mit fast erfrorenen Füßen erreichten Ginevra und Brochan die erste Höhle. Die anderen waren nicht mehr da.

Das Einzige, was noch an sie erinnerte, war eine ordentlich gefaltete Tartan-Decke auf einem Stein am Eingang der Höhle.

Ginevra erkannte sie sofort. Erst vor wenigen Stunden hatte sie diese Decke auf den Schultern des jungen MacIain gesehen, als sie ihm befohlen hatte, die anderen nach Dalness zu bringen.

Ginevra lächelte. Sie wusste, Ruadh Og hatte die Decke eigens für ihre Rückkehr hier zurückgelassen.

4

auf der suche nach den eigenen wurzeln

• Eins •

In dem nur spärlich erleuchteten, aber sehr teuer eingerichteten Hinterzimmer eines Pubs in Knightsbridge war eine gut gelaunte Gesellschaft zusammen gekommen.

Dugald MacKinnon stand mit einem Drink in der Hand an der mit erlesenen Flaschen bestückten Bar. Er war der Mann, dessen Vorarbeit die Grundlage für die Ereignisse gewesen war, die zu diesem Abend geführt hatten. Mit zufriedenem Lächeln nahm er die Glückwünsche einiger handverlesener Kollegen zu seinem Triumph am Vortag entgegen.

Das endgültige amtliche Endergebnis der Wahlen in Großbritannien war gerade bekannt gegeben worden.

Mit Richard Barracloughs überwältigendem Wahlsieg Ende der neunziger Jahre war die lange Regierungszeit der Konservativen Partei beendet worden. Zum ersten Mal seit 1979 hatte es wieder einen erdrutschartigen Erfolg der Linken gegeben. Die Experten hatten für Premierminister Barraclough eine mindestens ebenso lange Amtszeit erwartet, wie sie Margaret Thatcher vorgelegt hatte, vielleicht sogar noch länger. Mit seiner gewinnenden Art und seinem guten Aussehen bot er die besten Voraussetzungen. Niemand jedoch hatte mit dem Kopf-an-Kopf-Rennen des gestrigen Tages gerechnet, als sich Barraclough genau einen Monat nach der krönungssteinlosen Inthronisation König Charles III. zum ersten Mal zur Wiederwahl gestellt hatte.

Mit knapper Not hatte er es gerade noch geschafft. Doch plötzlich sah der Premierminister sich gezwungen, sich mit anderen als seiner eigenen Partei auseinander zu setzen, um an der Macht bleiben zu können. Die magere Mehrheit von acht Sitzen, Lichtjahre entfernt von der angepeilten absoluten Mehrheit, zwang Barraclough, über eine Regierungskoalition nachzudenken. Es war die einzige Möglichkeit mit Ausnahme von Neuwahlen, und die sah er im derzeit ungewissen politischen Klima als viel zu gefährlich an. Im Zweifelsfall könnten Neuwahlen den völligen Machtverlust zur Folge haben.

Die leichten Gewinne der Liberaldemokraten und den ungeheuren Stimmenzuwachs der Schottischen Nationalpartei hatte niemand vorausgesehen. Mit beiden Parteien würde die Labourpartei Verhandlungen aufnehmen müssen, wenn sie eine mehrheitsfähige Regierung bilden wollte. Und genau darauf zählte der Vorsitzende der Schottischen Nationalisten, Dugald MacKinnon.

Die erste Flasche Glenfiddich stand bereits leer auf dem Tresen, eine zweite war nur noch halb voll. Die Glückwünsche und Trinksprüche gingen den Gästen genau so leicht von den Lippen, wie das edle, zwölf Jahre alte Destillat aus Dufftown warm durch ihre Kehlen rann.

Eigentlich war die kleine Gesellschaft nicht nur zum Feiern zusammen gekommen. Ursprünglich war vereinbart gewesen, das weitere Vorgehen zu diskutieren. Jede mögliche Koalition würde auf tönernen Füßen stehen. Es war durchaus nicht sicher, dass Labour die nächste Legislaturperiode durchstehen konnte. Das aber beschränkte die Eingriffsmöglichkeiten der SNP in die große Politik auf einen unvorhersehbaren Zeitraum. Sie mussten sich so schnell wie möglich auf eine Strategie einigen, mit der sie in Aktion treten konnten, solange die Wählermeinung ihnen noch günstig war. Trotzdem durften sie sich nicht zu sehr in den Vordergrund schieben, denn der nie ganz ausgeräumte Verdacht bezüglich des Einbruchs in Westminster Abbey schwebte noch immer drohend über ihren Häuptern.

»Tja, Dugald«, sagte einer der Männer und hob sein Glas, »ehrlich gesagt hätte ich vor ein paar Monaten nicht unbedingt die Hand für dein Parteiprogramm ins Feuer gelegt. Jedenfalls beglückwünsche ich dich zu deinem Mut.«

»Danke für das Lob, Buchanan«, lachte der Angesprochene. Sein Dialekt ließ keinen Zweifel über seine nördliche Abstammung. »Aber wer weiß schon wirklich, wie es weitergeht? Das einzig Wichtige ist, dass Premier Barraclough eine Menge Zugeständnisse an uns machen muss. Und glaube mir, ich werde dafür sorgen, dass er das nicht vergisst!«

Die Männer hoben die Gläser.

»Schließlich hat er den Schotten viel mehr Eigenständigkeit versprochen. Er wird sich noch wundern, wie sehr wir ihn beim Wort nehmen. Jeder von uns erinnert sich an Majors Versuch, schottische Stimmen zu gewinnen, indem er 96 den Stein zurückgab. Der Deal hat nicht geklappt. Und unser guter Mister Barraclough ist in dieselbe Falle getappt. Man sollte die Schotten nie unterschätzen! Wenn wir an der Regierung sind, werden wir ihm sehr schnell klar machen, wie ernst wir seine Versprechungen nehmen.«

»Auf dich, du Held!«, fügte Lachlan Ross hinzu und prostete MacKinnon zu. Er war Parlamentarier aus Glasgow, soeben wiedergewählt worden und hatte sicher mindestens ein oder zwei Gläser mehr getrunken als die anderen. Allmählich wurde er selbst für die kleine Feier zu geschwätzig.

»Der Stimmengewinn gestern tut uns mindestens so gut wie dieser leckere Tropfen, Dugald«, sagte ein anderer, der ein wenig skeptischer klang als die bisherigen Redner. »Aber glaubst du im Ernst, es wäre möglich, mit diesem Ergebnis unseren Traum von Unabhängigkeit zu erfüllen?«

»Das glaube ich wirklich, William.«

»Ehrlich gesagt hat mich unser Erfolg nicht schlecht erstaunt«, fuhr Campbell fort. »Schließlich ist der Diebstahl des Steins noch nicht aufgeklärt, und insgeheim glauben die Leute ganz bestimmt immer noch, wir hätten etwas damit zu tun.«

»Ich habe die Umfragen gesehen. Die öffentliche Meinung glaubt entweder an schottische oder an irische Radikale als Täter. Ich glaube nicht, dass das irgendeinen Einfluss auf die Stimmabgabe hatte.«

»Mag ja sein«, mischte Buchanan sich nun wieder ein. »Aber mir ging es ganz schön gegen den Strich, ständig von einem Polizeiaufgebot belauert zu werden. Mir gefällt das einfach nicht!«

Alle stimmten dem zu. Jedes einzelne Parteimitglied war vorgeladen und verhört worden, obwohl es nicht den geringsten Beweis an einer Mitschuld der SNP gegeben hatte.

»Nun denn, Dugald«, sagte Campbell und kehrte damit zum vorigen Diskussionspunkt zurück, »was wolltest du uns denn vorschlagen, als du uns alle hierher bestellt hast? Mal ganz abgesehen von dem Stein hast du etwas geschafft, was niemand von uns und vor allem niemand in Schottland je für möglich gehalten hat. Die Regierung muss sich mit einem starken Schottischen Parlament abfinden. Wer weiß, ob Barraclough damit gerechnet hatte. Sicherlich hat er die Tragweite deiner Gesetzesvorschläge nicht erfasst. Aber meinst du wirklich, wir können noch weiter gehen? Die Regionalisierung ist ein Fakt. Wir haben unser eigenes Parlament. Und jetzt?«

Es wurde sehr still im Raum. Der eine oder andere nahm gedankenverloren einen Schluck aus seinem Kristallglas.

MacKinnon rührte sich nicht von seinem Platz an der Bar.

»Es ist doch ganz einfach, meine Herren«, sagte er schließlich ruhig. »Wir unterstützen unsere Kollegen von der Labourpartei so uneingeschränkt, wie ich es dem Premierminister versprochen habe. Es ist doch nur eine Frage der Zeit, ehe die ersten massiven Koalitionsstreitigkeiten auftreten. Und genau dann spiele ich meine Trümpfe aus. Danach wird das schottische Parlament sicherlich kein Marionettentheater der Engländer mehr sein. Zu gegebener Zeit setzen wir einen unserer eigenen Leute als Ministerpräsidenten ein. Und dann warten wir ab, was passiert.«

»So lange Hamilton an der Spitze der Liberaldemokraten steht, hat dein Plan nicht die geringste Chance«, wandte der stellvertretende Vorsitzende, Baen Ferguson, ein. Sein Einwurf war ein Versuchsballon. Ferguson besaß als einziger der Anwesenden fundierte Informationen darüber, wie sich Hamiltons Loyalität entwickeln könnte.

»Ich gebe zu, dass die Umsetzung lange dauern kann«, sagte MacKinnon. »Wir müssen schrittweise vorgehen. Die Wahl ist vorüber, man hat uns gewisse Vorteile für unsere eigene Regierung versprochen, und der Premierminister braucht uns dringend. Jeder einzelne dieser Punkte ist bereits ein großer Fortschritt im Hinblick auf die schottische Unabhängigkeit.«

Er schwieg einen Augenblick und fügte dann mit besorgter Stimme hinzu: »Es ist schon richtig, dass wir die Entwicklung mit wachsamen Augen verfolgen müssen. Sollte sich herausstellen, dass ein radikales Mitglied unserer Bewegung tatsächlich in den Diebstahl des Steines verwickelt ist, war vielleicht alle Mühe umsonst.«

»Das künftige Vermächtnis des Steins hat vielleicht schon begonnen«, nickte Ferguson.

»Ja, eben! Aber radikale Ausschreitungen nehmen die Öffentlichkeit nur gegen uns ein, wie unser Freund Campbell soeben treffend formulierte«, beharrte MacKinnon. »Wir können und dürfen unsere Ziele ausschließlich mit politischen Mitteln erreichen. Hoffen wir also, dass es Scotland Yard gelingt, den Schuldigen zu finden, und dass kein Schotte mit von der Partie war. Und in der Zwischenzeit visieren wir die nächste Sprosse der Leiter an und warten auf den richtigen Moment und die richtige Gelegenheit.«

»Leider haben wir keinen Robert the Bruce mehr, der Schottland vereinigen könnte«, warf Campbell trocken ein. »Oder hast du vielleicht Lust, die Fahne zu schwingen, Dugald? Willst du dich als Ministerpräsident bewerben?«

Natürlich war die Frage nicht ganz ernst gemeint. Trotzdem schwiegen plötzlich alle Anwesenden, als ob die Erwähnung des legendären schottischen Nationalhelden einen Geist aus der Geschichte heraufbeschworen hätte.

»Nein«, gab MacKinnon mit abwesendem Blick zurück. »Ich bin nicht der Richtige.« Er war Politiker und Pragmatiker und sich seiner eigenen Grenzen sehr wohl bewusst. Er hatte den altertümlichen Geist ganz besonders deutlich gespürt und wusste, was das zu bedeuten hatte.

»Ich bin eher eine Art Wegbereiter. Ein anderer wird kommen«, sagte er prophetisch. »Für's Erste müssen wir uns gedulden. Nicht immer ist offensichtlich, welche Umstände einen ganz normalen Mann dazu bringen, zum Helden zu werden, ganze Nationen zu verändern und die Geschichte neu zu schreiben. Als Alexander III. im Jahr 1286 plötzlich starb, war Robert the Bruce gerade mal acht Jahre alt. Von Heldentum war da sicher noch nichts zu spüren. Das kam erst später und war abhängig von den historischen Gegebenheiten seiner Zeit.«

Er hielt kurz inne und fuhr dann fort: »Auch unsere Zeit hat ihre historischen Gegebenheiten. Die Regionalisierung hat einen Prozess in Gang gebracht, der nicht mehr umkehrbar ist. Trotzdem sind sich die meisten nicht klar darüber, dass wir gerade erst am Anfang stehen. Die Aufhebung des Zusammenschlusses ist aber das letzte Kapitel.«

Nachdenklich betrachteten die Männer ihren Parteivorsitzenden.

»Wir werden unseren eigenen königlichen Helden bekommen«, fuhr MacKinnon fort, »einen neuen Bruce. Sein Schlachtross wird die moderne Politik sein. Er wird nicht mit Axt, Lanze oder Bogen kämpfen; seine Waffe ist ein furchtloses Herz, das keine Herauforderung scheut.

Ich bin sicher, dass die gestrige Wahl eine Vorbereitung auf sein Kommen ist, so wie es Alexanders Tod vor siebenhundert Jahren war. Und er wird bald kommen, daran glaube ich ganz fest.«

Ein sehr langes, nachdenkliches Schweigen folgte MacKinnons flammender Rede.

Jeder einzelne wähnte sich um Jahrhunderte zurückversetzt und stand im Geiste am Vorabend der Schlacht von Bannockburn an der Seite des legendären Königs. Und jeder einzelne versuchte sich über die Rolle klar zu werden, die er in dem bevorstehenden historischen Ereignis spielen würde.

»Freunde«, rief MacKinnon und seine Stimme nahm das Timbre eines keltischen Barden an, »eines Tages werden die Angelsachsen ihr eigenes Land regieren – und wir das unsere!«

»Dein Wort in Gottes Ohr!«, lallte Lachlan Ross.

»Dein Wort in Gottes Ohr!«, echoten ein paar andere und hoben feierlich die Gläser.

»Die Zeit ist reif, das Land unserer Väter zurückzuverlangen. Schottland muss endlich wieder seinem eigenen Volk gehören. Nicht nur ein Stück – das ganze Land!«

Er hob sein eigenes Glas den anderen entgegen.

»Auf Schottland!«

»Und auf das alte Kaledonien!«, fügte Buchanan ernst hinzu.

»*Auf Kaledonien!*«, stimmten die anderen begeistert ein.

• Z w e i •

In der Woche nach seiner Wiederwahl fuhr Andrew Trentham erneut Richtung Norden.

Auf seinem Programm standen einige Einladungen und Empfänge, die ihm zu Ehren organisiert worden waren. Das bot ihm eine willkommene Gelegenheit, sich in angenehmem Rahmen mit seinen Wählern zu treffen. Allerdings hatten sich seine Gedanken in letzter Zeit mehr mit dem Massaker von Glencoe als mit den Unterhauswahlen beschäftigt. Auch die Tatsache, dass der Stein von Scone noch immer nicht gefunden war und der Diebstahl Scotland Yard weiterhin in Atem hielt, führte zu einer ständigen Gegenwart von Duncans Heimat in seinem Alltag.

Seit dem schicksalhaften Essen vor seiner letzten Heimreise hatte er Blair nicht mehr gesehen. An schlechten Tagen zog er oft Parallelen zwischen dem Verrat, den sie an ihm begangen hatte, und der Geschichte von Glencoe. Natürlich wusste er, dass der Vergleich lächerlich war. Sie hatte ihn nicht wirklich verraten. Trotzdem quälte er sich selbst weiter mit diesem Gedanken.

Bei der ersten sich bietenden Gelegenheit zog sich Andrew die Regenjacke an und stürmte schnell zum Eingangsportal.

»Andrew? Wohin gehst du?«, fragte Lady Trentham aus dem Besucherzimmer.

»Spazieren, Mutter«, antwortete Andrew freundlich. »Vielleicht schaue ich kurz bei Duncan vorbei.«

»Warum Duncan? Es gibt wichtigere Leute, die du eigentlich besuchen solltest, wenn du schon einmal hier bist.«

»Ich mag Duncan, Mutter. Manchmal habe ich einfach genug von Anzug tragenden Wichtigtuern. Die scharwenzeln in London den ganzen Tag um mich herum.«

»Du bist genau wie dein Vater, als wir uns kennen lernten. Willst du wirklich den ganzen Tag durch die Hügel wandern und deine wertvolle Zeit in einer Schäferhütte vergeuden? Du solltest dich lieber deinen sozialen Verpflichtungen widmen. Da hast du Blair laufen lassen, und alles, was dir einfällt, ist spazieren gehen. Du bist Unterhausabgeordneter, mein Lieber, und nicht Mystiker!«

Andrew seufzte, gab aber keine Antwort. Was hätte er schon erwidern können? Er drehte sich langsam um und setzte seinen Weg zur Tür fort. In seinem Rücken spürte er ihren unzufriedenen Blick mit schmerzlicher Intensität.

Andrew wanderte über schmale Wege durch die Hügel und bemühte sich nach Kräften, den unangenehmen Zwischenfall zu vergessen. Es war schon so lange her, dass er Duncan einigermaßen regelmäßig besucht und von ihm Geschichten über Schottland gehört hatte. Und jetzt plötzlich hörte man ständig in allen Nachrichtensendungen etwas über Schottland. Was auch immer seine Mutter einwenden mochte, es konnte den Hunger nach immer neuen Geschichten des alten Mannes nicht unterdrücken. Andrews Gedanken hingen ohne sein Zutun mit einem Mal der Pressekonferenz vom Vortag nach.

Er musste lächeln. Die bewusste Frage war mit einem unmissverständlich amerikanischen Akzent gestellt worden. Es ging um die zweite Lesung eines Gesetzes zur Aufstockung der Wirtschaftshilfe für Länder der Dritten Welt. Andrew hatte gerade argumentiert, dass, sollte es zur *Trennung*[5] kommen, er dafür plädiere, sie so bald wie möglich durchzuführen. Da schoss eine Hand in die Höhe, und er nickte in die Richtung.

»Für wie wahrscheinlich halten Sie die Möglichkeit einer Teilung des Unterhauses?«, platzte eine junge Frau zu seiner Linken heraus.

Sofort wurde im Saal gekichert.

Die junge Journalistin hatte ihm leid getan. Die gesamte anwesende Londoner Reporterschar von Rang und Namen reckte die Hälse und hielt Ausschau nach der ihrer Meinung nach blutigen Amateurin, die einen solchen faux pas begangen hatte. Zwar hatte er sein Möglichstes getan, ihr sachlich zu antworten, aber ihre hochroten Wangen zeigten ihm, dass sie ihren Fehler sehr wohl erkannt hatte.

Die Pressekonferenz war ohne weitere Fragen aus dieser Ecke weitergegangen.

Andrews Gedanken kehrten in die Gegenwart zurück.

● **Drei** ●

Patricia Rawlings saß in ihrer Londoner Wohnung und dachte über die gestrigen Ereignisse nach.

Mein Gott, war sie blöd gewesen!

Wie oft zuvor schon hatte sie den Begriff »Trennung« gehört! Sie hätte ihn kennen müssen! Und jetzt hatte sie sich vor all den Kollegen zum Narren gemacht, deren Respekt sie so dringend gewinnen wollte.

---

[5] engl. Division = Trennung, Teilung: namentliche Abstimmung der Abgeordneten im englischen Parlament. Ja-Stimmen gehen rechts am Unterhaussprecher vorbei, Nein-Stimmen auf der linken Seite. Entspricht dem Hammelsprung. (Anm. d. Ü.)

Die Kränkung saß tief. Immer noch konnte sie die vielen Augen spüren, die sich geradezu an ihr festsaugten, während der Unterhausabgeordnete Trentham ihr freundlich Auskunft gab.

»Die Trennung, Miss – hmm ...«

»Rawlings, Sir«, konnte sie gerade noch antworten.

»Ja, Miss Rawlings – die Trennung ist eine Abstimmungsform im Unterhaus, die manchmal nach der zweiten Lesung eines Gesetzes und der zugehörigen Debatte durchgeführt wird. Sie hat weder mit Streit noch mit einem anderen Konflikt zu tun, sondern bezeichnet lediglich die Tatsache, dass auf eine bestimmte Weise abgestimmt wird.«

Wie oft hatte sie schon ihren amerikanischen Akzent zum Teufel gewünscht! Vor allen Dingen die unverkennbare Südstaatenfärbung. Immer wieder hatte sie versucht, ihre Sprache britischer klingen zu lassen. Sie hatte sogar Sprachunterricht genommen, doch der Erfolg ließ noch immer zu wünschen übrig. Jedes Mal, wenn sie den Mund aufmachte, hatte sie das Gefühl, alle Blicke würden an ihr hängen und nur darauf warten, dass sie ins nächstmögliche Fettnäpfchen tappte.

Und gestern war ihr das weiß Gott gelungen! Mit beiden Füßen. Ihre Pressekollegen waren nur zu gerne bereit gewesen, sie das möglichst deutlich spüren zu lassen.

Wenigstens hatte der Abgeordnete sie nicht auflaufen lassen. Mister Trentham war wirklich zuvorkommend gewesen und seine Antwort sachlich und freundlich formuliert. Irgendwie hatte sie sogar das Gefühl gehabt, dass sein Lächeln ein gewisses Mitgefühl ausdrückte.

Ein nettes Lächeln, dachte sie, und trotz ihrer Selbstvorwürfe konnte sie sich die angenehmen Gedanken an das sympathische Gesicht des Abgeordneten nicht verwehren. Sein Lächeln hatte etwas Besonderes; vielleicht wirkte er deshalb ein wenig geheimnisvoll. Gerne hätte sie mehr über ihn gewusst. Er schien ihr anders als die anderen zu sein. Vielleicht war es der verständnisvolle Blick gewesen, der sie in ihrer peinlichen Lage ein wenig getröstet hatte. Ein Blick, der ihr gezeigt hatte, dass es ihn nicht störte, mit einer Amerikanerin konfrontiert zu werden.

Es war schon so schwer genug, im Nachrichtengeschäft Fuß zu fassen. Natürlich hatte jeder Sender und jede Redaktion ein paar Quotenfrauen, aber in aller Regel war es noch immer ein Männergeschäft. Und hier in London waren die Türen zum Erfolg für Ausländer noch immer besonders fest verschlossen. Paddy Rawlings wusste sehr wohl, dass sie großes Glück gehabt hatte, hier überhaupt einen Job zu bekommen.

Das hinderte sie aber nicht daran, unzufrieden zu sein. Sie wollte vorankommen. Ihr Traum war immer gewesen, Life-Interviews vor laufender Kamera zu führen. Sie wollte, dass das Publikum sie kannte und erkannte, ihr glaubte und ihren Berichten vertraute. Sie ging sogar noch weiter. Sie wollte ihre eigene Sendung, vielleicht sogar eines Tages als Redakteurin und Moderatorin eines der großen Nachrichtensender des Landes.

Natürlich waren das vorerst Hirngespinste. Aber sie hatte noch nie zum Tiefstapeln geneigt. Nach dem gestrigen Zwischenfall allerdings schienen einige ihrer Träume möglicherweise außer Reichweite zu geraten.

Jedenfalls war ihr klar, dass sie sich nicht dauernd würde verkriechen können. Ihr Chef hatte mittlerweile sicher längst Wind von der Geschichte bekommen. Vor zwei Stunden hatte sie in der Redaktion angerufen und erklärt, sie würde sich ein wenig verspäten. Aber jetzt konnte sie es nicht mehr länger aufschieben.

Vier

Patricia Rawlings, oder Paddy, wie sie von ihren Kollegen und den wenigen Londoner Freunden genannt wurde, stieg die Treppe hinunter, verließ das Haus und ging ein paar Straßen weiter zur U-Bahn-Station Chalk Farm. Mit der Bahn nach Norden brauchte sie nur etwa zwanzig Minuten bis zur Zentrale der BBC in Shepherd's Bush.

Sie war jetzt seit sechs Jahren in London. In gewisser Weise liebte sie das Leben hier, trotz eines persönlichen Schicksalsschlages vor ungefähr einem Jahr. Aber sie wusste auch, dass sie beruflich nicht so weit vorangekommen war, wie sie es ursprünglich geplant hatte, und manchmal überlegte sie, ob es nicht besser wäre, nach Atlanta zurückzukehren. Sicher hätte sie keinerlei Schwierigkeiten, in einer der täglichen Nachrichtensendungen unterzukommen. Aber ihr Job hier in London bedeutete ihr sehr viel, und sie hatte die Hoffnung noch nicht aufgegeben, doch eines Tages noch innerhalb der BBC Karriere zu machen.

Hoffnung war eigentlich der falsche Ausdruck. Sie war fest entschlossen. Sie würde Karriere machen. Sie wollte unbedingt beweisen, dass sie für den Job eben so gut war wie jeder andere, trotz ihrer amerikanischen Herkunft und ganz gleich, wie häufig sie über ihren eigenen Schatten springen musste. Auf jeden Fall wollte sie so lange bleiben, bis ihr amerikanischer Akzent nicht mehr so auffällig war.

Paddy betrat das Gebäude der Nachrichtenredaktion, stieg in den Aufzug und drückte den entsprechenden Knopf. Zwei Minuten später ging sie einen langen Flur entlang ihrem Schicksal entgegen. Verbissen dachte sie an die Ereignisse des vorigen Tages. Schließlich war es erheblich angenehmer, sich Tagträumen mit gut aussehenden Unterhausabgeordneten hinzugeben, als sich auf das grimmige Gesicht ihres Chefs einzustellen, auf dessen Büro sie nun zusteuerte. Es hatte gar keinen Sinn, sich erst an ihren eigenen Schreibtisch zu setzen. Sie musste ihm jetzt entgegentreten.

Sie klopfte an und trat sofort ein. Edward Pilkington, Ressortchef bei BBC 2, saß an seinem Schreibtisch. Schweigend setzte sie sich ihm gegenüber und bemühte sich, ihrem Gesicht einen ernsten Ausdruck zu verleihen, der gleichzeitig ein schlechtes Gewissen, Entschuldigung, Verdruss und ›Was-soll-ich-jetzt-tun?‹ signalisieren sollte.

Pilkington sah sie ein paar Sekunden lang an und seufzte dann.

»Nennen Sie mir einen guten Grund, warum ich Sie jetzt nicht sofort rausschmeißen und nach Amerika zurückschicken sollte«, sagte er schließlich.

»Mir fällt keiner ein«, gab sie zurück. »Geben Sie mir trotzdem noch eine Chance. Bitte!«

»Eine Chance? Um was, bitte schön, zu tun, Paddy?« Sein Cockney war ebenso unverkennbar wie ihr amerikanischer Südstaatenakzent. »Den guten Ruf der BBC zu ruinieren? Sie auf das Niveau eines eurer amerikanischen Networks herunterzuwirtschaften? Sie flehen mich an, Ihnen eine größere Story zu geben, und dann leisten Sie sich so etwas! Was für eine Art Journalismus bringen sie euch in den Staaten eigentlich bei?«

»Es tut mir wirklich leid, Sir. Bitte, geben sie mir eine Live-Reportage. Ich verspreche Ihnen, ich werde sie nicht in den Sand setzen.«

»Ich kann unmöglich zulassen, dass Sie unsere Institution zum Narren machen. Vor allem nicht vor laufenden Kameras. Kirk hat mir erzählt, dass die Leute gelacht haben. Über Sie gelacht!«

Paddy senkte den Blick. Sie fühlte sich miserabel. Gleichzeitig irritierte sie die Vorstellung, dass der Starreporter der BBC, der Mann, der als Erster vor Ort war, als die Königin ihre Entscheidung bekannt gab, nichts Eiligeres zu tun hatte, als ihren Lapsus sofort an ihren Chef weiter zu tratschen.

Pilkington seufzte wieder.

»Ich mag Sie, Paddy«, sagte er. »Ich habe auch wirklich nichts gegen Amerikaner. Aber hier bei uns ist das äußere Erscheinungsbild nun einmal ungeheuer wichtig.«

»Oh, ich weiß ... ich weiß.«

»Die Leute vergessen so etwas nicht.«

»Was muss ich tun, um mit einem Mikrofon in der Hand vor einer laufenden Kamera stehen zu dürfen?«, fragte sie und beugte sich leicht nach vorne. Wie um alles in der Welt konnte sie das Gespräch von ihrem Schnitzer ablenken?

Pilkington lehnte sich in seinen Stuhl zurück, verschränkte die Finger und zog scharf die Luft ein. Im Büro herrschte angespanntes Schweigen.

»Bringen Sie mir eine Story, die kein anderer Sender hat«, sagte er schließlich. »Und dann reden wir weiter.«

• Fünf •

Ein Falke drehte hoch im Himmel langsam seine Runden. Ohne Flügelschlag schwebte er im Kreis. Vermutlich hielt er Ausschau nach einem schmackhaften Mittagessen in Form einer Maus oder eines Kaninchens. Andrew blickte ihm sehnsüchtig nach, während er seinen einsamen Spaziergang fortsetzte. Er beneidete den geflügelten Jäger um seine Freiheit.

Was wäre wohl aus ihm geworden, hätte sein Name nicht zufällig Andrew Trentham gelautet? Wer war er wirklich? Was für ein Mann versteckte sich hinter dem, der so war, wie man es von ihm erwartete – oder besser formuliert: wie seine Mutter es von ihm erwartete?

Plötzlich fiel ihm auf, dass er die Frage anders hätte stellen müssen: Wer war der Mann hinter dem, der so war, wie er es selbst von sich erwartete?

War ihm sein Selbstvertrauen angeboren oder nur eine Folge seines großen Namens und seiner gesellschaftlichen Stellung?

Er wurde sich darüber klar, dass er nach einer Identität suchte, die weder auf seiner Herkunft noch auf seiner Parlamentsmitgliedschaft beruhte, sondern auf seinem wahren Ich. Ob er sie jemals aus dem weinenden, verwirrten Jungen würde befreien können, der er bei der Beerdigung gewesen war?

Endlich kehrte die Erinnerung zurück. Regen, schwarze Schirme, die versteinerten Gesichter wichtiger Männer und Frauen aus London, schluchzendes Schweigen, das dumpfe Poltern nasser Erde auf dem Holzsarg, der abgehackte, unregelmäßige Atem seiner Mutter, als sie die lange Reihe kondolierender Gäste an sich vorbei defilieren ließ, der sich schier endlos ziehende Weg zurück zum Auto, der seine Zukunft entscheidend beeinflusst hatte, all das gehörte zu einer Zeit seines Lebens, die ihn für immer gebrandmarkt hatte. Er würde die Bilder sein Leben lang mit sich herumtragen.

Aber war sein Leben wirklich nur der niemals endende Versuch, einen wie auch immer gearteten Ersatz für die tote Lindsay zu bieten? Wäre er jemals in der Lage, die lastende, wenngleich selbst auferlegte Verpflichtung zu durchbrechen, sowohl Lindsays als auch sein eigenes Leben zu leben?

Unwillkürlich musste er an die hilflose amerikanische Journalistin denken.

Sein Herz weitete sich vor Mitgefühl. Und während er sich die Ereignisse noch einmal ins Gedächtnis zurückrief, stellte er fest, dass sich in seine Sympathie eine gewisse Bewunderung mischte. Sie hatte keine Angst gehabt, gegen die allgemeine Erwartung zu meutern, sie war nicht zurückgeschreckt angesichts der gegen sie opponierenden Menge, obwohl sie sich der Lächerlichkeit preisgegeben hatte.

Außerdem gefiel ihm ihr Akzent. Ihm war ziemlich egal, was einige seiner steifen englischen Kollegen über die Emporkömmlinge aus lange zurückliegenden Kolonialzeiten dachten. Er mochte die Amerikaner. Sie waren offen und ungezwungen, manchmal vielleicht ein wenig unverfroren, aber das störte ihn nicht. Er wünschte, er hätte selbst ein wenig mehr von dieser forschen Art.

Offenbar war der eigentliche Unterschied zwischen Amerikanern und Engländern die Bereitschaft der Amerikaner, Risiken auf sich zu nehmen, gegen den Strom zu schwimmen und sich selbst zu finden. Jemand zu sein, der man wirklich sein wollte.

Andrew liebte die Politik, aber es gab Zeiten, da fühlte er sich gefangen in seinem Namen und seiner Vergangenheit, gefangen in der Erwartung der anderen, was er mit seinem Leben anfangen solle, gefangen in einer Kultur, die ihm sein Leben vorgab, ohne Rücksicht auf seine eigenen Wünsche zu nehmen. Das war eben die feine englische Art. Man tat, was von einem erwartet wurde.

Die amerikanische Reporterin war frei von jeder Erwartung. Sie versuchte, etwas Besonderes zu tun, etwas, das sie von allen anderen unterschied. Er fragte sich, ob ihrer Mutter die verwegene Idee, sich in eine journalistische Karriere in einem fremden Land zu stürzen, wirklich recht gewesen war. Ob amerikanische Eltern weniger durch familiäre, soziale oder kulturelle Vorgaben geprägt wurden?

Hatte er selbst jemals so etwas gewagt? Andrew dachte angestrengt nach. Hatte er jemals etwas getan, wofür er Mut beweisen musste? Etwas, das mehr von ihm gefordert hatte als seinen üblichen Einsatz?

Gab es irgend etwas in seinem Leben, das nicht irgendwie mit der unausgesprochenen Frage zu tun gehabt hatte, wie seine Mutter darüber dachte?

• Sechs •

Andrew überquerte das Moor und setzte seinen Weg zum kleinen Haus des Schotten fort. Der Pfad schlängelte sich zwischen dicken Felsbrocken und stacheligen Büschen hindurch. Der gestohlene Stein fiel ihm ein. In der Zeitschrift The Highlander, einem der zahllosen Druckerzeugnisse, die jeden Tag auf seinen Schreibtisch flatterten, hatte er einen interessanten Artikel darüber gelesen.

Der Autor hatte den Versuch unternommen, die Herkunft des Steins von Scone nachzuvollziehen. Zu Beginn berichtete er vom keltischen Mythos der Tuatha de Danaan, einer Gruppe göttlicher Wesen. Eines ihrer wichtigsten Besitztümer war der Stein von Fal, der schrie, wenn ein rechtmäßiger König den Fuß auf ihn setzte. In der Folge war der Stein bei allen Königskrönungen im vorgeschichtlichen Irland benutzt worden, um die Rechtmäßigkeit des neuen Herrschers zu überprüfen.

Es wurden noch andere, sehr unterschiedliche Mythen bezüglich des Steins zitiert. Einer der bekanntesten erzählte, dass der Stein von Irland nach Schottland gebracht wurde, als die Scoten aus Eire die Pikten überrannten und ihre Machtposition ausbauten. In dem neu entstandenen Königreich sollen die Könige auf dem Stein gekrönt worden sein. Eine andere Version besagte, dass die Tuatha de Danaan vor den Philistern aus Griechenland zunächst direkt nach Schottland geflohen seien und den Stein bei ihrer Weiterreise nach Irland zurückgelassen hatten. Eine andere Sage wusste zu berichten, der Stein habe dem biblischen Urvater Jakob als Kissen gedient, als er den Traum von der Himmlischen Leiter träumte, und sei später von der ägyptischen Pharaonentochter Scota über Spanien und Irland nach Schottland gebracht worden.

Andrew musste lächeln, als er sich den dicken Brocken Sandstein vorstellte, den er viele Male in Westminster Abbey bewundert hatte. Wo mochte der Stein wohl wirklich herkommen? Genau genommen gab es so gut wie keinen Unterschied zu den Steinen, die auf seines Vaters Anwesen überall auf den Weiden herumlagen.

Andrew erinnerte sich an eine Geschichte, die der alte Duncan ihm früher immer erzählt hatte. Sie handelte von einem steinzeitlichen Mann, der angeblich als erster Mensch die Gegend hier erkundet und besiedelt hatte. Er war von weit, weit her im Süden gekommen und immer nordwärts gewandert.

Wie hatte Duncan ihn noch genannt? Der Entdecker? Der Reisende?

Andrew bekam die Details der Geschichte nicht mehr zusammen. Sie stand in dem dicken Buch, dessen Blätter mit dem Alter morsch geworden waren und das der alte Mann wie ein Heiligtum hegte und pflegte.

Die Erinnerung an das alte Buch verursachte Andrew eine erwartungsvolle Gänsehaut. Plötzlich kehrten viele Eindrücke aus den Tiefen seines Gedächtnisses zurück. Er hörte förmlich Duncans Stimme, der, nachdem das Buch schon längst geschlossen war, weiter mit ihm sprach.

»Du wirst eines Tages ein berühmter Mann sein, Jungchen«, hatte Duncan gesagt und ihm dabei gerade in die großen, erstaunten Augen geblickt.

Nun fielen ihm auch andere, längst verloren geglaubte Worte ein, eine Art geheimnisvoller Prophezeiung des alten Schotten.

»Dir wird es ergehen wie dem alten Kelten selbst«, hatte Duncan gesagt. »Vielleicht wirst du nicht ganz so weit wandern, aber du wirst die Zukunft deiner Leute ganz schön beeinflussen. Merkwürdig, mein Zweites Gesicht hat immer mit dir zu tun. Jetzt bist du nur ein kleiner Junge, aber eines Tages wirst du groß und berühmt werden. Ich weiß, dass Gott ein Auge auf dich hat, Jungchen. Und wenn Er erstmal Pläne mit einem Mann hat, dann lässt er nicht locker, ehe die Sache erledigt ist.«

Was hatte das wohl zu bedeuten gehabt? Andrew verstand die seltsamen Worte heute keinen Deut besser als damals.

»Du wirst ein schöner Mann werden. Du bist zu Höherem berufen, Jungchen. Ich weiß es. Tatsächlich ist er dein Vorfahr, und sein Blut rinnt durch deine Adern, von wem auch immer du abstammen magst. Eines Tages verstehst du mich. Die Zeit wird kommen. Ach, kleiner Andrew ... weißt du überhaupt, was für ein schönes Land das ist? Und es ist dein Land. Eines Tages wirst du verstehen.«

•Sieben•

Der Ort war so ungefähr die letzte Stelle auf der Welt, wo der gut gekleidete Besucher aus London freiwillig den Nachmittag verbracht hätte. Trotz seines Namens hasste er die Gegend hier oben. Vor allem im Winter. Moore und Berge sollte man getrost den Ziegen überlassen. Er hatte Besseres zu tun, als sich in dieser gottverlassenen Wildnis sonstwas abzufrieren.

Die Anweisung allerdings war sehr detailliert gewesen. Und die unleserliche, wenngleich wohlbekannte Unterschrift am unteren Ende des Papiers ließ gar nicht erst die

Überlegung aufkommen, die Verabredung vielleicht abzusagen. Unglücklicherweise überwog seine Unlust bei weitem den sozialen Aspekt des Treffens.

Die beiden Gestalten am Tisch flüsterten. Ihre Stimmen klangen verärgert.

»Ich hatte es so verstanden ...«

»Ich habe nie etwas versprochen. Ich habe nur gesagt, dass ich sehen würde, was ich tun kann, wenn es so weit ist.«

»Nun, jetzt ist es so weit.«

»Und ich habe gesehen, was ich tun kann. Die Antwort ist nein!«

»Ich dachte, wir hätten ...«

»Versuch' gar nicht erst, mir auf diese Art zu kommen. Was denkst du, wer ich bin? Ein blutiger Amateur, der jeder Forderung nachgibt? Ich spiele dieses Spiel schon ziemlich lang und bin nicht so leicht zu beeindrucken, wie du vielleicht geglaubt hast. Außerdem ist jetzt nicht der richtige Zeitpunkt. Und eure Versprechungen scheinen mir auch nicht gerade die sichersten zu sein. Das politische Risiko kann ich einfach nicht eingehen.«

Die beiden schwiegen angespannt.

Schließlich begann der Jüngere wieder zu sprechen. Sein Ton hatte sich verändert. Er war ruhiger, fast finster geworden.

»Ich glaube eher, *nicht* auf unsere Forderungen einzugehen wäre das größere politische Risiko. Überhaupt liegt das Risiko, wie du es zu nennen beliebst, nicht da, wo du es vermutest. Ganz im Gegenteil.

»Und was soll das im Klartext bedeuten?«, blaffte der Londoner, dessen Benehmen und Sprache sich im Lauf der Zeit so glatt geschliffen hatten, dass seine Herkunft kaum noch feststellbar war.

»Oh, das ist ganz einfach! Wir haben Beweise – zwingende Beweise, möchte ich sagen – die dich samt deiner SNP in

Zusammenhang mit dem Diebstahl des Steins von Scone bringen. Unter anderem.«

»Ihr habt den Stein gestohlen!«, platzte der Londoner heraus.

»Davon habe ich nicht gesprochen. Das Einzige, was ich gesagt habe, ist, dass ich mir für dich in der nächsten Zeit durchaus eine Situation mit einem ziemlichen Erklärungsnotstand vorstellen könnte. Und zwar nicht, weil du mitgemacht hast, sondern weil du die Idee hattest. Das wäre das Ende deiner politischen Karriere.«

»Mach dich doch nicht lächerlich!«

»An deiner Stelle würde ich das nicht auf die leichte Schulter nehmen.«

»Willst du mich etwa erpressen?«, zischte der Londoner. Ein Schatten von Sorge war in seiner Stimme.

»Nein, nein, das ist ein viel zu hässliches Wort. Nenn es lieber Absprache oder Vereinbarung.«

»Niemand wird euch glauben.«

»Lass das unsere Sorge sein. Und selbst wenn, wir haben da noch eine hübsche Sammlung weiterer interessanter Dinge. Zum Beispiel Fotos. Leider bist du ziemlich unvorsichtig gewesen. Nur als kleine Retourkutsche: Glaubst du wirklich, wir seien Amateure?«

»Ehrlich gesagt, eine solche Schweinerei habe ich von dir nicht erwartet.«

»Wenn du wüsstest, wie sehr mir das sonstwo vorbeigeht! Wir wissen schon, was wir tun. Und glaube mir, Scotland Yard wird sich sehr für die Dinge interessieren, die wir ihnen in die Hände spielen, falls ...«

Er brach bedeutungsvoll ab.

»Das ist doch absurd! Und außerdem: Wer weiß, ob ich es nicht wirklich riskiere. Ihr mit euren lächerlichen Drohungen! Und ich dachte, du ...«

Angewidert hielt er inne.

»Du verdankst mir alles«, fuhr er schließlich fort. »Ich habe dich dahin gebracht, wo du jetzt bist.«

»Ich habe dir bereits erklärt, wie egal mir das jetzt ist.«

»Vielleicht sollte ich euch anzeigen. Scotland Yard würde euch innerhalb von vierundzwanzig Stunden hinter Gitter bringen.«

Er machte eine Pause und starrte kopfschüttelnd ins Leere.

»Ich hätte es wissen müssen«, sagte er schließlich. »Ich hätte die Tücke in deinen Augen erkennen müssen. Aber jetzt ist alles klar!«

Er stand auf und wandte sich zur Tür. Grußlos verließ er den Pub und lief verärgert die schmale, gepflasterte Gasse entlang. Vor allem sich selbst machte er Vorwürfe, sich mit solchen Leuten eingelassen zu haben. Nun saß er in einer verflixten Klemme.

Nur Sekunden später hörte er die Kneipentür zum zweiten Mal zuschlagen. Klappernde Sohlen eilten in schnellem Stakkato über das Pflaster hinter ihm her.

Er drehte sich nicht um. Sein Mietwagen parkte in einer einsamen Seitenstraße in der Nähe der Docks. Selbst jetzt noch hinderte ihn sein Stolz, die Gefahr zu erkennen.

Das Fußtrappeln kam näher.

»Du musst deinen Entschluss rückgängig machen«, murmelte eine vertraute Stimme an seiner Seite.

»Du hast wohl nicht alle Tassen im Schrank«, gab er zurück, ohne seinen Schritt zu verlangsamen. »Nachdem mir unser nettes kleines Gespräch endlich die Augen geöffnet hat? So viel kannst du mir gar nicht anbieten ... Willst du die Stimmen meiner Partei mit deinen dubiosen Taktiken erkaufen? Da bist du aber ganz schön ...«

Es waren die letzten Worte, die er je sprach.

Die schmale, hauchdünne Klinge eines Highland-*sgian dubh* fuhr ihm von hinten in den Rücken, glitt zwischen zwei Rippen hindurch und versenkte ihre Spitze tief in der Rückseite seines Herzens. Er war sofort tot.

Man ließ ihm nicht einmal die Zeit, umzufallen. Sein Mörder fing den schwankenden Körper auf und ließ ihn in einer fließenden Bewegung über die Kaimauer gleiten. Kaum, dass ein wenig Wasser aufspritzte, als die Leiche in die eisigen Fluten tauchte.

Die schmale Gestalt auf der Straße ging weiter, als wäre nichts geschehen. Tief unten im Wasser trudelte die Leiche in der Strömung, wurde in die Mitte des River Dee abgetrieben und schwamm gemächlich auf das offene Meer zu.

• Acht •

Duncan schien kein bisschen überrascht, Andrew zu sehen. Er wunderte sich nicht einmal, dass der zweite Besuch so rasch nach dem ersten erfolgte. Nach einer herzlichen Begrüßung führte er Andrew in sein Cottage. Bald darauf hing der frisch gefüllte Eisenkessel über dem Herdfeuer.

Während der alte Mann eifrig in die kleinen Flammen unter den Torfbrocken blies, ging Andrew im Zimmer herum und nahm die Dinge, die ihn umgaben, tief in sein Bewusstsein auf. Ein wenig kam es ihm vor, als sei er zum ersten Mal hier, obwohl er den Raum seit seiner frühesten Kindheit kannte. Zufrieden betrachtete er das kleine Bücherregal mit den alten Büchern und fühlte so etwas wie Ehrfurcht.

»Meinen Glückwunsch, Jungchen«, sagte Duncan und holte ihn damit in die Wirklichkeit zurück. »Du bist also wiedergewählt worden. Die Leute können froh sein, jemanden wie dich zum Fürsprecher zu haben. Aber dazu gehört auch 'ne Menge Verantwortung, stimmt's?«

»Vor allem, wenn ich an die immer stärker werdende Autonomiebewegung denke.«

»Meinst du Schottland?«

»Politisch ist dein Land ein ganz schön heißes Eisen. Die Zukunft des Vereinigten Königreichs hängt in gewisser Weise davon ab.«

Duncan nickte gedankenverloren. Das Thema interessierte ihn mehr, als er seinen jungen Besucher wissen ließ. Er fragte Andrew noch ein wenig über seine derzeitige Beschäftigung aus. Ein paar Minuten plauderten sie, dann wurden sie still.

»Gut Ding will Weile haben«, sagte Duncan plötzlich mit ernster Stimme und dem nachdenklichen Unterton, den Andrew noch so gut aus seiner Kinderzeit kannte.

»Meinst du damit so etwas wie die schottische Unabhängigkeit?«

»Vielleicht. Wenn wir sie eines Tage bekommen, hat es wirklich eine ziemliche Weile gedauert. Es ist wie Gottes Arbeit in unserem Leben. Es geht langsam, aber stetig. Manchmal merkt man es gar nicht.«

»Gottes ... Arbeit? In unserem Leben?«, fragte Andrew verblüfft.

»Ja.«

»Und wie arbeitet er?«, wollte Andrew wissen. Seine eigene Frage überraschte ihn. Er hatte über derlei Dinge noch nie nachgedacht.

»Das ist unterschiedlich«, antwortete Duncan. »Gott hat für jeden von uns einen Plan, aber wir müssen das Ziel selbst herausfinden.«

»Und wie soll man das anstellen?«

»Du musst ihn fragen. Und ihm Zeit lassen, es dir zu zeigen.«

»Zeigt er es jedem?«

»Jedem, der es wissen will und der Geduld beweist. Er spricht zu jedem. Es ist immer ein Augenblick der Entscheidung. Du musst dich entscheiden, ob du den Plan akzeptierst, den Gott für dich vorgesehen hat.«

»Augenblick der Entscheidung, sagst du?«

»Genau. Gott wartet auf den richtigen Moment. Er stellt dir frei, ja oder nein zu seiner Arbeit zu sagen.«

• Neun •

Andrew dachte lange über die Worte des alten Schotten nach.

»Heidekraut und Torf wachsen unendlich langsam. Aber sie geben gute Hitze«, sagte Duncan, als ob das noch zu ihrem vorigen Thema gehöre. »Torf ist ein kleines Wunder, Jungchen. Da hat sich der Schöpfer was bei gedacht.«

Wieder schwieg er. Sein Blick schien weit entfernt.

»Hab' ich dir mal erzählt, Jungchen, an was mich die Farben von Heidekraut erinnern?«, fragte er kurz darauf.

»Nein ... nein, ich glaube nicht«, antwortete Andrew.

Duncan schwieg wieder eine geraume Zeit.

Andrew sah ihn an und wartete. Aber der alte Mann schien das Gespräch nicht in diese Richtung fortsetzen zu wollen, und Andrew mochte ihn nicht drängen.

»Ich denke gerade an die alten Zeiten«, sagte Duncan schließlich. »An die Alten, die noch Gälisch gesprochen haben. Der Torf hat sie am Leben gehalten, Jungchen. Das Heidekraut oben und der Torf unten ... Die Farbe von Erikablüten erzählt Geschichten.«

Die geheimnisvollen Worte machten Andrew nachdenklich. Er starrte in das Feuer. Die dicken, an den Rändern glühenden Torfbriketts sandten flirrende Hitze aus. Ihre sprichwörtliche Wärme war nicht nur ein physikalisches

Phänomen. Sie hatte auch eine emotionale und kulturelle Bedeutung, die in dieser modernen Zeit nur noch von wenigen Menschen zu schätzen gewusst wurde – wie zum Beispiel von Duncan MacRanald. Er war einer von denen, die einer schnelllebig gewordenen Zeit nicht gestattet hatten, ihnen die Möglichkeit des Rückblicks zu nehmen ... und auch nicht die Möglichkeit der Erinnerung.

»Was hast du mit deiner Aussage gemeint, die Geschichte des Mädchens von Glencoe würde mir klar machen, was einen Schotten zum Schotten macht? Wieso entdeckt man in Glencoe die wesentliche Bedeutung Schottlands?«

»Jeder Schotte wird entscheidend durch den Geist der Highlands geprägt, Jungchen. Und das ist der Grundgehalt dieser Geschichte, die der Wind noch heute über die Moore flüstert.«

»Was ist denn so Besonderes am schottischen Wesen? Was ist das für ein Geist?«

»Um dir das zu erklären, Jungchen, müsste ich dir die ganze Geschichte Schottlands erzählen. Ich fürchte, dafür hast du nicht genug Zeit!«, fügte er lachend hinzu. »Die Bibel erzählt die Geschichte der Hebräer, und du weißt, was das für ein dickes Buch ist. Die Geschichte von der Freiheit Schottlands ist aber noch nicht zu Ende. Wir leben sie noch. Die große Welt interessiert sich nur wenig dafür. Aber vielleicht ändert sich das ja bald.«

»Lass die Geschichte so lang sein, wie sie will«, lachte Andrew, »ich nehme mir die Zeit einfach.«

»Unsere Geschichte steckt uns in den Knochen. Wir Schotten können einfach keine Ruhe geben, ehe unser Land wieder unser Eigentum ist. Selbst die Steine schreien geradezu danach.«

»Das hört sich für mich an wie das, was man über den Stein von Scone erzählt. Angeblich schreit er, wenn der rechtmäßige König ihn berührt.«

»Stimmt«, nickte Duncan. »Die Steine der Highlands haben eine gemeinsame Stimme. Und die ruft nach Freiheit.«

Wieder schwiegen beide und hingen ihren Gedanken nach. Aber dieses Mal wurden sie beide gemeinsam in die Wirklichkeit zurückgeholt. Das Wasser im Eisenkessel, der über dem Feuer hing, begann zu brodeln und dampfte heftig. Selbst ohne Mikrowelle waren alle Bedingungen erfüllt, eine ordentliche Kanne heißen Tees zu kochen. Duncan sprang auf, nahm mit einem gefütterten Handschuh den Kessel vom Haken und brachte ihn zur Anrichte neben seinem Spülbecken. Er schüttete die sprudelnde Flüssigkeit über die Teeblätter, die bereits in der Kanne warteten, füllte den Kessel mit frischem, kaltem Wasser und hängte ihn wieder über das Feuer für den Fall, dass mehr Tee gewünscht wurde.

Innerhalb von fünf Minuten saß Duncan wieder auf seinem Platz. Auf dem niedrigen, einfachen Tisch zwischen den Stühlen der beiden Männer stand ein Tablett mit allem, was man für einen köstlichen Teegenuss brauchte, sowie ein Teller mit frisch gebackenen Haferkeksen. Jeder der beiden goss sich einen Becher ein, und bald saßen sie zufrieden kauend und schlürfend vor dem Feuer.

»Weißt du«, sagte Andrew plötzlich, »es ist schön, zwei Mal innerhalb so kurzer Zeit hier zu sein. Es erinnert mich an meine Kindheit.«

»Stimmt. Du warst früher ziemlich oft hier, Jungchen.«

»Komisch, wie die Zeit an einem vorbeirauscht. Wie lange hatte ich dich hier fast vergessen! Und plötzlich macht es Klick, und die Erinnerung kommt zurück! Irgendwie merkt man, dass man etwas Wichtiges aus den Augen verloren hat – etwas Wertvolles. Weißt du, was ich meine, Duncan?«

Duncan nickte. Er hatte nichts vergessen. Die Geschichte seines Landes war immer in ihm. Und er spürte ihren herannahenden Höhepunkt. Allmählich wagte er zu hoffen, dass er die Frucht des Kampfes seiner Landsleute noch zu seinen Lebzeiten würde kosten können.

Andrew dachte einen Augenblick nach. Seine nächsten Worte wiesen dem Gespräch eine andere Richtung.

»Sag mal, Duncan«, begann er, »wie denkst du als Schotte über den Diebstahl des Steines?«

»Es gibt viele Legenden über seine Herkunft«, antwortete Duncan geheimnisvoll.

»Meinst du, es hat mit der schottischen Unabhängigkeit zu tun?« Andrew ließ sich nicht beirren. »Glaubst du, dass die vielen Veränderungen darauf hinaus laufen?«

Duncan lächelte. Vielleicht war die Situation für Andrew und seine Politik neu, aber genau genommen war die Frage genau so alt wie die Menschheit.

»Darauf gibt es nur eine Antwort, und die findet man nur, wenn man sich selbst erkannt hat«, antwortete er schließlich in der geheimnisvollen Art, die ihm eigen war. »Die Freiheit siegt zum Schluss immer. Die Frage ist nur, wie, wann und durch wen.«

Der Politiker verstand den tieferen Sinn in der Antwort seines älteren Freundes nicht.

»Aber was geschieht mit der politischen Einbindung in das Vereinigte Königreich?«, fragte er.

»Ich bin da voreingenommen, Jungchen. Ich glaube, dass es wichtig ist, seine Wurzeln zu kennen, zu wissen, woher man kommt und zu begreifen, was es bedeutet, Schotte zu sein. Eigentlich ist das sogar das Wichtigste: zu wissen, wer man ist und was ein Schotte ist.«

Ein wissender Ausdruck lag auf Duncans Gesicht. Seine Prophetenaugen blinzelten fröhlich, als sich die beiden Männer wieder der Betrachtung des Feuers hingaben. Es war ganz offensichtlich, dass er eine wohl durchdachte Meinung zu dieser Frage hatte, aber nicht gewillt war, sie Andrew jetzt mitzuteilen. Bereits in der Frage des jüngeren

Mannes erfüllte sich Duncans lebenslang gehegter, sehnlicher Wunsch, der Erbe des Namens Trentham und der Ländereien von Derwenthwaite möge sich seiner eigenen Wurzeln und einer Vergangenheit bewusst werden, die sie beide teilten. Es war ein sehr persönlicher Wunsch. Andrew war Erbe des gleichen Vermächtnisses, das Duncans eigene Familie vor vielen Generationen zusammen mit Lady Fayth Gordon nach Süden über die Grenze verschlagen hatte.

Sie begannen, sich über andere Dinge zu unterhalten.

• Zehn •

Das Feuer war heruntergebrannt.

Die beiden Männer, einer am Anfang seines Lebens, der andere am Ende, starrten mit weit geöffneten Augen in die langsam verlöschende Glut und hingen ihren Gedanken nach.

»Du hast mir früher so viele Geschichten erzählt«, seufzte Andrew schließlich. Mühsam riss er den Blick von der tiefrot glosenden Glut und sah Duncan an. »Es tut mir wirklich leid, aber ich glaube, ich habe mindestens drei Viertel davon wieder vergessen.«

»Aber doch hoffentlich nicht alle.«

»Nicht alle. Aber mit der Zeit sind sie verblasst.«

»Es gibt eine Zeit des Erzählens und eine Zeit der Erinnerung.«

Andrew lächelte.

»Dann bin ich jetzt wahrscheinlich gerade in der zweiten!«

»Warum hast du das jetzt gesagt, Jungchen?«

»Wenn ich hier bei dir bin, kommt allmählich die Erinnerung zurück. An Geschichten, die du mir erzählt hast. An Dinge, die du mir gezeigt hast, wenn wir zusammen mit den Schafen draußen im Moor waren. An alle möglichen kleinen Ereignisse und Bilder, fast wie ein Film aus meiner Jugendzeit.«

Andrew hielt inne und lächelte dankbar.

»Vor ein paar Wochen, als ich hier war«, fuhr er fort, »stand ich oben auf dem Crag. Ich blickte über den Solway und konnte die Galloway-Hügel deiner Heimat im Dunst erkennen. Dann roch ich das Feuer. Den Torf. Und ich wusste plötzlich, dass ich dich unbedingt besuchen musste. Ich kam her – und jetzt bin ich schon wieder da.«

Duncan dachte über Andrews Worte nach.

»Es ist ebensosehr deine Heimat wie meine«, sagte er endlich.

Zunächst schien Andrew nicht gehört zu haben. Doch mit einem Mal schafften sich die Worte Platz in seinem Gehirn.

»Was hast du da gerade gesagt?«, fragte er knapp und wandte MacRanald das Gesicht zu.

»Es ist dein Land. Genau wie meins.«

»Mein Land?«, echote Andrew. »Wie meinst du das? Ich bin kein Schotte!«

»Oh doch, das bist du, Jungchen!«

»Ehrlich gesagt – ich hoffe, du nimmst mir das nicht übel – den Gedanken daran habe ich immer ziemlich beiseite geschoben«, sagte Andrew und lächelte gedankenvoll. »Ich nehme an, dass ich gedacht habe, der eine oder andere schottische Vorfahre sei längst ausgemendelt.«

»Alles, aber das nicht, Jungchen. Wo einmal schottisches Blut fließt, da bleibt es auch. Was meinst du wohl, woher der Name Gordon stammt? Aus dem nördlichen Bergland natürlich! Du hast mehr schottisches Blut in dir, als du ahnst.«

Ohne sich dessen bewusst zu sein, stand Andrew auf und wanderte ziellos durch den Raum.

»Schotte, sagst du?«, murmelte er.

»Ja.«

Er verhielt seinen Schritt vor dem Bücherregal, das er bereits früher am Abend betrachtet hatte.

»Ich ... ich habe noch nie wirklich darüber nachgedacht«, sagte Andrew leise. »Eigentlich wusste ich immer, dass es in unserer Familie schottische Vorfahren gab. Vermutlich kann man das allerdings mit Fug und Recht von halb England behaupten. Mir ist noch nie in den Sinn gekommen, mich deshalb als Schotten zu bezeichnen.«

Noch während er sprach, begann er, die kleine Bibliothek zu durchforsten. Er entdeckte die alten Bände voller Balladen und spannenden Geschichten, die er als Kind so geliebt, aber später völlig vergessen hatte.

Duncan spürte, dass der Augenblick, auf den er so lange gewartet hatte, endlich da war. Er lächelte. Das Geheimnis ihres gemeinsamen Erbes lockte den jungen Mann. Er war bereit, das Vermächtnis als sein Eigentum anzunehmen. Nun war es Duncans Aufgabe, ihn anzuleiten.

»Ich lege noch ein wenig Torf nach«, sagte Duncan zu seinem Gast, der ihm kaum zuzuhören schien. »Im Kessel ist noch frisches Wasser, falls du Lust auf Tee bekommst.«

»Ja ... ja. Danke, ich komme schon zurecht«, murmelte Andrew. »Ich würde gerne einen Blick in deine Bücher werfen, wenn du nichts dagegen hast. Vielleicht finde ich ein paar von den alten Geschichten wieder, die du mir als Kind erzählt hast.«

Er hatte das dicke Buch bereits gefunden, an das er sich bei seinem Spaziergang erinnert hatte. Vorsichtig blätterte er die morschen Seiten um. Er suchte nach der Geschichte, die ihm seit dem Nachmittag im Gedächtnis umherspukte. Sein Blick fiel auf die ganzseitige Darstellung eines altkeltischen

Nomaden mit einem Speer. Hinter ihm lag ein riesiges, totes Ungeheuer.

Bereits der Anblick des ehrwürdigen, schwarzweißen Holzschnitts versetzte ihn viele Jahre seines Lebens zurück.

Plötzlich war er wieder ein Junge von sieben, der mit großen Augen in eine Geschichte eintauchte. Mit dem Buch in beiden Händen ging er langsam rückwärts und ließ sich bequem in seinen Sessel sinken, ohne den Blick von dem Bild zu wenden.

Den alten Schotten nahm er gar nicht mehr wahr. Duncan MacRanald blieb kurz stehen, betrachtete den wichtigen jungen Staatsmann, der mit einem Buch in der Hand träumend vor dem Feuer saß, und verließ den Raum.

Er lächelte.

Jetzt wurde er nicht mehr gebraucht. Die alte Magie der Heimat würde nun ihre verwunschenen Netze spinnen. Er ging hinaus, um nach seinen Schafen zu sehen.

Andrews dunkelgrüne Augen waren bereits wieder so groß wie die des kleinen Jungen, der gebannt einer Erzählung lauschte. Jahre, Jahrzehnte, Jahrhunderte, ja, selbst Jahrtausende schrumpften zusammen. Andrew flog zurück in eine Zeit, als der erste Mensch sich auf den Weg zu der Insel machte, die heute seine Heimat war.

Migrations Of
Wanderer's Grandsons

JOURNEY OF
THE WANDERER

5

DER WANDERER
JUNGSTEINZEIT

•Eins•

Der Mann richtete sich auf. Neben ihm auf dem Boden lag ihr Körper. Eine Träne rollte ihm aus dem Augenwinkel.

Er kannte das Wort »Lebensgefährtin« nicht. Seine noch sehr einfache Sprache machte keinen Unterschied zwischen Frau, Mutter oder Lebensgefährtin. Aber er hatte fast zehn Jahre mit dieser Freundin verbracht und sie wirklich gern gehabt. Sie hatte ihm Wärme gegeben in ihrem einfachen Unterschlupf am Fuß der Weißen Berge. Und sie hatte ihm einen Sohn geboren.

Bis zu Christi Geburt würden noch mehrere tausend Jahre vergehen. Aber der Mann kannte weder Daten noch Jahre. Er wusste, es gab warme Jahreszeiten, in denen der Boden aufgehackt werden konnte und die Frau Samen in die Erde streute. Er wusste auch um die kalten Jahreszeiten. Dann lag dicker Schnee auf den Bergen, und das Land war hart und unfreundlich.

Der Mann und seine Stammesbrüder in jenem Land nördlich des großen Meeres, das man dereinst Mittelmeer nennen würde, begannen gerade erst, die Fähigkeiten ihres Geistes zu erkennen und zu nutzen. Menschliche Wesen anderer, ebenfalls in Entwicklung befindlicher Zivilisationen in den großen Wüsten der Pharaonen und weit im Osten waren bereits einen Schritt weiter. Doch bei der Rasse, welcher der Mann angehörte, wurde der Vorgang des Denkens noch ebenso einfach ausgeübt wie die Herstellung von Waffen, Werkzeugen und Hütten. Denkprozesse wie Ableitung und Analyse lagen noch außerhalb der Möglichkeiten ihres Gehirns. Sie wurden von Instinkten wie Hunger und von elementaren Gefühlen ihres beginnenden menschlichen Bewusstseins ebenso getrieben wie von ihrem gerade heraufdämmernden Intellekt. Sie wussten nicht, dass ihr Stamm dabei war, sich in dieser fruchtbaren Region nördlich der Großen Berge, einem Land voller Flüsse und grüner Täler, zu einem Volk zu entwickeln, dessen Einfluss in der Welt so wichtig sein würde wie der von Sumerern, Ägyptern und Chinesen.

Nachdem das Klima sich immer mehr erwärmt hatte, waren sie weiter in das fruchtbare Land zwischen den drei Strömen gezogen. Früher waren sie Jäger und Sammler gewesen, jetzt machten sie erste Versuche, den Boden zu bestellen und zu ernten.

Die verschiedenen Stämme in dem großen Gebiet waren nur locker durch ihre gemeinsame Abstammung von Auswanderern aus Mesopotamien verbunden. Es würde noch ein paar tausend Jahre dauern, ehe aus ihnen der kriegerische Stammesverband entstehen würde, der mit geschmiedeten Eisenschwertern das Land nördlich des gerade aufblühenden Roms und westlich des langsam an Bedeutung verlierenden Griechenlands verteidigte.

Griechen und Römer würden eines Tages den Stamm als eine Rasse hünenhafter, großäugiger, haariger und wilder Barbaren beschreiben. Aber der Mann, der neben dem Körper seiner toten Gefährtin stand, hatte noch keine Ahnung, was eines Tages aus seinem Stamm werden würde. Er kannte nur die Gefühle in seinem Herzen – die Wut, das Leid, die Liebe.

Denn er war ein Kelte. So würde man ihn eines Tages nennen.

Die Stämme in den Ebenen Süd-Germaniens würden sich zusammenschließen und gemeinsam zu einer starken Rasse verschmelzen, die den Kontinent wie ein Buschfeuer heimsuchen und alles bekämpfen würde, was sich ihr in den Weg stellte. Ihren verschiedenen Abkömmlingen gaben die Kelten die Farbe

Rot – rot wie Feuer, Energie und Kreativität, rot wie Leidenschaft, Grausamkeit und Eroberung, rot wie das blühende Leben.

Doch zu diesem Zeitpunkt würde der Mann Zentraleuropa längst hinter sich gelassen haben. So wie der Himmel durch die Jahreszeiten dem Land einen ständigen Wechsel brachte, führte die Barbarei der Menschen zu einer großen Veränderung im Leben des Mannes. Jene spätere Rasse, von den Griechen Keltoi genannt, würde sich zusammenschließen und das Land erobern, aber die Nachkommen des Mannes würden davon nicht mehr profitieren.

Er würde sich an einem anderen Ort niederlassen und weit entfernt von seiner ursprünglichen Heimat einen neuen Stamm gründen.

Der Mann war sehr groß für seine Zeit. Aufgerichtet maß er knapp sechs Fuß. Er war äußerst muskulös, und seine breiten Schultern waren mit Haarbüscheln bedeckt. Hände und Füße waren überproportional groß und mussten auch so sein, denn sie wurden als Überlebenswerkzeuge gebraucht. Das hellbraune Haar spross vom Kopf aus dicht und lang in alle Himmelsrichtungen. Auch hörte es nicht im Nacken auf, sondern wuchs buschig weiter über seinen Hals und den Rücken hinunter. Wangen, Kinn und Lippen waren von einem dichten Bart überwuchert, der ihm über die breite Brust hinunterhing. Weil es die warme Jahreszeit war, trug er eine weiche Tierhaut um die Mitte geschlungen. Sonst nichts.

• Zwei •

Der Mann stand da, hob die Faust in den Himmel, als wolle er Rache schwören, und stieß ein jammerndes Wehklagen über dem Körper der toten Frau aus.

Er schämte sich seiner Tränen nicht. Er entstammte einem Volk, das seine Energie aus starken Gefühlen bezog, die so natürlich waren wie Essen oder Jagen. Aus der Tiefe seiner Kehle drang eine raue, fremdartige Melodie voller Einsamkeit und Trauer. Sein Körper schwang langsam hin und her.

Während er sang, hob er das Gesicht zum Himmel und flehte ihm unbekannte Mächte um Gehör an. Auf seine ganz besondere Weise empfahl er die Seele seiner Gefährtin den elementaren Gewalten des Universums, die er intuitiv in sich spürte.

Er dachte über solche Dinge nicht nach. Das traurige Lied hatte tief in seinem Innersten geschlafen. Nun war es erwacht und bewies ein schon vorhandenes menschliches Gefühl, das seiner Trauer Ausdruck gab.

Das Lied endete ebenso abrupt wie das Wehklagen.

Er drehte sich um und sah seinen neun Jahre alten Sohn, der, aufgeschreckt durch den Schrei des Vaters, auf ihn zurannte.

Der Junge war ihm auf dem Rückweg von der Jagd in einigem Abstand gefolgt. Als er herankam, entdeckte er die Tränen auf dem Gesicht des Vaters. Furchtsam und fragend schaute er zu ihm auf.

»Was ist, Vater?«, fragte der Junge in einer konsonantenreichen, heute lange verschwundenen Sprache.

»Nichts, mein Sohn«, antwortete der Mann. »Es ist Zeit, zum Fluss zu gehen. Wir können hier nicht bleiben.«

»Wo ist Mutter?«

»Deine Mutter kommt nicht mit.«

»Warum, Vater?«

»Sie muss hier bleiben. Für immer«, antwortete er. Dabei konnte er ein weiteres wehklagendes Geheul nicht unterdrücken.

Es gab viele Männer bei den Stämmen draußen im Hügelland, die ohne Rücksicht auf ihr eigenes Leben den Tod ihrer Frau gerächt hätten. Sie hätten sich auf die Suche nach dem Mörder begeben und ihn getötet, sie hätten einen Tod mit einem anderen gesühnt. So waren die Menschen nun einmal. Und so war die Gerechtigkeit.

Doch dieser Mann war anders. Er wollte seinen Sohn nicht als Waise zurücklassen. Er spürte die Liebe zu Frau und Sohn in seinem Herzen. Das Gefühl war stärker als die primitiven Zwänge von Gier, Eroberung und Vergeltung, von denen sich die meisten Menschen seiner Zeit noch immer leiten ließen.

Die Süße der Rache, das wusste er, war nur von kurzer Dauer. Er bedauerte allenfalls, dass sein Sohn und er auf der Jagd gewesen waren, als die Helvetii bei ihnen einfielen. Er kannte die marodierenden Banden aus den Weißen Bergen, die bereits seit einiger Zeit plündernd und mordend durch das Land zogen. Allerdings hatte er nicht geahnt, dass sie so weit in ihr Gebiet eindringen würden.

Wäre er bei seinen Stammesbrüdern, den Boii, unten im Tal geblieben, hätte dieser Tag vielleicht nicht so fatale Folgen gehabt. Aber er hatte sein Leben lang die Einsamkeit bevorzugt. Tief in der Seele war er noch immer Nomade. Als er fünfzehn Jahre zuvor entlang des Danubi in die Gegend gekommen war, hatte man ihn den Wandernden Sänger genannt. Auch seine Eltern waren Boii gewesen. Nach einem besonders harten Winter, er war gerade sechs Jahre alt, waren sie den Danubi-Fluss hinauf nach Norden gezogen. Und als er fünfundzwanzig Jahre später auf dem gleichen Weg zurückkehrte, nannten ihn die Boii, die ihn wieder erkannten, den Wanderer.

Der Name blieb ihm, genau wie der Ruf seines Herzens nach Einsamkeit. Er würde sein Leben lang ein Wanderer bleiben.

Zwar waren die Boii sein Volk, aber er fühlte sich hier nicht länger zu Hause. Er wollte wieder wandern. Weit fort dieses Mal, sehr weit fort. Nicht diesen Fluss hier entlang. Er würde mit seinem Sohn nach Norden ziehen, den anderen großen Fluss hinunter, den man Rhinii nannte. Die Boii unterhielten lose Beziehungen zu einem Volk hoch im Norden, den Belgae. Diesen Stamm wollte er besuchen und dann vielleicht weiter wandern in ferne, unbekannte Länder.

Der Mann wusste nicht, dass Land irgendwo endet. Er kannte kein Meer. Er wusste auch nicht, dass Flüsse wie Rhinii und Danubi in große Gewässer mündeten. Aber er wusste, dass Flüsse Leben bedeuteten. Dass man an ihren Ufern jagen und fischen konnte. Dass sie die notwenige Nahrung für ihn und seinen Sohn liefern würden.

Sie würden wandern. Und sie würden überleben.

• Drei •

Der Mann verließ das Tal Rhaaran. Es lag nur eine Hügelkette hinter dem Binnengewässer, das die späteren Teutonen Bodensee nennen würden. Sein Sohn begleitete ihn. Sie nahmen nur das Nötigste mit. Ihre Habseligkeiten bestanden vor allem aus Jagdwaffen, Feuersteinen, Schabern und Ahlen, einfachen Messern zum Schneiden von Häuten und Holz, einigen aus Knochen gefertigten Waffen, Meißeln und so vielen warmen Fellen, wie sie bequem tragen konnten.

Sie überlebten. In ihren Adern floss keltisches Blut. Sie waren die ersten Vertreter eines starken Volkes, dessen Stern in der Weltgeschichte gerade erst aufging.

Sie folgten dem Fluss nach Norden. Meistens gingen sie zu Fuß, manchmal aber, wenn sie umgestürzte Bäume fanden, bauten sie sich ein Boot oder ein Floß.

Wenn sie ausreichend Nahrung fanden, blieben sie, bis das Wetter oder der Mangel sie vertrieb oder bis sie einfach wieder Lust hatten, weiter zu wandern. Manchmal blieben sie nur Tage, manchmal auch Monate. Doch der sehnsüchtige Wunsch, nach neuen Horizonten zu streben, schlief niemals ein.

Der Junge wuchs heran. Dank des täglichen Kampfes gegen Natur und Elemente wurde er stark und behände. Eines Tages erkannte der Mann am sprießenden Bart im Gesicht seines Sohnes, dass sie nicht mehr einfach nur Vater und Sohn waren, sondern dass nun zwei erwachsene Männer Wege beschritten, wo noch kein Boii jemals gewandert war.

Endlich konnten sie gemeinsam auf Elchjagd gehen. Zwei erwachsene Männer waren durchaus in der Lage, ein so großes Tier zu überlisten. Vielleicht wäre es ihnen eines Tages ja sogar vergönnt, ein Riesenmammut zu stellen. Der Mann wünschte sich seit langem schon ein Paar weißer Stoßzähne, weil sie schön waren und weil sie scharfe Spitzen hatten.

Niemals vergaß der Wanderer die Frau, deren Andenken er noch immer im Herzen trug. Auch lehrte er den Sohn, seine Mutter zu verehren. Oft sprachen sie von ihr, damit die Erinnerung an ihr Gesicht und den Klang ihrer Stimme nicht verblasste. In ihren Gesprächen nannten sie sie immer Eubha-Beanicca, »Lebendige Frau«. So vergaß der Sohn niemals, dass ihr Blut und ihr Geist in ihm weiterlebte.

Während der langen Reise trafen sie oft Menschen, die ebenfalls von keltischem Blut waren. Doch sie fühlten keinen Drang, bei ihnen zu bleiben und sich niederzulassen.

Hoch im Norden wurde der Fluss so breit, dass er ihnen Angst machte. Sie wanderten am südlichen Strand des Flusses – mittlerweile war das Ufer zum Strand geworden – und wurden von einem Furcht erregenden Anblick überrascht. Zwei breite, tiefe, fließende Ströme stürzten in schäumendem Toben ineinander und erschufen so einen unermesslich weiten Fluss, dessen jenseitiges Ufer nicht mehr zu erkennen war. Behäbig wälzte sich die Wassermasse auf das nördliche Meer zu, das der Mann noch nie gesehen hatte.

Sie wagten es nicht, das wilde Gewässer zu überqueren. Weder der Wanderer noch sein Sohn wussten, dass sie sich am tiefsten Punkt des gesamten Kontinents befanden. Eines Tages würde man das Gebiet Niederlande nennen. Seitdem der Wanderer und sein Sohn die Weißen Berge vor vielen Jahren verlassen hatten, waren sie am Ufer des großen Flusses entlang immer weiter in die Niederung gewandert. An diesem Tag hatten sie eine Stelle erreicht, an der sie, wohin sie sich auch wandten, das Wasser immer auf sich zu fließen sahen. Ohne es zu wissen, hatten sie einen Ort erreicht, von dem es kein Zurück mehr gab.

Sie blieben drei Tage an dem großen Zusammenfluss. Zwar marterte das Dröhnen der Wassermassen ihre Ohren, aber der Ausblick auf die tobenden Elemente fesselte sie auch.

Am vierten Tag stand der Wanderer auf, betrachtete die beiden tosenden Flüsse und wandte sich nach Westen. Wieder einmal, wie schon viele hundert Mal zuvor, war die Zeit gekommen. Seine Füße wollten vorwärts.

Die beiden Männer wanderten weiter. Sie folgten dem Lauf des neuen Flusses, der sich so heftig in den Rhinii gestürzt hatte, in entgegengesetzter Richtung.

Wasser war Wasser, und seine Ufer boten Nahrung und Schutz. Dabei spielte es keine Rolle, in welche Richtung es floss. Der Wanderer und sein Sohn konnten die Strömung des neuen Flusses nicht mehr nutzen, denn sie gingen ihr entgegen. Trotzdem würde ihre Wanderung jetzt leichter werden. So weit ihr Auge reichte, konnten sie die weite Ebene des großen Deltas überblicken.

Ihre Nachfahren würden dem neuen Fluss den Namen Themii geben, Dunkler Fluss.

Sie gingen weiter, ohne zu wissen, dass sie einem Teil ihres Erbes für immer den Rücken gekehrt hatten. Der Weg über die große Ebene veränderte ihre Zukunft und gab ihren Nachkommen neue Ziele vor. Noch zu Lebzeiten der Enkel des Wanderers erschütterte eine Reihe schwerer Erdbeben die Senke, die sie soeben durchquert hatten, und das Land versank in der Tiefe eines neuen Meeres.

Die Ebene, die Vater und Sohn zu Fuß durchwandert hatten, brach mit katastrophaler Geschwindigkeit in sich zusammen. Landmassen drifteten auseinander. Kontinentalplatten verschoben sich und bildeten einen viele hundert Meilen langen Kanal.

Die Klippen des Abbruchs im Norden hatten eine ungewöhnliche, bemerkenswerte Farbe. Der keltische Stamm der Belgae nannte sie später »die Weißen« oder die Klippen von Alba. Auf diese Weise gaben sie dem Land, das Vater und Sohn zu Fuß erreicht hatten, sie selbst aber mit dem Schiff erobern mussten, seinen ersten keltischen Namen. In ihrer einfachen Sprache ergab sich so die Verbindung zu den Weißen Bergen, die der Wanderer und sein Sohn viele Jahre zuvor verlassen hatten.

Vater und Sohn ließen einen Kontinent hinter sich, der in den sechsunddreißig folgenden Jahrhunderten zusehen musste, wie die Nachkommen der beiden großen Ruhm erlangten. Die Kelten in Europa bauten niemals eine Stadt. Sie erlangten weder politische Vorherrschaft, noch bildeten sie eine wirkliche ethnische Einheit. Dennoch wurden die unterschiedlichsten Stämme, die Parisii, Cornovii und Belgae im Norden ebenso wie die Remi, Treveri, Helvetii, Boii und Vindilici im Süden von einer ganz besonderen Kraft locker zusammen gehalten. Diese Kraft äußerte sich vor allem in wirtschaftlichen, sozialen und künstlerischen Werten, die alle nachfolgenden europäischen Zivilisationen entscheidend beeinflussten.

Athener und Italer übernahmen ihre Kunst und eine Metallverarbeitung, die ihrer Zeit weit voraus war. Sie verdankten den Kelten die Pflugschar aus Eisen, die sich drehende Getreidemühle und die Mähmaschine auf Rädern. Die neuen Stämme entwickelten sich zu einem kräftigen, kriegerischen und stolzen Volk. Viele hundert Jahre später bedurfte es der gesamten Macht der römischen Legionen, sie in Gallien, Kleinasien, Spanien und ganz Nord- und Südeuropa zu unterwerfen.

Doch all die zukünftigen Reiche und Eroberungen spielten sich nur auf dem Kontinent ab, den der Wanderer und sein Sohn am Zusammenfluss der beiden Ströme hinter sich gelassen hatten. Vater und Sohn schlugen ihren eigenen Weg ein.

Vor ihnen lag eine neue Geschichte und ein neues Schicksal.

Sie bevölkerten mit den wenigen, die vor ihnen gekommen

waren, und den keltischen Menschen, die ihnen als Nomaden nacheiferten und sich über die Meeresstraße wagten, ein neues Land mit Namen Alba oder Albion. Sie prägten die neu entstandene Insel mit ihrem Keltentum.

Vor allem aber schenkten sie Alba ihr Blut und das Feuer ihrer Leidenschaft.

• Vier •

Der Wanderer und sein Sohn wanderten zunächst nach Westen. Später, als der Fluss Themii schmaler wurde und sie ihn mit Booten überqueren konnten, wanderten sie nach Norden weiter.

Der Sohn gewann an Kraft und Mannesstärke. Sein Vater lehrte ihn, sich das noch ungebändigte Land zu unterwerfen. Sie lebten ihr Leben, wie sie es gewohnt waren und wie es zu jener Zeit die meisten Menschen taten. Sie jagten und fischten. Selten blieben sie lange genug an einem Ort, um sich etwas Solideres als einen zeitweiligen Unterschlupf zu bauen.

Sie waren nicht die Ersten, die in das raue Land gekommen waren. Ab und zu kreuzte ein anderer Vertreter der Spezies Homo Sapiens ihren Weg, viel häufiger aber trafen sie Kreaturen, die dieser Gruppe nicht angehörten. Das Land war viel dünner besiedelt als die Ebenen, aus denen der Wanderer und sein Sohn einst hergekommen waren.

Sie trafen auf Stämme seltsamer Zauberer, gingen an ihren Mond und Sonne geweihten, aus rohen Steinen errichteten Monumenten vorbei und fragten sich im Stillen, was sie wohl zu bedeuten hätten. Doch sie verweilten nie, denn die Menschen waren wunderlich und das Land im Norden lockte. Der Wanderer kam aus den Weißen Bergen und liebte schneebedeckte Gipfel.

In der hügeligen Landschaft nördlich der Quelle des Flusses

suchte der Sohn sich eine Frau. Sie gehörte einem der eingeborenen Stämme an und hatte keltische Wurzeln, denn ihre Vorfahren waren zwei Jahrhunderte zuvor nach Norden ausgewanderte Belgae. Die Frau war stämmig, muskulös, fast so groß wie ein Mann und sehr selbstbewusst, was ihre Rechte anging. Ihre Haut war hell, ihre Augen groß und klar, und langes schwarzes Haar hing ihr glatt über den Rücken. Sie war eine geübte Jägerin und hatte Tiere mit eigenen Händen erlegt, die mehr als zweimal so groß waren wie sie selbst. Außerdem war sie künstlerisch begabt, ein Talent, das sie von ihrem Vater und dessen Vorfahren vom Stamm der Belgae geerbt hatte.

Ihr Vater hatte eines Tages begonnen, Schmuckstücke aus Stein, Holz und Knochen herzustellen. Sie eiferte ihm zunächst nach, entwickelte dann aber eine eigene Kunst. Bereits als Kind hatte sie die Fähigkeit besessen, Tiere und Menschen darzustellen. Meist benutzte sie dazu einen spitzen Stein oder einen Stock. Als junge Erwachsene entdeckte sie, wie sie aus Pflanzen einfache Farben herstellen konnte. Damit verzierte sie die Gestalten, die sie auf Tierhäute, trockenes Holz oder Rinde gezeichnet hatte. Ihre Kunst nutzte niemandem. Doch das kreative Schaffen erfüllte ihr Herz mit ruhiger Freude.

Sowohl der Wanderer als auch sein Sohn fühlten sich sofort zu der Tochter eines Kriegers vom Stamm der Belgae hingezogen. Jeden der beiden erinnerte sie auf eine ganz besondere Weise an die lange dahingegangene Frau und Mutter. Sie war stark genug für ein langes Leben, würde ihrem Mann im Bett Wärme schenken und die Geburt ihrer Kinder gesund überstehen können.

Der Wanderer sprach mit seinem Sohn und dann mit dem Vater der jungen Frau. Innerhalb kurzer Zeit waren sie sich einig.

Als die Nomaden ihre Reise nach Norden fortsetzten, waren sie zu dritt. Es waren glückliche Tage. Die Stimme der jungen Frau, ihr Lachen und ihr Gesang begleiteten von nun an die Wanderer auf ihren langen Wegen.

Der junge Mann nannte seine Frau Eubha-Mathairaichean,

Quelle des Lebens. Sein Leben lang hatte sein Vater ihn gelehrt, Frauen und ihre Fähigkeit, Leben zu schenken, in hohen Ehren zu halten. Der Sohn des Wanderers und seine Frau bekamen zwei Söhne, dann eine Tochter und später noch einen Sohn.

Der Wanderer wurde allmählich alt und müde. Zum ersten Mal in seinem Leben sehnte er sich nach Ruhe. Für ein paar Jahre ließ sich die Familie in einer Hügellandschaft nieder, die später Cumberland heißen würde.

Eines Tages aber wanderten sie doch wieder nordwärts. Das Klima wurde merklich kühler. Seit dem Rückzug der Gletscher waren noch nicht sehr viele Jahrhunderte vergangen, und erst seitdem war das Land überhaupt bewohnbar geworden. Die niedrigeren Temperaturen hatten eine veränderte Vegetation zur Folge. Gras, Bäume und Wild waren anders als zuvor. Auch die Landschaft wurde herber. In dem Land, das die Familie nun durchwanderte, waren die Berge steil und hoch. Die dunklen, kalten Nächte der harten Winter wurden durch Sommer ausgeglichen, die heller und länger waren als im Land ihrer Herkunft, wenngleich die Sonne mit weniger Kraft schien.

Vor allem aber gab es hier viel Wasser. Es war unter ihren Füßen, um sie herum in wundervollen Seen und fiel häufig kräftig und lange aus den Wolken.

Es war ein feuchtes, einsames und windiges Land.

Auf dem Planeten Erde wohnten zu jener Zeit die Menschen nicht sehr häufig in Gruppen zusammen. Selbst die ersten großen Städte in Ägypten und Babylon befanden sich noch im Frühstadium und waren eher bäuerlich und ländlich geprägt. Doch hier, in diesem nördlichen Gebiet, das der Wanderer und seine Familie nun erreicht hatten, herrschte die vollständige Isolation.

Es war nicht einmal der Mangel an Menschen, der eine Kolonisierung des Landes unmöglich machte. Es war das Land selbst, das sich zur Wehr setzte. Eisige Winde fegten von Norden über das spärliche Gras der Hochmoore und riefen jedem zu, der sich weiter vorwärts wagen wollte: »Kehre um! Geh zurück in den Süden. Hier ist die Heimat des Windes und der Berge. Hier gibt es nur Eis und Schnee und einige wenige Tiere, die stark genug sind, das wilde Land zu überleben. Du wirst es nicht wagen, dich hier niederzulassen.«

Es war kein freundliches Land. Und es wollte keine Menschen.

Überdies barg der Norden keine großen Schätze. Die Bodenkrume war dünn, spärlich und nicht besonders fruchtbar. Sie bot den Pflanzen wenig Nahrung. Nur hier und da wuchsen ein paar wilde Früchte und etwas kümmerliches Gemüse. Die Tiere der Region gehörten zähen, ausdauernden Rassen an. Es gab Rentiere, Wildschweine, Elche, Rotwild, Wölfe, Bären und einiges Niederwild. Die Lebewesen, die nicht stark genug waren, sich gegen die rauen Elemente zur Wehr zu setzen, starben entweder aus oder wanderten nach Süden ab. Und diejenigen, die neu hier ankamen, mussten einen schweren Kampf aufnehmen. Den Kampf um das Recht, zu bleiben, auszuhalten und zu überleben. Das Land war nicht zur Gründung strahlender Reiche geeignet, aber es brachte starke, widerstandsfähige Lebewesen hervor.

Es war ein Land für entschlossene, robuste Menschen, denen Einsamkeit nichts ausmachte. Wer es bis hierhin geschafft und sich in den Kopf gesetzt hatte, in diesem Land sesshaft zu werden, der gehörte einer ausgesuchten Spezies an. Die Siedler waren besondere Menschen, abgehärtete Sieger im täglichen Kampf ums Überleben.

Und nur die Härtesten schafften es.

• Fünf •

Allmählich erwärmte sich die nördliche Hemisphäre spürbar und gestattete damit dem Wanderer und den ihm nachfolgenden Menschen, sich in dem nördlichen Land niederzulassen.

Nachdem die Gletscher abgeschmolzen waren und damit einen Vorstoß nach Norden ermöglicht hatten, hinterließen sie auf der Erdoberfläche markante Spuren. Sie hatten eine Geographie geschaffen, die Geschichte und Charakter der Bewohner für immer beeinflussen würde.

Die Gletscher hatten einen unvorstellbaren Druck auf die Landmasse ausgeübt. Sie glitten nur wenige Zentimeter im Jahr vorwärts und schoben, pressten und zermalmten alles, was sich ihnen in den Weg stellte. Die Krume an der Oberfläche fiel ihnen völlig zum Opfer. Wo der Erdmantel weich war, hinterließ das Eis tiefe Risse in der nachgiebigen Kruste. Auf diese Weise entstanden Seen und Flüsse, Täler und Marschen, Buchten und Kanäle des Landes und seine charakteristischen, langen Meeresarme. Der blanke Fels und die schroffen Berge, die stark genug gewesen waren, dem Eis zu widerstehen, blieben nach seinem Abschmelzen kahl zurück. Die eiszeitlichen Gletscher hatten das Gesicht des Landes nachhaltig geprägt.

Außerdem hinterließ das Eis ein körniges Substrat, das sich in dem kühlen, feuchten Klima zum perfekten Nährboden für den so wunderbar brennenden Torf entwickelte.

Aber das wichtigste Erbe der Eiszeit war gleichzeitig auch das einfachste. Zwar zogen sich die Gletscher zurück, aber sie hinterließen ihr Eis als Schmelzwasser. Das Land wurde in seiner Geographie und seinem Klima nachhaltig von dem Element geprägt, ohne das Leben nicht möglich ist – von Wasser. Und seit dieser Zeit ist die feuchte Landschaft immer eine der Besonderheiten jener Region gewesen. Auch vom Himmel fiel Wasser und sammelte sich in jedem Loch, in jeder Spalte, in jeder Senke.

Während der harten Winter kehrte die Eiszeit zurück und bedeckte das Land mit einer dicken Schneeschicht. Das Meer drang mit langen Armen tief in die Küstenlinie ein. Andauernde Regenfälle sorgten dafür, dass die Flüsse immer lebhaft blieben. Und dank des steinigen, vom Eis zurückgelassenen Substrats trockneten Moore und Marschen niemals wirklich ab.

Sechs

Das viele Wasser, das steinige Land und das raue Klima hielten die Menschen lange Zeit von einer Besiedlung ab.

Zu Lebzeiten des Wanderers schwammen jedoch bereits keine Eisberge mehr vor den Küsten des Landes. Es war wärmer geworden. Südliche Winde wehten, obwohl die Winter weiterhin empfindlich kalt blieben. Auch gab es wieder Bäume und Gras, wenngleich die Vegetation noch immer spärlich war.

Die wenigen Menschen, die hier siedelten, fanden in der weiten, kühlen, windigen Landschaft eine Entsprechung zur Melodie ihrer eigenen Seele. Der über felsigen Anhöhen verloren wispernde Wind und das Echo der klagenden Möwenschreie an den zerklüfteten Küsten schenkten ihnen ein melancholisches Glück, das längst nicht jedermanns Sache war. Sie liebten etwas, das ihren in Wärme und Überfluss lebenden Brüdern und Schwestern völlig unbekannt war. Die Einsamkeit der nebligen Hochmoore bot den Menschen, die den Ruf des Nordens vernommen hatten, eine schweigende, innige Antwort auf die Frage nach Heimat.

Den Ruf aber hörten nur wenige.

Eubha-Mathairaichean war eine von ihnen. Sie wurde mittlerweile nur noch Mathair genannt. Der Name bedeutet Quelle und lebt bis heute im Wort »Mutter« weiter. Sie war von keltischem Blut, wie der Wanderer und sein Sohn. Die Natur sprach zu ihr von Geheimnissen und Mysterien, die sie nur erfühlen, nicht aber verstehen konnte. Oft stand sie früh auf, wenn alle anderen noch schliefen, wanderte zu einsamen Orten und versuchte, die Natur zu erfühlen und zu ergründen. Die Eindrücke, die sie an solchen stillen Stellen erfuhr, fanden Ausdruck im Werk ihrer Hände. Sie teilte die Schönheit, die sie gesehen hatte, ohne unnötige Worte in ihren Bildern mit.

Während ihrer langen Reise hatten der Wanderer und sein Sohn vieles erlebt und gelernt, was für ihr weiteres Leben von großem Nutzen war. Die junge Frau, die nun bei ihnen lebte, übernahm ihren Anteil bei der Arbeit, das wilde Land zu zähmen. Sie war stark, wo Stärke gefordert wurde, und sie brachte neue Erkenntnisse ein, wenn Schwierigkeiten auftauchten.

Bei den wenigen Zusammentreffen mit anderen Menschen lernte die Familie neue Werkzeuge und Geräte kennen. Sie waren noch nicht aus Metall – die Metallverarbeitung sollte noch weitere zweitausend Jahre auf sich warten lassen – sondern aus vielseitig verwendbaren Steinen, aus Muscheln, Stoßzähnen und Holz.

Die beiden Männer waren im Lauf der Zeit zu geübten Fallenstellern geworden. Die Frau hingegen entdeckte immer neue Verwendungsmöglichkeiten für das, was die Natur ihnen schenkte. Es entsprach ihrem Wesen, zu improvisieren, zu erschaffen und dem gemeinsamen Leben Wärme und Gemütlichkeit zu geben. Außerdem war sie dank ihrer künstlerischen Fähigkeiten in der Lage, Dinge zu sehen, die die beiden Männer nicht erkannten. Sie nutzte ihre Besitztümer in anderer, neuer Form. Das Ergebnis war ein ständig wachsender Vorrat an Fellen und anderen tierischen Erzeugnissen für Tausch und Handel.

Auch die Auswahl an Werkzeugen nahm allmählich zu. Vor allem die Frau stellte viele Geräte selbst her und verzierte sie. Sie ging auch dazu über, dem Vorbild ihres Vaters nachzueifern und Schmuck zu machen, der zwar von keinem praktischen Nutzen war, aber dafür symbolische und künstlerische Bedeutung hatte. Außerdem konnte die Familie solche Kleinode bei Bedarf gegen gerade benötigte Dinge eintauschen. Die Menschen, die sie in dem Land antrafen, liebten es, sich mit Schmuckstücken zu verschönern, denen sie übernatürliche Kräfte zuschrieben.

Alles, was sie nicht durch Tausch erwerben konnten, schauten sie sich genau an und begannen es selbst herzustellen. Im gleichen Maß, wie ihre Hände geschickter wurden, wuchsen auch ihre geistigen Fähigkeiten. Sie lernten viel und wandten die einzigartige Gabe der Menschheit an: Sie erfanden Neues.

Als wichtigstes Werkzeug stellte sich eine Art einfache Säge oder langes Messer heraus. Sie hatten bei den Fischern des westlichen Meeres eine Menge Felle gegen rasiermesserscharfe Muscheln eingetauscht, die sie in langer Reihe mit Leder an einem Stück Hartholz befestigten. Die so entstandene Klinge aus scharfen Muschelkanten in ebenmäßigem Abstand machte aus dem neuen Werkzeug ein vielseitiger einsetzbares Gerät, als es ein einfacher, geschärfter Feuerstein gewesen wäre.

Dicke Holzstämme konnte man mit den zerbrechlichen Muscheln natürlich nicht bearbeiten. Schnell fanden sie jedoch heraus, dass das lange Messer sich hervorragend für das Ausschneiden von dicken Gras- und Heidekrautklumpen samt ihrem tief in der Erde verfilzten Wurzelsystem eignete.

Sie wussten allerdings noch nicht, welchen Wert die sumpfige Wiese unter ihren Füssen darstellte. Sie empfanden sie als unangenehm und während der Regenmonate schwer zu ertragen. Und doch wurde dieser Boden wichtig für das Überleben von Generationen. Zwar trug er keine Nahrung, wie die Böden des Südens, aber dafür bot er Schutz gegen die Unbilden der Witterung. Die ersten Bewohner benutzten die Grassoden nur als wind- und wasserdichte Isolation für ihre Hütten. Doch ihre Nachkommen weiter nördlich entdeckten den Torf bald als im Überfluss vorhandenes Brennmaterial, das ihnen endlich gestattete, sich in der feindlichen Umgebung auf Dauer anzusiedeln.

Vater, Sohn und die junge Frau bauten einfache Hütten aus Baumstämmen für die Familie und den Wanderer. Die Zwischenräume stopften sie gegen Wind und Regengüsse mit Torf aus, den sie dank ihres Messers gleichmäßig aus dem Boden schneiden konnten.

In den Hütten hängte die Frau Felle an die Wände. Die glatten Seiten hatte sie bearbeitet und mit Zeichnungen und Mustern versehen, von denen sie hoffte, dass sie die Naturgeister gnädig stimmen würden. Manchmal schnitzte sie auch Muster in Baumstämme und versuchte sich an Steinen und Felsen. Während sich die Familie allmählich mit dem Land vertraut machte, erzählten die Gravuren nach und nach eine Geschichte: die Geschichte ihrer Reise. Im Lauf der Jahre erklärten der Wanderer, sein Sohn und dessen Frau den Kindern die Bedeutung der Zeichnungen und wurden damit zu Urhebern einer Tradition, Geschichten und Sagen mündlich an die Nachkommen weiterzugeben.

Auch die Kinder wuchsen nun heran. Die drei Jungen waren mittlerweile groß genug, ihrem Vater und Großvater beim Schneiden der feuchten Grassoden zur Hand zu gehen und mit zu helfen, die schweren Stücke zu den Hütten zu transportieren. Die Tochter blieb bei ihrer »Mathair«, bearbeitete mit ihr den kargen Boden und pflanzte das Wenige, das in diesen Breiten gedieh.

Das Haar des Wanderers war nun weiß. Die lange Reise hatte seine Beine müde gemacht. Doch der Stolz über seine Nachkommenschaft segnete sein Alter. Er war zum ersten Clan-Chief der Geschichte geworden.

• Sieben •

Gegen Ende des Sommers entdeckte der jüngste Enkel des Wanderers die gigantischen Fußspuren.

Sie waren so tief in die feuchte Erde eingepresst, dass es sich nur um ein wahres Ungeheuer handeln konnte. Vermutlich hatte die warme Jahreszeit es entweder aus dem Norden gelockt, oder es war von Süden her eingewandert. Jedenfalls hatte noch niemand in der Familie jemals so große Fußspuren gesehen.

Als der Wanderer von der Entdeckung hörte, schlug sein Herz bis zum Hals. Die Augen voller Vorfreude, folgte er seinem aufgeregten Enkel. Von diesem Augenblick hatte er sein Leben lang geträumt!

Der Junge rannte zurück zu dem Morast, wo er die Spur gefunden hatte. Sein Vater und seine beiden älteren Brüder folgten ihm auf dem Fuß. Der alte, weißhaarige Mann humpelte, so gut es eben ging, kurzatmig hinter ihnen her. Schließlich standen alle fünf staunend vor dem unglaublichen Abdruck.

Der Sohn des Wanderers, jetzt ein Mann in der Blüte seiner Jahre, sah den Vater an. Die beiden Männer wussten, was diese Spur bedeutete. Sie hatten schon darüber gesprochen, als der Sohn noch nicht älter gewesen war als seine eigenen Söhne heute.

Die drei Jungen, siebzehn, zwölf und acht Jahre alt, starrten erstaunt ihren schweigenden Großvater und Vater an. Sie rätselten, was jetzt kommen mochte.

Die Entscheidung ließ nicht lange auf sich warten.

Die Augen immer noch auf den riesigen Abdruck gerichtet, setzte der Patriarch sich auf die Erde. Er musste mit seiner Kraft haushalten. Endlich stand der lang ersehnte, endgültige Kampf zwischen Mensch und Tier bevor, der sein Leben lang seine Fantasie beflügelt hatte. Sohn und Enkel waren bereits auf dem Weg zu den Hütten, um Speere, Seile, Schlingen und ihre Steinäxte zu holen. Ob ihre Waffen, mit denen sie Rotwild, Elche und Hasen zur Strecke gebracht hatten, auch für ein so gigantisches Wild geeignet waren, musste sich erst noch herausstellen.

Sie waren zu fünft. Das Wichtigste, was sie in diesen Kampf einbrachten, war ihre sich langsam entwickelnde, menschliche Intelligenz.

Bald darauf war die Jagd in vollem Gang.

Die beiden Ältesten, der Wanderer und sein Sohn, gingen voran. Jeder hielt in einer Hand einen Speer und eine Axt in der anderen. Wenige Schritte hinter ihnen folgte der hoch aufgeschossene Siebzehnjährige, und den Abschluss bildeten die beiden Jüngsten, deren Gefühle noch zwischen Furcht und der Aussicht auf einen stolzen Sieg schwankten.

Die Spur war noch nicht alt. Die Jäger hatten sie genau untersucht und festgestellt, dass sie erst vor kurzer Zeit, und zwar nach dem Frost der vergangenen Nacht und dem Auftauen des Bodens am frühen Morgen entstanden sein musste. Außerdem waren die

Schritte gleichmäßig tief und immer gleich weit auseinander, was bedeutete, dass das Tier langsam lief. Sie würden es mit Leichtigkeit überholen können.

Die fünf Jäger legten einen Schritt zu.

Kein Wort wurde gesprochen. Es war ein Augenblick, in dem sich ihre Familienbande und ihre Männerfreundschaft für immer festigten. Schweigend trabten sie über den weichen Boden. Zumindest den beiden Älteren war die Gefahr bewusst, die sie erwartete, doch Herausforderung und Jagdlust waren stärker als jede Angst.

Plötzlich hob der Sohn des Wanderers die Hand. Sein Vater und die Söhne blieben sofort stehen.

Sie hielten ihre Nasen in die morgendliche Brise und schnüffelten.

Es gab keinen Zweifel. Mit dem Wind zog eine Wolke tierischer Ausdünstungen über das Land. Gleichzeitig vernahmen sie das Geräusch gewaltiger Füße, die durch das Unterholz eines voraus liegenden Wäldchens brachen.

Der Sohn des Wanderers senkte die Hand und bedeutete ihnen, weiterzugehen. Vorsichtig schlichen sie vorwärts, noch leiser als zuvor, sofern das überhaupt möglich war. Ihre Hände umklammerten die Waffen. Aufmerksam spähten sie nach rechts und links, denn jeder hoffte insgeheim, als Erster die ersehnte Beute zu entdecken.

Es war der Älteste, der in diesem unausgesprochenen Wettbewerb siegte.

Der alte Mann blieb plötzlich stehen und deutete mit ausgestrecktem Finger zwischen die Bäume.

Dort stand es. Eine ungeheure Beute.

Noch niemals hatten sie etwas Vergleichbares gesehen. Sie erkannten das Riesenmammut sofort. Es war das größte Tier ihrer Welt.

Die Haut seiner spärlich schwarz behaarten Flanken schimmerte rötlich-braun. Allein die Schulterhöhe überstieg die Größe zweier Männer. Eine einzige solche Haut, über zwei Pfähle gespannt, könnte eine ganze Familie mindestens zehn Winter lang beherbergen! Und das Fleisch böte ausreichend Nahrung für fünfzig Familien!

Das waren die Gedanken, die den Sohn bewegten. Sein Vater aber hatte nur Augen für die herrlichen, weißen, weit ausladenden elfenbeinernen Stoßzähne. Nach der Schönheit dieses Materials, nach diesen messerscharfen Spitzen sehnte er sich schon länger, als sein Sohn Jahre zählte.

Die beiden älteren Männer blickten einander an. Schweigend entwickelten sie einen Plan, wie das Tier zur Strecke zu bringen sei. Ihnen genügte die Zeichensprache.

Das einzig sinnvolle Ziel waren die Augen des Mammuts. Der Rest des Körpers schien unverwundbar zu sein. An keiner erkennbaren Stelle konnten sie es so schwer verletzen, dass sie auch nur die geringste Chance gehabt hätten, es zu überwältigen. Selbst Äxte und Steine würden vermutlich von seiner Lederhaut einfach abprallen und ungefähr so viel Schaden anrichten wie ein vom Baum gefallenes Blatt. Aber ein Speer mit einer Feuerstein-Spitze, der durch das Auge tief in den Kopf des ungeheuren Tieres eindrang, könnte es vielleicht in die Knie zwingen. Möglicherweise müssten sie es danach tagelang verfolgen. Wenn es erst einmal zusammengebrochen war, könnten sie wahrscheinlich Speere in seine Weichteile treiben. Mit den schweren, steinernen Köpfen ihrer Äxte würden sie es schließlich endgültig erlegen.

Der Plan war gewagt, aber die Beute war so gigantisch, dass sie es ihnen wert schien. Der Vater der Kinder musste sich dem Ungeheuer in den Weg stellen, den richtigen Zeitpunkt abwarten und dann seinen Speer genau ins Ziel schleudern.

Er würde keine zweite Chance bekommen. Das Ziel zu verfehlen würde ihn mit Sicherheit das Leben kosten.

Der Sohn des Wanderers machte seinem ältesten Sohn ein Zeichen, ihm zu folgen. Sie schlängelten sich geräuschlos nach links durch das Unterholz davon, um in weitem Bogen vor das

Tier zu gelangen. Wenige Minuten später machte sich der Großvater mit den beiden jüngeren Enkeln in entgegengesetzte Richtung auf den Weg. Der Plan sah vor, dass sie das Tier einkreisen
und ihm nur eine Fluchtmöglichkeit lassen wollten: in Richtung
des Mannes, der mit starkem Arm und erhobenem Speer darauf
wartete, die messerscharfe Spitze tief in den Kopf des Mammuts
eindringen zu lassen.

Das Mammut hatte mittlerweile angehalten und bewegte auf
der Suche nach Futter seinen langen Rüssel zunächst über den Boden, dann schnüffelte es an den Bäumen herum. Die Annäherung
der im Vergleich so winzigen Menschen war derart leise gewesen,
dass das Tier den Feind an der veränderten Witterung erkannte.

Sofort hörte es mit der Schnüffelei auf.

Das Mammut hob den riesigen Kopf und breitete die Ohren
weit auseinander. Dann streckte es seinen Rüssel hoch in die Luft.
Das bewegliche, schmale Ende witterte in alle Himmelsrichtungen und sah dabei aus wie ein erhobener Finger aus einer anderen Welt auf der Suche nach dem Eindringling.

Ein herausforderndes Grunzen drang aus dem hinter Rüssel
und Stoßzähnen versteckten Maul. Das Mammut kannte keine
Angst. Da es aber den Grund für die veränderte Witterung nicht
entdecken konnte, empfand es eine Art Unsicherheit, die es nicht
mochte. Langsam hob es einen seiner riesigen Vorderfüße und
setzte sich wieder in Bewegung.

Es kam nur zwei Schritte weit. Plötzlich stand eine winzige, bewegliche Kreatur in seinem Weg. Wieder grunzte das Tier.

Als es sich umschaute und den Rüssel unschlüssig hin und
her bewegte, entdeckte es noch andere kleine Figuren, die auf es
zu liefen. Da riss es seinen Kopf hoch, streckte den Rüssel aus
und öffnete die Schnauze. Ein verärgerter Schrei dröhnte durch
den Wald. Brüllend brach das Tier durch das dichte Gestrüpp.

Aber genau in seinem Weg stand unbeirrbar der mutige Jäger;
ein winziges Nichts vor einem Koloss.

Der Mensch wusste um die Folgen eines zu früh abgeworfenen

Speeres. Das Tier würde wütend werden und sich gegen den Vater und die Söhne wenden. Sein Herz pochte zum Zerspringen. Ohne es zu bemerken, ließ er die Axt fallen. Er konzentrierte seine gesamte Kraft in der rechten Hand, die nun die einzig richtige Bewegung ausführen musste.

Der Koloss stürmte brüllend auf den Sohn des Wanderers zu. Was war das für eine winzige, zweibeinige Gestalt, die die Frechheit besaß, sich in seinen Weg zu stellen?

Der Mensch stand noch immer unbeirrt. Langsam hob er den Speer über die Schulter. Seine Finger schmiegten sich um den glatt polierten Schaft. Selbst wenn der Wurf gelang, wie konnte er verhindern, anschließend zu Tode getrampelt zu werden? Er atmete tief ein.

Das Tier war nun fast über ihm.

Er holte mit dem Speer so weit wie möglich aus, sammelte sich für die große Anstrengung und schleuderte das Wurfgeschoss mit einem gellenden Schrei auf seine Beute.

Der Schaft glitt durch seine Hand.

Noch in der gleichen Bewegung ließ er sich zur Seite fallen, um den gewaltigen, vorwärts trampelnden Füßen des Mammuts zu entgehen.

Lautlos flog der Speer durch die Luft. Mit tödlicher Präzision fand er sein Ziel, durchschlug das linke Auge des Tieres fast genau in der Mitte und bohrte sich mit seiner steinernen Spitze tief in das Gehirn des Kolosses.

Ein schriller Schmerzensschrei gellte durch den Wald.

Rotes Blut drang in dickem Schwall aus der Wunde und troff über Rüssel und Stoßzähne auf den Waldboden. Unter dem geblendeten Auge bildete sich eine Art schmieriges, schwarzes Öl und lief dem Tier langsam in die Schnauze.

Das Mammut strauchelte. Der Mann drehte sich im Fallen und entging mit knapper Not den tödlichen Füßen. Wieder schrie das Tier und brachte das triumphierende Geheul seiner Jäger zum Schweigen.

Dann stürmte es los. Der Speer baumelte bei jedem Schritt zwischen seinen elfenbeinernen Stoßzähnen.

So schnell es seine alten Beine gestatteten, lief der Wanderer auf seinen Sohn zu und hob ihn jauchzend vom Boden auf. Auch die Enkel sausten los. Sie wollten dem glücklichen Schützen ebenfalls um den Hals fallen.

Wenige Augenblicke später stürmten alle fünf hinter dem verwundeten Ungeheuer her. Es war nicht schwer zu verfolgen. Sein waidwundes Brüllen und das Bersten zertrampelter Bäume waren meilenweit zu hören. Beflügelt von ihrem Erfolg rannten die Jäger hinter ihrer Beute her.

Die Verfolgung dauerte zwei Stunden.

Ab und zu brach das Mammut in die Knie, rappelte sich aber immer wieder auf. Die Wunde war tödlich, daran gab es keinen Zweifel. Der Speer war tiefer eingedrungen, als sie zu hoffen gewagt hatten. Jetzt mussten sie nur immer der Blutspur folgen. Entfernung spielte keine Rolle. Der endgültige Triumph war nur noch eine Frage der Zeit.

Schließlich strauchelte das Tier. Beide Vorderbeine knickten ein. Dieses Mal kam es nicht wieder hoch.

Vorsichtig näherten sich die Verfolger und blieben einige Schritte entfernt stehen. Sie wussten sehr wohl, zu welchen Kraftakten ein todwundes Tier noch in der Lage war. Sie würden warten.

Stumm schauten sie dem Tier beim Sterben zu und lauschten seinen röchelnden Schreien.

Irgendwann gab eines der Knie nach, auf die sich der Koloss noch stützte. Das riesige Tier fiel vornüber auf den Kopf. Geschwächt von dem starken Blutverlust und seinem ziellosen Lauf durch den Wald rollte es auf seine unglaubliche Flanke.

Endlich schien das Mammut tot zu sein. Der alte Mann stürzte nach vorn. Er achtete nicht auf die warnenden Rufe seines Sohnes, der noch Anzeichen von Atembewegungen zu erkennen glaubte. Der Wanderer steuerte auf den Kopf des Mammuts zu, nahm einen der Stoßzähne in beide Hände und ließ die Finger liebkosend über das begehrte Material gleiten. Das verletzte Auge des Tieres war blind und mit Blut und getrockneter Gallerte verkrustet. Hätte der mit den Jahren weniger aufmerksam gewordene Wanderer jedoch auf das andere Auge geachtet, dann hätte er einen letzten Schimmer vergehenden Lebens wahrgenommen.

So schnell es die Vorsicht zuließ, eilte der Sohn auf die Rückseite des riesigen Kopfes und rief dem Vater immer wieder zu, sich fern zu halten.

»Bleib stehen, Vater ... bleib stehen!«

Der Wanderer hörte ihn nicht. Wie gebannt starrte er auf den blendend weißen, glatten Stoßzahn. Er stand genau vor dem Gesicht des großen Tieres. Sein Sohn hob die Steinaxt und hieb mit Wucht unmittelbar über dem durchbohrten Auge auf den Kopf des Mammuts ein. Der Speer steckte noch immer.

Mit dumpfem Krachen barst der Schädelknochen.

Der wütende Schrei des Tieres erstarb in einem schwachen Röcheln. Plötzlich wurde der Wanderer auf die drohende Gefahr aufmerksam und sprang vor dem weit geöffneten Maul zurück, während sein Sohn zum zweiten Mal die Axt hob.

Doch es war zu spät. Der Rüssel des todgeweihten Mammuts peitschte gegen die Beine des alten Mannes, der in der mächtigen Beuge der Stoßzähne wie ein Gefangener stand, und riss ihn um.

Der zweite Schlag des Sohnes traf genau die richtige Stelle auf dem riesigen Schädel. Das Tier röchelte zum letzten Mal, neigte den Kopf und sackte endgültig in sich zusammen.

Aber mit dem eigenen Tod bekam das Mammut seine Rache. Einer der glatten, weißen Stoßzähne durchbohrte im letzten Neigen des Kopfes den Brustkorb des Wanderers, der über den Rüssel gefallen war und verzweifelt versuchte, sich von dem zuckenden Anhängsel zu befreien. Er wurde von dem Schatz getötet, nach dem er ein Leben lang gesucht hatte. Der Mensch und seine Beute hauchten gemeinsam ihr Leben aus.

Der Sohn schrie sein Entsetzen und die Trauer um den Vater laut hinaus. Plötzlich war er zum Ältesten, zum Clan-Chief geworden. Diese Ehre hatte er nicht gewollt. Er hatte den Tod des Vaters nicht gewünscht. Jetzt machte er sich Vorwürfe, dass er ihn nicht hatte verhindern können. Und wie sein eigener Vater vor vielen Jahren, versuchte er, die Söhne vor dem grausigen Anblick zu schonen.

Rasch brachte er die Kinder fort. Sie sollten in Frieden trauern dürfen. Was die Stoßzähne und die Haut und alles Übrige anging, was sie vielleicht würden benutzen können, das konnte warten.

Ihr Chief war tot. Sie mussten ihn beweinen, um ihm die letzte Ehre zu erweisen.

Nach einiger Zeit stand der Sohn des Wanderers auf. Er musste trotz allen Schreckens mit seinen Söhnen an den Ort des grausigen Geschehens zurückkehren. Die Leiche des Vaters musste aus dem Stoßzahn befreit werden.

Sie brauchten eine geraume Zeit, ehe sie den schweren Kopf des toten Tieres so weit bewegt hatten, dass sie den Körper des Wanderers darunter hervorziehen konnten.

Es war eine blutige, schreckliche Arbeit. Keiner der vier würde sein Leben lang diesen furchtbaren Tag vergessen. Endlich konnte der Sohn den leblosen Körper seines Vaters in die Arme nehmen. Er trug ihn den ganzen Weg zurück nach Hause. Seine tapferen, hilflos weinenden Söhne folgten ihm.

Das Streben nach Männlichkeit hatte einen hohen Preis gefordert.

Nur wenige Stunden zuvor hatten zwei Männer und drei Jungen auf der Suche nach dem Riesenmammut ihre Hütte verlassen. Nun kehrten vier Männer zurück. Vor sich her trugen sie den leblosen Körper ihres Patriarchen.

216

Sohn und Enkel brauchten zwei Tage, um das Grab des Wanderers auszuheben. Eubha-Mathairaichean zeichnete ein Bild auf ein schmales Lederstück. Es stellte einen weißhaarigen Krieger und ein Mammut dar, die sich in einem tödlichen Kampf gegenüber standen. Am Rand war es mit ineinander verschlungenen Zeichen verziert, heiligen Symbolen für die Fortdauer des Lebens. Sie legte das Lederstück auf die Brust des Toten. Ihre Kunst erklärte allen, dass der große alte Mann für immer weiterleben würde, weil er eins mit der Erde geworden war.

Das Grab war nicht sehr tief. Das brauchte es auch nicht zu sein. Die Erdgeister würden den Körper bald schon zu sich holen. So konnten weder Mensch noch Tier seine Ruhe stören.

Sie legten das Innere des Grabes mit Steinen aus. Das ehrenwerte, weiße Haupt wurde nach Norden ausgerichtet, denn in diese Richtung war er sein Leben lang gestrebt. Außer dem bemalten Leder legten sie ein Stück des Stoßzahns mit in die Grube, der dem Wanderer zur Todesfalle geworden war. Es sollte ihm auf seiner bevorstehenden Reise Freude und Wohlstand bringen. Auch die lange Muschelsäge, die mit den Jahren stumpf geworden war, mit der sie aber dennoch das Grab ausgehoben hatten, gaben sie ihm mit auf den Weg. Längst war das alte Muschelmesser durch andere, bessere Geräte ersetzt worden, doch es war immer das Lieblingswerkzeug des Wanderers geblieben. In seine kalten, starren Hände legten sie einige seiner bevorzugten Feuersteine und gaben ihm einen Schlauch mit frischem Wasser an die Seite, falls er auf seiner Reise ins Unbekannte einer Erfrischung bedurfte.

Sie begruben ihn mit einer einfachen Zeremonie. Zunächst sangen sie ein Lied für die unbekannten Mächte über und unter ihnen und befahlen ihnen die Seele des toten Vaters. Dann fassten sie sich bei den Händen und umrundeten das Grab, um zum letzten Mal Abschied zu nehmen. Schließlich bedeckten sie das geliebte Gesicht mit großen Brocken bereitliegenden Torfs. Zuletzt häuften sie Steine auf das Grab. Sie sollten wilde Tiere abhalten und dienten gleichzeitig als Denkmal und zur Erinnerung an den Wanderer.

Der Chief ihres kleinen Clans war nun nicht mehr bei ihnen.

In den nächsten Tagen wartete harte Arbeit auf die Familie. Das große Beutetier, für dessen Tod sie ein so hohes Opfergeld hatten zahlen müssen, brachte ihnen einen unerwarteten Wohlstand.

Sie hofften, wenigstens einen kleinen Teil des Fleisches konservieren zu können. Nach dem Tod des Wanderers hatten sie in aller Eile so viel Fleisch mitgenommen, wie sie in einigen Tagen essen konnten. Zu Hause in der Hütte hatten sie es über dem Feuer gebraten. Es schmeckte gut, aber sie verzehrten es schweigend und ohne großen Appetit. Fleisch war lebensnotwendig. Aber nichts konnte den bitteren Geschmack besänftigen, den sie mit jedem Bissen herunterwürgten. Sie hatten vor, so viel Fleisch wie irgend möglich für die nächsten Monate zu trocknen. Es war noch zu früh im Jahr, um größere Mengen im Schnee einfrieren zu können. Den Rest würden sie wohl oder übel den Wölfen und Bussarden überlassen müssen.

Sollten sie es schaffen, die dicke Haut mit ihren Messern und Schabern im Ganzen abzuziehen, würde sie ihnen unschätzbare Dienste leisten. Sie könnte sie vor den Unbilden der Witterung schützen, sowohl über ihren Köpfen, als Dach, wie auch als wärmende Hülle für den Körper. Es würde auf jeden Fall genug übrig bleiben, um Schuhe und Kleidung für alle herzustellen. Zähne, Knochen und Hufe konnten sie für alle möglichen Zwecke des täglichen Lebens brauchen. Den zweiten Stoßzahn und einige Rippen, die sie mit viel Mühe aus dem riesigen Fleischberg schnitten, wollten sie als Pflug zum Umgraben der harten Erde benutzen.

Die Arbeit war langwierig und abstoßend. Am vierten Tag wurde der Verwesungsgeruch nahezu unerträglich. Als die Enkel des Wanderers vor Ekel nicht mehr weiterarbeiten konnten, schickte ihr Vater sie als Wachtposten gegen die vielen, täglich näher kommenden wilden Tiere ein Stück von dem stinkenden Kadaver weg.

Die Jungen zündeten rings um das Mammut große Feuer an. Sie hofften, der Rauch würde die empfindlichen Nasen der Fleischfresser ringsum zumindest irritieren. Sollten sie dennoch näher kommen, würde das Feuer sie wohl von einem Raubzug abhalten.

Am fünften Tag stand der Sohn des Wanderers bis zu den Knien in schleimigen, übel riechenden Eingeweiden. Er hatte den Magen mit seinem scharfen Muschelmesser herausgeschnitten und bemühte sich nun, eine große Rippe herauszubrechen, indem er mit einem in beiden Händen gehaltenen Stein immer wieder auf den Knochenansatz einhieb.

Plötzlich gab die Rippe mit lautem Krachen nach.

Das Gewicht des Steines und sein eigener Schwung rissen den Sohn des Wanderers von den Füßen. Mit dem Gesicht voran und einem schmatzenden Platschen fiel er mitten in die schmierige, faulende Masse. Er kämpfte sich frei, kam auf die Beine, schwankte einen Augenblick, würgte und übergab sich. Ein Mal, zwei Mal, drei Mal. Der Schwall des Erbrochenen quoll ihm über Beine und Füße und mischte eine kränkliche Wärme in die Kälte des Todes, die aus den verdorbenen Eingeweiden des toten Mammuts aufstieg.

Der Sohn des Wanderers rieb sich den schmerzenden Magen, nahm sich so gut es ging zusammen und taumelte aus der schleimigen Verwesungsmasse auf den festen Waldboden, wo sein ältester Sohn stand und ihn angewidert anstarrte.

Es war genug! Mehr konnten sie von diesem Kadaver nicht verwerten. Jetzt war es an der Zeit, den Waldtieren die Reste zu überlassen. Was sie nicht fraßen, würde mit der Zeit verrotten.

Er rief seine Söhne zusammen und barg mit ihnen die letzte Ausbeute, die sie gemeinsam zum Lager schleppten. Unterwegs rasteten sie an einem der zahllosen kleinen Seen, wo der Sohn des Wanderers die letzte Erinnerung an das riesige Tier abwusch, das seinen geliebten Vater getötet hatte.

•Neun•

Eines Morgens, etwa einen Monat nachdem er seinen Vater begraben hatte, stand der Mammuttöter und Sohn des Wanderers früher auf als gewöhnlich.

Die kühle Brise auf seinem Gesicht schien ihm wie eine Prophezeiung. Stürme würden kommen. Nur noch wenige Monate. Schon sammelten sie sich in ihren arktischen Gefilden, bereit, über die Länder der Menschen hereinzubrechen. Der Augenblick der Rastlosigkeit war wieder gekommen. Er hatte sich auf diesen Tag gefreut, obwohl er das Gefühl nun nicht mehr mit seinem Vater teilen konnte.

Er sah sich um und atmete tief ein.

Der herbe Duft des Nordens war ihm wohlbekannt. Seit er neun war, folgten er und sein Vater ihm nun schon. Immer weiter hatte er sie gelockt, weg von den Menschen, hin zu Wind und Kälte. Nach Norden, immer nach Norden.

Der Sohn des Wanderers wusste, dass er weitergehen musste. Mit Frau und Kindern. Er war der einsame Pilger des Nordens, und sein unruhiges Blut drängte ihn umso mehr, als er nun selbst das Oberhaupt eines Clans geworden war.

Er wollte fort. Er konnte nicht bleiben, wo sein Vater gestorben war.

Er drehte sich um und kehrte zur Hütte zurück. Die Frau stand wartend am Eingang. Sie hatte gehört, wie er aufstand, und sie wusste, was er fühlte. Sie fühlte es ebenfalls.

Als er näher kam, blickten sie einander an. Dann lächelten sie. Beide waren sich bewusst, dass sie dem Lockruf des Nordens erlegen waren.

Noch am selben Tag begannen sie mit den Vorbereitungen. Die ganze Familie trug ihre Besitztümer zusammen und verstaute so viel wie möglich von der Mammutbeute auf den beiden Holzschlitten.

Wieder einmal brachen sie nach Norden auf. Es war die Richtung, die der Kopf des toten Vaters anzeige. Es war die Richtung, in die auch sein Geist sicher noch immer strebte.

Der Sohn des Wanderers führte seine Familie durch eine hügelige Landschaft mit vielen Seen hinunter in die Ebene, bis ein Gewässer, das man später Solway Firth nennen würde, ihnen den Weg versperrte und sie landeinwärts nach Osten zwang. Langsam umrundeten sie den Meeresarm, querten Flüsse an seinem Ende und gelangten endlich in das Land mit den vielen Namen. Die es am tiefsten liebten, nannten es Kaledonien.

Wo immer der Sohn des Wanderers sich während seiner zahllosen Reisen und Wanderungen aufhielt, da erzählte er Geschichten. Es waren Geschichten, die der Liebe zu seinem Vater entsprangen, mit dem er sein ganzes bisheriges Leben geteilt hatte. Auch seinen Namen wählte er zu Ehren des Vaters.

Es hätte viele mögliche Namen gegeben. Zum Beispiel Mammuttöter oder Abenteurer oder Der-aus-den-Weißen-Bergen-kam. Sein Name sollte ihn von anderen unterscheiden, gleichzeitig aber auch von seiner Liebe künden.

Und so nannte er sich Sohn-des-Wanderers.

Seine eigenen Söhne folgten diesem Beispiel und hängten an ihre eigenen Namen den ihres Vaters an. Auf diese Weise kamen Familiennamen zustande, deren Ursprung in der Erinnerung an längst dahingeschiedene Väter und Chiefs lag.

Trotz seines patriarchalischen Stolzes überließ Sohn-des-Wanderers Eubha-Mathairaichean das Vorrecht, das Familienerbe an die Kinder weiterzugeben. Sie war die Quelle des Lebens, die Mutter seiner Söhne und seiner Tochter. War es da nicht nur gerecht, ihr freie Hand über sein Vermächtnis zu lassen?

Und so wurde dank der Ehrerbietung des Sohnes-des-Wanderers seiner Frau gegenüber bereits in früher Zeit der Grundstock zur mütterlichen Erbfolge gelegt.

Zehn

Das Land, das die Nachkommen des Wanderers in den folgenden Jahrtausenden besiedelten, war hart und unerbittlich.

Niemand, noch nicht einmal Sohn-des-Wanderers selbst, hätte sagen können, was ihn in diese nördliche Gegend lockte. Er wurde sein Leben lang von dem alles beherrschenden Wunsch getrieben, sich vorwärts zu bewegen, zu erkunden, zu wissen, was hinter dem nächsten Fluss lag, und einen Blick hinter den nächsten Berg zu werfen.

Er wanderte weiter nordwärts und erreichte Gebiete, wo Wasser und Kälte eine Besiedelung fast unmöglich machten und die es in zukünftigen Jahrhunderten schwer haben würden, zu wirtschaftlicher und politischer Eintracht zu finden. Die Landschaft war so nass und rau, dass sie für Übereinstimmung und Eintracht nicht geeignet schien. Die Wunden, die das Eis dem Land geschlagen hatte – majestätisch steile Berge, tief eingekerbte Täler und überall Seen und schlammige Sümpfe – waren eine naturgegebene Schranke für Erkundung und Besiedlung.

Die erste Schwierigkeit, mit der die Familie zu kämpfen hatte, war ein morastiges Sumpfland, das sich östlich und westlich zwischen Firth of Clyde und Firth of Forth erstreckte. Es gab nur eine einzige Stelle, wo sie das Moor überqueren konnten. An diesem Ort, an dem sich heute die Stadt Sterling befindet, hatten die Gletscher ein schmales Riff aus festem Boden und natürlichen Felsformationen zurückgelassen, das von einem winzigen Berglein aus massivem Stein dominiert wurde. Eines Tages würde hier eine der strategisch wichtigsten Festungen des Landes erbaut werden und die beiden Landeshälften zusammen halten.

Doch Sohn-des-Wanderers überquerte die Naturbrücke nicht. Er siedelte sich mit seiner Sippe in den fruchtbaren Niederungen zwischen den beiden großen Meeresarmen an.

Erst seine Söhne brachten Jahre später die prähistorische Odyssee zu Ende. Sie waren es, die als erste die äußersten nördlichen Ausläufer dieses Teils von Europa erreichten. Mit Holz aus den spärlichen, nicht besonders dichten Wäldern bauten sie Boote, in denen sie bis zu den Inseln vor der westlichen Küste vorstießen. Sie jagten und fischten und fanden alles, was der Mensch zum Überleben brauchte. Außerdem lernten sie, sich die Schroffheit der Landschaft zum stärksten Verbündeten zu machen, als sich ihre eigenen Verwandten aus dem Süden gegen sie erhoben.

Gegen Ende seines Lebens erkannte Sohn-des-Wanderers plötzlich, was seinen Vater immer weiter nordwärts getrieben hatte. Er betrachtete die Schönheit der hoch aufragenden Highlands, wo er seine letzten Jahre verbrachte. Tief in seinem Innern wühlte noch immer der bohrende Schmerz, dass der alte Mann nicht mehr da war, um sich mit ihm des Anblicks zu erfreuen. Viele Tiere lebten hier. Jedes war auf seine Weise wunderbar, doch keines kam dem Mammut gleich, das in der Erinnerung von Sohn-des-Wanderers immer ein Symbol für seine neue Heimat bleiben würde.

Die Enkel des Wanderers wurden zu Männern und weiteten den Clan nach Norden und Westen aus.

Der Älteste nannte sich Jäger, Sohn des Wanderer-Sohnes. Er ging nach Osten über die fruchtbare Ebene zwischen Forth und Clyde, meisterte den tückischen Sumpf, der aus dem nördlichen Kaledonien fast eine Insel machte, und wanderte weiter an der Ostküste entlang.

Die Erinnerung an die Jagd auf das Riesenmammut hatte sich für immer unauslöschlich in sein Gedächtnis gebrannt. Auch wenn der Tag Trauer über die Familie gebracht hatte, das Wichtigste für ihn war die Erfahrung der Überlegenheit des menschlichen Geistes über die reine Körpergröße. Immer noch sah er den wurfbereit erhobenen Arm seines Vaters vor sich. Es wurde sein Lebensziel, seine Erfindungsgabe gegen die Wildheit der Kreatur zum Zuge zu bringen. Seit jener Jagd konnte er seinen Hunger nur mit selbst erlegtem und ausgeweidetem Fleisch stillen.

Jäger hatte die Unruhe und Wanderlust seines Großvaters geerbt. Er erkundete die Lowlands entlang der gesamten Nordostküste, stieß ins Landesinnere bis zu den Ausläufern der zentralen Highlands vor und erreichte die Gegend von Moray im Norden.

Sein ganzes Leben lang suchte er nach Fußspuren der Spezies, die seinen Großvater das Leben gekostet hatte. Er sollte nie wieder eines aufspüren. Dafür maß er sich mit Braunbären, die aufgerichtet größer waren als er selbst, mächtigen Hirschen mit weit ausladendem Geweih und den meist gefürchteten Räubern seiner Zeit – wilden Rudeln helläugiger Wölfe.

Er war der erste Vertreter der Gattung Homo Sapiens, der je Loch Ness zu Gesicht bekam. Doch der schmale lange See war kein gutes Jagdgebiet. Es gab nur wenig Wild, und das Gelände rings um das neblige, dunkle Wasser erschien finster und leer, als ob übernatürliche Kräfte einen unsichtbaren Zauber über den See gebreitet hätten. Selbst die wenigen Vögel, die sich über das düstere Wasser wagten, flogen stumm und eilig ihrem Ziel entgegen. Jäger erinnerte sich an die prickelnde Spannung beim Verfolgen der Mammutspuren, zusammen mit Vater und Großvater. An den Ufern dieses Sees und in diesem Tal fand er keine solche Herausforderung.

Instinktiv spürte Jäger die Anwesenheit einer Daseinsform, die selbst sein furchtloser Geist nicht näher erkunden mochte. Er erschauerte, wandte dem düsteren Gewässer den Rücken zu, nahm seinen Sohn an die Hand und führte ihn nach Norden zur Küste. Sollte es in dem See tatsächlich ein Tier geben, dann gehörte es keiner auf Erden beheimateten Rasse an. Er wollte es auf keinen Fall sehen. Dieses Tal war kein Platz für Menschen.

Der zweite Enkel des Wanderers wurde Bootsschnitzer genannt. Er erlangte wahre Meisterschaft in der Herstellung von Booten und Schiffen und hatte gelernt, sie sicher zu steuern. Er erkundete die westlichen Inseln Mull, Uist, Skye und Harris, segelte im Norden bis Lewis, wandte sich nach Süden und landete schließlich auf einer sehr großen Insel, die eines Tages Irland heißen würde. Dort blieb er, und seine Nachkommen besiedelten das Land.

Seine Söhne fanden sich nicht nur auf dem tiefen, grau-grünen Wasser zurecht, sondern entwickelten auch vielerlei Möglichkeiten, ihren Wohlstand aus dem Meer zu schöpfen. Die See war ihr Leben, und die Söhne von Bootsschnitzer entschlüsselten ihr Geheimnis. Dabei war ihre Liebe zu dem nassen Element genau so stark wie ihr Hass.

Mehr als hundert Generationen Fischer stammten von Bootsschnitzer ab. Sie breiteten sich in alle Himmelsrichtungen über die großen und kleinen Inseln aus und bevölkerten die Küsten des kaledonischen Festlandes. In ferner Zukunft würden die Siedler von Eire zurückkehren und ihr Ursprungsland zurückerobern.

Die einzige Enkelin des Wanderers hatte die Kunstfertigkeit ihrer Mutter und des Großvaters vom Stamm der Belgae geerbt. Sie fertigte Hunderte von Zeichnungen und Gravuren an, die Geschichten aus dem Leben ihres Vaters und des Wanderers, wie auch aus dem Sagenschatz der Mutter und ihres Volkes erzählten. Sie heiratete einen Mann aus einem erst kürzlich in die Gegend eingewanderten anderen keltischen Stamm und vererbte ihren Töchtern die kraftvolle Stärke und praktische Kreativität, die über Generationen hinweg ihre weiblichen Nachkommen auszeichnen würden.

Es gab nur zwei Dinge, die des Wanderers Nachfahren nicht bezwingen konnten. Weder konnten sie sich mit den grimmigen, schneereichen Wintern abfinden, dieser alljährlich zurückkehrenden Erinnerung an die gerade erst zu Ende gegangene Eiszeit, noch waren sie in der Lage, das bergige Landesinnere zu besiedeln. Die felsige Wüste der Highlands war zwar nicht annähernd so hoch wie die Weißen Berge, von wo der Wanderer und sein Sohn aufgebrochen waren, aber sie war leer, steil und lebensfeindlich.

Trotz seiner ungastlichen Trostlosigkeit war das Land in der Lage, die Seelen der Menschen für sich einzunehmen. Die nachfolgenden Generationen wanderten nicht mehr fort, sondern setzten sich gegen die harte Natur ihrer Umgebung durch und begannen, das Land aus tiefstem Herzen zu lieben.

Der dritte und jüngste Enkel des Wanderers führte seine Sippe in ein geschütztes Tal zwischen zwei hohen Bergen. Die geheimnisvollen Highlands sprachen zu seinem Geist, und er erkannte, was einst aus Kaledonien werden würde. Er fühlte sich zwischen einsamen Hügeln und schroffen Bergen zu Hause und wurde zum Stammvater eines Clans, der seine Ursprünge bis zum Hochlandseher, Sohn des Wanderer-Sohnes zurückverfolgen konnte.

Jene ersten Siedler in den Highlands erzählten eine Geschichte, die Generationen überdauern sollte. Es war die Sage von dem großen Hirsch, der als einziger unter Zehntausenden ein weißes Fell besaß und zum Symbol für das Volk in den Highlands wurde. Mehr als jedes andere Tier versinnbildlichte der Hirsch das Geheimnis der geliebten Berge.

Hochlandseher hatte den Hirsch, den er bis dahin nur aus Erzählungen des Vaters kannte, selbst gesehen. Von einem hohen Berg aus hatte er das Tier mit herrlich glänzendem Fell und weit ausladendem Geweih in der hellen Sonne entdeckt und seine Botschaft vernommen. Von diesem Tag an war er völlig verwandelt.

Sehers Söhne wuchsen mit den Geschichten, Balladen, Liedern und Gedichten ihres Vaters auf. Er war der erste Barde und brannte die Erinnerung an den Wanderer und seinen Sohn und ihre lange Reise nach Kaledonien für immer in ihr junges Gedächtnis. Im Lauf der Zeit wurde die Geschichte zur Legende. Man erzählte sie sich in jedem Zweig des Clans. So wurde die ursprüngliche Verbindung zwischen den Familien erhalten.

Sohn-des-Wanderers war in die Jahre gekommen. Zusammen mit seiner Frau brach er noch einmal auf. Er ging nach Norden und verbrachte seine letzten Lebensjahre bei der Familie seines jüngsten Sohnes. Jeden Abend versammelten sich die Menschen um das warme Feuer und hörten dem Barden Seher zu, der mit weicher Stimme die Seelen seiner Söhne auf das Land, seine Tiere und seine vielen Wunder einschwor. Gebannt lauschten die

Kinder den Geschichten von der großen Mammutjagd und der Legende vom Weißen Hirsch. Auch Sehers Vater, dessen Haar nun grau geworden war, ließ sich verzaubern und dachte an die Jahre mit dem Wanderer, als er selbst nicht älter gewesen war als seine Enkel heute.

Saoibhir sith an nochd air Tir-an-Aigh
Is ciuine nam fiath ag iadhadh Innse Graidh,
Is easgaidh gach sgiath air fianlach dian an Dain
Is slighe nan seann seun a siaradh siar gun tamh.
Saoibhir com nan cruach le cuimhne laithean aosd,
Sona gnuis nan cuan am bruadair uair a dh aom;
Soillseach gach uair an aigne suaimhneach ghaoth.

Reich ist der Friede der nächtlichen Elemente über dem Land der Freude
Und reich ist die sanfte Musik der Stille über den Inseln der Liebe.
Jeder Flügel fliegt, weil die Natur es fordert
Und der Pfad alten Zaubers windet sich unerbittlich westwärts.
Das Herz der Hügel ist reich an Erinnerung vergangener Tage
Das Antlitz der See ist heiter,
Sie träumt die Träume verflossener Zeiten.

Als Sohn-des-Wanderers starb, weinte sein Jüngster, sang ein trauriges Klagelied und suchte dann nach einem Platz, der gut genug war, seinem Vater als letzte Ruhestätte zu dienen. Er fand eine Ansammlung von großen Felsbrocken, deren oberster fast völlig flach war. In die Erde darunter hatte irgendein Tier einmal eine Höhle gegraben, die aber jetzt leer stand. Seher vergrößerte die Höhle, und sie begruben den alten Mann unter dem Fels. Die Zwischenräume füllten sie mit Kieseln auf.

Die Frau von Sohn-des-Wanderers, nun ältestes Familienmitglied, ging einige Tage später zum Grab. Sie wollte mit ihren Erinnerungen allein sein. Mit einem scharfen Feuerstein ritzte sie Figuren und Zeichnungen in den flachen Grabstein. Mit Bildern erzählte sie der Nachwelt von dem Mann, den sie geliebt und von den Abenteuern, die sie gemeinsam durchgestanden hatten. Sie war es, die das Vermächtnis ihres unter dem Stein ruhenden Mannes für die Nachwelt sichtbar machte, und sie war es auch, die ihren gemeinsamen Barden-Sohn segnete. Sie legte die Hand auf seinen Kopf, ihre starke, wenngleich altersbrüchige Stimme verfiel in eine Art Singsang und rezitierte Worte in einer längst vergessenen Sprache. Hochlandseher vergaß den Vers sein Leben lang nicht mehr.

Das Land, seine Geschöpfe, die Natur, alles ist eins. Wir gehören dazu.
Ehre die Natur, achte das Leben und vergiss nie, dass unsere Existenz ein Kreis ohne Anfang und Ende ist.

Dann sang sie ein fremdartiges, glückliches und zugleich auch trauriges Lied.

Schaut empor, schaut euch um, schaut voraus, meine Kinder, seht denen zu, die sich die Erde unterwerfen.
Schaut zu und lernt.
Betrachtet den Himmel, die Sterne, die Wolken, geflügelte Tiere und Leere.
Schaut zu und lernt. Lernt vom Sturm. Lernt vom Licht der Sonne.
Betrachtet Tiere und Bäume, Steine und Bäche, Felder und Meer.
Betrachtet die Menschen, die mit euch leben, und lernt von ihnen.
Die Fruchtbarkeit der Erde bringt Leben. Die Natur nimmt Leben, wenn seine Zeit gekommen ist.
Ist nicht Leben ein Kreislauf ohne Ende?

Sehers Frau hörte die Worte, und sie drangen ihr tief in die Seele. Viele Jahre später segnete sie Sehers Kinder auf die gleiche Weise und lehrte sie, Gravuren und Symbole zu verstehen. Aus solchen Anfängen entstand mit den Jahren eine Mythologie der

Naturverehrung. Sie ging Hand in Hand mit einer Veränderung in der Kunst, die immer mehr zu einer symbolischen Darstellung fand. Statuen aus Stein und Holz ersetzten nach und nach die frühen Lederzeichnungen. Und die Ehrerbietung, die jene Patriarchen der Frühzeit ihren Frauen entgegenbrachten, legte den Grundstock für die weibliche Erbfolge in den Königssippen der urzeitlichen Clans von Kaledonien.

So lange Sehers Familie in der Gegend blieb, kehrte sie immer wieder zu dem großen, flachen Stein zurück, betrachtete die eingeritzte Lebensgeschichte, dachte an den, der unter diesem Grabstein seine letzte Ruhe gefunden hatte, und erinnerte sich, wo sie hergekommen war, und wer sie bis an diesen Ort gebracht hatte.

• Elf •

Seher, seine beiden eher abenteuerlich veranlagten Brüder und seine künstlerisch begabte Schwester wurden zu Stammeltern vieler Generationen.

Die Nachkommen von Jäger, Sohn des Wanderer-Sohnes, töteten und aßen Wildschweine, Rotwild und Auerochsen, das weit verbreitete Moorhuhn, Niederwild und Vögel.

Bootsschnitzers Nachfahren ernährten sich von Fisch und sammelten Muscheln. Ab und zu fanden sie einen gestrandeten Wal. Aus Knochen stellten sie die erste Harpune her und wurden zu unerschrockenen Seefahrern, die dem stürmischen Meer so viel Reichtum wie möglich abrangen.

Die Kinder und Enkel von Hochlandseher, die in den einsamen Bergen zu Hause waren, lebten zunächst ebenfalls von der Jagd. Nach und nach lernten sie aber auch, in geschützten Tälern kleine Äcker zu bestellen. Später wanderten sie zurück in den Süden, wo der Boden fruchtbarer war. Da es keine Mammuts mehr gab, benutzten sie die Geweihe von Hochland-Hirschen als erste Vorläufer des Pfluges. Sie säten und ernteten, was Wurzeln, Büsche und Bäume hergaben.

Einer von Sehers Söhnen wanderte weiter nach Westen, über ein großes Moor, und fand ein geschütztes Tal, das spätere Generationen Glencoe nennen sollten. Er ließ sich mit seiner Familie dort nieder und blieb, wie alle seine Nachfahren. Weder er noch seine Geschwister vergaßen jemals den großen, flachen Stein und seine Bedeutung. Nicht alle späteren Generationen kannten seine genaue Lage. Aber immer gab es einige, die Bescheid wussten. Die Erinnerung wurde von Barde zu Barde weitergegeben. So verlangte es die Tradition.

Die Highlands zeichneten sich nicht nur durch frostige Schneewinter aus. Sie lieferten auf eigenem Grund und Boden auch die Möglichkeit, der grimmigen Kälte die Stirne zu bieten. Einer von Sehers Söhnen machte eines Tages eine Entdeckung, die sich für die keltischen Stämme Kaledoniens als ebenso wichtig wie die Zähmung und Nutzung des Feuers herausstellen sollte. Das Geheimnis war ganz einfach. Der moosige Untergrund, auf den sie ihre einfachen Hütten bauten, den sie seit unzähligen Generationen in Stücke schnitten und gegen die eisigen Schneestürme vor ihren Häusern auftürmten oder mit dem sie Höhleneingänge teilweise versiegelten, war keine normale Erde. Es war ein dichtes, organisches Material, das getrocknet lange und heiß brannte. Erst diese Entdeckung machte es Sehers Nachkommen möglich, in den Highlands zu überleben.

So geschah es, dass die Nachfahren des Wanderers das Land im Norden erkundeten und besiedelten. Historiker und Archäologen, die sich mit den wenigen Hinterlassenschaften dieser Leute und den uralten, geheimnisvollen Geschichten aus Sehers Erbe beschäftigten, fragten sich immer wieder, welche Völkerstämme gleichzeitig mit dem Wanderer in das Land gezogen waren. Fragmente und alte Traditionen gaben ebenso wenig wie die Legenden der Vergangenheit Aufschluss darüber, ob die ersten Siedler genau diesem keltischen Stamm angehörten. Möglicherweise war der Clan des Wanderers nur eine von vielen Sippen, die es bis fast ans Ende der Welt verschlagen hatte.

Das Klima wurde in den fünfzehn Jahrhunderten nach der Ankunft des Wanderers immer wärmer. Robuste, keltische Nomadenstämme folgten den Spuren der urzeitlichen Nomaden. Die Kelten auf dem Festland hatten sich weit ausgebreitet. Mit ihrer wachen Energie wagten sie sich bis an die Grenzen der bewohnten Welt. Mittlerweile hatten Erdbeben und Kontinentaldrift das Land endgültig von der Festlandmasse abgetrennt. Doch die Abenteurer kamen über das Wasser, wenn nicht gerade auf den Fußspuren des Wanderers, so doch in die Richtung, die er gewiesen hatte.

Die kleine keltische Sippe gedieh. Zwar war sie zahlenmäßig nicht die Stärkste, aber Mut und Ausdauer ließen nicht zu wünschen übrig. Keltisches Blut mischte sich untereinander. Familie und Stamm boten Zusammenhalt und Stärke.

Aus der Verquickung von Stammeszugehörigkeit und Familienzusammenhalt entstand schließlich der Clan. Natürlich entstammten die meisten Einwanderer in Kaledonien im Grund dem gleichen urkeltischen Blut, aber sie waren so stolz, dass sie untereinander gegen rivalisierende Familien ebenso heftig kämpften wie als Clans gegen einen gemeinsamen Feind.

Das Land war nicht einfach zu bändigen. Von seinen Bewohnern konnte man das ebenfalls nicht behaupten. Doch sie waren gefühlsbetont und intuitiv, und sie verehrten ihre Chiefs und ihre Barden. Das Volk brachte Geschichtenerzähler hervor, die gleichzeitig Poeten, Gaukler und Sänger waren und die mystische Tradition fortführten. Sie erzählten und sangen, von einfachen Instrumenten begleitet, Balladen von längst vergangenen Abenteuern. Aus Weidenholz machten sie die ersten Harfen. Weide war leicht, dicht und klangtreu. Die Saiten entstanden aus langen Streifen der getrockneten Eingeweide von Wildtieren und wurden mit geschnitzten Knochenstücken am Instrument befestigt. Die Weide war ein heiliger Baum, was der auf ihr gespielten Musik einen magischen Beiklang verlieh. Dank der Barden wurden die uralten Epen des Volkes und seine allegorischen Legenden mit Melodie und Reim versehen, was den Sängern bei den Stämmen zu einem Ansehen verhalf, das dem der Chiefs gleichkam.

Das Volk verehrte viele Götter. Mathair, die Quelle, hatte sie gelehrt, an die übernatürlichen Dinge zu glauben, die alles durchdrangen. Und so glaubten sie an die Geister der Menschen und der Flüsse, der Tiere und der Berge, der Sonne und des Mondes; sie glaubten an die Geister der Natur.

In späterer Zeit wurde aus dem Geschichtenerzähler auch das religiöse Oberhaupt des Clans. Er erzählte nicht mehr nur von dem, was gewesen war, sondern auch von der unsichtbaren Welt um sie herum. Der Einfluss der Druiden wuchs in gleichem Maß wie das Bewusstsein und die Lernfähigkeit der Menschen. Der Barde unterhielt und lehrte gleichzeitig. Er brachte seinem Volk bei, nachzudenken und nach Hintergründen zu suchen.

Das Feuer der Gefühlsbetontheit wurde durch die religiöse Inbrunst noch geschürt. Im Laufe der Zeit wurde die Leidenschaft für alles Spirituelle zu einem besonderen Merkmal für das Volk und hatte starken Einfluss auf die Geschichte des Landes.

• Zwölf •

Von Eubha-Beanicca und dem Wanderer stammten jene ersten sesshaften Bauern und Viehzüchter ab, die von den Paläontologen heute als neolithisch oder jungsteinzeitlich bezeichnet werden und die bis ungefähr tausend Jahre vor Christi Geburt das

Land bevölkerten. Charakteristisch für das Zeitalter war zunächst der immer raffinierter werdende Gebrauch von Steinwerkzeugen. Erst später gewann die Töpferei an Bedeutung, und noch viel später kam die Metallbearbeitung hinzu. Aber jede Erfindung diente der zunehmenden Sicherung von Nahrungsquellen.

Nur ganz allmählich besiedelten die Menschen das Land, das sie zuvor kreuz und quer durchwandert hatten.

Die frühzeitlichen Jäger und Fischer machten einer eher durchorganisierten Lebensart Platz. Immer mehr Menschen kamen ins Land und lernten voneinander. Sie verbesserten ihre Arbeitsmethoden, veredelten Pflanzen, verstanden sich auf Sämereien, entdeckten neue Techniken und veränderten ihre Nahrungsgewohnheiten.

Die Kelten waren ein neugieriges Volk. So wie der Wanderer vor undenklichen Zeiten die Muschelsäge einem zufälligen Zusammentreffen mit einem anderen Stamm verdankte, beobachteten die unterschiedlichen Clans sich auch später noch gegenseitig. Interessante Neuerungen weit entfernt lebender Stämme erreichten dank der Erzählungen weiterer Generationen von Nomaden auch die letzten Vorposten menschlicher Siedlungen.

Mit besseren Werkzeugen wurde mehr Wald abgeholzt und mehr Ackerbau betrieben. Allmählich fällten die Menschen dickere Bäume und bauten größere Schiffe. Sie waren zunehmend in der Lage, Holz und Stein zu bearbeiten und festere Häuser zu bauen.

Die ersten Siedlungen entstanden. Nach der Erfindung von Bronze entwickelte sich die Metallverarbeitung zu einer ersten Hochblüte und veränderte die Herstellung von Waffen und Werkzeugen für immer. Die Menschen rodeten und bebauten das Land und rangen ihm immer mehr Früchte ab. Pflanzen, Anbau und Ernte wurden effektiver. Doch nicht nur für die Landwirtschaft veränderte man das Angesicht der Erde. Man hatte begonnen, Tiere zu züchten, und benötigte nun Weideland.

Keltische Stämme folgten immer zahlreicher den verblichenen, historischen Fußspuren des Wanderers. Sie kamen nach Irland, besiedelten die letzten Winkel Britanniens und Kaledoniens, die Westlichen Inseln, die Äußeren Inseln, Orkney und Shetland. Sie kamen vom Kontinent, aus dem nördlichen Mittelmeerraum, umrundeten die Iberische Halbinsel, folgten der französischen Küste, wanderten durch die Bretagne und segelten durch die Irische See bis zu den Hebriden.

Auf dem Kontinent hatten die Kelten den Gipfel ihrer Macht und kreativen Energie erreicht. Als sie schließlich nach Nordwesten kamen, wurden sie schnell in die zuvor im Land ansässigen Sippen integriert. Jede neue Einwanderungswelle verfügte über ein gesellschaftliches und technologisches Wissen, das dem der früheren Siedler um einiges voraus war. Vor allem aber brachten sie die neuesten Errungenschaften der Metallverarbeitung mit. Neben einer Menge anderer Dinge produzierten und benutzten sie Schwerter, Messer, Meißel, Kessel, Sicheln, Äxte und Speerspitzen. Sie konnten auch Gold und Silber schmelzen und zu Schmuckstücken verarbeiten.

Mutige Abenteurer wagten sich auf die See und den stürmischen Kanal hinaus. Vor allem die Belgae, ein alter keltischer Stamm, besiedelten in großer Zahl den Süden des Landes. An ihren Feuern erzählte man sich noch immer die Legende von einem, der vor undenklichen Zeiten durch ihr Lager gewandert war, eine Häuptlingstochter geheiratet hatte und später Richtung Westen verschwand. Einige Stammesmitglieder waren ihm der Sage nach auf seiner Wanderung gefolgt.

Der Wanderer war nur noch Legende, doch sein Blut floss in jedem dieser Menschen, die nach und nach das Land bevölkerten.

Er war der Vater des Landes, eine Art Adam eines Volkes, das im Lauf der Jahrhunderte Generationen von Neuankömmlingen aufsog. Wäre der alte Wanderer in der Lage gewesen, aus seinem Grab aufzustehen und sich das Land anzusehen, in das seine Sehnsucht ihn Jahrtausende zuvor gelenkt hatte, er hätte ein blü-

hendes Volk entdeckt. Die Menschen waren, wie er selbst gewesen war, kraftvoll, stark und stolz.

Und sie gaben ihr Leben weiter, wie er es getan hatte, in einer
noch jungen Welt.

6

WESTMINSTER WIRD UMGEKREMPELT

• Eins •

Andrew Trentham klappte das große Buch mit den Kindheitserinnerungen zu, legte es beiseite, stand auf und streckte sich. Ob er wohl selbst eines Tages eine Familie haben würde? Ein Erbe, das er anderen weitergeben könnte? Es war schon ein besonderes Privileg, Stammvater einer ganzen Dynastie zu sein wie der Wanderer.

Er war so tief in der Geschichte versunken gewesen, dass er die hereinbrechende Dämmerung nicht einmal bemerkt hatte. Es war schon ziemlich spät am Nachmittag. Auch hatte er nicht die geringste Ahnung, wo Duncan MacRanald geblieben war. Jetzt erst stellte er fest, dass das Feuer im Herd längst heruntergebrannt war.

Er rief nach Duncan, bekam aber keine Antwort.

Andrew ging zur Tür und trat ins Freie. Der Schotte war nirgends zu sehen. Die kleine Scheune neben dem Haus lag friedlich und still; dort war er wohl auch nicht.

Andrew umrundete das Häuschen. Er wollte nachsehen, ob Duncan sich vielleicht auf dem Hügel dahinter aufhielt.

Kaum war er um die Ecke gebogen, als schnell näher kommendes Hufgetrappel seine Aufmerksamkeit erregte.

Andrew drehte sich um. Ein Reiter galoppierte den

schmalen Pfad hinunter. Er hielt die Zügel eines zweiten, gesattelten Pferdes. Andrew erkannte den Stallburschen von Derwenthwaite.

»Mr. Trentham!«, rief der Mann, noch ehe er sein Pferd zum Stehen gebracht hatte. »Ich habe Sie überall gesucht!«

»Was ist los, Horace?«, fragte Andrew. »Stimmt irgend etwas nicht?«

»Ihr Büro in London hat angerufen, Sir. Es soll sehr wichtig sein!«

»Was wollten sie denn?«

»Sie sollen sofort zurückrufen, so schnell wie möglich, Mr. Trentham.«

»Und worum geht es?«

»Das haben sie nicht gesagt, Sir. Nur, dass es furchtbar wichtig ist und dass ich Sie sofort informieren soll. Ich habe Ihr Pferd mitgebracht.«

»Ja, danke«, gab Andrew zurück, »aber wie um alles in der Welt haben Sie mich gefunden?«

»Ihr Vater hatte Sie am frühen Nachmittag in den Hügeln gesehen, Sir«, antwortete der Stallbursche. »Daraufhin vermutete Ihre Mutter, dass Sie hier sein könnten.«

Andrew nahm die Zügel und sah sich noch einmal um, ob er Duncan nicht doch irgendwo entdecken könnte. Er schwor sich, den alten Schotten so bald wie möglich wieder zu besuchen.

Aus einer Tasche kramte er einen Stift hervor, kritzelte hastig ein paar Worte und gab das Briefchen dem Stallburschen mit der Order, es an einer gut sichtbaren Stelle für den alten Mann zu hinterlegen. Dann schwang er sich in den Sattel. Seine Gedanken waren noch immer bei dem urzeitlichen Kelten und seinem schottischen väterlichen Freund. Er wendete sein Pferd, hetzte bergab, umging Bewaldeth Ridge und galoppierte über die Heide auf Derwenthwaite Hall zu.

• Zwei •

Der Parlamentsabgeordnete Andrew Trentham stand an der Bridge Street, schaute erst rechts, dann links und stürzte sich in eine schmale Lücke zwischen zwei heranbrausenden Fahrzeugen.

Der Verkehr, der Lärm und das ganze Großstadtgetöse schienen sich dieses Mal noch viel deutlicher von der beschaulichen Ruhe in Cumberland abzuheben.

Ein Blick auf die Bronzestatue Winston Churchills auf der anderen Seite des Parliament Square erinnerte ihn an den Ernst seiner Verpflichtung. Langsam ging er auf Westminster Palace zu, wo das Parlament untergebracht war. Dort wollte er zunächst vorbeischauen, bevor er sein eigenes Büro im Norman-Shaw-Building aufsuchte.

Andrew liebte London nicht weniger als Cumberland. Er lebte gern hier. Er mochte seinen Arbeitsplatz mitten im Zentrum britischer Politik, in gewissem Maß sogar der Weltpolitik. Trotzdem hatte der abgebrochene Besuch in seiner nördlichen Heimat ihm dieses Mal einen tieferen Eindruck als sonst hinterlassen. Nach dem Spaziergang über die Berge von Bewaldeth und den spannenden Stunden, die er mit der Lektüre über die Reisen des Wanderers verbracht hatte, fiel es ihm schwer, sich der Hektik der Großstadt wieder anzupassen.

Irgendwie schien es ihm, als ob plötzlich alles auf einmal auf ihn einstürzte: der Bruch mit Blair, der Diebstahl des Krönungssteins aus der Abtei, die kryptischen Bemerkungen das alten Duncan über die Schotten. Und dann die Geschichten ... das Mädchen von Glencoe, der Wanderer.

Sein Kopf war sowieso schon so voll! Und nun waren auch noch die schockierenden Neuigkeiten hinzu gekommen, die seinen Besuch bei Duncan so abrupt beendet hatten.

Zum wohl hundertsten Mal rief sich Andrew das schicksalhafte Telefonat nach seiner Rückkehr aus MacRanalds Cottage ins Gedächtnis.

»Mr. Hamilton ist tot«, hatte es banal aus dem Hörer getönt.

»Was? Eagon?« Andrew konnte es kaum glauben.

»Eagon Hamilton ist tot, Sir«, hatte seine Sekretärin wiederholt. »Die meisten Parteimitglieder sind bereits hier. Sie haben sich sofort auf den Weg gemacht.«

»Wie konnte das passieren?«

»Wir wissen es nicht, Sir. Man sagt, es war ein Herzanfall.«

»Herzanfall? Eagon war fit wie ein Turnschuh!«

»Ja, Sir. Aber Scotland Yard hat bisher weiter keine Auskunft gegeben.«

»Scotland Yard?«, war Andrew herausgeplatzt. »Was haben denn die damit zu tun?«

»Ich weiß es nicht, Sir. Ich glaube, Sie sollten so schnell wie möglich zurück nach London kommen.«

»Ja ... ja natürlich«, hatte Andrew gestammelt. »Ich fahre noch heute Nachmittag nach Carlisle und nehme den Nachtzug.«

Andrew hatte völlig verwirrt den Hörer aufgelegt, sich in den nächstbesten Stuhl fallen lassen und Löcher in die Luft gestarrt. So fand ihn sein Vater einige Minuten später. Andrew erzählte seinen Eltern mit nüchternen Worten, was geschehen war. Sie tranken noch kurz zusammen Tee, ehe sich Andrew auf den Weg machte.

Schon auf dem Rückweg zu den Ermittlungen – wie sonst sollte man es nennen, wenn Scotland Yard überall herumschnüffelte? – und um seine Hilfe bei der Vorbereitung von Hamiltons Beerdigung anzubieten, spürte er, dass er etwas Wichtiges zurückgelassen hatte.

Eine Stimme, die er nur allzu gut kannte, riss ihn auf dem Weg zum House of Parliament aus seinen Überlegungen.

»Mr. Trentham! Mr. Trentham! Könnte ich Sie vielleicht eine Minute ...«

»Ich bin gerade erst in London angekommen, Luddington«, unterbrach Andrew den Journalisten, der mit einem Mikrofon in der Hand auf ihn zustürmte. Der Kameramann hinter ihm bemühte sich nach Kräften, einigermaßen Schritt zu halten.

»Nur ganz kurz ...«

»Tut mir leid, ich weiß noch nichts«, sagte Andrew mit fester Stimme. Gleichzeitig legte er einen Schritt zu. Er fühlte sich jetzt wirklich nicht in der Lage, ein Interview zu geben. »Mein Fraktionsvorsitzender ist tot. Das ist alles, was mir bisher bekannt ist.«

»Vielleicht könnten Sie ...«

»Morgen werde ich eine Erklärung für Sie haben.«

Mit diesen Worten wimmelte Andrew den aufdringlichen Reporter ab, hielt dem Pförtner am Tor seinen Ausweis hin und verschwand im Parlamentsgebäude.

• Drei •

Der Horizont glühte rot und golden wie eine feurige Erinnerung an die bereits untergegangene Sonne. Es war später Nachmittag. In den Tälern der Hügellandschaft von Cumberland sammelten sich die ersten Schatten der Nacht.

Welch herrlicher Vorfrühlingstag doch heute gewesen war, dachte Duncan MacRanald und schichtete die letzte Ladung Holz neben den offenen Kamin. Er seufzte zufrieden und betrachtete seine Vorräte. Mehr als genug Scheite und Torf für mindestens zwei weitere Wochen.

Er straffte seinen zwar allmählich alternden, aber immer noch robusten Körper und ging wieder nach draußen, um vor der langsam hereindämmernden Nacht möglichst wenig von dem herrlichen Abendrot zu versäumen.

So, wie er aussah, spiegelte er das Land seiner Vorfahren in aller Deutlichkeit wider. Der Mann konnte gar nichts anderes als Schotte sein.

Seine Gesichtszüge schienen wie aus dem felsigen Granit der Highlands gemeißelt; als sei der ganze Mann aus Fels entstanden. Es war ein Eindruck, wie man ihn häufig auch bei den Schlössern und Festungen der Region gewann: Sie sahen aus, als seien sie ganz natürlich aus dem Stein gewachsen und nicht einfach nur auf ihn gebaut.

MacRanalds Augen hatten viel gesehen und waren während der langen Wartezeit weise geworden. Zwar fühlte er sich noch nicht wirklich alt mit seinen siebenundsiebzig Jahren, aber immerhin alt genug, um sowohl vorwärts als auch rückwärts blicken zu können und dabei seine Sehnsucht wohl zu hüten. Er hoffte nicht auf Rechtfertigung vergangener Fehler, sondern auf die Erfüllung zukünftiger Träume.

Trotz des lauen Nachmittags würde es diese Nacht wohl ziemlich kalt werden, dachte Duncan. Und wenn seine Nase ihn nicht trog, würde der Wind noch vor dem Morgen drehen. Ein Sturm kündigte sich an.

MacRanald hatte den ganzen Tag immer wieder an seinen berühmten jungen Freund denken müssen. Duncan hatte ein Gefühl für die Dinge jenseits der Realität anderer Menschen, ähnlich wie das Mädchen von Glencoe, und durch Andrews zweifachen Besuch gestern und im Monat zuvor war sein Zweites Gesicht wieder aufgelebt.

Andrews Anblick hatte viele Erinnerungen im Herzen des alten Schäfers geweckt.

Duncan selbst war als Kind in diesen Hügeln herumgetobt und hatte vor vielen Jahren mit Andrews Vater Harland die unzähligen Bäche, Pfade, Seen und verborgenen Höhlen erkundet. Er war als einziges Kind eines alternden schottischen Ehepaares in dem Cottage aufgewachsen, das er jetzt bewohnte. Seine Eltern hatten ihr Möglichstes getan, in ihrem Sohn die Liebe zu allem Schottischen zu wecken. Sie waren bei ihrer Hochzeit nicht mehr die Jüngsten gewesen, und selbst in Duncans frühesten Erinnerungen hatten sie bereits graues Haar.

Duncans Mutter hatte in den Diensten von Lady Kimbra Trentham gestanden, genau wie ihre Mutter eine Generation früher bei Lady Ravyn. Im Lauf der Jahre war die Dienstbotenarbeit immer weniger geworden, denn die viktorianische Lady aus England hatte nach ihrer Hochzeit mit Andrews Großvater Bradburn ihre eigenen Bediensteten mitgebracht. Bereits im vorigen Jahrhundert hatten Duncans Vorfahren auf dem Gut gelebt. Sie waren 1866 mit Lady Gordon aus Schottland gekommen, als sie John Trentham heiratete. Nachdem sich immer mehr englisches Blut in die Familie Trentham gemischt hatte, geriet die enge Verbindung der adligen Familie mit ihren treuen schottischen Bediensteten immer mehr in Vergessenheit. Trotzdem wohnte auch Duncans Vater noch mietfrei in seinem Cottage, was teils auf Respekt vor der Vergangenheit, teils als Gegenleistung für seine Dienste als Wildhüter auf dem Anwesen zurückzuführen war.

Duncan war zwar nicht mit Harland Trentham zusammen, aber doch in seiner unmittelbaren Nähe aufgewachsen. Ihrer verspielten Kinderfreundschaft war das Los so vieler Freundschaften beschieden: Mit der Zeit war sie verblasst und in Vergessenheit geraten.

Andrews Vater war im Süden zur Schule gegangen und hatte sich früh in seine Karriere gestürzt. Nicht, dass er etwas Besonderes geleistet hätte. Er tat einfach das, was man von ihm erwartete. Später dann war es eher seine Frau, die streitbare Parlamentarierin Waleis Trentham, die seinem Namen zu einiger Berühmtheit verhalf. Duncan und Harland sahen sich nur noch sehr selten, doch auch MacRanald lebte weiterhin im Cottage, ohne Miete zahlen zu müssen.

Im Gutshaus erinnerte sich niemand mehr an die Gründe für die enge Verbindung zwischen der Familie Trentham und dem unverheirateten letzten Spross der MacRanalds. Andrews Vater war der letzte, dessen Wurzeln weit genug zurück reichten, um Aufschluss darüber bekommen zu können. Aber Harland erinnerte sich kaum, seine Eltern über diese Verbindung sprechen gehört zu haben.

•Vier•

Auch über den schneebedeckten Bergen von Glencoe schimmerte das glühende Abendrot. Hier im Norden dauerte es länger, ehe sich die Farben langsam zu Purpur und tiefem Blau wandelten und die Nacht allmählich alles mit samtigem Schwarz verhüllte.

Der Mann, der durch die hereinbrechende Dunkelheit fuhr, wollte sich mit seiner attraktiven Kollegin treffen. Sie hatten sich für die Zeit nach den Unterhauswahlen und den endlosen Befragungen durch Scotland Yard hier verabredet, um ein bisschen zu feiern und die Zukunft zu planen. Der plötzliche Tod ihres ahnungslosen Verbündeten aus Liverpool hatte ihre ursprünglichen Pläne zwar ein wenig durcheinander gebracht, allerdings würde sich auf Dauer wahrscheinlich nicht viel ändern. Trotzdem mussten sie miteinander reden.

Er hatte ihr zwar seine Ankunftszeit mitgeteilt, aber keine Antwort bekommen. Überhaupt hatte er in letzter Zeit große Schwierigkeiten gehabt, sie zu erreichen. Ab und zu ertappte er sich bei einem eifersüchtigen Verdacht, schüttelte ihn aber immer schnell wieder ab.

Als Baen Ferguson am Cottage ankam, war es empfindlich kühl geworden. Er freute sich auf das Kaminfeuer und den Tee, den Fiona gewiss schon vorbereitet haben würde.

Er lenkte den Wagen über die steile schmale Straße nach oben. Kein Lebenszeichen! Die Fenster waren dunkel, und nicht das kleinste Rauchwölkchen stieg aus dem Kamin auf.

Mittlerweile war es fast vollständig dunkel. Er parkte den Wagen und rüttelte an der Eingangstür. Sie war verschlossen.

Ferguson kramte seinen Schlüssel hervor, öffnete und trat ein. Abgestandene, kühle Luft schlug ihm entgegen. Er schaltete das Licht ein.

Mit einem einzigen Blick stellte er fest, dass die Hütte seit dem letzten Besuch im vergangenen November nicht mehr benutzt worden war.

Zum ersten Mal gestattete er sich das Gefühl einer großen Enttäuschung. Vor ein oder zwei Wochen hätte sie bereits mit der Beute hier sein sollen. Und selbst wenn sie sich aus irgendwelchen Gründen verspätet hatte, hätte sie zumindest jetzt da sein müssen.

Erinnerungen an Fionas Gesicht wurden wach. Er hatte sich ihrer Liebe so sicher gefühlt! Sollte er sich wirklich getäuscht haben? Plötzlich fiel ihm ein, wie listig und hinterhältig ihre Augen oft geschimmert hatten.

Er wirbelte herum. Wütend krachte seine Hand auf den Tisch, und er fluchte laut, um seinem Ärger Luft zu machen – Ärger auf sich selbst, Ärger über Fiona, Ärger über den, mit dem sie jetzt angebandelt hatte.

Was wurde da gespielt? Eines wusste er sicher: Er würde

der Sache auf den Grund gehen. Wenn sie ihn an der Nase herumgeführt hatte, würde die Geschichte ein Nachspiel haben! Was aber, wenn ...

Fergusons Gedanken drehten sich wie ein Karussell.

... wenn sie ihn tatsächlich nur benutzt hatte, um ihn in den Diebstahl zu verwickeln?

Er wandte sich zur Tür. Hier gab es nichts mehr für ihn zu tun. Außerdem, wer konnte ihm garantieren, dass sich nicht längst Scotland Yard auf seine Spur gesetzt hatte?

Er musste unbedingt herausfinden, wo Fiona geblieben war. Und was aus den anderen geworden war. Und der Stein ... hier war er jedenfalls nicht. Ob sie wirklich jemals vorgehabt hatte, ihn hierher zu bringen?

Er schaltete das Licht aus und knallte die Tür hinter sich zu. Wenig später brauste er mit quietschenden Reifen den Berg hinunter.

• Fünf •

Nach dem Tod seiner Eltern hatte sich Duncan MacRanald um die Schafe gekümmert, den Bauern in der Nachbarschaft geholfen und sich seines einsamen, friedlichen Lebens gefreut. Sein ganzes Leben lang hatte er auf eine Möglichkeit gewartet, den Auftrag seiner Familie so gut er konnte bei der jüngeren Trentham-Linie auszuführen.

Duncan konnte noch deutlich die Worte seiner Mutter hören.

»Du musst den Kindern helfen, wo immer du kannst, mein Sohn. So wie ich das mein Leben lang für ihren Vater und seinen Bruder getan habe. Obwohl sie sich keinen Deut um die alten Geschichten und den alten Weg scherten.«

Selbst jetzt noch, im Alter, waren diese Worte ihm Befehl. Als Andrew noch ein Kind war, hatte Duncan sie insofern befolgt, als er die Neugier des Jungen weckte und ihn für die alten Zeiten interessierte.

»Vergiss die alten Geschichten nicht, und vergiss niemals unsere Heimat«, klang die Stimme seiner Mutter durch Duncans Gedächtnis. *»Aber sie dürfen es auch nicht vergessen. Es ist unser Erbe und das Erbe der Kleinen. Auf keinen Fall darf es verloren gehen!«*

Duncan wusste, dass Andrew weit fort gewesen war. Das brachte der Dienst am Vaterland so mit sich. Doch als er vor einigen Wochen zurückgekehrt war, schien er plötzlich bereit zu sein, seine Wurzeln kennen zu lernen. Duncan hatte es gespürt. Nun hoffte er, dass endlich der Augenblick gekommen war, wo die alten Geschichten ihren Zauber auf Andrews neu erwachtes Bewusstsein ausüben würden.

Das Wasser ist gleich heiß, dachte Duncan und spähte in den Kessel, der über dem Feuer hing. In einem zweiten Topf, ebenfalls an einer Kette über dem Herd befestigt, kochten Kartoffeln. Vor vierzig Jahren hatte Andrews Großvater das Cottage mit Elektrizität ausgestattet. Trotzdem kochte Duncan noch immer das Teewasser, seine Kartoffeln und das Hafermehl über dem offenen Feuer, wie sein Volk das Jahrhunderte lang getan hatte. Er nutzte jedes Mittel, die Vergangenheit lebendig zu halten.

Ein paar Minuten später war alles fertig. Duncan sprach ein kurzes Dankgebet. Dann erfreute er sich an dem seiner Meinung nach zweitbesten »High Tea« der Welt. Der allerbeste »High Tea« war eigentlich noch einfacher und bestand nur aus zwei Dingen: köstlichen Haferkeksen mit Butter und Tee mit Milch und Zucker.

Seinen bescheidenen Lebensstil hatte Duncan MacRanald selbst gewählt. Tatsächlich hätte er sich alles Mögliche leisten können, doch er liebte die Einfachheit. Die Trenthams waren seiner Familie gegenüber immer äußerst großzügig gewesen, und Duncans Eltern hatten ihr Einkommen sinnvoll angelegt. Duncan brauchte sich keine Sorgen zu machen.

In ganz Cumberland galt Duncan als ebenso ehrenwert wie gewitzt in allen Dingen, die mit Schafen und ihrer Wolle zu tun hatten. Das, was wie das Häuschen eines alten Kleinbauern samt ein paar Tausend Quadratmetern Land aussah, war tatsächlich ein blühendes Scher- und Färbeunternehmen samt tiermedizinischer Praxis. Aber weil seine Bedürfnisse nun einmal so bescheiden waren, hatte Duncan MacRanald vermutlich schon mehr von seinem Vermögen verschenkt, als er für sich selbst ausgab.

Nach dem Essen räumte Duncan das wenige Geschirr vom Tisch, goss sich die letzte Tasse aus der abgekühlten Kanne ein und setzte sich in seinen Lieblingsstuhl vor dem Herd, dessen aromatischer Torfduft wenige Wochen zuvor Andrew so magisch angezogen hatte.

Seine Gedanken kreisten noch immer um Andrew Trentham ... Andrew *Gordon* Trentham, fügte Duncan im Stillen hinzu. Wie oft wohl schon hatte der Junge genau hier vor dem flackernden Kamin gesessen, hineingestarrt, wie er selbst es jetzt tat, und fasziniert den Geschichten aus der alten Heimat gelauscht?

Es kostete Zeit, seine Wurzeln zu entdecken und sie schließlich auch anzunehmen. Duncan fühlte eine tiefe Dankbarkeit, dass diese Zeit offensichtlich Früchte getragen hatte.

Gemächlich stand er auf und legte noch zwei Scheite und ein Torfstück nach. Eingehend betrachtete er die Einrichtung des größten Raumes seines Hauses.

Er trat zum Bücherregal. Hier standen zwar nicht viele Bände, aber die wenigen, die er besaß, waren wahre Schätze. Er langte hinauf und nahm ehrfürchtig das gleiche zerlesene Buch herunter, das Andrew gestern für den größten Teil des Nachmittags in seinen Bann geschlagen hatte. Duncan blätterte die Seiten durch und dachte sehnsüchtig an die alten Zeiten.

Plötzlich hielt er inne. Ein Holzschnitt fesselte seine Aufmerksamkeit. Auf dem Bild war ein hünenhafter Mann dargestellt, der ein Schwert schwang, das die meisten Sterblichen kaum hätten anheben können.

Duncan grinste das Bild freundlich an.

»Na, Bruce«, sagte er leise, »du bist wirklich der Allergrößte, der je in Kaledonien gelebt hat.«

Einen Augenblick schwieg er, dann fügte er hinzu: »Wann werden wir deinesgleichen wohl je wieder sehen?«

Er betrachtete das Bild noch eine Weile mit einem Ausdruck, der irgendwo zwischen Ehrfurcht und Bewunderung lag. Dann legte er das Buch zurück ins Regal.

Mit einem anderen Buch kehrte er zu seinem Sessel vor dem Feuer zurück, machte es sich bequem und genoss seine Lektüre beim Krachen der glühenden Scheite.

So verging eine Stunde. Duncans Lider wurden allmählich schwer. Er döste vor sich hin, bekämpfte den Schlummer, las noch ein paar Seiten, döste wieder und schlief endlich tief und fest ein.

Das Feuer im Kamin brannte herunter. Duncan wachte auf. Rings um das Cottage heulte ein heftiger Wind.

»Ja, ja«, brummelte Duncan schlaftrunken, »ich habe es kommen sehen.«

Er zwang sich, das Buch beiseite zu räumen, rappelte sich aus dem Sessel auf und schlurfte in sein kleines Schlafzimmer.

Diese Nacht würde er gut schlafen. In seinem Kopf warteten schon die Träume, die er vor dem Morgen erleben durfte.

... der Abgeordnete aus Cumberland war bei seiner Ankunft in London zu keinem Kommentar bereit. Er versprach uns aber noch für den heutigen Tag eine Stellungnahme. Kirkham Luddington, BBC 2, live vom Westminster-Palast.«

Der kurze Filmausschnitt zeigte Andrew Trenthams Rücken. Dann schwenkte die Kamera wieder auf den Reporter, der im morgendlichen Sprühregen mit einem kompletten Filmteam auf die für den Lauf des Tages angekündigten Enthüllungen wartete.

»Wünschen Sie noch Tee, Sir?«

Andrew blickte von den Morgennachrichten auf. Vor ihm stand seine Haushälterin mit einer frisch aufgegossenen Kanne.

»Ja, bitte ... vielen Dank, Mrs. Threlkeld.«

Sie servierte und begann dann, die Reste des Frühstücks abzuräumen. Über den Bildschirm flimmerten immer noch Berichte über den Tod des prominenten Abgeordneten Eagon Hamilton, den Vorsitzenden der Liberaldemokraten.

Am Abend zuvor hatte Andrew bis gegen Mitternacht an Meetings und Gesprächen mit Larne Reardon teilgenommen, dem designierten Nachfolger für die Parteiführung. Kollegen und Parteimitglieder hatten zusammen gesessen und sich eine Strategie zurechtgelegt, wie sie sich unter den gegebenen Umständen vor der Öffentlichkeit präsentieren wollten. Die Presse würde ihnen auf Schritt und Tritt auf den Fersen sein. Sie mussten sich als Partei einheitlich darstellen.

Natürlich hatten sie auch lang und breit darüber diskutiert, was der Grund für Hamiltons plötzlichen Tod sein könnte. Scotland Yard hatte bereits alle ihm Nahestehenden vernommen. Offizielle Verlautbarungen sprachen zwar noch immer von einem Herzanfall, aber es war fraglich, ob die Presse sich noch vierundzwanzig Stunden mit dieser Lüge zufrieden geben würde.

Scotland Yard vermutete irgend etwas. Allein die Tatsache, dass sie den Leichnam noch nicht freigegeben hatten, bewies, dass offenbar mehr hinter der Geschichte steckte als bisher an die Öffentlichkeit gedrungen war. Es gab Gerüchte, Eagons Leiche sei in der Nähe eines verlassenen Docks in Aberdeen aus dem Dee gefischt worden, aber der Yard wollte das weder bestätigen noch dementieren.

Die mysteriösen Umstände hatten am Vortag Andrews und Reardons Telefonat mit Hamiltons Familie sehr erschwert. Reardon hatte Hamilton näher gestanden als alle anderen. Heute wollte er Eagons Witwe für ein paar Tage nach Liverpool begleiten.

Das Läuten des Telefons riss Andrew aus seinen Gedanken. Er stand bereits, als Mrs. Threlkeld ihn rief.

»Andrew«, sagte die Stimme am anderen Ende der Leitung, »ich wollte Ihnen wenigstens persönlich mein Beileid aussprechen.«

»Danke, Sir«, antwortete Trentham voller Respekt.

»England hat einen großen Mann verloren. Es tut mir wirklich sehr leid.«

»Wie Recht Sie doch haben, Miles.«

»Ohne ihn wird das Unterhaus nicht mehr sein wie früher.«

»Wahrscheinlich nicht«, gab Andrew zurück. »Aber sehen Sie es doch einfach von der praktischen Seite. Ihre Aufgabe wird dadurch sicher leichter.«

»So habe ich es nicht gemeint, Andrew. Natürlich gab es zwischen Eagon und mir gewisse Differenzen ...«

»Ziemlich heftige Differenzen«, warf Trentham ein.

»Richtig«, gab der andere zu. »Trotzdem habe ich ihn

251

respektiert. Er war seiner Überzeugung immer treu, und das verdient Anerkennung. Genau wie Ihre Mutter«, fuhr Miles Ramsey fort. »Sagen Sie ihr bitte, wir Konservativen brauchen sie hier, um wieder an die Regierung zu kommen.«

»Ich werde es ihr ausrichten«, lachte Andrew.

»Was aber nun die Auswirkungen von Eagons Tod auf mein Amt angeht«, fügte Ramsey hinzu, »so kennen nur Sie und Ihre Parteifreunde die Antwort darauf. Vielleicht können wir Sie ja irgendwie doch überzeugen, über eine Koalition mit uns nachzudenken, statt die Genossen von Labour zu bevorzugen ...«

Seine Stimme sank zu einem bedeutungsvollen Flüstern.

Andrew wusste, wie richtig der mächtige Vorsitzende der Konservativen Partei die Situation einschätzte. Die Liberaldemokraten waren mit einem Mal so weit ins Rampenlicht gerückt, wie es unter Hamiltons Fraktionsvorsitz nie der Fall gewesen wäre. Die gesamte politische Landschaft könnte davon in Mitleidenschaft gezogen werden.

Miles Ramsey wusste das. Premierminister Richard Barraclough von der Labour-Partei wusste es ebenfalls. Und Andrews Parteifreunde von den Liberaldemokraten wussten es auch. Genau genommen hatten sie am vorigen Abend von wenig anderem gesprochen, obwohl der stellvertretende Fraktionsvorsitzende Larne Reardon einen ziemlich zerstreuten Eindruck gemacht hatte. Trotz seiner gedrückten Stimmung hatten sie ihn so behandelt, als sei er bereits das neue gewählte Oberhaupt der Partei. Doch die Wahl stand noch aus, wie sicher ihr Ausgang auch erscheinen mochte.

»Wir müssen miteinander reden, Andrew, und zwar bald«, sagte der Oppositionsführer.

»Mit Reardon müssen Sie reden, Miles«, gab Andrew zurück, »er wird demnächst den Fraktionsvorsitz übernehmen.«

»Mag sein. Aber Reardon und mich verbindet nicht gerade eine besonders innige politische Freundschaft. Das Gleiche wie bei Eagon. Bei Ihnen ist das anders. Wir gehören zwar verschiedenen Parteien an, aber wir verstehen uns. Ich hoffe sehr, dass Sie ihren Einfluss in der Partei geltend machen können ...«

»Da gibt es Wichtigere als mich, Miles.«

»Möglich, aber Sie sind groß im Kommen, junger Trentham. Wie dem auch sei, ich hoffe, Sie betrachten mich in jedem Fall als Freund und Verbündeten. Bei Ihnen weiß ich, dass Sie mir gegenüber fair sein werden.«

»Danke für Ihr Vertrauen, Miles«, sagte Andrew und lächelte schief. »Aber ich denke, das hat noch ein paar Tage Zeit.«

»Dagegen ist nichts zu sagen. Nur sollten wir nicht zu lange warten.«

»Nach der Beerdigung werde ich mich darum kümmern.«

Andrew legte auf und ließ das Gespräch mit Ramsey noch einmal Revue passieren.

Na schön, dachte er, es hat also schon angefangen. Er konnte absehen, dass nun beide Seiten um ihn buhlen würden. Heute noch eher subtil, mit Lob und Schmeichelei. Später würde der Druck stärker und die Sprache direkter werden. Er war zwar noch jung, aber er saß lange genug im Parlament, um zu wissen, dass es sich hier um harten Männersport und kein Kinderspiel handelte.

Andrew kehrte zu seinem Sessel zurück, setzte sich langsam und nahm noch einen tiefen Schluck aus der schon halb leeren Teetasse. Im Handumdrehen zog der Fernseher ihn wieder in seinen Bann. Gerade stellte BBC-Reporter Kirk Luddington ein biografisches Portrait Eagon Hamiltons vor.

»... unnachgiebiger Kritiker der konservativen Regierungen von Thatcher und Major, Vorsitzender der in zunehmendem Maß an Einfluss gewinnenden Liberaldemokratischen Partei, wurde gestern im Alter von sechsundfünfzig Jahren tot aufgefunden, unbestätigten Berichten zufolge in Aberdeen.

Der streitbare Nordire kam 1964 nach Liverpool, um die Beatles live zu erleben. Bald schon ließ er sich in der Stadt nieder, nahm einen Job bei einer Werft an und arbeitete sich gleichzeitig zu einem der sechs Abgeordneten Liverpools empor. Er verhehlte weder seinen irischen Akzent noch seine soziale Herkunft. In ganz England war er als Fürsprecher für aussichtslose Fälle bekannt. In seinen letzten Lebensjahren widmete er sich vornehmlich der friedlichen Lösung des Irland-Problems, eine Entwicklung, die den Schottischen Nationalisten umso weniger gefiel, als sie sich um eine Unterstützung Hamiltons für ihre eigenen Angelegenheiten bemüht hatten. Vor allen Dingen kämpfte Hamilton vehement gegen die Abtrennung Nordirlands von Großbritannien. In einem Interview sagte er einmal, dass er zwar der schottischen Unabhängigkeitsbestrebung durchaus positiv gegenüberstünde, es jedoch nicht zulassen könne, durch diese Sympathie die Arbeit für seine Heimat in Frage zu stellen. Nachdem die SNP große Erfolge dabei verbuchen konnte, eine mögliche schottische Unabhängigkeit in das Interesse der breiten Öffentlichkeit zu rücken, beobachtet sie natürlich gespannt das politische Klima im Unterhaus. Und das Klima scheint sich drastisch zu verändern.

Für die Zuschauer, die sich später zugeschaltet haben: Eagon Hamilton, liberaldemokratischer Minister in der Labour-Regierung, ist tot. Es bleibt abzuwarten, welchen Kurs sein Nachfolger einschlagen wird. In politischen Kreisen wird vermutet, dass Hamiltons bisheriger Stellvertreter und enger Freund Larne Reardon die Nachfolge antreten und der Liberaldemokratischen Partei eine neue Richtung weisen wird.«

Andrew stand auf und schaltete den Fernseher ab.

Es war Zeit, dem Tag ins Gesicht zu sehen.

• Sieben •

Den Morgennachrichten verdankte Andrew eine ziemlich genaue Vorstellung darüber, wo Kirk Luddington mit seiner Filmcrew stand. Hätte er ein Taxi genommen und sich vor dem Haupteingang absetzen lassen, wäre er dem Reporter genau in die Arme gelaufen. Daher zog er es vor, sich unter die Menschenmenge am Victoria Embankment zu mischen und durch einen der Seiteneingänge unbemerkt in das Norman-Shaw-Building zu schlüpfen.

Mit dem Einverständnis seiner Parteifreunde wollte er heute in ihrer aller Namen eine Erklärung abgeben. Doch zuvor hatte er noch andere Dinge zu erledigen. Er musste mit einigen Leuten sprechen. Außerdem hatte Inspektor Shepley von Scotland Yard versprochen, im Laufe des Vormittags Einzelheiten über Hamiltons Tod bekannt zu geben.

Andrew hatte sich entschlossen, für halb zwei eine Pressekonferenz einzuberufen. Eine Stunde später sollte das Unterhaus zusammentreten. Er würde den Termin sofort nach seiner Ankunft im Büro veröffentlichen lassen, denn so, das hoffte er, würden ihn die Medien zumindest während des Vormittags ungeschoren lassen.

Die Straßen waren voller Menschen, laut und belebt. Es stank nach Benzin. Busse, Taxis und Lastwagen rumpelten vorbei. Andrew schlängelte sich durch die Menge, schlüpfte durch den Seiteneingang und verschwand sofort in seinen Büroräumen. Kaum hatte er die Sekretärin im Vorraum begrüßt, als auch schon das Telefon auf ihrem Schreibtisch schrillte.

»Der Premierminister, Sir«, kündigte sie den Anrufer an.

Andrew lächelte. Er hatte geahnt, dass der Tag hektisch werden würde.

»Stellen Sie durch, Mrs. Blanchard«, sagte er. Er ging in sein Büro, zog den Mantel aus, setzte sich an den Schreibtisch und seufzte einmal tief, bevor er den Hörer abnahm.

»Herr Premierminister«, sagte er freundlich, »schön, von Ihnen zu hören.«

»Guten Morgen, Andrew. Schlimme Geschichte, das mit Hamilton. Ich wollte Ihnen mein Mitgefühl aussprechen.«

»Ich danke Ihnen, Sir. Das ist eine nette Geste.«

»Reardons Büro sagte mir, ich solle Sie anrufen. Gibt es etwas Neues von Scotland Yard? Die Presse rennt mir die Türen wegen einer Erklärung ein.«

»Mir auch. Aber heute Morgen habe ich noch nichts gehört.«

»Alles klar für heute Nachmittag?«

»Alles in Ordnung.«

»Brauchen Sie Beistand? Ich könnte ein paar Fragen beantworten. Ich würde es wirklich gerne tun, Andrew. Eagon war mein Freund.«

»Danke, Richard«, antwortete Andrew. »Das ist ein wirklich freundliches Angebot, aber ich glaube, ich lasse lieber alles wie geplant.«

Das könnte dem Premierminister so passen, dachte Andrew. Gemeinsam mit ihm im Blitzlichtgewitter stehen, ein paar warme Worte über Eagon Hamilton verlieren und gleichzeitig dem Fußvolk die unmissverständliche Botschaft zukommen lassen, dass die Koalition zwischen Labour und den Liberaldemokraten fester denn je im Sattel säße.

Dafür war es aber noch zu früh. Andrew wollte auf keinen Fall politische Verpflichtungen eingehen, ehe Eagon auch nur unter der Erde war. Weder er selbst noch Reardon, noch irgendeiner seiner Parteifreunde hatten die Absicht, die Koalition aufzukündigen, aber sie brauchten Zeit, um sich über die neuen Gegebenheiten klar zu werden.

»Die Schottischen Nationalisten haben sich auch schon bei mir gemeldet«, sagte Barraclough. »Sie fragen sich, ob die Liberaldemokraten jetzt eher auf schottische Belange einschwenken.«

»Man hätte meinen sollen, dass sie sich nach dem Fiasko mit dem Diebstahl des Krönungssteins ein wenig bedeckter halten«, sagte Andrew. »Mit den Ergebnissen der neuesten Meinungsumfragen können sie jedenfalls zur Zeit nicht gerade Staat machen.«

»MacKinnon behauptet steif und fest, dass die Schotten nichts mit dem Einbruch in Westminster zu tun haben. Er möchte den Verdacht auf die Iren lenken, aber ehrlich gesagt glaube ich nicht daran. Wie denken Sie darüber, Andrew?«

»Ich weiß auch nicht mehr als das, was in den Nachrichten darüber gesagt wurde.«

»Wie auch immer, Dugald MacKinnon und seinen schottischen Freunden ist nur allzu bewusst, dass Eagon ihnen in vieler Hinsicht Knüppel zwischen die Beine geworfen hat. Ich darf gar nicht daran denken, was MacKinnon vielleicht noch in der Hinterhand hat. Das eigene Parlament und die Dezentralisierung haben ihn anscheinend in keiner Weise beschwichtigt. Sicher wird er sich bald bei Ihnen und Larne Reardon melden.«

»Bestimmt. Eigentlich wundert mich, dass es nicht schon längst geschehen ist.«

»Da gibt es noch etwas anderes, über das wir reden müssen, Andrew«, sagte der Premierminister.

»Ich kann Ihnen nur das Gleiche sagen, was ich schon

Miles Ramsey erklärt habe: Keine Diskussionen, bevor Eagon begraben ist und meine Partei sich entschlossen hat, ob sie von Larne Reardon geführt werden will«, antwortete Andrew entschlossen. »Nach der Wahl können Sie mit Larne sprechen. Ich fungiere nur während seiner Abwesenheit als Sprecher meiner Partei.«

»Sie haben bereits mit Ramsey gesprochen?«, fragte der Premier argwöhnisch.

»Er hat angerufen und mir sein Beileid ausgesprochen.«

»Er wird sein Bestes tun, Larne in sein Lager zu locken. Wahrscheinlich probiert er das auch bei Ihnen. Wir sehen harten Zeiten entgegen, Andrew. Weder die Tories noch die Schotten dürfen unsere Koalition gefährden.«

»Ich werde einen klaren Kopf behalten!«

»Das wollte ich Ihnen gerade vorschlagen, Andrew. Ramsey verspricht Ihnen vielleicht das Blaue vom Himmel, aber bei Licht betrachtet ist doch eine liberal-konservative Koalition ein Ding der Unmöglichkeit, selbst wenn alle liberaldemokratischen Abgeordneten wiedergewählt werden sollten. Außerdem würden Sie die Stimmen der Sozialdemokraten verlieren!«

»Die konservative Bewegung ist noch nicht tot, Herr Premierminister«, lachte Andrew. »Auch eine Koalition unter Labour ist nicht abschusssicher. Ich könnte wetten, dass Sie nicht unbedingt zum jetzigen Zeitpunkt Neuwahlen ausschreiben möchten. Es wäre zumindest ein ziemliches Risiko.«

»Sehen Sie es, wie Sie wollen, Andrew. Aber ich sage Ihnen: Sie und Ihre Partei gehören zu Labour. Eagon Hamilton hatte das verstanden.«

»Ich bin sicher, wir werden in Zukunft einige Gelegenheiten haben, diese Frage zu erörtern, Herr Premierminister« antwortete Trentham. »Ich muss jetzt aber wirklich meine Erklärung vorbereiten.«

Barraclough lachte herzlich.

»Ich merke sehr wohl, wann ich abserviert werde, Andrew. Aber Sie haben Recht – wir werden Gelegenheit haben. In der Zwischenzeit hoffe ich sehr, dass Sie und Mrs. Hamilton mir sagen, ob ich etwas tun kann. Vielleicht könnte ich bei den Beisetzungsfeierlichkeiten ein paar Worte sprechen.«

Andrew legte auf und begann, den ansehnlichen Stapel von Gesprächsnotizen auf seinem Schreibtisch durchzublättern.

Mindestens die Hälfte war als dringlich gekennzeichnet.

Er stand auf, ging zum Fenster und starrte eine geraume Weile in die Luft. Wie schnell die Dinge sich doch ändern konnten.

• Acht •

Um zehn vor eins hatte Andrew schreckliche Kopfschmerzen und war froh, dass er noch einige der sehr wirksamen Pillen von seiner letzten USA-Reise übrig hatte.

In den letzten drei Stunden hatte er mindestens ein Dutzend Mal bereut, ausgerechnet heute eine Pressekonferenz einberufen zu haben. Doch ein Rückzieher um diese Uhrzeit hätte Wasser auf die Mühlen der Spekulation bedeutet.

Er stützte die Ellbogen auf den Schreibtisch und legte seine schmerzende Stirn in die Hände.

Wenn so der Vorsitz einer Partei aussah, war er glücklich, dass Eagons Freund sich darum bewarb. Noch ein paar solcher Tage, und er wäre reif für die Anstalt. Die treue Sarah Blanchard hatte den ganzen Vormittag ihr Bestes getan, die meisten Telefonate zu erledigen und den schlimmsten

Druck von ihm fern zu halten. Aber bei einigen hatte er keine Wahl gehabt und sie annehmen müssen.

Der Anruf, den er gerade bekommen hatte, hatte dem ganzen Ärger die Krone aufgesetzt.

Scotland Yard bereitete eine erste öffentliche Stellungnahme zu Eagons Tod vor. Weil Shepley natürlich von der Pressekonferenz wusste, wollte er Andrew, wie er sagte, das schockierende Obduktionsergebnis als Erstem mitteilen. Und später, hatte Shepley bedeutungsvoll hinzugefügt, würde er es sehr begrüßen, wenn Trentham sich persönlich zum Yard hinüber bemühe. Man wolle ihn einzeln und detailliert befragen.

Andrew nahm einen Stift und kritzelte auf seinem Notizblock herum. Dann nahm er ein neues Blatt Papier. Nach dem Anruf von Scotland Yard musste er die ganze Verlautbarung noch einmal umschreiben.

Es klopfte.

Andrew blickte auf. Seine Sekretärin hielt ihm einen Eilbrief hin.

»Das kam gerade aus Mr. Reardons Büro«, sagte sie. »Sie wussten dort nicht, ob es Zeit bis nach seiner Rückkehr hat oder ob Sie es vielleicht lieber ansehen sollten.« Sie gab ihm den Umschlag.

Auf dem versiegelten Schriftstück stand Larne Reardons Name in säuberlichen Buchstaben. Andrew erkannte das Siegel sofort. Es gehörte Dugald MacKinnon, Abgeordneter der Schottischen Nationalisten und Parteivorsitzender der SNP.

Andrew hatte so etwas erwartet, allerdings nicht so früh. Richard Barraclough hatte Recht behalten – die Schotten verschwendeten keine Zeit. Doch insgeheim hatte er gehofft, dass sie wenigstens so viel Anstand gehabt hätten, bis nach der Beerdigung zu warten.

Langsam trennte Andrew das Siegel auf, fand ein einziges

Blatt, las das kurze, knapp und deutlich formulierte Communiqué und saß dann, jeder Reaktion unfähig, einfach einige Minuten lang da.

Wenn MacKinnons Brief irgendeine Wirkung hatte, dann war es die, Andrews Gedanken noch weiter von der Presseerklärung zu entfernen, die er gerade zu schreiben versuchte.

• Neun •

Die Pressekonferenz begann pünktlich mit dem Ausklang des Halbstundenschlags von Big Ben.

Der Saal brodelte vor Menschen. Der Abgeordnete Andrew Gordon Trentham trat vor die Menge. Das Pult vor ihm war mit Mikrofonen gespickt.

»Meine sehr verehrten Damen und Herren«, begann er, »wie bereits angekündigt, werde ich Ihren Fragen zum Tod meines Kollegen und guten Freundes Eagon Hamilton, so gut es eben geht Rede und Antwort stehen. Zunächst aber gestatten Sie mir, dass ich im Namen aller Parteimitglieder Mrs. Hamilton und ihrer Familie unser tief empfundenes Mitgefühl ausspreche. Eagon Hamilton war ein treuer Diener dieses Landes. Wir werden ihn im Unterhaus bitter vermissen. Dies sage ich ebenfalls im Namen von Mr. Barraclough und Mr. Ramsey, die mir telefonisch ihre Anteilnahme versichert haben, sowie des gesamten Parlaments. Wir alle waren zutiefst schockiert, als die schreckliche Nachricht uns erreichte, und wir trauern um einen guten Freund, um einen zuverlässigen und loyalen Kollegen und um einen wahren Briten.«

Andrew machte eine kurze Pause und räusperte sich.

Sofort schossen einige Hände in die Höhe. Er ignorierte sie und fuhr fort.

»Das unglückliche Ereignis zwingt uns zu praktischen Konsequenzen. In den nächsten Tagen werden die verbleibenden einundfünfzig Abgeordneten der Liberaldemokraten zusammentreten und einen neuen Parteivorsitzenden wählen. Das bedeutet jedoch nicht, dass es einen Wechsel in der Parteipolitik geben wird. So wie es aussieht, wird der stellvertretende Vorsitzende Larne Reardon für das Amt kandidieren. Als enger Freund der Familie hat er heute morgen Mrs. Hamilton nach Liverpool begleitet, um ihr bei den Vorbereitungen der Beerdigung zur Seite zu stehen.

In Mr. Hamiltons Wahlkreis Mossley Hill wird so bald wie möglich eine Nachwahl stattfinden.«

Wieder hielt Andrew inne, dieses Mal aber kürzer.

»Die Bestattungsfeierlichkeiten finden am Donnerstag in Liverpool statt. Die meisten Kollegen Mr. Hamiltons werden anwesend sein. Nach meinen Informationen lassen es sich weder Premierminister Barraclough noch Mr. Ramsey nehmen, dem Verstorbenen ebenfalls die letzte Ehre zu erweisen. Beim anschließenden Presseempfang wird Mr. Larne Reardon die Familie vertreten.

So weit diese Stellungnahme. Ich danke Ihnen, meine Damen und Herren.«

Trentham rührte sich nicht vom Pult weg. Er wusste, jetzt würde er mit Fragen bombardiert werden, und wartete darauf, dass es los ging.

Er nickte einer von mindestens zwanzig Händen zu, die im nächsten Augenblick emporgestreckt wurden.

»Wo ist Mr. Reardon jetzt?«, fragte ihr Eigentümer.

»Bei der Familie des Verstorbenen. Mehr kann ich dazu nicht sagen.«

»Und Sie behaupten, Larne Reardon sei der Spitzenkandidat für den Vorsitz der Liberaldemokratischen Partei?«, rief jemand von hinten.

»Mr. Reardon ist ein fähiger Politiker und hat seine Führungsqualitäten bereits unter Beweis gestellt.«

»Wird unter seiner Führung die Partei weiterhin Labour unterstützen?«, wollte ein anderer wissen.

»Das wird natürlich, wie auch bisher, eine Frage von Einzelentscheidungen sein.«

»Glauben Sie an eine Veränderung?«

»Nein, aber es ist jetzt und hier nicht meine Aufgabe, für die gesamte Partei zu sprechen.«

»Sie sagen, Sie haben mit dem Premierminister gesprochen?«

»Das ist richtig.«

»Ging es um Politik?«

»Nein.«

»Haben Sie der Beibehaltung der derzeitigen Koalition zugestimmt?«

»Wie bereits gesagt, in unserer kurzen Unterhaltung ging es nicht um politische Einzelheiten.«

»Stimmt es, dass auch Miles Ramsey mit Ihnen Kontakt aufgenommen hat?«, fragte eine andere Stimme.

»Das ist richtig. Ich habe mit dem Oppositionsführer gesprochen.«

»Mit welchem Ergebnis?«

»Wie der Premierminister hat er mir lediglich sein Beileid zu Mr. Hamiltons Tod ausgesprochen.«

Es gab eine winzige Pause. Andrew atmete tief durch, aber die Ruhe währte nur kurz. Ein wahres Fragengewitter stürmte auf ihn ein. Und plötzlich kam eine Wortmeldung, auf die er nicht vorbereitet war.

»Was wissen Sie über den Bericht, den Scotland Yard soeben herausgegeben hat?«, fragte eine besonders aufdringliche Stimme.

»Von welchem Bericht sprechen Sie?«

»Von dem Bericht, der als Todesursache ohne jeden Zweifel einen Messerstich in Hamiltons Herz angibt.«

»Mich wundert, dass Sie diesen Bericht kennen«, sagte Andrew und bemühte sich, niemanden seine Verblüffung merken zu lassen. Er hatte gehofft, dass Inspektor Shepleys Anruf vor etwa vierzig Minuten ihm mindestens eine Stunde Vorsprung vor den Bluthunden geben würde. Er wusste keine Antwort.

»Wir alle kennen ihn, Sir«, erklärte der Fragesteller. »Vor einer halben Stunde wurde die Erklärung veröffentlicht. Wie denken Sie darüber, Mr. Trentham? Es war ganz offensichtlich Mord!«

Beim letzten Wort ging ein zischendes Raunen durch die Menge.

»So weit sind die Ermittlungen noch nicht fortgeschritten«, antwortete Andrew. »Soviel ich weiß, wird auch Selbstmord nicht ausgeschlossen.«

»Niemand ersticht sich selbst«, witzelte einer der Reporter, »und noch dazu von hinten. Außerdem haben sie ihn aus dem Fluss gefischt. Hand aufs Herz, Mr. Trentham – was versuchen Sie zu vertuschen?«

»Ich vertusche gar nichts«, blaffte Andrew zurück. »Ich warte einfach auf die endgültigen Fakten.«

»Gab es jemanden, dem sein Tod gelegen kam?«, rief eine Stimme.

»Sie kannten Eagon Hamilton«, übertönte eine andere Stimme die Unruhe im Saal. »Können Sie seinen seelischen Zustand in den letzten Tagen beschreiben?«

»Sein Seelenzustand war in allerbester Ordnung«, antwortete Andrew eine Spur zu schnell. Er merkte, dass sein Gleichmut ihn allmählich im Stich ließ.

»Damit unterstützen Sie die These, dass es Mord war. Wer, denken Sie, könnte dafür verantwortlich sein?«

»Ich unterstütze absolut nichts.«

»Aber die Art der Verletzung schließt eine natürliche Ursache aus ...«

»Der Bericht von Scotland Yard ist noch nicht endgültig.«

»Was sagen Sie zu dem Gerücht, dass es ein schottisches Messer war? Ein *sgian dubh*?«, rief jemand.

»Davon weiß ich nichts«, antwortete Andrew.

»Glauben Sie an eine Verbindung zwischen dem Mord und dem Raub des Krönungssteins?«

»Darüber habe ich mir keine Gedanken gemacht. Ich muss jetzt aber darauf bestehen, dass wir zu anderen Themen übergehen. Scotland Yard wird Einzelheiten über Eagon Hamiltons Tod veröffentlichen, sobald der Stand der Ermittlungen es zulässt. Es hat keinen Sinn, weiter zu spekulieren. Und nun ... ein oder zwei Fragen kann ich noch beantworten.«

Wieder schossen Hände in die Höhe. Mindestens ein Dutzend Stimmen riefen durcheinander.

Eine von ihnen erkannte er. Sollte er ihr nicht die Möglichkeit geben, einen Schnitzer wieder gutzumachen?

»Ja, bitte, Miss Rawlings«, sagte Andrew und nickte der hübschen Amerikanerin zu.

Im Saal wurde es plötzlich ungewöhnlich ruhig. Niemand wollte auch nur das kleinste Wörtchen versäumen, obwohl der amerikanische Akzent ihre englischen Ohren beleidigte.

»Es liegt auf der Hand«, sagte Paddy und versuchte vielleicht ein wenig zu verbissen, ihrer Stimme Selbstvertrauen zu geben, »dass der Tod von Eagon Hamilton Mr. Reardon in ein recht kontroverses Rampenlicht rücken wird. Und zwar nicht nur im Hinblick auf die Regierungskoalition. Das Gleiche gilt für Sie«, fügte sie hinzu.

Sie machte eine kurze Pause. Es sah nach Effekthascherei aus, in Wirklichkeit aber zwang sie sich dazu, regelmäßig zu atmen. Sie wusste, dass alle Augen auf ihr ruhten. Ihre Nerven waren zum Zerreißen gespannt.

»Sagen Sie, Mr. Trentham«, fuhr sie fort, »wie stehen jetzt die Chancen, dass es bezüglich der Streitfrage über mehr Eigenständigkeit für Schottland im Unterhaus zur *Trennung* kommt?«

Sie betonte das Wort und bewies damit ihre Fähigkeit, sich selbst auf den Arm zu nehmen. Die meisten Anwesenden hatten insgeheim mit einem erneuten Tritt ins Fettnäpfchen gerechnet. Nun aber waren sie gerne bereit, ihr den auf diese Weise ins Licht gerückten letzten Lapsus zu vergeben.

Bruchteile von Sekunden blieb es ruhig. Dann klatschte jemand, dann drei, dann viele. Ein kurzer Applaus brandete auf, und man nickte ihr angenehm überrascht und anerkennend zu. Sie hatte sich wunderbar aus der Affäre gezogen.

»Eine scharfsinnige Frage, Miss Rawlings«, lächelte Andrew. »Ihre Kollegen wissen das offenbar zu schätzen.« Er blickte sich im Saal um. »Sie haben mich in Verlegenheit gebracht, und alle haben es gemerkt.«

Herzliches Gelächter tönte durch den Saal. Die amerikanische Journalistin war sichtlich erleichtert.

»Aber um Ihre Frage zu beantworten«, fuhr Andrew fort, und sein Gesicht wurde wieder ernst, »ich weiß es tatsächlich nicht.«

Paddys Blick traf die Augen des jungen Engländers. Einen ganz kurzen Moment hielten sie einander fest. Seine Lippen verzogen sich zu einem angedeuteten Lächeln, als wolle er einen eigenen, ganz privaten Glückwunsch zu dem Mut äußern, den sie gerade bewiesen hatte.

»So wie es aussieht«, hakte Paddy nach, »könnte Ihr rasanter Aufstieg innerhalb der Partei einen solchen Vorgang beschleunigen.«

»Das würde ich zum jetzigen Zeitpunkt nicht unbedingt so sehen. Und was Sie meinen rasanten Aufstieg nennen, hat ausschließlich mit der Tatsache zu tun, dass keiner meiner Kollegen heute einen Pressemenschen sehen wollte. Nach der Beerdigung wird Mr. Reardon wieder für die Parteispitze sprechen.«

»Eagon Hamilton hatte wenig Sympathie für die SNP.«

»Eagon verhielt sich immer so, wie er es für das Beste für Großbritannien und die Briten hielt. Diese Politik wird die Liberaldemokratische Partei, und mit ihr Mr. Reardon, fortsetzen.«

Er wandte das Gesicht ab. Paddy wusste, dass ihr kurzer Auftritt im Mittelpunkt des Geschehens vorüber war. Aber sie war zufrieden. Der kurze Blickkontakt und das angedeutete Lächeln hatten ihr den Tag auf jeden Fall verschönt.

Erneut wurden Stimmen laut.

»Bitte, Mr. Luddington«, sagte Andrew und nickte dem BBC-Reporter zu.

»Sie sprachen vorhin über Mr. Barraclough und Mr. Ramsey«, sagte Luddington und spulte das Thema weiter, das seine amerikanische Kollegin ihm vorgegeben hatte. »Gab es auch Kontakte zu Dugald MacKinnon?«

»Ich habe in den letzten Tagen nicht mit dem Vorsitzenden der SNP gesprochen« antwortete Trentham.

»Es gibt Gerüchte, dass die SNP ihre Angelegenheiten aggressiver vertreten will. Der unglückselige Tod Ihres Parteivorsitzenden ändert zwar nicht die eigentlichen Vorhaben der SNP, wie Miss Rawlings sehr richtig erkannt hat, aber mit Sicherheit den zeitlichen Ablauf. Zumal die Schotten ganz offensichtlich in den Diebstahl des Steins von Scone verwickelt sind. Sehen Sie das auch so?«

Andrew hätte gerne jegliches Wissen um die Pläne der Schotten abgestritten. Vor allem wollte er nicht, dass Eagon Hamiltons Tod ständig mit der anhängigen Streitfrage in

Verbindung gebracht wurde. Aber leider musste er zugeben, dass Luddington Recht hatte. Vorhin in seinem Büro hatte er MacKinnons Brief gelesen. Dort waren die konkreten Schritte aufgezählt, mit denen die SNP das Problem der schottischen Unabhängigkeit wieder medienwirksam an die Öffentlichkeit bringen wollte, nachdem mit Eagon Hamilton einer ihrer wichtigsten Gegner aus dem Weg geräumt war.

»Ich verstehe Ihre Frage, Mr. Luddington«, antwortete er. »Mir will allerdings scheinen, dass jetzt weder die richtige Zeit noch dies der richtige Ort ist, uns in Spekulationen über zukünftige Aktivitäten zu ergehen. Ich schlage vor, Sie stellen Mr. MacKinnon die Frage einfach selbst.«

»Aber wie stehen *Sie* zur schottischen Unabhängigkeit?«, beharrte Luddington.

»Wie ich bereits Miss Rawlings zu verstehen gegeben habe, ist es viel zu früh, über solche Dinge nachzudenken. Im Übrigen steht meine Meinung hier nicht zur Debatte.«

»Ich bitte Sie ja auch nicht, über die Möglichkeit einer Auseinandersetzung im Unterhaus nachzudenken. Ich möchte lediglich wissen, wie *Sie* dazu stehen. Wenn die SNP den Premierminister überzeugen sollte, ihr Unabhängigkeitsbestreben vorrangig zu behandeln, würden *Sie* dann mit Labour stimmen?«

»Ich wiederhole noch einmal: Es ist unnötig, über Möglichkeiten zu spekulieren, die vielleicht nicht einmal eintreten. Ich danke für Ihre Fragen, meine Damen und Herren, und wünsche Ihnen noch einen schönen Tag.«

Der Sprecher der Liberaldemokraten drehte sich eilig um und verschwand in Richtung seines Büros.

• Zehn •

Dieses Mal war es anders, nach Derwenthwaite zurückzukehren. Seit den letzten Parlamentsferien war Andrew Trentham nicht mehr so häufig innerhalb so kurzer Zeit nach Cumberland gefahren.

Die beiden anstrengenden Konferenzen früh am Morgen, ein weiteres Verhör bei Scotland Yard, die Fahrt nach Liverpool, die Beerdigung und jetzt die lange Reise nach Norden hatten ihren Tribut gefordert. Andrew war fix und fertig. Als Horace den Wagen in die baumbestandene Zufahrt von Derwenthwaite lenkte, war der Abend fortgeschritten, und es regnete in Strömen.

Die Reifen knirschten über den Kies der Zufahrt. Scheinwerferlicht streifte die dicken Buchen- und Platanenstämme auf beiden Seiten. Als sie sich dem alten Herrenhaus näherten, wurde Andrew warm ums Herz. Allmählich tauchten die heimeligen Lichter aus dem Dunkel. Andrew freute sich auf Zuhause.

Fröhlich eilte er ins Haus und begrüßte seine Eltern. Im Kamin des Besucherzimmers knisterte ein Feuer, und Franny reichte ihm eine Tasse heißen Tee. Nach wenigen Minuten waren der anstrengende Tag und die lange Reise nur noch eine blasse Erinnerung.

Nach dem Tee, einem leichten Imbiss und vierzig Minuten angeregter Unterhaltung zog sich Andrew in sein Zimmer zurück. Todmüde entkleidete er sich und schaffte es gerade noch, eine halbe Seite in seinem Pater-Brown-Roman zu lesen, ehe ihm die Augen zufielen.

Achteinhalb Stunden später wurde er von einigen vorwitzigen Sonnenstrahlen geweckt, die sich durch das Fenster tasteten.

Anstelle des gewohnten Londoner Lärms erwartete ihn

beim Aufwachen eine kühle, sonnige Stille. Der Himmel war strahlend blau, ohne das geringste Wölkchen.

Andrew zog sich hastig an und huschte die Treppe hinunter. Zwar hörte er in der Küche bereits Geräusche, aber ihn zog es nach draußen. Er ging an der Ostseite der Mauer entlang zu den weitläufigen Gartenanlagen. Die Luft war frisch, aber nicht so kalt, dass die vom gestrigen Regen übrig gebliebenen glitzernden Tröpfchen gefroren wären. Angesichts der noch frühen Jahreszeit war die Temperatur wunderbar.

Er blieb stehen und saugte gierig die klare, saubere Luft ein. Flüchtig blickte er zum See hinüber, wandte sich ab und ließ seine Augen über das Weideland wandern, wo sein Vater im Sommer die kleine Herde preisgekrönter Vollblüter grasen ließ. Sein Blick schweifte weiter zu den Hügeln in der Ferne.

Als er sich kurz umdrehte, erkannte er seine Mutter in einem Fenster der oberen Etagen. Er tat, als sähe er sie nicht. Mit der Zeit war es ihm zur Gewohnheit geworden, ihre prüfenden Augen im Rücken zu spüren. Nie wusste er genau, was sie dachte. Aber er war sich darüber im Klaren, dass sie ihm ständig ihre ungeteilte Aufmerksamkeit schenkte.

Andrew überquerte den nassen Rasen zu einem kurzen Spaziergang. Seine Eltern würden bald herunterkommen. Am vergangenen Abend hatten sie nicht mehr viel miteinander gesprochen; das wollte Andrew jetzt nachholen. Außerdem hatte er großen Appetit auf eine Tasse Tee.

Allein der Gedanke an den morgendlichen Tee beschleunigte unwissentlich seinen Schritt. Kurze Zeit später stand er im Esszimmer. Sein Vater und seine Mutter saßen bereits am Tisch.

»Fühlst du dich heute Morgen besser, Andrew?«

»Viel besser. Danke, Mutter. Aber nur, wenn es gleich Tee gibt.«

»Vor zwei Minuten aufgegossen.«

»Sehr gut! Also in diesem Fall fühle ich mich wunderbar ausgeruht und bin froh, dem Londoner Lärm entronnen zu sein.«

»Du hast doch das Großstadtleben immer geliebt«, wandte seine Mutter ein. »Ich weiß nicht mehr, wie oft ich dich habe sagen hören, dass du es kaum erwarten könntest, zurückzugehen. Deine Schwester hingegen ...«

Sie brach ab und sagte nichts mehr.

Andrew überhörte die Bemerkung. »Vielleicht ändere ich mich gerade, Mutter«, war sein ganzer Kommentar.

»Hat es vielleicht mit Blair zu tun?«, fragte sie sanft, als wolle sie mehr aus ihm herauslocken.

Andrew zuckte die Schultern. »Vielleicht ja, vielleicht nein«, erwiderte er. »Ich weiß nur, dass ich in der letzten Zeit über vieles nachdenken muss – und das hat eher mit dem Land- als mit dem Stadtleben zu tun.«

Er setzte sich. Binnen kurzem taten sie sich an Toast und Tee gütlich und unterhielten sich prächtig. Lady Trentham und ihr Gatte hörten immer gerne zu, wenn ihr Sohn von seinem gesellschaftlichen Leben erzählte. Besonders interessiert waren sie natürlich an den letzten Neuigkeiten aus der Affäre Eagon Hamilton.

Wer Harland Trentham kannte, liebte und bewunderte ihn. Sein zurückhaltendes Auftreten, gepaart mit trockenem Humor, sicherten ihm allgemeine Sympathien. In der Öffentlichkeit war Lady Trentham präsenter. Streitbar und beredt hatte sie immer in vorderster Front gestanden. Böse Zungen behaupteten, sie habe in der Familie die Hosen an. Doch ihr Mann schien sich darum wenig zu scheren. Er genoss das Leben, wie es nun einmal war.

Bei seiner Hochzeit hatte er noch nicht gewusst, dass er im Begriff war, die politisch-konservative Ausgabe einer strammen Feministin zu ehelichen. Aber da es nun einmal so war, hatte er das Beste daraus gemacht.

Lady Trentham liebte ihren Mann sehr. Sein eher phlegmatisches Temperament bestärkte sie allerdings in der Ansicht, dass Frauen die besseren Führernaturen waren und dass die Welt sich glücklich schätzen konnte, es trotz vornehmlich männlicher Dominanz so weit gebracht zu haben. Aber auch hier änderten sich die Zeiten. Sie war stolz, an diesem Wechsel Anteil gehabt zu haben, und hatte sich insgeheim gewünscht, ihre Tochter könne die Leiter der Macht noch ein Stück höher erklimmen. Aber natürlich zeigte sie auch reges Interesse an den Londoner Aktivitäten ihres einzigen Sohnes.

»Ich finde deinen Namen jeden Morgen in der *Times*, Andrew, mein Junge«, lachte Mr. Trentham. »Fast wie früher. Nur damals war es deine Mutter, die fast jeden Tag in den Nachrichten war. Eigentlich brauchst du uns gar nicht mehr anzurufen. Alles Wissenswerte über unseren Sohn steht sowieso in der Zeitung.«

Während er sprach, hielt er die Morgenausgabe hoch und deutete auf eine Überschrift im unteren Teil der ersten Seite: »Weder Reardon noch Trentham äußern sich zur Zukunft der Liberaldemokraten.«

»Das brauchst du mir gar nicht unter die Nase zu reiben«, grummelte Andrew. »Meinst du, ich merke es nicht?«

»Hat Scotland Yard irgendwelche Fortschritte in der Hamilton-Geschichte gemacht?«, fragte Andrews Vater, während er seinen Toast mit Marmelade bestrich.

»Nicht viele.«

»Kein besonders angenehmer Job, finde ich«, fuhr der Vater fort. »Stell dir mal vor, so ein Messer zwischen den Rippen. Ich wusste gar nicht, dass Hamilton so dubiose Bekannte hatte.«

»Ich auch nicht«, sagte Andrew.

»Wurde die Tatwaffe schon gefunden?«, fragte Lady Trentham.

»Nichts, aber auch gar nichts! Der Yard tappt noch ziemlich im Dunkeln. Sie haben wohl zwei Schlägertypen im East End ausfindig gemacht, aber das scheint keine besonders vielversprechende Spur zu sein. Keine Ahnung, was es da für einen Zusammenhang gibt.«

»Weiß man schon etwas über ein Motiv?«

Andrew schüttelte den Kopf.

»Was hältst du davon, Andrew?«, fragte sein Vater.

Andrew besann sich eine geraume Zeit, ehe er antwortete.

»Ich bin ziemlich verwirrt, Vater«, antwortete er schließlich. »Eigentlich glaubte ich, Eagon Hamilton recht gut zu kennen. Natürlich nicht so gut wie Larne. Ich kann mir beim besten Willen nicht vorstellen, wem an seinem Tod gelegen sein könnte. Sicher, er hat sich intensiv mit irischen Angelegenheiten befasst. Das könnte eine Spur sein. Aber soviel ich weiß, wurde er sowohl in Nordirland als auch in der Republik sehr geschätzt. Es ist mir ein völliges Rätsel.«

• Elf •

Gegen Mittag war Andrews gute Laune wieder der Nachdenklichkeit gewichen, die ihn vierundzwanzig Stunden zuvor aus der Stadt getrieben hatte.

Er ging in den Stall. Innerhalb von zehn Minuten hatte er seine graue Lieblingsstute Hertha gesattelt und galoppierte den sanft ansteigenden Hügel hinauf, der vom See wegführte.

Es war Viertel nach zwei, und er hätte sich keinen schöneren Nachmittag vorstellen können. Die Sonne strahlte.

Das Meer in der Ferne und die kleinen Teiche zwischen den Hügeln reflektierten das Blau des wolkenlosen Himmels.

Andrew hatte kein Ziel. An der Bewaldeth Ridge verhielt er das Pferd auf halber Höhe und betrachtete das schimmernde Meer. Es war einer jener höchstens zwei Tage im Jahr, an denen man den Eindruck hatte, unendlich weit sehen zu können. Der Regen der vergangenen Nacht hatte allen Dunst fortgewaschen, und der Horizont war so klar, dass er wie unter dem Vergrößerungsglas erschien.

Die blaue Weite erinnerte ihn an einen Aussichtspunkt, den er als Kind sehr geliebt hatte. Die wundervolle und unglaubliche Möglichkeit, von oben auf die in Aufwinden vor den Klippen kreisenden Möwen hinabblicken zu können, hatte ihm als Jungen immer eine ganz besondere und irgendwie geheimnisvolle Wonne verschafft. Das Allerschönste wäre gewesen, selbst fliegen zu können. Aber die Tatsache, auf ein fliegendes Wesen *hinunter* blicken zu können, hatte seiner Fantasie und seinen Visionen jedes Mal Schwingen verliehen. Die Aussicht hatte ihn mit einem ruhigen Gefühl jugendlicher Macht erfüllt und seine Vorstellungskraft in tausend verschiedene Märchenwelten geschickt.

Andrew lächelte, als die lange vergessenen Bilder ganz von selbst in seiner Erinnerung auftauchten. Nun wusste er, wohin er reiten würde!

Hoffentlich waren viele Möwen da. Ihrem endlosen Kreisen zuzuschauen passte genau zu seiner sehnsüchtigen Stimmung.

Ohne es zu merken, beschleunigte er auf dem kaum wahrnehmbaren, gewundenen Pfad den Schritt seiner Stute.

Es war nicht sehr weit. Weniger als zehn Minuten später saß er ab und band sein Pferd an einem Baum fest. Den Rest des Weges musste er zu Fuß zurücklegen.

Er ging nur wenige Minuten. Dann breitete er die Arme aus und rannte den Abhang hinunter. Irgendwann wand sich der Pfad nach rechts. Atemlos stoppte Andrew vor einem scharfen Abbruch oberhalb eines winzigen Sees. Hier war es! Das war seine Lieblingsstelle gewesen, als er noch ein Junge war.

Er sah sich um. Mit dem Realismus des Erwachsenseins gestand er sich ein, dass es ein wahres Wunder war, dass seine Eltern ihn hier je hatten allein spielen lassen.

Der See weiter unten war weder tief noch besonders groß. Die meisten Leute aus der Gegend hätten sich sicher sogar geweigert, das kleine, als Tarn Water bekannte Gewässer überhaupt einen See zu nennen. Er war kaum zweihundert Yard lang, vielleicht fünfzig breit und wurde in einem Land mit so berühmten Seen wie Bassenthwaite, Ullswater und Derwent Water von den Touristenführern völlig ignoriert. Aber vielleicht liebte er ihn gerade deswegen, dachte Andrew. Er hatte den winzigen See immer als sein Eigentum betrachtet.

Tarn Water hatte eine Besonderheit. Wenn man sich ihm aus der Richtung näherte, aus der Andrew gerade gekommen war, lag es glitzernd und schimmernd zu Füßen eines steilen Abbruchs. Der Pfad schien plötzlich im Nichts zu enden, und man stand da und schaute aus einer Höhe von mindestens hundert Fuß auf das Wasser hinunter. Weiter unten gab es viele kleine Pfade zum See. Aber nur diese eine Stelle bot das süße Zittern in Knien und Magengrube, wenn man unvermittelt vor dem Abgrund stand. Hier musste man wirklich vorsichtig sein.

Andrew kroch auf einen steinigen Vorsprung und blickte auf den friedlichen, geschützt liegenden See hinab. Ein dicker Stein neben dem Weg lud zum Sitzen ein. Andrew genoss die für die Jahreszeit ungewöhnlich warme Luft. Ein paar Seemöwen, die dem Süßwassersee einen Besuch abgestattet hatten, kreisten mit sehnsüchtigen Schreien vor der Klippe, genau wie Andrew es sich gewünscht hatte.

Und dann kamen die Erinnerungen.

Es war Andrew unmöglich, an dieser Stelle nicht an seine Schwester zu denken. Wie gerne waren sie zusammen hergekommen! Bis zu jenem unglückseligen Tag.

Eine Zeitlang danach war er fast jeden Tag hier gewesen. Er hatte gehofft, die Gespenster des schrecklichen Unfalls so verscheuchen zu können. Aber es funktionierte nicht. Und seitdem war er jahrelang nicht mehr hergekommen.

Eine von MacRanalds Geschichten fiel ihm ein. Nicht die vom Wanderer. Es war eine Erzählung über zwei Brüder, die einander sehr liebten.

Andrew erinnerte sich dunkel ... auch die beiden Brüder hatten einen See wie diesen gehabt. Mit einem Aussichtspunkt, genau wie hier.

Die Abenteuer der beiden war immer eine seiner Lieblingsgeschichten gewesen.

Wie hatten sie noch geheißen? Sie hatten irgendwelche merkwürdigen Stammesnamen.

Andrew durchwühlte sein Gedächtnis, aber die Namen fielen ihm nicht ein.

Langsam kehrte er zu seinem Pferd zurück, saß auf und drückte dem Tier sanft die Absätze in die Flanken.

Die beiden vorigen Besuche in Cumberland fielen ihm ein. Würziger Rauch ... Torffeuer ... der alte Duncan ... die Geschichten von dem Mädchen und vom Wanderer ... und dann das Erscheinen von Horace und der Anruf aus London, der anscheinend dazu bestimmt war, sein Leben zu verändern.

Es ist höchste Zeit, den alten Duncan wieder zu besuchen, dachte Andrew. Und dieses Mal würde er sich nicht eher von der Stelle rühren, bis er mehr über seine eigene Vergangenheit wusste!

Andrew wendete das Pferd und galoppierte so schnell es das unebene Terrain zuließ in Richtung der Hügel von Scawthwaite Fells.

• Zwölf •

Im spärlich beleuchteten Seitenschiff einer alten, nach dem heiligen Bartholomäus benannten Kirche im Nordosten von London bewegten sich zwei Männer unauffällig auf eine verlassene Ecke zu, wo sie ungestört reden konnten.

Sie setzten sich gar nicht erst. Das Gespräch würde nicht lange dauern.

Einer der beiden Männer trug ein langes Gewand. Er fühlte sich wohl in der ehrwürdigen Atmosphäre einer der ältesten Kirchen Londons. Er hatte diesen Ort wegen seines mystischen Symbolismus und der Metaphorik gewählt, obwohl seine eigene Religion in eine völlig entgegengesetzte Richtung tendierte und Wurzeln hatte, die wesentlich älter waren als der gute, alte, heilige Bartholomäus.

Der andere Mann trug Schlips und Kragen. Er war mit dem Ort einverstanden gewesen, weniger aus mystischen Gründen als vielmehr, weil er es sich nicht leisten konnte, gesehen zu werden. Beide Männer waren sehr bekannt in ihrem jeweiligen Betätigungsfeld – allerdings waren ihre Arbeitsgebiete einander so fremd wie nur irgend vorstellbar. Die Umstände hatten sie zusammengebracht. Sie verfolgten ein gemeinsames Ziel, und es lag in beider Interesse, dass die Öffentlichkeit so wenig wie möglich davon erfuhr.

»Die Leute, die ich mit der Aufgabe betraut habe, sind nicht gerade besonders geduldig«, sagte der Schlips. »Sie wollen bei der Auslieferung sofort Geld sehen.«

»Alles zu seiner Zeit«, sagte das Gewand. »Sie brauchen sich keine Sorge zu machen.«

»Sanfte Worte sind nicht das, was sie hören wollen. Sie müssen so schnell wie möglich das Land verlassen.«

»Nur Geduld.«

»Hören Sie mal, Dwyer, ich will auf keinen Fall ...«

»Leise«, mahnte das Gewand. »Sie müssten doch wirklich selbst wissen, dass man den Mächten trauen kann. Wo ist ... das Objekt jetzt?«

»In Sicherheit. Hier in London.«

»In London!«

»Ja, natürlich! Hier suchen sie es bestimmt nicht.«

»Haben Sie sich um den Transport gekümmert?«

»Das werde ich, sobald es soweit ist. Ich brauche allerdings Unterstützung von der Zollbehörde.«

»Ich kümmere mich darum. Überwachen Sie den Transport selbst? Es muss heil ankommen, sonst verliert es die Macht.«

»Wir hüten es wie unseren Augapfel. Ganz bestimmt.«

»Dann treffen wir uns beim Green, wenn es soweit ist.«

• Dreizehn •

Als Andrew über das feuchte Moor zur äußersten Grenze des Anwesens ritt, wehte ihm plötzlich ein empfindlich kalter Wind über das Gesicht. Mit tränenden Augen blinzelte er dagegen an, doch es dauerte nur wenige Sekunden.

Andrew schaute nach Norden.

Dicke, schwarze Wolken ballten sich über dem Horizont. Wie schnell sich doch der Himmel in dieser Landschaft ändern konnte! Als er das Haus verlassen hatte, war nicht das geringste Wölkchen zu entdecken.

Andrew wusste, was in den Wolken wartete. Die Temperatur war in der letzten Stunde um mehrere Grad gefallen.

Tief sog er die Luft ein. Er erkannte den Geruch sofort. Binnen kurzem würde es schneien.

Im ersten Impuls wollte Andrew umkehren und nach Hause reiten.

Nein! Sollte das Wetter doch kommen! Dieses Mal würde er seiner Herkunft auf den Grund gehen.

Zehn Minuten später zügelte er seine Stute vor dem heimeligen, geschützt liegenden Häuschen. Duncan MacRanald war gerade herausgekommen, um Nachschub für sein Feuer zu holen. Auch ihm war der Wetterwechsel nicht entgangen.

Andrew sprang vom Pferd und begrüßte Duncan ebenso herzlich wie der alte Mann seinen jungen Freund. Man merkte sofort, dass die beiden sich sehr mochten.

»Am besten, du kümmerst dich als Erstes um dein schönes Tier da. Du solltest sie striegeln und sie mit einem Bündel Hafer in den Stall bringen. Dann kannst du mir mit dem Holz und dem Torf helfen«, sagte Duncan. »Ich bin gerade dabei, Feuer zu machen. Der Wind ist ganz schön kalt geworden.«

Eine halbe Stunde später machten die beiden Männer es sich drinnen gemütlich. Wieder wurde Andrews Aufmerksamkeit geradezu magisch von dem alten Bücherregal angezogen.

Der alte Duncan lag auf allen Vieren vor dem Kamin und baute ein Feuer. Er zündete Papier unter den Scheiten an und blies in die kleine Flamme, die schnell größer wurde.

Er brauchte Zeitungen nur zu diesem Zweck. Die alte Frau, die ihn mit Brot versorgte, brachte ihm dann und wann dicke Packen alter Zeitungen mit, die alle unter Torfbrocken verbrannten. Selten las Duncan das Gedruckte. Natürlich wusste er, dass der einzige Sohn seines Kindheitsfreundes Abgeordneter im Parlament war, aber er hatte nicht die geringste Ahnung, wie berühmt Andrew geworden war. Auch war er sich nicht darüber im Klaren, dass er vergangene Woche sein Feuer mit bebilderten Artikeln über den jungen Mann vor ihm angezündet hatte, der Frühstückslektüre des gesamten restlichen Landes.

Als das Feuer zuverlässig brannte, stand er mit einem zufriedenen Seufzer auf.

»Und? Wie ist es dir ergangen, seit ich dich das letzte Mal gesehen habe?«, fragte der Schotte und setzte Teewasser auf. Für eine angenehme Unterhaltung unter Freunden war Tee einfach unerlässlich.

»Ganz schön hektisch. Ich hatte viel mehr zu tun, als ich eigentlich wollte«, antwortete Andrew. »Deswegen bin ich auch hergekommen«, fügte er nach einer kurzen Pause hinzu. »Ich möchte mehr über ein paar Dinge erfahren, die früher meiner Aufmerksamkeit entgangen sind.«

Er schwieg gedankenverloren. »Plötzlich musste ich über Sachen nachdenken, die Jahre zurückliegen«, fuhr er schließlich fort. »Ich war damals nicht älter als acht, höchstens zehn. Du hast mich mit auf den Gipfel von Bewaldeth genommen. Erinnerst du dich?«

Duncan nickte.

»Du zeigtest über das Moor zum Meer und den Hügeln dahinter. Und dann sagtest du – jetzt erinnere ich mich wieder ganz deutlich – du sagtest, das ist das Land deiner Vorfahren, Jungchen. Eines Tages wirst du es wissen ... eines Tages.«

Duncan lächelte, als Andrew sich bemühte, seine Sprechweise nachzuahmen. Sein Herz wurde warm bei der Vorstellung, dass Andrew diesen Tag nicht vergessen hatte.

»Ich vermute, die Zeit ist jetzt reif«, sagte Andrew nachdenklich. »Ich möchte jetzt wirklich alles über das Land im Norden dieser Hügel wissen. Die wahre Geschichte eines wahren Landes. Es ist schon merkwürdig, weißt du! Früher war Schottland für mich nichts weiter als die Kulisse deiner abenteuerlichen Geschichten. Oder etwas, was in Geschichtslektionen vorkam. Später dann war es ein Konferenzort. Und jetzt will ich plötzlich alles darüber wissen.«

»Warum, Jungchen?«, fragte Duncan. »Warum ist es dir plötzlich so wichtig geworden?«

»Ich vermute, weil ich jetzt einen persönlichen Bezug dazu habe.«

»Einen persönlichen Bezug?«, wiederholte Duncan versonnen. »Wieso? Warum?«

»Du bist schuld daran. Verstehst du? Wenn in meinen Adern schottisches Blut rinnt, dann ist die Vergangenheit Schottlands nicht mehr bloß ein abenteuerliches Märchen oder eine Geschichtslektion. Ich bin jetzt darin verwickelt, bin in die Geschichte verwickelt, weil ich ein Teil davon bin ... irgendwie ist es jetzt auch meine Geschichte.«

»Du bist da ziemlich nah an der Wahrheit, Jungchen, wenn du sagst, es ist auch deine Geschichte. Und ich wusste, dieser Tag würde kommen, seit du ein winziges Baby warst und ich dich in meinen beiden Händen hielt.«

»Was? Du hast mich als Baby gehalten?«, lachte Andrew. »Das habe ich gar nicht gewusst!«

»Dein Vater war so stolz auf seinen Sohn! Er hat mich zu euch ins Haus eingeladen, um dich vorzustellen.«

Die Worte erfüllten Andrew mit tiefer Zuneigung für seinen Vater.

»Als ich dich in den Armen hielt, war mir plötzlich klar, dass der liebe Gott mit dir was Besonderes vorhatte, Jungchen«, fuhr Duncan fort. »Und das glaube ich auch heute noch.«

Andrew nahm sich die Worte zu Herzen. Im Lauf des Gesprächs fragte er viel und enthüllte dem alten Schotten seine geheimsten Gedanken. Duncan hörte mehr zu, als er sprach. Sein junger Freund sollte alles erfahren. Aber er wollte, dass Andrew die wichtigsten Dinge selbst entdeckte.

Das Feuer knisterte heimelig. Sie legten dicke Holzstücke und Torfbrocken nach. Im Cottage war es wohlig warm. Keiner der beiden merkte, dass es draußen immer kälter wurde.

Sanft ging der Nachmittag in den Abend über. Die beiden Männer tranken Tee und aßen Haferkekse. Später gab es Kartoffeln mit Butter und saurer Sahne. Langsam streckte die Nacht ihre dunklen Finger über die Hügel.

Und sie kochten neuen Tee, saßen am duftenden Feuer und unterhielten sich über Gott und die Welt.

• Vierzehn •

Während draußen die Dämmerung zur Nacht wurde, sprachen der alte und der junge Mann drinnen von vergangenen Zeiten und den Männern und Frauen, die diesen Zeiten ihren unverwechselbaren Stempel aufgeprägt hatten.

Irgendwann stand Duncan auf, ging zur Tür und öffnete sie. Dicke, weiße Flocken rieselten leise vom schwarzen Himmel. Das Feuer im Raum überhauchte sie mit einem rosa Schimmer.

»Morgen ersticken wir im Schnee, Jungchen«, sagte Duncan, während er hinausspähte. »Wenn du noch nach Derwenthwaite zurück willst, musst du jetzt los. Sonst tritt die Stute nicht mehr sicher. Es wird auch so schon schwer genug für sie werden, selbst wenn du eine Fackel mitnimmst.«

Er bekam keine Antwort. Andrew war mit seinen Gedanken weit weg. Das Parlament, Parteien, Mehrheiten und Koalitionen, der Stein von Scone, der Mord an Eagon Hamilton, all die Dinge, die für ihn bisher im Zentrum gestanden hatten, waren verblasst.

»Ich glaube, ich würde gerne noch ein Weilchen hier bleiben, Duncan«, sagte Andrew.

Während er noch sprach, stand er auf, ohne sich dessen bewusst zu sein. Mechanisch ging er langsam auf Duncans Bücherregal zu. Einen Augenblick später hatte er sein Lieblingsbuch in der Hand. Fast ehrfürchtig strich er über den Einband, dann ließ er sich wieder bequem in seinen Sessel sinken. Er blätterte, bis er die Geschichte fand, an die er sich am Tarn Water erinnert hatte.

»Fühl dich wie zu Hause, Jungchen«, sagte Duncan. »Wenn du müde wirst, kannst du dich da drüben auf die Couch legen. Als Kind hast du das auch gemacht, weißt du noch? Da sind auch ein paar Decken, falls dir kalt wird.

Andrew war schon in das alte Legendenbuch eingetaucht. Er sah nicht mehr, dass sein Gastgeber Torfbrocken auf das Feuer häufte und ein wenig herumstocherte. Er hatte nur Torf genommen. Kein Holz. Er wollte die Umgebung, so weit es ging, dem Mysterium der schottischen Vergangenheit anpassen, in die sein junger Freund gerade eindrang. Kurze Zeit später zog sich Duncan in sein Schlafzimmer zurück.

Andrew hatte die Geschichte schnell gefunden.

Das Buch fühlte sich vertraut an. Als er anfing zu lesen, konnte er fast Duncans Stimme hören, wie er früher eine alte Ballade von Leuten aus der Region Caldohnuill anstimmte.

In Erwartung eines Abenteuers bekam er eine Gänsehaut.

Er musste nur seine Einbildungskraft weit genug nach Norden schweifen lassen, dann konnte er vor seinem inneren Auge die beiden Speer tragenden Nachfahren von Jäger, Sohn des Wanderer-Sohnes, in der Ferne sehen ...

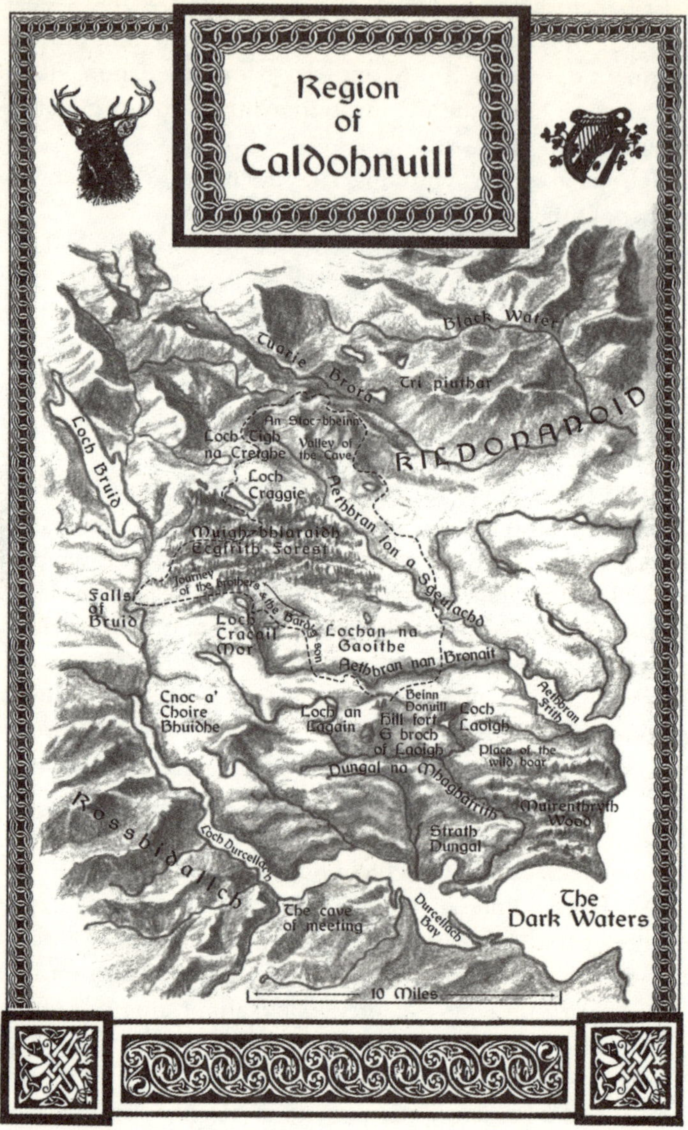
Region of Caldohnuill
Black Water
Tuarie
Brora
Tri piuthar
KILDONANOID
An Stoc-bheinn
Loch Tigh na Creighe
Valley of the Cave
Loch Bruid
Loch Craggie
Aethbran lon a Sgeulachd
Muigh-bhlaraidh
Ecgfrith Forest
Journey of the brothers & the Bard's son
Falls of Bruid
Loch Cracail Mor
Lochan na Gaoithe
Aethbran nan Bronait
Aethbran Frith
Cnoc a' Choire Bhuidhe
Beinn Donuill
Loch an Lagain
Hill fort & broch of Laoigh
Loch Laoigh
Place of the wild boar
Dungal na Mhagharrith
Muirenthryth Wood
Rossbidallch
Loch Durcellach
Strath Dungal
The Dark Waters
The cave of meeting
Durcellach Bay
10 Miles

Abstammungslinie mütterlicherseits der Pritenae von Caldohnuill vom 5. bis 2. Jahrhundert vor Christus

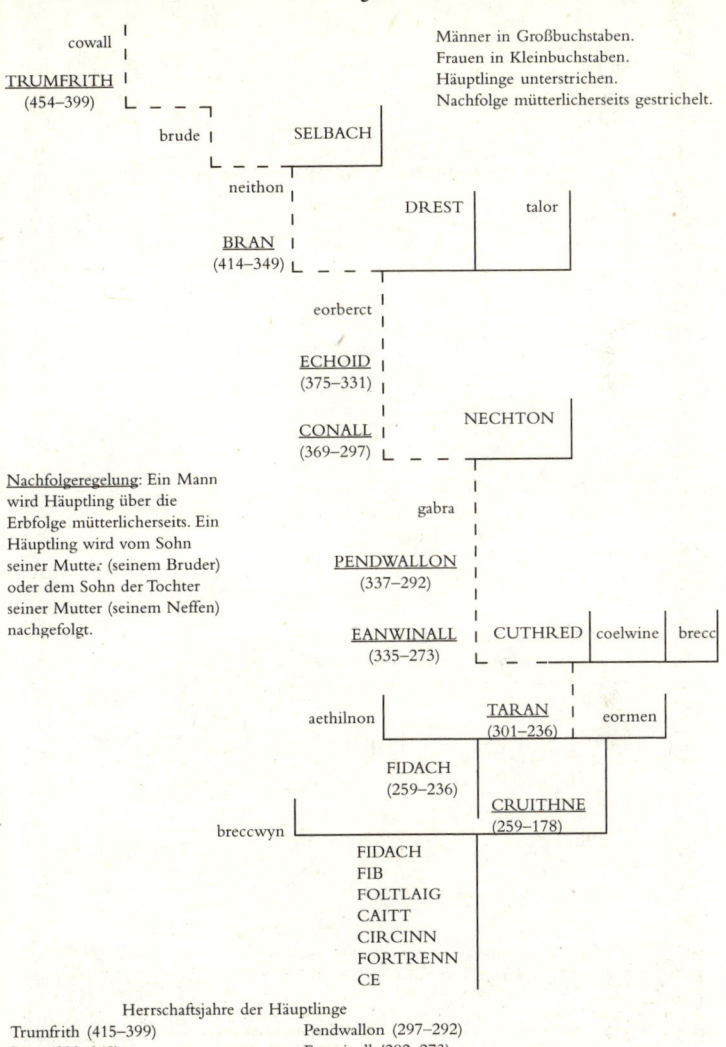

Männer in Großbuchstaben.
Frauen in Kleinbuchstaben.
Häuptlinge unterstrichen.
Nachfolge mütterlicherseits gestrichelt.

cowall
TRUMFRITH
(454–399)
brude
SELBACH
neithon
DREST
talor
BRAN
(414–349)
eorberct
ECHOID
(375–331)
CONALL
(369–297)
NECHTON

Nachfolgeregelung: Ein Mann wird Häuptling über die Erbfolge mütterlicherseits. Ein Häuptling wird vom Sohn seiner Mutter (seinem Bruder) oder dem Sohn der Tochter seiner Mutter (seinem Neffen) nachgefolgt.

gabra
PENDWALLON
(337–292)
EANWINALL
(335–273)
CUTHRED
coelwine
brecc
aethilnon
TARAN
(301–236)
eormen
FIDACH
(259–236)
CRUITHNE
(259–178)
breccwyn
FIDACH
FIB
FOLTLAIG
CAITT
CIRCINN
FORTRENN
CE

Herrschaftsjahre der Häuptlinge

Trumfrith (415–399)
Bran (399–349)
Echoid (349–331)
Conall (331–297)

Pendwallon (297–292)
Eanwinall (292–273)
Taran (273–236)

· HILL FORT · AND BROCH OF LAOIGH

LOCH AN LAGAIN

THA AONACHO AN BRATHAIREAN

AETHBRAN NAN BRUNAH

BEINN DONUILL

BROCH

HILL FORT OF LAOIGH

DUN

7

DER VATER DER CALEDONII
237 v. Chr.

• Eins •

Das Jagdglück ließ dieses Jahr zu wünschen übrig.

Ein junger Mann mit nackter Brust und um die Hüfte gewickelten Fellen kauerte sprungbereit hinter einem dicken Felsbrocken. Mit beiden Händen umklammerte er einen acht Fuß langen Speer mit Eisenspitze.

Seit dem frühen Morgen verfolgte er die Spuren eines Wildschweins entlang der Ausläufer des Muirentryth Wood. Zwar hatte er das Tier aufgestöbert, doch seit einer Stunde wich es ihm immer wieder aus. Nun war es wütend und erschöpft. Seine tödlichen Hauer wurden dadurch doppelt gefährlich. Die Bussarde, die über dem Waldrand kreisten, fühlten vermutlich, dass der Tod nahe war. Aber wessen Tod? Der des Mannes oder der des aufgebrachten Wildschweins?

Der Jüngling wartete noch einige Minuten. Im Wald war es still.

Plötzlich zerriss gellendes Geschrei die Ruhe. Es kam aus einer nahe gelegenen Baumgruppe. Ein offenbar Verrückter, ebenfalls in Felle gekleidet, rannte mit wilden Sprüngen barfuß über das struppige Gras am Waldrand. Seine Arme ruderten heftig auf und ab, und er stieß ein ohrenbetäubendes Brüllen aus. Auf seinen stämmigen Beinen raste der Eber blindlings vor ihm davon, genau auf den großen Felsbrocken zu.

Der junge Krieger schätzte die Entfernung anhand des schrillen Quiekens ab, duckte sich und wartete angespannt weiter. Auf keinen Fall durfte er zu früh aufspringen, sonst war er seine Beute los.

Er würde nur diese eine Chance haben. Wenn er sein Ziel verfehlte, würden ihn die tödlichen Hauer mitleidlos zerfleischen. Mehr als ein Krieger seines Stammes war auf diese Weise umgekommen.

Noch einen Augenblick ...

Endlich schnellte er empor und stellte sich dem blind anrennenden Tier in den Weg. Das Wildschwein spürte die Gefahr. Es konnte nicht mehr umdrehen. Es quiekte seine tödliche Wut schrill heraus, senkte die Hauer und stürmte direkt auf ihn zu.

Der Jäger war gewappnet. Er hob den Speer mit beiden Händen und lehnte sich leicht nach hinten. Als der Koloss ihn erreichte, sprang er zur Seite und schmetterte im gleichen Atemzug den Speer mit aller Gewalt schräg nach unten.

Ein markerschütternder Schrei bewies, dass er seine Beute an der richtigen Stelle getroffen hatte. Die scharfe Speerspitze war hinter dem Nacken tief in das linke Schulterblatt des Ebers eingedrungen. Dunkles Blut quoll aus der Wunde. Der junge Mann griff nach dem Speerschaft und trieb die Waffe so tief es ging in das zuckende Fleisch, ehe das Wildschwein sich umdrehen konnte.

Doch das todwunde Tier entwickelte in seiner Verzweiflung noch einmal ungeahnte Kräfte. Es wand sich in Agonie, riss sich den Speer aus dem Leib und galoppierte wimmernd und schreiend wie von Sinnen über die Heide davon. Die kurzen Beine trommelten mit erstaunlicher Geschwindigkeit über den federnden Boden. Aber das Tier hielt der ungeheuren Anstrengung nur kurz stand. Als sich einer seiner Vorderhufe im Gras verfing, gab das andere Bein sofort nach. Das Tier taumelte und fiel um. Seine lange Schnauze krachte gegen einen umgestürzten Baumstamm, ein Hauer bohrte sich tief in das Holz. Der Kopf verdrehte sich nach hinten. Dann endlich lag das Wildschwein still.

»Du hast es geschafft, mein Freund!«, rief der Jagdgenosse, der das Tier aus dem Wald getrieben hatte. »Ein wundervoller Stoß!«

»Du hast ihn mir ja auch genau vor den Speer gejagt, Fidach«, antwortete der strahlende Jäger. »Ich musste ihn entweder töten oder selbst dran glauben.«

»Vater wird sich freuen.«

»Oh ja, frisches Wildschweinfleisch wird ihm gut tun. Nicht nur seiner Zunge, auch seinem Körper«, erwiderte der junge Mann, der auf den Namen Cruithne hörte.

»Du hast Recht. Viel zu lange hat er nur Fisch und Gerstenfladen bekommen.«

Er legte den Arm um seinen Freund. Gemeinsam gingen sie zu ihrer toten Beute. Eine halbe Stunde später waren sie bereits auf dem Rückweg. Der kapitale Eber baumelte mit zusammengebundenen Füßen an dem Speer, der sein Leben beendet hatte.

Sie hatten vier Meilen zurückgelegt. Es war ein langer Weg für einen Jagdzug. Aber während der ganzen Saison hatte sich noch kein einziges Wildschwein westlich von Loch Laoigh oder südlich des Flusses Aethbran nan Bronait blicken lassen.

Fisch gab es mehr als genug in den kleinen Süßwasserseen, mit denen die Gegend gesprenkelt war, genau wie in den beiden Meeresarmen, die tief ins Land reichten. Natürlich besaßen sie auch Vieh. Schon seit vielen Generationen hatte der Stamm kleine Herden gezähmter Tiere. Aber Fleisch von der Art, wie es ihr Chief bevorzugte, war dieses Jahr rar.

Taran, das Oberhaupt eines Stammes von Pritenae, der im Gebiet von Caldohnuill ansässig war, hatte trotz seiner großen Füße manchmal dem Fortschritt hinterherlaufen müssen. Er war einfach altmodisch und bevorzugte Wildfleisch.

•Zwei•

Taran erinnerte sich noch gut an den Bau des Broch. Er war noch ein Kind, als der Burgturm geplant und errichtet wurde. Damals waren seine beiden Onkel Pendwallon und Eanwinall Stammesführer gewesen.

Als aber der Ältestenrat ihn selbst aufgefordert hatte, den Steinring zu erweitern, um auch Häuser, Vieh, die gemeinsamen Backöfen und den kleineren Turm zu schützen, hatte er sich zunächst geweigert.

»Lasst sie doch kommen!«, hatte er gerufen, sich zu seiner vollen Höhe von sechseinhalb Fuß aufgerichtet und die Fäuste geschüttelt. Er war wirklich riesengroß, ein imposanter Chief und würdiger Nachfolger des Wanderers und seines Enkels Jäger, deren Blut in seinen Adern floss. Die Ältesten blieben stumm und hatten ihn sprechen lassen.

»Lasst die Taezali oder die Maeatae aus Sutherois und Inbhir Nis ruhig kommen! Oder die Smertae aus Gallaibh, jenseits von Kildonanoid! Sogar die Scothui aus den Bergen hinter Bruid oder die aus Eirinn! Wir werden sie besiegen! Wir brauchen uns nicht hinter Steinringen, Türmen und Schranken zu verbergen!«

Die Ältesten lauschten mit geduldigem Respekt. Sie wussten, ihr Chief war ein Kämpfer. In ihm mischte sich das Blut Hunderter Generationen von Kriegern und Jägern, die nur überleben konnten, wenn sie töteten, und die das von ihnen gewählte Territorium viel zu oft mit Gewalt hatten verteidigen müssen.

Taran hatte heißes Blut und war mit Leib und Seele Jäger, ein wilder, keltischer Draufgänger. Sein bester Freund Pendalpin war einerseits wie er, andrerseits von ganz verschiedener Art. In seiner Ahnenreihe mischten sich das Erbe von Hochlandseher und Jäger. Auch in Pendalpin lebte die brennende Sehnsucht der Kelten, doch er drückte sie in Geschichten und Versen und mit Harfe und Flöte aus.

Die Ältesten hatten Taran angehört, aber schließlich wurde die Festung doch gebaut. Taran hatte sich mit den melancholischen Liedern Pendalpins getröstet, der ihm von längst vergangenen Zeiten sang.

Caldohnuill veränderte sich. Das ganze Land veränderte sich. Die Ältesten merkten es wohl, doch sie sahen keine Möglichkeit, die Flut des Neuen aufzuhalten.

Natürlich wussten die alten Männer nicht, dass sie auf einer Insel lebten. Aber es gab Geschichten von einem großen Land jenseits des Dunklen Wassers, von Menschen und Stämmen, die sich vermehrten und die mit Booten in ihr eigenes Land kamen. Sie hatten keine Ahnung, dass sowohl die Borestii und die Maeatae als auch die Selgovae und die meisten Belgae – jener halb germanische Stamm, dem sie ihren Kampfgeist und die Druidenreligion verdankten und der vor Tausenden von Jahren eine seiner Töchter einem Nomaden zur Frau gegeben hatten – tatsächlich Kelten waren, genau wie sie selbst. Das einzige, was sie bemerkten, war eine ständige Annäherung der fremden Stämme.

Das Erbe des Wanderers und seiner keltischen Vettern hatte sich so stark vermischt, dass die Verwandtschaft für alle Zeiten festgeschrieben war, obwohl man im Lauf der Jahrtausende die gemeinsamen Wurzeln vergaß. Keltische Stämme kämpften gegen andere keltische Stämme um die Vorherrschaft. Die Belgae hatten sich im Süden niedergelassen, während die Stämme der Vacomagi, der Maeatae und der Taezali weiter nordwärts zogen. Die alten Stämme, die schon lange in der Gegend um Rois und Caitt siedelten, unter ihnen auch die Pritenae von Kildonanoid, Caldohnuill und Rossbidalich, kämpften um den Erhalt ihrer Stammesgebiete, die einst so weit und frei gewesen waren, dass man selten andere Menschen zu Gesicht bekam.

Selbst die Scothui, die aus Eirinn jenseits des Meeres stammten, hielten das Land mit immer häufigeren Raubzügen in Atem. In ihnen lebte das Erbe von Bootsschnitzer, dem Enkel des Wanderers weiter. Aber sie waren Eindringlinge, ungeachtet der Verwandtschaft. Taran und sein Volk saßen in einer territorialen Klemme.

Der Streit um Land war nicht die einzige Veränderung, die über Caldohnuill hereingebrochen war, obwohl er als wichtigster Grund für die Verstärkung der Befestigungsanlage angesehen wurde. Seit dem Beginn der Bronze- und Eisenzeit vor einigen hundert Jahren hatte sich nicht nur die Herstellung von Waffen verfeinert, sondern auch die landwirtschaftlichen Möglichkeiten von Tarans Volk waren erheblich vielfältiger geworden. Wie viele andere Stämme in der Gegend rückten auch die Pritenae enger zusammen und bauten kleine Siedlungen, in deren Schutz sie Getreide anbauten und Schafe züchteten. Das Leben als umherstreifende Jäger neigte sich seinem Ende entgegen.

Taran war alt geworden. Sein Volk erfreute sich eines gewissen Friedens und beherrschte weite Teile von Caldohnuill. Mit seinem weißen Bart und den gebeugten Schultern war der große alte Krieger geradezu das Symbol einer sich dem Ende zuneigenden Ära. Zum Glück für die Zukunft seines Landes, hatte man bereits vor langer Zeit das archaische keltische Ritual abgeschafft, alternde Häuptlinge zu erdolchen. Statt dessen achtete man sie, und Taran wurde von seinem Stamm mit höchsten Ehren bedacht.

Eine besondere Genugtuung bereitete ihm in fortschreitendem Alter, dass er wahrscheinlich die für Chiefs sonst unübliche Freude erleben dürfte, seinen eigenen Sohn als Nachfolger in der Stammesführung zu sehen. Die Häuptlingswürde der Pritenae wurde in der mütterlichen Linie vererbt. Normalerweise übernahm ein Sohn das Amt nicht von seinem Vater. Aber die Linie von Tarans Mutter Gabran würde mit ihm enden. Vor Taran waren ihre beiden Brüder Chief gewesen. Sie hatte keine Schwester gehabt, und damit gab es keinen Neffen, der das Amt hätte übernehmen können.

Tarans beide Frauen hatten ihm einen Sohn geboren. Einer von ihnen, vermutlich Fidach, der ältere von beiden, würde hoffentlich sein Nachfolger werden. Natürlich mussten die Ältesten entscheiden, und es war durchaus möglich, dass sie jemand ganz anderen erwählten.

• Drei •

Die beiden jungen Männer schleppten den dicken Speer mit dem toten Wildschwein einen kleinen Abhang empor. Oben angekommen, legten sie die Last ab und gönnten sich eine ganz kurze Rast.

Hinter ihnen schimmerte das Wasser von Loch Laoigh. Noch viel weiter entfernt waren die letzten Ausläufer des Muirenthryth Wood gerade noch zu erkennen. Sie hatten den Wald eine Stunde zuvor verlassen, und mindestens eine oder zwei weitere Wegstunden lagen noch vor ihnen. Sie würden spät zu Hause ankommen. Aber nicht zu spät, um ihrem Chief mit ihrem Geschenk eine Freude zu machen.

»Was meinst du, Fidach, kehren die Wildschweine nach Muirenthryth zurück?«, fragte der eine, als er sein Speerende auf den Boden gleiten ließ.

»Wir können es nur hoffen«, antwortete sein Freund. »Ich für mein Teil würde sowieso lieber den großen Hirsch des Nordens jagen.«

»Das ist weniger gefährlich, was?«, neckte der andere ihn freundlich.

»Du lachst, Bruder«, gab Fidach zurück, »aber darf ich dich erinnern, dass ich dich heute fast zu der Ehre zwingen musste, den Speer zu halten? Du bist einfach der Stärkere. Ich habe wirklich keine Angst, und du weißt das! Nein, ich bewundere einfach den Stolz dieses Tieres. Es ist so unabhängig und frei. Der Hirsch ist eine Herausforderung. Du kannst ihm nur mit Geschicklichkeit

293

beikommen. Er ist schneller als unsere schnellsten Speere, und er kann uns viele Meilen weit kommen hören – das ist es, was mich an der Jagd auf ihn reizt.«

»Du hast Recht. Der Hirsch ist eine wunderbare Kreatur«, pflichtete Cruithne bei. Die Begeisterung seines Bruders begann ihn anzustecken.

»Lass uns nach Muigh-bhlaraidh Ecgfrith gehen, Cruithne! Lass uns nachsehen, ob der große weiße Hirsch nicht in die Wälder zurückgekehrt ist!«

»Er ist seit vielen Jahren nicht gesehen worden, Fidach.«

»Ich fühle in meinem Herzen, dass sich in Caldohnuill vieles verändern wird. Vielleicht ist die Rückkehr des Hirsches ein Zeichen.«

»Du weißt immer von den Dingen, bevor sie geschehen. Ich habe gelernt, deinen Gefühlen zu vertrauen. Hat dir eine Stimme von dem Hirsch gesprochen?«

»Nein«, lachte Fidach, »ich hatte nur einen wundervollen Traum. Du und ich, wir jagten den weißen Hirsch. Wir hatten den ganzen Tag schon seine Spur verfolgt und ihn schließlich in einem verschwiegenen Tal gestellt. Rings umher gab es nichts als steile Felsen. Wir beide bewachten den einzigen Zugang zum Tal. Langsam schlichen wir uns näher. Als wir höchstens noch zwanzig Schritt von ihm entfernt waren, drehte der Hirsch sich um. Seine großen Augen blickten direkt in meine. Und diese Augen, Cruithne, sie gingen mir durch und durch. Es war nicht die geringste Angst in ihnen. Er sah mich an, als würde er mich ... erkennen! Nicht wie ein Tier, sondern eigentlich eher menschlich. Und plötzlich erkannte ich, dass er die ganze Zeit wusste, dass wir ihm folgten, und uns mit Absicht in die Schlucht gelockt hatte.«

Cruithne öffnete den Mund, um etwas über die Unwahrscheinlichkeit eines solchen Verhaltens zu sagen, doch dann besann er sich eines Besseren.

»Es kam mir wie eine Ewigkeit vor«, fuhr Fidach fort. »Der

Hirsch blickte mir tief in die Augen. Du und ich, wir hielten beide unsere Speere wurfbereit, aber wir konnten uns nicht rühren. Die Augen des Tieres schienen zu sagen: ›Warum müsst ihr töten? Wisst ihr nicht, dass dieses Land uns allen gehört?‹

Dann sprang er plötzlich auf uns zu. Er erreichte die Stelle, wo wir standen, in weniger als einem Lidschlag. Wir konnten uns noch immer nicht bewegen. Als er uns erreichte, erhob sich der Hirsch in die Luft und flog über uns hinweg. Im gleichen Augenblick waren wir aus unserer Unbeweglichkeit erlöst.

Sofort drehten wir uns um, aber der Hirsch war bereits weit weg. Ihm waren Flügel gewachsen, und er schraubte sich in den Himmel empor. Wir schauten ihm nach, als er immer höher flog, bis wir zum Schluss nur noch das Blau des Himmels sehen konnten. Und während wir ihm nachblickten, fühlte ich eine Welle von … Zärtlichkeit. Für alles. Für die Tiere. Sogar für unsere Feinde. Ich begann zu weinen. Da wachte ich auf.«

Einen Augenblick lang waren die Brüder still.

»Und du glaubst, wir werden den Hirsch im nördlichen Wald finden?«, fragte Cruithne nach einer Weile.

»Vielleicht nicht. Aber ich hoffe dort das zu finden, was ich verstehen sollte.«

»Was du verstehen solltest?«, echote sein Bruder. »Wer sollte dir denn durch einen Traum etwas verraten? Träume sind doch nur wirres Zeug!«

»Nicht immer, Cruithne. Pendalpin sagt, ich habe das Zweite Gesicht.«

»Oh je, Pendalpin erzählt so viele Geschichten! Du solltest ihm nicht alles glauben!«

»Unser Vater hört auf ihn.«

»Ich auch, Fidach. Aber nicht in jeder Hinsicht!«

»Es ist gefährlich, so etwas über den Stammesbarden zu sagen.«

»Ich respektiere Pendalpin. Aber ich weiß nicht, ob ich an das Zweite Gesicht glauben soll. Noch nicht einmal Domnall scheint es zu haben, und Domnall ist sein leiblicher Sohn.«

»Ich weiß ja auch nicht, ob ich es wirklich habe. Ich sage nur, ich habe Träume und möchte wissen, was sie bedeuten.«

Fidach machte eine Pause und fügte dann hinzu: »Gehst du trotzdem mit mir nach Muigh-bhlaraidh Ecgfrith?«

»Aber sicher!«, antwortete Cruithne fröhlich. »Du suchst nach deinem Traum, und ich jage den großen Hirsch. Vielleicht finden wir ja gemeinsam, was wir suchen.«

Die Brüder standen auf, luden sich den Speer mit dem Wild auf die Schultern und setzten ihren Weg nach Westen fort, wo ihre Stammesbrüder in der kleinen Hügelfestung auf sie warteten.

• V i e r •

Die jungen Männer waren beide zweiundzwanzig Jahre alt. Trotzdem waren sie keine Zwillinge, sondern Halbbrüder, Söhne der beiden Frauen ihres Vaters. Taran war bereits in fortgeschrittenem Alter gewesen, als sie geboren wurden. Seit ihrer Geburt waren die beiden so unzertrennlich, dass man es kaum allein auf ihre halbe Blutsverwandtschaft zurückführen konnte. Das war umso erstaunlicher, als ihre beiden Mütter alles andere als Sympathie füreinander empfanden.

Fidach, der Träumer und Seher, war etwa vier Monate älter als sein Bruder. Er hatte weiche Gesichtszüge, eine sehr helle Haut, und sein Haar war so schwarz wie die Moortümpel im tiefsten Winter. Er hatte seines Vaters scharfen Verstand ebenso geerbt wie die poetische Natur der Vorfahren, von denen der Barde Pendalpin zur Harfe sang.

Mit zunehmendem Alter machte sich das Erbteil von Fidachs Mutter ebenfalls deutlich bemerkbar. Aethilnon war eine ruhige, ausgeglichene Frau, die nicht, wie viele andere Frauen ihres Stammes, streitsüchtig auf ihren mütterlichen Einfluss beharrte. Sie war die erste Frau des Häuptlings – einige wollten wissen, dass sie auch immer noch die Favoritin war – und hätte die Zweitfrau problemlos unterdrücken können. Doch das war nicht ihre Art. Statt dessen tat sie als Frau des Chiefs ihr Bestes, dem Stamm nach Kräften zu dienen. Sie betrachtete die Häuptlingswürde, und damit ihre eigene Stellung, als heilige Pflicht und nicht etwa als Errungenschaft, sich damit zu brüsten. So, wie in Tarans Adern das Blut des Wanderers floss, lebte in ihr das Erbe von Eubha-Mathairaichean, der Mutter, der Frau, der Quelle des Lebens.

Eormen, Cruithnes Mutter, war das genaue Gegenteil von Aethilnon. Selbst die Weisesten unter den Dorfbewohnern hatten sich schon oft gefragt, wie der ansonsten in seinem Urteil als so sicher geltende Taran zwei so unterschiedliche Frauen wie die hinterlistige, sprunghafte Eormen und die freundliche, mitfühlende Aethilnon hatte unter einem Dach vereinen können. Außerdem hätte jeder erwartet, dass als Folge des fortschreitendem Alter Tarans, der Tatsache, dass seine beiden Söhne zu Männern herangewachsen waren und der zu Ende gehenden Linie seiner Mutter Gabran zwischen den beiden jungen Männern eine scharfe Rivalität ausgebrochen wäre.

Aber das war nie geschehen. Konkurrenzdenken gab es ausschließlich in Eormens Herz. Die Hoffnung, sich eines Tages als Mutter des Häuptlings über die anderen Frauen des Stammes erheben zu können, hatte sich mit Macht in ihr gesamtes Streben eingefressen.

Cruithne war ganz der Sohn seines Vaters. Er war sehr groß gewachsen, muskulös, geschmeidig und stark und konnte seinen Händen und Füßen sicher vertrauen. Seine Gesichtszüge waren klar geschnitten und kantig, und seinen Kopf zierte eine dunkelgoldene Mähne, die ihn sofort aus jeder Menschenansammlung hervorhob. Sein natürliches Charisma wurde noch verstärkt durch einen großen lachenden Mund voller strahlend weißer Zähne. Kein einziger Mann des Stammes konnte ihn bei Kurzstreckenläufen schlagen. Ging es allerdings um längere Distanzen, musste sich Cruithne seinem schmaleren Bruder geschlagen geben, der aus purer Lust an der Bewegung zehn Meilen und mehr rennen konnte und dabei alle anderen hinter sich ließ. In ganz Caldohnuill gab es niemanden, der sich von Art und Aussehen mehr zum Chief geeignet hätte, als der junge Cruithne, Sohn des Taran.

Überdies war Cruithne sehr großherzig. Er liebte seinen Bruder und wäre eher gestorben, als sich über ihn zu erheben.

Die beiden jungen Männer, so stark, kräftig und intelligent sie waren, freuten sich immer mehr über die Erfolge des Bruders als über ihre eigenen. Früher hatten die Alten geglaubt, die beiden Jungen seien ein wenig gestört, weil sie sich so eng aneinander angeschlossen hatten. Doch als sie zu Erwachsenen heranwuchsen, zollten die alten Fischer, Jäger und Krieger ihnen gerade wegen ihrer tiefen Bruderliebe den größten Respekt.

Keiner der beiden scherte sich auch nur einen Deut um die Häuptlingswürde. Sie dachten nicht einmal daran, denn es war unüblich, dass ein Sohn seinem Vater im Amt folgte. Allerdings war es dieses Mal eine besondere Situation, weil Gabran weder Töchter noch Nichten noch Neffen hatte. Taran war der letzte Überlebende einer langen Ahnenreihe, die vor ihm in Amt und Würde gewesen war.

Manches Mal schon hatte Taran sich gewünscht, Cruithne könne der Kriegerhäuptling werden, der sein Volk mit Stärke führt und Fidach der von Träumen beseelte Barde, der den Menschen mit seinen Liedern Trost und Unterstützung spendet. So könnten sie in Harmonie gemeinsam regieren.

Doch es durfte nur einen Barden geben. Pendalpin bereitete seinen sechzehnjährigen Sohn Domnall bereits auf die Nachfolge vor.

Und es durfte auch nur einen Häuptling geben.

• Fünf •

Zwei Stunden nach ihrer Rast erreichten die beiden Söhne Tarans die heimatliche Hügelfestung. In vielen Hütten brannten die Herdfeuer. Auch innerhalb der Festung stieg Rauch aus zwei Backöfen.

Der junge Domnall entdeckte sie als Erster.

»Fidach und Cruithne sind zurück!«, rief er. »Sie haben ein Wildschwein erlegt!«

Die Brüder legten den Eber ab. Einige Männer stürzten aus ihren Steinhütten und forderten eine ausführliche Beschreibung des glücklichen Jagdzugs.

Auch Fidachs Mutter Aethilnon eilte herbei.

»Schön, dass du gesund zurückgekehrt bist, mein Sohn«, sagte sie lächelnd. »Guten Abend auch dir, Cruithne. Wie ich sehe, hattet ihr Erfolg.«

»Wir hatten darauf gehofft, Mutter meines Freundes«, antwortete Cruithne. »Wie geht es unserem Vater?«

»Nicht besonders gut, fürchte ich. Er schläft jetzt. Deine Mutter ist bei ihm.«

»Das Fleisch wird ihm gut tun«, sagte Fidach.

»Er hat sich so sehr nach Wildschweinbraten gesehnt«, sagte die Frau mit einem traurigen Lächeln. »Aber ich habe Angst, dass es eher die Erfüllung seines letzten Willens sein dürfte als ein Beitrag zu seiner Genesung.«

»Sag doch so etwas nicht, Mutter! Bestimmt wird er ...«

»Wir sprechen später darüber, mein Sohn«, unterbrach Aethilnon sanft. »Für jeden von uns kommt die Zeit. Wir waren darauf vorbereitet. Aber jetzt muss ich in die Siedlung. Coelthryth erwartet mich. Ihr geht es auch nicht gut.«

»Ach Mutter«, seufzte Fidach, »gibt es eigentlich irgend jemanden im Dorf, der dich nicht braucht?«

Sie lachte. Es war ein warmes, melodisches Lachen, voller Freude über das unbeabsichtigte Kompliment ihres Sohnes.

»Es ist meine Pflicht, unserem Volk zu dienen, Fidach«, antwortete sie. »Und es macht mir Freude. Es hält mich gesund und froh.«

»Du bist eine wunderbare Frau, Aethilnon«, sagte Cruithne und
fügte neidisch hinzu: »Ich wünschte, alle Söhne hätten solche
Mütter.«

»Was braucht Coelthryth denn, Mutter?«, fragte Fidach. »Kann
ich mich irgendwie nützlich machen?«

»Sie braucht nur etwas zu essen. Ich bringe ihr Gerste aus unserem Speicher. Aber du könntest nach ihrem Feuer sehen. Wahrscheinlich ist nicht mehr genug Holz und Torf da, und es sieht
aus, als würde es heute Nacht ziemlich kalt.«

»Gerne«, sagte Fidach und wandte sich an seinen Bruder.
»Cruithne, könntest du den Eber versorgen, wenn ich mit Mutter
gehe?«

»Domnall kann mir helfen«, gab Cruithne zurück. Der Sohn des
Barden kam gerade angelaufen. »Wir bringen das Tier zu Uurcell
und bereiten alles für das morgige Festmahl des Chiefs vor.«

»Dann sehe ich dich morgen früh«, sagte Fidach. Er winkte seinem Bruder zu und begleitete seine Mutter den Berg hinunter zu
einer Gruppe einfacher Hütten.

Cruithne sah ihnen eine Weile nach. Dann drehte er sich zu
Domnall um, der eifrig auf Befehle wartete.

• **Sechs** •

Vierzig Minuten später duckte sich Cruithne unter dem niedrigen Eingang des Steinhauses durch, in dem er mit Vater, Mutter
und der anderen Familie des Vaters lebte.

Das Haus des Chiefs war das größte Gebäude im Ort. Seine
Breite betrug mindestens zwanzig Fuß. Das dick mit Torf und
Grassoden gedeckte Dach wurde von stabilen Holzbalken gehal-

300

ten. Das Innere des Hauses war in zwei nahezu gleich große Räume geteilt, in denen die beiden Frauen des Häuptlings mit ihren Söhnen lebten. Jeder der Räume hatte eine eigene Feuerstelle, über der im Dach eine etwa einen Fuß große Öffnung als Rauchabzug diente. Der Boden bestand aus fest gestampftem Lehm, auf dem hier und da ausgebreitete Tierfelle lagen. Die etwa zwei Fuß dicken Wände bestanden aus flachen Steinen, die ohne Mörtel zusammengefügt waren. Zum Schutz vor dem eisigen Nordwind war die Wetterseite außen bis zum Dach sorgfältig mit Grassoden abgedichtet. Grassoden lagen auch auf dem Dach und schützten das Haus weitgehend vor Regen und Schnee.

Für die damalige Zeit war das Haus des Chiefs und seiner beiden Familien ziemlich komfortabel. Doch trotz der dicken Torfschichten, die das Haus im Wesentlichen vor dem Wetter schützten, herrschte im Innern oft eine eher stürmische Atmosphäre. Es lag nicht daran, dass Taran zwei Frauen hatte. Viele Männer hatten mehrere Gefährtinnen; Tarans Vater Cuthred hatte sogar drei gehabt. Aber bei seinen Eltern war die Erbfolge von vornherein geklärt gewesen. Es gab weder Rivalität noch Streit, denn Gabrans Erben herrschten in direkter Linie. Tarans Stiefmütter Brecc und Coelwine kannten ihre Stellung innerhalb der Familie sehr genau. Und Taran wusste seit frühester Kindheit, dass sein Onkel Eanwinall Häuptling Pendwallon nachfolgen würde und dass er selbst Eanwinalls Erbe war.

Aber das Leben unter Tarans eigenem Dach war alles andere als friedlich, obwohl Aethilnon immer wieder einzulenken versuchte und die beiden Söhne eng befreundet waren. Eormen richtete so gut wie nie das Wort an Aethilnon oder Fidach. Sie war geradezu besessen von dem Wunsch, ihren eigenen Sohn als Häuptling zu sehen.

Cruithne blinzelte in das schwache Leuchten des verglimmenden Feuers. Vom anderen Ende des Raumes her hörte er ihre Stimme: »Bist du das, mein Sohn?«

»Ja, Mutter«, antwortete Cruithne.

»Bist du allein?«, wollte Eormen wissen.

»Ja. Fidach ist mit Aethilnon in die untere Siedlung gegangen. Coelthryth braucht Hilfe.«

»Das ist sehr gut. Komm her, mein Sohn. Wir müssen reden.«

Cruithne ging zu seiner Mutter und setzte sich neben sie auf ein Rentierfell.

»Dein Vater schläft.«

»Ist er …?« Cruithne sprach nicht weiter.

»Es geht ihm nicht schlechter. Sein Schlaf scheint erholsam zu sein. Er hat eben nach dir gerufen, dann nach Fidach und ist dann wieder eingeschlafen. Aber er wird nicht mehr gesund werden. Du weißt das, Cruithne. Und diese Intrigantin, die Mutter von dem, den du Bruder nennst, weiß es auch. Sie …«

»Aethilnon ist keine Intrigantin, Mutter. Sie ist eine sehr freundliche Frau. Und was Fidach angeht: Er ist mein Bruder … und er ist mein Freund.«

»Du und deine seltsame Vorstellung von Freundschaft! Hast du denn keine Lust, Chief zu werden?«

»Nicht auf Fidachs Kosten. Er ist nicht nur mein Bruder, er ist mein älterer Bruder.«

»Älter, dass ich nicht lache! Vielleicht ein paar Tage … ein oder zwei Wochen.«

»Dreieinhalb Monate, Mutter. Du solltest doch am allerwenigsten vergessen, wie es war, deinen eigenen Sohn noch fünfzehn Wochen lang im Bauch herumzutragen, während unter dem gleichen Dach schon ein Neugeborenes schrie.«

»Hör auf! Ich höre mir keine Beleidigungen von dir an! Außerdem spielt es keine Rolle.«

»Oh, doch! Es spielt eine sehr große Rolle. Er ist der Erstgeborene, und dieses Recht werde ich ihm bestimmt nicht streitig machen.«

»Er hat keine Rechte! Wenn ich es dir doch sage! Seine Mutter ist keinen Deut besser als die alten Weiber, denen sie so unermüdlich zur Hand geht. Aber durch meine Adern fließt das Blut der alten Cowall.«

»Das hast du dein Leben lang zu beweisen versucht. Ziemlich erfolglos!«

»Ich werde es beweisen! Möglicherweise ist es nur eine entfernte Verwandtschaft, aber ich gehöre der Linie an. Eines Tages werden es alle wissen … und du wirst eines Tages Chief sein.«

»Ist das denn wirklich so wichtig, Mutter?«, sagte Cruithne sanft. »Mir genügt es schon, einfach …«

»Wichtig? Wie kannst du es wagen, das einzig Wichtige in meinem Leben so in Frage zu stellen? Bist du dir nicht im Klaren darüber, dass ich nur für dich lebe und mit Freuden für dich sterben würde?«

»Kannst du dann nicht mir zuliebe dein unbarmherziges Streben einfach sein lassen? Ich lege keinen Wert darauf!«

Einen Augenblick lang schwiegen beide. Das langsam ersterbende Feuer knisterte dann und wann leise, und ein Flämmchen zuckte auf. Der kurze Lichtschein schimmerte in den habgierigen Augen der Frau. Cruithne war nicht glücklich über die Entwicklung. Manchmal fragte er sich, ob diese Frau wirklich seine Mutter war. Sie schien von einem bösen Geist besessen, den er nicht kannte.

»Hast du ihn gesehen, Cruithne, mein Sohn?«, fragte sie schließlich. Ihre Stimme war sehr leise, kaum mehr als ein Flüstern. Sie wies auf den Nachbarraum, wo Taran immer noch schlief. »Schau ihn dir an, Cruithne. Sieh zu, wie er um Atem ringt. Der Tod ist nicht mehr weit. Er kommt immer näher. Ich spüre seine Gegenwart hier auf dem Hügel. Er schleicht um die Mauern. Bald wird er hier sein.«

Cruithne gab keine Antwort.

Er blickte zu seinem Vater hinüber, dann sah er Eormen an. Ihre Stimme war ruhig, aber in ihrem Gesicht glühte die böse Gier, mit ihren eigenen Händen alle Macht an sich zu reißen. Der Anblick schmerzte ihn. In ihren Augen spiegelte sich ein alles verzehrender Hass. Cruithne erkannte ihn, und er verursachte ihm Übelkeit. Wie konnte es sein, dass er aus dieser Frau geboren war?

»Die Zeit ist nicht mehr weit, Cruithne«, fuhr sie fort. Ihr Lächeln erinnerte Cruithne eher an eine Geisterfratze. »Bald kommt der Augenblick, wo wir beide nach dem Mantel der Häuptlingswürde greifen müssen.«

»Ohne mich«, sagte Cruithne. Seufzend wandte er die Augen ab.

»Wer sonst?«

»Das habe nicht ich zu entscheiden.«

»Ja, bist du denn ein Feigling?«, versuchte sie, ihn herauszufordern. Ihre Stimme wurde wieder lauter. »Ein wahrer Mann bekämpft seinen Rivalen und erobert seine Rechte!«

»Er ist nicht mein Rivale, Mutter«, antwortete Cruithne. »Wie kannst du so etwas sagen? Niemals werde ich gegen Fidach kämpfen. Niemals! Und Fidach wird der nächste Chief, Mutter. Verstehst du? Es ist sein Schicksal, nicht meines!«

»Er wird nie Häuptling werden!«, murmelte sie wütend.

»Oh, doch. Er wird es«, sagte Cruithne. »Und ich verspreche dir eines, Mutter: Ich werde ihm freudig und mit angemessener Bescheidenheit dienen!«

»Worte eines Angsthasen! Mein eigener Sohn ist ein Feigling!«

Sie stand auf und ging zum Lager ihres Mannes. Lange betrachte sie die reglose Erhebung unter der Decke, dann drehte sie sich um und hielt ihrem Sohn eine geballte Faust unter die Nase.

»Er wird niemals Häuptling werden«, sagte sie entschlossen. »Ich will nicht, dass diese Frau, die er Mutter nennt, stolz auf den Führer unseres Clans blickt und ihren Sohn erkennt. Das ist mein Recht und ist es immer gewesen. Ich werde dem Chief mit erhobenem Haupt ins Gesicht blicken, weil ich ihn geboren habe. Hörst du? Es ist mein Recht! Ich frage dich noch einmal – bist du mein wahrer Sohn und nimmst die Würde auf dich, die dir bestimmt ist?«

»Wenn du damit meinst, dass ich versuchen soll, meinem Bruder das zu stehlen, was ihm von Geburt zusteht, dann ist die Antwort ein klares Nein, Mutter!«

»Du lässt mir also keine Wahl! Alles, was ich tue, tue ich für dich, mein Sohn.«

Sie ging zu ihrer Truhe, kramte herum, nahm etwas Proviant und Kleidung heraus und eilte zur Tür.

Cruithne sprang auf und versuchte, sie aufzuhalten. Sie stieß ihn mit einer Wucht zurück, die er noch nie an ihr erlebt hatte.

»Mutter«, bat er, »komm zurück!«

»Und er wird nicht Häuptling!«, fauchte sie über ihre Schulter. Wütend stapfte sie aus dem Steinwall hinaus und lief hastig in südwestliche Richtung in die schwarze Nacht.

Sie blieb drei Tage lang verschwunden.

• Sieben •

Fidach war auf dem Rückweg den Hügel hinauf. Er hatte sich um das Feuer gekümmert und Nachschub für zwei oder drei Nächte in die Nähe der Kochstelle gestapelt. Seine Mutter war noch bei der alten Coelthryth geblieben, um sie für die Nacht vorzubereiten. Weder hatte Fidach den Streit zwischen seinem Bruder und dessen Mutter mitbekommen, noch hatte er die schemenhafte Gestalt beobachtet, die den Hügel hinunterhuschte.

Vor dem Haus des Barden blieb er stehen. Es war das größte Haus in der Siedlung unterhalb der Hügelfestung. Er trat ein und traf Pendalpin und seinen Sohn vor einem gemütlich warmen Feuer an.

»Komm herein«, rief der alte Barde erfreut. »Ich entbiete dem Sohn meines besten Freundes ein herzliches Willkommen.«

»Danke«, antwortete Fidach und streckte dem Mann die Hand hin. Dann drehte er sich zu Domnall um und wollte dem Jungen das Haar durchwühlen. Domnall aber reckte blitzschnell den Arm in die Höhe und wehrte den spielerischen Angriff ab.

»Domnall, du wächst einfach zu schnell«, lachte Fidach. »Du bist ja fast selbst schon ein Mann!«

»Bald gehe ich mit dir und Cruithne auf Wildschweinjagd.«

»Vielleicht früher als du denkst.«

»Wieso?«, fragte der Junge mit großen Augen.

»Du hast doch bestimmt schon von dem Hirsch gehört!«

»Mein Vater hat mir viele Geschichten erzählt, Fidach.«

»Du musst sie alle kennen, Domnall. Es wird deine Aufgabe sein, sie an unsere Kinder weiterzugeben und sie zu lehren, sie ihrerseits zu erzählen.«

»Das hat Vater mir beigebracht, seit ich denken kann.«

»Das Amt des Barden ist eine heilige Berufung. Dein Vater ist der beste Lehrer, den man sich vorstellen kann.«

Fidach wandte sich an Domnalls Vater.

»Der Hirsch ist nach Caldohnuill zurückgekehrt, Pendalpin«, sagte er. »Ich habe von ihm geträumt.

»Ich habe gelernt, deine Träume ernst zu nehmen, Sohn des Taran. Wenn er eines Tages Chief wird«, fügte er an seinen Sohn gerichtet hinzu, »musst du ihnen auch vertrauen. Du und ich, wir sind zwar Barden, aber Fidach hat das Zweite Gesicht. Du musst auf ihn hören.«

»Also, ich weiß davon nichts«, lachte Fidach. »Du hast mir nur immer gesagt, dass mein Herz Dinge sehen kann, die für die Augen der Menschen unsichtbar sind.«

»Jeder Barde kann Geschichten und Lieder lernen. Aber es gibt nur wenige Menschen, die zum Propheten geboren sind. Es ist ein Geschenk, Fidach. Du solltest es hüten.«

»Und warum wird es nicht dem Barden des Clans zuteil?«

»Ich habe schon von Barden gehört, die die Gabe besaßen. Aber nicht viele Menschen sind dazu erwählt, und niemand weiß die Gründe dafür. Aber erzähl mir von dem Hirsch, Fidach.«

»Ich glaube, er ist zurückgekommen«, antwortete der Sohn des Häuptlings. »Mein Traum war wie eine Vision. Cruithne und ich wollen ihm folgen. Vielleicht könnte Domnall ja mitkommen.«

306

»Darf ich, Vater?«, fragte der Sohn des Barden aufgeregt.

»Das werden wir entscheiden, wenn es soweit ist«, sagte der Barde. »Deine wichtigste Aufgabe ist es, das zu lernen, was ich dir beibringe, solange ich es noch kann. In unserem Volk genießt der Barde genau so viel Ansehen wie der Chief.«

»Dein Vater spricht weise, Sohn des Pendalpin«, sagte Fidach.

Domnall nickte.

»Aber Cruithne und Fidach können dich ebenfalls vieles lehren«, fuhr der alte Sänger fort. »Einer der beiden wird eines Tages dein Häuptling sein, der andere dein Freund. Sie werden dir Dinge zeigen, von denen auch ich nichts weiß. Für unser Volk wird sich vieles ändern. Alte Männer wie Taran und ich erkennen den Wechsel oft nicht rechtzeitig und können nicht schnell genug reagieren. Die Augen der Alten sind auf einen Punkt gerichtet und erkennen das Neue nicht mehr. Daher ist es gut, wenn du auch von denen lernst, die unser Volk in die neue Zeit führen werden.«

Pendalpin griff nach einer kleinen Harfe hinter sich und rückte sie in seinem Schoß zurecht. Er selbst hatte seinem Vater geholfen, eine Weide für den Korpus auszuwählen, und gewartet, bis sich der Baum zur richtigen Form und Stärke entwickelte. Später hatte er die Weide gefällt, den Klangkörper ausgehöhlt, ihn mit Häuten bespannt und oben und unten einen starken Eichenast befestigt. Nun begann er, eine sanfte Melodie zu spielen.

»Genieße alles, was dein Vater dir geben kann, Domnall«, sagte Fidach. »In seinem Herzen wohnt mehr Weisheit, als es Korn in unseren Speichern gibt. Es geht nicht nur um die Geschichten und Legenden. Er schenkt dir all das Wissen, das er in seinem langen Leben angesammelt hat. Du musst es nur entdecken und in deinem Herzen verwahren. Du musst ihn beobachten. Du musst mit ihm fühlen. Verstehst du, wie wichtig das ist, Domnall?«

Domnall nickte ernst.

»Man erzählt von Völkern jenseits des Großen Wassers«, fuhr Fidach fort, »die ihre Vergangenheit auf Häuten mit Zeichen und Bildern festhalten. Vielleicht so ähnlich wie die Ornamente, die wir in Steine und Krüge ritzen. Ich weiß nicht – ich verstehe nicht, wie man Geschichten ohne menschliche Stimme erzählen kann. Aber ich weiß, dass bei uns der Barde die Erinnerung des ganzen Volkes kennt. Er erzählt nicht nur, was geschehen ist, sondern er weiß auch um die Bedeutung. Er ist das Gedächtnis des Stammes. Und dem Sohn des Barden fällt es zu, sich des Alten zu entsinnen und der Erinnerung Neues hinzuzufügen. Die Aufgabe eines Barden ist wichtiger als die des Chiefs.«

Fidach hielt inne.

Pendalpin strich zärtlich über die Saiten seiner Harfe. Er war mit den Gedanken weit fort. Fidach und Domnall schwiegen erwartungsvoll. Sie wussten, was jetzt kommen würde. Viele Male schon hatten sie spät in der Nacht beim Feuer gesessen und dem hoch geehrten Dichter und Sänger gelauscht, wenn er Geschichten und Lieder aus grauer Vorzeit zum Besten gab, Geschichten und Lieder, die er von seinem Vater und Großvater gelernt hatte, wie diese von ihren Vorfahren und die weiter in die Vergangenheit zurückreichten, als irgendein Mensch sich erinnern konnte.

»Wir verehren den Auerochsen und den Raben, das Wildschwein, den Wolf, den Bären und den Widder«, sagte der Barde leise. »Wir tanzen für die Götter des Himmels, des Meeres und der Eiche. Aber nichts und niemand bedeutet unserem Volk mehr als der Weiße Hirsch, der vielleicht bald zurückkehren wird.«

»Spricht er mit den Menschen, Vater?«

»Jede Kreatur spricht zu uns, mein Sohn. Wir müssen nur lernen, zuzuhören. Es heißt, der Hirsch spricht mit den Augen, mit einem Blick voller Weisheit.«

»Ja!«, rief Fidach. »Genau so war es in meinem Traum. Er sprach zu mir mit den Augen!«

Der alte Barde nickte gedankenvoll. »Man sagt, dass der Weiße Hirsch schon in dieser Gegend weilte, ehe der Fuß eines Menschen sie zum ersten Mal betrat«, fügte Pendalpin leise hinzu. »Er war schon hier, als Eis und Schnee das Land bedeckten. Als der große Winter sich zurückzog, blieb der Weiße Hirsch in seinem Schneegewand hier. Er wanderte durch die Hügel von Kildona-noid und Caldohnuill und erinnerte die Menschen daran, dass sie nicht die ersten Bewohner des Landes waren.«

Der Barde machte eine kurze Pause. Es war ganz still im Raum. Feuerzungen leckten aus der Glut, als ob sie versuchten, unsichtbare Geister der Nacht zu erhaschen. Nur das leise Knistern und Knacken verglimmender Zweige war zu hören.

»Der Weiße Hirsch ist zurückgekehrt«, fuhr Pendalpin fort. »Und ich bin sicher, das hat etwas zu bedeuten.«

»Was denn, Vater?«

»Ich kann es dir nicht sagen, mein Sohn«, antwortete der Barde. »Meine Visionen kommen und gehen. Vielleicht solltest du deinen Freund, den Sohn des Chiefs, fragen.«

Aber Fidach schwieg. Gedankenverloren starrte er ins Feuer.

»Unserem Chief geht es nicht sehr gut«, sagte Pendalpin, »und auch ich bin schon alt. Ich weiß nicht, was der Hirsch vorhersagt. Vielleicht ist er ein Zeichen für den nahenden Tod. Vielleicht erinnert er uns daran, dass unser Erbe nicht im Leben des einzelnen Menschen liegt, sondern Generationen überdauert. Unser Erbe steht so fest wie unser Land.«

Wieder strichen seine Finger über die Saiten des Instruments auf seinem Schoß. Das Leder des Resonanzbodens war mit dem Bild eines Hirschen geschmückt, der von vielfarbigen Ornamenten umgeben war.

Der Barde begann zu singen. Es war eine melancholische Melodie.

Ein alter Mann, er stochert in der Glut
Im Haus des Kindes, Freundes oder auch des Bruders.
Schon viel zu lange war er hier willkommen.
Und dunkle Nacht bricht über Caldohnuill herein.
Die Reise lockt, es ruft ihn ein langer Weg
Zu einem neuen Ort, den er noch niemals sah.

Ein Land des Lichts, so ward es ihm verheißen,
Doch tief im Herzen raunt die böse, kalte Furcht;
Er kennt es nicht, das Land, es ist ihm fremd.
Die Tage dehnen zäh und grau und leer sich,
Voll Wut brüllt nachts der Sturm und zaust das Dach.
Der Mann sucht Wärme, weil sein Körper zittert,
Sein Herz träumt immer noch von tapfrer Schlacht,
Von Liebe, Freundschaft, männlich starken Muskeln
Triumphgeheul geglückter Jagd wie ehedem.
Das Feuer geht nun aus, die Glut verlischt,
Noch einmal bläst der Alte in die toten Flammen.
Die Kohle ließ ihr Leben wie der alte Mann.
Er geht jetzt in das Land voll Licht und Wärme,
Von ferne lockt ihn sanft der Weiße Hirsch
In jenes Land, wo alle Menschen eins sind.
Doch immer noch will seine Seel' verweilen,
Weil er nicht weiß, was nach dem Dunkel wartet.

»Hast du den Hirsch jemals gesehen, Vater?«, fragte Domnall nach vielen Minuten gedankenvoller Stille.

»Nur ein Mal. Damals war ich zwanzig.«

»Wie sah er aus?«

»Ein majestätisches Geschöpf! Er stand auf einem weit entfernten Berggipfel. Ich habe nur einen kurzen Blick auf seinen riesigen Körper erhaschen können. Mein Vater hatte mich nach Norden mitgenommen. Wir wollten für einige Tage nach Kildonanoid. Es gab so vieles, was mein Vater mir zu sagen hatte.«

»Und was hat er dir gesagt?«, fragte Fidach.

»Du hast die alten Geschichten schon viele Male gehört, Sohn meines Freundes.«

»Oh, ich würde sie gerne noch einmal hören, Pendalpin«, antwortete Fidach. »Erzähle uns die Geschichte vom ersten Menschen, der nach dem Hirsch unser Land betrat.«

»Der erste Mensch, der je den Hirsch zu Gesicht bekam«, begann Pendalpin, »war sehr alt. Sein Haar war ebenso weiß wie das Fell des Hirsches. Ich weiß nicht genau, ob die Geschichten über den Mann wahr sind oder ins Reich der Legenden gehören, aber ich glaube an sie. Mein Vater hat sie bereits von meinem Großvater gehört. Er berichtete, dass der Mann bereits hochbetagt war, als er in das Gebiet des Hirsches vordrang. Eines Tages ging er auf die Jagd, um seine Familie zu ernähren. Da traf er auf das Tier. Sie schauten sich gegenseitig ins Gesicht, der Mann und der Hirsch. Da wusste der Mann, dass er dem Hirsch kein Leid zufügen konnte. Er hatte noch niemals einen Hirsch gesehen und der Hirsch noch niemals einen Menschen. Aber sie respektierten einander. Nach einer Weile drehten sich beide um, und jeder ging in die Richtung davon, aus der er gekommen war.

Der Jäger kehrte ohne Wildbret zu seiner Familie zurück. Er erzählte seinen drei Söhnen von dem herrlichen Geschöpf, das er getroffen hatte und beschwor sie, ihm nichts anzutun, falls sie es jemals selbst sehen würden. Der Sage nach lag der alte Mann danach drei Tage wie ein Toter und konnte viele Wochen lang nicht mehr sprechen.

Die Söhne aber sollen in verschiedene Länder gereist sein. Der Jüngste wurde der erste Barde. Er erzählte seinem Sohn, was sein Vater gesehen hatte, und lehrte ihn, die Geschichte an all seine Söhne und Töchter weiterzugeben. Und nun ist sie nach unzähligen Generationen bei mir angekommen. Eines Tages wird mein Sohn das Erbe antreten.

Die Söhne des alten, weißhaarigen Mannes waren die Vorfahren vieler nachfolgender Generationen. Neue Menschen kamen von Süden und über das Dunkle Wasser, und der Hirsch zog sich immer weiter in die Berge und Wälder zurück. Denn nicht jeder durfte den Weißen Hirsch sehen. Nur einige Auserwählte bekamen das Recht, seine Botschaft zu vernehmen.«

»Was ist denn seine Botschaft, Vater?«, fragte Domnall.

»Das wissen nur die Auserwählten, die ihre Augen in seinen Blick vertiefen dürfen, mein Sohn. In den alten Geschichten heißt es, dass es um die Liebe zu unserem Land geht. Es geht um Respekt vor Menschen und Tieren, Respekt vor Erde und Wald, vor See und Moor, vor Fluss und Meer, denn sie geben allen Lebewesen Nahrung. Zwar singen die Barden noch Lieder von den alten Legenden, aber die Menschen hören nicht mehr zu. Sie kämpfen und gieren weiter und streben nach Macht.

In noch nicht so lang zurückliegender Zeit, als mein Urgroßvater noch lebte, kamen neue Völker in den Norden. Braungesichtige Stämme kamen aus dem Süden. Die Scothui aus Eirinn drangen nach Osten vor. Und obwohl das Land Platz und Nahrung für alle bietet, versuchen sie, einander zu beherrschen. Wir Tätowierten, die man die Blaubemalten nennt, wir waren schon immer hier. Immer, seit jenen Tagen, als der Hirsch noch allein durch die Highlands streifte. Kein noch so kriegerischer Stamm könnte uns von hier vertreiben.«

»Siehst du einen Krieg kommen, Pendalpin?«, fragte Fidach.

»Ich weiß es nicht«, antwortete der Barde. »Vielleicht leben noch viele Generationen nach uns in Frieden und Harmonie. Aber ich fürchte, die Zukunft bringt nichts Gutes für dieses Land und seine verfeindeten Bewohner. Wir sind zu verschieden, und viele lechzen nach Kampf. Der Hirsch mahnt uns zur Eintracht. In uns allen fließt das Blut gemeinsamer Vorfahren. Trotzdem fürchte ich, dass die Pflanzen unserer heimatlichen Erde eher mit dem Blut der Zwietracht als mit dem sanften Regen des Friedens gegossen werden.«

»Vielleicht bist ja doch du derjenige, der das Zweite Gesicht hat«, sagte Fidach nachdenklich.

»Erst in vielen Jahren werden wir wissen, ob ich die Wahrheit gesprochen habe«, antwortete der Barde. »Diese Worte stammten nicht von meinem Vater. Sie kamen aus meinem eigenen Herzen. Die Krankheit deines Vaters trifft mich schwer, Fidach. Mir gingen viele Gedanken durch den Kopf, während ich am Krankenbett meines schlafenden Chiefs gewacht habe. Ich habe schlimme Vorahnungen. Und dein Traum vom Hirsch lässt mir das Blut in den Adern gerinnen. Ich fürchte, er ist nicht glücklich, dass wir uns gegenseitig die Köpfe einschlagen. Er mahnt uns zum Frieden, aber wir haben keine Augen und keine Ohren für seinen Ruf. Nur wenige erkennen ihn, Fidach – so wie du und Cruithne. Vernachlässige diese Gabe auf keinen Fall. Es ist ein Geschenk, mit dem Herzen sehen zu können. Lehre es dein Volk, wenn du eines Tages Chief bist. Lehre es sie durch dein Verhalten, indem du es ihnen vorlebst.«

»Ist das vielleicht das wahre Zweite Gesicht?«

»So habe ich es immer gesehen. Andere mögen meinen, es sei die Fähigkeit, die Zukunft vorherzusagen. Für mich bedeutet das Zweite Gesicht die Erkenntnis, dass der Sinn des Lebens erst durch die Harmonie mit Erde, Tieren und Mitmenschen entsteht. Ihr, die ihr einer jüngeren Generation angehört, ihr dürft das nie vergessen. Nie. Und ihr müsst es diejenigen lehren, die euch nachfolgen.«

»Wir werden es nicht vergessen, treuer Pendalpin.«

»Und du, mein Sohn. Nicht mehr lange, und du bist der Barde von Caldohnuill.«

»Ich werde nie vergessen, was du mich gelehrt hast, Vater«, antwortete Domnall.

»Dann ist es gut«, sagte der alte Mann, »dann kann ich in Frieden ruhen.«

Ohne die Augen vom Feuer zu wenden, ließ er sich gegen die Wand sinken. Die Unterhaltung hatte ihn viel Kraft gekostet. Er hatte einen Teil seiner Pflicht in andere Hände gelegt und zog sich nun in seine Gedanken zurück. Pendalpin war ein würdiger Nachfolger von Seher.

Fidach stand leise auf, wünschte dem Jungen und seinem Vater eine gute Nacht und machte sich auf den Heimweg. Als er zu Hause ankam, wurde er nur von nächtlichen Schlafgeräuschen begrüßt.

• Acht •

Am nächsten Abend kletterten die beiden Söhne des Chiefs kurz vor der Dämmerung zusammen auf die Spitze des Broch. Sie lehnten sich an das oberste Brustwehr und schauten nach Westen, wo gerade die Sonne unterging.

»Das Land ist herrlich, nicht wahr, Fidach?«, seufzte Cruithne.
Der Ältere nickte.

»Ich werde nie müde, hier hochzuklettern und in die Ferne zu schauen«, fuhr sein Bruder fort. »An klaren Tagen bilde ich mir ein, ich könne das Dunkle Wasser sehen. Ich fürchte allerdings, dass mir da meine Augen einen Streich spielen.«

»Du kannst das Wasser sehen, Cruithne«, antwortete Fidach endlich. »Da unten, am Ende des Dungal-Tales kannst du die Durcellach-Bucht erkennen. Selbst das Meer im Osten ist nicht allzu weit weg. Manchmal kann man es sehen.«

»Du vielleicht«, lachte Cruithne.

»Aber heute Abend schaue ich nicht nach Osten, sondern eher nordwärts, mein Bruder.«

Nun war es an Cruithne zu schweigen. Als er nicht antwortete, fuhr sein Bruder leise fort: »Da draußen ist er, Cruithne. Ich spüre ihn. Er ruft. Er lockt mich, ihm zu folgen.«

»Wer?«

»Der Hirsch, Cruithne. Er ruft uns. Wir sollen ihn suchen.«

»Hirsche rufen nicht nach Menschen, die ihn jagen, Fidach!«

»Vielleicht rufen sie aus anderen Gründen.«

»Du hast wieder mit Pendalpin gesprochen!«

»Der Hirsch ist kein sterbliches Tier.«

»Die Mystik des Barden hat dein Hirn vernebelt, Bruder.«

»Mag sein. Aber was der Barde sieht, ist die Wahrheit.«

»Und du gehorchst seinen Augen?« Cruithne musste lachen. »Ich sehe kommen, dass unser Volk sich mit zwei Barden abfinden muss, wenn du nicht wenigstens einen Fuß auf dem festen

Boden von Mutter Erde behältst. Aber ein Mann mit dem Kopf in den Wolken sollte eigentlich genügen.«

Auch Fidach lachte jetzt. »Lieb von dir, dass du meine Fantasien ernst nimmst.«

»Ich würde mich nie über dich lustig machen«, antwortete Cruithne, plötzlich ernst geworden. »Ich sehe vielleicht nicht, was du siehst, aber ich vertraue dir blind. Ich würde deinem Zweiten Gesicht überallhin folgen, und zwar eher, als den praktischsten Vorschlägen irgendeines anderen Mannes aus dem Dorf.«

Er grinste und fügte hinzu: »Obwohl ich zugeben muss, dass ich vielleicht manchmal ein wenig über deine Visionen kichern könnte.«

»Heißt das, du kommst mit?«

»Hoffst du immer noch den Hirsch im Wald von Muigh-bhla-raidh Ecgfrith zu finden?«

»Vielleicht. Und wenn nicht da, können wir immer noch zum Berg An Stoc-bheinn gehen und den Frühlingsbeginn feiern. Wir könnten Domnall mitnehmen. Die Höhle würde ihm gefallen.«

Cruithne beobachtete das Gesicht seines Bruders genau, bevor er grinste und sagte: »Sehr gut. Ich habe Lust auf ein Abenteuer.«

»Es macht dir also wirklich nichts aus, meinen Hirngespinsten zu folgen?«

»Du verfolgst, was dir dein Zweites Gesicht eingibt. Ich nehme meinen Speer und jage das, wovon du träumst. Und dem Sohn des Barden zeigen wir unsere einsame Stelle im fernen Berg.«

Während die beiden jungen Männer Pläne schmiedeten, sprachen Taran und Aethilnon unten in der Festung am heimischen Feuer friedlich miteinander.

»Es ist schön, dass es dir heute besser geht, mein Gatte«, sagte Aethilnon und tupfte dem alten Chief die Stirn ab.

»Wildschweinfleisch gibt Kraft«, antwortete er mit zittriger Stimme. »Und die Abwesenheit von Eormen lässt mich zur Ruhe kommen. Hat keiner in ganz Laoigh sie heute gesehen?«

»Niemand, mein Chief. Ich war bei jedem in der Festung und habe in allen Hütten der Siedlung nachgefragt.«

»Ich fürchte, sie ist ärgerlich wegen ihres Sohnes.«

»Ach was, sie sorgt sich nur um deine Gesundheit«, protestierte Aethilnon sanft.

»Du weißt es besser. Sie würde sich freuen, wenn ich tot wäre, weil das ihren Plänen entgegenkäme. Aber mach dir keine Sorgen. Dein Fidach wird der nächste Chief.«

»Das ist gar nicht so sicher«, sagte Aethilnon. »Von der Verwandtschaftslinie her habe ich keinerlei Anspruch. Eormen schon.«

»Ihr Anspruch ist ungefähr so berechtigt wie die Behauptung, der Mond sei schwarz. Sie hat sich das doch nur zurechtgelegt, um mir die Macht aus den Händen zu winden.«

»Wer weiß? Vielleicht ist es ja wahr?«

»Sie stammt genau so wenig aus der Linie von Cowall, Brude und Neithon wie die Scothui jenseits von Loch Bruid. Ich sage dir, ich habe Fidach auserwählt, mir zu folgen. Er ist mein ältester Sohn und wurde von meiner Erstfrau Aethilnon geboren.«

Mit seiner knochigen Hand strich er ihr ungelenk über das Gesicht.

Aethilnon lächelte. »Ich diene meinem Volk gern«, sagte sie, »ob nun als Frau oder als Mutter des Chiefs. Trotzdem muss sich erst der Ältestenrat mit der Folgefrage beschäftigen.«

»Sie werden sich genau so entscheiden, wie ich es ihnen sage«, meinte Taran. »Ein solcher Fall ist noch nie vorgekommen. Also werden sie meine Entscheidung respektieren. Und die heißt: Fidach soll Chief werden.«

»Du sollst dich doch nicht aufregen«, sagte Aethilnon sanft und rückte die Felldecke zurecht. »Ruh dich jetzt aus. Ich bringe dir noch etwas Fleisch.«

»Oh ja, das klingt verlockend«, seufzte der Chief mit schwacher

Stimme. »Es sind gute Söhne. Ich bin stolz auf sie. Und du bist eine gute Frau, Aethilnon. Deine Fürsorge macht mich warm ums Herz.«

Lächelnd kniete sie an seiner Seite nieder und küsste ihn auf die faltige Wange.

• Neun •

Zwei Tage später sah Taran, Sohn des Cuthred und Chief der Pritenae von Caldohnuill seinen beiden Söhnen nach, die den Hügel hinabstiegen. Sie verließen das Fort und machten sich auf den Weg durch die weite Ebene auf einen Berg zu, der Beinn Donuill genannt wurde. Eigentlich war es nicht wirklich ein Berg. Keiner der umliegenden Gipfel war besonders hoch, doch wenn der große Schnee kam, wurden sie alle unbezwingbar.

Taran war stolz auf seine Söhne. Trotzdem machte es ihn traurig, sie davongehen zu sehen. Was die beiden vorhatten, würde viele Tage dauern. Vor ein oder zwei Wochen war mit ihrer Rückkehr nicht zu rechnen.

Sie hatten vor, den Beinn Donuill östlich und nördlich zu umrunden und anschließend den Aethbran nan Bronait zu überqueren. Der Fluss führte zwar noch immer große Mengen braunes Schmelzwasser aus dem Hochgebirge mit, aber in der Nähe von Lochan na Gaoithe gab es eine einigermaßen sichere Furt. In einem der Seen wollten sie sich ein Abendessen angeln und am Loch Cracail Mor ihr erstes Nachtlager aufschlagen.

Der Chief sah seine beiden Söhne in der Ferne immer kleiner werden. Einer von ihnen würde ihm bald im Amt nachfolgen. Ihre beiden Mütter hatte er wirklich geliebt, obwohl eine von ihnen in späteren Jahren so viel Zwietracht in die Siedlung gebracht hatte. Da gingen sie nun, wie sie es jedes Jahr zwei oder drei Mal taten, einfach nur, um zusammen zu sein. Ihre tiefe Freundschaft erfreute Taran ebenso wie ihre Zuneigung zum Sohn seines Freundes Pendalpin. Domnall war zum ersten Mal zu einem dieser Ausflüge eingeladen worden.

Langsam drehte Taran sich um und ging zurück in den Steinring der Hügelfestung. Er sehnte sich nach der Wärme des Feuers und der Frau, die er immer noch liebte.

Cruithne und Fidach hatten Domnall in die Mitte genommen. Sie folgten einem ausgetretenen Pfad zwischen ihrem Broch und dem Berg. Die weite Ebene war nichts anderes als ein Flusstal. Eines Tages war der Aethbran nan Bronait über die Ufer getreten und rund um den Beinn Donuill bis zu einem Meeresarm geflossen, der jetzt seinen Namen trug.

Die Gegend war einsam. Sehr einsam. Tarans nächste Nachbarn, die Caleborstii von Kildonanoid und die Roismaeatae von Rossbidalich, lebten mindestens zwanzig Meilen entfernt. So wie es aussah, würden die drei jungen Männer die fünfzig Meilen zum An Stoc-bheinn und wieder zurück wandern können, ohne eine Menschenseele zu treffen.

Sie gingen durch kahle Hügel, verschwiegene Täler, über offenes Heideland und Moore. In jedem noch so winzigen Tal floss ein Bach, dessen Wasser vom Torf vergoldet war. Die Landschaft war noch grau und braun, doch der bevorstehende Sommer zauberte hier und da bereits den ersten saftig grünen Schimmer über den kargen Boden. An den Ufern fand sich die eine oder andere Eberesche, ein paar Birken und vereinzelte Erlen, von flink über dicke Steine springenden Bächen getränkt, und langes, dichtes Gras.

Hätten die einsamen Wanderer über die Perspektive des Falken verfügt, der ohne einen Flügelschlag hoch über ihnen in der Luft kreiste, dann hätten sie nur wenige Meilen entfernt das weite, graue, kalte Meer erkannt. Über der blassgrauen See hing ein noch blasserer, bläulich durchscheinender Himmel. Am Horizont türmten sich dicke weiße Wolken höher, als der Falke sich je gewagt hätte. Ein kalter Wind wehte stetig und gerade heftig genug, die Wellenkämme mit weißen Schaumkronen zu zieren.

Weiter westlich dehnte sich ein mit dornigen, struppigen Büschen und grünem Farn bewachsenes, sanftes Hügelland aus. Täler voller Heidekraut wechselten sich mit kargen Hängen und vereinzelten Sümpfen ab. Die Hügelwellen gingen schon bald in steilere, schneebedeckte Berge über. Und noch weiter entfernt, am Horizont, wo Berge und Wolken kaum noch zu unterscheiden waren, erhoben sich die Highlands majestätisch in ihrer ganzen Pracht. Zu dieser frühen Jahreszeit strahlten sie in reinstem Weiß unter den kargen Sonnenstrahlen. Sie schienen sich lustig zu machen über die halbherzigen Versuche der Sonne, ein wenig Wärme zu verbreiten, und würden ihren Bemühungen, den Schnee zu tauen, stur noch ein paar Monate widerstehen.

Nach Westen hin gab es nur wenige Bäume. Ein paar Kiefern standen grüppchenweise beisammen, und auf einigen Hängen hielten sich winzige Wäldchen. Sie boten Zuflucht für Tausende Kleintiere und eine Anzahl von Elchen und Rehen, die erheblich größer war als die Zahl der Menschen in der Gegend. Es gab auch Wölfe, die sowohl Mensch als auch Tier gefährlich werden konnten. Allerdings hielten sie sich üblicherweise weiter im Landesinnern in unzugänglichem Gelände auf. Wildschweine lebten kaum in dieser Region. Früher waren sie zahlreich gewesen und würden es vielleicht auch eines Tages wieder werden. Zumindest hofften das die Jäger der Stämme. Rinder und Schafe waren mittlerweile domestiziert und lebten kaum noch wild. Der rauflustige Vetter des Schafes hingegen, die Hochlandziege, war fast überall anzutreffen.

Das öde Grenzgebiet zwischen der niedrig gelegenen Küste und der Bergregion im Westen erschloss sich nur schwer. Im Winter schien es fast, als sei das Land gewillt, jede Spur von Leben von seiner Oberfläche zu tilgen. Aber irgendwie schaffte die Natur es immer, sich unter der dicken Schneedecke warm und lebendig zu erhalten, gut geschützt gegen die eisigen Stürme aus dem Norden, bis das Frühjahr das Wunder frisch erblühenden Lebens erneut vollbrachte.

Zwar war die Luft noch kühl, aber auch hier im Norden schickte der Frühling bereits seine Vorboten aus. Zumindest an diesem Tag lag blasses Sonnenlicht über dem weiten Land. Es war sehr still. Unter den Schritten der drei Wanderer bereitete sich die Erde auf neue Blüte vor.

In den sumpfigen Talsenken, zwischen den Wurzeln der Oberflächenvegetation und dem harten, wasserundurchlässigen Fels zwanzig Fuß tiefer, lag jene Torfschicht, die ein Nachkomme des Wanderers eines Tages als brennbar erkannt hatte. Die organische, halb zersetzte Masse sah wenig angenehm aus, war aber in Wirklichkeit ein unschätzbares Reservoir, das die Energie der Sonne für kalte Wintertage speicherte.

Das Land war nicht hübsch im herkömmlichen Sinne. Man musste schon empfänglich dafür sein, die herbe Schönheit zu erkennen. Das Land war auch nicht freundlich. Es hatte vieler Generationen von Menschen bedurft, dem unwirtlichen Gebiet ein Gefühl von Heimat abzuringen. Es war ein raues Land. Seine Schönheit lag nicht in farbenfrohen Blütenmeeren, sondern in seiner endlosen Weite und seiner majestätischen Unnahbarkeit. Hier war das Reich der Ruhe, der Feierlichkeit und der Einsamkeit.

Die drei Freunde sprachen wenig auf ihrem Weg von der Hügelfestung zum rundlich kahlen Hügel des Beinn Donuill. Sie hatten den Berg schon oft bestiegen und die Aussicht von seinem Gipfel genossen. An diesem Tag jedoch gingen sie um seinen Fuß herum bis zum Ufer des Aethbran nan Bronait. Der Fluss beschrieb an dieser Stelle eine weite Südschleife. Die drei jungen Männer wandten sich nach Westen. Anderthalb Meilen flussaufwärts gab es eine Furt.

Nachdem sie den Berg umrundet hatten, veränderte sich die Landschaft. Sie wanderten am Ufer des Flusses in der Talsohle entlang. Die Hänge rechts und links wurden steiler. Vor allem die Flanke des Beinn Donuill war auf dieser Seite viel felsiger und fiel jäh ab. Hier verdeckte der Berg die Sonne, und die Freunde gingen eine ganze Weile durch einen riesigen, dunklen Schatten. Auf dem Hang lag noch viel Schnee. In halber Höhe gab es eine geschützte Vertiefung, die jedes Jahr nur Ende Juli für wenige Tage einmal die Sonne sah. An dieser Stelle lag der Schnee bestimmt fünfzehn Fuß tief. In den Seitentälern, die sich nach Norden öffneten und wo die umliegenden Hügel kein Sonnenlicht bis zur Talsohle durchdringen ließen, blieb der Boden oft sechs Monate im Jahr steinhart gefroren.

Durch ein solches Tal kamen sie jetzt. Die frostige Erde knirschte unter ihren lederumwickelten Füßen. Die Sonne stand hoch am Himmel und beschien die Gipfel der Berge. Hier und da spross vereinzeltes Grün und bewies, dass der Frühling auch in dieser Region nicht mehr lange auf sich warten lassen würde. Dennoch war die Sonne hier ein seltener Gast. Selbst im Hochsommer schaffte sie es nicht, in jede Felsspalte und jeden Winkel einzudringen. Und jetzt, wo der Sommer noch lange nicht in Sicht war, war es in den Felsspalten bitter kalt, und in den Winkeln lag dunkles Eis.

Fidach sah die Dinge und bewahrte sie in seinem Herzen. Er dachte darüber nach, genau wie über seinen Traum vom Weißen Hirsch. Schweigend setzte er einen Fuß vor den anderen. Fidach war ein typischer Kelte, in dessen Seele sich mystische Idylle mit unbestimmten Gefühlen mischte.

Für Cruithne war der Ausflug ein herrliches Abenteuer, das ihn seine Lebendigkeit spüren ließ. Mit frischem Schritt führte er die Gruppe an, lächelte verschmitzt und atmete die prickelnd kalte Luft genussvoll und tief in seine Lungen. Er trug einen Speer, der ihm im unebenen Gelände als Stütze diente, und zappelte innerlich vor Ungeduld und Vorfreude auf die Jagd, die vor ihm lag. In seinem Herzen war kein Platz für Poesie. Er hoffte insgeheim, eines Tages als der Mann in die Annalen seines Volkes einzugehen, der den endgültigen Sieg über den unerreichbaren Weißen Hirsch davongetragen hatte.

Auch Cruithne war ein typischer Kelte. Sein heißes Blut liebte die Herausforderung, und niemals legte er den schlanken Speer mit der Eisenspitze aus der Hand.

Domnall folgte dem Seher-Häuptling und dem Krieger-Häuptling. Er war erst sechzehn und in vieler Hinsicht noch ein Kind, aber schon zeichneten sich die wesentlichen Züge des künftigen Barden in seinem Charakter ab. Bereits jetzt hatte er ein sicheres Gespür für die Geheimnisse des Landes, seiner Kreaturen und der Menschen, die es bewohnten. Sein Vater, auf dessen Knien er den alten Geschichten seines Volkes schon gelauscht hatte, bevor er laufen konnte, hatte ihm sehende Augen und ein verständiges Herz vererbt. Er war in der Lage, zu erkennen, was die Dinge bedeuteten. Seitdem er aufrecht sitzen konnte, hatte er Harfe spielen gelernt. Die unzähligen Balladen, die von der Geschichte Caldohnuills handelten, waren zu einem Teil seines Wesens geworden.

Ohne sich dessen bewusst zu sein, summte Domnall im Gehen einen uralten Jagdgesang, dessen Ursprung sich im Dunkel der Geschichte verlor. Schon hatte das bevorstehende Abenteuer eine Spur in seiner Seele hinterlassen. Später würde er sie den Geschichten hinzufügen, die er seinem Sohn erzählte. Denn auch er war Kelte und überdies Sohn eines Barden. Sein ganzes Sein war immer zum Singen bereit. Ob traurige Melodie oder fröhliches Lied, er sang von dem, was gewesen war und von dem, was sein würde.

So verschieden das Temperament der drei jungen Männer auch war, jeder von ihnen stellte eine bestimmte Ausprägung des keltischen Charakters dar. Sie gehörten dem gleichen Clan an, sie stammten vom gleichen Blut und waren eng befreundet. Das verband sie. Und doch gab es große Unterschiede. War der eine ein Mystiker mit der Gabe, mehr als das vordergründig Sichtbare zu erkennen, so war der zweite ein heißblütiger Abenteurer und der dritte ein Barde und Geschichtenerzähler. Der Ausdruck ihrer Gesichter, während sie über den gefrorenen Boden marschierten, zeigte die gesamte Vielfalt des keltischen Wesens, ihrer Rasse und ihres Clans.

Einige Stunden später wurden die Schatten sichtlich länger. Die drei Freunde waren noch immer unterwegs. Sie hatten etwa sieben Meilen zurückgelegt und an einem Bach zehn wunderschöne Forellen gefangen. Zusammen mit dem getrockneten Salzfleisch und den harten Fladen, die sie aus gemahlenem Hafer, Wasser und geschmolzenem Wildschweinfett gebacken und als Proviant mitgenommen hatten, würde ihr Fang ein herrliches Abendessen abgeben.

Der Wind hatte etwas nachgelassen, war aber mit hereinbrechender Dämmerung kühler geworden. Sie waren in der Nähe von Cracail Mor angekommen und umrundeten das Ufer eines kleinen Sees, der einsam zwischen steilen Felsabhängen lag. Hier zu wandern war schon bei hellem Tageslicht nicht ganz ungefährlich, in der Dunkelheit allerdings konnte ein solches Abenteuer leicht ein vorzeitiges Ende finden.

Die umliegenden Hügel boten ein Bild der Hoffnungslosigkeit. Die wenigen zarten, grünen Spitzen, die es gewagt hatten, zwischen dem harten Gestein hervorzulugen, waren jetzt vom Reif der bevorstehenden Nacht umhüllt. Die karge Vegetation war weder sehr heimelig noch irgendwie schön. Alles um sie herum war grau oder braun, sah abgenutzt und müde aus –und war entsetzlich kalt.

In dieser Nacht würden die Freunde es nicht mehr schaffen, aus der einsamen Gegend herauszukommen, wie sie es ursprünglich geplant hatten. Sie suchten nach einer flachen Stelle im Windschatten eines großen Steines oder Felsen. Dort wollten sie ihr Lager aufschlagen und ein Feuer entfachen, das sie in den dunklen Nachtstunden wärmen und schützen sollte. Sie waren nun wirklich dankbar für die dichten Pelze, die sie mitgenommen hatten.

Eine Stunde später saßen sie, gut geschützt vor dem eisigen Südwestwind, an einem wohlig wärmenden Feuer, freuten sich über das fröhliche Ende ihres ersten Wandertages und genossen den Lohn ihrer Anglermühen am See.

Zehn

Weit entfernt, mindestens fünfzehn Meilen genau südlich des Lagers der Freunde, brannte ebenfalls ein Feuer. Es war in einer gottverlassenen Höhle am Ufer des Loch Durcellach angezündet worden und längst nicht so groß wie das Feuer der Wanderer. Die drei Gestalten, die sich um das Feuer drängten, brauchten nicht viel Wärme. Das Blut pochte heiß genug in ihren Adern.

Eine offensichtlich alte Frau, deren Augenfalten von den flackernden Flammen hervorgehoben wurden, deren Körper aber noch fest und stark schien, unterhielt sich mit zwei Männern. Sie schien sich schwer verständlich machen zu können, denn sie gestikulierte heftig. Ihre Augen, gefangen in einem feinen Netz aus Falten, strahlten ein merkwürdiges Leuchten aus. Mit geballter Faust unterstrich sie die Worte, die heftig aus ihr herausbrachen.

Die Frau und die beiden Männer gehörten verschiedenen Stämmen an, die sich aber auf die gleichen Vorfahren beriefen. Ihre Sprachen waren sich immerhin so ähnlich, dass sie sich einigermaßen miteinander verständigen konnten. Die beiden Männer gehörten dem Stamm der Roismaeatae an, was bedeutete, dass sie einem Zweig der keltischen Maeatae zugerechnet wurden, der nach Norden gewandert war und sich in Rois niedergelassen hatte. Die Frau war von Laoigh in Caldohnuill in den Süden gekommen, um sie dort zu treffen. Die beiden Stämme waren zwar keine ausgesprochenen Feinde, aber trotz der gemeinsamen Vorfahren gab es wenig freundschaftliche Bande zwischen ihnen. Die Frau und die beiden Männer machten da keine Ausnahme. Der Grund für das nächtliche Treffen am Feuer war ausschließlich eigenes Interesse – auf beiden Seiten.

Die Frau versuchte, überzeugend zu sein.

»Es bleibt nicht mehr viel Zeit, sage ich euch. Ihr müsst handeln, bevor es zu spät ist!«

»Wir können die Hügelfestung nicht stürmen. Wir würden niedergemetzelt, ehe wir die Anhöhe geschafft hätten.«

»Habt ihr denn nicht zugehört, ihr Idioten?«, zischte die Frau. »Ihr müsst euch in die Siedlung einschleichen. Und wenn die Zeit reif und der Junge allein ist …«

»So etwas geht nur nachts.«

»Keine Frage!«

»Und wie erkennen wir ihn?«

»Lasst das meine Sorge sein. Wenn es soweit ist, werde ich ihn so begrüßen, dass ihr euch nicht irren könnt.«

»Jeder noch so kleine Fehler kann dich den Kopf kosten, Alte!«

»Wir warten eine Nacht ab, in der mein eigener Sohn nicht im Fort ist. Aber dann muss es schnell gehen.«

»Was hat dein Sohn mit der Geschichte zu tun, Base der Maeatae?«, fragte der andere Mann.

»Halt den Mund!«, fuhr die Frau ihn an. »Selbst an diesem verlassenen Ort darfst du so etwas auf keinen Fall sagen. Den Leuten im Dorf war meine Abstammung immer ein Rätsel. Wenn sie je erfahren sollten, dass euer Blut in den Adern meines Sohnes fließt, lassen sie ihn nie Chief werden.«

Einer der Männer lachte. Es war kein fröhliches Lachen. Für die Frau spiegelte es ihre eigene Enttäuschung wider.

»Wieso glaubst du überhaupt, dass er Chief werden wird?«, fragte der Mann und lachte wieder freudlos auf.

»Wenn ihr so handelt, wie ich es euch erklärt habe, wird ihnen keine andere Wahl bleiben. Ihr werdet meinen Mann, diesen armen Irren, töten und seinen Bastard ebenfalls. Dann werde ich dafür sorgen, dass mein Sohn zurückkehrt und die wilden Reiter verjagt. Man wird ihn für einen Helden halten.«

»So nennst du uns also: wilde Reiter!«, stellte der erste Mann mit drohendem Unterton in der Stimme fest.

»Ruhig Blut, du Idiot! Was glaubst du wohl, wie sie euch hinterher nennen werden?«

»Alte Hexe! Niemand sagt ungestraft Idiot zu mir!« Der Mann

richtete sich drohend auf und legte die Hand auf den Knauf seines Schwertes.

Die Frau blieb ungerührt sitzen. Ein spöttisches Lächeln spielte um ihre Lippen. Ihr war nicht die geringste Furcht anzumerken.

»Du bist zwar vielleicht ein gefährlicher Komplize«, sagte sie schließlich, »aber ich glaube kaum, dass du mir etwas antun würdest.«

»Du treibst mich zur Weißglut.«

»Mag schon sein. Trotzdem bin ich sicher, dass ihr auf meinen Plan eingeht, wenn ihr wisst, was gut für euch ist. Und möget ihr im tiefsten Verlies der dunklen Mächte schmoren, wenn ihr mir eine Falle stellt!«

»Ich glaube kaum, dass ich dir noch jemals in meinem Leben so nah kommen werde, dass dein übler Atem auch nur ein Härchen auf meinem Arm streifen könnte.«

»Mach doch, was du willst«, knurrte die Frau. »Aber nur ich kann euch Reichtum bescheren.«

»Was könntest du uns schon geben, was wir uns nicht selbst holen könnten? Genau da liegt der Fehler in deinem gewagten Plan, meine bösartige Base! Oh ja, du siehst, ich nenne dich so. Das Wort einer Frau hat mich noch nie das Fürchten gelehrt! Du hast meinen Bruder und mich hierher bestellt und uns deine Pläne auseinandergesetzt. Bis jetzt aber hast du noch kein Wort davon gesagt, was wir für einen Nutzen davon haben könnten. Was springt für uns dabei heraus?«

»Ich kann euch reich machen«, wiederholte die Frau. »Was haltet ihr von wertvollen Schalen und Bechern aus getriebenem Silber? Von prächtigem Geschmeide? Von Edelsteinen, die von weit her über das Dunkle Wasser gebracht wurden? Halsreife und Haarschmuck für eure Frauen? In der Hügelfestung gibt es viele Schätze, und nur ich bin in der Lage, an sie heranzukommen und sie euch zu übergeben. Ich werde euch das Silber bringen, nachdem mein Sohn euch vertrieben hat.«

»Glaubst du wirklich, wir rennen vor einem Jungen davon?«

»Einem Jungen?«, keifte die Frau. »Mein Sohn ist ein mächtiger Krieger, der es leicht mit dreien von eurer Sorte aufnimmt!«

»Aha, du fürchtest also um unsere Sicherheit, dass du uns bei Nacht und Nebel ins Fort einschleusen willst?«, grinste einer der Männer spöttisch.

»Er würde euch mit seinem Speer niedermachen, wenn ihr euch ungebeten in der Nähe der Festung zu schaffen machtet.«

»Auf einen Versuch käme es an. Ich wette, das Blut deines Sohnes würde die Erde samt dem Blut der anderen röten.«

»Eine einzige Drohung gegen seinen Bruder, diesen Weichling, und euer Kopf säße nicht mehr auf den Schultern, ehe ihr auch nur das Messer gezückt hättet.«

Sie schwieg und starrte gedankenvoll ins Feuer. Dann sagte sie ernst und leise: »Das ist die einzige Schwachstelle meines Sohnes: seine verdammte Liebe zu diesem nichtsnutzigen Sohn einer niedergeborenen Frau!«

Sie riss sich zusammen und wandte sich mit sprühendem Blick und giftiger Stimme wieder an die Männer.

»Ich sorge dafür, dass er rechtzeitig erscheint, um euch zu vertreiben. Und der Schwarze Tod hole euch, solltet ihr ihm auch nur ein Härchen krümmen. Die Arbeit, euch ein Messer in die Brust zu stoßen, würde ich ihm leichten Herzens abnehmen. Aber wenn ihr tut, was ich sage, und wegrennt wie Feiglinge, die ihr ja sowieso seid, dann komme ich sieben Tage später bei Vollmond hierher und bringe euch so viel Reichtum, dass es sogar euch Gierhälse befriedigt.«

»Und wie stellst du dir vor, dass wir unbemerkt ins Fort kommen? Die Leute wissen doch, dass du eine Verräterin bist, wenn sie uns zusammen sehen.«

»Ihr müsst als Freunde kommen.«

»Unmöglich!«

»Es gibt eine Möglichkeit!«

»Du kannst uns nicht in Gegenwart deiner Verwandten empfangen. Wir würden in unseren sicheren Tod rennen!«

Die Frau schwieg einen Augenblick und starrte in die verlöschenden Flammen. Ihre beiden Vettern, die sie seit mindestens zehn Jahren nicht mehr gesehen hatte, beobachteten ihre fieberhaften Augen. Sie misstrauten ihr, aber sie fühlten sich an das alte Band des Blutes gebunden, das in Laoigh niemand kannte – nicht einmal Eormens eigener Ehemann.

»Es geht, glaubt mir!«, sagte sie schließlich mit verhaltener Stimme. »Ihr müsst Rentiere oder Wölfe auf eure Brust malen, dann halten sie euch für Stammesverwandte aus Kildonanoid. Ich werde euch als entfernte Verwandte begrüßen. Es wird erzählt, die alte Cowall sei mit ihren Säuglingen und ihrem Mann von Norden nach Süden gewandert.«

»Unsere Körper mit den Zeichen des Feindes tätowieren?« Die Stimme des Mannes wurde laut. »Verräterin!«

Die Frau lachte. Die Dünnhäutigkeit und Engstirnigkeit des Mannes, mit dem sie als Kind gespielt hatte, amüsierten sie.

»Ich habe von Malen gesprochen, nicht von Tätowieren! Die Zeichnungen sollen doch nicht ewig halten! Ihr nehmt etwas Rattenblut, ein wenig Torfwasser und mischt es mit der farbigen Erde von Kermes. Das reicht schon. Wenn alles vorüber ist, schwimmt ihr durch Loch Durcellach, und euer vorübergehender Verrat wird ins Meer gespült.«

»Und was machen wir, wenn es regnet?«

»Dann zieht ihr euch etwas über, Idiot! Das müsst ihr sowieso, damit sie nicht diese hässlichen, verschlungenen Schlangen auf euren Rücken erkennen und sofort wissen, dass ihr zu den verhassten Maeatae gehört.«

»Du schickst uns also sozusagen in den Wolfsbau mit einer aufgemalten Tätowierung als einzigem Schutz?«

»Der Wolf ist alt und hat schwache Augen. Bringt ihm ein Geschenk mit und seht zu, dass ihr nicht von Süden kommt. Der arme Irre hat eine Schwäche für Wildschweinbraten. Kommt mit einem toten Eber auf dem Rücken und ein paar Grußworten, und ihr seid herzlich willkommen. Die Waffen, die ihr braucht, könnt ihr in dem Kadaver verstecken. Um alles andere kümmere ich mich. Ihr könnt mir getrost vertrauen.«

Beide Männer mussten bei diesen Worten lachen.

»Du bist eine alte Hexe«, sagte der eine. »Und wenn ich nur die Spur einer Gefahr hinter Tarans Mauern wittere, dann werde ich dich als Allererste aufschlitzen!«

»Wenn ihr euch an meine Anweisung haltet, ist es völlig ungefährlich!«

»Und wenn das Silber nicht so viel und so wertvoll ist, wie du versprochen hast«, fügte der andere hinzu, »dann wird ein zweiter Überfall auf Laoigh stattfinden, und zwar in einer Nacht, wo du es am wenigsten erwartest. Mit Freuden werden wir deinen Kopf als Trophäe mitnehmen!«

»Ihr seid eben doch nur Idioten«, sagte die Frau. »Das Silber gehört euch, sobald mein Sohn Chief ist.«

Sie stand auf, drehte sich um und ging zum Ausgang der Höhle. Die Stimme eines ihrer Vettern stoppte sie.

»Sei wachsam, Alte! Unsere Druiden werden für das Gelingen unseres Feldzugs im Heiligen Hain eine Jungfrau opfern. Wir kommen in spätestens fünfzehn Tagen von heute an gerechnet, wenn die Sonne am höchsten steht. Wenn wir sehen, dass du uns betrogen hast, werden wir die Heiligen Eichen mit deinem Blut tränken.«

Die Frau nickte nur und verschwand in der Nacht.

Eine Zeitlang sprach keiner der beiden Männer. Stumm saßen sie nebeneinander und sahen den ersterbenden Flammen zu, bis nur noch dunkelrote Glut pulsierte. Als schließlich auch sie aufstanden und gingen, war das Innere der Höhle völlig dunkel. Nur ein dünner Rauchfaden erinnerte noch daran, dass sie hier gewesen waren.

Elf

Der Morgen war bereits weit vorangeschritten, als die drei jungen Männer die Bruid Falls erreichten. Sie hörten das Brausen der schäumend abstürzenden Wassermassen lange, bevor sie den atemberaubenden Anblick zu Gesicht bekamen. Das erhöhte für die drei aber nur den angenehmen Nervenkitzel dieses gefahrvollen Ortes.

Loch Bruid war der größte See im Umkreis vieler Tagesmärsche. Er war vom Inlandeis tief in den Granit geschliffen worden. Dank einer zufälligen Laune der Natur lag er fast auf dem Gipfel einer Gebirgskette – ein annähernd zweitausend Fuß hoch eingegrabenes Becken, das vom Schmelzwasser der umliegenden Gletscher gespeist wurde, aber keinen natürlichen Abfluss hatte. Am südöstlichen Ende des Sees befand sich eine enge Schlucht zwischen zwei jäh abfallenden Klippen, durch die sich je nach Jahreszeit ein schmaler, reißender und manchmal auch ziemlich tiefer Sturzbach ergoss, der sich etwa acht Meilen später mit dem Wasser von Loch Durcellach mischte, von dort nach Osten eilte und ins Meer mündete.

Das Besondere an diesem Überlauf von Loch Bruid war nicht etwa die Tatsache, dass der Sturzbach zweitausend Fuß Höhenunterschied bewältigen musste, sondern dass er das auf einer Strecke von höchstens fünfhundert Fuß tat, und zwar ziemlich genau auf halbem Weg zwischen Bruid und Durcellach. Zunächst floss er fröhlich ein Stück bergab, wandte sich nach Süden und bekam mehr Nahrung und mehr Geschwindigkeit von kleinen Seitenbächen. Und dann, ohne Vorwarnung, schien die Erde unter ihm nachzugeben, und er stürzte tobend und schäumend über Felsen und Steine.

Bis zu einer bestimmten Stelle. Es war ein geologisches Wunder, fast schon Verschwendung von Schönheit in dieser Wildnis, wo kein Mensch es je zu Gesicht bekam, wie die wirbelnden

Wassermassen sich plötzlich beruhigten, sich in einem schmalen, stillen, sanften Becken von höchsten vierzig Fuß Länge sammelten, um dann mit einem Mal über einen überhängenden Felsen dreihundert Fuß tief in freiem Fall zu Tal zu donnern. Unten war ein weites Becken von unbekannter Tiefe, das einzig zu dem Zweck aus dem Fels gehauen schien, den sprühenden, gischtenden Wasserfall in sich aufzunehmen.

Auf einem Drittel der Höhe des Wasserfalls hielten Cruithne, Fidach und Domnall an und bewunderten die Aussicht. Domnall hatte die Fälle erst ein einziges Mal gesehen. Damals war er noch sehr klein und mit seinem Vater unterwegs gewesen. Den ganzen Morgen schon hatten die beiden Söhne des Chiefs seine Erwartungen mit ihren spannenden Erzählungen geschürt.

Als Domnall nun nach oben schaute, wo das Wasser wie von einer unsichtbaren Macht getrieben aus dem Berg zu explodieren schien und anschließend in der Tiefe die aufgewühlten Wasserwirbel in den Bergsee stürzen sah, da wurde seine Bardenseele bis ins Innerste berührt. Er nahm nicht nur Anblick und Klang des donnernd zu Tal stürzenden Wassers in sich auf, sondern dahinter entdeckte er Bilder von Jahreszeiten und Zeitaltern, von Hitze und Kälte, von Eis und Sonne, von Regen und Wolken, kurz, von den Dingen, die zur Entstehung dieses Wassers und zu seinem jähen Absturz geführt hatten.

»Na, Domnall«, sagte Cruithne neugierig, »haben wir zu viel versprochen?«

»Es ist … einfach wundervoll«, antwortete Pendalpins Sohn mit weicher Stimme.

Auf Fidach und Domnall machte das grandiose Naturschauspiel einen ganz besonderen Eindruck. Für beide war es wie ein Geschenk an ihre Sinne.

Hätte Fidach gewusst, was auch die weisesten Barden noch nicht herausgefunden hatten – dass nämlich alles Wasser der Seen und Flüsse, ja sogar das der großen Meere, unsichtbar in den Himmel zurückkehrte und zu seiner Zeit zurück auf die Erde fiel –, der Anblick hätte ihn noch tiefer berührt. Himmel und Erde waren auf ewige Zeiten durch einen immerwährenden Kreislauf von Anfang und Ende verbunden. Doch so fühlte Fidach nur in seinem Innern, was sein Geist noch nicht wissen konnte, und verharrte in ehrfürchtigem Staunen. Er schaute, lauschte und war einfach nur glücklich.

Während die beiden jungen Philosophen stumm das Naturwunder betrachteten, brannte der energiegeladene Cruithne vor Ungeduld, endlich seiner Lieblingstätigkeit am Wasserfall nachgehen zu können.

»Los, ihr beiden! Kommt!«, rief er und stürmte auf einem kaum erkennbaren Pfad zum Fuß des Wasserfalls hinunter. »Heute ist es schon richtig warm. Wir müssen uns abkühlen, bevor wir weitergehen.«

Die beiden Älteren hatten längst einen Plan ausgeheckt, wie sie Domnall einen gehörigen Schrecken einjagen wollten.

Mit breitem Grinsen folgte Fidach seinem Bruder ins Tal. »Das Wasser ist herrlich«, rief er. »Komm, Domnall, wir schwimmen eine Runde unten im Becken.«

Zweifelnd blickte Domnall in die brodelnde Gischt. Jeder Versuch, auch nur einen Fuß in die wütenden Wassermassen zu setzen, würde mit Sicherheit tödlich enden. Doch bevor er auch nur den kleinsten Einwand loswerden konnte, waren seine beiden Freunde längst außer Sichtweite.

Hastig kraxelte Domnall den felsigen Bergrücken hinunter, der den furchteinflößenden Wasserfall begrenzte. Das ohrenbetäubende Donnern des Wassers schluckte jeden anderen Laut. Er glitschte über einen moosigen Hang und hangelte sich über Felsbrocken. Schließlich kam er an eine Stelle, die flach genug für ein paar Laufschritte war.

Doch es war hoffnungslos. Er konnte Fidach und Cruithne nicht einholen. Wenn er seine Ohren sehr anstrengte, hörte er weit voraus manchmal lachende Stimmfetzen.

Als er die beiden das nächste Mal sah, hatten sie ein Plateau oberhalb des von seinem Standpunkt unsichtbaren Beckens erreicht. Er kam gerade aus einem Krüppelkieferdickicht und sah die beiden direkt neben dem im freien Fall zu Tal tobenden Katarakt splitternackt auf den tödlichen Pool zulaufen.

»Halt!«, rief Domnall. Der Klang seiner Stimme wurde vom betäubenden Lärm des Wassers einfach geschluckt.

Er rannte hinter den Brüdern her.

Plötzlich hielt Cruithne an und drehte sich um. Auch Fidach stoppte seinen Lauf.

»Das dürft ihr nicht tun!«, brüllte Domnall aus vollem Hals. Er erreichte die beiden und blieb stehen. »Das Wasser ist viel zu gefährlich! Die Wirbel reißen euch nach unten, und ihr kommt nie wieder an die Oberfläche!«

»Quatsch!«, sagte Cruithne. »Hältst du mich für einen solchen Schwächling, dass ich nicht gegen die paar Wirbel anschwimmen könnte?«

»Kein Mensch kann so einen Wasserfall überleben«!, schrie Domnall und zeigte auf die schäumende Gischt.

»Runter mit deinen Fellen, Domnall!«, kommandierte Fidach nun grinsend. »Wir werden alle drei schwimmen und die mächtigen Bruid Falls besiegen!«

Noch während er sprach, drehte er sich um und stürmte davon. Cruithne folgte ihm auf dem Fuß.

»Nicht! Nein!«, flehte Domnall und stürzte hinter ihnen her.

Aber er kam zu spät.

Bevor er sie erreichte, sprang Fidach plötzlich ab, als wolle er einen Kopfsprung in den See machen. Er verschwand sofort. Cruithne folgte ihm. Auch er schien zu fliegen.

Domnall erreichte die Absprungstelle und sah gerade noch Cruithnes Füße, die in einem tiefen, ruhigen See mindestens zwanzig Fuß unterhalb des Auffangbeckens verschwanden. Der Teich lag völlig versteckt und war von dem tosenden Wasserfall durch eine hohe Felsklippe getrennt.

Tarans Söhne waren schon viele Male an diesem Ort gewesen,

seitdem sie den kleinen Teich entdeckt hatten. Es bereitete ihnen eine geradezu animalische Freude, sich kopfüber in das kühle, ruhige Wasser zu stürzen. Auch dieses Becken wurde von dem Wasserfall gespeist, doch der Überlauf war sanft und das Wasser ruhig. Es war jedes Mal das gleiche Spiel: sie schwammen gegen die Strömung des kleinen Überlaufs an, ließen sich ordentlich durchwalken und herumwälzen, sprangen prustend und sich schüttelnd aus dem Teich und kletterten den Abhang zu einem weiteren Kopfsprung hoch.

Zwei Köpfe tauchten aus den kühlen Fluten und lachten laut und herzlich.

»Komm, Domnall!«, rief Fidach zu dem Jungen hinauf. Das Wasser ist tief hier. Es gibt weder versteckte Felsen noch Steine.«

»Ich hatte gedacht …«, stammelte Domnall.

Cruithne kletterte aus dem Wasser und lief den Abhang hoch. »Du glaubst doch nicht wirklich, dass wir so verrückt wären?«, lachte er und nickte in Richtung des tosenden Auffangbeckens. »Da drin überleben noch nicht einmal Fische.«

»Es hat ausgesehen, als wärt ihr geradenwegs hineingesprungen!«

»Ach Domnall, wie müssen wir dich enttäuscht haben«, neckte Cruithne den Jungen, als er die Absprungstelle erreichte. »Wir wollten dir nur einen kleinen Streich spielen. Du solltest den versteckten Teich kennen lernen … und das hier!«

Mit diesen Worten drehte er sich um und sprang erneut kopfüber in den Teich, wo er mit einem riesigen Platsch landete. Prustend tauchte er wieder auf und jauchzte vor Vergnügen.

»Ist es denn nicht kalt?«, rief Domnall zu den Brüdern hinunter.

»So kalt wie das Eis, von dem es stammt«, antwortete Fidach, der nun seinerseits den Hügel wieder erklommen hatte, um erneut zu springen. »Nur harte Männer können das ertragen!«

Auch Cruithne war schon bald wieder da, ging einige Schritte rückwärts, drehte sich um und rannte auf den Rand der Klippe zu. Mit einem entzückten Schrei folgte Fidach seinem Bruder. Nur Sekundenbruchteile später lag Domnalls Fell auf dem Boden, und jauchzend flog er durch die Morgenluft hinter den Brüdern her.

Vermutlich war der Sturzbach in früheren Zeiten durch das Becken geströmt, in dem die drei jungen Männer sich jetzt wie Kinder vergnügten. Aber mit der Zeit hatte sich sein Lauf verändert, und er machte nach seinem atemberaubenden Sturz einen scharfen Knick nach rechts, bevor er mit kaum gebremster Wucht Richtung Durcellach tobte. Links war nur noch ein schmales Rinnsal übrig geblieben, das den tiefen, ruhigen Teich mit eiskaltem Wasser versorgte.

Jemand, der nicht mit der Gegend vertraut war, hätte das bräunliche, schaumige Wasser vielleicht nicht besonders gemocht, obwohl sowohl Farbe als auch Schaum völlig natürlichen Ursprungs waren. Aber es war eben kein blaues oder grünes Wasser.

Tatsächlich stammte es nicht nur aus den Gletschern, dem Schnee und vom Regen. Auf seinem langen Weg ins Tal sickerte das Schmelzwasser durch dicke Lagen Torf, die ihm seine goldbraune Farbe verliehen. Loch Bruid schimmerte fast das ganze Jahr hindurch in einem blassen, hellen Blau, der Farbe des geschmolzenen Schnees, der es speiste. Aber der Sturzbach, der sich aus ihm ergoss und der zusätzlich von vielen kleinen Quellen genährt wurde, die rechts und links aus den Torfmooren kamen, wurde um so bräunlicher, je weiter er zu Tal floss. Bei den Bruid Falls hatte das ehemals blaue Wasser eine satte, tiefgoldene Farbe. Selbst die Steine, über die der Bach hinweg sprang, waren nicht mehr granitgrau, sondern hatten den warmen, erdigen Farbton angenommen.

Die drei jungen Männer tobten und lachten, tauchten und sprangen in diesem kalten braunen Wasser herum, dessen Sicherheit sie umso mehr genossen, als direkt nebenan die Natur lautstark ihre ungezügelte Gewalt demonstrierte. Allerdings waren auch die eisigen Temperaturen des Teiches eine Folge der Natur, der sie bald Tribut zollen mussten. Nach zehn Minuten ihres kalten Vergnügens sahen sich die Freunde gezwungen, trockenere Gefilde aufzusuchen.

Sie rannten mehrmals den versteckten Pfad hinauf und hinunter, um sich aufzuwärmen und ein wenig zu trocknen, bevor sie ihre Felle wieder umlegten. Schließlich stiegen sie den Weg empor, den sie gekommen waren. Cruithne und Fidach hielten noch einmal an und zeigten Domnall einen anderen kleinen Teich fast auf dem Gipfel, von dem aus man den mächtigen Fall bei seinem Sturz ins Ungewisse fast mit der Hand berühren konnte. Hier rasteten sie und aßen Haferfladen und die Reste vom Fisch des vorigen Abends.

Nachdem sie sich aufgewärmt, ausgeruht und gegessen hatten, schwammen sie noch einmal. Dann planten sie ihre weitere Wegstrecke, die sie von jetzt an nordöstlich zum Loch Craggie führen sollte, das sie bis zum Abend zu erreichen hofften.

Natürlich hing alles davon ab, wie sich der Nachmittag gestalten würde.

Sie wollten im Muigh-bhlaraidh Ecgfrith nach Spuren suchen. Wenn der Hirsch wirklich in den Wald zurückgekehrt war, würden sie es erfahren.

• Zwölf •

In ganz Caldohnuill gab es keine gewitzteren Jäger als die beiden Söhne von Taran.

Jeder für sich allein war ebenso gut wie jeder andere Mann des Stammes. Beide waren auf ihre Weise begabt, aber nicht mehr und nicht weniger als alle anderen auch. Doch wenn sie gemeinsam jagten, waren sie in der Lage, die Gedanken des anderen zu erahnen, und konnten vorausschauend handeln. Daher hatte kaum ein Wild eine Chance gegen sie.

Sie hatten den jungen Domnall dieses Mal auch deswegen mitgenommen, um ihn zu lehren, auf ihre Weise zu jagen. Dabei kam es weniger auf die Kraft des Körpers an oder die Geschwindigkeit, mit der ein Speer geworfen wurde, als vielmehr darauf, so zu denken wie das gejagte Tier. Den ganzen restlichen Tag, nachdem sie den Wasserfall hinter sich gelassen hatten, sprachen Cruithne und Fidach mit dem zukünftigen Barden über ihre Art der Jagd, erklärten ihre Techniken und erzählten von Dingen, die sie auf früheren Jagdzügen gesehen und erlebt hatten.

Fidach konnte sehr weit sehen und war ruhig, Cruithne hatte einen scharfen Blick und war schnell. Die enge Verbindung zwischen beiden ließ eher an eineiige Zwillinge als an Halbbrüder denken. Sie brauchten nur einen Blick, ein Heben der Augenbraue, eine kaum merkliche Kopfbewegung, eine Geste oder ein Lippenzucken, um einander zu verstehen. Ihre Seelen waren einander nah und brauchten nur wenige Worte zur Verständigung.

Ihre tiefe Liebe zueinander schuf ein ebenso tiefes Vertrauen. Wenn Cruithne bei Fidach einen ganz bestimmten Gesichtsausdruck entdeckte, wusste er, dass ein Wild in der Nähe war. Sofort hörte er auf zu sprechen und beobachtete seinen Bruder genau. Er konnte Fidachs Gesicht entnehmen, um welche Art Tier es sich handelte und wie er sich zu verhalten hatte.

Fidach hingegen hatte ein schier unbegrenztes Vertrauen in Cruithnes Meisterschaft beim Speerwurf. Sein Herz schlug keinen Deut schneller im Angriffsbereich eines Wildschweins oder Elches, wenn er seinen Bruder in der Nähe wusste. War Cruithne anwesend, drohte ihm keine Gefahr.

Die einzige Uneinigkeit zwischen den Brüdern bestand darin, dass Fidach den Gefühlen der Tiere für Cruithnes Geschmack zu viel Wert beimaß. Fidach hingegen machte sich Sorgen darüber, dass Cruithne zu viel Spaß am Töten hatte. Sie lösten das Dilemma, indem sie sich einigten, niemals nur aus Sport zu jagen. Auch Fidach tötete leichten Herzens, wenn die Ernährungslage des Stammes es erforderte, und er gestattete Cruithne die sportliche Freude an der Jagd, wenn es um Wölfe oder andere Raubtiere ging, die eine ständige Bedrohung für die Hügelfeste und die zahmen Haustiere darstellten.

Bisher hatten sie noch nicht darüber gesprochen, ob sie den Weißen Hirsch töten würden, wenn es zu einer Begegnung käme. Nach Cruithnes Vorstellung würde ein Hirsch eine ansehnliche Menge Fleisch für Laoigh liefern. Aber Fidach wusste, dass der Eifer seines Bruders tiefere Wurzeln hatte. Es war eine der wenigen, unausgesprochenen Schranken zwischen ihnen beiden, und Fidach legte diesbezüglich eine gewisse Unruhe an den Tag. Sie würden sich schließlich entscheiden müssen. Fidach wollte den großen Weißen Hirsch nur sehen. Cruithne wollte ihn besiegen. Auch Fidachs Zweites Gesicht half ihm bei ihrer unterschiedlichen Auffassung nicht weiter.

Doch im Augenblick wanderten sie nur und erklärten Domnall ihre Jagdmethoden.

»Das Geheimnis liegt darin, Hand in Hand zu arbeiten«, sagte Cruithne. »Natürlich jagen wir, um genügend Nahrung zu haben, aber viele Männer jagen auch, weil sie ein Gefühl von Macht und Überlegenheit suchen. Für sie ist es eine Art Wettbewerb. Deshalb arbeiten sie oft gegeneinander. Aber wer gegen seinen Kameraden arbeitet, arbeitet gegen sich selbst.«

»Das hört sich so gar nicht nach Cruithne, dem Jäger, an.«

Cruithne lachte. »Das habe ich von meinem Bruder, dem Tier- und Menschenfreund gelernt«, sagte er. »Er hat mich gelehrt, mit mehr als meinen Armen und meinem Speer zu jagen. Er hat mich Dinge des Herzens und des Geistes gelehrt. Und er hat mir beigebracht, mit List vorzugehen.«

»Ist das wahr?«, fragte Domnall und sah Tarans älteren Sohn interessiert an.

Fidach lächelte. »Ich habe ihm bestimmt nicht die List beigebracht«, antwortete er. »Aber mit meiner Hilfe hat er erkannt, dass wir die besten Erfolge miteinander und nicht gegeneinander erzielen. Zwei Brüder wie wir, beide Söhne des Häuptlings und fast gleichaltrig, würden uns sonst vor Eifersucht gegenseitig das Le-

ben schwer machen, weil jeder auf seine Weise versuchen würde, die Aufmerksamkeit des Vaters zu erregen.«

»Und warum seid ihr nicht eifersüchtig aufeinander?«

»Das hat mit der Vielfalt des Lebens zu tun. Zwar trifft Cruithnes Speer das Wildschwein beim ersten Versuch mitten ins Herz,
aber ich habe es aufgestöbert und in seine Reichweite getrieben.
Wenn jeder von uns es allein versucht hätte, wären wir vielleicht
nicht erfolgreich gewesen. Zusammen aber können wir mit fast
jedem Tier fertig werden.«

»Und der Hirsch?«

»Sollten wir ihn aufstöbern, dann nur deshalb, weil wir gemeinsam und in Harmonie darauf hin gearbeitet haben. Ein einzelner Jäger wäre dazu nicht fähig.«

Sie redeten und wanderten. Allmählich änderte sich die Landschaft. Sie hatten ein weites, baumloses Hochplateau überquert
und gelangten nun in einen dichten, grünen Wald voller Unterholz, verschiedenen Gräsern und Blumen, die man sonst in diesen
Breiten nicht fand. Dank einer Laune der Natur, die vielleicht mit
der vorherrschenden Windrichtung zu tun hatte oder auch mit der
Lage der Berge rund um Loch Bruid, ging über dem Gebiet des
Muigh-bhlaraidh Ecgfrith die doppelte Regenmenge nieder als
sonst in der Region. Außerdem enthielt der Boden mehr Erde und
weniger Torf, was eine üppige Vegetation zur Folge hatte.

Die drei jungen Männer folgten keinem bestimmten Weg, als
sich der Muigh-bhlaraidh Ecgfrith um sie schloss. Die Brüder waren schon oft hier gewesen, suchten aber jedes Mal eine neue
Strecke durch den dichten Wald aus. Heute wollten sie dahin gehen, wo die Zeichen sie hinlockten. Vielleicht würden sie die
Nacht im Unterholz verbringen. Sollten sie aber keine Spur des
Hirsches finden, würden sie den Wald durchqueren, ihren Weg
auf der anderen Seite fortsetzen und am Loch Craggie ihr Nachtlager aufschlagen.

Dreizehn

Die Bäume wurden höher, standen dichter beieinander und verbreiteten eine gewisse Feierlichkeit. Die Freunde sprachen kaum noch. Sie spürten den Zauber des Waldes.

Der Wald lebte sein eigenes Leben. Reden hätte einen Einbruch in die wortlose Sprache der Natur bedeutet.

»Er ist da«, raunte Fidach plötzlich. »Fühlst du ihn nicht, Cruithne?«

»Dein Zweites Gesicht spielt dir einen Streich, Fidach«, flüsterte sein Bruder zurück. »Du spürst nur das Schweigen des Waldes.«

»Es ist mehr als nur das«, antwortete Fidach, immer noch sehr leise. »Ich habe dir doch gesagt, dass er uns gerufen hat.«

»Siehst du, Domnall«, lachte Cruithne, »mit so etwas muss ich Tag für Tag fertig werden. Mein Bruder hat den Kopf in den Wolken und gibt allen Dingen eine eigene Bedeutung, die kein anderer erkennt. Er fühlt und hört mit Sinnen, die den gemeinen Sterblichen vorenthalten sind. Jetzt hört er also den Weißen Hirsch rufen, als hätte das Tier es eilig, den Tod zu finden.«

Fidach lachte zu den freundlichen Spötteleien seines Bruders. Sie waren daran gewöhnt, sich gegenseitig mit ihren Eigenheiten auf den Arm zu nehmen.

»Mein Vater sagt, wenn der Hirsch sich zeigt, gibt es eine Veränderung in Caldohnuill«, sagte Domnall.

»Der Barde unseres Stammes irrt sich selten«, stellte Fidach ernst fest.

Eine kurze Pause folgte.

»Aber du tötest den Hirsch doch nicht, Cruithne, oder?«, fragte Fidach schließlich.

Cruithne zögerte.

»Ich bin Jäger, Bruder«, antwortete er endlich. Seine Stimme war nachdenklich. »Die Pritenae müssen jagen und töten, um überleben zu können.«

»Aber unsere heutige Beute ist kein gewöhnliches Tier!«

Wieder schwieg Cruithne, während er über Fidachs Worte nachdachte. »Ich muss jagen«, sagte er langsam, »und ich hoffe, du hilfst mir. Ich weiß noch nicht, was ich tun werde, wenn wir ihn wirklich finden. Auf keinen Fall lasse ich zu, dass wir uns wegen des Hirsches entzweien. Mir liegt mehr an dir als an diesem Wild.«

Fidach antwortete nicht. Für den Augenblick genügte ihm die Aussage seines Bruders. Schweigend setzten sie ihren Weg tiefer in den Muigh-bhlaraidh Ecgfrith fort.

Das blaue Gewölbe über ihnen war nun fast verdeckt von Zweigen und Ästen, die bereits das frische Grün des Frühlings trugen. Der Boden unter ihren Füßen federte. Feuchtes Moos und altes, braunes Herbstlaub bedeckten ihn wie ein dicker Teppich. Die Bäume, hauptsächlich Birken, Espen, Erlen und Ebereschen, waren nicht besonders groß. Nur einmal fanden sie eine uralte Kiefer, die mehrere Fuß Durchmesser hatte. Auch standen die Bäume nicht so dicht, dass es schwierig gewesen wäre, einen Weg zwischen ihnen hindurch zu finden, obwohl das Unterholz aus dicht gewachsener Hochlandheide und anderem Gestrüpp bestand.

Niemand hätte sagen können, ob es kürzlich geregnet hatte. Selbst im Hochsommer war der Wald ungewöhnlich feucht. Doch jetzt, Anfang des Frühjahrs, tröpfelte es allenthalben. Wo immer die Sonne sich einen Durchbruch verschaffte, glitzerten Tausende von Tropfen. Jeder Zweig und jeder Halm schmückte sich mit den Farben des Regenbogens, wo sich das Licht in der Nässe brach. Am späten Nachmittag zauberte die verblassende Sonne ein verwunschenes Spiel von Schatten und Helligkeit.

Unter dem Blättergewölbe hing ein modriger Duft von Feuchtigkeit, Erde, Holz, Wachstum und Verfall. Abgefallene Blätter und Nadeln aus Jahrhunderten bildeten zusammen mit dem Moos einen weichen Teppich. Hier und da lagen verrottete Stämme, aus deren Holz neue Triebe sprossen, wie ein Symbol für den niemals endenden Kreislauf aus Leben und Tod. Manchmal gab es im Sommer auch Blumen, aber es bedurfte eines geübten Auges, sie zu finden. Wilder Rhododendron wuchs in luftiger Höhe, hütete aber seine purpurnen Blüten eifersüchtig vor unbefugten Blicken. Zarte Blüten streckten ihre Köpfe durch den modrigen, dichten Bodenbelag, blühten und vergingen wieder. Die Freunde entdeckten ein paar Primeln auf dem Waldboden, die sich wie zum Schutz mit ihren rauen Blättern umgaben.

Es war wirklich ein Paradies. Eine ruhige, dunkle, versteckte eigene Welt. Als die Brüder vor vielen Jahren zum ersten Mal in diesen Wald gekommen waren, erlagen sie sofort seinem unwiderstehlichen Zauber. Selbst das fröhliche Lachen bei ihren Tauchbädern am Wasserfall oder das gemütliche Feuer zu Hause in der Hügelfestung konnte sich nicht mit dem ruhigen, tiefen Glück messen, das sie hier jedes Mal verspürten. Sie wussten nicht, ob jemals ein anderer Mensch außer ihnen seinen Fuß in den zauberhaften Wald gesetzt hatte. Sie hatten jedenfalls noch niemals jemanden getroffen. Aber beide spürten sofort den Ruf, der aus der Tiefe des geheimnisvollen Grüns zu ihnen drang: Ich gehöre euch. Freut euch an mir. Meine Schätze stehen euch offen.

Feierlich und langsam setzten sie ihren Weg durch den Wald fort. Domnalls hingebungsvolle Ehrfurcht lag offen zutage. Beide Brüder freuten sich, weil sie genau wussten, was der Junge fühlte. Sie erinnerten sich noch sehr gut an ihren eigenen ersten Tag in diesem Wald. Ziellos streiften sie durch das grüne Dickicht, wandten sich nach Osten oder Norden, wie es ihnen gerade in den Sinn kam.

Weder Fidach noch Cruithne führte die kleine Gruppe an. Mit geschärften Sinnen wanderten sie ohne besondere Eile. Eine geheimnisvolle Stille begleitete sie auf Schritt und Tritt. Selbst die Spatzen und Rotkehlchen, die Finken und Zaunkönige, die üblicherweise ihre Lieder aus den Baumwipfeln schmetterten, waren verstummt. Die Schritte der jungen Männer und ab und zu ein vorsichtig gewispertes Wort störten als einzige Laute die samtige

Stille. Im Muigh-bhlaraidh Ecgfrith war ein fremdes Wesen. Ein Wesen, das allen anderen seine Ruhe aufzwang.

Die Sonne hatte den Zenit bereits weit überschritten. Ihre Schatten, unterbrochen von den flirrenden Formen des Waldes, wurden immer länger vor ihren Füßen. Plötzlich blieb Fidach stehen. Lange lauschte er bewegungslos in den Wald hinein. Domnall und Cruithne warteten gespannt.

»Ich höre ihn, Cruithne«, flüsterte Fidach schließlich gedankenverloren.

Unbewusst griff Cruithne seinen Speer fester. »In welcher Richtung?«, raunte er.

Hinter ihnen stand Domnall, als wären seine Füße fest im Boden verwurzelt. Er versuchte zu erraten, ob vielleicht das Knacken eines dürren Zweiges oder ein ferner Hufschlag Fidachs übernatürlich feines Gehör erreicht hatte. Er selbst hörte gar nichts. Für ihn herrschte weiterhin Grabesstille im Wald.

Angestrengt lauschend wandte Fidach den Kopf langsam hin und her.

Cruithne und Domnall bemühten sich, in seinem Gesicht seine Gedanken zu lesen. Doch trotz des lebhaften Minenspiels seines Bruders konnte Cruithne keine Bedeutung darin erkennen.

Auf Zehenspitzen setzte Fidach sachte seinen Weg fort. Die beiden anderen folgten ihm.

Sie schlichen durch ein Kieferndickicht. Vorsichtig setzten sie die Füße auf den dicken braunen Teppich aus alten Nadeln, immer bemüht, möglichst auf keinen der unzähligen dürren Zweige zu treten, die überall verstreut lagen. Schließlich erreichten sie eine grasbewachsene Lichtung. Fidach sah sich um. Am anderen Ende der Lichtung wuchs eine knorrige Hagebutte, grotesk und wunderbar anzusehen wie ein verschnörkeltes, lebendiges Wesen.

Fidach maß die kleine, grüne Oase mit den Augen ab. Schließlich kehrte sein Blick zu der Hagebutte zurück. Zunächst stand er völlig reglos, dann wandte er langsam den Kopf zu

Cruithne um. Als ihre Augen sich trafen, machte Fidach eine winzige Handbewegung.

Cruithne wusste sofort, was sein Bruder beabsichtigte. Er zog sich die wenigen Schritte in den Kiefernhain zurück und begann, die grüne Wiese in der Deckung der Bäume zu umrunden. Seine Schritte verursachten nicht das geringste Geräusch.

Fidach sah Domnall an und wies ihm die andere Richtung. Auch der Sohn des Barden verstand, was er tun sollte, und schlich davon. Er hatte sich die Lektionen der beiden älteren Freunde aufmerksam eingeprägt.

Fidach wartete, bis die beiden anderen etwa ein Drittel der Entfernung zu dem Hagebuttenstrauch zurückgelegt hatten, dann betrat er vorsichtig das Gras der Lichtung. Völlig geräuschlos bewegte er sich mit kleinsten Schritten vorwärts.

Er hatte etwa zehn Yards zurückgelegt und dafür mindestens vier Minuten gebraucht, als es im Wald hinter dem Hagebuttenbusch plötzlich laut wurde. Das nächste, was Fidach hörte, war ein Ruf seines Bruders. Aber er hatte nicht mehr die Zeit, die Worte zu verstehen.

Hinter dem knorrigen Stamm der Hagebutte tauchte ein ungeheuer großer Hirsch auf. Die Enden seines Geweihs waren kaum zu zählen. Das reine Weiß seines majestätischen Kopfes verlief zum Rücken hin in einen zarten Grauton.

So still es zuvor gewesen war, so geräuschvoll wurde es jetzt. Der Hirsch brach in Todesangst blindlings durch das Unterholz. Seine Hufe donnerten über die Wiese. Achtlos streifte er Büsche und zerbrach Zweige. Hinter ihm erscholl gellendes Jagdgeschrei. Doch der Lärm dauerte nur wenige Sekunden. In dem Augenblick, als der Hirsch auf die Lichtung durchbrach, sah er Fidach genau in seinem Weg stehen. Und so plötzlich, wie er zum Sprung angesetzt hatte, blieb er nun stehen.

Das riesige Tier schien zu spüren, dass es weder nach rechts noch nach links ein Entkommen gab. Domnall und Cruithne warteten angespannt im Unterholz. Zurück konnte er auch nicht, denn die beiden Menschen würden ihm den Weg abschneiden, ehe er den Hagebuttenstrauch wieder erreicht hätte. Die einzige Fluchtmöglichkeit lag geradeaus, führte genau über die Lichtung.

Nur dreißig Schritte voneinander entfernt trafen die Augen des Tieres den fragenden Blick des jungen Mannes, der eines Tages ein Chief sein sollte. Sekundenlang starrten sie einander an. Es kam ihnen vor wie eine Stunde.

Fidach wäre zu gerne dem Hirsch noch näher gekommen. Doch er bemerkte schnell den Glanz der schieren Angst in den Augen des Tieres. Trotzdem schienen die dunklen Pupillen auf geheimnisvolle Weise zu erkennen, dass das Wesen, das sie fixierten, kein Feind war. Die mächtigen, silbernen Flanken zuckten nicht. Noch nicht einmal der kleine Stummelschwanz rührte sich. Der große Weiße Hirsch stand da wie aus Stein gehauen.

Scheu streckte Fidach eine Hand aus und wagte sich einen Schritt näher.

Da hörte er zu seiner Rechten seinen Bruder Cruithne aus dem Wald treten. Der Hirsch drehte den Kopf, erkannte die Gefahr sofort und setzte zu einem weiten Sprung an. Cruithne hob den Speer über die Schulter und bog den sehnigen Arm nach hinten.

»Cruithne! Nein!«, schrie Fidach.

Der Hirsch rannte bereits. Mit zwei wuchtigen Sätzen kam er geradenwegs auf Fidach zu, dann sprang er ab.

Sofort ließ Cruithne den Speer sinken. Ihn jetzt noch zu werfen hätte seinen Bruder in Lebensgefahr gebracht.

Der Hirsch flog über Fidachs linke Schulter und landete ein gutes Stück hinter ihm. Sekundenbruchteile später verschwand er in der Sicherheit des Kiefernwäldchens wie ein weißer Schemen zwischen den dunklen Bäumen.

Fidach wirbelte herum und sah dem Hirsch nach. Lange Zeit noch konnte er die Augen nicht von dem kleinen Hain abwenden. Auf seinem Gesicht lag ein tief beglücktes, erstauntes Lächeln. Cruithne ging auf ihn zu und legte den Arm um seine Schultern.

»Wir haben ihn gesehen, Bruder«, sagte er.

Fidach seufzte und nickte. »Jede Sekunde Leben hat sich für diesen Augenblick gelohnt«, sagte er leise. »Ich habe nicht alles verstanden, was er mir zu sagen hatte. Aber wenn es soweit ist, werde ich es wissen.«

»Du hattest Recht«, sagte Cruithne. »Es wäre ein Verbrechen gewesen, dieses herrliche Tier zu töten. Ich weiß nicht, warum ich das nicht schon früher verstanden habe.«

»Wenn nur diese Furcht in seinen Augen verschwinden würde. Vor Menschen und vor Tieren.«

»Es tut mir leid, dass ich den Speer gegen ihn erhoben habe, Fidach. Ich wollte ihn wirklich nicht töten. Ich habe gezielt, ohne zu wissen, was ich tat.«

»Denk nicht mehr darüber nach«, tröstete Fidach ihn. Endlich konnte er den Blick von dem Wäldchen losreißen und sah seinem Bruder in die Augen. Domnall kam über die Lichtung gerannt. »Wir haben noch so viel zu lernen«, fuhr Fidach fort. »Nicht nur über die Tiere, unser Land und unsere Mitgeschöpfe. Auch über uns selbst.«

Das genügte. Mehr brauchte nicht gesagt zu werden.

Sie wandten sich wieder der alten Hagebutte zu. Arm in Arm, und mit dem jungen Domnall an ihrer Seite, setzten sie ihren Weg fort.

Jeder der drei ahnte, dass sie den großen Weißen Hirsch kein zweites Mal sehen würden.

• Vierzehn •

Am späten Nachmittag des folgenden Tages erklommen die Brüder und der Bardensohn die Gipfelhänge des Berges, der An Stoc-bheinn genannt wurde.

An Stoc-bheinn war der höchste Berg in diesem Landstrich.

Zwar maß er nicht einmal viertausend Fuß über der Oberfläche des Dunklen Wassers, doch die hohe nördliche Breite führte dazu, dass sein Gipfel neun Monate im Jahr mit Schnee bedeckt blieb.

Das Gelände war öde und kahl. Über der Grenze von dreitausend Fuß war kaum noch Vegetation zu finden. Nur Felsen und Schotter bedeckten die steilen Hänge. Es bedurfte eines gehörigen Maßes an Mut und Ausdauer, den Berg zu besteigen.

Die drei jungen Männer waren früh von ihrem Nachtlager am Rand des Muigh-bhlaraidh Ecgfrith aufgebrochen und hatten den Fuß des An Stoc-bheinn vor der Mittagszeit erreicht. Nach einer Pause und einer kurzen Erfrischung hatten sie mit dem anstrengenden Aufstieg begonnen. Außer Atem und schweißbedeckt kamen sie auf dem Gipfel an und sahen sich um.

Im Norden, noch hinter dem Tuarie Brora, der tief unter ihnen in Richtung Meer floss, konnten sie deutlich die drei Schwester-Seen, Tri piuthar, erkennen. Im Westen sahen sie das weite Moorland, das stetig zu den schneebedeckten Gipfeln um Loch Bruid hin anstieg. Im Südwesten blickten sie über die frühlingsgrünen Baumwipfel des Waldes, wo der große Weiße Hirsch seine Heimat hatte. Und im Südwesten war die weite Ebene zwischen den beiden breiten Strömen, die, leicht hügelig und mit unzähligen kleinen Tälern und Seen gesprenkelt, das Dunkle Wasser im Osten und die schneeglänzenden Gipfel der Highlands miteinander verband.

Aber die Brüder waren weder wegen des herrlichen Panoramas, das sie natürlich sehr genossen, noch wegen der Herausforderung des Aufstiegs hierher gekommen. Schon wenige Minuten später drängten sie wieder zum Aufbruch. Sie ließen den Gipfel hinter sich und stiegen den Nordosthang hinab, wo sich unter schattigen Felsüberhängen der Schnee fast dreißig Fuß hoch auftürmte. Ihr Ziel war ein verstecktes, schmales Tal. Sie mussten noch mindestens tausend Schritte dorthin zurücklegen, obwohl es sich allenfalls zweihundert Fuß unterhalb des Gipfels befand.

Das Tal war knapp hundert Fuß lang und etwa fünfzig breit. Es sah aus, als hätte man einen riesigen Teller aus der Bergflanke herausgeschnitten – vermutlich das Werk eines Gletschers vor Tausenden von Jahren. Seine westliche und nördliche Begrenzung bestand aus senkrecht zum Gipfel des An Stoc-bheinn aufsteigenden Granitwänden. Dadurch war das Tälchen aufs Beste vor den eisigen Winden geschützt, die oft von den Highlands hereinfegten. Die Öffnung nach Süden und Osten erlaubte hingegen im Sommer manchmal sogar die spärliche Blüte von etwas Gras und Heidekraut. Es gab keine zweite solche Stelle in dieser Gebirgsregion, die ansonsten eher einer chaotischen Ansammlung riesiger Granitbrocken glich, die in prähistorischen Zeiten aus dem Innern der Erde herauskatapultiert worden war.

Aber auch jetzt hatten die jungen Wanderer ihr endgültiges Ziel noch nicht erreicht. Das hübsche, geschützte Tal war nicht der Grund, warum die Söhne des Chiefs von Caldohnuill den Berg als ihre zweite Heimat betrachteten. Sie wollten zu einer Höhle, die sie mit sechzehn entdeckt hatten, als sie zum ersten Mal vom Gipfel des An Stoc-bheinn in das verborgene Tal gewandert waren. Seither waren sie mindestens zwei Mal im Jahr hergekommen und hatten die Höhle zu einem komfortablen Zufluchtsort ausgebaut, in dem man das ganze Jahr hindurch bequem leben konnte.

Die Höhle befand sich in der nördlichen Granitwand. Sie wurde teilweise von einem Felsüberhang verdeckt, der unmittelbar unter dem Gipfel des Berges vorsprang. Der Eingang war schmal und konnte selbst auf den zweiten Blick leicht für einen Schatten des Überhangs gehalten werden. Fidach streifte die Oberkante des Eingangs gerade eben mit dem Scheitel, Cruithne hingegen musste sich ein wenig ducken. Durch den Eingang passte nur ein einziger Mensch auf einmal. Hinter dem unspektakulären Eingang jedoch wartete eine große Halle mit ebenem Boden, die an der schmalsten Stelle zwölf, an der breitesten Stelle mindestens zwanzig Fuß maß und überall ungefähr acht Fuß hoch war.

Als Fidach vor Jahren zum ersten Mal in die Höhle gekrochen war, erkannte er selbst im schwachen Licht, dass er hier etwas ge-

348

funden hatte, das einem Sechzehnjährigen als wahres Paradies erscheinen musste. Sofort hatte er seinen Bruder gerufen. So schnell ihre zittrigen Finger und pochenden Herzen es erlaubten, zündeten sie ein wenig hastig zusammengesuchten Zunder an. Im warmen Licht des winzigen Feuerchens erkundeten sie ihren Fund und waren hingerissen.

Sie hatten ihre ganz eigene Rückzugsmöglichkeit gefunden. Soweit sie feststellen konnten, wusste außer ihnen beiden kein menschliches Wesen von der Existenz der Höhle.

Tiere waren allerdings dort gewesen, denn sie fanden eingetrocknete Losung. Doch zur Zeit schien kein Lebewesen die Höhle als Unterschlupf zu beanspruchen. Die Brüder schnüffelten in allen Ecken herum, aber nirgends ließ der Geruch darauf schließen, dass sich in letzter Zeit ein Tier hier dauerhaft aufgehalten hätte.

Bereits bei diesem ersten Besuch hatten sie in schweigender Übereinkunft mit den ersten Vorbereitungen begonnen, aus der Höhle eine gemütliche Wohnstatt zu machen. Innerhalb weniger Tage hatten sie große Mengen trockenes Holz von den bewaldeten Bergflanken geholt und in der Ebene Torf gestochen, den sie ebenfalls in der Höhle einlagerten und für ihren nächsten Besuch trockneten. Sie unterhielten ein dauerhaftes Feuer, schliefen trocken, warm und bequem und träumten von all den Dingen, die sie unternehmen wollten, um die Höhle noch gemütlicher zu machen.

Von großem Vorteil waren ein paar Risse in der Felsendecke. Da der Rauch ihres Feuer ungehindert abzog, vermuteten sie, dass die Risse bis an die Oberfläche durchgingen. Allerdings schienen sie nicht geradenwegs nach oben zu führen, sondern sich auf verschlungenen Wegen durch den harten Granit zu schlängeln, denn kein Tropfen Feuchtigkeit drang durch die Risse in die Höhle. Selbst während der heftigsten Regenstürme oder an warmen Frühlingstagen, wenn der Schnee in Windeseile wegtaute, blieb das Loch im Berg immer trocken. Auch die Außentemperatur spielte keine Rolle. Die Jungen entdeckten, dass sie mit einem

Feuer an der richtigen Stelle im Zugkanal zwischen Eingang und den Deckenrissen die Höhle im Handumdrehen angenehm heizen konnten. Nach vielen Versuchen kannten sie den genauen Ort, wo das Feuer am heißesten brannte, das wenigste Brennmaterial brauchte und kaum Rauch entwickelte.

Zum ersten Mal zeigten sie die Höhle nun einem Dritten. Domnall war restlos begeistert, genau wie die Brüder, die auch nach mehr als einem Dutzend Besuchen den Spaß an ihrer Entdeckung noch nicht verloren hatten.

An einer Wand waren große Mengen trockener Torfbriketts aufgestapelt. Auch Brennholz lag, säuberlich nach dicken und dünnen Stücken getrennt, bereit. Fidach griff sich eine Handvoll Zweige und Stroh und schlug den Feuerstein. Unterdessen führte Cruithne ihren jungen Besucher in der Höhle herum und erklärte ihm, was er genau kannte, Domnall aber im Halbdunkel allenfalls erraten konnte.

Fidach hatte mittlerweile mit geübten Fingern und wohl dosiertem Pusten das zustande gebracht, was man mit Fug und Recht als eine der größten menschlichen Entdeckungen bezeichnen konnte: Der Zunder glühte. Er bedeckte ihn mit trockenen Zweigen.

Als die Zweige Feuer gefangen hatten, bestreute er sie mit Torfstaub. Der Torf brannte heiß und gestattete das Anbrennen größerer Holzstücke. Bald flackerte ein fröhliches Feuer und gab ihnen Wärme und Licht.

Fidach stand auf und gesellte sich zu seinen Freunden.

Domnall schaute sich noch immer mit großen Augen und kindlichem Eifer um.

»Wie habt ihr das alles hier gemacht?« rief er. »Ihr habt Vorräte für einen ganzen Stamm. Holz, Torf, Felle und … sehe ich das richtig? … sogar zu essen!«

Cruithne und Fidach mussten lachen.

»Wir kommen oft hier her«, erklärte Fidach. »Schließlich müssen wir vorbereitet sein.«

»Vorbereitet? Auf was denn?«

»Einmal haben wir hier geschlafen«, erzählte Fidach, »und als wir am nächsten Morgen aufwachten, waren zwölf Fuß Neuschnee gefallen. Der Eingang war völlig blockiert. Hätten wir nicht unsere Vorräte gehabt, wir wären sicher erfroren. So aber blieben wir fünf Tage lang eingeschneit, hatten es warm und gemütlich und satt zu essen.«

»Wir hatten nicht nur Salzfleisch«, fügte Cruithne hinzu, »sondern auch Gerste und Weizen. Sogar Hafer!«

»Wasser haben wir aus Schnee gemacht«, nahm Fidach die Geschichte auf. »Wir hatten schon Töpfe hier. Und außerdem große Steinplatten, auf denen wir kochen konnten.«

»Wir haben Haferkörner gemahlen und sie mit Schneewasser gemischt«, pflichtete Cruithne begeistert bei. »So konnten wir uns sogar Haferfladen machen und sie auf den heißen Steinen backen. Das war eine herrliche Zeit! Wir haben im Nebenraum eine Menge geschafft!«

»Im Nebenraum?«

Wieder lachten die Brüder aus vollem Hals.

»Aber ja doch, Domnall, Sohn des Pendalpin«, sagte Fidach grinsend, »du glaubst doch nicht ernsthaft, dass Männer wie wir uns mit nur einem Raum zufrieden geben!«

Er griff nach einem bereitstehenden Stock und steckte ein Ende in die Glut.

Um das Holz war eine mit Wildschweinfett getränkte Torfmasse gepresst und sicher befestigt. Sie fing schnell Feuer. Fidach hob seine Fackel empor und sagte: »Komm, Domnall.«

Licht und Schatten tanzten an den Wänden, als Fidach zum anderen Ende der Höhle ging. Er musste sich tief bücken, dicht gefolgt vom Sohn des Barden und seinem Bruder, als er in den angrenzenden Raum vorausging. Seine Größe betrug höchstens ein Viertel des anderen Raumes. Überall waren Spuren menschlicher Tätigkeit zu erkennen.

»Siehst du, Domnall«, sagte Cruithne, als sie drinnen waren, »den Raum hier haben wir selbst gemacht.«

Tatsächlich hatten die Brüder vom ersten Augenblick der Entdeckung mit dem Gedanken gespielt, aus der einfachen Höhle eine Art wirklicher Behausung zu machen. Daher hatten sie nicht nur Proviant, Brennholz und Torf mitgebracht, sondern auch alles nur erdenkliche Werkzeug, das sie aus der Hügelfestung abzweigen konnten. Sie hatten sich sogar selbst Werkzeug aus Steinen, Holz und Eisen gemacht und jede Möglichkeit genützt, es an diesem menschenverlassenen Ort an der Flanke des An Stoc-bheinn auch zu gebrauchen.

Auch einen Namen hatten sie ihrem Tal gegeben: Gleann nan uaimh, Höhlental. Es war ihre ureigene Welt unter dem Berg, und sie hatten viel Mühe und Kraft hineingesteckt.

Als sie die Wände der Höhle abgesucht hatten, stellten sie fest, dass der Granit nicht überall von gleicher Beschaffenheit war. Die weicheren Stellen hatten sie ausgehöhlt, so dass sie nun über Regale und Abstellflächen in der großen Halle verfügten. Sogar eine Bank für zwei Personen hatten sie aus dem Stein gehauen. Doch die größte Entdeckung war, dass das hintere Ende der Höhle aus Sandstein bestand. Da sie bereits Erfahrung mit ihrem Werkzeug gesammelt hatten, setzten sie es nun zur Grabung einer zweiten Höhle in den weichen Stein ein.

Über die Jahre war eine komplette weitere Kammer entstanden, in der sie mittlerweile schliefen und die sie bei jeder sich bietenden Gelegenheit erweiterten. Nach und nach höhlten sie den Sandstein weiter aus und trugen den Abfall nach draußen. Allmählich wurde ihr Schlafgemach wirklich bequem.

»Du kannst leicht erkennen«, sagte Fidach, »dass der Rauch hier nicht so einfach abzieht. Er muss erst in die große Höhle zurück. Aber sonst finden wir es hier sehr schön!«

»Es ist herrlich!«, seufzte Domnall.

»Du bist der Erste, dem wir die Höhle zeigen«, fügte Fidach hinzu, »und wir hoffen, dass du ihre Bedeutung verstehst.«

»Und was soll sie bedeuten?«, fragte Domnall. »Wollt ihr euch bei einem Überfall hier verstecken? Wollt ihr Kildonanoid angreifen?«

»Das erklären wir dir später, Bardensohn«, sagte Cruithne. »Erst einmal machen wir es uns jetzt bequem und braten den Fisch und die Kaninchen, die wir erlegt haben. Das wird ein Festmahl! Danach reden wir weiter.«

• Fünfzehn •

In der Abenddämmerung suchten die drei Freunde Zweige und dürres Laub und schichteten es in der Mitte des kleinen Tals aufeinander.

Nachdem sie einen schönen Scheiterhaufen beisammen hatten, kletterte Cruithne zum Höhleneingang empor, während Domnall und Fidach in sicherem Abstand zum Brennmaterial warteten.

»Jedes Mal versucht mein Bruder das«, erklärte Fidach. »Er hat eine bestimmte Vorstellung vom Einsatz dieser Technik bei einem Kampf und übt es immer, wenn wir hier sind.«

»Was will er denn machen?«, fragte der Bardensohn.

»Schau es dir einfach an.«

Cruithne verschwand kurz in der Höhle und kam mit einem langen Speer zurück, auf dessen Spitze er einen brennenden Torfbrocken steckte, den er aus dem Feuer geklaubt hatte. Dann bog er den Arm weit zurück, zielte und warf. Ein Feuerball flog in weitem Bogen durch die hereinbrechende Dunkelheit mitten in den Scheiterhaufen.

Die ersten Flammen züngelten hoch, und Domnall und Fidach jubelten. Schnell stieg Cruithne von seiner Anhöhe herunter und rannte auf sie zu.

»Genau getroffen!«, rief Fidach begeistert. »So gut warst du nie!«

»Eine komische Art, ein Feuer anzuzünden«, bemerkte Domnall trocken.

Die beiden Brüder lachten.

Eine Stunde später war es stockfinster. Eine schmale Mondsichel hing über dem dunklen Horizont.

Es war ziemlich kalt, was sowohl an der Jahreszeit als auch an der Höhe lag. Aber es war noch nicht unangenehm. Während ein kleines Feuer oben in der Höhle ihr Schlafgemach heizte, saßen die drei Freunde um die Glut, die Cruithne mit seinem brennenden Speer angezündet hatte.

Das Lagerfeuer war weder besonders beständig noch besonders warm. Um es zu unterhalten, hatten sie feuchtes Holz nachlegen müssen. Aber es genügte ihren Ansprüchen. Die tanzenden, zuckenden Flammen und der warme Widerschein auf ihren Gesichtern beflügelte ihren Geist. Während sie in die Glut starrten, lockte das Feuer unbekannte Gedanken und Gefühle hervor.

Ein fremder Wanderer, der sie hätte zusammen sitzen sehen, würde sich vielleicht gefragt haben, warum sie ohne Not ein so großes Feuer gemacht hatten.

Was die beiden Söhne Tarans anging, so war die Tatsache, zusammen zu sein, Grund genug für eine gelungene Feier. Für die beiden gab es nichts Schöneres. Sie waren ungewöhnliche Menschen. Zu behaupten, ihre gegenseitige Zuneigung war ihrer Zeit voraus, würde allerdings bedeuten, dass eines fernen Tages die Menschheit tatsächlich ihr Glück darin finden könnte, das Wohl eines anderen über das eigene zu stellen. Und eine solche Vorhersage ist vermutlich in jedem Zeitalter ziemlich gewagt.

Daher genügt es, festzustellen, dass die beiden sich trotz ihrer unterschiedlichen Charaktere und Temperamente innig liebten und füreinander einstanden. Als Kinder waren sie außergewöhnlich harmonische Spielgefährten. Als Jugendliche jagten sie gemeinsam, erkundeten ihre Umgebung, gruben die Höhle weiter, bestiegen Berge und stromerten durch die Wälder. Und jetzt, als junge Männer, waren sie feste, zuverlässige Verbündete geworden. Sie waren sich sehr genau über ihre zukünftige Rolle bei ihrem Volk klar.

Tarans Tage waren gezählt, daran war nicht zu rütteln. Und dass sich um die Nachfolge des Chiefs wilde Gerüchte rankten, war den Brüdern ebenfalls bewusst. Auch, dass die Zungen der alten Weiber in der Hügelfestung nicht still standen, wenn es darum ging, welcher der beiden Söhne mehr Zeug zum Chief hatte.

Jeder der beiden hätte frohen Herzens sein Anrecht auf die Nachfolge abgetreten und dem anderen Bruder willig gedient. Beide wollten das tatsächlich auch. Natürlich hatten sie auch darüber gesprochen, dass bei der Folgefrage mehr auf dem Spiel stand als lediglich der Häuptlingstitel. Mit Tarans Tod würde ein neues Zeitalter für Caldohnuill anbrechen. Der Streit mit benachbarten Stämmen um ergiebige Jagdgründe würde sich mit Sicherheit verschärfen. Wahrscheinlich würden die Nachbarn früher oder später in das Stammesgebiet von Caldohnuill einfallen.

In einer solchen Zeit hätten Fidach und Cruithne gern ihrem Volk gemeinsam gedient. Mit der Zeit war in ihnen die Hoffnung aufgekeimt, es könne möglich sein, Seite an Seite ihren Stamm zu führen, ohne dass einer von beiden mehr Vorrechte hätte als der andere. Häuptlingswürde bedeutete für sie beide eher Zusammenarbeit und Dienst am Nächsten als Macht und Autorität. Es war ein erhabenes Ziel, und der Idealismus ihrer Jugend schürte die Hoffnung. An diesem Abend wollten sie ihren jungen Freund Domnall in ihre Pläne einweihen, denn er würde ihnen eines Tages als Barde zur Seite stehen müssen.

Lange saßen die drei Freunde schweigend am Feuer. Irgendwann begann Domnall, mit leiser Stimme ein altes Lied zu singen. Es schien den Brüdern fast, als käme der Klang direkt aus dem Feuer, und die Worte wären ein sanftes Flüstern der umliegenden Berge.

Se Coire cheathaich nan aighean siubhlach
An Coire rùnach is ùrar fonn
Gulurach, miad-fheurach, mìngheal, sùghar
Gach lusan fiùar bu chùbh-raidh leam

Gu molach, dhùbghorm, torrach, luisreagach,
Corrach plùranach, dlùghlan grinn.
Caoin ballach dìtheanach, canach, mìsleanach;
Gleann a, mhilltich's an lìon-mhor mang.
'Na ghlugan plumbach air ghoil gun aon-teas,
Ach coileach bùirn tigh 'nn a grunnd eas lòm,
Gach sruthan ùiseal 'na chuailean cùl-ghorm,
A rui 'na spùta 's 'na lùba steall.

Mein dunstiges Corrie, du Heimat des Rehs,
Mein herrliches Tal, mein grünendes Glen,
So fruchtbar und sanft, mit duftenden Auen
Voll Blumen, die ich mag;
So dicht wachsen sie und blühen so üppig.
Am sanften Rain der grünenden Wiese
Verwirrt sich Margerite mit Sumpfgras und Moos,
Und schlanke Kitze streifen hindurch.
Da quillt es nach oben und windet sich kühl
Ein neuer Strom wird aus der Tiefe geboren;
Klar und blau eilt frisch er dahin,
mit fröhlichen, springenden Wellen.

»Das war wunderschön«, sagte Fidach, als Domnall das Lied beendet hatte. »Ich konnte geradezu das Wasser von Loch Bruid vor mir sehen.«

»Du bist wirklich schon fast ein richtiger Barde«, pflichtete Cruithne seinem Bruder bei. »Dein Vater könnte nicht mehr Gefühl in diese schöne Ballade gelegt haben.«

Wieder senkte sich Schweigen über die drei. Sie starrten in die tanzende Glut, die ihre Blicke wie gebannt anzog.

»Es gibt wirklich nichts Schöneres auf der Welt«, murmelte Fidach nach einer langen Pause vor sich hin. »Hier auf dem Berg zu sitzen, klare Höhenluft zu atmen und um sich herum das Meer, die Täler, die Flüsse und Seen zu wissen …«

»Aber es ist jetzt dunkel«, wandte Domnall ein. »Wir sehen nichts von alledem.«

»He, junger Freund, nach deinem Lied eben hatte ich dich aber für einen besseren Barden gehalten! Bist du nicht in der Lage, das alles mit deiner Einbildungskraft zu erkennen? Wir haben es doch gesehen, und noch viel mehr als das. Wir werden es wieder sehen. Im Morgengrauen kehrt die Sicht zurück. Aber heute Nacht freut sich meine Seele, einfach zu wissen, dass es da ist.«

Wie eine Antwort auf seine Worte knackte das Feuer und schoss eine Fontäne glühender Funken in den Nachthimmel.

»Mein Bruder spricht von den Wundern der Nacht«, sagte Cruithne. »Es gibt aber noch größere Wunder, und davon möchten wir dir erzählen, Domnall. Von einem der Geheimnisse des Lebens.«

Seine Stimme war so ernst, wie Domnall sie noch nie vernommen hatte. Er wartete. Die beiden waren älter als er und würden vielleicht eines Tages seine Häuptlinge sein. Er würde genau zuhören, was sie ihm zu sagen hatten.

»Du bist noch sehr jung«, fuhr Cruithne fort, »aber es wird Zeit, dass du erfährst, was uns bewegt.«

»Das Geheimnis ist ein einziges Wort«, sagte Fidach nun. »Es heißt bràithreachas. Brüderlichkeit. Nur sie allein bezwingt Hader und Konkurrenzdenken.«

»Bràithreachas«, wiederholte Domnall langsam.

»Du darfst nicht glauben, nur weil wir Brüder seien, sprächen wir von Brüderlichkeit«, erklärte Fidach weiter. »Unsere Blutsverwandtschaft ist eine Laune der Natur. Aber sie hat uns gelehrt, dass es Verbindungen gibt, die fester sind als die durch Geburt geschaffenen. Es sind die Bande des Herzens. Und sie werden sehr stark, wenn man sich nicht stets darum bemüht, besser zu sein als der andere.«

»Weißt du«, fuhr Cruithne fort, »Fidach und ich sind Söhne verschiedener Mütter. Wir sehen uns nicht ähnlich. Ich habe mehr Muskeln und kann schwere Lasten tragen. Er ist schlank und kann unglaublich schnell rennen. Wir sind völlig verschiedene Persönlichkeiten. Fidach ist Denker, ich bin Jäger. Verstehst du, was ich meine, Domnall?«

Der Bardensohn lachte. »Jedermann in Laoigh kennt diese Unterschiede!«

»Nur, dass die meisten Männer und Frauen in einer solchen Situation danach streben, sich gegenüber dem anderen hervorzuheben. Meine eigene Mutter zum Beispiel. Aber Fidach und mir liegt das Wohl des jeweils anderen mehr am Herzen als das eigene. Ich würde lächelnd und wohlgemut alles aufgeben, was ich bin, wenn ich dafür das Wir stärken könnte.«

»Wir würden unser Volk gerne gemeinsam führen«, sagte Fidach, »egal, wer von uns beiden Chief wird. Wir werden gemeinsam herrschen ... und unserm Stamm zeigen, welche Macht Eintracht und Brüderlichkeit besitzen. Aonachd ... Bràithreachas.«

»Zwischen uns beiden wird es nie einen Streit geben, den wir nicht gütlich beilegen könnten«, fügte Cruithne hinzu.

»Nur so können Stämme und Völker von zerstörerischen Fehden abgehalten werden«, sagte Fidach. »Die meisten sehen natürlich keinen Fehler in solchen Kämpfen. Aber eines Tages werden wir lernen, dass wahre Größe nur durch Harmonie zu erreichen ist.«

»Da ist zum Beispiel die Torheit meiner eigenen Mutter«, seufzte Cruithne. »Sie verzehrt sich vor Eifersucht in ihrem Streben, ich solle Chief werden. Sie hofft, wenn ich über anderen Männern stehe, könne sie sich über die anderen Frauen erheben. Ein eitles Ansinnen, das sie dazu verdammt, letztendlich sehr einsam zu sein. Sie sucht ein Glück, das in ihrem dunklen Herzen keine Wurzeln schlagen kann. Und was mich angeht, würde mir ein Herausheben über Fidach nicht etwa Triumph, sondern eher Ruin bedeuten.«

»Ich habe gehört, wie mein Vater über derlei Dinge sprach«, sagte Domnall. »Aber warum erzählt ihr mir das?«

»Um der Zukunft willen, Domnall«, antwortete Cruithne. »Der Zukunft unseres Volkes und unseres Landes. Du vor allem musst das Geheimnis der Eintracht verstehen. Als Barde musst du darüber singen und davon sprechen. Du hast die Macht, Menschen zu überzeugen.«

»Es genügt nicht, dass Fidach und ich Brüderlichkeit demonstrieren. Eines Tages werden wir alt und sterben wie unser Vater. Aber die Menschen, die nach uns kommen, müssen es ebenfalls erfahren. Sonst geht der Streit immer weiter. Das Land wird weiterhin geteilt, Bruder kämpft gegen Bruder, Stamm gegen Stamm, Familie gegen Familie, Clan gegen Clan. Niemand ist glücklich. Außerdem sind wir so leichte Beute für unsere Feinde.«

»Du sprichst wie ein Prophet, Bruder«, sagte Fidach düster. »Vielleicht hast du mehr vom Zweiten Gesicht, als du selbst ahnst.«

»Die Prophezeiungen überlasse ich lieber dir.«

»Trotzdem ist richtig, was mein Bruder da gesagt hat«, fuhr Fidach fort. »Zwietracht ist der ärgste Feind der Menschen. Kein noch so kriegerischer Stamm kann ein Volk besiegen, das von innen heraus stark ist. Mit einem von uns beiden als Chief, dem anderen an seiner Seite und dir als Barden könnten wir unserem Volk dieses wunderbare Geheimnis nahe bringen. Um unseres Landes und der Zukunft unseres Stammes willen haben wir dich in unsere bràithreachas eingeweiht.«

»Ihr sprecht von hehren Dingen«, sagte Domnall feierlich. »Ich fühle mich geehrt, dass ihr mir euer Vertrauen geschenkt habt, und werde mein Bestes tun, mich seiner würdig zu erweisen.«

Wieder schwiegen die drei und blickten in das langsam verglimmende Feuer.

Es war Cruithne, der plötzlich die gedankenvolle Stille brach.

»Mir ist gerade etwas eingefallen«, sagte er. »Wir sollten ein Mahnmal errichten ... an carragh! Es soll ein Symbol für das werden, was wir unserem Volk vorleben wollen. Große Steine, die ihre Spitzen gen Himmel richten.«

»Ja ... oh ja!«, nickte Fidach aufgeregt. »Zwei hohe Säulen, die aufrecht stehen wie zwei starke Männer ...«

»... und mit einem flachen Stein, der quer über den beiden

liegt«, schlug Domnall vor, der die Idee begeistert aufnahm. »Zum Zeichen der Vereinigung der beiden Säulen.«

»Das hast du wunderbar gesagt«, freute sich Cruithne. »Du bist wirklich ein wahrer Bardensohn.«

So redeten sie noch die halbe Nacht weiter, nachdem das Feuer längst bis auf ein paar schwach glühende Brocken heruntergebrannt war.

Als sie schließlich aufstanden und langsam zurück zur Höhle kletterten, waren ihre Köpfe voller Ideen für die große Aufgabe, die sie sich gestellt hatten. Und ihre Freundschaft hatte sich noch vertieft.

In ihrem warmen Unterschlupf verbrachten sie eine ruhige, erholsame Nacht.

• Sechzehn •

Fünf Tage später sah ein kleiner Junge, der auf die Spitze des Broch von Laoigh geklettert war, Fidach, Cruithne und Domnall von Osten her durch das Tal auf das Dorf zukommen. Er rief seine Spielkameraden. Wenig später rannte ein Trüppchen fröhlich durcheinander schreiender Kinder aus der Hügelfestung auf die Heimkehrer zu.

Die drei jungen Männer waren noch zwei weitere Nächte im Glenn nan uaimh geblieben und waren dann durch das Tal von Sgeulachd nach Laoigh gewandert. Während des gesamten Weges hatten sie ihre Pläne für die Gedenksteine besprochen und auch bereits überlegt, welche Geschichten sie als Bilder in die Säulen eingravieren wollten.

Fidach hatte sich für eine Darstellung des Hirsches ausgesprochen, als Symbol für die geheimnisvolle Verbindung zwischen Mensch und Tier. Cruithne hätte lieber Zeichnungen von Menschen gesehen. Er dachte an zwei oder drei Figuren, die einander bei den Händen hielten. Schließlich hatten sie sich für beides entschlossen, wollten sich aber später erst entscheiden, wie die Bilder angeordnet werden sollten. Der Ort stand bereits fest. Sie würden die Steine auf dem Beinn Donuill in Sichtweite der Hügelfestung aufstellen. Und auch einen Namen hatten sie schon gefunden: An Aonachd Tha Bràithreachas – In der Eintracht liegt Brüderlichkeit.

Die Sonne versank bereits hinter Loch an Lagain, als sie den Anstieg zur Hügelfestung von Laoigh in Angriff nahmen. Wie ein Lauffeuer hatte sich die Nachricht im Dorf verbreitet, dass die beiden Söhne des Chiefs auf dem Heimweg waren und frischen Fisch für ihren Vater mitbrachten. Kaum hatten die Freunde den halben Aufstieg hinter sich gebracht, als Aethilnon am Tor auftauchte und ihnen eilig entgegen kam.

»Hallo, Mutter!«, rief Fidach fröhlich.

Herzlich umarmte sie zunächst ihren Sohn, dann Cruithne. »Na, Domnall«, sagte sie schließlich, »war dein Abenteuer mit den beiden schön?«

»Ich bin sicher, du würdest nicht fragen, wenn du die Antwort nicht bereits wüsstest«, lachte der Junge. »Diese beiden hier sind wirklich würdige Söhne eines großen Chiefs.«

Aethilnons Gesicht wurde ernst.

»Euer Vater ist sehr krank«, sagte sie zu den beiden Älteren. »Ich fürchte, es dauert nicht mehr lang.«

Ohne ein weiteres Wort zu verlieren, stürmten die beiden jungen Männer das letzte Stück Abhang empor. »Dein Vater ist gerade bei ihm«, sagte Fidachs Mutter noch zu Domnall. Dann eilten auch sie hinter den Söhnen des sterbenden Chiefs her.

Als Fidach und Cruithne zu Hause ankamen, saß Pendalpin an Tarans Lager. Der Barde summte eine alte, sanfte Melodie. Im Raum war es dämmrig; das Feuer war heruntergebrannt. Eormen war nirgends zu sehen.

Kurz nach den Brüdern traf auch Aethilnon ein. »Er ist heute

Morgen zusammengebrochen«, erzählte sie leise. »Seither liegt er so da. Er atmet nur noch sehr schwach und will weder essen noch trinken. Wenn er überhaupt einmal wach wird, fragt er nach euch.«

Fidach ließ sich vor dem Lager seines Vaters auf die Knie nieder und berührte ihn sanft mit der Hand. Der alte Mann schien die Hand zu erkennen und hob mühsam die Lider. Seine Augen irrten umher. Er schien unfähig, den Kopf zu bewegen.

»Bist du das, mein Sohn?«, fragte er mit brüchiger Stimme.

Aethilnon merkte, dass Taran seinen Sohn offenbar nicht sehen konnte, und machte ihm ein Zeichen. Fidach kroch genau vor die Füße des Vaters, wo er für ihn im sichtbaren Bereich war. Taran winkte mit einer schwachen Bewegung die anderen aus dem Raum. Sofort wandten sich Cruithne und Aethilnon ab und verließen das Haus. Auch Pendalpin erhob sich und ging in Begleitung seines Sohnes hinaus.

Als die beiden allein waren, hob Taran seinem Sohn eine zittrige Hand entgegen. Fidach rückte noch ein Stück näher und griff nach ihr.

»Mein Sohn«, flüsterte der Chief so leise, dass Fidach sich vornüber beugen musste, um ihn zu verstehen, »du wirst bald Häuptling sein.«

Er verstummte und schloss die Augen wieder.

Die wenigen Worte hatten ihn völlig erschöpft. Nach einer Weile versuchte er es erneut, immer wieder stammelnd und innehaltend. Fidach hörte ihm mit Tränen in den Augen zu.

»Ich habe Pendalpin gesagt ... und den Ältesten ... mein Wunsch, dass du ...«

Er schwieg und rang um Atem. Fidach wartete. Das Herz tat ihm weh. Gerne hätte er den Vater gebeten, seine schnell nachlassenden Kräfte zu schonen. Doch er wusste, es wäre umsonst. Sein Vater erfüllte mit diesen Worten seine Pflicht, und er würde sich um keinen Preis davon abhalten lassen, sie auszusprechen. Daher verhielt Fidach sich still und schaute nur liebevoll in das bleiche, eingefallene Gesicht des alten Mannes. Geduldig wartete er, bis Taran fortfahren konnte.

»Meine Mutter ... kein Erbe ... der Ältestenrat muss ...«

Ein plötzlicher Hustenanfall ließ ihn verstummen. Aber er versuchte es noch einmal.

»Sie werden beschließen ... ich habe ihnen meinen Willen ... wenn du Chief bist ... unserem Volk ... dienen ...«

Wieder rang er nach Luft.

»Aber du ... vorsichtig ... hüte dich vor ...«

Es ging beim besten Willen nicht mehr.

»Ich verstehe, Vater«, sagte Fidach schließlich. »Wenn sie mich zu deinem Nachfolger wählen, verspreche ich, deine Wünsche treu zu erfüllen. Ich werde unserem Volk dienen, wie du es getan hast.«

Taran nickte mühsam und deutete mit seiner freien Hand zur Tür.

»Cru ...«, setzte er an.

»Ich hole ihn dir«, sagte Fidach und stand auf.

Er zögerte kurz, die Hand des alten Mannes loszulassen, und warf einen sorgenvollen Blick auf seinen Vater und Häuptling. In diesem Augenblick erlitt Taran einen neuerlichen Anfall. Fidachs Hand wurde gequetscht wie zwischen zwei Mühlsteinen. Sofort kauerte er sich wieder nieder und hielt sein Ohr direkt vor des Vaters kühle Lippen.

Vergeblich bemühte der alte Mann sich, noch einmal zu sprechen. Aus seiner Kehle drang nur noch unverständliches Gurgeln.

Dann spürte Fidach, wie Tarans Hand nachgab.

Im Halbdunkel suchte er die Augen seines Vaters. Sie waren völlig verdreht. Er konnte nur noch das Weiße sehen.

Da wusste Fidach, dass sein Vater tot war.

Einen Moment noch verharrte er kniend vor ihm und presste seinen Mund auf die faltige Stirn.

Schließlich sprang Fidach auf und lief nach draußen. Er schaute seinem Bruder in die Augen und nickte. Cruithne wusste sofort Bescheid. Er ging ins Haus und kauerte weinend vor dem Leichnam nieder.

Fidach umarmte seine Mutter. Tränen rannen über sein Gesicht.

• Siebzehn •

Die Sonne stand hoch am klarblauen Himmel.

Zwei Tage lang hatte es unaufhörlich geregnet und jegliche Arbeit verhindert. Doch der heutige Tag versprach nicht nur schönes Wetter, sondern auch eine angenehme Temperatur. Die warme Erde duftete und ließ den nahenden Sommer erahnen, der seine Vorboten schon über das Land geschickt hatte.

Es war ein guter Tag, um die Arbeiten an dem steinernen Monument abzuschließen, das zunächst nur als Denkmal für mehr Brüderlichkeit gedacht war, dann aber auch zum Gedächtnis für den verstorbenen Häuptling errichtet wurde.

Viele, sehr alte Legenden rankten sich um die monumentale Steinplatte nahe dem Gipfel des Beinn Donuill. Die geheimnisvollen Erzählungen waren den Leuten von Laoigh von Stämmen überliefert worden, die noch heute versprengt in den Wäldern lebten und sehr entfernt mit ihnen verwandt waren. Es wurde gemunkelt, der riesige Stein beherberge die sterblichen Überreste eines der ersten Siedler in diesem Gebiet. Mit einiger Mühe konnte man sogar noch einige Überreste eingeritzter Zeichen erkennen, die aber vielen Jahrhunderten Regen und Schnee nicht vollständig hatten trotzen können. Fidach hatte die Gravuren als Kind entdeckt und sich lange bemüht, einen Sinn darin zu finden. Die Platte war der mit Abstand größte Stein im Umkreis vieler Meilen. Aber die Brüder konnten ihn nicht von der Stelle bewegen. Außerdem fürchteten sie, er sei zu heilig, um Inschriften auf ihm anzubringen, und machten sich daher auf die Suche nach kleineren Steinen, um ihrem Vater ein Denkmal zu setzen.

Bereits am Tag nach ihrer Rückkehr hatten sich Fidach und Cruithne auf die Suche nach passenden Steinen gemacht. Sie wollten ihre Idee so schnell wie möglich in die Tat umsetzen. Auch half ihnen die Arbeit, ihre Trauer zu ertragen. Die Steine sollten so groß wie möglich sein, aber dennoch klein genug, dass mehrere Männer sie gemeinsam von der Stelle bewegen konnten. Auf der abgewandten, felsigen Seite von Beinn Donuill waren sie fündig geworden. Auf dem Gipfel wurden tiefe Löcher gegraben, die den Steinen Halt geben sollten. Ein besonders schweres Exemplar hatten sie sogar um die gesamte Spitze des Berges herum transportiert.

Dann kam der Regen.

Aber nun schien die Sonne wieder, und jeder Mann, jeder Junge und mindestens die Hälfte der Frauen der Dorfgemeinschaft freuten sich darauf, den beiden jungen Männern helfen zu können. Fidach und Cruithne standen ihrem Haushalt jetzt gemeinsam vor. Man huldigte ihnen bereits als den zukünftigen Häuptlingen, obwohl die Entscheidung des Ältestenrates noch ausstand. An diesem Abend sollte der erste Stein an seinem endgültigen Platz stehen.

Es würde keine leichte Aufgabe werden, die beiden Säulen aufzurichten und den flachen Stein darüber zu wuchten. Die Fertigstellung von Ann An Aonachd Tha Bràithreachas würde jeden verfügbaren Muskel und jedes Hirn mit technischem Verständnis in Laoigh beanspruchen, denn die Brüder hatten riesige Steine ausgesucht, die selbst von zehn Männern nicht bewegt werden konnten. Es hatte ihrer zwanzig bedurft. Mit langen Seilen ausgerüstet, zogen und schoben sie die Felsbrocken auf rollenden Baumstämmen an ihren Bestimmungsort. Ziehen, schieben, rollen, ziehen, schieben rollen.

Der Tod ihres Chiefs und die Vorstellung, das Denkmal Ann An Aonachd Tha Bràithreachas werde in gewisser Weise auch zu seinem Gedächtnis errichtet, hatte die Hilfsbereitschaft der Leute des Dorfes beflügelt. Fidach und Cruithne wussten, dass sie nicht um Unterstützung würden betteln müssen.

Selbst im strömenden Regen war Fidach nicht untätig geblieben. Mit seinem Metallmeißel und einem Stein war er losgezogen und hatte begonnen, die erste Säule mit Erklärungen zu schmücken. Es gab viel zu gravieren. Fidach stichelte die Geschichte des Hirsches in den Stein, stellte zwei Brüder dar, die in Eintracht wanderten, und zeichnete Bilder von der Herrschaft seines Vaters als Chief in den Granit. Es war einfacher, mit der Arbeit zu beginnen, während der Stein noch auf dem Boden lag.

Eine Stunde später gesellte sich Cruithne zu seinem Bruder. Er brachte schwereres Werkzeug mit. Eine der beiden Säulen war am Ende flach genug für ihre Zwecke. Aber die andere musste an der Spitze noch ordentlich behauen werden. Das war Cruithnes Aufgabe. Während Fidach die Umrisse eines Hirsches aus dem liegenden Stein meißelte, hörte er ein wenig weiter entfernt die kraftvollen Schläge seines Bruders gegen den anderen.

Am Nachmittag kehrten Fidach und Cruithne nass und durchgefroren in ihr gemeinsames Haus zurück. Ihre Schultern und Arme schmerzten von der Anstrengung, den ganzen Tag auf spröden Granit eingeschlagen zu haben. Schnell legten sie einige große Torfbrocken auf ihr Feuer. Beide fröstelten, aber sie freuten sich über ihren Erfolg. Unter Fidachs vorsichtig arbeitenden Händen waren die Umrisse eines schönen Hirsches entstanden, und der zweite Stein besaß nun ein flaches Ende, das ohne Probleme den Verbindungsstein tragen konnte. Cruithne hatte alle Unebenheiten entfernt. Nun konnten sie in Ruhe besseres Wetter abwarten.

Jetzt war es da. Um die Mittagszeit hatten Fidach und eine Gruppe von sechzehn Männern und fast ebenso vielen Jungen den Stein bis fast an das Loch herangerollt und sein schwereres Ende in den richtigen Winkel gebracht. Nachdem das erledigt war, schickte Fidach die Jungen in einen sicheren Abstand. Die Männer schlangen um die Spitze des Steines ein solides Seil, das ein ganzes Stück den Hügel hinunter reichte. Zehn Männer griffen nach dem Seil, die restlichen sechs bückten sich und schoben ihre Schultern unter den schweren Brocken.

Auf Fidachs Kommando spannte sich das Seil. Langsam hob sich die Spitze des großen Steins. Das mächtige untere Ende näherte sich dem Loch, das es aufnehmen sollte.

Ganz sachte richtete der Stein sich auf.

Kein Laut war zu hören, außer dem Ächzen und Stöhnen der Jäger und Krieger, die zu Bauarbeitern geworden waren. Dann wurde plötzlich die Last leichter.

Der Stein war drei Fuß tief in das vorbestimmte Loch gerutscht. Er war nun noch immer neun Fuß hoch und hatte an der Basis einen Durchmesser von sicherlich drei Fuß.

»Langsam«, rief Fidach. »Nicht, dass wir ihn zur anderen Seite kippen!«

Die Männer, die geschoben hatten, sprangen zurück und liefen zur Talseite. Die Seilmannschaft zog vorsichtig weiter, während die anderen Männer mit ausgestreckten Armen dafür sorgten, dass der Stein kein Übergewicht bekam.

Als er endlich gerade stand, rief Fidach: »Jetzt, Jungs!«

Die Kinder, die in sicherem Abstand auf das Kommando gewartet hatten, begannen sofort, bereitgelegte Kiesel und kleine Steine als Fundament in das Loch zu werfen. Fidach ließ das Seil los und half ihnen, während die anderen Männer den mächtigen Brocken sicher in seiner Stellung hielten. Nach ein paar Minuten war der Hohlraum zur Hälfte gefüllt. Nun lockerten auch die anderen Männer ihren Griff um das Seil und halfen Fidach und den Kindern, Steine, Torf und vorher eigens zu diesem Zweck ausgehobene Erde in das Loch zu werfen. Zehn Minuten später wies der gigantische Felsbrocken sicher und unbeweglich wie ein mahnender Finger zum Himmel. Auf halber Höhe war ein Hirsch eingraviert, der ernst von den Hängen des Beinn Donuill auf die Hügelfestung blickte. Männer und Kinder traten einen Schritt zurück und bewunderten ihr Werk mit tiefer Befriedigung.

»Das habt ihr gut gemacht, Männer und Kinder von Laoigh!«, lobte Fidach. »Mein Vater wäre stolz auf euch gewesen!«

Nur wenige Schritte entfernt arbeitete Cruithne mit seiner Gruppe immer noch daran, einen riesigen Stein an die Seite der gerade aufgerichteten Säule zu ziehen.

»Los, wir helfen unseren Freunden!«, rief Fidach und lief über den Hang zu seinem Bruder.

»Das habt ihr schön gemacht«, sagte Cruithne und hielt inne, um seinem Bruder die Schulter zu klopfen. »Vielleicht können wir gemeinsam dieses Ungetüm hier etwas schneller von der Stelle bewegen. Ich fürchte nämlich, wir sind ein paar Männer zu wenig.«

»Dafür habt ihr es aber schon ganz schön weit voran gebracht!«, sagte Fidach.

»Wir haben es bewegt«, meinte Cruithne. »Aber weit? Weit ist anders!«

Fidach lachte. »Wie dem auch sei: Der erste Stein steht, und jetzt können wir uns gemeinsam auf dieses Biest konzentrieren.«

»Und es hoffentlich an Ort und Stelle bringen, ehe jeder verfügbare Mann in Caldohnuill vor Erschöpfung zusammengebrochen ist!«

»An dem Tag, an dem du vor Erschöpfung zusammenbrichst, Cruithne, Sohn des Taran«, verkündete Fidach, »wird das Wasser aller Seen von Caldohnuill mit einem Schlag austrocknen! Du hast doch mehr Kraft als vier Männer zusammen!«

»Ich bin viel zu müde, darüber mit dir zu streiten«, lachte Cruithne. »Aber im Ernst, ich fürchte, wir werden nicht mehr in der Lage sein, den großen Stein auf die beiden Säulen zu hieven, selbst wenn uns alle Männer helfen. Vielleicht können wir ihn noch herschleppen. Aber ihn acht Fuß hoch in die Luft zu heben, dazu brauchen wir mindestens hundert Männer, ganz abgesehen von den Mengen Seil und Holz, und ...«

»Alles zu seiner Zeit«, unterbrach ihn Fidach. »Vielleicht machen wir einen Ausflug nach Kildonanoid und bitten dort um Hilfe. Man erzählt, dass unsere Nachbarn sich mit solchen Dingen auskennen.«

Er brach ab. Einen Moment lang sprach keiner der beiden.

Als Cruithne schließlich das Schweigen brach, war seine Stimme ernst geworden. »Ich wollte, unser Vater könnte sehen, was sein Volk hier gemeinsam zu seinen Ehren leistet.«

Fidach seufzte. »Vielleicht müssen wir einfach nur glauben, dass er uns sieht und sich freut, obwohl er nicht mehr unter uns weilt.«

Als hätte die Erwähnung ihres Vaters sie an ihre Aufgabe erinnert, bückten sich die Brüder, griffen sich jeder eines der Seile, die fest um den riesigen Stein vertäut waren und warfen sie sich über die Schulter. Schweigend begaben sich auch die anderen Männer des Dorfes an ihren Platz und gedachten jeder auf seine Weise ihres toten Chiefs. Eine Hälfte zog an den soliden Tauen, die andere Hälfte schob und drückte mit Händen und Schultern. Mühsam und schweigend rückten sie den Stein auf vier hölzernen Rollen Zentimeter für Zentimeter vorwärts.

Als die Dämmerung hereinbrach, hatten sie es geschafft.

Mit schmerzenden Gliedmaßen, geschwollenen, wunden Händen und zittrigen Beinen, die kaum noch in der Lage waren, das Gewicht ihrer geschundenen Körper zu tragen, wankten die Männer und Jungen zur Hügelfestung zurück. Die meisten zog es sofort nach Hause zu Abendessen und Bett. Fidach und Cruithne aber gingen gemeinsam zum Broch und stiegen langsam die Stufen zur Spitze des Turms hinauf. Oben angekommen, lehnten sie sich erschöpft an die Brüstung.

»Noch nie ist mir der Aufstieg so schwer gefallen«, seufzte Fidach.

»Mir geht es genau so«, pflichtete Cruithne ihm bei. »Ich glaube, wir können die Arbeit ein paar Tage vergessen.«

»Der Querstein wird warten müssen, wie du bereits gesagt hast. Vielleicht hilft uns ja einer der Stämme aus Kildonanoid.«

»Glücklicherweise liegt er nicht so weit entfernt wie die anderen. Aber auch mit dem Herbeischleppen sollten wir uns Zeit lassen. Erstens müssen wir uns ausruhen, und zweitens gibt es noch einiges für unseren Vater zu erledigen.«

»Aber sieh es dir an! Unsere Arbeit war nicht umsonst«, seufzte Fidach und zeigte auf den Beinn Donuill.

Im schwindenden Licht standen die beiden ungeheuren Steinsäulen und wiesen schweigend in den Nachthimmel.

»Ich hoffe, unser Vater freut sich«, fügte er hinzu.

»Da bin ich ganz sicher«, sagte Cruithne. »Dank unserer Mühe wird er allen in Erinnerung bleiben. Die Bedeutung der großen Steinplatte daneben ist vergessen. Aber unser Denkmal wird für alle Zeiten Bestand haben. Die Völker der Zukunft werden sich an das Vermächtnis von Taran, Sohn des Cuthred, erinnern. Und seiner Söhne und dessen, was sie gelernt haben, wird man ebenfalls gedenken. Uns ist es zu verdanken, dass das Vermächtnis unseres Vaters ein Vermächtnis der Brüderlichkeit ist.«

»Oh ja, sie werden sich erinnern! Wir werden die Botschaft in den Stein ritzen. Der Hirsch ist ja bereits da. Niemand darf je vergessen!«

»Wenn der Ältestenrat mich zum Chief beruft«, wechselte Fidach das Thema, »wie Pendalpin behauptet, wirst du mit mir regieren … an meiner Seite. Das wird meine erste Entscheidung sein.«

»Es wird mir eine Freude sein, dir zu dienen, mein Bruder«, sagte Cruithne.

Schweigend blickten sie noch eine Weile in der herabsinkenden Dämmerung auf den Berg Beinn Donuill. Dann schweiften ihre Augen über das Land Caldohnuill, das die Söhne des Taran bald gemeinsam beherrschen wollten.

Als es schließlich zu dunkel war, um noch irgend etwas zu sehen, drehte sich Fidach zu seinem Bruder um und legte ihm den Arm über die Schultern. Langsam, immer mit Rücksicht auf ihre schmerzenden Beine, stiegen sie die Wendeltreppe des Broch hinunter und machten sich endlich auf den Weg in ihr gemeinsames Haus, wo eine wohlverdiente Nacht tiefen und traumlosen Schlafs auf sie wartete.

• Achtzehn •

Der Muskelkater in Armen und Beinen der Männer von Laoigh war noch nicht vollständig abgeklungen – obwohl Fidach sich bereits wieder aufgerafft und an seinen Gravuren weiter gearbeitet hatte –, als im Norden drei fremde Männer auftauchten, die auf die Hügelfestung zu wanderten.

Sie kamen aus der Ebene jenseits Aethbran nan Bronait. Die nackte Brust eines der Männer zeigte ein dunkelblau tätowiertes Ren, die beiden anderen waren mit Bildern von Wölfen geschmückt. Jedem Dorfbewohner war damit klar, dass es sich bei den Besuchern um Angehörige eines der befreundeten Stämme von Kildonanoid handelte. Zwei Männer trugen die Enden eines dicken Speers auf den Schultern, von dem ein totes Wildschwein baumelte.

Die Kinder, die außerhalb der Befestigung spielten, sahen die Männer als Erste. Mit fröhlichem Geschrei trugen sie die Nachricht in die Hügelfestung.

Cruithnes Mutter war als erste am Tor. Hurtig lief sie ein gehöriges Stück den Abhang hinunter, als wolle sie die ankommenden Männer gründlicher in Augenschein nehmen, drehte sich dann um und rief den an der Mauer wartenden Frauen etwas zu.

»Das sind Leute von meinem Stamm«, jauchzte Eormen sichtlich erfreut. Sie machte wieder kehrt und lief den Fremden entgegen.

Als sie ein paar Minuten später mit den Männern am Tor ankam, hatte sich dort bereits eine ansehnliche Menschenmenge versammelt. Auch Cruithne und Pendalpin waren dabei.

»Das sind Vettern aus dem Stamm meiner Großmutter«, stellte Eormen die Fremden vor.

»Wir haben gehört, dass euer Chief gestorben ist«, sagte einer der Männer sehr ernst. »Wir kommen in friedlicher Absicht und bringen euch ein Geschenk im Gedenken an den alten Krieger. Wir möchten seiner Frau und seinem Clan eine Ehre erweisen.«

»Seinen Frauen«, berichtigte Cruithne.

Seine Mutter blickte ihn kurz an, doch ihre Miene verriet nicht das Geringste.

»Wir heißen euch herzlich in Laoigh willkommen«, fügte Cruithne hinzu. »Zwar trauern wir noch um meinen Vater, doch unsere Trauer lässt uns nicht untätig. Wir sind dabei, zu seinen Ehren ein Monument zu errichten, bei dessen Fertigstellung ihr uns vielleicht behilflich sein könnt.«

»Gerne«, sagte einer der Besucher.

»Morgen werden wir euch das Denkmal zeigen. Heute aber sollt ihr euch von eurem langen Weg ausruhen. Kommt mit.«

Cruithne führte die Männer ins Innere der Festung. »Übergebt eure Last doch den Frauen«, sagte er, »dann können sie mit den Vorbereitungen für einen köstlichen Braten beginnen.«

»Oh nein, bitte nicht«, antwortete der Sprecher der drei Männer hastig. »Wir sind gekommen, Taran und sein Volk zu ehren. Wir werden das Schwein selbst zubereiten. Wenn du nur so freundlich wärest, uns einen Platz zu zeigen, wo wir kurz ausruhen können? Danach werden wir uns sofort um das Festmahl kümmern.«

»Ihr seid sehr großzügig.«

»Es ist nur schade, dass dein Vater nicht mehr dabei sein kann.«

»Wildschwein war sein Leibgericht«, erklärte Eormen freundlich. »Ganz Caldohnuill leidet noch unter dem entsetzlichen Verlust.«

»Wir trauern mit euch, Base.«

»Ich muss meinen Bruder über eure Ankunft informieren«, sagte Cruithne und wandte sich zum Gehen.

»Deinen Bruder?«, fragte einer der Fremden mit hochgezogenen Augenbrauen.

»Genau«, bestätigte Cruithne. »Meinen älteren Bruder, Tarans erstgeborenen Sohn, der bald Chief in Laoigh sein wird.«

»Wir möchten ihn ebenfalls sprechen.«

»Das werdet ihr. Ich bringe ihn mit.«

»Ich kümmere mich um ihre Unterbringung, mein Sohn«, sagte Eormen. »Das kleine Haus in der Siedlung unten am Weg dürfte gerade richtig sein. Sie können das Wildschwein auf der Feuerstelle unterhalb des Broch braten.«

Cruithne nickte und machte sich auf den Weg. Er war glücklich, weil seine Mutter nach langer Zeit endlich einmal wieder lächelte. Eormen führte die Besucher aus der Umfriedung heraus und auf der entgegengesetzten Seite ein Stück den Hügel hinunter. Sie nahmen das Wildschwein mit und unterhielten sich angeregt.

Sie sprachen immer noch in leisem Flüsterton, als sich Cruithne zehn Minuten später mit Fidach zu ihnen gesellte. Eormen sah sie als Erste.

»Sohn meines Mannes«, grüßte sie Fidach mit einem Lächeln, wie er es noch nie von ihr erlebt hatte, »komm und begrüße unsere Gäste. Sie sind Verwandte von mir aus dem Norden.«

Sie umarmte Fidach, gab ihm einen Kuss auf die Wange und wandte sich an ihre Vettern. »Er ist es, von dem ich sprach«, sagte sie nachdrücklich. »Der beste Freund meines Sohnes.«

Lächelnd trat Fidach vor. Er begrüßte die Gäste noch einmal sehr herzlich und bot zum zweiten Mal Hilfe bei der Zubereitung des Wildschweins an, die zum zweiten Mal abgelehnt wurde.

Cruithne sagte nichts mehr. Misstrauisch beobachtete er die außergewöhnlich gute Laune seiner Mutter.

Am folgenden Nachmittag führten Cruithne und Fidach, an der Spitze einer Schar begeistert johlender Kinder aus der Hügelfestung, die drei Besucher aus Kildonanoid zum Ann An Aonachd Tha Bràithreachas am Hang des Beinn Donuill. Morgens war es ihnen endlich gelungen, den flachen Tafelstein vom Gipfel des Berges bis zu den beiden Säulen zu transportieren. Nun lehnte er an einem der riesigen Steine.

»Wir wissen, dass ihr im Norden solche Mahnmale gebaut habt«, sagte Cruithne. »könnt ihr uns vielleicht erklären, wie ihr die schweren Steine mehrere Fuß hoch in die Luft hebt? Ihr seht ja, wir haben soweit alles geschafft, was mit unserer Muskelkraft zu schaffen war.«

Die Fremden tauschten einen Blick.

»Ähm ... ja«, sagte ihr Sprecher, »tatsächlich sind in Kildonanoid stehende Säulen mit Tafelsteinen darauf errichtet worden.«

»Könnt ihr uns helfen?«, fragte Fidach erwartungsvoll.

»Hat das nicht Zeit bis morgen? Gleich beschäftigen wir uns mit dem Wildschweinbraten, und heute Abend möchten wir die Lieder eures Volkes hören. Aber morgen werden wir uns gerne um die ehrenvolle Aufgabe kümmern, die ihr uns gestellt habt.«

Die fünf Männer begannen den Abstieg vom Beinn Donuill zur Hügelfestung. Nur Fidach drehte sich noch einmal um und warf einen letzten Blick auf die beiden großen Säulen und das fast fertige Grab seines Vaters.

Das ist wirklich schön, dachte er bei sich. Ein Symbol für Brüderlichkeit wird mit Hilfe eines befreundeten Stammes fertig gestellt. Blutsverwandtschaft und Harmonie.

Zufrieden lächelnd wandte er sich um und folgte den anderen. Von der Feuerstelle neben dem Broch stieg eine zarte Rauchsäule auf. Der würzige Duft von Wildschweinbraten hing über dem Dorf.

Das Festmahl hatte bis tief in die Nacht gedauert. Cruithne und Fidach gingen langsam in ihr Haus zurück. Würde ihr Vater noch leben, hätten sie jetzt sicher laut gelacht. So aber klang in ihren Ohren noch die sanfte Stimme Pendalpins nach, und sie dachten an den Verstorbenen. Stille Freude war in ihren Herzen, gemischt mit der sanften Trauer um einen Menschen, den sie beide seit frühester Jugend geliebt hatten.

In der Dunkelheit hörten sie den ruhigen Atem Acthilnons, die seit langem schon schlief.

Die Brüder reichten sich schweigend die Hände zum Gute-Nacht-Gruß, und jeder ging in seine Kammer. Fidach legte sich neben seine Mutter und war schnell tief eingeschlafen. Cruithne hingegen wälzte sich auf seinen Fellen und überlegte, wo seine Mutter wohl sein könne. Auch vorhin am Feuer hatte er sie nirgends entdecken können.

Tarans jüngerer Sohn fand lange keinen Schlaf.

Als er schließlich doch einschlief, waren seine Träume voller Angst und Schrecken.

• Neunzehn •

Verwirrt wachte Cruithne auf. Immer noch verfolgten ihn Bilder von Rentieren und Steinen, Wildschweinen und Wölfen, von einem großen Hirsch, und er spürte eine Gefahr, die er nur erfühlen, aber nicht erkennen konnte. Sein Speer war wurfbereit, aber er konnte den Feind nicht finden. Sein Bruder war in Gefahr! Die eiserne Speerspitze sollte Fidach vor einem Angriff bewahren. Aber wo kam der Angriff her?

Wölfe! Wie um alles in der Welt sollte er mit einem einzigen Speer ein ganzes Rudel von Fidach fernhalten?

Cruithne zitterte vor Angst. Die Wölfe verhielten sich still. Kein Laut verriet, wo sie waren. Aber sie kamen näher. Doch so sehr er sich bemühte, er konnte weder ihre Bewegung noch ihren Standort ausmachen.

Sein Körper bebte. Er wälzte sich auf dem harten Boden herum und wurde nur sehr langsam wirklich wach.

Die erste Morgendämmerung färbte den Himmel fahl. Immer noch wirbelten die wirren Träume in Cruithnes Kopf. Es war kalt. Das Feuer war heruntergebrannt.

Irgendwo in der Nähe wurde hastig geflüstert.

Cruithne versuchte, die Augen zu öffnen. Seine Mutter sprach direkt über seinem Gesicht, aber er konnte ihre Worte kaum verstehen und ihre Miene nicht erkennen.

»Komm, mein Sohn«, sagte sie. »Es droht Gefahr.« Ihre Stimme war sanft, aber bestimmt.

Cruithne schüttelte sich. Er war immer noch nicht richtig wach.

»Du musst aufstehen und mitkommen«, drängte sie.

»Warum, Mutter?«, versuchte er zu fragen. Seine Stimme krächzte schlaftrunken.

»Schscht. Leise, mein Sohn«, antwortete sie und legte ihm unerbittlich die Hand auf den Mund. »Du musst aufstehen, sage ich dir, und mitkommen. Ich glaube, sie schänden das Grab deines Vaters.«

Plötzlich hellwach geworden setzte Cruithne sich auf. »Wer, Mutter? Wer schändet das Grab?«

»Ich weiß nicht«, raunte Eormen. »Fremde ... irgendwelche Feinde. Ich sah Männer über die Ebene zum Donuill gehen.«

»Wie viele?«

»Zwei, vielleicht auch drei. Es ist noch dunkel.«

»Wir schlagen sie in die Flucht«, sagte Cruithne entschlossen und sprang auf die Füße. »Ich wecke Fidach.«

»Nein, mein Sohn. Lass ihn schlafen. Du schaffst das leicht allein.«

Seine Schlaftrunkenheit hinderte ihn, ihre Worte in Frage zu stellen. Er griff nach dem Speer mit der Eisenspitze und hastete nach draußen. Eilig lief er zur Mauer und spähte durch den noch fast finsteren Morgendunst über die nordwestliche Ebene. Doch er konnte nicht die geringste Bewegung entdecken.

Immer noch machte er sich keine Gedanken. Sein einziges Gefühl war Ärger darüber, dass jemand die Gebeine seines toten Vaters entweihen wollte. Cruithne rannte zum Tor, sprang mit großen Schritten den Hügel hinunter und machte sich auf den Weg zum Beinn Donuill.

Auch Eormen hatte die Umfriedung mittlerweile verlassen und folgte ihrem Sohn. Ruhigen Schrittes ging sie den Hügel hinunter, ohne Cruithne aus den Augen zu verlieren. Ab und zu duckte sie sich hinter ein Steinmäuerchen.

Sie wollte nur sehen, nicht gesehen werden.

Als Cruithne die Hügelfestung sicher verlassen hatte, drehte sie um und lief so schnell sie konnte zur entgegengesetzten Seite der Umfriedung. Sie schlüpfte durch eine schmale Öffnung in der Mauer und eilte den Hügel hinunter, wo ihre verräterischen Freunde bereits auf sie warteten.

»Kommt jetzt«, rief sie ihnen außer Atem entgegen. »Es ist so weit. Mein Sohn ist weg. Ihr habt nicht viel Zeit. In höchstens zehn Minuten wird er zurück sein.«

Eormens Vetter war schon vorbereitet und trat sofort vor die Tür.

»Komm endlich, du Idiot«, drängte sie. »Mach voran! Ich gehe derweil und hole euer Silber. Ihr müsst nur ...«

Sie wurde von einem hinterhältigen Lachen unterbrochen.

»Ha, ha, ha! Was willst du uns schon geben? Wir werden uns dein Silber nehmen und auch alles andere, was wir brauchen können.«

Die beiden anderen Männer aus Rossbidalich traten in die kühle Morgenluft. Drei weitere folgten ihnen, und dann noch einmal sechs. Ihre Oberkörper waren nackt. Auf der Brust waren immer noch die vergänglichen Zeichen der Freundschaft zu erkennen. Doch vom Rücken her ringelte sich die Schlangentätowierung der Feinde Laoighs über ihre Schultern. Der eifrige Ausdruck in Eormens Gesicht verschwand sofort. Aschfahl musste sie feststellen, dass sie selbst verraten worden war.

»Was ...?«, stammelte sie verärgert und ziemlich unsicher. »Wer sind diese Leute?« Vorsichtig zog sie sich während des Sprechens einige Schritte zurück. Sie konnte die vielen argwöhnischen Augen nicht ertragen, die sie unablässig anstarrten.

»Wir haben den Plan ein wenig verändert, liebste Base«, sagte der Anführer. »Dein lieber Gatte hatte ja noch nicht einmal den Anstand, so lange mit dem Sterben zu warten, dass wir ihm die Kehle hätten aufschlitzen können. Was hast du getan? Ihm Gift ins Essen geschüttet? Wolltest uns das Vergnügen wohl nicht lassen?«

»Was hat mein Mann mit der Sache zu tun?«, patzte Eormen zurück. »Ich habe euch wegen etwas ganz anderem hergeholt.«

»So, du hast uns also geholt!«, spottete der Vetter. »Musst du dumm sein! Glaubst du wirklich, wir wären nicht fähig, selbst zu entscheiden, wo wir hingehen?«

»Aber wir haben doch alles besprochen!«

»Nur, dass wir mittlerweile unsere Pläne geändert haben. Du siehst ja, wir haben ein paar Krieger von den Roismaeatae mitgebracht.«

»Wozu braucht ihr Krieger? Ich habe euch doch gesagt, ihr müsst nur einen einzigen Mann töten.«

»Hör endlich auf, uns herumzukommandieren, Weib! Könnte sein, dass wir dich am Leben lassen. Aber nur, wenn du verschwindest, und zwar schnell!«

Wütend drehte sich Eormen um und eilte den Hügel hinauf. Erst kurz, bevor sie durch die Mauer schlüpfte, wagte sie einen Blick nach hinten. Ihr Vetter war ihr dicht auf den Fersen. Acht Männer folgten ihm. Gier glänzte auf ihren Gesichtern. In den Händen hielten sie Messer aus Eisen und scharfe Schwerter.

In der Ebene südlich des Broch krochen derweil mehr als ein weiteres Dutzend bewaffnete Krieger aus ihren Verstecken. Kopflos rannte Eormen zu ihrem Haus zurück. Der gesamte Stamm der Roismaeatae war ihr auf den Fersen!

Aber noch war genug Zeit für ihren ursprünglichen Plan, dachte sie versessen. Sie würde so viele dieser Idioten wie irgend möglich eigenhändig umbringen und den Zorn ihres Sohnes gegen die Eindringlinge anstacheln. Er würde sicher schnell mit ihnen aufräumen, schon weil er glauben würde, dass sie seinen Bruder auf dem Gewissen hatten! Und dann käme doch noch alles so, wie sie es sich erträumt hatte!

Sie stolperte in das finstere Haus und stöberte nach dem langen Jagdmesser des Chiefs. Mit zitternder Hand hielt sie es fest am Schaft. Vorsichtig und leise schlich sie in Aethilnons Schlaf-gemach.

Es dauerte nur Sekunden, ehe die dauernde Rivalität um die Zuneigung des Chiefs für immer beendet war. Unwillkürlich zuckte Eormen zurück, als warmes Blut aus dem Hals von Tarans erster Frau über ihre Hände sprudelte, ihr Nachtgewand durchtränkte und im gestampften Lehm des Bodens versickerte. Aethilnon gab nur ein kurzes Röcheln von sich. Dann war sie still.

In fieberhafter Eile tastete Eormen nach Fidach. Der junge Mann bewegte sich und öffnete die Augen.

Als er die Mutter seines Freundes erkannte, die sich über ihn beugte, lächelte Fidach freundlich.

»Eormen«, sagte er und streckte die Hand aus, sie zu begrüßen. »Was ist …«

Es waren seine letzten Worte.

Die Augen der alten Frau glühten vor Hass.

»Du Bastard!«, blaffte sie.

Mit einer gezielten Bewegung ihres alten, aber noch immer kräftigen Armes stieß sie Fidach die tödliche Klinge direkt ins Herz.

Der junge Mann sank zurück. Seines Vaters Jagdmesser steckte tief in der pulsenden Wunde. Er starb innerhalb weniger Sekunden.

Eormen richtete sich auf. Kaum war sie sich des Blutes an ihren Händen und Armen bewusst. Mit irrem Blick rannte sie in die kühle Morgenluft hinaus. Geräusche von Folter und Qual drangen aus den Häusern rings umher. Kopflos floh sie aus dem Tor, durch das ihr Sohn verschwunden war.

Cruithne hatte weniger als die halbe Strecke zurückgelegt, als er Schreie aus der Hügelfestung hörte. Er drehte sich um. Im Halbdunkel erkannte er eine Gestalt, die aus einem der Häuser am Fuß des Hügels floh. Ein bulliger Mann folgte ihr, mähte die schreiende Frau mit seinem Schwert nieder und wandte sich auf der Suche nach weiteren Opfern sofort ab.

Cruithne blieb fast das Herz stehen. So schnell er konnte, und getrieben von der kalten Furcht, er könne zu spät kommen, rannte er ins Dorf zurück. Schreie voller Todesangst zerrissen die Morgenluft.

Auf halber Strecke entdeckte Cruithne seine Mutter, die aus dem Tor heraus auf ihn zuwankte.

»Sohn, mein Sohn!«, schrie sie. Ihre Augen glänzten triumphierend. »Schlag sie in die Flucht, und du wirst Chief werden! Du bist der Größte in ganz Caldohnuill!«

»Was ist passiert, Mutter?«

»Alles wird gut, mein Sohn«, antwortete sie. »Schwing nur dein Schwert, dann fliehen sie vor dir!«

»Aber ... aber ... Mutter«, stotterte Cruithne. Allmählich dämmerte ihm die grässliche Wahrheit. »Was ist das ... für ... Blut an deinen Händen?«

»Es ist das Blut der Eroberung, mein Sohn«, schrie sie schrill. »Das Blut des Sieges! Wir haben gewonnen, weißt du? Du bist jetzt Chief!«

»Ich wollte nie Chief werden!«

»Aber es ist deine Bestimmung!«

»Ich muss zu Fidach«, sagte er eisig und stieß sie aus dem Weg. »Ich muss mit meinem Volk gegen die Eindringlinge kämpfen.«

»Fidach ist tot, verstehst du denn nicht?«, keifte sie hinter ihm her. »Nur du bist noch da!«

Cruithne wirbelte herum. Ein entsetzter, ungläubiger Ausdruck lag auf seinem Gesicht.

Einen Augenblick lang starrte er die Frau an. Der grauenerregende Klang ihres gemeinen Lachens drang gellend in sein Ohr. Sie sah die Entschlossenheit in seinen Augen, als er sich drohend zu ihr hinabbeugte, und sie wusste, dass er niemals mehr ihr Sohn sein würde.

»Was sagst du da?«, keuchte er leise. »Was hast du getan, du Schlange?«

»Alles, was ich getan habe, habe ich für dich getan«, wimmerte sie.

»Für mich!«, explodierte er.

Doch obwohl die Worte mit Macht aus seinem Mund drangen, konnten sie das hoffnungslose Leid seiner Seele nicht verdrängen. »Du hast das Allerwichtigste in meinem Leben einfach zerstört! Ich wollte nie etwas anderes, als meinem Bruder, dem Chief, zu dienen. Aber du hast meinen Herzenswunsch nie zur Kenntnis genommen. Und da behauptest du, du hättest es für mich getan?«

Ein hartes Schluchzen entrang sich seiner Kehle. Tränen liefen ihm über die Wangen.

Vergeblich versuchte Eormen, sich an ihren Sohn zu klammern. Er schob sie so unsanft beiseite, dass sie zu Boden fiel. Hemmungslos weinend lief Cruithne zur Hügelfestung.

Als er das Tor gerade erreichte, preschte der junge Domnall hinaus und prallte mit ihm zusammen.

»Nicht, Cruithne«, schrie er verzweifelt. Er hängte sich an den Arm des Freundes, um ihn am Weitergehen zu hindern.

»Ich muss Fidach finden ... und Aethilnon ... wir müssen unser Volk retten«, murmelte Cruithne dumpf. Er erkannte den Bardensohn nicht einmal.

»Nein, Cruithne«, beharrte Domnall, »es ist zu spät. Sie sind tot. Irgendwer hat uns verraten. Die meisten sind tot. Sie suchen jetzt nach dir und mir. Komm! Wir müssen fliehen!«

»Pendalpin ... wir müssen zu ...«

»Mein Vater ist auch tot. Fast alle sind tot. Unsere einzige Hoffnung ist die Flucht. Vielleicht finden wir die wenigen, die sich in Sicherheit bringen konnten.«

Cruithne blieb stehen und starrte hilflos vor sich hin. Er hörte die entsetzten Schreie der Menschen, die verzweifelt vor den mordenden Schwertern davon rannten.

»Komm. Komm doch«, bettelte Domnall und zerrte an Cruithnes Arm. »Wir gehen ins Glenn Nan Uaimh. Dort können wir uns verstecken und später zurückkehren.«

Stumpf und willenlos folgte Cruithne schließlich seinem jungen Freund, den das Gemetzel plötzlich zum Barden seines Clans erhoben hatte.

Auf halber Strecke den Hügel hinunter stellte sich Eormen in ihren Weg.

»Mein Sohn ... mein Sohn!«, flehte sie. »Du bist jetzt Chief. Sie werden dir nichts tun! Ich gebe ihnen Silber, viel Silber. Komm zurück! Komm zurück, mein Sohn!«

Ohne auf ihr Wimmern zu achten, rannten die beiden Freunde ins Tal und wandten sich dem Fluss Aethbran nan Bronait zu.

Weder Cruithne noch Domnall, noch Eormen bemerkten den langsam näher kommenden Mann, den die Frau zuvor Vetter genannt hatte. Mit einem großen Messer in der Hand spazierte er seelenruhig den Hügel hinunter auf die flehentlich hinter ihrem Sohn her rufende Eormen zu.

Und während der ruchlose Häuptling der Roismaeatae den Teil seiner Aufgabe erfüllte, auf den er sich am meisten gefreut hatte, liefen der junge Chief der Pritenae und der noch jüngere Barde des Stammes der unmittelbaren Bedrohung davon.

Sie würden die wenigen Überlebenden ihres Volkes wieder sammeln. Sie würden das Gebiet mit neuem Leben bevölkern. Und sie würden eines Tages aus Caldohnuill ein Land und ein Volk machen, das für alle Zeiten im Gedächtnis der Menschen weiterlebte.

Doch am Tag ihrer Flucht dachten sie nicht an die Zukunft.

Nur einmal noch blickte Cruithne zurück, als sie auf der Ostflanke des Beinn Donuill eine Pause einlegten. Voll sehnsüchtiger Trauer dachte er an seinen Bruder, mit dem er das Denkmal Ann An Aonachd Tha Bràithreachas hatte vollenden wollen, dessen Säulen ungerührt in den Himmel ragten.

Domnall zerrte heftig an seinem Arm. Unwillig und mit tränenblinden Augen stolperte der zukünftige Stammvater der Caledonii den behände fliehenden Füßen des jungen Barden hinterher.

8

DER VORSITZENDE
DER LIBERALDEMOKRATEN

• Eins •

Andrew Trentham ließ das dicke Buch auf den Schoß sinken und blickte auf seine Uhr. Es war fast halb drei! Mehr als drei Stunden hatte ihn die alte Erzählung völlig in ihren Bann geschlagen! Duncan war längst zu Bett gegangen.

Natürlich war es viel zu spät, jetzt noch nach Hause zurückzureiten. Er würde das tun, was Duncan vorgeschlagen hatte: sich unter ein paar Decken auf dem Sofa zusammenrollen.

Die Namen der alten Stämme und Clans klangen wie zu Wörtern gewordene Geheimnisse ... Borestii, Maeatae, Pritenae, Scothui ...

Wenn Andrew die keltischen Namen leise vor sich hin flüsterte, spürte er so etwas wie eine unwillkürliche Verbundenheit.

Noch einmal schlug er das unförmige Buch auf und blätterte durch die Geschichte, die er eine Woche zuvor gelesen hatte. Eine noch nicht greifbare Erinnerung ... irgendetwas ... da war es!

Der Wanderer war nur noch Legende, doch sein Blut floss in jedem dieser Menschen, die nach und nach das Land bevölkerten.

Andrew überflog noch einmal die Erzählung, die er gerade zu Ende gelesen hatte, und suchte nach einer ganz bestimmten Stelle.

Taran hatte heißes Blut und war mit Leib und Seele Jäger, ein wilder, keltischer Draufgänger ... die anderen Stämme waren Kelten, genau wie sie selbst ... eine ständige Annäherung der fremden Stämme ... das Erbe des Wanderers und seiner keltischen Vettern hatte sich so stark vermischt, dass die Verwandtschaft für alle Zeiten festgeschrieben war ...

Ging die Vorstellung zu weit, dass es sich bei der Erzählung nicht nur um die Anfänge dieser nördlichsten Region Britanniens handelte, sondern vielleicht auch um die Ursprünge seines eigenen Stammbaums?

Andrews Augen wurden schwer. Er griff hinüber zum Sofa und nahm sich eine der alten, tartangemusterten Decken, die er mehr schlecht als recht um Schultern und Knie stopfte. Während er langsam eindöste, mischten sich die Erinnerungen an den alten Abenteurer und die beiden Brüder mit seinen eigenen Träumen.

Andrew schlief ein. Im Traum erlebte er noch einmal die Szene, in der die beiden Brüder hoch über dem kleinen Teich am Wasserfall stehen. Doch das Gefühl dabei war alles andere als glücklich.

Die Gesichter wechselten.

Nicht die beiden Brüder, sondern er und Lindsay sahen auf den See hinab ... sie spielten, rannten im Wettlauf zu ihrem Aussichtspunkt ... sie lachten, rangen miteinander. Plötzlich glitt Lindsay aus ... jetzt stürzte seine Schwester ab. Ihr Kopf schlug hart gegen den Fels ... sein Mund war weit offen. Er wollte schreien, aber nicht der geringste Laut drang aus seiner Kehle ... ein einsamer Platscher unten im Teich ... und jetzt rannte er und rannte, seine Kleider waren nass, sein Gesicht tränenüberströmt, und in seinem kleinen Herzen war nichts als Panik und Angst und Schuldgefühl ...

Mit einem Ruck wachte Andrew auf.

Als er Duncans Cottage erkannte, entfuhr ihm ein Seufzer der Erleichterung. Mühsam sammelte er sich und zog die Decke fester um seinen Körper.

Langsam schlief er wieder ein. Der Albtraum kehrte nicht zurück.

Dafür suchte ein anderes Bild seinen Schlummer heim. Ein unerschrockener Pilger, in Felle gekleidet und mit einem einfachen Speer in der Hand rannte über ein Moor, das offensichtlich irgendwo in den Highlands lag. Der Mann trug unverkennbar die Züge des Vertreters von Englands Norden im Parlament. Mit bedeutungsvollem Blick lief er barfuß über die Heide, die sich plötzlich in eine betonierte Ecke unmittelbar vor den Houses of Parliament verwandelte. Um ihn herum drängten sich Passanten und Reporter, riefen nach ihm, machten Fotos und hielten ihm Mikrofone unter die Nase. Aber die einzigen Laute, die dem Mann über die Lippen kamen, waren gutturale Worte in einer alten, längst vergessenen Sprache, die niemand verstand.

Dann drehte er sich um und ging unerschrocken an den Wachen vorbei auf die Türen des Westminster-Palastes zu. Über die Stadt senkte sich erwartungsvolles Schweigen ... Die Bilder verschwammen, und Andrew versank in tiefen, traumlosen Schlaf.

So fand Duncan MacRanald seinen jungen Freund fünf Stunden später. Andrews Kopf war zur Seite geneigt. Immer noch hielt er das dicke Buch offen im Schoß, warm in die farbenfrohe Tartandecke gekuschelt. Er atmete ruhig und träumte von den Anfängen eines Volkes, das er allmählich als sein eigenes erkannte.

Zwei

Kurz vor acht erwachte Andrew vor einem fröhlich brennenden Feuer. Der kleine, rußgeschwärzte Eisenkessel dampfte bereits und wartete auf seine tragende Rolle bei der Teezu-
bereitung.

»Morgen, Jungchen«, sagte der alte Schotte hinter ihm, als
Andrew sich reckte, »anscheinend hast du ja gut geschlafen!«

»Sehr gut sogar«, lachte Andrew. »Zumindest in der Zeit,
die mir blieb, nachdem ich bis fast zum Morgengrauen gelesen habe.«

»Ich nehme an, eine Tasse Tee könnte dir jetzt nicht schaden, habe ich Recht?«, sagte Duncan und nahm den Kessel
vom Feuer. »Ich habe auch schon nach deiner Stute gesehen. Sie hat in meiner kleinen Scheune anscheinend kein
Heimweh bekommen und war mächtig hungrig. Sie früh-
stückt gerade eine ordentliche Portion Hafer.«

»Danke schön«, sagte Andrew.

Er warf die Decke ab und entdeckte das offene Buch in
seinem Schoß. Vorsichtig legte er es beiseite, stand auf, reckte
und streckte sich und schüttelte die Dumpfheit des Schlafes
von sich.

In der Nacht waren fünfzehn Zentimeter Schnee gefallen.
Andrew stieß die Tür auf und fand sich in einer glitzernden
Wunderwelt wieder. Die Wolken hatten sich nach Süden verzogen. Klar und kalt ging die Sonne auf. Die frühen Strahlen
strichen über die schimmernde weiße Oberfläche und entzündeten Millionen gefrorener Wasserjuwelen zu winzigen
Lichtkristallen, die in alle Himmelsrichtungen blitzten.

Still lag die Landschaft unter der dicken, weißen Glitzerde-
cke. Schwarze Baumschemen taten ihr Bestes, die strahlenden
Häubchen auf ihren kahlen Zweigen so lange wie möglich zu
behalten. Nur die grauen Granitmäuerchen, die über die Hü-

gel mäandrierten, unterbrachen trotz ihrer Schneedächer die
ebenmäßige Weiße. Die Natur lag wie unter einem Leichen-
tuch, aber natürlich war sie nicht tot, sondern lebte tief im
Erdinnern weiter und wartete nur auf eine günstige Gelegenheit zur Auferstehung.

Andrew genoss den Anblick in vollen Zügen.

Er stand vor Duncans Tür, und die klare, kalte Luft rötete
seine Wangen. Sein Herz schlug schneller. Er würde bald
nach Hause reiten müssen, mahnte er sich. Es gab Dinge, die
erledigt werden mussten.

Außerdem rief die Pflicht in London. Leider. Montag-
morgen musste er zurück sein.

• Drei •

Im gedämpften Halbdunkel des Pubs in Knightsbridge ging
es an diesem Abend nicht viel ruhiger zu als vor ein paar
Wochen, als sich dieselben sechs Männer schon einmal dort
getroffen hatten.

Die Zusammenkunft fand zum Gedenken an ihren ver-
storbenen Parteifreund statt. Doch neben verhaltenen Tönen
und schwermütigen Reden flackerte hier und da bereits ein
Funken unterdrückter Fröhlichkeit auf. Das Mitgefühl der
Männer war echt. Dennoch war nicht zu leugnen, dass der
Tod des ehrenwerten Gentleman, so schrecklich er war, das
Anliegen der Gruppe mit einem Schlag ein gehöriges Stück
voranbringen könnte.

Der Glenfiddich floss in Strömen aus der schlanken grünen Flasche in die Kristalltumbler und von dort durch die
Kehlen der versammelten schottischen Politiker. Er beflügelte ihren Geist und löste ihre Zungen.

»Auf Hamilton«, prostete der Glasgower Abgeordnete Lachan Ross jetzt schon mindestens zum vierten Mal. Für ihn war es der beste Vorwand, so oft wie irgend möglich einen tiefen Schluck seines Lieblingsgetränks aus dem Glas zu nehmen. An Durst auf das malzige Destillat mangelte es ihm bestimmt nicht.

»Auf Hamilton«, antworteten ein paar Stimmen, und Gläser klangen aneinander.

Sie tranken schweigend. Dann war allmählich hier und da ein leises Lachen zu vernehmen. Und schließlich, als hätte jemand einen Funken über trockenen Zunder geschlagen, redeten alle fröhlich und angeregt durcheinander. Als sie sich nach den Unterhauswahlen zum letzten Mal hier getroffen hatten, war die Freude über den Wahlausgang durch die Tatsache gedämpft worden, dass ihr eigentliches Ziel noch lange nicht in Reichweite lag. Und jetzt plötzlich ergab sich die unerwartete Gelegenheit, ihren Forderungen mit einer unbestreitbaren Aussicht auf Erfolg erheblichen Nachdruck zu verleihen.

»Ich habe euch immer gesagt«, übertönte der Vorsitzende die angeregte Unterhaltung, »dass irgendwann ein kritischer Augenblick kommen würde. Man muss nur warten können. Nicht, dass ich dem armen Hamilton ein solches Ende gewünscht hätte! Aber da es nun mal passiert ist, wären wir dumm, nicht das Beste daraus zu machen.«

»Dein Trick hat offenbar gewirkt, Dugald«, sagte Gregor Buchanan zu MacKinnon. »Ich wollte es nicht glauben, aber die Kampagne unseres Volkes für seine Kandidaten vor fünf Jahren hat eine gehörige Rolle beim überwältigenden Sieg der Labourpartei gespielt. Und seither haben sie die Regionalisierung im Parteiprogramm. Sie wissen sehr genau, dass sie ohne uns die letzte Wahl mit Pauken und Trompeten verloren hätten.«

»Ich habe auch nicht geglaubt, dass es helfen würde«, sagte einer namens Archibald Macphersen. »Ich war sicher, der Premierminister hätte die Unabhängigkeit nur ins Parteiprogramm aufgenommen, um die schottischen Stimmen und unsere Unterstützung zu bekommen.«

»Ach, Macphersen, ich zweifle keinen Augenblick, dass Sie die Beweggründe unseres guten Mr. Barraclough sehr richtig erkannt haben«, lachte MacKinnon. »Seit Majors flammender Rede anlässlich der Rückgabe des Steins im Juli 96 spielen doch beide Parteien dieses Spielchen. Aber keine Sorge, wir kümmern uns darum, dass der Premier unsere Rolle in dieser Koalition keine Sekunde lang vergisst. Und wahrscheinlich ist jetzt unsere Stunde gekommen. Er wird bald merken, dass es da einen Wahlkreis gibt, dessen Nöte er nicht so einfach vernachlässigen kann.«

»Einundzwanzig von sechshundertneunundfünfzig Sitzen sind noch lange kein Grund, unsere Büros zu unseren Kollegen vom Schottischen Parlament nach Edinburgh zu verlegen«, gab William Campbell zu bedenken.

»Natürlich haben Sie Recht«, gab MacKinnon zu. »Aber ich wäre niemals vor den Wahlen mit meinem, nennen wir es: kleinen Handel, zu Barraclough gegangen, wenn mir das Risiko zu groß erschienen wäre. Ich bin sicher, Campbell, dass gerade Sie, um dessen Namen sich ein dunkles Kapitel Geschichte rankt, nicht vor einer großen Chance davonlaufen würden.«

»Um die Chancen mache ich mir keine Sorgen«, gab Campbell zurück und ignorierte den Seitenhieb auf seinen Namen, »eher schon um die Durchführbarkeit unserer Ideen. Deshalb frage ich Sie, MacKinnon: Was genau schlagen Sie uns nun vor?«

»Wir haben treu zu ihm gehalten, genau wie abgemacht. Bei allen Abstimmungen haben wir uns wie Sozialisten verhalten. Wir haben Richard Barraclough in jeder Hinsicht unterstützt.«

»Schön und gut, Dugald«, bohrte Campbell nach, »aber was jetzt?«

»Ich glaube, Hamiltons Tod gibt uns die Möglichkeit, mehr Druck auszuüben.«

»Mehr Druck? Auf ihn?«

»Wir drohen ihm mit dem Entzug unserer Unterstützung.«

»Er kann die Koalition ohne weiteres ohne uns weiterführen, wenn er das Bündnis beibehält.«

»Die Haltung der Liberaldemokraten könnte sich ändern, vergessen Sie das nicht. Möglicherweise kann der Premier nicht mehr so bedenkenlos auf sie zählen, wenn Reardon an ihrer Spitze steht. Ich habe so ein Gefühl, dass unsere Drohung, mit Nein zu stimmen, Barraclough schnell davon überzeugen wird, die schottische Unabhängigkeit in sein Programm aufzunehmen. Er wird uns nicht gerade jetzt verlieren wollen.«

»Er hat zwar versucht, sich bei den Schotten lieb Kind zu machen, aber eigentlich betrachtet er unsere Probleme mehr oder weniger als Randerscheinungen«, warf Buchanan ein.

»Und da ist er schwer auf dem Holzweg«, nickte der Vorsitzende der Schottischen Nationalisten, »er unterschätzt die Macht, die die Ankündigung von mehr Eigenverwaltung auf unser Volk haben würde. Ich habe ja schon gesagt, die Regionalisierung ist nur die Spitze eines Eisbergs, den weder Labour noch die Tories erkannt haben. Vielleicht begnügt sich ja Wales mit einem Regionalparlament. Aber ich für mein Teil finde das für Schottland zu wenig. Ich nehme an, jeder hier denkt so wie ich.«

»Für mich hört sich das so an, als wollten Sie das Unmögliche probieren«, sagte Archibald Macpherson.

»Unser Anliegen ist seit Gründung der Partei 1928 als unmöglich angesehen worden«, gab MacKinnon zurück. »Und trotzdem sind wir ganz schön voran gekommen. 1970 hatten wir einen einzigen Abgeordneten und 1983 erst zwei.

Die beiden Volksentscheide 1979 und 1997 haben jeder auf seine Weise Wirkung gezeigt. Jetzt sind wir einundzwanzig, die Regionalisierung ist durch, und Schottland hat ein eigenes Parlament. Ein paar von uns hätten das noch vor zehn Jahren für unmöglich gehalten.«

»Ich sage Ihnen«, fuhr er fort, »wir erleben gerade erst den Anfang. Nur die ersten Schritte auf der völligen Umkehr von 1707.«

Die Parlamentarier schwiegen lange nach MacKinnons aufrüttelnden Worten.

»Wo wir gerade dabei sind«, fragte Macphersen schließlich, »gibt es irgend etwas Neues über Eagons Tod? Ich fürchte, da wird uns gegenüber gemauert, vor allem, wenn wir uns zu früh mucksen.«

»Da würde ich mir nicht zu viele Sorgen machen«, antwortete MacKinnon. »Es gibt nicht den geringsten Hinweis auf uns in dieser Geschichte.«

»Da wäre ich mir nicht so sicher. Irgendwie verdächtigt Scotland Yard uns noch immer wegen des Diebstahls in Westminster Abbey ... Ich weiß nicht, ich glaube, die suchen da eine Verbindung. Vor allem natürlich, wenn wir uns zu früh rühren, weil dann jeder weiß, dass wir einen Vorteil davon haben.«

»Wir hatten doch überhaupt nichts mit Hamilton zu tun«, gab Buchanan zu bedenken. »Unsere Hände sind absolut sauber.«

Eine kurze Diskussion brandete durch den Raum.

»Ich habe vorausgesagt, dass die Gelegenheit kommen wird«, sagte MacKinnon schließlich. »Es sieht so aus, als sei sie jetzt da, obwohl sie sich erheblich von meinen Erwartungen unterscheidet. Und mir scheint, als ob unsere beste Einflussmöglichkeit nicht etwa beim Premierminister liegt, sondern beim zukünftigen Vorsitzenden der Liberaldemokraten.«

Der Einzige, der den ganzen Abend nicht gesprochen hatte und der sich während der ganzen Diskussion ungewöhnlich still verhalten hatte, war der stellvertretende Vorsitzende der Schottischen Nationalisten, Baen Ferguson.

• Vier •

Bis Andrew gefrühstückt hatte und sich endlich in Herthas Sattel schwang, um den Rückweg anzutreten, war der Morgen halb vorüber.

Die Sonne stand schon hoch am Himmel und fühlte sich auf seinen vermummten Schultern richtig warm an. Doch so warm, dass der Schnee taute, war sie noch nicht. Es würde bestimmt zwei Wochen dauern, ehe die weiße Pracht endgültig geschmolzen war − wenn nicht in der Zwischenzeit noch mehr davon herunterkam. Trotz kalter Hände und Füße fand Andrew es wunderbar, an diesem herrlichen Morgen durch die jungfräulich weiße Decke zu pflügen und seine Gedanken schweifen zu lassen.

Schnell drängte sich die am Vorabend gelesene Geschichte wieder in sein Bewusstsein und in direkter Verbindung mit ihr der kürzliche Tod seines Fraktionsvorsitzenden. Die Parallele zwischen beiden war unübersehbar. Andrews Vermutungen bezüglich des ungelösten Falls wendeten sich immer mehr in Richtung eines noch nicht erkannten politischen Motivs. Was sonst könnte es sein?, dachte er, während er durch die weiße Landschaft ritt. Nicht nur historische Gestalten griffen zu solchen Mitteln, um ihre Anliegen voranzubringen.

Auch den entsetzlichen Traum hatte Andrew nicht vergessen. Während die Stute sich gemächlich einen Weg durch den Schnee auf den steinigen Hügeln suchte, wusste Andrew plötzlich, dass er noch einmal am Aussichtspunkt anhalten musste. Er musste endlich mit sich ins Reine kommen – und mit dem, was damals dort geschehen war.

Merkwürdig, wie Schnee eine Landschaft verändern kann, dachte er, als er schließlich wieder an der Stelle stand, wo der Pfad plötzlich im Nichts über dem See endete. Die weiße Decke schien die Konturen der Felsen zu verwischen. Alles kam ihm auf seltsame Weise bekannt und doch fremd vor. Er wischte das kalte Pulver von einem Stein, auf dem er schon unzählige Male gesessen hatte, ließ sich nieder und betrachtete den kalten, klaren Wasserspiegel unter ihm. Fast konnte er Cruithne, Fidach und Domnall hören, die entzückt jauchzten, während sie von hoch oben neben dem Wasserfall in die eisigen Fluten sprangen.

Doch die Schreie veränderten sich. In seiner Erinnerung mischte sich gellende Angst in die fröhlichen Rufe. Andrew wusste sehr wohl, dass es seine eigenen Schreie waren. Er hatte das schreckliche Geschehen seit jenem schicksalhaften Morgen immer und immer wieder erleben müssen.

Es war warm gewesen. Ein herrlicher Hochsommertag. Die Sonne hatte ebenso hell geschienen wie heute, aber es duftete nach Feuchtigkeit und Wachstum, und die Hügel waren grün.

Lindsay und er hatten ihre Pferde irgendwo auf halber Strecke auf dem Hügel angebunden und waren lachend zum Aussichtspunkt gerannt. Andrews sechzehnjährige Schwester war ausgesprochen fröhlich gewesen, hatte immer den Schalk im Nacken und liebte es, ihn zu necken.

Sie war immer viel netter zu ihm gewesen, als man es von einer älteren Schwester gegenüber ihrem so viel jüngeren Bruder erwartet hätte. Oft ritten und wanderten sie zusammen. Trotz der sechs Jahre Altersunterschied behandelte sie ihn immer wie einen Freund und Gleichgestellten. Sie hatte ihn reiten und schwimmen gelehrt, ihm beigebracht, Bäume und Blumen zu erkennen, und hatte ihn auf vielen Entdeckungstouren durch die Hügel mitgenommen.

Schon viele Male waren sie zusammen am Aussichtspunkt gewesen. Der Abbruch war zwar steil, aber längst nicht so gefährlich, wie er auf den ersten Blick aussah. Steil war nämlich nur das oberste Stück. Danach senkte sich das Gelände in Terrassen bis zum See hinunter. Aber nach zwei Tagen strömenden Regens war der Boden weich und glitschig, und man konnte nicht besonders sicher stehen.

Sie erreichten ihre Lieblingsstelle und ließen sich auf den feuchten Boden plumpsen, um die Aussicht zu genießen. Die wohlige Wärme und die Sonne hatten Lindsay leicht und sorglos werden lassen. Zu sorglos. Plötzlich hatte sie die Idee, über die Kante zu kriechen und zu versuchen, mit den Zehenspitzen den nächsten Vorsprung etwa vier Fuß weiter unten zu erreichen.

»Geh nicht da runter, Lindsay«, rief Andrew mit seinem dünnen, zehnjährigen Stimmchen, als er feststellte, was sie da tat.

»Schau mal, eine wilde Lilie! Sie riechen so gut, und ich habe den ganzen Sommer noch keine gesehen!«

»Du bist viel zu nah am Rand!«

»Ich bin doch schon fast unten«, sagte sie fröhlich und drehte sich zu ihrer Beute um.

»Vorsicht!«

Schon lag Andrews Schwester auf den Knien und streckte eine Hand weit über den Vorsprung hinaus. Furchtsam beobachtete der kleine Bruder, wie sie nach der zierlichen, weißgelben Blüte griff, die zwischen losem Geröll wuchs.

Sie versuchte, näher heranzukommen. Da bohrte sich ihre Schuhspitze in ein durchweichtes Grasstück am Rand des Absatzes, auf dem sie kniete.

Es gab nach. Sie schrie leise auf und geriet ins Rutschen. Eins ihrer Beine hing ins Leere.

»Lindsay!«, schrie Andrew.

Keiner von beiden dachte mehr an die Blume. Endlich merkte auch Andrews Schwester, in welcher Gefahr sie schwebte. Verzweifelt griff sie nach dicken Grasbüscheln und versuchte, sich auf sicheren Boden zurückzuziehen. Aber auch die Grasbüschel waren nass und locker. Wenn sie zu heftig zog, würden auch sie nachgeben.

»Hilf mir, Andrew«, sagte sie. Ihre Stimme war ruhig und kontrolliert. »Du musst deine Hand nach unten strecken und versuchen, meine Hand zu fassen.«

Andrew ließ sich in den Matsch fallen und streckte den Arm so weit aus, wie er sich traute. Lindsay reckte sich nach ihm. Genau als sich ihre Hände berührten, verlagerte Lindsay das Gewicht, um ihm noch ein wenig weiter entgegenzukommen. Dabei riss das Grasbüschel ab, an dem sie sich mit der Linken hielt.

Mit einem schrillen Schrei stürzte sie ab.

»A-n-d-r-e-w!« Das entsetzliche Echo hallte in den Ohren des Jungen.

Wie versteinert musste Andrew zusehen, wie Lindsay im Fallen mit dem Kopf gegen den Fels krachte. Wie eine Gliederpuppe prallte sie wieder und wieder gegen die scharfen Kanten der Überhänge. Und dann hörte er nur noch das laute Platschen im schwarzen Wasser tief unter ihm.

Andrew beugte sich weit nach vorne, um zu sehen, wo sie hingefallen war. Aber er konnte den Rand des Teiches nicht sehen. Unten blieb es totenstill.

So schnell er konnte, rannte Andrew zu den Pferden. Er sprang in den Sattel und galoppierte in voller Geschwindigkeit den langen Weg entlang, der zum See hinunterführte. Es grenzte an ein Wunder, dass das Pferd auf dem steilen Pfad nicht ins Straucheln geriet. Drei Minuten später war er da.

Die Oberfläche des Sees zeigte nur noch ein paar weite Ringe, ansonsten war das Wasser ruhig. Andrew ertappte sich bei einem Stoßgebet, die Ringe mögen nur von einem Stein hervorgerufen worden sein, den Lindsays Sturz gelöst hatte.

»Lindsay«, rief er. »Lindsay ... wo bist du?«

Es blieb still.

Verzweifelt rannte er am Wasser entlang, bis er zur Absturzstelle kam. Der aufgewühlte Uferboden und lehmige Wolken im Teich zeigten ihm mehr als deutlich, dass nicht nur ein Stein ins Wasser gefallen sein konnte.

Ohne nachzudenken, sprang Andrew in den See. Er zog sich noch nicht einmal aus. So gut er konnte, glitt er unter der Wasseroberfläche entlang und tastete sich voran. Seine Hände erreichten den Grund. Doch er bekam nur Modder zu greifen. Immer wieder versuchte er es.

Irgendwann tauchte er auf, atmete tief durch und tunkte wieder ein. Er erweiterte seine Kreise. Aber der See war tief und selbst an schönen Tagen war das Wasser ziemlich schlammig. Es war unmöglich, mehr als zwanzig Zentimeter weit zu sehen.

Wieder tauchte Andrew auf ... und wieder unter. Noch einmal ... und noch einmal ... Schließlich war er so erschöpft, dass er nicht mehr konnte. Seine Lunge tat weh. Er konnte nichts mehr sehen. Er konnte nichts mehr fühlen.

Zum letzten Mal tauchte er auf. Verzweifelt rang er nach Luft. Dann kroch er ans Ufer und sah sich noch einmal gründlich um. Vielleicht war Lindsay ja inzwischen aufgetaucht. Aber nirgends gab es das geringste Zeichen von seiner Schwester.

Jetzt erst geriet Andrew in echte Panik. Tränen stürzten aus seinen Augen.

Er raste zu seinem Pferd. Schneller und waghalsiger, als er je in seinem Leben geritten war, galoppierte er auf dem kürzesten Weg zum Gutshaus zurück. Er weinte laut.

»Mutter ... Mutter!«, schrie er, lange bevor er angekommen war. »Mutter!« Er schluchzte verzweifelt. »Lindsay ... sie ist runtergefallen!«

Als er das Tor erreicht hatte, war seine Mutter schon draußen.

»Sie ist ... sie ist ins Tarn Water gefallen«, wimmerte Andrew. »Ich konnte sie nicht finden ... Ich hab's versucht ... Sie ist nicht hoch gekommen ... Ich habe alles abgesucht ...«

Sofort rief Lady Trentham nach Horace und ein paar anderen Männern. Minuten später waren sie mit Pferden, einem Wagen, Seilen und Decken unterwegs.

Den ganzen Nachmittag mühten sie sich erfolglos ab.

Erst gegen Abend trieb Lindsays Leiche an die Oberfläche. Ihr Schädel wies auf einer Seite eine ungeheure, klaffende Wunde auf, wo sie auf die Felsen aufgeschlagen war.

Es war in den folgenden Stunden, nachdem Andrew seiner Mutter erklärte hatte, was geschehen war und bevor sein Vater zurückkehrte, dass Lady Trentham und ihr Sohn jene kurze Unterhaltung hatten, die in Andrews Gedächtnis den Schrecken über das Geschehen noch vertiefte und niemals wirklich überwinden ließ.

»Ich halte es für das Beste, Andrew«, sagte Lady Trentham, die nach dem Tod ihrer Tochter unter einem schweren Schock stand, »wenn wir niemandem erzählen, dass du und Lindsay heute zusammen gewesen seid.«

Mit rotgeweinten Augen blinzelte Andrew fragend in ihr Gesicht. Aber er bemühte sich, tapfer zu nicken.

»Weißt du, man würde dir zu viele Fragen stellen«, fuhr seine Mutter fort. »Natürlich hast du nichts Falsches getan. Ich weiß das. Aber die Leute könnten reden, verstehst du? Und ich möchte dich und unsere Familie vor noch mehr Unglück schützen. Wir werden nur sagen, dass Lindsay heute ausgeritten ist und einen Unfall hatte. Das ist die Wahrheit. Der Rest ist unser Geheimnis. Deins und meins. Und wir werden nie wieder darüber reden, nicht wahr? Wir denken nicht mehr daran und behalten es einfach für uns.«

Wieder nickte Andrew. Mit großen Augen blickte er seine Mutter an. Die Worte waren tief in seine Seele gedrungen. Seine Mutter hatte befohlen, und er würde tun, was sie gesagt hatte.

Lady Trentham hätte selbst nicht sagen können, warum sie diese Vorsichtsmaßnahme ergriffen hatte. Vor Schmerz war sie kurz davor, den Verstand zu verlieren. Die nächsten Tage verbrachte sie in starrer, wortloser Trauer, die während der Beerdigungsfeierlichkeiten noch anhielt. Und getreu dem Versprechen, das sie ihrem Sohn aufgezwungen hatte, sprachen sie niemals wieder über den Vorfall.

Andrew fühlte sich seit jenem schrecklichen Tag durch das gemeinsame Geheimnis an seine Mutter gefesselt. Und das hatte zur Folge, dass er noch immer alle Schuld bei sich suchte. Wahrscheinlich dachte seine Mutter schon recht bald nicht mehr an das Schweigegelübde. Möglicherweise vergaß sie es im Lauf der Zeit sogar völlig. Aber Lady Trentham erfuhr nie, was sie in der jungen Seele ihres Sohnes damit angerichtet hatte.

Andrew hatte sich seither immer und immer wieder mit schrecklichen Fragen gequält. Warum war er nicht zu Duncans Cottage geritten? Es lag um die Hälfte näher als sein Elternhaus. Vielleicht hätte es ja nicht viel geändert, aber der Gedanke verfolgte ihn trotzdem. Warum war er nicht noch einmal getaucht? Warum war er nicht noch tiefer hinuntergegangen ... warum hatte er nicht überlegt gehandelt? Er war so verzweifelt gewesen ... und so hilflos!

Aber so war an jenem Tag das Ältestenrecht der Familie auf ihn übergegangen, fast wie bei Cruithne. Heutzutage konnte man wohl kaum mehr von Häuptlingswürde sprechen. Aber wie bei Cruithne hatte dieses Recht eigentlich jemand anderem zugestanden, und Andrew hätte, wie in der alten Geschichte, alles darum gegeben, es nicht zu besitzen, und dafür liebend gerne die Familienchronik umgeschrieben.

Ob das die Erklärung dafür war, dass ihn die Geschichte als Teenager so tief berührt hatte? Vielleicht hatte er, ohne es zu ahnen, Cruithnes Schmerz beim Verlust des geliebten Bruders auf seine Weise nachempfinden können. Eigentlich hatte Andrew noch nie ernsthaft über diese Frage nachgedacht.

Er stand auf, atmete tief durch, bestieg sein Pferd und ritt zurück nach Hause.

Hoffentlich, dachte er, konnte er den Schmerz der Vergangenheit besiegen wie Cruithne und sich als würdiger Erbe erweisen, obwohl er der Jüngere war.

• Fünf •

Die neunundfünfzig Abgeordneten der Liberaldemokratischen Partei versammelten sich eine Woche nach Eagon Hamiltons Beerdigung zur Wahl eines neuen Fraktionsvorsitzenden.

Die Stimmung war eher gedämpft, wie es sich angesichts der ernsten Lage gehörte. Wie bereits in der ganzen letzten Woche drehten sich die Gespräche immer und immer wieder um das Thema, auf welch unglaubliche Weise der frühere Vorsitzende ums Leben gekommen war. Trotzdem waren alle Abgeordneten sich sehr wohl darüber im Klaren, dass sie trotz Trauer und Entsetzen weitermachen und sich den neuen Herausforderungen ihrer Partei stellen mussten.

Hamiltons ehemaliger Stellvertreter Larne Reardon, der in seinem ungewöhnlich zerknitterten Anzug und seinem spärlichen, ungekämmten Haar ziemlich unausgeschlafen wirkte, saß der Wahl vor.

Im ersten Durchgang erlangte Reardon zum grenzenlosen Erstaunen aller Anwesenden die erforderliche Mehrheit nicht.

Parteisekretär Charles Wilcox aus Kent verlas die Stimmverteilung:

»Larne Reardon, zweiundzwanzig gültige Stimmen ...«

Verwirrte Blicke schweiften durch den Raum.

»Maurice Frazer-Smythe, vierzehn gültige Stimmen«, fuhr Wilcox fort, »Edwin St. John sechs, Andrew Trentham fünf, Sally Lutyens zwei und Charles Wilcox zwei gültige Stimmen.«

Der überraschte Gesichtsausdruck mehr als der Hälfte aller Abgeordneten bewies, dass jeder der neunundzwanzig Wähler, die nicht für Reardon gestimmt hatten, der Ansicht war, er sei der Einzige gewesen. Aber offenbar hatten mehr als erwartet lieber ihre Hochachtung für jemand anders aus den eigenen Reihen ausgedrückt, dabei aber nicht im Traum vermutet, dass ihre Wahl irgendeinen Einfluss auf den Ausgang haben könne. Tatsächlich aber hatte der Stellvertretende Fraktionsvorsitzende auf diese Weise die erforderliche Mehrheit im ersten Wahlgang verfehlt.

»Um ehrlich zu sein, Freunde und Kollegen«, sagte Reardon mit einem wunderlichen Lächeln, »das Resultat erstaunt mich nicht.«

Mit ernstem Gesicht legte er eine Pause ein. Jeder konnte sehen, dass etwas Bedeutsames in ihm vorging.

»Seit der Nacht, in der Eagon umgebracht wurde, hatte ich ein sehr zwiespältiges Gefühl meiner eigenen Zukunft gegenüber«, fuhr er fort. »Sie können sich sicher vorstellen, dass sein Tod ein gehöriger Schock für mich war. Vielleicht ist es noch nicht einmal Angst um mich selbst – möglicherweise aber auch das. Auf jeden Fall habe ich mich seither unablässig gefragt, ob ich den Vorsitz der Partei wirklich anstrebe, zumindest zum jetzigen Zeitpunkt. Als Nächstes werde ich mich mit meiner Familie beraten. Ich brauche einfach noch mehr Zeit, mir über meine Zukunft klar zu werden. Und die eben abgelaufene Wahl ... nun ja, sie bestätigt wohl die Richtung, die ich einzuschlagen gedenke.«

Wieder machte er eine kleine Pause.

»Der langen Rede kurzer Sinn«, sagte er schließlich, »ich ziehe meine Kandidatur zurück. Die Liberaldemokratische Partei dürfte mit einem von Ihnen an der Spitze erheblich besser bedient sein.«

Bestürztes Murmeln machte die Runde im Raum. Allmählich wurden die Stimmen lauter. Heftige Einwände waren zu hören. Mindestens ein halbes Dutzend Zwischenrufer verkündeten lautstark Reardons Verdienste um die Partei.

»So leid es mir tut, Ladies und Gentlemen«, versuchte Reardon die Entrüstung zu übertönen, »meine Entscheidung ist gefallen. Vielleicht hätte ich sie vorher ankündigen sollen. Aber es gab da ein gewisses Pflichtgefühl. Möglicherweise hätte ich meine Entscheidung noch einmal revidiert, wenn ich aus der Stimmenauszählung als einzig möglicher Nachfolger hervorgegangen wäre. Doch das war nun einmal nicht der Fall. Und ich weiß, dass jeder meiner ehrenwerten Kollegen, die eine Ihrer Stimmen bekommen haben, Eagons Nachfolge würdig antreten könnte. Mein Entschluss steht fest. Da ich noch immer Stellvertretender Fraktionsvorsitzender bin, werde ich selbstverständlich die Wahlen bis zu einer mehrheitlichen Entscheidung leiten. Und nun bitte ich zum zweiten Wahlgang. Aber streichen Sie zuvor meinen Namen von der Liste.«

So schnell ließ sich die Versammlung allerdings nicht beruhigen. Doch Reardon stand ungerührt vor seinen Parteigenossen. Er ließ sich durch keines der vorgebrachten Argumente erweichen. Endlich begriff einer nach dem anderen, dass der schwerwiegende Entschluss nicht mehr rückgängig zu machen war, und kehrte stumm auf seinen Platz zurück. Die Wahl hatte eine unvorhersehbare Wendung genommen.

Der zweite Wahlgang dauerte fast doppelt so lang.

Wieder verkündete der Abgeordnete aus Kent die Stimmenverteilung, wieder war ungläubiges Staunen die Folge.

»Auf Maurice Frazer-Smythe entfallen dreizehn gültige Stimmen«, las Wilcox vor, »auf Edwin St. John sieben, auf Andrew Trentham neunzehn ...«

Als Wilcox die Stimmenzahl mit einer gewissen besonderen Betonung verkündete, reagierten die meisten Anwesenden ziemlich verblüfft; auch die vierzehn, die in diesem Wahlgang zusätzlich für Trentham gestimmt hatten.

»... sechs Stimmen für Mrs. Lutyens«, fuhr der Parteisekretär fort, »Thomas Parsons vier, Charles Wilcox zwei ...«

»Nun«, lachte Reardon, und zeigte sich zum ersten Mal seit einer Woche wirklich entspannt, »das scheint ja von Mal zu Mal interessanter zu werden. Sieht aus, als ob wir es noch einmal versuchen dürfen.«

»Nun bin ich an der Reihe«, rief Parteisekretär Wilcox laut in die Runde, »Sie zu bitten, meinen Namen von der Kandidatenliste zu streichen. Wenn Sie meine Dienste als Parteisekretär weiterhin in Anspruch nehmen möchten, werde ich dem gerne Folge leisten. Zu Höherem bin ich, fürchte ich, nicht so sehr berufen.«

Einige Abgeordnete nickten zustimmend.

Nun stand Thomas Parsons auf. Sein Wahlkreis lag in Wales. »Ich fühle mich sehr geehrt ob des Vertrauens, das einige von Ihnen mir entgegen bringen«, sagte er. »Trotzdem möchte ich Mr. Wilcox' Beispiel folgen. Meine Familie könnte die zusätzliche Belastung vermutlich nicht ertragen. Ich bitte darum, auch meinen Namen von der Liste zu streichen.«

»Jeder Einzelne der noch übrigen Kandidaten kann mit Sicherheit einen fähigen Vorsitzenden abgeben«, nickte Reardon und ließ seine Augen über die Köpfe schweifen. »Zum nächsten Wahlgang bitte.«

Zum dritten Mal kreuzten die Abgeordneten schweigend ihre Stimmzettel an. Vier Minuten später verkündete Wilcox das neuerliche Ergebnis.

»Maurice Frazer-Smythe, elf Stimmen«, begann der Parteisekretär. »Edwin St. John, fünf ...«

Die Zahlen kündigten bereits an, was nun folgen würde.

»... Mrs. Lutyens, vier Stimmen ...«

Wilcox brach ab, um seinen Worten mehr Wirkung zu verleihen.

»... Andrew Trentham, einunddreißig Stimmen!«

Applaus brandete auf.

»Mir scheint, das war's! Meinen Glückwunsch, Trentham!«, sagte Reardon und winkte den jungen Abgeordneten nach vorn. »Unser neuer Fraktionsvorsitzender stammt also aus Cumberland.«

Mit halb geöffnetem Mund und einem ungläubigen Lächeln stand Andrew auf.

»Hoch mit Ihnen, Trentham«, sagte Edwin St. John neben ihm, »Sie sind jetzt unser Mann.«

Andrew trat nach vorn. Er konnte immer noch nicht fassen, dass er überhaupt von den anderen in Erwägung gezogen worden war. Trotzdem fiel ihm kein triftiger Grund ein, warum er die Wahl nicht annehmen sollte. Dankbar nickte er den Abgeordneten links und rechts zu.

»Kommen Sie auf die Bühne«, forderte Reardon ihn auf und streckte ihm die Hand hin. »Jetzt übernehmen Sie den Vorsitz.«

Als Andrew oben war, suchte sich Reardon einen Platz in den Reihen. Kopfschüttelnd stand Trentham vor der Versammlung. Zum ersten Mal in seinem Leben fehlten ihm die Worte.

»Ich weiß kaum, was ich sagen soll«, begann er schließlich.

»Das Einzige, was mir jetzt einfällt, ist die Frage, ob Sie wirklich sicher sind, dass Sie mich zu Ihrem Vorsitzenden machen wollen.«

Herzliches Lachen erfüllte den Raum. Jemand klatschte, und immer mehr fielen ein. Mit donnerndem Applaus bedankten sich die Abgeordneten bei Trentham. Der stand immer noch kopfschüttelnd auf der Bühne, konnte aber ein glückliches Lächeln nicht unterdrücken.

»Aber ganz bestimmt«, sagte St. John, stand auf und ging nach vorn, um Andrew die Hand zu schütteln. »Wir wollen! Sie sind genau der richtige Mann für den Job.«

»Wohl gesprochen!«, rief Maurice Frazer-Smythe. Auch er stand auf und gratulierte Trentham begeistert und von ganzem Herzen.

Ein Abgeordneter nach dem anderen folgte seinem Beispiel. Kaum fünf Minuten waren seit der Wahl vergangen, aber schon fühlte jeder der Anwesenden, dass die Partei sich richtig entschieden hatte.

»Ich stelle den Antrag«, rief Maurice Frazer-Smythe, »dass wir in einem vierten Wahlgang ein einstimmiges Mandat für Trentham erzielen.«

»Einverstanden!« Alle stimmten dem Antrag zu. Und wieder brandete Applaus auf, dieses Mal noch lauter und noch länger.

• **Sechs** •

Patricia Rawlings erfuhr von den unerwarteten Ereignissen an der Spitze der Liberaldemokratischen Partei durch die Abendausgabe der Post, die halb London in Aufregung versetzte.

»Andrew Trentham, Abgeordneter aus Cumberland, wird neuer Vorsitzender der Liberaldemokraten«, verkündete die Schlagzeile.

Sie starrte das Schwarzweißfoto an, als könne es ihr etwas verraten, wenn sie nur lange genug hinschaute. Schließlich erschien ein breites Grinsen auf ihrem Gesicht.

»Du hast mir doch etwas zu erzählen, Andrew Trentham, nicht wahr?«, murmelte sie leise vor sich hin. »Dahinter steckt eine Geschichte! Ich weiß zwar noch nicht, was es ist, aber ich werde es herausfinden! Und irgendwie hast du damit zu tun, Mr. Trentham.«

Sie nahm einen Stift und einen Block und begann, den Artikel Wort für Wort zu studieren. Während sie las, machte sie sich Notizen. Sie begann mit den Namen der Hauptdarsteller in dem noch unveröffentlichten Drama, das sie zwischen den Zeilen des Berichtes vermutete.

Zwanzig Minuten brauchte sie, um den Artikel zwei Mal gründlich und mit vielen nachdenklichen Pausen durchzulesen.

Auf ihrem Block fanden sich außer ein paar Kritzeleien einige wichtige Fragen, denen sie nachgehen wollte.

Verbindung Stein – Hamilton?
Verbindung SNP – Liberaldemokraten?
Warum Rückzug Reardon?
Mordmotiv: politisch, religiös, nationalistisch, sonstiges?
Motiv für Diebstahl: wie oben?
Verbindung Trentham – Stein – SNP?

Auf die untere Hälfte des Blattes notierte sie verschiedene Namen, um die sie ein Kästchen zeichnete. Auf ihrer Suche nach der Geschichte musste sie eine bestimmte Reihenfolge einhalten. Und sie würde mit jedem Einzelnen sprechen müssen – außer dem Ersten natürlich ...

Eagon Hamilton, ehem. Parteivors. LibDem
Andrew Trentham, Parteivors. LibDem
Larne Reardon, Stellv. LibDem
Dugald MacKinnon, Parteivors. SNP
Baen Ferguson, Stellv. SNP

Sie wollte sofort damit anfangen.

Paddy stopfte den Block und ein Diktiergerät in ihre Handtasche, stand auf und verließ das Büro.

• Sieben •

Andrews Telefon klingelte gerade, als er am Abend seiner Wahl zur Haustür hereinkam.

»Ich wollte Ihnen noch einmal zu Ihrer Wahl gratulieren und Ihnen alles Gute wünschen«, sagte eine wohlbekannte Stimme, als Andrew abnahm.

»Sehr freundlich von Ihnen, Larne«, antwortete Andrew. Er setzte seine Aktentasche ab und warf den Mantel über einen Stuhl. »Ich muss zugeben, ich kann die plötzliche Wendung der Ereignisse immer noch nicht ganz fassen.«

»Oh, der Job wird Ihnen bald in Fleisch und Blut übergehen. Sie werden sehen! Außerdem wollte ich Ihnen noch sagen, dass Sie in jeder Hinsicht auf mich zählen können.«

»Ich weiß das sehr zu schätzen, Larne. Vor allem, weil das Angebot ausgerechnet von Ihnen kommt!«

»Ich hoffe sehr, dass ich hinter den Kulissen noch das eine oder andere Gute für Sie tun kann. Vor allem werde ich versuchen, Sie sicher zwischen den politischen Fettnäpfchen hindurchzusteuern. Ich hoffe nur, Sie zögern nicht, mich ab und zu um Hilfe zu bitten.«

»Ich bin sehr froh, dass Sie weiterhin Stellvertretender Fraktionsvorsitzender bleiben.«

»Es ist mir eine Ehre. Was ich Sie aber noch fragen wollte: Haben Sie irgend etwas Neues von Scotland Yard gehört, während ich nicht in der Stadt war?«

»Nur, dass sie die Spur von jemandem aus dem East End verfolgen.«

»Wer ist es?«

»Ich weiß es nicht. Sie haben flussaufwärts von der Fundstelle ein paar Papiere gefunden und glauben, dass sie Eagon gehörten.«

»Hmm, das sind ja – äh – ziemlich gute Nachrichten. Sie scheinen endlich mal ein Stück voranzukommen. Was für Papiere waren es denn?«

»Das hat Inspektor Shepley nicht gesagt.«

»Haben sie denn den Typen gefunden?«

»Noch nicht. Es gibt da wohl eine Verbindung zu einem Pub. O'Faolain's Green. Haben Sie jemals davon gehört?«

»Äh – nicht, dass ich wüsste«, antwortete Reardon.

»Ich habe auch nicht die geringste Ahnung, was der Pub mit dem gesuchten Mann zu tun haben könnte.«

Sie sprachen noch von diesem und jenem. Schließlich legte Andrew auf. Dann ging er sich umziehen.

Einen Tag zuvor war er ganz einfach einer von 659 Abgeordneten des Britischen Unterhauses gewesen. Und jetzt hatten die Liberaldemokraten ihn zu ihrem Fraktionsvorsitzenden gewählt. Er war siebenunddreißig Jahre alt und Chef der drittgrößten Partei im Unterhaus. Wenn er darüber nachdachte, welche Anforderungen der Erhalt der Regierungskoalition an ihn stellen würde, würde ihn der Posten zu einem der einflussreichsten Männer des Vereinigten Königreiches machen.

•Acht•

Am späten Abend des selben Tages telefonierte Andrew mit Derwenthwaite Hall.

»Tja, mein Sohn, mir scheinen ein paar ordentliche Glückwünsche ziemlich angebracht«, sagte sein Vater. »Ich habe eben in den Nachrichten von deiner Wahl gehört.«

Andrew lachte. »Und? War es ein Schock für dich?«

»Ach was! Ich hatte sowieso auf dich gewettet! Wie viele Stimmen hattest du denn?«

»Wir haben drei Anläufe gebraucht. Und zum Schluss gab es ein einstimmiges Ergebnis.«

»Respekt, mein Sohn! Und meinen herzlichen Glückwunsch. Man stelle sich vor: *Mein Sohn* wird als reifer Jugendlicher von siebenunddreißig Fraktionsvorsitzender. Und Barraclough weiß, dass er dich für seine Regierung braucht.«

»Er wurde bereits informiert«, lachte Andrew. »Du kannst dir sicher die Katzbuckelei und die Glückwünsche vorstellen. Genau wie Miles Ramsey von der Opposition. Sie bemühen sich bereits beide heftigst um meine Loyalität.«

»Genau, wie ich erwartet habe. Wenn Ramsey dich rumkriegt, kommen die Tories zurück an die Macht.«

»Ich brauche erst mal ein bisschen Zeit, alles auf die Reihe zu bekommen.«

Vater und Sohn sprachen noch eine geraume Weile so miteinander.

»Ah, da kommt deine Mutter«, sagte Mr. Trentham schließlich. »Seit den Nachrichten läuft sie wie ein Tiger im Käfig hin und her und wartet auf deinen Anruf.«

Andrew konnte sich den Zustand seiner Mutter genau vorstellen. Gleichzeitig fragte er sich, ob sein Erfolg ihr Vertrauen in ihn endlich gefestigt hatte.

Kaum, dass sie ihrem Mann den Hörer abgenommen hatte, fragte seine Mutter als Erstes: »Wie wirst du dich in der schottischen Angelegenheit verhalten, Andrew?«

Zwar lagen 340 Meilen zwischen ihnen, aber er konnte ihre Anwesenheit fast spüren.

»Mir scheint, du hast die Nachrichten gesehen«, kommentierte Andrew trocken.

»Und die Zeitung gelesen. Du bist heute in allen Schlagzeilen. Aber ich möchte wissen, wie die Sache für dich aussieht.«

»Ich weiß es noch nicht, Mutter«, seufzte Andrew. »Seit Eagons Tod haben wir von allen Seiten her ziemlich unter Druck gestanden. Aber jetzt scheint es noch schlimmer zu werden.«

»Die Schottischen Nationalisten?«, fragte Lady Trentham.

»Auf eine solche Chance haben sie nur gewartet. Sie werden jede Möglichkeit nutzen, endlich die Weichen Richtung Unabhängigkeit zu stellen.«

»Ich möchte nur eines wissen: Haben Labour und die SNP irgendeine Chance, ein Gesetz ohne euch durchzubringen?«

»*Wenn* sie jede Labour-Stimme bekommen und *jede* von der SNP und *alle* restlichen vierundzwanzig von den kleinen Parteien, dann haben sie die 330 Stimmen für die Mehrheit beisammen. Ehrlich gesagt«, fuhr Andrew fort, »die Chancen, dass so etwas eintrifft, liegen bei ungefähr eins zu zehntausend. Einer von den vierundzwanzig wird immer gegen die Koalition stimmen, und wenn der Grund einzig und allein der ist, als derjenige in die Annalen einzugehen, der die Labour-Regierung ins Wanken gebracht hat.«

»Dann hast du relativ viel Einfluss.«

»Aber ich bin auch ziemlich verletzlich«, gab Andrew zurück. »Würde es dir gefallen, an meiner Stelle zu sein, Mutter?«

Der Satz war Andrew so herausgerutscht. Schon im Augenblick, als er ihn sagte, wünschte Andrew, er könne ihn zurücknehmen. Er wusste sehr genau, wen seine Mutter am liebsten an seiner Stelle gesehen hätte.

Eine kurze und für Andrew verlegene Stille folgte.

»Ich glaube kaum, dass die Liberaldemokraten mich nehmen würden«, antwortete Lady Trentham dann trocken. Dankenswerterweise erwähnte sie Andrews Schwester mit keiner Silbe.

Wieder schwiegen Mutter und Sohn.

Für den jungen Parlamentarier hatte sich plötzlich alles verändert. Als Vorsitzender der wichtigen Liberaldemokratischen Partei würde er schwere Entscheidungen treffen müssen. Er war im wahrsten Sinn des Wortes der Mann – und das schrieben bereits jetzt alle Zeitungen – der das Schicksal einer schwächlichen Labour-Koalition in der Hand hatte. Andrew Trentham war in der Lage, zu jedem beliebigen Zeitpunkt die Regierung Richard Barracloughs zu stürzen und zum zweiten Mal innerhalb kürzester Zeit Neuwahlen zu erzwingen.

Es war ziemlich sicher, dass in den nächsten Tagen einige Fragen über ihn zu beantworten sein würden.

Wer war dieser junge Parlamentarier, der plötzlich so kometenhaft aufgestiegen war? Was war sein Ziel? Wie verfolgte er es? Was war sein persönliches, politisches Ziel?

Inzwischen wusste jeder, dass die SNP keine Gelegenheit auslassen würde, ihre Beschlüsse bezüglich der Zukunft Schottlands in den Blickpunkt nationalen Interesses und damit in jede Schlagzeile zu bringen. Sie hatte jede Beteiligung am Diebstahl des Krönungssteins vehement abgestritten und würde niemals zulassen, dass der Raub oder Hamiltons Tod ihre Pläne durchkreuzte.

Bis September oder Oktober hatte Andrew noch Zeit, sich über seine Stellung zur Schottischen Frage klar zu werden. Bis dahin würde der Premierminister sein Kabinett in der Downing Street zur Beratung zusammengerufen haben, um dem König rechtzeitig die Grundzüge seiner Rede überreichen zu können.

Das bedeutete, Andrew hatte noch sechs bis sieben Monate, um seine Gedanken zu klären und zu sortieren.

Aber wo stand er wirklich? Wie würde er sich entscheiden, wenn die Unabhängigkeit Schottlands erneut debattiert und in zweiter Lesung verabschiedet werden sollte?

»Na ja, über die Schotten würde ich mir zunächst mal keine Sorgen machen«, sagte Andrews Mutter schließlich. »Die haben alle Hände voll damit zu tun, ihre Schuld am Diebstahl des Steins abzustreiten.«

»Ehrlich gesagt glaube ich nicht, dass sie etwas damit zu tun haben«, gab Andrew zurück.

»Ich dachte, das wäre klar«, sagte Lady Trentham.

»Es wurde vermutet«, meinte Andrew. »Aber warum sollten sie so etwas Idiotisches tun, nachdem Schottland mittlerweile ein eigenes Parlament hat und der Stein an Edinburgh zurückgegeben wurde? Nein, ich glaube, dass hinter dem Raub des Steins etwas anderes steckt.«

Als Andrew kurze Zeit später den Hörer auflegte, fühlte er sich plötzlich schrecklich allein. Heute hatte er den Höhepunkt seiner bisherigen politischen Karriere erreicht. Alle Zeitungen würden von nun an regelmäßig über ihn berichten. Eigentlich sollte er sich in seinem Erfolg sonnen. Welcher Mann im Land würde ihn heute nicht beneiden?

Und trotzdem fühlte er sich seltsam. Plötzlich wurde ihm klar, dass er immer noch nicht genau wusste, wer er war und wer er sein wollte. Fragen stiegen in seinem Unterbewusstsein auf. Fragen nach seiner Vergangenheit. Fragen nach seinem kulturellen Erbe.

Höhepunkt seiner Karriere oder nicht, Andrew spürte, dass er sich an einem entscheidenden Punkt seines Lebens befand. Sicher forderte die Presse jetzt seine Anwesenheit in

London, doch er brauchte unbedingt einen gewissen Abstand.

Es würde wieder auf ein viel zu kurzes Wochenende zu Hause hinauslaufen. Doch Andrew fühlte, dass er die geistige und körperliche Ruhe bitter nötig hatte.

• Neun •

Bevor Andrew noch genauer über das geplante Wochenende nachdenken konnte, klingelte das Telefon schon wieder.

Er war fast sicher, erneut seine Mutter am anderen Ende der Leitung zu haben, nahm den Hörer ab und meldete sich.

»Hallo, Mr. Trentham«, sagte eine fröhliche Stimme, die er sofort erkannte. So gesehen hätte sich ihre Eigentümerin gar nicht mehr erst vorstellen müssen. »Hier spricht Patricia Rawlings von BBC 2. Vielleicht erinnern Sie sich?«

»Und ob, Miss Rawlings«, sagte Andrew. »Ich erinnere mich sehr gut an Sie. Und ich muss sagen, Sie haben sich vergangene Woche ausgezeichnet aus der Affäre gezogen«, fügte er hinzu. »Ich fand es ziemlich mutig, wie Sie sich gleich wieder ins Getümmel gestürzt haben – und dann auch noch ausgerechnet mit einer Frage über eine ›Trennung‹. Hut ab!«

Rawlings lachte.

»Es war aber auch wirklich freundlich von Ihnen, wie Sie meinen Fauxpas damals beim ersten Mal ausgebügelt haben«, sagte sie. »Danke, dass sie mich nicht im Regen haben stehen lassen. Ich kam mir sowieso schon ziemlich blöd vor!«

»Jeder macht mal einen Fehler«, sagte Andrew. »Und da spreche ich weiß Gott aus Erfahrung!«

»Jedenfalls waren Sie sehr nett.« Paddy machte eine kleine Pause.

»Warum ich Sie anrufe, Mr. Trentham«, fuhr sie nach einer Weile fort, »ich wollte Sie fragen, ob Sie mir ein Interview geben.«

»Hmm ... Live? Vor der Kamera?«

»Nein. Leider nicht. Das traut man mir noch nicht zu«, sagte Paddy lachend. »Drei Mal dürfen Sie raten, warum.«

»Wahrscheinlich, weil Sie Amerikanerin sind. Oder ist es der Mangel an Erfahrung?«, flachste Andrew gut gelaunt.

»Beides!«

»Was haben Sie sich denn vorgestellt?«

»Nichts Offizielles. Einfach nur ein Gespräch von Mensch zu Mensch. Die Fragen, die ich Ihnen letztes Mal gestellt habe, liegen mir wirklich am Herzen. Könnten wir uns irgendwie kurzfristig treffen?«

»Ich fahre morgen Nachmittag nach Cumberland.«

»In Ferien?«

»Nein, nur übers Wochenende.«

»Wie wäre es nächste Woche?«

»Mein Terminkalender ist randvoll«, sagte Andrew zögernd.

»Mir genügen ein paar Minuten. Ich würde Sie nur gern in einer gemütlicheren Atmosphäre treffen als irgendwo zwischen Tür und Angel. Zum Beispiel könnte ich jederzeit gern in Ihr Büro kommen. Ich verspreche Ihnen, Sie nicht in Verlegenheit zu bringen.«

Andrew rang mit sich. Seine Erfahrung warnte ihn. Unter den gegebenen Umständen musste er auf jeden Fall doppelt und dreifach vorsichtig sein. Das Interview würde ihm keinerlei Vorteil bringen, andererseits hatte er eine Menge zu verlieren. Mindestens ein halbes Dutzend Anfragen hatte er abgelehnt, unter anderem die Bitte um ein Live-Interview mit keinem Geringeren als dem berühmten Kollegen dieser jungen Amerikanerin, mit Kirkham Luddington.

Aber aus irgendeinem unerfindlichen Grund entschied er sich dieses Mal anders.

»Ich hab's mir überlegt«, sagte er. »Warum bis nächste Woche warten? Haben Sie Lust, morgen Mittag mit mir zu essen?«

»Oh!«, rief Paddy und versuchte vergeblich, ihr freudiges Erstaunen zu verbergen. »Das wäre wunderbar!«

· **Zehn** ·

Dank seiner Lage unmittelbar neben Whitehall war das Granby's im Royal Horseguards Hotel ein von den Abgeordneten gerne besuchtes Restaurant. Sollte einer von Andrews neugierigen Kollegen an diesem Tag hier gewesen sein und sich gefragt haben, was er Interessantes mit der jungen Dame von der BBC zu besprechen hatte, dann hatten es weder der frischgebackene Vorsitzende der Liberaldemokraten noch seine Gesprächspartnerin bemerkt. Sie waren seit vierzig Minuten in eine angeregte Unterhaltung vertieft.

Paddys Salat und Andrews Kalbfleisch standen kaum berührt vor ihnen. Schon längst war ihr Gespräch nicht mehr das, was man im Allgemeinen als politisches Interview bezeichnete. Die junge Amerikanerin fragte den Abgeordneten über die Feinheiten des englischen Parlamentssystems aus.

»Nun bin ich schon so lange hier und bemühe mich wirklich, alles zu verstehen«, sagte Paddy gerade. »Aber es gibt immer wieder Situationen, da hilft mir die beste Ausbildung nichts. Hier gehen die Uhren einfach anders. Als ich bei der BBC anfing, habe ich noch ganz andere Sachen gemacht. Wissen Sie, was mir besonders peinlich ist? Ich wusste, was ›Trennung‹ bedeutet! Aber als ich das Wort an diesem

Tag hörte, erkannte mein Hirn anscheinend nur die amerikanische Bedeutung – und ich platzte mit dieser blödsinnigen Frage heraus!«

Andrew warf den Kopf zurück und lachte.

»Aber es geht noch immer über meinen Horizont«, fuhr Paddy fort, »wie eine Regierung funktionieren soll, deren Gesetzesentwürfe grundsätzlich das Unterhaus passieren *müssen*. Das ist so anders als bei uns in den Staaten! Wozu gibt es dann eigentlich noch eine Opposition?«

»Nun, um gegensätzliche Standpunkte zu formulieren und ihre Wählerschaft zu vertreten«, antwortete Andrew.

»Aber sie hat doch keinerlei Macht! Warum bemühen sich die Abgeordneten überhaupt ins Unterhaus, wenn alles von vornherein eine abgekartete Sache ist?«

»Es ist wichtig, jede Seite zu Wort kommen zu lassen. Auch, wenn die Regierung die Marschrichtung vorgibt.«

»Unser System ist vollkommen anders. Bei uns streiten sich der Präsident und die beiden Parteien im Kongress um jede einzelne Vorlage. Mal hat die eine Seite Erfolg, mal die andere. Und – das ist auch noch so eine Sache«, fuhr Paddy eifrig fort, » – die Agenda, die von der Regierung zu erledigenden Punkte. Ist es wirklich so, dass die gesamte Gesetzgebung ein Jahr im Voraus festgelegt wird?«

»Im Prinzip ja. Die Rede der Königin – pardon, ich meine natürlich die Rede des Königs – legt die meisten Vorhaben für ein Jahr im Voraus fest.«

»Ich weiß, dass der Premierminister und das Kabinett über die Agenda entscheiden. Und was geschieht, wenn unerwartete Dinge auftauchen, die nicht vorhersehbar waren?«

»Der Premierminister kann auch Themen zur Sprache bringen, die zuvor nicht in der Agenda festgelegt waren.«

»Und stimmt es, dass die Regierung verpflichtet ist, jeden Punkt aus dem Programm der stimmenstärksten Partei vor das Unterhaus zu bringen?«

»Nicht verpflichtet. Aber wenn nicht wenigstens in den wichtigsten Anliegen eine Entscheidung getroffen wird, werden sie bei der nächsten Wahl vermutlich nicht mehr zum Zug kommen.«

»Wie fühlen Sie sich jetzt in der Führungsspitze einer Labour-Koalition?«

»Das hört sich nun wirklich wie eine Interview-Frage an. Darauf gebe ich Ihnen die typische Politikerantwort: Es ist noch zu früh, dazu etwas zu sagen.«

Paddy lachte. »Dafür, dass Sie erst so kurze Zeit auf diesem Posten sitzen, haben Sie sich aber schon recht gut eingelebt.«

»In der Politik lernt man ...«

Andrew hielt plötzlich inne. Paddy, die ihm gegenüber saß, folgte seinem Blick ans andere Ende des Raumes. Andrew fixierte einen großen Mann und eine blonde Frau, die gerade das Restaurant betraten.

»Entschuldigen Sie mich bitte einen Augenblick, Miss Rawlings«, murmelte Andrew. Er stand auf und ging auf das Paar zu.

»Hallo, Blair«, sagte er und nickte dem Mann an ihrer Seite flüchtig zu.

»Andrew!« Sie wirkte ein wenig erschrocken, hatte sich aber schnell wieder unter Kontrolle. »Wie geht es dir?«

»Gut. Und dir?«

»Auch gut. Es ist schön, dich zu sehen, Andrew. Du bist ja recht plötzlich ziemlich berühmt geworden.«

»Na ja ...«

»Man hört überall von dir.« Interessiert schaute sie in Richtung des Tisches, von dem Andrew aufgestanden war. »Und ich bin wirklich froh, dass du jemanden gefunden hast«, fügte sie hinzu.

Andrew blickte sie verdutzt an, dann lächelte er schief. Mit einem Mal stellte er fest, wie verschieden er und Blair doch waren. Die Einsicht schmerzte ihn. Eine Erklärung wäre sinnlos. Es war zwar erst wenige Monate her, aber zwischen ihm und Blair lagen Welten.

»Aber ich vergesse meine gute Kinderstube«, lächelte sie. »Andrew, kennst du ...«

»Ja«, sagte Andrew knapp und schüttelte Blairs Begleiter die Hand. »Guten Tag, Hensley. Ist schon eine Weile her.«

»Hallo Trentham«, nickte Hensley.

»Schreiben Sie immer noch diese Pressemeldungen für Scotland Yard?«

»Der Mensch muss essen.«

»Und der Stein? Irgendwelche Neuigkeiten?«

»Nicht viel. Unsere Jungs stehen vor einem Rätsel.«

»War nett, Sie zu treffen. Hensley ... Blair ...« Andrew nickte den beiden zu.

Er kehrte an seinen Platz zurück, während den beiden ein Tisch am anderen Ende des Restaurants zugewiesen wurde.

»Freunde?«, fragte Paddy, als er sich setzte.

»Eine Bekannte«, antwortete Andrew nüchtern.

»Ihrem Gesicht nach zu schließen eine ziemlich nahe Bekannte.«

»Sie sind sehr aufmerksam, Miss Rawlings«, sagte er mit nachdenklichem Lächeln. »Aber Sie sind Journalistin, und das ist eine persönliche Angelegenheit.«

»Oh, tut mir leid«, antwortete Paddy verlegen. »Ich wollte wirklich nicht ...«

»Schon in Ordnung«, lächelte Andrew.

»Ich bin eben mit Leib und Seele Amerikanerin. Ungehobelt, sehr direkt und taktlos. Dafür sind wir berühmt.«

»Bitte, Miss Rawlings. Das habe ich doch nicht gemeint. Ich wollte nur nicht ins Detail gehen. Aber Sie hatten Recht. Wir haben uns einmal sehr nahe gestanden. Und sie jetzt zu sehen ...«

Seine Stimme versagte.

»Vielleicht habe ich mich mehr verändert, als ich selbst bemerkt habe«, fügte er nach einer Weile hinzu. Paddy antwortete nichts. Sie schwiegen eine geraume Zeit. Sie beschäftigte sich mit ihrem Salat, er mit seinem Kalbsbraten.

»War das nicht Fred Hensley, der bei ihr war?«, fragte Paddy nach einigen Minuten. »Ich habe kürzlich eine Pressemitteilung von ihm über den Krönungsstein gelesen. Darin gab es mehr Fragen als Antworten.«

»Anscheinend ist die Geschichte ziemlich geheimnisvoll. Ehrlich gesagt bin ich überrascht, dass der Stein noch immer nicht aufgetaucht ist.«

Sie nahmen ihre frühere Unterhaltung wieder auf und sprachen über das politische System Großbritanniens. Dann kam die Sprache auf Paddys Namen. Sie hatte gerade erzählt, dass ihre Freunde sie Paddy nannten, und zwar mit d, nicht mit t.

»Wieso Paddy?«, fragte Andrew. »Ist das nicht ein Männername? Und außerdem irisch?«

Die Amerikanerin sagte zunächst nichts. Über ihr Gesicht huschte ein wehmütiger Ausdruck, als ihr einfiel, wer sie zum ersten Mal Paddy genannt hatte. Mein Gott, war sie damals glücklich gewesen! Aber das war nur noch Erinnerung. Und diese Erinnerung ... nein, noch war sie nicht bereit, sie mit ihrem neuen Bekannten Andrew Trentham zu teilen.

»Vielleicht genügt die Erklärung, dass mir ein Freund diesen Namen gab, als ich nach England kam«, sagte sie schließlich seufzend. Sie zwang sich zu einem Lächeln, das sie in die Gegenwart zurückholte.

»Wieso interessieren Sie sich für Schottland?«, fragte Andrew, um dem Gesprächsthema eine andere Richtung zu geben.

»Das sollte eigentlich meine Frage sein«, sagte Paddy. »Ich habe Sie nach Schottland gefragt, erinnern Sie sich?«

Andrew lachte. »Ich bin nur neugierig«, sagte er. »Mir gefällt der Norden. Ich bin nur einen Steinwurf von der Grenze entfernt groß geworden. Obwohl, um ganz ehrlich zu sein, ich bin nicht oft in Schottland gewesen. Meine Familie war immer mehr nach London orientiert. Aber mit der neuen Verantwortung halte ich es für unbedingt nötig, mich genau zu informieren. Ich will nicht nur die Fakten kennen, sondern auch, was dahinter steckt. Schottland zu verstehen erscheint mir mit einem Mal lebensnotwendig.«

»Das kann ich gut verstehen. Aber Ihnen ist klar, dass Sie im Zentrum sämtlicher diesbezüglicher Diskussionen landen könnten?«

»Darüber möchte ich noch nicht nachdenken müssen. Was halten Sie davon, wenn wir das Thema wechseln?«

»Na gut. Ich möchte noch ein paar Einzelheiten über Ihre Wahl wissen. Warum ist Mr. Reardon zurückgetreten?«

»Ehrlich gesagt weiß ich das auch nicht. Vielleicht Familie. Persönliche Gründe. Er hat uns nie etwas Näheres darüber gesagt. Aber der Themenwechsel war mir noch nicht radikal genug, Miss Rawlings. Vielleicht sollte ich mich selbst darum kümmern«, lachte Andrew. »Gefällt Ihnen Ihr Job als Journalistin?«

»Das ist nun wirklich eine Hundertachtzig-Grad-Wende«, antwortete sie. »Aber um Ihnen die Antwort nicht schuldig zu bleiben: Ja, ich liebe meine Arbeit wirklich. Wenn ich allerdings ganz ehrlich sein soll ...«

Sie brach ab und sah Andrew an.

»Aber das bleibt unter uns, nicht wahr?«

Er nickte.

»Ehrlich gesagt glaube ich, der Job ist zu hart für mich.«

»Wie das?«

»Ich habe anscheinend weder die Kraft noch die Ausdauer, die nötig wäre, um auf einen grünen Zweig zu kommen.«

»Das merkt man Ihnen aber nicht an.«

»Nur Maske. Journalistenmaske. Ich liebe das Nachrichtengeschäft und alles, was dazugehört. Untersuchungen. Nah dran sein. Aber oft genug ist es sehr schwer, die Art Mensch zu sein, die man darstellen muss, um Erfolg zu haben. Manchmal frage ich mich, wie lange ich das noch aushalten kann«, sagte sie. »Und Sie?«

»Was ist mit mir?«

»Gefällt es Ihnen, Politiker zu sein?«

»Ich denke, ich kann Ihnen die gleiche Antwort geben, die Sie auf meine Frage hatten: natürlich. Aber auch dieses Geschäft ist manchmal ganz schön schwierig.«

»Nämlich?«

»Bleibt es unter uns?«

Paddy nickte.

»Das genügt mir nicht«, lächelte Andrew. »Sie müssen mir hoch und heilig versprechen, dass alles, was ich jetzt sage, nur für unser beider Ohren bestimmt ist.«

»Sie sind ganz schön link!«, protestierte sie. »Aber gut. Ich verspreche es.« Mit diesen Worten streckte sie ihren Arm über den Tisch. Sehr förmlich schüttelten sie einander die Hände und besiegelten ihr gegenseitiges Vertrauen.

»Nun denn«, begann Andrew, »ich finde, die Art von Persönlichkeit, die man von mir verlangt, lastet manchmal zu schwer auf meinen Schultern. Ich bin eigentlich ganz anders.«

»Wie meinen Sie das?«

»Ich denke an meine Mutter und ihren Ruf, ganz zu schweigen von den Erwartungen, die sie in mich setzt. Jeder hier in der Stadt kennt meinen Vater. Und jetzt komme ich. Ein junger Spund, der mit dem Namen Trentham geschlagen ist. Ich weiß nicht, in der letzten Zeit frage ich mich öfters, wer ich eigentlich wirklich bin. Und ob es überhaupt ein Ich gibt, das etwas tiefer Gehendes darstellt als das, was die Leute in mir sehen.«

»Sie befinden sich in einer Phase der Infragestellung Ihrer Persönlichkeit – ist es das, was Sie meinen?«

»Vermutlich. Außerdem denke ich über meine Wurzeln nach. Frage mich, woher ich komme.«

»Ja, wissen Sie das denn nicht?«, fragte Paddy erstaunt. »Ich denke – Ihre Familie ist doch ziemlich alt eingesessen, oder? Ich dachte immer, Sie haben einen Stammbaum oder ein Familienarchiv oder so etwas.«

»Wahrscheinlich haben wir das. Aber Sie müssen verstehen, ich stamme von einer langen Ahnenreihe äußerst moderner Menschen ab. Sogar meine konservative Mutter ist auf ihre Art modern. Wir haben uns nie um Geschichten aus den alten Zeiten gekümmert.«

»Und das ändert sich jetzt?«

»Irgendetwas ändert sich.« Andrew schüttelte den Kopf. »Ich weiß ehrlich gesagt nicht, wo das alles enden wird. Aber mir ist gerade etwas klar geworden. Ich bin bekannt wie ein bunter Hund, mein Name erscheint in allen wichtigen Zeitungen, Journalisten wie Sie«, er grinste, »prügeln sich darum, mich zu interviewen – und ich überlege, ob ich je aufgehört habe herauszufinden, wer ich eigentlich bin.«

»War Eagon Hamiltons Tod der Auslöser für solche Fragen?«

Andrew dachte einen Augenblick nach.

»Nein, es begann schon vorher. Wenn ich es mir richtig überlege, spielte der Diebstahl des Krönungssteins eine größere Rolle als Eagons Tod. Aber natürlich wird man immer nachdenklich, wenn jemand stirbt, den man sehr gut kannte.« Andrew lächelte. »Ein schicksalhaftes Mittagessen mit dieser jungen Lady da drüben«, fügte er hinzu, »hat einen großen Teil dazu beigetragen. Und da fällt mir ein, auch Ihre Frage zur ›Trennung‹ war nicht ganz unschuldig.«

»Da bin ich aber froh, dass noch etwas Gutes dabei herausgekommen ist! Aber wie konnte ausgerechnet das Ihre Gedanken in solche Bahnen leiten?«

»Ich weiß nicht recht ... ich hatte den Eindruck, Sie waren bereit, in unbekannte Gebiete vorzustoßen.«

»Ach ja, mein amerikanischer Akzent ...«

»Genau. Ich habe mich dabei ertappt, Sie darum zu beneiden, dass Sie ganz anders waren, als man es von Ihnen erwartete.«

»Kein Londoner Journalist hat je etwas von mir erwartet.«

»Ich sehe Ihnen zu, sehe, was Sie tun, und entdecke eine Freiheit, die ich wahrscheinlich nie kennen gelernt habe.«

Andrew schwieg einen Augenblick.

»Eines Tages habe ich einen alten Schotten besucht, der auf unserem Gut im Norden lebt. Er hat viel zu meiner Selbstfindung beigetragen«, sagte Andrew und kam damit auf das vorige Gesprächsthema zurück. »Eigentlich am meisten.«

»Dann hat das alles ziemlich viel mit Schottland zu tun, richtig?«

»Das hört sich aber wieder sehr nach einem Interview an.«

»Nein, versprochen ist versprochen. Es interessiert mich nur.«

»Die Antwort lautet: nein. Ich glaube nicht, dass die Selbstverwaltung Schottlands und mein Beitrag dazu damit zu tun haben. Wie ich bereits sagte, es hat etwas mit Wurzeln zu tun.«

»Das hört sich schwer nach dem ältesten Sohn einer sehr bekannten Familie an, der an seiner Identität feilt, weil jetzt seine Generation zum Zuge kommt.«

»Haben Sie außer Journalismus auch Psychoanalyse studiert?«, lachte Andrew. »Das hat sich nämlich eben schwer nach jemandem angehört, der versucht, Einblick in mein Seelenleben zu bekommen.«

»Wie schon gesagt, es interessiert mich einfach. Sind Sie der älteste Sohn?«

Nun war es Andrew, der, wie Paddy kurz zuvor, seine Gedanken hinter schützendem Schweigen verbarg. Aber ein flüchtiger Schatten auf seinem Gesicht verriet, dass die Antwort auf diese Frage schmerzlicher war, als er zugeben wollte. Auch er war noch nicht bereit, diese Erinnerung zu teilen.

»Ja«, sagte er leise eine geraume Weile später, »aber ich hatte eine ältere Schwester ...«

Er schwieg, dann fügte er hinzu: »Sie starb, als ich zehn war.«

»Das tut mir leid«, nickte Paddy gedankenverloren.

Ihr wurde allmählich klar, dass hinter dem Abgeordneten Trentham erheblich mehr steckte, als sie vermutet hatte.

Als sie nach dem Essen in ihr Büro zurückkehrte, zog sie die Liste mit Leuten und Fragen aus der Handtasche. Unten am Rand fügte sie die Worte hinzu:

Weiter verfolgen: Fred Hensley, Scotland Yard, Andrews ehem. Freundin, blond ...

Sie dachte nach und ließ das Treffen in dem Lokal noch einmal an sich vorbeiziehen. Dann fügte sie hinzu:

... unstete Augen, nutzt Leute aus.

Sie faltete das Blatt und lächelte zufrieden. Hoffentlich konnte sie sich auf ihren Instinkt verlassen. Oder war es möglich, dass eine Spur weiblicher Rivalität ihren Blickpunkt verfälschte?

• Elf •

Die Hügel lagen noch immer unter Schnee begraben, als Andrew in Cumberland ankam.

Nach dem Frühstück am Samstag schlenderte Andrew durch die Eingangshalle, wo die Familienporträts in Reih und Glied aufgehängt waren. Da waren sein Vater und seine Mutter, Lindsay mit fünfzehn, ein Jahr vor ihrem Tod, und er selbst, beim Abschluss in Eaton.

Länger als sonst üblich schaute er in die Augen seiner Schwester und hielt ihr Lächeln aus. Dann ging er in den geräumigen Salon, wo ein munteres Feuer im Kamin prasselte. Ein paar Minuten sah er sich intensiv in dem vertrauten Raum um. Weiche rote Teppiche lagen auf dem Parkett, es gab einige antike Möbelstücke, drei Sofas und sechs wuchtige Ledersessel. Rechts und links standen zwei massive Anrichten an der Wand. Über dem Kamin hing ein ungeheurer, leicht verblichener Gobelin. Seitlich davon starrten die ausgestopften Köpfe zweier kapitaler Rothirsche und eines Widders auf Andrew hinab. Die gegenüber liegende Wand zierte ein riesiger Spiegel in einem geschnitzten Eichenrahmen.

Andrew nahm jedes einzelne Stück in sich auf. Und plötzlich, als sähe er sie heute zum ersten Mal, fragte er sich, wo die ganzen Möbel, Wandteppiche, Spiegel und ausgestopften Tiere eigentlich herkamen. Bis zu diesem Augenblick hatte er alles in diesem Haus für naturgegeben erachtet.

Wer hatte das alles wohl hierher gebracht? Und wann?

Er schlenderte zu der weiten, geschwungenen Freitreppe am Ende des Salons, die das Erdgeschoss mit den oberen Etagen verband. Stufe für Stufe stieg er andächtig die Treppe hinauf. Links und rechts auf der Galerie hingen Gemälde, Männer und Frauen, Jagdszenen, Häuser, Schlösser und Landschaften, die ihm so vertraut waren wie die eigene Hosentasche. Der Anblick jedes einzelnen Gemäldes erfüllte ihn mit einem Schauer von Sehnsucht, aber er wusste nicht, wonach.

An die einzelnen Gesichter konnte er sich ganz gut erinnern. Trotzdem musste er feststellen, dass er die dargestellten

Menschen nicht alle wirklich kannte. Wer wohl diese Leute waren, die da so stumm sein ganzes Leben lang auf ihn herabgeblickt hatten? Niemals hatte sich ihr Gesichtsausdruck verändert. Wem hatten diese Augen gehört, die ihm tief in die Seele zu sehen schienen und in denen die Botschaft ihres Lebens darauf wartete, von ihm entdeckt zu werden?

Was wollten sie ihm mitteilen? Was war ihr Geheimnis?

Er stieg weiter hinauf. Nun war er im ersten Stock, wo sich eine lange, offene Galerie über den Salon erstreckte, den er gerade verlassen hatte. Die Treppe schwang sich in kühnem Bogen noch weiter nach oben. Jetzt befand sich Andrew auf der Höhe der beiden Hirsche und des Widders, die ihm gegenüber den großen Kamin zierten.

Andrew stapfte weiter Stufe für Stufe die Treppe hinauf. Mehr Gesichter blickten von den Wänden. Relikte aus der Vergangenheit lagen auf Regalbrettern und in steinernen Nischen unter den Fenstern. Eine große Glocke. Die Bronzestatue eines Pferdes mit Reiter – als Kind hatte er das Pferd gerne gestreichelt. Ein wunderbar bemaltes Miniaturschiff. Noch ein paar Porträts. Die dargestellten Personen konnten eigentlich nur seine eigenen Vorfahren sein.

Plötzlich entdeckte Andrew das Bildnis eines Kriegers in einem schwarz-grün karierten Kilt mit allem Highland-Zubehör. Es hing in einem schweren vergoldeten Rahmen zwischen all den anderen. Merkwürdig, dachte Andrew, an dieses Bild konnte er sich absolut nicht erinnern.

Andrew starrte in die gemalten Augen des alten Kelten und überlegte, was der ihm alles hätte erzählen können, wenn er nur sprechen könnte.

Wer bist du?, dachte Andrew. *Warum hängst du hier, alter Highlander, und wachst über ein englisches Gut?*

Ob das vielleicht ein Gordon war? Konnte der Bursche ein Vorfahre der Trenthams sein?

Nachdenklich stieg Andrew weiter empor. In der zweiten

Etage verließ er das weite Treppenhaus und ging in die Bibliothek. Er öffnete die schweren Doppeltüren und trat ein.

Es erging ihm wie mit all den vertrauten und doch plötzlich so unbekannten Dingen, die er heute neu zu entdecken schien. Melancholische Nostalgie ergriff ihn beim Anblick und Geruch der Bücher. Jede Einzelheit erinnerte ihn an die Vergangenheit. Sicher, es gab eine Menge moderner Bände in der Bibliothek, aber die alten Schmöker zogen ihn ganz besonders an. Ihnen schien ein altes, sorgsam gehütetes Geheimnis innezuwohnen.

Hier verbargen sich unzählige Geschichten und Legenden! Sein ganzes Leben lang hatte er sie in Reichweite gehabt!

Andrew stand wie angewurzelt vor den Regalen der Bibliothek von Derwenthwaite. Bleiches Licht drang durch ein Fenster in seinem Rücken und erinnerte ihn an die Geschichte des Mädchens, die Legende vom Wanderer und an Cruithne. Plötzlich fiel ihm zum ersten Mal auf, dass der Wanderer vermutlich ganz in der Nähe gelebt haben musste – irgendwo südlich der schottischen Grenze.

Er drehte sich um und verließ die Bibliothek. Die Treppe hinunterzustürmen dauerte höchstens ein Zehntel der Zeit, die ihn der Aufstieg gekostet hatte.

Er fand seinen Vater in dessen persönlichem Arbeitszimmer im Erdgeschoss.

»Was gibt's, Andrew?«, fragte er aufmerksam. Der drängende Gesichtsausdruck seines Sohnes erschien ihm ungewöhnlich.

»Ich muss dringend ein paar Dinge wissen, Vater«, antwortete Andrew.

»Worüber?«

»Über die Familie. Wer zum Beispiel ist der alte Highlander oben auf der Galerie?«

»Ein alter Highlander?«

»Das Porträt im zweiten Stock.«

»Ach, der. Jetzt, wo du es sagst, fällt mir ein, da hängt tatsächlich ein ziemlich merkwürdig angezogener Bursche herum. Ziemlich furchteinflößend, wenn ich mich recht entsinne.«

»Warum hängt sein Bild hier in Derwenthwaite? Gehört er zur Familie?«

»Ehrlich gesagt, er hängt hier schon, so lange ich mich erinnern kann. Wahrscheinlich ist er irgendein Vorfahr. Wir hatten ein paar Schotten in der Familie.«

»Und wer sind die anderen Leute auf den Bildern?«

»Tut mir leid, Andrew«, sagte Trentham, »da kann ich dir leider nicht helfen. Die Bilder waren schon da, als ich noch ein kleiner Junge war. Ich fürchte, ich kann dir über die wenigsten von ihnen Auskunft geben.«

»Was ist mit meinem Namen? Warum habt ihr ausgerechnet den gewählt?«

»Andrew? So hieß dein Großvater.«

»Und der mittlere Name?«

»Gordon? Der stammt auch aus der Familie!«

»Woher?«

»Lass mich nachdenken ... ich glaube, es war mein Urgroßvater ... vielleicht auch mein Ur-Urgroßvater ... jedenfalls hat einer der beiden eine Frau namens Gordon geheiratet.«

»Wer war sie?«, fragte Andrew mit unverhohlener Ungeduld.

»Ich weiß es wirklich nicht mehr. Wenn du willst, können wir gern in der Familienchronik nachlesen. Woher kommt dein plötzliches Interesse? Was ist los mit dir, mein Sohn? Bis heute hast du ihnen nicht mehr Aufmerksamkeit geschenkt als ich mein ganzes Leben lang.«

»Ich bin einfach nur neugierig, Vater.«

»Und warum gerade jetzt?«

»Irgendwie ist es mir plötzlich wichtig.«

»Ohne die Familienchronik«, seufzte Mr. Trentham, »kann ich dir nicht weiterhelfen, fürchte ich. Die Antwort liegt irgendwo oben in der Bibliothek. Sag einmal«, fuhr er fort und versuchte, dem Gespräch eine mehr politische Wendung zu geben, »wie bist du eigentlich mit dem Premierminister verblieben? Stimmt das, was ich in der Zeitung über Barraclough gelesen habe?«

»Mehr oder weniger«, antwortete Andrew zerstreut. »Tut mir leid, Vater, aber ich habe im Augenblick nicht den geringsten Sinn für Politik.«

Er drehte sich um und verließ das Arbeitszimmer. Besorgt rätselte der Vater über den plötzlichen Wandel seines Sohnes seit dem Frühstück.

Fast den gesamten restlichen Tag verbrachte Andrew in der Bibliothek. Er stöberte in alten Büchern herum, von denen er hoffte, sie könnten seinen Wissensdurst über die schottische Geschichte erhellen. Die historischen Einzelheiten begannen, ihn unwiderruflich zu faszinieren.

• Zwölf •

Das, was sich an diesem Abend in Edward Pilkingtons Londoner Büro abspielte, unterschied sich erheblich vom letzten Mal, als Patricia Rawlings nervös und zerknirscht vor ihrem Chef saß und sich fragte, ob sie sich am nächsten Tag arbeitslos melden musste. Heute hatte ihre amerikanische Spürnase die Oberhand. Unruhig wanderte sie in dem kleinen Zimmer auf und ab.

»Ich sage Ihnen, Mr. Pilkington«, sagte sie, »in unserem ehrenwerten Andrew Trentham gehen Dinge vor, die sich niemand zu träumen wagt.«

»Und das bedeutet?«

»Ganz genau kann ich es noch nicht sagen«, gab sie zurück. »Diese Geschichte mit Schottland berührt ihn tiefer, als man hier in London vermutet.«

»Fast jeder Parlamentarier beschäftigt sich mit der schottischen Selbstverwaltung und den neuesten Veränderungen. Niemand will sich der Zukunft verschließen. Es ist wirklich keine Schlagzeile wert, dass auch Andrew Trentham dafür ist.«

»Es steckt mehr dahinter. Bei ihm ist es persönlicher.«

»Was meinen Sie mit ›persönlicher‹? Haben Sie eine Leiche im Keller des, ich zitiere, ehrenwerten Gentleman gefunden?«

Paddy zuckte die Schultern. »Quatsch. Ehrlich gesagt bin ich selbst noch nicht so genau dahintergestiegen. Es ist mehr ein Gefühl. Aber sollten wir Journalisten nicht immer so arbeiten? Eine gute Nase hat nur, wer sich auf Instinkt und Intuition verlassen kann.«

»Vielleicht in Romanen und im Film«, antwortete Pilkington sarkastisch. »Im richtigen Leben verlassen wir uns lieber auf Fakten. Was halten Sie zur Abwechslung einmal von wirklichen News? Zum Beispiel über den Mord an Hamilton oder den Raub des Krönungssteins? Bringen Sie mir darüber etwas wirklich Aktuelles, dann können Sie auch Bedingungen stellen!«

»Daran arbeite ich bereits«, antwortete Paddy trocken.

»Ach ja? Und wie?«, fragte Pilkington neugierig.

»Ich muss noch mit ein paar Leuten reden. Ich habe da so meine Theorien.«

»Wären Sie eventuell in der Lage, sie einem in die Jahre gekommenen Veteran mitzuteilen?«

»Alles zu seiner Zeit«, lächelte Paddy. »Aber war das eben wirklich ernst gemeint? Wenn ich Ihnen über eines der Themen Fakten bringe, dann ...«

Die Tür hinter ihr wurde geöffnet. Kirkham Luddington trat ein, wie immer im tadellosen Anzug.

»Habe ich das gerade richtig verstanden?«, fragte er. »Gibt es vielleicht neue Informationen über Andrew Trentham?« Unaufgefordert setzte er sich und sah die beiden anderen an.

»Wie haben Sie das denn hören können?«, schnappte Paddy. Sie musterte den Kollegen nicht gerade freundlich.

»Ich weiß eben, was hier so vor sich geht«, antwortete Luddington hochnäsig. »Nun sagen Sie schon, was ist los?«

»Sie halten sich da raus, Kirk! Das ist meine Story!«

»Ich kümmere mich um alles, was hier anliegt, *Miss* Rawlings. Los, sag es ihr, Edward! Hat sie wirklich keine Ahnung von unseren Vorrechten?«

»Ihre Vorrechte können mir gestohlen bleiben, wenn ich eine Spur habe und Sie nicht«, fauchte Paddy.

»Sie werden entschuldigen, aber ich glaube kaum, dass ein respektables Mitglied des englischen Unterhauses ausgerechnet einer noch nicht ganz ausgegorenen Amerikanerin Geheimnisse verrät, deren Kenntnis der britischen Politik ebenso zu wünschen übrig lässt wie ihre Beherrschung der englischen Sprache.«

Das selbstgefällige Lächeln auf den Lippen des bekannten Fernsehjournalisten stachelte Paddys Wut sowohl als Frau als auch als Amerikanerin auf.

»Wir werden ja sehen, Mister Luddington!«, sagte Paddy kalt. Sie versuchte gar nicht erst, ihren Zorn zu verbergen.

Mit hochroten Wangen wandte sie sich an Pilkington, der an seinem Schreibtisch saß und die Auseinandersetzung genüsslich verfolgte. Wenigstens eine kleine Abwechslung an diesem sonst eher langweiligen Tag!

»Sie haben mir gerade eben gesagt, dass ich mit einer brandaktuellen Story eine echte Chance habe, doch noch zu den Live-Reportagen zu kommen. Nun denn, ich nehme die Chance wahr.«

»Haben Sie denn die Story?«

»Bald. Sehr bald.«

»Zeigen Sie sie mir. Dann werden wir weitersehen.«

»Oh, nein, Mr. Pilkington. Wenn ich meine zukünftige Karriere auf etwas aufbauen soll, muss ich sicher sein, dass Sie die Story nicht einfach an Kirk weiterreichen.«

Mit einem kurzen Seitenblick streifte sie Luddington. Der Starreporter hörte mit selbstzufriedenem Grinsen zu. Dieser amerikanische Emporkömmling schien ernsthaft zu glauben, sie könne jemals etwas finden, was er nicht schon vorher wusste.

»Haben Sie einen Aufhänger?«, fragte Pilkington.

»Lassen Sie das meine Sorge sein.«

»Bei Politikern ist das gar nicht so einfach. Sie sichern sich ab.«

»Trentham ist anders.«

»Keiner von denen ist *anders*«, warf Luddington höhnisch ein. »Sie sind alle gleich!«

Paddy wandte den Blick nicht vom Gesicht ihres Chefs.

Pilkington lehnte sich in seinen Stuhl zurück und dachte nach.

»Wenn Sie mir eine wirklich gute Story bringen«, sagte er schließlich, »etwas, das kein anderer hat, etwas mit Biss, eine echte Schlagzeile – dann bin ich bereit, auch Ihnen als Amerikanerin eine Chance bei der BBC zu geben. Sie bringen mir die Geschichte, und ich setze Sie vor eine Kamera und lasse mich überzeugen.«

»Und was ist mit Kirks Vorrechten?«, fragte sie. Sie fasste ihren Chef scharf ins Auge. Für ihren Konkurrenten hatte sie keinen Blick mehr.

»Sie allein berichten über das, was Sie enthüllen«, antwortete Pilkington. »Es gibt kein Vorrecht.«

»Danke, Mr. Pilkington.« Paddy wandte sich zum Gehen.

»Aber noch ein einziges Mal ein solcher Ausrutscher«, tönte Pilkingtons Stimme hinter ihr her, »und Sie können Ihre Beförderungswünsche für alle Zeiten in den Wind schreiben!«

Paddy nickte.

Aufgeregt verließ sie das Büro. Während die Tür langsam hinter ihr ins Schloss fiel, hörte sie Kirk Luddingtons Stimme einen flüsternden Kommentar abgeben, woraufhin beide Männer unterdrückt kicherten.

Lass sie nur lachen, dachte sie. Dieses Mal ärgerte sie sich nicht. Sie würde ihnen schon zeigen, welches Kaliber in ihr steckte.

Eines Tages würde sie vor der Kamera stehen und brisante Einzelheiten über dieses Land enthüllen. Und dann würde man ja sehen, wer als Letzter lachte ...

• Dreizehn •

Er war sowieso der Nächste auf ihrer Liste, dachte Paddy, als sie das Bürogebäude verließ. Gerade hatte sie sich vergeblich bemüht, auf offiziellem Weg ein Interview zu bekommen. Jetzt wollte sie ihn direkt ansprechen. Bei Trentham hatte das schließlich auch funktioniert.

Sie winkte ein Taxi heran und ließ sich zum Norman-Shaw-Building fahren. Sie wusste, dass der Parlamentarier Larne Reardon hier ein Büro hatte. In vierzig Minuten sollte das Unterhaus zusammentreten. Wenn sie Glück hatte, könnte sie ihn beim Verlassen des Büros abfangen.

Mit einem falschen Ausweis schmuggelte Paddy sich an den Wachen vorbei und hastete die Treppe in den dritten Stock hoch. Dann verlangsamte sie ihre Schritte. So gut es ging, beobachtete sie die vielen Menschen in den Fluren, ohne als zu neugierig aufzufallen.

Bald hatte sie Reardons Büro erreicht. Die Doppeltür war geschlossen. Sie ging ein Stück weiter, drehte wie zufällig um und kehrte zurück. Man würde sie sicher bemerken, wenn sie sich zu lange hier aufhielt.

In diesem Augenblick ging die schwere Tür auf.

Jemand kam aus dem Büro und ging in entgegengesetzte Richtung den Flur entlang. Paddy lugte unauffällig auf das Zeitungsfoto in ihrer Hand und verglich es mit dem schmalen Gesicht und dem schütteren Haar des Mannes vor ihr.

Es war Larne Reardon. Sie war sich ganz sicher! Flugs sauste sie hinter ihm her.

»Mr. Reardon«, sagte sie freundlich, während sie beidrehte, »Hätten Sie vielleicht eine Sekunde Zeit für mich?«

»Wenn es Ihnen nichts ausmacht, im Gehen weiterzusprechen – ich bin ziemlich in Eile.«

»Das macht mir überhaupt nichts aus«, sagte Paddy und bemühte sich, Schritt mit ihm zu halten. »Ich möchte nur gerne wissen, warum Sie Ihre Kandidatur bei den Vorstandswahlen zurückgezogen haben.«

»Aus persönlichen Gründen«, antwortete Reardon knapp.

»Warum?«

Zum ersten Mal blickte er Paddy kurz an. »Wer sind Sie überhaupt?«

»Patricia Rawlings, BBC 2.«

»Aha, Journalistin also. Ich hätte es wissen müssen. Ich glaube, ich habe bereits eine ausreichende Erklärung für die Presse abgegeben. Wie sind Sie überhaupt hier hereingekommen?«

»Wären Sie bereit, sich mit mir irgendwo hinzusetzen und in Ruhe darüber zu sprechen?«, hakte Paddy nach. Sie hielt es für besser, seine Frage nicht zu beantworten.

»Ich glaube kaum, dass ich ...«

Reardon brach ab. Paddy sah ihn an und erkannte, dass er sich über irgendetwas ärgerte. Sie schaute in seine Blickrichtung den Flur entlang und entdeckte einen hochgewachsenen Mann in der Nähe der Aufzüge. Zwar taten sie so, als hätten sie einander noch nie gesehen, trotzdem hatten sich ihre Augen sehr deutlich getroffen.

Doch Reardon hatte sich sofort wieder unter Kontrolle. Unverbindlich lächelte er Paddy an.

»... dass ich das gerne möchte«, sagte er. »Die Öffentlichkeit hat genug erfahren. Auf Wiedersehen, Miss Rawlings.«

Er stürmte davon und ließ sie im Flur stehen. Sie sah seinem Rücken nach. Er nahm nicht den Aufzug, sondern wandte sich dem Treppenhaus zu. Als er die Tür öffnete, wurde Paddy zufällig Zeuge, wie er dem Mann am Aufzug kaum merklich zunickte. Nur Sekunden später huschte der Fremde hinter Reardon her.

Paddy dachte nicht lange nach und folgte den beiden Männern ins Treppenhaus. Vorsichtig öffnete sie die Tür. Der Korridor war leer, aber sie konnte die Männer eine Etage tiefer hören. Zwar bemühten sie sich, sehr leise zu sprechen, trotzdem erreichte der eine oder andere Wortfetzen Paddy, die am Treppengeländer lauschte.

»... keine Ahnung, von wem du sprichst ... kenne niemanden namens Fiona.«

Das war Reardon gewesen. Der andere Mann sprach einen breiten, schottischen Dialekt.

»... mit Hamilton gemacht hat ... geht nicht mit mir.«

»... leise, du Spinner ...«

Die nächsten Worte konnte Paddy nicht verstehen.

»... wie eine läufige Hündin ...«

»... Druiden genommen ...«

»... dachte, du glaubst, ich hätte damit zu tun ...«

»... kann mich nicht übers Ohr hauen ... wo ist sie ...«

»... glaubst du ... kommt doch nicht von ungefähr ...«

»... das keltische Lager ...«

»Hab' ich noch nie gehört!«

»... glaube dir nicht ... werde dich schon finden ...«

»... rufe die Polizei, wenn du mich bedrohst ...«

Unten ging eine Tür. Plötzlich waren die Stimmen fort. Paddy stürmte die Treppe hinunter und rannte aus dem Gebäude. Doch die beiden Männer waren verschwunden.

So, dachte sie, da bin ich also offenbar einem Komplott auf der Spur.

Wirklich einem Komplott? Um was ging es hier eigentlich? Und Druiden? Was, um alles in der Welt, hatten heidnische Priester damit zu tun? Und das Lager?

Langsam kehrte Paddy in ihr Büro zurück. Jetzt gab es noch viel mehr Geheimnisse zu lüften!

Sie kannte nicht sehr viele Leute in London. Auch hatte sie noch nicht genügend Beziehungen – jene bequemen Verbindungen, die den Motor des Journalismus ebenso wie den der Politik reibungsloser laufen lassen –, auf die sie zurückgreifen konnte. Aber sie hatte ein paar gute Freunde an den richtigen Stellen.

Einer von ihnen war Bert Fenton, ein Möchtegern-Romanautor. Er arbeitete in einem Reisebüro und hatte es dank seiner Begeisterung für Computer zu einem ganz passablen Hacker gebracht.

Ihn würde sie anrufen.

• Vierzehn •

Am Sonntagmorgen war Andrew schon früh unterwegs. Eigentlich hatte er mit seinen Eltern in die Kirche gehen wollen, wie er es oft tat, wenn er sonntags zu Hause war. Aber fast in allerletzter Minute hatte er sich anders entschieden und war zu dieser Fahrt aufgebrochen.

Das Porträt des alten Highlanders war noch immer in seinem Kopf und vermischte sich zusehends mit dem Holzschnitt vom Wanderer. Wo mochte der Wanderer gewohnt haben? Sicher ganz in der Nähe.

Ist dein Geist noch hier, Wanderer?, dachte er unwillkürlich. *Zwingt er auch deine Nachfahren, den Blick nach Norden zu wenden, wie du es getan hast?*

Vielleicht lagen ja sogar ein paar alte Mammutknochen hier irgendwo unter der Erde – gut versteckt in einem Grab aus Lehm, Stein und Torf.

Wer mochten all diese Leute sein, deren Bilder die Wände seines Zuhause zierten? Waren es Nachkommen von Cruithne?

Irgendwann würde er eine Antwort auf diese Fragen finden. Heute aber war er hinter einem anderen Puzzleteilchen her, auf das er gestern beim Schmökern in der Bibliothek gestoßen war. Er war unterwegs nach Carlisle und wollte von dort über Brampton zu den Überresten des Hadrianwalls bei Haltwhistle fahren. Als Schulkind war er schon einmal dort gewesen, aber viel mehr als die Erinnerung an ein paar steinige Ruinen war ihm nicht im Gedächtnis haften geblieben. Seit gestern war sein Interesse wieder angestachelt. Andrew war gespannt, was er Neues erfahren würde.

Als Andrew die Landstraße längs der alten römischen Grenzbefestigung erreicht hatte, setzte ein stürmischer Regen ein. Mühsam hielt er Ausschau nach den Überresten des Walls in der Landschaft. In Housesteads hielt er bei den Ruinen eines römischen Forts zum ersten Mal an.

Andrew vertrödelte eine gute Viertelstunde im Andenkenladen, immer in der Hoffnung, der Regen möge ein wenig nachlassen. Schließlich mummelte er sich so dicht wie möglich ein und machte sich auf den Weg. Bis zu den Ruinen war es etwa eine halbe Meile den Hügel hinauf. Ein scharfer Wind schlug ihm ins Gesicht. Nase und Ohren wurden erbärmlich kalt. Aber wenigstens ließ der Regen nach.

Von dem römischen Fort waren nur ein paar wenige Fuß hohe Steinmauern und die Umrisse einiger Räume übrig geblieben. Trotzdem überkam Andrew ein tiefes Gefühl von weit zurückliegender Realität. Tausende von Soldaten hatten als äußerste Vorposten des Römischen Reiches in solchen Forts gelebt. Wie schwierig das Leben hier gewesen sein musste! Schon allein das Wetter! Der peitschende, mit Hagelkörnern vermischte Regen dürfte damals auch nicht viel angenehmer gewesen sein. Die wenigen Überreste zeugten allerdings von einer soliden Bauweise. Und die erhaltenen Bodensäulen des Badehauses bewiesen, dass die Römer ihr gesamtes Wissen und Können eingesetzt hatten, damit die Kälte draußen blieb und auch an diesem gottverlassenen Vorposten in der Einöde ein gewisses Maß an Luxus gewährleistet war.

Vom Fort aus verlief der Hadrianswall quer über die Felder und Wiesen nach Nordosten. Das einzige Lebenszeichen in der eisigen Ferne, wo die Mauer sich verlor, waren ein paar Schafe. Ihnen machten Wind und Regen ebenso wenig aus, wie ihnen bewusst war, auf welch historisch bedeutsamem Boden sie grasten.

Wie waren die Römer wohl vertrieben worden?, dachte Andrew. Wie hatten die Menschen aus dem Norden das zustande gebracht? Wie war es der primitiven Bevölkerung gelungen, diese uneinnehmbaren, mächtigen Forts in Schutt und Asche zu legen?

Er drehte um, marschierte über den glitschigen Lehm zum Parkplatz zurück und fuhr weiter nach Hexham. Dort machte er einen kurzen Spaziergang durch die historische Innenstadt und setzte seine Fahrt fort. In Corbridge gab es eine weitere Ruine, ebenfalls eine ehemalige römische Befestigung. Der Regen hatte endlich aufgehört. Zwar war es immer noch ziemlich windig, aber ab und zu verirrte sich sogar ein schüchterner Sonnenstrahl zwischen den Wolken hindurch.

Um diese Jahreszeit mieden die Touristen das Fort. Andrew packte die Gelegenheit beim Schopf und bombardierte die Dame im Besucherzentrum mit Fragen.

»Wie wurde das Fort zerstört?«, wollte er wissen.

»Hier gab es sogar zwei Forts«, erzählte die Frau. »Das erste wurde in den 80er Jahren vor Christus erbaut, als Julius Agricola die Provinz eroberte. Es ist abgebrannt.«

»Abgebrannt?«, wiederholte Andrew. »Diese Forts konnten doch nicht brennen, oder?«

»Wir wissen bis heute nicht, wie es passiert ist. Jedenfalls wurden sechs oder sieben römische Forts gleichzeitig angezündet.«

»Aber hier ist doch alles aus Stein«, stellte Andrew fest.

»Die Ruinen, die Sie jetzt sehen, stammen aus späterer Zeit. Sie wurden im zweiten und dritten, manche sogar erst im vierten Jahrhundert auf den Überresten der alten Forts erbaut. Die ursprünglichen Forts waren hauptsächlich aus Holz. Manche hatten Steinfundamente, aber Dach und Innenwände waren immer aus Baumstämmen. Wissen Sie, damals gab es viel mehr Bäume hier. Nachdem die alten Forts in Flammen aufgegangen waren, begannen die Römer, sich auf Stein zu besinnen. Die Mauern wurden höher und die Dächer mit Schiefer gedeckt.«

»Aber wie wurden die Forts angezündet?«

»Das wird wohl eines der Geheimnisse unserer Geschichte bleiben. Jedenfalls haben die Ureinwohner Schottlands entlang der Grenze gleichzeitig von einer Küste zur anderen die römischen Legionen an einem Vorstoß gehindert.«

»Wann war das?«

»Im Jahr 105 vor Christi Geburt.«

Andrew dankte der Frau für die Information, stöberte noch ein wenig herum, kaufte zwei Bücher und ging dann hinaus zu den Ruinen. Er wanderte zwischen den alten Mauern umher und ging schließlich zu einem einsam dastehenden Stück der äußeren Schutzmauer. Dort fand er einen einigermaßen trockenen Stein, setzte sich, nahm seinen Rucksack ab und packte das Picknick aus, das er mitgebracht hatte.

Andrew überlegte, ob vielleicht Nachkommen von Cruithne und Fidach bei den kaledonischen Stämmen gewesen waren, die den Römern so erbitterten Widerstand geleistet hatten.

Er schlug eines der eben gekauften Bücher auf. Langsam verzehrte er sein Mittagessen und las dabei etwas über die Zeit zwischen grauer Vorgeschichte und bekannter Geschichte. Die römischen Kaiser hatten im ersten und zweiten vorchristlichen Jahrhundert versucht, die entlegensten Gebiete ihres Reiches zu unterwerfen – die nördlichste Region der Insel, die sie Britannia genannt hatten.

Caledonii

Borestii

Maeatae

Rannoch
Fortress of Foltlaig

Ardoch

Antonine Wall
(138–144 A.D.)

Inveresk
Votadini
Newstead

Damnonii

Selgovae

Milton
Rochester

Dalswinton

Novantae

Birrens

Glenlochar

Hadrian's Wall
(Built 122–128 A.D.)

Corbridge

MOVEMENT OF PICT TRIBES
AGAINST ROMAN FORTS
· 105 A.D. ·

WIDERSTAND GEGEN DAS KAISERREICH
105 n. Chr.

• Eins •

Foltlaig, Sohn des Gatheon, war zweiundzwanzig Jahre alt, als er mit seinem Vater und vielen seiner Stammesbrüder gegen die Römer in die Schlacht zog. Der Tag war wie mit den glühenden Kohlen des Feuers, in das er gerade starrte, in sein Gehirn gebrannt.

Wie stolz war er gewesen! Wie stark und männlich hatte er sich gefühlt, Seite an Seite mit seinem Vater hinter dem großen Feldherrn Gaelbhan in den Kampf aufzubrechen!

An diesem Morgen hatte noch nicht der Schatten innerer Zerrissenheit über seiner Seele gelegen, der ihn in späteren Jahren immer öfter plagen sollte. Er hatte die Spannung vor der Schlacht ausgekostet, er liebte die Herausforderung, dem Widersacher die Stirn zu bieten und als Sieger aus dem Zweikampf hervorzugehen.

Die Angst kam erst viele Stunden später, als sein Vater neben ihm plötzlich taumelte und stürzte ...

Foltlaig wandte sich um. Zunächst weigerte sich sein Kopf zu verstehen, was geschehen war. Wieso war hier so viel Blut?

Aber schnell kam die entsetzliche Erkenntnis. Das Blut sprudelte aus der Brust seines Vaters.

Er fiel auf die Knie, brach in kindisches Schluchzen aus und brabbelte Worte, derer er sich später nie mehr erinnern mochte.

Vorsichtig hob er seines Vaters Kopf an, nahm den Verletzten in die Arme und wiegte ihn sanft. Sein Vater schenkte ihm ein schwaches Lächeln und flüsterte ihm ein letztes Lebewohl zu.

»Lass es ihnen nicht ... sie dürfen es nicht nehmen«, murmelte der alte Krieger mit versiegendem Atem. »Es gehört uns ... Halte ... schütze ... unser Land ... Lass sie nicht ...«

Seine Stimme versagte. Der alte Krieger rang um Atem.

»Keine Sorge, Vater«, schluchzte Foltlaig. »Ich bekämpfe die Fremden, bis sie verschwinden.«

»Sie können nicht ... sie dürfen nicht ... nicht unser Land haben ...« Seine Stimme wurde immer schwächer.

»Sie werden das Land nicht bekommen, Vater. Ich verspreche es dir.«

»... musst schützen ...«

Ein würgender Laut drang aus der Kehle des Vaters. Mit letzter Kraft flüsterte er zwei Worte, die nur Foltlaig allein im Kampfgetümmel verstehen konnte. Doch das spielte keine Rolle, denn sie waren sowieso nur für ihn bestimmt.

»... mein Sohn ...«

Dann erlosch das Licht seiner Augen, und er starb.

Die Erinnerung an die Tränen seiner Jugend holte Foltlaig zurück in die Gegenwart und die wichtige Aufgabe, über die sie gerade zu Rat saßen. Der Tod seines Vaters lag etwas mehr als zwanzig Jahre zurück. Foltlaig war zweiundvierzig Jahre alt und einer der Führer seines Volkes. Er hatte den Platz seines Vaters eingenommen und längst selbst einen Sohn. Immer noch wehrte sich sein Volk gegen die dunkelhäutigen Eindringlinge aus dem Süden.

Im Augenblick saß er mit seinem eigenen Häuptling und dem Chief eines benachbarten Stammes in einem weitläufigen, mit Baumstämmen verstärkten Steinhaus. Es war düster und primitiv gebaut, doch Waffen, Werkzeuge und andere Ausrüstungsgegenstände zeugten bereits von einer fortgeschrittenen Kulturstufe.

Foltlaig war ein Ururenkel der achten Generation nach Cruithne, dem frühgeschichtlichen Häuptling eines großen Pritenae-Stammes, der sich heute Caledonii nannte.

Keiner der Anwesenden wusste, dass auf dem gestampften Lehmboden des Hauses ein ebenso ferner Nachfahre des ruchlosen Verwandten saß, der seinerzeit Cruithnes Mutter kaltblütig getötet hatte.

Foltlaig, der den Namen von Cruithnes drittem Sohn trug, hatte sich mit seinem Häuptling und einem entfernten Vetter von den Maeatae in dem Haus eingeschlossen, weil sie wichtige gemeinsame Projekte zu besprechen hatten.

Die matrilineare Erbfolge der Caledonii hatte Foltlaig von eigenen Chiefwürden ausgeschlossen. Doch in seinem Volk galt er als gewitzter Stratege, vielleicht als der größte seit Gaelbhan, der vor einer Generation den gesamten Norden gegen die Römer aufgewiegelt hatte. Es war eine merkwürdige Ehre für einen so freundlichen und sanften Mann, der ohne Not weder Mensch noch Tier etwas zuleide tun konnte. Tatsächlich hatte Foltlaig nicht nur Cruithnes Tapferkeit und strategisches Können geerbt, sondern auch die empfindsame, zarte Seele von dessen Bruder Fidach. Auf diese Weise lebte die brüderliche Verbindung der beiden samt den zugehörigen Spannungen in ein und demselben Mann weiter.

Zum jetzigen Zeitpunkt allerdings wurde von Foltlaig nur Cruithnes Erbe benötigt, denn das Treffen war nichts anderes als ein veritabler Kriegsrat.

Foltlaigs Chief Coel, der dem gebirgigen Gebiet namens Athfotla zwischen Loch Lochy und dem Firth of Tay vorstand und damit der südlichste Häuptling der Caledonii war, hatte seinen Kollegen von den Maeatae zu dieser äußerst ernsten Besprechung gebeten.

Sie saßen im Haus von Coel. Der Hausbau hatte in den vergangenen dreihundert Jahren deutliche Fortschritte gemacht, als der Stamm nach und nach südlich in die Highlands um Loch Rannoch vordrang. Nur das Torffeuer war seit der Entdeckung seiner wärmenden Eigenschaften in grauer Vorzeit unverändert geblieben. Der Brennstoff glühte an diesem Tag noch ebenso feurig und hell wie vor Tausenden von Jahren, als er die Hände und Füße der Bewohner des Nordens schon zuverlässig wärmte. Immer noch brannte er heiß, immer noch verströmte er seinen unverwechselbaren Duft, und immer noch war er die Grundlage des Lebens in dem kalten, unwirtlichen Land.

Vielleicht lag in der flackernden Glut vor ihnen die Lösung des gemeinsamen Problems, das die beiden Häuptlinge rivalisierender Stämme zu einem schwierigen Frieden gezwungen hatte.

Der Besucher, ein finster dreinblickender Maeatae-Chief namens Ainbach, hatte soeben gesprochen.

Coel, der Caledonier, wartete und blickte Foltlaig an. Er hatte gelernt, seinem obersten Krieger in solchen Fragen blind zu vertrauen. Sein eigener Einfluss war dank seines Vertrauens in Foltlaigs Entscheidungen stark gestiegen.

Foltlaig streckte die Hände über das Feuer, das seine Gedanken hatte abschweifen lassen, und rieb sie genüsslich. Erst nach einiger Zeit antwortete er auf die Frage, die ihr Besucher ihnen gestellt hatte.

»Es war vernünftig, Vorsicht walten zu lassen«, sagte er langsam. »Wir wissen nämlich nicht, ob unsere Brüder im Norden und Westen zu uns stoßen werden.«

»Dann allerdings sehe ich schwarz für unseren Plan«, sagte Ainbach.

Foltlaig sah seinen eigenen Häuptling flüchtig an. Aber Coel enthielt sich jeden Kommentars.

»Wir brauchen nicht besonders viele Leute, um den Plan durchzuführen«, antwortete Foltlaig. »Nur viel Mut … und zumindest die Unterstützung aller Stämme in der näheren Umgebung.«

»Glaubst du ernsthaft, wir könnten die Römer ohne eine große Truppe zurückschlagen? Wie willst du das schaffen, wenn noch nicht einmal unser großer Feldherr Gaelbhan dazu in der Lage war?«

Ainbachs Einwände bewogen Coel, endlich auch etwas zu dem Thema zu sagen.

»Wir haben aber keine andere Wahl. Niemand von uns hat eine Wahl!« Coel seufzte. »Wenn wir sie jetzt nicht zurückwerfen, dann werden sie unser Volk in Ochils überrennen und von dort aus nach Strathmore vordringen. Oder noch weiter! Sie wollen doch nur erobern. Zuerst schlucken sie dein Volk, dann meines. Wir müssen sie aufhalten, koste es, was es wolle. Du solltest Foltlaigs Pläne nicht zu gering einschätzen, mein Maeatae-Vetter.«

Coel wusste, wovon er sprach. Im letzten Jahrhundert hatte es versprengte Pritenae in den Süden bis jenseits des Clyde verschlagen, einige sogar bis zu den Cheviot Hills und an den Tweed. Einige kehrten zurück und erzählten alle dieselbe Geschichte: Ein Volk aus dem Süden marschierte in großen Legionen nordwärts und schlug alles nieder, was sich ihm in den Weg stellte.

Den nördlichen Stämmen blieb nicht mehr sehr viel Zeit, bevor sie die Wahrheit dieser Geschichten mit großen Schritten einholen würde.

Foltlaig, Coel und Ainbach hatten keine Ahnung von dem Land, aus dem die Eindringlinge kamen. Das Einzige, was sie mit dem Namen Roms in Verbindung brachten, war die Vorstellung einer großen Stadt unendlich weit weg, jenseits des Meeres. Der Name des römischen Gouverneurs Agricola, der die Legionen so weit nordwärts geführt hatte, war ihren Vätern noch völlig unbekannt gewesen. Sie selbst wussten zumindest, dass Agricola nicht mehr in Britannien weilte. Aber vom derzeit regierenden römischen Kaiser Trajan hatten weder Foltlaig noch Coel oder Ainbach je gehört. Hingegen war ihnen schmerzlich bewusst, dass die Römer zwei Generationen zuvor weit nach Norden vorgerückt waren, überall zwischen Carlisle und Forth-Clyde ihre Stein- und Holz-Befestigungen gebaut hatten und todbringende Raubzüge in das Stammesgebiet der Maeatae und der Pritenae unternahmen. Manchmal waren sie sogar bis in die Nähe von Moray vorgedrungen. In Moray hatte die große Schlacht in Foltlaigs Jugend stattgefunden, bei der sein Vater gefallen war.

Die Stammesgebiete der Selgovae und der Votadini waren mit

römischen Befestigungen und Vorposten geradezu übersät. Natürlich fürchteten die nördlichen Stämme den Tag, an dem die Römer erneut auf Siegeszug gehen würden.

Aus diesem Grund hatte Coel einen Boten zu Ainbach geschickt und ihn zum Kriegsrat gebeten. Gleichzeitig forderte er seinen Strategen Foltlaig auf, einen Plan zum Schutz ihrer Stammesgebiete vor Übergriffen aus dem Süden zu entwerfen.

»Vielleicht werden die Selgovae und die Damnonii uns ja doch zu Hilfe kommen«, sagte Ainbach schließlich, »und, nicht zu vergessen, die Votadini.«

Auf diese Worte hatte Foltlaig gehofft. Er wusste, die Stammesfehden im Süden, in der Nähe der Grenze, fielen oft erheblich heftiger aus als die üblichen Geplänkel. Ein misslungener Versuch, alle Stämme zu einem gemeinsamen Vorgehen zu bewegen, könnte in ernsthafte Kämpfe untereinander ausarten. Und das wäre noch viel schlimmer, als das Land mit den Römern zu teilen. Daher hatte Foltlaig darauf gewartet, dass einer der beiden Häuptlinge den Vorschlag zum gemeinsamen Vorgehen machen würde.

»Da bin ich ganz sicher«, nahm Foltlaig die Idee begeistert auf. »Die Novantae machen sicher auch mit. Zu Lebzeiten meines Vaters hat es Tote bei allen Stämmen gegeben. Und die Selgovae sinnen auf Rache, seitdem die Römer überall ihre Festungen bauen. Es genügt ein einziger Funke, ihre Rachlust zu entzünden.«

»Sprichst du da auch für dich selbst, Sohn des Gatheon?«

Foltlaig zögerte einen Moment mit der Antwort. »Mein Vater zog mit Gaelbhan in seinen Tod. Ich habe an jenem Tag keine Rache geschworen. Das war noch nie meine Art. Wichtig aber ist mir die Freiheit unseres Landes. Ich muss dem Andenken meines Vaters Genüge tun und dein und mein Volk vor den Eindringlingen schützen.«

»Allein wird dir das nicht gelingen.«

»Das weiß ich nur zu gut. Es ist unbedingt nötig, dass wir den Hader der Stämme untereinander vergessen und wie ein einziges Volk vorgehen.«

Foltlaig sah den beiden mächtigen Häuptlingen direkt in die Augen. Er kannte den Stolz und die Unabhängigkeit, die diese Männer auszeichnete. Er wusste auch, wie schwer es ihnen fallen würde, ihre angestammte Macht mit denen zu teilen, die sie über Jahrhunderte hinweg ihre Feinde genannt hatten. Wenn sein Plan keine Zustimmung fände, würde es ihn womöglich das Leben kosten. Aber die Vision von Fidach und Cruithne lebte in ihm fort. Ihm war klar, dass nur in der Vereinigung der Stämme die Chance zum Erfolg lag.

»Die Eindringlinge glauben, wir seien Wilde«, fuhr er fort. »Wir aber werden uns mit List gegen ihre Legionen, ihre Schwerter und ihre eisernen Kleider zur Wehr setzen. Wenn wir zusammenhalten, können wir sie zurückschlagen.«

»Du sprichst kühne Worte, Sohn des Gatheon«, stellte Ainbach fest.

»Und ebenso kühn werden wir die Römer schlagen«, fügte Coel hinzu, »wenn die anderen dem Plan meines Foltlaig zustimmen.«

»Habt ihr schon etwas unternommen?«, fragte Ainbach.

»Wir haben Boten zu den Borestii im Norden gesandt«, antwortete Foltlaig. »Auch ihnen steht der Sinn nach Rache. Viele von ihnen wurden vor zwanzig Jahren als Geiseln verschleppt. Außerdem sind Boten zu euren Nachbarn, den Stämmen der Damnonii, unterwegs. Deine Aufgabe wird es sein, die Häuptlinge der Maeatae zu überzeugen, und wir nehmen uns die Caledonii vor. Erst wenn das geschehen ist, bitten wir die Selgovae, Novantae und Votadini, zu uns zu stoßen.«

Der Maeatae-Chief bedachte Foltlaig mit einem langen, prüfenden Blick.

»Ich werde tun, was ich kann«, sagte er endlich.

»Der Winter ist nah. Bald wird der erste Schnee fallen. Wir erwarten die Antwort der anderen Stämme und treffen uns beim ersten Tauwetter wieder. Wenn es uns gelingen sollte, gemeinsam zu handeln und über die Römer hereinzubrechen, bevor sie sich den Winterschlaf aus den Augen gewischt haben, ist der Sieg unser!«

»Dann werde ich im Frühjahr zurückkommen.«

»Wir werden dich benachrichtigen«, fügte Foltlaig hinzu. »Es wäre schön, wenn du uns Hilfe mitbringen würdest.«

Coel und Ainbach standen auf und schüttelten sich die Hände. Seit Generationen war eine solche Geste zwischen den Häuptlingen der Maeatae und der Caledonii nicht mehr vorgekommen. Foltlaig blieb sitzen und beobachtete sie mit tiefer Freude im Herzen. Bis zu diesem Augenblick hatte er nicht zu hoffen gewagt, dass die beiden Chiefs seinem Plan zustimmen könnten. Jetzt schien der Erfolg plötzlich in greifbarer Nähe.

Wenn es diesen beiden Stämmen gelänge, dachte Foltlaig, sich in Zukunft wie die Brüder zu verhalten, die sie eigentlich ja waren, könnte ihr gemeinsames keltisches Blut sie gegen ihre Feinde vereinen und zum Schutz des von ebenfalls gemeinsamen Vorfahren ererbten Landes beitragen.

• Zwei •

Auf dem europäischen Festland, das der Wanderer vor Menschengedenken hinter sich gelassen hatte, waren die Kelten mittlerweile zu einer großen Zivilisation aufgeblüht und allmählich wieder verschwunden.

Dieses Volk, dessen Ursprung in den Tälern von Rhône und Rhein und im Nordschatten der Alpen an der Donau gelegen hatte, war eine ganz besondere Rasse. Die Kelten waren robuste Krieger und Wanderer, stark, groß, männlich, begeisterungsfähig und inbrünstig, aber voller Leben und Energie, Gefühl und Kreativität.

Sie verehrten die Natur und kannten so viele Götter, wie es in ihrer Welt unverständliche Geheimnisse gab. Mit künstlerischem Feingefühl schufen sie Götterbilder und Dinge des täglichen Bedarfs. Sie wussten bereits sehr früh um die Metallbearbeitung und kannten die Möglichkeiten der Tonglasur. Ihre Priester wurden Druiden genannt. Man vermutet, dass sakrale Handlungen teilweise in barbarischen Ritualen gipfelten. Einmal im Jahr versammelten sich die Druiden an einem heiligen Ort und ließen mit menschlichem Blut besudelte Altäre zurück. Andererseits waren die Druiden in ihrem Wissen ihrer Zeit weit voraus. Sie waren bewandert in Tier- und Pflanzenkunde, ebenso in Astronomie und Musik. Wahrscheinlich ist der nachhaltige Einfluss der Kelten ihren Druiden zu verdanken.

Um das Jahr 300 v. Chr., also ungefähr zu Lebzeiten von Cruithnes Vater Taran, lebten keltische Völker von der Nordsee bis zum Mittelmeer, vom Atlantik bis zum Schwarzen Meer und vom Norden des zukünftigen Britannia bis zum Süden der Halbinsel, auf der ein Stadtstaat namens Rom allmählich an Macht und Einfluss gewann. Kelten standen im Mittelpunkt der europäischen Entwicklung. Die Städte London, Genf, Lyon, Straßburg, Bonn, Budapest, Wien und Belgrad waren allesamt keltische Siedlungen. Keltische Stammesnamen sind noch heute auf den Landkarten Europas zu finden: Paris heißt nach den Parisii, in Reims überlebte der Name der Remi, die Helvetii gaben Helvetia den Namen – erst später sollte das Land in Schweiz umbenannt werden – die Belgae finden sich in Belgien und die Boii in Bologna und Böhmen wieder. Der lateinische Name der Kelten lautete Galli. Von ihm stammt der Name der Galater in Kleinasien ab, aber auch die Bezeichnung Gälisch für die in Schottland noch heute gesprochene keltische Sprache.

Allerdings gab es einen Schwachpunkt im Gefüge der keltischen Völker. Es fehlte ihnen an einer zentralisierten Organisation. Sie verfügten über keine gemeinsame Regierung, die das große Volk hätte zusammenhalten können. Sie brachten weder eine Führungspersönlichkeit noch einen König, noch eine Hauptstadt hervor. Sie waren viel zu individualistisch, um eine wirkliche Gemeinschaft zu bilden. Und so blieb auch ihre Kultur stammesgebunden und heterogen.

Obwohl die Kelten in ihrer Blütezeit Rom überfielen und Griechenland plünderten, besaßen Athen und Rom Fähigkeiten, die sie letztendlich über den keltischen Einfluss heraushoben. Dazu zählen eine zentrale Regierung, eine erhaltene und niedergeschriebene Sprache, die zur Entwicklung von Literatur und Buchwissen beitrug, eine ausgeklügelte Technik und Architektur und eine einheitliche Wirtschaft, die Geschäfte und Handel ermöglichte.

Die in sich zersplitterte keltische Zivilisation, die sich stets dem Einzelnen und der Individualität zuwandte, die Familie und Clan über Land und Nation stellte und sich in rivalisierenden Fehden zermürbte, barg darin bereits den Grund für das Verschwinden der keltischen Kultur im Dunkel der Geschichte.

Jeder Römer war Rom gegenüber loyal. Es war sein ganzer Stolz, römischer Bürger zu sein. Die unabhängigen Kelten hingegen fühlten sich nur ihrer Familie und ihrem Clan gegenüber zu Loyalität verpflichtet. Und dieser Individualismus war sowohl der ganze Stolz als auch der Grund für den Untergang der Kelten. So erwies sich die Stärke des keltischen Erbes schließlich als Achillesferse auf dem Weg zu einer möglichen Souveränität.

Die Macht Roms erreichte ihren Höhepunkt im ersten Jahrhundert nach Christus und fuhr fort, sich über den halben Erdball auszubreiten. Zu diesem Zeitpunkt war die zerfallende Keltenkultur schon nicht mehr in der Lage, die kampfstarken Legionen der Caesaren aufzuhalten. Als ihre Zivilisation vor den Römern zurückweichen musste, flüchteten sie in hellen Scharen in die westlichsten Gebiete Europas: nach England, Frankreich, Irland, Wales, Schottland, Belgien und Holland. Aber auch die östlichen Steppen von Ungarn, Bulgarien und Russland nahmen Kelten auf. Das langsame Vorwärtskommen der letzten Jahrtausende wich einer wahren Völkerwanderung.

Jahr um Jahr wurden die Kelten weiter in die Randgebiete des Kontinents abgedrängt, den sie einst dominiert hatten. Im Norden und Westen waren sie noch an den Küsten zu finden – und jenseits davon, unentwegt auf der Flucht vor dem ständigen Vorwärtsdrang der Römer.

An der äußersten nördlichen Spitze des Landes, das die Römer Britannia nannten, und ungestört von den turbulenten Umbrüchen in ganz Europa, lebte ein keltischer Ableger, von dem die Kelten auf dem Kontinent nichts wussten, mit dem sie aber ihr kulturelles Erbe teilten.

Es war ein Volk, dessen Macht erst noch in den Anfängen lag, während seine kontinentalen Vettern bereits überrollt wurden. Ein Volk, das noch immer stark, noch immer voller Energie und noch immer mächtig war und dessen Blut mit ungebrochener, keltischer Leidenschaft strömte.

• Drei •

Foltlaig, Sohn des Gatheon, ließ die Steinmauer, die das Häuptlingshaus umgab, hinter sich und ging langsam aus der Siedlung hinaus.

Er lief bis zum Loch Rannoch, das seinem Volk Nahrung und Wasser lieferte und dann weiter einen steilen Gebirgspfad hinauf. Nach einem anstrengenden Aufstieg von mehr als einer halben Stunde stand er endlich an einem Aussichtspunkt, von dem aus er die Umrisse von Loch Rannoch und am Ufer die kleine Siedlung von Coels Caledonii sehen konnte.

Es war ein kalter Tag. Foltlaig zog seinen Pelz enger um Schultern und Brust, setzte sich auf einen großen Stein und betrachtete die Häuser tief unter sich. Aus den meisten Kaminen der Siedlung stieg Rauch empor, den der leichte Wind auf ihn zu trieb. Foltlaig mochte den Duft. Er erzählte von Bequemlichkeit und Schutz gegen die Elemente, von der Fähigkeit der Menschen, mit den Unbilden der Natur fertig zu werden, und der Möglichkeit, die Natur gegen sich selbst einzusetzen, indem man aus ihren Schätzen ein warmes Feuer baute, das der tödlichen Winterkälte ihren Schrecken nahm.

Es ist ein gutes Land, dachte er. Es schenkte seinem Volk ein gutes Leben. Fisch gab es in Hülle und Fülle, ebenso wie vierbeinige und geflügelte Kreaturen, die den Hunger der Menschen stillten. Es gab genügend Gras für die Schafe, die sie auf den Weiden züchteten. Zwar war der Boden steinig und rau, trug aber dennoch ausreichend Korn und Gemüse. Die Pelze ihrer Tiere und der Torf, den sie aus der Erde stachen, hielten sie warm.

Foltlaig seufzte glücklich und sah sich weiter um. Jenseits des Sees, weit hinter der kleinen Siedlung, konnte er in der Ferne die hohen Berge erkennen. Einige trugen bereits eine Schneehaube.

Ja, es war wirklich ein gutes Land. Er liebte es mit jeder Faser seines Herzens.

Wenn nur …

Je länger er nachdachte, desto trauriger wurde er.

Wenn sich doch nur die Menschen in diesem schönen Land so gut miteinander vertragen würden wie die Tiere mit der Natur und wie die Elemente mit denjenigen, die sie zu nutzen wussten.

Denn es war der Mensch, nicht etwa die wilden Tiere oder der Schnee, weder der Hagel noch die bittere Kälte des Winters, der das Überleben in diesem Land so schwierig machte. Und es war die Feindschaft der Stämme untereinander, die Feindschaft eines Volkes gegen das andere, die ihre Ruhe mehr bedrohte als die erobernde Soldateska aus dem Süden.

Der Handschlag zwischen Coel und Ainbach hatte sein Herz gründlicher erwärmt als ein ordentliches Torffeuer. Der seltene Beweis von Einigkeit hatte ihn tief berührt. So tief, dass er sich beeilt hatte, um allein hier oben, über seinem Tal, darüber nachdenken zu können.

Vielfältige Gefühle beherrschten ihn, die unterschiedlichen Charaktere der beiden Brüder, seiner Vorfahren, zerrten seine Seele hin und her. Er war ein Mann sowohl der Poesie als auch des

Pragmatismus, des Friedens wie des Krieges, des Nachdenkens wie des Handelns.

Er hatte gegen diese innere Zerrissenheit angekämpft, so lange er denken konnte. Manche seiner Stammesgenossen behaupteten, er denke zu viel nach. Vielleicht stimmte das ja. Aber auch sein Blut würde in das Blut der Rasse eingehen, genau wie das der beiden Brüder. Seine Grübelei würde ein wichtiges Fundament in die zukünftige Geschichte des Landes einbringen, das er gerade betrachtete.

Das Treffen der beiden Chiefs und der Gedanke an die bevorstehende Auseinandersetzung zwang seine Erinnerung zwanzig Jahre zurück. Die Spannung in seinem Inneren entsprang sowohl seiner persönlichen Erfahrung als auch seiner zerrissenen Natur. Wie viele dieser gegensätzlichen Gefühle entstammten wohl jenem schicksalhaften Nachmittag, an dem seine persönliche Geschichte von Grund auf erschüttert wurde?

Tränen stiegen ihm in die Augen. Er kämpfte nicht dagegen an.

• **Vier** •

Foltlaig konnte sich kaum an den restlichen Tag erinnern, nachdem er endlich verstanden hatte, dass sein Vater wirklich tot war. Er wusste nur noch, dass er das Gesicht zum Himmel erhoben hatte und in lautes Klagegeheul ausgebrochen war.

Sein Vater hatte ihn allein mitten in der hitzigsten Schlacht zurückgelassen. Er konnte weder innehalten und trauern, noch den noch warmen Körper seines Erzeugers aus dem Schlachtgetümmel herausbringen. Immer weiter stürmten die römischen Angreifer mit Pferden, Lanzen und Schwertern auf sie ein.

Foltlaig entsann sich nicht, wie der Tag vorüberging. Als es endlich vorbei war, klebte jeder Zentimeter seiner Haut vor Blut, das nicht seines war. Er selbst hatte die Schlacht ohne Wunde überstanden. Ob und wieviel er in seiner Trauer und Wut getötet hatte – er wusste es nicht mehr. Er sah nur das viele Blut.

Am Abend kehrte Foltlaig auf das Schlachtfeld zurück und suchte zwischen den übel zugerichteten Leichen nach dem einzigen Körper, der ihm wichtig war. Er fand ihn und sah, dass er kaum verändert war, obwohl mittlerweile die Leichenstarre eingesetzt hatte. Er hob die sterblichen Überreste seines Vaters auf und trug ihn in einen nahe gelegenen Wald. Dort begrub er den Mann, den er immer für den mutigsten und unbesiegbarsten Caledonier gehalten hatte. Ohne Scham ließ er seinen Tränen freien Lauf.

An diesem Tag war Foltlaigs Volk abgeschlachtet worden. Nicht nur sein Vater, auch unzählige andere Männer hatten mit dem Leben bezahlt. In der folgenden, schlaflosen Nacht und den vielen schlaflosen Nächten danach, als Foltlaig nach Rannoch zurückkehrte, kamen ihm wieder die Worte in den Sinn, die er seinem Vater zugeflüstert hatte. Nur an diese wenigen Worte erinnerte er sich, aber so lebhaft, dass sie sein Gedächtnis nie mehr verließen.

Ich bekämpfe die Fremden, bis sie verschwinden. Der Satz klang laut in seinen Ohren.

Sie werden das Land nicht bekommen, Vater. Ich verspreche es dir.

In der einsamen Verzweiflung dieser Nächte leistete Foltlaig noch einen Schwur. Einen Schwur sich selbst gegenüber. Sollte er jemals einen Sohn haben, würde er dem Jungen so gut es ging den schrecklichen Verlust ersparen, den er gerade erlebt hatte. Er wollte ein langes und erfülltes Leben mit seinem Sohn verbringen und gemeinsam mit ihm alt werden.

Im selben Jahr noch gebar Foltlaigs Frau den gemeinsamen Sohn Maelchon.

Niemals vergaß Foltlaig den Schwur. Vater und Sohn wurden unzertrennlich. Sie liebten einander nicht nur wie Vater und Sohn, sondern wie eingeschworene Freunde.

Aber auch das Versprechen, das er seinem sterbenden Vater

gegeben hatte, vergaß Foltlaig nicht. Es lag nicht in seiner Absicht, durch das Vergießen von römischem Blut den Tod des Vaters zu rächen. Vielmehr wollte er die vordrängenden Römer aufhalten und letztendlich aus dem Land treiben, damit eine Schlacht wie damals nie mehr stattfinden musste.

Die beiden Versprechen schienen einander entgegenzustehen. Trotzdem konnte er sich keinem der beiden entziehen. Er war eben beides, Vater wie Sohn, Krieger wie Friedliebender. Der Konflikt in seiner Seele war unausweichlich.

Im Lauf der Jahre konnte Foltlaig dem Ruf des Schicksals nicht entgehen. Er wusste, eines Tages würde er sich entscheiden müssen, aber er dachte nie gerne darüber nach. Er hatte nämlich das Gefühl, dass er es eines Tages sein würde, der Gaelbhans Schwert nehmen und seine Landsleute in den Kampf gegen den altbekannten Feind führen musste.

Und wieder kämpften die beiden Widersacher in ihm. Was zählte mehr für ihn? War er eher Gatheons Sohn, oder war es wichtiger, Maelchons Vater zu sein? Wem fühlte er sich inniger verbunden, seinem Clan und seinem Land oder seiner Familie?

Foltlaig hatte dieses Schicksal nie herausgefordert. Nie war es sein Wunsch gewesen, ein Held zu werden. Er war nicht gerne Krieger. Nichts wäre ihm lieber gewesen, als ein ruhiges Leben, ohne jemals mehr zum Schwert greifen zu müssen. Sein Entschluss stand fest. Niemals sollte der Krieg seinem Sohn das nehmen, was ihm selbst in der Blüte seiner Jugend gestohlen worden war: der Vater.

Doch er war unbestreitbar Coels bester Stratege. Nie würde er es wagen, seinem Chief oder seinem Clan gegenüber wie ein Feigling zu kneifen. Daher erfüllte er seine Stellung als Anführer des Stammes und verbarg seine Ängste und seine Träume tief im Herzen.

Fünf

Foltlaig lächelte. Seine Traurigkeit verflog, als die Erinnerung an seine beiden einander widersprechenden Schwüre Platz für den gewagten Plan ließ, der die Frucht genau dieser Versprechen war.

Ganz allmählich hatte der Plan in Foltlaigs Kopf Form angenommen. Es war ein Plan, wie man die Eindringlinge vernichtend schlagen konnte, ohne kaledonisches Blut zu vergießen.

Vielleicht war es möglich, den Römern dieses Land so ungenießbar zu machen, dass sie es von selbst verließen. Und wenn sie nicht freiwillig gingen, dann mit ungemütlichem Nachdruck von Seiten der Stämme.

Foltlaig hatte nicht vor, die Römer mit einer Armee zu vertreiben. Er wollte sie überlisten.

Das war die Grundlage der Idee, die Foltlaig seinem Chief unterbreitet hatte. Nicht aus Feigheit. Er hielt List einfach für gesünder. Auch Coel hasste die Römer, hatte aber ebenfalls nicht besonders große Lust, noch einmal sein Leben aufs Spiel zu setzen wie damals am Mons Graupius. Daher willigte er frohen Herzens in den Plan ein.

Foltlaig selbst arbeitete anschließend jedes Detail aus. Maelchon wurde ebenfalls in die Planung einbezogen. Je sicherer sich Foltlaig des Erfolges wurde, desto mehr schwanden seine inneren Ängste. Er konnte beide Versprechen erfüllen. Die Römer würden vertrieben, wie er es seinem Vater geschworen hatte, und er würde das Leben mit seinem Sohn genießen.

Foltlaigs Gedanken wurden durch das Geräusch näher kommender Schritte unterbrochen, die den Pfad hinaufeilten, den er selbst einige Zeit zuvor erklommen hatte.

Er blickte auf. Wie eine Antwort auf seine Gedanken stand sein Sohn vor ihm.

»Maelchon! Woher wusstest du, wo du mich findest?«

»Ich habe gesehen, wie du das Dorf verlassen hast«, antwortete der schlanke, aber muskulöse Zwanzigjährige.

»Und da wusstest du, dass ich hier war?«

»Wo denn sonst? Ich weiß doch, wo du zum Nachdenken hingehst. Und deinem langsamen Gang nach zu schließen, war dein Kopf ziemlich voll. Ist alles in Ordnung, Vater? Haben die beiden Häuptlinge deinem Plan zugestimmt?«

»Ja, Maelchon. Sie haben zugestimmt.«

»Dann siegen wir!«, rief der Sohn begeistert.

Foltlaig nickte.

»Mir tut nur leid, dass solche Probleme immer im Kampf gelöst werden müssen.«

»Aber die Eindringlinge sind unsere Feinde«, sagte Maelchon. »Wir müssen sie aufhalten. Das hast du selbst immer wieder verkündet.«

Wieder nickte Foltlaig.

»Vielleicht solltest du meinen Platz einnehmen und Coels Truppe anführen.«

»Nicht zu deinen Lebzeiten, Vater.«

Der junge Mann setzte sich und betrachtete das blaugrüne Wasser weit unter ihnen. Selbst Maelchon, der seinem Vater näher stand als irgendwer sonst, verstand nicht immer seine sanfte, gedankenvolle und zarte Seite. Auch wusste er nicht, welchen Preis Foltlaig dafür zahlte, die beiden Naturen in seiner Seele miteinander zu verbinden.

Sie schwiegen eine Weile, dann diskutierten sie erneut den gemeinsam erarbeiteten Plan durch.

Fidachs gefühlvolle Art war für einen Augenblick in Foltlaigs Seele zurückgewichen. Das lange Nachdenken über die Vergangenheit hatte sie geschwächt. Jetzt trat im Verhalten des Truppenführers, dem Coel sein ganzes Vertrauen schenkte, der Krieger Cruithne an die Oberfläche.

Als Vater und Sohn einige Zeit später Arm in Arm den Hügel hinuntergingen, sprachen sie begeistert von dem, was vor ihnen lag, und freuten sich darauf, sowohl den Caledoniern als auch den verwandten Stämmen das geplante Vorgehen zu erklären.

• Sechs •

Dreihundert Jahre waren ins Land gegangen, seit die beiden Brüder vom Stamm der Pritenen zum ersten Mal das Ideal der Einigkeit in die Tat umgesetzt hatten, das ihrem Land eines Tages eine große Hoffnung bedeuten sollte. Die vorwärts strebenden Römer, die Fidachs und Cruithnes Nachfahren entdeckten, wussten nicht, dass sie die entfernten Verwandten der gleichen Kelten bekämpften, gegen die ihre eigenen Vorfahren auf dem europäischen Kontinent bereits in die Schlacht gezogen waren. Weil sie die Stämme für eine neue, bisher unentdeckte Rasse hielten, gaben sie ihnen neue Namen.

Die erobernden Legionen und alle Generationen danach nannten die Stämme Pikten, ›Volk der Bemalten‹, und Pritenen, ›Volk der Zeichnungen‹, nach den Tätowierungen auf ihrer Haut.

Die nördlichen Kelten hinterließen keine Niederschriften über ihre Gesellschaft. Wir wissen aber, dass sie sehr geschickt einen der in ihrem Land im Überfluss vorkommenden Werkstoffe bearbeiteten: den Stein. Granit war der Baustoff einer ganzen Nation, vom kleinsten Kiesel bis zum gigantischen Riesenblock, den keine fünfzig Goliaths von der Stelle bewegen konnten. Mit diesen Steinen dokumentierten die Kelten ihr Vermächtnis.

Die Pikten bauten Häuser, Rundhäuser, Festungen, Backöfen, runde Duns und Denkmäler aus Stein. Eine der interessantesten Konstruktionen war der Broch, ein Vorläufer der späteren Burgen. Ein Broch war ein runder Turm von etwa fünfzig Fuß Durchmesser und vierzig bis fünfzig Fuß hoch. Seine Wände maßen bis zu fünfzehn Fuß. Im Innern lief eine Wendeltreppe bis zur oberen Plattform. Der offene Innenraum bot sowohl Unterkünfte als auch Schutz vor Feinden. Brochs wurden ohne Mörtel Stein auf Stein gefügt.

Eine andere Hinterlassenschaft der Pikten sind mächtige, aufrecht stehende Steine, auf denen sie ihre charakteristischen Muster eingravierten. Diese Steine und die Überreste ihrer Behausungen sind zusammen mit Erzählungen und Mythen, die viele Jahrhunderte überdauerten, der einzige Hinweis auf ihre hohe Kultur, denn die frühen Pikten kannten keine Schrift.

Erst später fand die Geschichtsschreibung Einzug in die piktische Kultur. Eines der wichtigsten erhaltenen Dokumente ist eine Liste von Königen, die sich aus den früheren Stammeshäuptlingen entwickelt hatten. Ein weit zurückreichendes Schriftstück erwähnt den Namen Cruithne, von dem man annahm, dass er der erste König der Pikten war. Als die Iren das Land eroberten und auf die Pikten trafen, gaben sie dem ganzen Stamm den Namen Cruithne, nach ihrem ersten König. Cruithne, so wurde berichtet, heiratete und bekam sieben Söhne. Sie herrschten nach ihm und teilten das piktische Königreich in sieben Provinzen.

Im Jahr 55 v.Chr. segelte der römische General Julius Caesar von Gallien nach Dover. Zuvor hatte er Kontinentaleuropa, Kleinasien und Teile von Afrika erobert. Erst jetzt begannen ihn die Gebiete jenseits des Kanals zu interessieren.

Rom hatte sich zum Ziel gesetzt, die ganze bis dahin bekannte Welt zu erobern. Kein einziges Volk zwischen Palästina und England konnte der alles überrennenden Macht Widerstand leisten. Auch das Land, das die Römer Britannia nannten, hatte Caesars Legionen nichts entgegenzusetzen.

Die Römer bauten Festungen und entsandten Besatzungstruppen. Die Vorposten waren durch regelmäßige Boten und Straßen miteinander vernetzt. Entlang der Ostküste segelte eine Flotte. Ganze Legionen zu Fuß und zu Pferd setzten sich nach Norden in Bewegung. Die Siedlungen auf der großen Insel erhielten lateinische Namen. Die eingeborenen Stämme im ganzen Land wurden unter römischer Kontrolle gehalten.

Bis auf den nördlichsten Zipfel von Britannia wurde das ganze Land befriedet. Die einzige Ausnahme bildete das Gebiet, das hauptsächlich von zwei großen keltischen Stämmen beherrscht wurde: den Caledonii und den Maeatae. Vier kleinere Stämme leisteten ebenfalls noch Widerstand.

Das war die Situation, die der römische Gouverneur Petilius Cerealis bei seiner Ankunft in Carlisle zwischen 71 und 74 n.Chr. vorfand. Er entsandte Spähtrupps, die vorgeschobene Posten errichten sollten, um endlich das ganze Land unter die Macht des Römischen Reiches zu bringen. Cerealis' Nachfolger Gnaeus Julius Agricola ging noch entschlossener vor. Bis zum Jahr 80 war er bis zum Firth of Tay an der Ostküste vorgedrungen und erbaute weitere Festungen. Vier Jahre später schlug er vernichtend eine große Armee dieser bemalten Barbaren, die von einem Mann geführt wurde, den die Römer Galgacus nannten. Die Schlacht fand hoch im Norden am Mons Graupius statt. Die Barbaren wurden aufgerieben, viele Geiseln fielen in die Hände der Römer, und noch mehr Widersacher ließen ihr Leben unter dem Schwert.

Als Agricola nach Rom zurückberufen wurde, schien der größte Teil des Nordens fest in römischer Hand zu sein. Der Gouverneur hatte fast dreißig neue Festungen erbauen lassen, die alle mit den neuesten Errungenschaften der Technik ausgerüstet waren.

Allerdings wusste Agricola nicht, dass es unter den Überlebenden von Mons Graupius einen Mann gab, der ihm durchaus das Wasser reichen konnte. Und eines Tages würde dieser Krieger seine List gegen die geballte Macht des Römischen Reiches einsetzen, um seinen Vater zu rächen, der unter einem römischen Schwert gefallen war.

Niemals zuvor hatte das Römische Reich sich vor einem eingeborenen Volk zurückziehen müssen. Aber die Cruithneach, von den Römern Caledonii genannt, waren noch nicht wirklich unterworfen.

Sieben

Genau wie der sanfte, aber entschlossene kaledonische Krieger vorhergesagt hatte, kam der Schnee in diesem Jahr sehr früh. Und sehr reichlich. Es war der kälteste Winter, den Foltlaig je erlebt hatte. Selbst im Mai lagen in schattigen Tälern noch Reste der weißen Pracht.

Aber der Winter hatte Foltlaig nicht zur Untätigkeit verdammt. Ganz im Gegenteil. Der Krieger konnte die schneereichen Monate nutzen, seine Strategie zu verfeinern und zu vervollkommnen. Sie unterschied sich erheblich von der Art und Weise, mit der sein Verwandter vom Kontinent fünfhundert Jahre früher Rom angegriffen hatte. Was Foltlaig plante, war kein Sturm auf römische Truppen. Eher schon wollte er die Römer daran hindern, weiter nach Norden vorzudringen, und sie vielleicht sogar aus dem gesamten Landstrich vertreiben.

Den ganzen Winter hindurch hatte Foltlaig vergeblich gegen die Stimmen in seinem Innern angekämpft. Er erinnerte sich nur allzu gut an den großen kaledonischen Feldherrn Gaelbhan, der mit glühenden Worten seine Landsleute zu den Waffen gerufen hatte. Ob der mutige alte Krieger ihn für einen Feigling gehalten hätte? Im Gegensatz zu Gaelbhans tapferer Kampfbereitschaft hatte er nämlich vor, den Feind im Schutz der Nacht anzugreifen.

Mons Graupius hatte nach Foltlaigs Ansicht gezeigt, dass pritenische Krieger niemals in der Lage sein würden, die viel besser organisierten und technisch perfekt ausgerüsteten Römer im direkten Kampf zu schlagen. Hier war mehr als nur zahlenmäßige Überlegenheit gefragt.

Und genau dieses »Mehr« war der Grund für ein neuerliches Treffen, zu dem Coel seinen Vetter von den Maeatae und die Chiefs der Borestii, der Damnonii, der Votadini, der Selgovae und der Novantae gebeten hatte.

Sie alle waren bereit, ihr Land zurückzufordern, es zu halten, zu

461

befrieden und die Römer zu vertreiben, wie Foltlaig seinem Vater versprochen hatte. Doch das ging nur, wenn die Stämme ihre Fehden untereinander vergessen und gemeinsam Hand in Hand arbeiten würden.

Den ganzen Winter hindurch waren Foltlaig und Maelchon nördlich des Solway von Stamm zu Stamm gepilgert und hatten um Unterstützung gebeten. In den letzten drei Wochen war Maelchon allein bei den kaledonischen Nachbarstämmen und den Borestii gewesen. Stündlich wurde mit seiner Rückkehr gerechnet, und vor allem Foltlaig erwartete ihn ungeduldig.

Am Tag zuvor war ein Bote mit der Nachricht gekommen, dass Ainbach, der Chief der Maeatae, Wort gehalten und die Votadini überzeugt hatte, mit ihnen gemeinsame Sache zu machen. Er würde zu Beginn der kommenden Woche mit dem Häuptling der Votadini im Dorf eintreffen. Foltlaig selbst hatte das Versprechen der drei im Südwesten liegenden Stämme erhalten, sich mit ihnen im Kampf gegen die Römer zu vereinen.

Ein Bote unterbrach seinen Gedankengang.

»Dein Sohn ist zurück, Sohn des Gatheon.«

Foltlaig sah auf. Sofort erhob er sich und folgte dem Überbringer der guten Neuigkeit nach draußen.

•Acht•

Einige Stunden später wanderten Foltlaig und sein Sohn Maelchon über die weite Heide außerhalb des Dorfes. Auf der offenen Fläche war der meiste Schnee bereits getaut. An schattigen Stellen lagen hier und da noch Reste, aber seit zehn Tagen hatte es keinen Neuschnee mehr gegeben.

Lange liefen sie schweigend nebeneinander her. Der Vater legte seinem Sohn den Arm um die Schulter. Maelchon war mittlerweile einen Fingerbreit größer als Foltlaig, aber die beiden Männer sahen einander sehr ähnlich. Wie alle Kelten schämten sie sich nicht, sich ihre gegenseitige Zuneigung zu beweisen.

»Du bringst sehr gute Neuigkeiten, mein Sohn«, sagte Foltlaig schließlich. »Ich muss zugeben, ich hatte befürchtet, dass unsere Brüder im Norden nicht mitmachen würden. Weder ihr Land noch das der Borestii ist direkt bedroht. Deshalb glaubte ich, sie würden nicht kommen.«

»Aber du und Coel seid ihre Anführer, Vater.«

»Das mag schon sein. Aber sie werden von Jahr zu Jahr unabhängiger.«

»Vielleicht sollte ich eine Häuptlingstochter heiraten und selbst Chief werden.«

»Keine schlechte Idee«, lachte Foltlaig. »Aber was ist mit der Mutter und dem Bruder des Mädchens? Du weißt doch genau so gut wie ich, dass es nicht so einfach ist, bei den Caledonii Häuptling zu werden.«

»Und wie war das mit den sieben Söhnen Cruithnes?«

»Ein eher ungewöhnlicher Fall für unser Königtum.«

Foltlaig nahm seinen Arm von der Schulter seines Sohnes. Fröhlich plaudernd setzten sie ihren Weg fort.

»Meinst du wirklich, sie kommen, Vater?«, fragte der junge Mann nach einer Weile.

»Es sieht fast so aus, Maelchon«, antwortete Foltlaig. »Zumindest, wenn die Botschaften stimmen. Und du selbst hast gute Nachrichten aus dem Norden mitgebracht.«

»Aber auch, wenn sie nicht kommen, können wir den Plan mit Männern unseres eigenen Stammes in die Tat umsetzen.«

»Das ist schon richtig. Aber es kommt weniger auf die Anzahl Männer an, als darauf, dass wir alle zusammenhalten. Wenn wir es jetzt nicht fertig bringen, was glaubst du, werden wir in Zukunft tun?«

»Warum ist es so schwierig für unser Volk, gemeinsam auf ein Ziel hinzuarbeiten?«

»Menschen scheinen lieber zu streiten, als sich zu einigen. Ein Kampf fällt ihnen offenbar leichter, als in Eintracht zusammen zu leben und zu arbeiten.«

»Das habe ich dich schon oft sagen hören, Vater«, sagte Maelchon, »und trotzdem bist du selbst ein Kämpfer.«

»Kampf ist für mich der allerletzte Ausweg. Ich würde immer erst nach anderen Möglichkeiten suchen. Außerdem würde ich nie gegen jemanden aus meinem eigenen Volk antreten. Nur gegen einen wirklichen Feind.«

»Immerhin bist du Oberbefehlshaber über alle Caledonii.«

»Weil unser Chief mich dazu gemacht hat. Er kennt meine Fähigkeit, Mensch und Tier zu überlisten. Außerdem traut er mir einen gewissen Mut zu.«

»Du bist der tapferste Krieger im ganzen Land, Vater. Das weiß jeder!«

Foltlaig lächelte.

»Vielleicht verstehen mich unsere Leute deswegen nicht«, gab er zurück. »Du kennst doch das Sprichwort: Na sir's na seachain an cath.«

»Oh ja, sehr gut.«

»Weder suche noch fliehe den Kampf. Wenn der Feind sich zeigt, wendet sich nur ein Feigling ab. Ein wahrer Mann wird sich nie drücken, wenn es wirklich zum Kampf kommen muss. Aber es gibt Schlachten, die ein weiser Mensch zu umgehen vermag. Es ist nicht feige, einem Kampf mit List und Intelligenz vorzubeugen. Und es ist auch nicht feige, sondern weise, herauszufinden, wie man die Zustimmung seines Gegenübers erlangt.«

»Aber was die Eindringlinge aus dem Süden angeht«, fragte Maelchon, »ist das nicht so ein Fall, wo wir kämpfen müssten?«

Foltlaig schwieg eine Weile. Woher sollte sein Sohn auch wissen, wie tief ihn die Frage berührte? Foltlaig selbst hatte zwanzig Jahre damit verbracht, über dieses Problem nachzudenken. Und dass die Frage ausgerechnet aus dem Mund seines eigenen Sohnes kam, machte ihm die Antwort nicht gerade leichter.

»Doch, ich glaube, es ist solch ein Fall«, sagte er schließlich langsam. »Aber wir werden nicht kämpfen, um zu töten, sondern um den Feind zu entmutigen. Natürlich könnte es sein, dass wir dennoch töten müssen. Das ist aber nicht unser eigentliches Ziel. Unser Ziel ist, die Römer aus unserem Land zu vertreiben. Erst wenn sie Widerstand leisten, werden wir sie töten.«

Wieder schwiegen beide. Als hätten sie es verabredet, wandten sich beide gleichzeitig um und machten sich auf den Rückweg zum Dorf. Maelchon dachte über die Worte seines Vaters nach.

»Warum sagst du«, fragte er nach einiger Zeit, »dass unsere Chiefs sich vertragen müssen, weil es sonst unsere Nachfahren nie schaffen würden?«

Wieder musste Foltlaig lächeln.

»Das ist noch so eine von meinen Angewohnheiten, die vielen nicht gefällt«, antwortete er. »Ich versuche immer, vorwärts zu schauen und die Zukunft zu erkennen. Aber um deine Frage zu beantworten: Mir liegen die Leute am Herzen, die uns nachfolgen werden. Deine Enkel und deren Enkel und alle, die noch später geboren werden.«

Er legte eine Pause ein und sah sich um.

»Schau dir das Land an, Maelchon. Was siehst du? Es ist wunderschön, aber es ist auch kalt und rau. Du und ich, wir lieben es, gerade weil es so ist. Nur die Stärksten und Gesündesten überleben hier. Es ist kein einfaches Land. Wer hier bleibt, tut es, weil er Einsamkeit und Weite liebt. Aber unsere Nachkommen werden das Land nicht halten können, wenn sie nicht erkennen, wie wichtig ein brüderliches Miteinander ist.«

Foltlaig schwieg eine Sekunde und dachte an seinen Vater. »Die Maeatae und die Selgovae sind tatsächlich unsere Brüder«, fuhr er fort. »Wir entstammen alle dem gleichen Blut. Es ist richtig, dass ich auch gegen sie einst gekämpft habe. Ich habe sogar gegen meine eigenen kaledonischen Stammesbrüder gekämpft, die sich gegen unseren Chief erhoben hatten. Aber so darf es nicht weitergehen.

Es wird immer Feinde geben. Selbst aus unserer eigenen Vergan-

genheit berichten Legenden von dem Verrat, der an unserem ersten mächtigen König begangen wurde. Aber das liegt viele Generationen zurück. Wir dürfen einfach nicht länger unsere eigenen
Feinde sein! Nur gemeinsam können wir das Land bewahren.

Wir haben das gleiche Blut und das gleiche Erbe. Wir müssen
uns vereinigen! Wenn wir nicht gemeinsam gegen die Eindringlinge vorgehen, dann, mein Sohn, werden unsere Nachfahren
dieses Land nicht mehr ihr eigen nennen dürfen.«

• Neun •

Die Häuptlinge der anderen Stämme kamen, wie Foltlaig gehofft
hatte.

Im späten Frühjahr versammelten sich alle Geladenen in der
kaledonischen Festung Rannoch. Ein solches Treffen piktischer
Häuptlinge hatte noch niemals zuvor stattgefunden. Zweihundert
Jahre lang waren sie erbitterte Feinde gewesen und hatten zum
Erhalt und der Erweiterung ihrer Stammesgebiete heftige Kämpfe
gegeneinander ausgefochten. Wenn es schon einmal zu einer
Verbrüderung zweier Stämme gekommen war, dann nur, um ge-
meinsam gegen einen dritten anzugehen.

Hätte ein Seher auch nur ein Jahr zuvor vorausgesagt, dass eines
Tages die Häuptlinge von sieben Stämmen gegen einen gemeinsamen Feind zusammenkommen würden – niemand hätte es ihm
geglaubt. Aber jeder einzelne Chief wusste, dass der Feind, den sie
bekämpfen wollten, für einen Stamm allein zu mächtig war.

Doch auch vereint hatten die meisten Häuptlinge Bedenken,
ob sie es überhaupt schaffen konnten. Die römischen Festungen
standen mächtig und uneinnehmbar seit über zwanzig Jahren.
Selbst ihr wahrhaft großer Anführer Gaelbhan war am Mons
Graupius vernichtend geschlagen worden. Und nur zwanzig Jah-

re zuvor hatte der Aufstand der berühmten Kriegerin und Keltenkönigin Boudicca mit ihrem Selbstmord geendet. Nicht ein einziger Aufstand gegen die Römer war von langer Dauer gewesen. Wie konnten sie da auf einen dauerhaften Sieg hoffen?

Trotzdem kamen sie nach Rannoch. Es waren mindestens zwanzig – sieben Chiefs und verschiedene Amtsbrüder von Foltlaig aus jedem Stamm; vier Frauen waren dabei. Eine von ihnen war selbst Chief, die drei anderen verdiente Kriegerinnen und Generäle. Boudiccas Ruf hatte weite Kreise gezogen. In der Folge hatten viele keltische Frauen in militärischer Hinsicht und bezüglich ihrer Führungsqualitäten den Männern ihrer Clans Konkurrenz gemacht. Der weibliche Chief der Damnonii war an die Macht gekommen, nachdem sie mit dem Kopf ihres männlichen Vorgängers auf der Speerspitze durch ihr Dorf marschiert war. Seither war sie erst ein einziges Mal herausgefordert worden – mit dem gleichen Ergebnis.

Die meisten Anwesenden, Männer wie Frauen, waren kräftige, starke Menschen. Einige von ihnen trugen rötliche oder violette Tätowierungen im Gesicht. Kunstvolle Tatoos, die an die Muster auf den Stehenden Steinen erinnerten, schmückten die Arme, Schultern und Brustkörbe fast aller Männer und einer Frau, deren Körper oberhalb der Hüfte nackt waren. Sowohl die Männer als auch alle vier Frauen trugen um den Hals Schmuck aus Silber, Knochen und Muscheln.

Nachdem für das leibliche Wohl gesorgt war und die Gesellschaft sich um ein wärmendes Torffeuer versammelt hatte – trotz des nahenden Frühlings war die winterliche Kälte noch nicht vollends überstanden –, nickte Coel Foltlaig zu. Der Krieger stand auf.

»Freunde«, rief er, »vor der großen Schlacht, als wir Caledonier unsere Waffen gegen die Eindringlinge aus dem Süden erhoben, hörte ich die Rede des großen Gaelbhan, mit der er seine Armee anfeuerte. Ich habe seine aufwühlenden Worte niemals vergessen. Es waren Worte der Herausforderung, aber auch der Hoff nung. Und doch haben diese Worte für mich einen bitteren Beigeschmack, denn bevor jener Tag sich neigte, musste ich meinen Vater sterben sehen.«

Foltlaig fasste seine Zuhörer scharf ins Auge. Er gab seiner Stimme einen sanften, nachdenklichen Klang.

»Ich möchte euch die Worte wiederholen, die unser großer Feldherr vor der schrecklichen Niederlage zu uns sprach, um euch daran zu erinnern, dass wir heute vor der gleichen Herausforderung stehen.«

Wieder machte er eine kurze Pause. Dann hob er die Stimme und rezitierte aus dem Kopf die Rede, die zwanzig Jahre lang in seiner Seele geschlummert hatte.«

»Ich glaube‹, waren Gaelbhans Worte, ›ich glaube, was wir hier heute tun, wird der Anfang einer neuen Freiheit für uns alle werden. Viele haben schon gegen die Fremden gekämpft. Unsere Schlacht ist die letzte Hoffnung. Wir haben uns hier versammelt, meine kaledonischen Brüder, weil wir die letzten freien Stämme dieser Insel sind. Nun rücken die Eindringlinge, die schon die ganze Welt geplündert haben, auch in unsere Gebiete vor. Schon ist das Land ausgeplündert.

Bisher blieben wir verschont, weil wir am fernsten Ende der Welt siedeln. Unsere Abgelegenheit war unser Schutz. Aber jetzt sind sie hier. Entweder werden sie uns versklaven, oder wir schicken sie dahin zurück, woher sie gekommen sind. Was mich persönlich angeht, so werde ich mich ihnen niemals unterwerfen. Ich werde mit dem Rücken zum Meer und dem Schwert in der Hand wie ein Fels stehen und mein Schicksal erwarten.‹«

Foltlaig atmete tief ein. Mit geschlossenen Augen erinnerte er sich an die weitere Rede.

»›Schaut euch um, Brüder‹, sagte er weiter, ›hinter uns gibt es keine weiteren Stämme mehr. Nichts weiter als Wellen, Felsen und Klippen. Und vor uns? Der Feind!‹«

Vor dem flammenden Höhepunkt der Rede legte Foltlaig noch einmal eine Pause ein.

»Doch erst‹, so sagte Gaelbhan weiter, ›müssen die Römer uns unterwerfen! Aber das werden sie nie, niemals schaffen! Wir werden ihnen zeigen, wie scharf unsere Speere sind und wie mutig unsere Herzen. Auf, in den Kampf! Denkt an eure Vorfahren ... und an die, die nach euch kommen werden!‹«

Foltlaigs Stimme verklang. Niemand sprach ein Wort.

In einer Kultur, die keine niedergeschriebene Geschichte kannte, besaß die mündliche Überlieferung einen unschätzbaren Wert. Mit leisem Zischen tanzten die Flammen des Torffeuers in der Mitte eines Kreises aus Menschen. Männer und Frauen blickten gedankenverloren in die glühende Helligkeit. Jeder von ihnen erkannte die Rede als Botschaft, die sozusagen aus dem Grab zu jenen gekommen war, die heute die Verantwortung für das Land trugen. Es war, als sei Gaelbhan durch seine eigenen, aus der Erinnerung gesprochenen Worte zu neuem Leben erweckt worden.

Foltlaig wartete, bis der flammende Appell alle durchdrungen hatte. Mit leiser Stimme fuhr er schließlich fort:

›Trotz Gaelbhans muteinflößender Worte wurden unsere Leute an diesem Tag zu Tausenden abgeschlachtet. Abgeschlachtet von den Schwertern des gleichen Feindes, dem wir heute gegenüber stehen. Sollte Gaelbhans Aufruf wirklich umsonst gewesen sein?‹

Wieder wartete er die Wirkung seiner Worte ab.

›Ich glaube, er war es nicht‹, beantwortete Foltlaig seine eigene Frage. »Es ist immer noch richtig, dass wir es nur mit vereinten Kräften schaffen werden, dieses Land zu behalten, das unsere Vorfahren schon besaßen, bevor es unter dem Marschtritt fremder Armeen erzitterte.

Aber es ist auch richtig, dass alle Stämme sich zusammenschließen müssen – nicht nur die Caledonii. Noch niemals hat es eine solche Versammlung wie heute gegeben. Wir haben alle vergangenen Fehden und Feindseligkeiten beiseite gelegt. Ich glaube fest, dass wir es schaffen werden, uns wie Brüder zu vereinen; denn Brüder im Blut sind wir ja wirklich. Wir sind, und das wusste Gaelbhan, wir sind die letzten Siedler am entferntesten

Winkel der Erde. Und wir müssen nun beweisen, dass wir unser Land verteidigen können.«

»Habt ihr uns deswegen kommen lassen? Wollt ihr alle Männer und Frauen der Stämme gemeinsam zuschlagen lassen?«, fragte Deargicca, der weibliche Chief der Damnonii. Sie war eine ungeheuer massige Frau mit langem, rötlichem Haar und einer tiefen Stimme. An ihrer bunten Tunika hing ein Messer. Ihre muskulösen Arme und dicken Handgelenke bewiesen, dass sie sehr wohl in der Lage war, es nach allen Regeln der Kunst zu nutzen. Um ihren Hals lag ein geflochtener goldener Torc. Beide Arme waren mit wertvollen Reifen geschmückt, und eine große goldene Brosche hielt den Mantel über ihren Schultern zusammen. Man brauchte ihr nur in die Augen zu sehen, um zu wissen, dass es besser war, sie nicht zu unterschätzen. »Ich bin wirklich kein Feigling«, sagte sie, »aber ich habe keine Lust, wie Boudicca zu enden.«

»Und was ist, wenn sie dreimal so viele Krieger auf die Beine stellen wie wir?«, fragte ein Krieger von den Borestii. »Auch ich habe als junger Mann am Mons Graupius mitgekämpft, und ich will nicht noch einmal mit ansehen müssen, wie meine Leute niedergemäht werden.«

»Natürlich kämpfen wir, wenn wir müssen«, sagte ein anderer, »aber es ist verrückt, denn die Sache ist verloren, bevor sie überhaupt angefangen hat.«

Foltlaig unterbrach die beginnende Missstimmung.

»Wir werden uns nicht nur vereinen«, rief er, »wir werden außerdem eine List gebrauchen. Was ich euch vorzuschlagen habe, ist etwas anderes, als einfach nur ein Kampf Waffe gegen Waffe.«

»Aber Krieger wie die Römer kann man nur mit dem Schwert überzeugen«, fuhr ein anderer dazwischen.

»Wir bekommen keine überlegene Armee zusammen«, argumentierte Foltlaig. »Gaelbhans Niederlage beweist doch, dass es nicht genügt, sie mit der Waffe zu bekämpfen. Es wird niemals genügen! Selbst, wenn alle Stämme des Piktenlandes zusammenkämen und jeder Mann und jede Frau in den Kampf zöge – es würde nicht genügen! Unser Land ist nur dünn besiedelt. Der Feind aus dem Süden hat immer die größere Armee. Deshalb müssen wir umso schlauer sein. Wir müssen unseren Schwertern unseren gesunden Menschenverstand zur Seite stellen.«

»So ein Unfug!«, rief ein Anführer.

»Wenn wir nur mit unseren Waffen ausziehen«, gab Foltlaig gleichmütig zurück, »werden wir sofort niedergemacht. Ich frage euch: Wollt ihr wirklich euer Land mit den Römern teilen?«

Ein Murmeln durchlief die Versammlung. Es klang eher nach dem Knurren eines aufgebrachten Hundes als nach einem Kriegsrat, aber die Antwort war deutlich.

»Das heißt also, wir müssen es mit wenigen Leuten schaffen. Ich bin sicher, der Chief der Damnonii versteht genau, was ich meine.« Foltlaig sah zunächst Deargicca, dann den anderen drei Frauen freimütig ins Gesicht. Deargicca erwiderte den Blick kalt und ausdruckslos. »Ihr Frauen hättet niemals eure Führungspositionen erreicht, wenn ihr uns Männer nicht mit List und Mutterwitz ausgestochen hättet.«

Zwei der anwesenden Frauen nickten fast unmerklich. Doch die Chefin der Damnonii starrte noch immer vor sich hin.

»Erkläre uns deinen Plan, Foltlaig«, sagte Ainbach von den Maeatae. Er hatte den Vorteil, bereits in groben Zügen eingeweiht worden zu sein. »Wir hören dir zu.«

»Blitzartig angreifen, bei Nacht – und mit so wenigen, dass wir fast unsichtbar bleiben.«

»Sie haben Angst vor uns«, wandte einer ein. »Sie fürchten unser Kampfgeschrei und unsere bemalten Körper. Wieso sollen wir uns wie Feiglinge durch die Nacht stehlen?«

»Wenn die Zeit zum Kampf gekommen ist, werden wir uns ihnen mit unserem Geschrei und unseren Schwertern entgegenstellen. Aber noch einmal: Wir sind zu wenige, um uns mit ihrer ganzen Armee zu messen. Wir müssen sie an ihrer empfindlichsten Stelle treffen, ehe sie uns entdecken.«

»Wie willst du das anstellen, Sohn des Gatheon?«, fragte Deargicca. Endlich war auch ihre Neugier geweckt.

Foltlaig antwortete nicht sofort. Jetzt, wo er ihre Aufmerksamkeit hatte, wollte jedes Wort wohl gewählt sein.

»Beim ersten Frost brauche ich die vierzig besten, schnellsten und beweglichsten Krieger eines jeden Stammes. Es sollten jeweils zwei besonders ausgebildete Speerwerfer dabei sein. Mit diesen zweihundertachtzig Männern werden wir das Römische Reich besiegen.«

»Mit weniger als dreihundert Mann willst du gegen Rom antreten?«, fragte der verblüffte Chief der Selgovae.

»Vielleicht besiegen wir nicht das ganze Römische Reich«, gab Foltlaig zurück, »aber wenigstens den Teil, der unser Land in seine Gewalt bringen will.«

»Bah! Jetzt sag uns endlich, wie das gehen soll!«

»Die Männer, die ihr mir schickt – oder auch Frauen, wenn sie den Anforderungen entsprechen – müssen flink zu Fuß sein, fähig, in der Wildnis zu überleben, und mir ohne Widerrede gehorchen. Wenn ihr mir solche zur Verfügung stellt, können wir die Legionen auf die Südseite der Hügel zurücktreiben, woher sie gekommen sind.«

Das war nicht, was sie erwartet hatten. Außer Ainbach hatten alle anderen damit gerechnet, dass sie ihre Truppen versammeln und gemeinsam auf den Feind losgehen sollten.

Alle schwiegen und dachten über die unerwartete Bitte von Coels Feldherr nach. Sie alle kannten und respektierten den Ruf von Gatheons Sohn. Er war mit Sicherheit kein Spintisierer. Sie würden noch mehr zu hören bekommen.

Als die Versammlung vierzig Minuten später aufgehoben wurde, waren alle Chiefs zufrieden. Foltlaig hatte seine Pläne offen gelegt. Das Risiko war gering, der Erfolg möglicherweise überwältigend. Nachdem Coels Feldherr das Vertrauen der rothaarigen Deargicca und Ainbachs gewonnen hatte, war der Rest nur noch ein Kinderspiel gewesen.

»Werden Druiden dabei sein?«, wollte der Häuptling der Borestii zum Schluss noch wissen. »Wir werden die Unterstützung der Götter bitter nötig haben.«

»Eure Druiden sollten an den heiligen Stätten in euren Dörfern opfern und beten. Begleiten – nein, das ist nicht möglich. Wir müssen schnell handeln und möglichst unentdeckt bleiben. Wir können keine zusätzlichen Leute brauchen.«

Einige murrten. Sie wussten, dass ihre Priester und Zauberer nicht einverstanden sein würden.

»Warum sollen unsere Krieger den ganzen Weg hierher in den Norden kommen, um dann zum Angriff wieder südwärts zu marschieren?«, fragte der Anführer der Selgovae. »Könntest du deine Truppe nicht näher an der Festung der Feinde versammeln?«

»Wir müssen den Angriff üben, üben und nochmals üben«, gab Foltlaig zurück. »Aber nur hier sind wir in Sicherheit. Hier werden wir bestimmt nicht entdeckt. In euren Gebieten gibt es schon zu viele Römerstraßen.«

Alle Teilnehmer nickten. Sämtliche Fragen waren zufriedenstellend beantwortet worden.

An diesem Abend bewirteten die Caledonii von Rannoch ihre Gäste bei einem großen Festmahl mit einem frisch erlegten Keiler und Wildbret aus den Highlands. Wer konnte schon voraussagen, wie lange die Häuptlinge der sieben piktischen Stämme so freundlich miteinander essen, trinken, singen und lachen würden? Heute jedoch schien keiner über vergangene Feindseligkeiten nachzudenken. Als die Feuer schließlich herunterbrannten und alle in ihre Betten sanken, war es ziemlich spät, und fast alle Gäste waren reichlich betrunken. Die Caledonii hatten sich den Geladenen gegenüber nicht lumpen lassen und die besten Weine und hervorragendes Ale aus Coels eigenem Vorrat kredenzt.

Als die Besucher einige Tage später den Heimweg antraten, hatten sich alle mit Foltlaigs Plan einverstanden erklärt. Wenn der Sommer vorüber war, würden sich mehr als zweihundert piktische Soldaten versammeln, um das Römische Reich zu besiegen.

Bis zu diesem Zeitpunkt feilte Foltlaig mit seinem Sohn an der Taktik, mit der sie die Gruppen von zehn und siebzig Männern einsetzen wollten, welche die Grundlage ihres Plans bildeten.

Vater und Sohn verbrachten den Sommer damit, ihre Ziele auszuspionieren. Es gelang ihnen, unter den Augen ihrer Feinde fast jedes Fort zu erkunden, indem sie sich mit ansässigen Händlern befreundeten und sie begleiteten. Innerhalb der Forts beobachteten sie aufmerksam alle Abläufe und entschieden über ihr eigenes Vorgehen.

Ihr Plan war so gut wie perfekt.

• Zehn •

Ende August kehrten Foltlaig und Maelchon nach Rannoch zurück und durchquerten dabei das Gebiet der Maeatae. Zumindest für eine gewisse Zeit waren keine Feindseligkeiten von den im Süden ansässigen Nachkommen der Roismaeatae zu befürchten, die vor vielen Generationen den geliebten Bruder von König Cruithne ermordet hatten.

Als sie die weite Ebene zwischen dem Wald von Ard und dem Großen Fluss durchwanderten, der Jahrhunderte später Forth heißen würde, dachte Foltlaig an die fernen nördlichen Regionen, aus denen die Vorfahren der Caledonii und Maeatae einst gekommen waren.

Jahrelang schon hatte er auf den richtigen Augenblick gewartet, seinem Sohn die beiden Stehenden Steine bei der verlassenen Hügelfestung zu zeigen und ihm ihre Bedeutung zu erklären. Sein eigener Vater hatte die weite Wanderung in den Norden kurz vor der Schlacht am Mons Graupius mit ihm unternommen.

Es war eine Tradition der Caledonii, die seit den Tagen von Cruithne vom Vater an den Sohn weitergegeben wurde. Man sagte, dass auch der alte König seine eigenen Söhne im Erwachsenenalter einen nach dem anderen an den Ort seiner Kindheit und Jugend gebracht hatte. Dort erklärte er ihnen die Bedeutung der Steine und nahm ihnen das Versprechen ab, ihr Leben nach diesen Vorstellungen auszurichten. Und so hatten es seit Cruithne alle nachfolgenden Generationen gehalten.

»Du musst den Sinn der Steine an deine Söhne weitergeben«, hatte Gatheon Foltlaig angewiesen. »Aber das ist noch nicht alles. Es genügt nicht, einfach die Geschichte von Cruithne und Fidach zu erzählen. Du musst sicherstellen, dass sie die Geschichte an ihre Söhne und die wiederum an ihre Söhne vererben. Wenn du das nicht tust, erlischt die Botschaft innerhalb weniger Generationen. Natürlich haben wir Barden, die alle Geschichten der Vergangenheit kennen. Aber ein Vater sollte für seine Söhne und Töchter ebenfalls Barde sein. Du wirst deine Kinder zu den Steinen führen, wie ich es mit dir getan habe. Sie sollen sie berühren, ihre Botschaft verstehen und begreifen, was es bedeutet, nicht danach zu leben. Und so sollen es auch unsere Enkel tun und deren Enkel – für immer und alle Zeit.«

Erst als Foltlaig älter wurde, hatte er begriffen, wie weise die Verpflichtung des alten Cruithne gewesen war. Nur so würde die Botschaft von der Brüderlichkeit sicher an alle kommenden Generationen weitergegeben werden können.

So groß Foltlaigs Vertrauen in das Gelingen seines Planes auch war, er war sich bewusst, dass es durchaus Unwägbarkeiten gab. Nur zwei Monde nach seinem eigenen Besuch bei den Stehenden Steinen hatte er seinen sterbenden Vater auf dem Schlachtfeld in den Armen gehalten. Die Zeit war gekommen. Er durfte nicht länger warten. Nicht mehr lange, und Maelchon würde selbst Vater werden. Foltlaig musste die Botschaft weitergeben.

Nach ihrer Ankunft in Rannoch konnte Foltlaig seinem Chief zufrieden die Nachricht überbringen, dass alles bereit war. Sie brauchten nur noch auf die richtige Jahreszeit zu warten. Außerdem bat er Coel, ihn für etwa drei Wochen zu beurlauben, um mit seinem Sohn die Reise nach Norden antreten zu können.

Coel nickte zustimmend. Auch er war ein Nachfahre Cruithnes, auch er hatte zwei Söhne, und auch er kannte den Sinn der Steine und der Ruinen von Laoigh. Und wie alle anderen stammte auch er von dem Mann ab, dessen Gebeine der Legende nach unter dem großen Tafelfelsen ruhten.

Drei Tage später machten sich Vater und Sohn auf den Weg nach Norden. Zwar lagen viele Siedlungen kaledonischer Stammesbrüder auf ihrem Weg, doch sie zogen es vor, allein zu bleiben. Es war eine Zeit nur für sie beide, nur für Vater und Sohn. Die beiden Männer sprachen und lachten miteinander, sie jagten und genossen ihre Mahlzeiten, sie spielten, sie enthüllten einander ihre Träume, sie saßen bis tief in die Nacht am Feuer und redeten, wie nur zwei wirklich gute Kameraden es können. Ohne dass sie es wussten, folgten ihre Schritte den uralten Pfaden, auf denen einst die Enkel des Wanderers das keltische Blut der Boii nach Norden gebracht hatten.

Auf dem Weg erzählte Foltlaig seinem Sohn so manche Geschichte und Legende aus grauer Vorzeit, wie er es schon früher oft getan hatte. Die Nächte in den warmen Monaten wurden niemals ganz dunkel. Im sanften Dämmerlicht sang Foltlaig am Feuer oft sanfte Lieder mit traurigen Melodien. In seiner Seele vereinigten sich auf bemerkenswerte Weise die beiden Charaktere seiner Vorfahren, von Jäger, dem er Mut und List verdankte, und von Hochlandseher, der die poetische Ader beigesteuert hatte.

Das Vermächtnis dieser frühen Kelten war von Generation zu Generation vererbt worden. Eubha-Mathairaichean hatte es an die Enkel des Wanderers weitergegeben. Taran und sein Barde Pendalpin hatten die beiden Brüder beeinflusst, die, ihrer Zeit um Jahrhunderte voraus, begriffen hatten, wie wichtig Brüderlichkeit ist und dass die Kunde davon nicht sterben durfte. Und nun gab der Sohn des Gatheon sein Erbe als Vater und Barde an seinen Sohn weiter.

Am Beinn Donuill angekommen, setzten sich Vater und Sohn, wie es Sitte war, auf den flachen Tafelstein, bewunderten die beiden Stehenden Steine und blickten über das weite Land hinweg auf die Ruinen von Laoigh. Beide schwiegen und machten sich ihre Gedanken.

»In der Eintracht liegt Brüderlichkeit – das ist die Bedeutung der Steine, mein Sohn«, sagte Foltlaig nach einer langen Pause.

»Du hast mir schon oft von ihnen erzählt, Vater«, sagte Maelchon sanft. »Aber jetzt habe ich sie selbst gesehen und mit eigenen Händen berührt. Jetzt erst verstehe ich, wie viel Eintracht und Brüderlichkeit notwendig war, um sie hier auf den Berg zu bringen.«

»Und genau das ist die Art, wie wir gegen die Eindringlinge vorgehen müssen.«

»Hast du mich deswegen hierher gebracht?«

Foltlaig nickte. »Die Steine sind Symbol und Wirklichkeit«, sagte er. »Sie lehren es uns in unserer Zeit, und, das wusste bereits Cruithne, sie werden es für alle Zeiten lehren.«

»Ich werde mir jedes Wort merken, Vater. Und ich werde dafür sorgen, dass auch meine eigenen Söhne es erfahren.«

»Ja, und sie sollen es an ihre Söhne weitergeben. Das Wissen um die Notwendigkeit von Brüderlichkeit darf nicht erlöschen.«

»Ich werde es nicht vergessen, Vater. Was aber bedeutet der große Tafelstein, auf dem wir sitzen?«

»Um ihn ranken sich viele Legenden, mein Sohn. Man erzählt sich, dass die Höhle unter ihm die Gebeine des ersten Pilgers in unserem Land beherbergt. Aber im Lauf der Zeit verlieren sich viele Geschichten. Die meisten, die ich kenne, erzählen von den Stehenden Steinen.«

Maelchon nickte. Er legte die Hand auf den rauen Stein und rieb mit den Fingern über die Oberfläche. Dabei überlegte er, ob in der Legende vielleicht ein Körnchen Wahrheit steckte. Die eingeritzten Bilder, die Fidach drei Jahrhunderte zuvor noch schwach hatte erkennen können, waren verschwunden. Wind und Wetter hatten ihren Tribut verlangt.

Kurze Zeit später kletterten die beiden Männer von dem frühgeschichtlichen Grabstein und gingen bergab zu den beiden Steinsäulen.

»Warum legen wir nicht einen Verbindungsstein über die beiden Säulen?«, fragte Maelchon.

»Was schlägst du da vor?«, lachte Foltlaig. »Glaubst du, wir beide schaffen, was Cruithne nicht fertig brachte?«

»Nicht wir beide, Vater. Natürlich müssen uns andere helfen. Viele. Was hältst du davon, das Denkmal zu vervollständigen, wenn wir unseren Kampf im Süden erfolgreich durchgestanden haben? Das wäre doch auch eine Botschaft.«

Foltlaig lächelte seinen Sohn stolz an.

»Weißt du was?«, gab er zurück. »Ich habe meinen Vater genau das Gleiche gefragt. Die Jugend will immer die Taten ihrer Väter noch verbessern.«

»Und was hat mein Großvater dir darauf geantwortet?«

»Mit dem, was ich dir jetzt auch sagen werde«, antwortete Foltlaig. »Mein Vater erklärte mir, dass die Steine so unvollständig erhalten werden müssen, wie sie jetzt sind.«

»Aber warum?«

»Es war Cruithnes Wunsch, den seine sieben Söhne an ihre Nachkommenschaft weitergaben. Die Steine sollen uns nämlich auch daran erinnern, wie vergänglich der gute Wille ist und wie schnell Einheit zerbrechen kann.«

Maelchon nickte. Nun verstand auch er die tiefere Bedeutung des Denkmals.

»Einigkeit ist ein großes Ziel«, fuhr sein Vater fort. »Aber wenn die Menschen auch noch die Brüderlichkeit vergessen, ist sie unmöglich zu erreichen. Hier steht die steinerne Erinnerung an einen Traum und gleichzeitig eine Warnung, was geschehen kann, wenn die Brüderlichkeit auf der Strecke bleibt.«

Maelchon betrachtete die eingeritzten, unvollendeten Zeichnungen auf dem grauen Granit. »Erzähl mir noch einmal die Geschichte vom Weißen Hirsch, Vater«, bat er.

»Der Hirsch war der eigentliche Grund, warum die Brüder das Denkmal erbaut haben. Er hat die Menschen des Landes zur Eintracht aufgerufen. Jedenfalls haben die Brüder das in seinen Augen gelesen.«

»Stimmt es, dass König Cruithne ihn hätte erlegen können?«

»Auch das ist eine alte Geschichte. Mein Vater hat gesagt, der Hirsch erschien den beiden Brüdern. Ob einer von ihnen es in der Hand gehabt hätte, dem Hirsch etwas zuleide zu tun – wer weiß?«

»Und wann wird der Weiße Hirsch nach Kaledonien zurückkehren, Vater?«

Natürlich kannte Maelchon die Antwort auf seine Frage. Er hatte schon Dutzende Mal gefragt und immer dieselbe Antwort bekommen. Doch das Frage- und Antwortspiel war ein Teil der Tradition dieses Volkes. Es war Maelchons Pflicht, die Frage zu stellen und immer und immer wieder die Antwort zu hören, die er später auch seinen eigenen Kindern geben würde.

»Der Hirsch wird erst zurückkehren«, antwortete Foltlaig feierlich in seiner Eigenschaft als Prophet, »wenn unser Land in Brüderlichkeit vereint ist. Erst dann wird er den Menschen wieder gestatten, ihn anzuschauen. Und er wird zufrieden sein, wenn die Menschen alle Zwietracht überwunden haben. Die Wiederkehr des Hirsches bedeutet Freiheit für Kaledonien. Wenn eines Tages unser Land unter einem einzigen König geeint ist, wird er, so sagt die Legende, auf dem alten Tafelstein stehen. Er wird sein gewaltiges Geweih wie eine Krone über das Grab erheben und alle Menschen daran erinnern, aus wessen Lenden sie stammen.«

Vater und Sohn saßen noch länger als eine Stunde zu Füßen des alten Denkmals.

Schließlich stiegen sie die Bergflanke hinunter zur verfallenen Hügelfestung ihrer Vorväter. Es dämmerte bereits. Sie wollten die Nacht in dem alten Gemäuer verbringen. Dort hofften sie auf ein Zeichen der Geister von früheren Häuptlingen, Feldherren und Barden.

Früh am nächsten Morgen machten sie sich auf den Heimweg.

Elf

Endlich kam der erste Frost und zusammen mit ihm die ersten der zweihundertachtzig Krieger, die Foltlaig erbeten hatte.

Während der gesamten folgenden Woche trafen weitere Männer und Frauen aus den nördlichen Stammesgebieten ein. Wie versprochen, hatte jeder Stamm seine vierzig besten Krieger entsandt; unter ihnen waren siebenundzwanzig kräftige junge Frauen. Alle führten genügend Proviant und Material für zwei Monate Überleben in der Wildnis mit. Doch für die folgenden vierzehn Tage war zunächst einmal ein hartes Training an den Ufern von Loch Rannoch vorgesehen.

Als erstes wurden die Krieger in kleinere Gruppen aufgeteilt. Foltlaigs Plan sah eine doppelte Aufteilung vor: Vier Kompanien zu je siebzig Mann, die sich wiederum in sieben Zehnergruppen aufgliederten. Aus der gesamten Truppe wählte Foltlaig neun Männer und eine Frau aus, die mit ihm und Maelchon zusammen die einzelnen Gruppen anführen sollten; je drei Hauptleute für eine Kompanie von siebzig Kriegern. Die kleinen Zehnereinheiten waren grundsätzlich aus Kriegern aller sieben Stämme zusammengesetzt.

Foltlaig hatte die Aufteilung so organisiert, damit die Männer und Frauen während des Trainings ein Vertrauensverhältnis zueinander aufbauen konnten. Er hoffte, dass sich so eine neue Brüderlichkeit zwischen den einzelnen Stämmen herausbildete. Die vorgesehene Vertreibung der Römer war ihm dabei eher Mittel zum Zweck. Wirklich wichtig war ihm die zukünftige Einheit. Das Piktenland würde gegen Feinde von außen nur bestehen können, wenn es innerlich einig und stark war.

In den folgenden beiden Wochen wurden Foltlaigs kühnste Träume mehr als belohnt. Die Krieger studierten seinen Plan, übten ihre Taktiken ein, aßen und tranken miteinander – und im Lauf der gemeinsam verbrachten Tage wuchsen die zweihundertachtzig Krieger aus sieben verschiedenen Stämmen tatsächlich zu einer wirklichen Einheit zusammen, zu einer vereinten Kraft, die wild entschlossen war, für die Freiheit aller Pikten zu kämpfen. Auch die zwölf Hauptleute rückten zu Foltlaigs größtem Vergnügen immer enger zusammen und lernten schnell, mit ihren Unterschieden zu leben.

Der Tag ihres Aufbruchs rückte näher. Zufrieden betrachtete Foltlaig die Fortschritte seiner hoch spezialisierten Armee. Plötzlich kam ihm ein Gedanke. Zwar verbot die Überlieferung das Entfernen der Stehenden Steine, doch das bedeutete sicher nicht, dass man die Bilder nicht vervollständigen durfte. Gab es eine bessere Möglichkeit, die Lehre von der Einigkeit an spätere Generationen weiterzugeben, als jedem einzelnen Stamm zu erlauben, sich in den Steinen der Brüderlichkeit zu verewigen?

Sofort entschloss sich Foltlaig, nach Beendigung der Kampagne gegen die Römer die elf anderen Hauptleute nach Laoigh zu führen. Gemeinsam sollten sie ihre Zeichnungen eingravieren; dabei würden sie die Steine nicht von der Stelle bewegen. Ein solch gemeinsames Werk würde dem Denkmal Ann an aonachd tha bràithreachas die wirklich richtige Bedeutung verleihen.

In der folgenden Nacht erklärte er Maelchon seinen Plan. Danach wickelte er sich zufrieden in seine Schlafpelze und träumte von großen Taten.

Am Vorabend des Aufbruchs versammelte Foltlaig seine komplette Truppe und begutachtete jeden einzelnen Mann und jede Frau. Schließlich mussten sie sich in achtundzwanzig Zehnerreihen vor ihm hinsetzen. Er selbst blieb stehen und sprach zu seinen Leuten:

»Ihr seid von den Häuptlingen eurer Stämme ausgewählt worden, um an einem nie da gewesenen Feldzug teilzunehmen. Eure Nachkommen werden noch in vielen hundert Jahren von euren tapferen Taten singen. Für alle späteren Generationen werdet ihr Helden sein, denn die Freiheit unseres Landes liegt in eurer Hand.

Jetzt seid ihr bereit, den Großen Fluss nach Süden zu überqueren. Ich wünsche euch den Mut, den ihr braucht, um das Land unserer Väter aus den Klauen der Eindringlinge zu befreien. Doch ihr dürft niemals vergessen, dass wir ein freies Land nur in brüderlicher Eintracht erhalten können. Bedenkt meine Worte und bewahrt sie auch später in euren Herzen. Lehrt sie eure Kinder und Kindeskinder. Und nochmals mahne ich euch: Nur wenn unsere Völker einträchtig zusammen leben, wird unser Land frei bleiben. Denkt immer daran! Erst dann könnt ihr sicher sein, dass ihr, eure Stämme und eure Familien in diesem Land, das ihr von euren Vätern geerbt habt, Glück und Frieden finden könnt.

Ihr müsst sehr vorsichtig sein. Vergesst niemals die Ermahnung, die ich euch heute mitgegeben habe. Wenn ihr euch nicht daran haltet, wenn sich eure Nachkommen nicht daran halten, werdet ihr nicht mehr lange Freude haben an diesem Stückchen Erde, das uns heute noch gehört.«

Foltlaig machte eine Pause und ließ seinen Blick über die Köpfe der versammelten Krieger hinwegschweifen. Zum letzten Mal feuerte er seine Truppe zu vollem Einsatz an.

»Ihr treuen Männer und Frauen der Caledonii, der Borestii, der Maeatae, der Damnonii, der Selgovae, der Votadini und der Novantae! Lasst uns jetzt mit vereinten Kräften losschlagen und endlich unser Vaterland zurückerobern! Mögen die Tage unserer Kinder zahlreich und gesegnet sein!«

• Zwölf •

In der ersten Oktoberwoche brach die zweihundertachtzig Köpfe zählende Truppe von Rannoch nach Süden auf. Man schrieb das Jahr 105 nach Christi Geburt, aber natürlich entsprach das nicht der Art, wie sie ihre Monde und Jahreszeiten zählte. Und für die ahnungslosen Römer, die sich in ihren Forts vor dem herannahenden Winter verkrochen, war es das Jahr 858 nach der Gründung Roms.

Die vereinigten Pikten von Kaledonien, die sich in der klaren, kalten Morgendämmerung auf den Weg machten, sahen ganz und gar nicht wie die fast unsichtbare Streitmacht aus, die Foltlaig im vergangenen Frühjahr den Häuptlingen der Versammlung beschrieben hatte. Doch wenn sie sich erst einmal in kleinere Gruppen aufteilten und ihre Aufgabe begannen, würden sie unsichtbar genug werden.

Die Truppen, die Kaiser Trajan auf den äußersten Vorposten im Reich des Wanderers stationiert hatte, sahen einem kalten, unerfreulichen Winter entgegen.

Foltlaigs Krieger trugen nur leichtes Gepäck. Jeder hatte eine kleine Ration Proviant dabei, seine Kleider, ein paar Felle gegen die beißende Kälte und natürlich Waffen – lange Dolche, kurze dubh-Messer, Schwerter und Speere. Zu essen und zu trinken würden sie unterwegs genug finden. Alle waren sie geübte Jäger, alle konnten in der Wildnis überleben.

Den zwölf Hauptleuten wurde das Feuer anvertraut.

Wenn ihr Plan gelingen sollte, mussten sie jederzeit ausreichend glühende Kohlen zur Verfügung haben. Fünf Wagen folgten der Truppe. Vier von ihnen waren schwer mit getrockneten Torfklumpen beladen, auf dem fünften befanden sich andere wichtige Dinge. Jeweils ein Torfwagen samt dem Behältnis, in dem Tag und Nacht ein Feuer unterhalten wurde, folgte einem der vier siebzig Mann starken Truppenteile.

Maelchon leitete eine kleine, schnelle Kundschaftergruppe. Sie lief dem Hauptkontingent etwa zwanzig bis vierzig Minuten voraus, schwärmte aus und kehrte wieder zurück, denn die große Truppe sollte auf keinen Fall vom Feind entdeckt werden. Die Läufer hatten die Aufgabe, den Weg vor römischen Spähern zu sichern.

Auf der anderen Seite des Großen Flusses und in der Ebene südlich davon würde es erheblich schwieriger werden. Dort war überall mit Römern zu rechnen. Auf den Verbindungsstraßen zwischen den südlichen Forts und den beiden römischen Vorposten Ardock und Inveresk am Ufer des Großen Flusses herrschte ein reger Verkehr.

Endlich erreichten sie das Gebiet der Maeatae. Die beiden Hauptleute, die Foltlaig aus diesem Stamm ausgesucht hatte, leiteten die Truppe sicher durch Sümpfe und Moore und schließlich durch den Großen Fluss. Sie umgingen die römische Brücke um viele Meilen.

Am Südufer des großen Flusses schlugen sie ein Nachtlager auf. Sie verdreifachten die Wachen und erlaubten sich große, offene Feuer, um ihre Kleider trocknen zu können. Es war die letzte Nacht mit richtig warmen Feuern. Von diesem Zeitpunkt an mussten sie ihre Torfration für andere Zwecke sparen.

Sie waren nun bereits den vierten Tag unterwegs. An jenem Abend richtete Foltlaig noch einmal das Wort an die Truppe, wie am Vorabend ihres Aufbruchs. Seine Seele war vom Geist seiner Vorfahren erfüllt. Mehr denn je ließ er sich von Cruithnes Weisheit leiten.

»Wir haben nun den Großen Fluss überquert«, sagte er. »Morgen werden wir tief in Feindesland eindringen. Viele von euch kennen das Gebiet sehr gut, einige sind sogar hier zu Hause. Trotzdem müssen wir ab sofort doppelt aufpassen. Wenn römische Späher uns entdecken, wird alles in Frage gestellt, wofür wir gearbeitet haben. Wir sind viele und leicht auszumachen. Daher müssen wir aufmerksam und vorsichtig vorgehen.

Unser Ziel ist das Kernland der Selgovae. Wenn wir es erreicht haben, werden wir uns trennen. Niemand wird von unserer Anwesenheit erfahren, ehe wir nicht unsere ersten Ziele angegriffen haben. Danach ziehen wir uns nach Norden zurück und zerstören ihre restlichen Vorposten. Wir werden uns nach dem geglückten Feldzug nicht mehr treffen. Jeder von euch wird zu seinem eigenen Volk zurückkehren. Trotzdem: Vergesst niemals die Lehre aus unserem Sieg! Wo immer ihr eure Füße hinsetzt, es ist euer kaledonisches Vaterland. Seid stark, Leute, und seid mutig!«

Am nächsten Tag erreichten sie die Römerstraße, die Milton mit Newstead verband. Sie kreuzten sie ohne Zwischenfall und ohne entdeckt zu werden. An diesem Abend lagerten sie in den westlichen Cheviot Hills.

Foltlaig rief die elf Hauptleute zusammen, und sie berieten bis tief in die Nacht hinein. Von nun an würden sie die Leitung ihrer Gruppen übernehmen müssen, und Foltlaig wollte sicher sein, dass jedes Detail des Vorgehens ihnen klar war. Das Wichtigste war eine genaue Übereinkunft über den Zeitplan. Nach der Trennung würde es keine Kontaktmöglichkeit zwischen der westlichen und der östlichen Flanke der Truppe mehr geben.

Ursprünglich hatte Foltlaig vorgesehen, Maelchon mit der Führung der beiden Kompanien zu betrauen, die im Westen zuschlagen sollten. Er selbst wollte die östlich operierenden Truppenteile führen. Doch jetzt hatte er seine Meinung geändert. Sie würden zusammen gehen. Er wünschte seinen Sohn an seiner Seite zu sehen, wenn sie das ausführten, wofür sie so lange gearbeitet hatten. Turenna von den Damnonii, die Tochter von Deargicca, hatte sich als begabt, schnell und mutig genug erwiesen, die westliche Abteilung zu führen.

Sehr früh am nächsten Morgen, lange vor Tagesanbruch, teilte sich die piktische Armee. Zwei von Turenna geführte Kompanien setzten ihren Weg westwärts in das Gebiet der Novantae fort. Die beiden anderen Truppenteile unter Führung von Foltlaig marschierten durch das Hügelland nach Osten. Sechs der zwölf Hauptleute begleiteten jede Kompanie. Nach weiteren sechsunddreißig Stunden sollten sich die Gruppen wieder teilen. Turennas zwei Kompanien würden in der folgenden Nacht und am nächsten Tag eine Marschpause einlegen, um dem östlichen Truppenteil eine möglichst große Annäherung an sein Ziel zu gestatten.

Der Plan war so gefährlich wie genial. Foltlaig hatte einen minutiösen Zeitplan ausgearbeitet, der es zwei getrennt voneinander auf unterschiedlichem Gelände operierenden Truppen erst möglich machte, zeitgleich zuzuschlagen.

Sein eigener Truppenteil hatte noch zwei Tage Zeit, die römischen Festungen von Rochester und Corbridge zu erreichen. Bis dahin würden die beiden Kompanien von Turenna in Milton und Birrens sein. Zehn Tage nach ihrem Aufbruch wäre somit jede der vier Siebziger-Gruppen an ihrem ersten Ziel angelangt.

Den wichtigsten Teil ihrer Aufgabe mussten sie dann bei Nacht erledigen. Bis dahin flehten sie die Götter täglich um gutes Wetter an, denn Regen hätte ihre Pläne vereitelt.

• Dreizehn •

Foltlaig und Maelchon verbargen sich im Unterholz eines Waldes namens Wark. Durch die hereinbrechende Dämmerung spähten sie über zweihundert Yard Sumpfland, die sie von ihrem ersten Ziel trennten – dem rechteckig angelegten, aus Holz erbauten römischen Fort von Corbridge. Es war der sechste Tag, seit sie den Großen Fluss durchquert hatten.

»Endlich ist die Stunde gekommen«, sagte Maelchon sehr ruhig.

»Ich hoffe nur, unsere Brüder und Schwestern sind ebenfalls an Ort und Stelle.

»Sind sie bestimmt, Vater. Du hast es so oft mit ihnen geübt!«

»Wenn eine Kompanie auch nur ein paar Stunden Verspätung hat, können die Römer mit ihren schnellen Pferden alle anderen warnen.«

»Wir schlagen alle zur selben Stunde zu, Vater. Turenna und die anderen haben deine Befehle sehr wohl verstanden.«

»Sind die Feuerbehälter bereit?«

»Ich habe sie alle überprüft, bevor ich zu dir kam. Wenn es dunkel ist, haben wir fünf Behälter voller glühender Kohlen.«

»Und der Rauch?«

»Wir haben leichten Nordostwind. Die Behälter stehen so, dass der Rauch vom Fort weg weht. Selbst für die langen Römernasen gibt es da nichts zu schnuppern.«

»Sieht man denn nichts?«

»Wenn sie es darauf anlegten, sähen sie vielleicht einen Hauch Weiß. Aber es wird bald dunkel. Und ich habe sichergestellt, dass nur der trockenste Torf verbrannt wird.«

»Gut. Warten wir also auf die Nacht, auf die stillsten Stunden. Dann schlagen wir los.«

Maelchon kehrte zur Truppe zurück.

Foltlaig blieb noch ein paar Minuten stehen. Wenn diese Nacht alles gut ging, hätte er seine Schuld gegenüber seinem Vater und seinem Volk beglichen. Er hätte sich auf seine Art gerächt und konnte in Ruhe an der Seite seines Sohnes alt werden.

• Vierzehn •

Vier Stunden später hatte jeder von Foltlaigs siebzig Kriegern seinen vorgesehenen Platz eingenommen. Alle wussten genau, wo sie hingehörten.

An vier verschiedenen Stellen schlichen sich zehn Männer über das Moor zu den Palisadenzäunen. Sie hatten ihre Positionen so gewählt, dass sie größtmöglichen Vorteil aus dem leichten Nordostwind schlagen konnten.

In den letzten Stunden hatten sie noch zwei wichtige Dinge erledigt, so leise, dass selbst die nur wenige Yard entfernten Römer nichts bemerkten. Zunächst hatten sie auf der dem Wind zugewandten Seite der Festung eine Reihe Löcher unter die dicken Stämme gegraben, die das Fundament bildeten. Einige Krieger waren in den nahen Wald geschickt worden, wo sie dürres Holz und trockene Blätter sammelten, so viel sie tragen konnten. Sie häuften das Brennmaterial am Waldrand auf. Nach Einbruch der Dunkelheit stopften sie den Zunder ohne das geringste Geräusch in die Löcher. Was nicht mehr hineinpasste, wurde an den Stützpfeiler auf der Windseite und an anderen strategisch günstigen Stellen aufgeschichtet. Auch wenn die Löcher unter den Zäunen höchstens ein bis zwei Fuß tief waren, es genügte auf jeden Fall, die Palisaden in helle Flammen aufgehen zu lassen.

Foltlaig sollte das endgültige Signal geben. Doch zuvor schlich er um die gesamte Festung und stellte sicher, dass die Einheiten auf allen vier Seiten bereit waren. Der ersten Gruppe befahl er, vor dem endgültigen Einsatz sechzehn Minuten abzuzählen. Er gab die Geschwindigkeit vor, wie sie es viele Male zuvor geübt hatten. Die nächste Einheit musste zwölf Minuten abzählen. Die dritte Einheit bekam eine Vorgabe von acht Minuten. Schließlich erreichte Foltlaig die letzte Zehnergruppe. Er zählte selbst die verbleibenden vier Minuten ab; dann nickte er.

In Sekundenschnelle leerte jede Gruppe ihre Feuertöpfe voll glühenden Torfs in die zuvor gegrabenen Löcher. Dann häuften sie mitgebrachten, trockenen Torf auf die Glut. Binnen kurzem würde die gesamte Holzumfriedung lichterloh brennen. Auch wenn nicht alle Äste aus dem Wald völlig trocken waren, so hatte der letzte Sommer doch mit seiner Wärme zum schnellen Gelingen des Feuers beigetragen. Als die Flammen schließlich hell auflohderten, trieb der günstige Wind sie genau auf das Fort zu. Die Palisaden begannen schwarz zu werden, zu qualmen und endlich zu brennen.

Bis die Posten den Rauch bemerken würden und festgestellt hätten, dass er nicht aus dem Fort selbst kam, würde es zu spät sein, den Flammen noch Einhalt zu gebieten.

Hier zeigte sich, wie genial Foltlaigs Plan war. Selbst nach einem verregneten Sommer bot der Herbst die beste Möglichkeit, sich mit einigermaßen trockenem Brennstoff zu versorgen. Und da in spätestens einem Monat der Winter mit Macht hereinbrechen würde, konnten die Festungen auf keinen Fall vor dem ersten Schnee wieder aufgebaut werden. Foltlaigs Zeitwahl garantierte eine für die Römer geradezu ausweglose Situation. In diesen Breitengraden den Winter ohne Dach über dem Kopf zu verbringen war unmöglich. Wenn die Feuer wie vorgesehen weiter brannten, würden diejenigen, die hinter den langsam verkokelnden Palisaden wohnten, keine andere Wahl haben, als nach Süden auszuweichen.

Nachdem sie ihren Kameraden bei der Suche nach Brennholz zur Hand gegangen waren, stellten sich zwei weitere Zehnergruppen vor dem Haupt- und dem Hintereingang des Forts in strategisch günstiger Position auf. Die zwanzig Krieger hatten zwei wichtige Aufgaben. Erstens mussten sie ihre Waffenbrüder decken, die am Fuß der Palisaden das Feuer unterhielten, und zweitens mussten sie ein Auge auf eventuelle Reiter haben, die andere Festungen vor Angriffen warnen könnten. Natürlich wäre es jetzt sowieso zu spät für Rochester, denn laut Plan sollte eine der Kompanien dem Fort im Norden das gleiche Schicksal zur selben Stunde bereiten. Und ehe ein Reiter Newstead erreichen könnte, würden mehrere Tage vergehen. Genau das aber wollten sie unbedingt vermeiden, denn Newstead war das strategisch wichtigste ihrer vorgesehenen Ziele.

Daher warteten die beiden Wacheinheiten mit wurfbereiten Speeren und beobachteten Tore und Palisaden durch den immer dichter werdenden Rauch.

Wenn Corbridge vollständig in Flammen stand, sollte sich die gesamte Kompanie von siebzig Mann nach Norden zurückziehen und wieder mit ihren Kameraden aus Rochester zusammentreffen. Sie würden zu ihren beiden nächsten Zielen marschieren, und zwar so, dass sie jeden eventuellen Boten abfangen konnten. Nur so wären sie in der Lage, die Verbindung zwischen den einzelnen Römerposten so lange zu unterbrechen, bis alle acht vorgesehenen römischen Festungen in Schutt und Asche lagen.

Foltlaig hatte nicht viele Tote einkalkuliert. Die einzelnen Gebäude innerhalb der Forts lagen weit genug auseinander, dass, selbst wenn alle brannten, wahrscheinlich nur wenige Menschen ihr Leben lassen mussten. Wichtig war einzig und allein, die Römer innerhalb der brennenden Palisaden lange genug festzuhalten. Auf keinen Fall durften sie die anderen warnen. Nie hatte Foltlaig an ein groß angelegtes Massaker gedacht.

Während vier Gruppen sich um das Feuer kümmerten und zwei weitere die Ausgänge bewachten, kümmerte sich die siebte und letzte Einheit um die Kornspeicher und die Werkstätten. In den meisten Forts waren sie innerhalb der Palisaden untergebracht. Hier in Corbridge allerdings lagen sie außerhalb. Nachts waren sie unbemannt, und da sie bis oben hin voll mit trockenem Brennmaterial waren, brannten sie innerhalb weniger Minuten wie Zunder. Nun hatten die Römer auch ihre Nahrungsvorräte und die Möglichkeit verloren, sich in Kürze an einen Wiederaufbau zu machen. Ein Grund mehr für sie, sich in den Süden zurückzuziehen.

Nachdem die Kornspeicher und Werkstätten schnell Feuer gefangen hatten, blieb den Pikten genügend Zeit, auch das Badehaus anzustecken. Das war eigentlich nicht vorgesehen, denn der Mangel an hygienischen Einrichtungen würde die Kampfkraft der kaiserlichen Truppen nicht sonderlich untergraben. Andererseits hätte diese zusätzliche Unbequemlichkeit sicherlich auch ihren Effekt, zumindest was die Demoralisierung der Römer anging.

Als das Feuer bereits an den Palisaden hoch leckte, warf Maelchon ein Seil über die äußere Befestigung. Er wählte dazu eine Stelle, an der er nur wenige Wachen vermutete. Er sicherte das Tau und zog sich über die dicken Balken nach oben.

Oben angekommen, spähte er vorsichtig über den Zaun. Nirgends waren Wachtposten zu sehen, nicht einmal auf dem inneren Rundlauf. Hastig kletterte Maelchon über die Holzbohlen und duckte sich.

Von unten beobachteten ihn sein Vater und der dritte Hauptmann. Beide hielten ihre Speere wurfbereit in der Hand, um eventuell auftauchende Wachen sofort unschädlich zu machen.

Die äußere Umfriedung, auf der Maelchon jetzt stand, lief recht-winklig um das gesamte Fort. Viele Gebäude waren an die Palisa-den angebaut und würden sicher bald ebenfalls Feuer fangen. Trotzdem lautete sein Befehl, sicherzustellen, dass nicht nur die Umfriedung des Forts brannte. Er musste mitten im Fort ebenfalls Feuer legen.

Maelchon sah sich um.

Die principia, das Hauptquartier in der Mitte der Festung, be-fand sich außerhalb seiner Reichweite. Doch die Mannschaftsun-terkünfte konnte er erreichen. Auch die Latrinen und einige La-gerhallen waren nicht allzu weit entfernt. Daneben stand ein weiteres, einzelnes Gebäude, von dem Maelchon annahm, dass es sich dabei um das Lazarett handelte. Allerdings hatte Foltlaig klipp und klar befohlen, die Krankenstationen grundsätzlich in Frieden zu lassen.

Endlich entdeckte Maelchon, was er die ganze Zeit gesucht hatte: die Stallungen.

Sicherlich wäre es besser gewesen, wenn er fünfzig Yards wei-ter in Richtung der Pferdeställe die Mauer erklommen hätte – aber es würde schon gehen. Das Training des Sommers machte sich bezahlt. Maelchon konnte nur hoffen, dass seine Kameraden, die in dieser Nacht die gleiche Aufgabe in Milton, Birrens und Rochester zu erledigen hatten, ähnlich günstige Ausgangsstellun-gen erreicht hatten, um die wichtigste und zerstörerischste Lunte zu legen – die in der Mitte der Festung.

Er machte seinem Vater und Rhodri unten ein Zeichen, ihm an den Palisaden entlang zu folgen. Er löste das Seil und nahm es mit. Rasch huschte er im Schatten der Gebäude bis zu einer Stel-le, von der aus er vermutlich am besten zielen konnte. Noch herrschte Ruhe in der Festung, doch Maelchon konnte den bren-nenden Torf bereits riechen. Auf dem Rundlauf unterhalb ent-deckte er zwei auf und ab gehende Wachtposten, die sich der Ge-fahr aber noch in keiner Weise bewusst waren.

Als er nahe genug am Stall war, machte Maelchon Halt.

Er band das Tau an einen der dicken Palisadenstämme, ließ es herab und winkte seinem Vater. Sekunden später zog er das Seil wieder herauf. Am Ende hing ein langer Speer, an dessen Eisenspitze ein lebhaft brennendes Stück Torf befestigt war.

Plötzlich ertönte weiter unten Alarmgeschrei.

Sie hatten das Feuer entdeckt.

Maelchon durfte keine Zeit verlieren.

Er löste das Tau von der brennenden Waffe, nahm sie in die Rechte und balancierte sie aus. Dann warf er. Sicher flog der Freiheitsbringer mitten in sein Ziel.

In Sekundenbruchteilen standen die dicken Strohballen neben dem Marstall in hellen Flammen. Das Feuer breitete sich in Windeseile aus und geriet schnell außer Kontrolle. Maelchon hatte in der Zwischenzeit das Seil ein zweites Mal nach unten geworfen und löste jetzt einen weiteren Speer aus dem Knoten.

Wieder holte er aus und warf mit aller Kraft. Kurz befürchtete er, zu knapp gezielt zu haben. Doch die flammende Waffe landete sicher auf dem mit Stroh gedeckten Dach der Mannschaftsunterkünfte und zündete sofort.

Im Fort brach ein Höllenlärm los. Soldaten stürzten aus ihren Quartieren. Sie schrien wild durcheinander, streiften sich im Laufen hastig ihre Tuniken über und versuchten völlig kopflos festzustellen, aus welcher Richtung der Angriff gekommen war.

Als Erstes versammelten sich die Römer um das brennende Stallgebäude, wo ihre schrill in Todesangst wiehernden und wild ausschlagenden Pferde auf ihre Befreiung warteten. Aber schnell mussten die Soldaten feststellen, dass der Angriff der Eingeborenen sich nicht auf ein einzelnes Feuer beschränkt hatte.

Bevor die ersten Pfeile in Maelchons Richtung abgeschossen wurden, hatte der sich bereits über die Brüstung geschwungen und kletterte schwitzend vor Anstrengung eilig an seinem Seil nach unten.

»Gut gemacht, mein Sohn«, rief Foltlaig stolz. Er sah dichten

Rauch aus dem Innern der Festung dringen. Das Feuer an den Palisaden ringsum leckte drohend an der Umfriedung empor.

»Gratuliere, Vater«, erwiderte Maelchon. »Dein Plan war wirklich perfekt. Da drinnen rennen sie hin und her wie aufgescheuchte Hühner, und hier draußen geht die gesamte Befestigung in Flammen auf.«

»Ich wünschte, es wäre schon hell und wir könnten sehen, ob sie in Milton, Birrens und Rochester genau so viel Erfolg hatten.«

»Ich bin sicher, sie haben es geschafft, Vater. Aber jetzt nichts wie weg hier!«

Der Lärm der unsanft aufgeweckten Soldaten war das Rückzugssignal für die Feuerleger. So lautete Foltlaigs Befehl. Nachdem die Brände gut gegriffen hatten und die Palisaden von alleine brannten, konnten sich die einzelnen Kompanien getrost in den Schutz der Wälder zurückziehen. Foltlaig, Maelchon und Rhodri liefen um das Fort herum zum Haupttor. Unterwegs trafen sie auf zwei Feuereinheiten und die als Wache abkommandierte Kompanie. Sie waren auf dem Weg zum vereinbarten Treffpunkt, wo sie die Straße in Richtung Norden gegen eventuelle Boten überwachen sollten.

Sie zogen sich zurück wie Sieger, nicht wie Feiglinge. Auch die Feuereinheiten und Wachen der gegenüberliegenden Seite des Forts gesellten sich nun zu ihnen. So schnell es eben ging, entfernten sie sich aus der Gefahrenzone. Schwer mit Tauen, Speeren und ihrem Proviant beladen, schleppten sie die Feuerwagen im Laufschritt hinter sich her.

Fünf Minuten und dreihundert Yards später blickten sich siebzig Mitglieder der vereinigten Stammesarmee schwer atmend um. Der Flammenkreis hatte sich geschlossen. Hell loderten die Brände in den dunklen Nachthimmel.

Sie hatten kein einziges Opfer zu beklagen.

Der nächste Teil des Planes sah vor, dass sie sich auf der Römerstraße nach Norden zurückzogen, um später nach einem vorher genau festgelegten System auszuschwärmen und alle möglichen Wege zu blockieren. Ihre Kameraden, die Rochester angegriffen hatten, hatten den gleichen Befehl. In ihrem Fall war die Blockade der Straßen sogar noch wichtiger, denn Rochester lag näher bei Newstead, dem größten Fort der Umgebung. In zwei Tagen würden sie sich treffen und ihre Streitkräfte zu einem ähnlichen Angriff wie dem dieser Nacht auf Newstead vereinigen. Danach sollte es weiter in den Norden gehen, wo Inveresk als letztes Ziel vorgesehen war.

Die beiden westlichen Einheiten würden getrennt bleiben. Die eine würde von Milton nach Dalswinton weiterziehen, das in der folgenden Nacht brennen sollte, die andere Gruppe sollte nach dem Rückzug aus Birrens auf Glenlochar marschieren.

Da die Aufgabe der beiden westlichen Einheiten weniger umfangreich war, würden sie sich anschließend sofort in der Wildnis um Carrick verstecken und nach und nach unauffällig zu ihren jeweiligen Stämmen zurückkehren.

• Fünfzehn •

Sieben Tage waren verstrichen, seit die Stämme in den römischen Festungen von Corbridge, Rochester, Milton und Birrens Feuer gelegt hatten. Nur in Milton war der Streich nicht gelungen; ein kurzer Schauer hatte die Flammen zu früh gelöscht. Dafür hatte sich die entsprechende Einheit allerdings in der folgenden Nacht in Dalswinton mehr als schadlos gehalten. Auch in Glenlochar war alles nach Plan gelaufen. Wie vorgesehen, hatten sich die Einheiten mittlerweile aufgelöst.

Newstead war von den beiden Kompanien unter Foltlaig und Maelchon in Schutt und Asche gelegt worden. Gerade zuckten die ersten Flammen an den Palisaden von Inveresk empor.

Doch die Römer in diesem Fort waren nicht überrascht. Foltlaig vermutete, dass trotz aller Vorsichtsmaßnahmen doch ein Bote von Newstead, vielleicht auch von Milton oder Dalswinton durchgekommen war.

Doch tatsächlich war es Verrat gewesen.

Ein feiger junger Mann, der sich bei den Eroberern gerne beliebt machen wollte, hatte sich heimlich früh morgens aus einer Siedlung der Selgovae in Eildon Hill gestohlen, wo Foltlaig und seine Truppe sich ausgeruht und erfrischt hatten. Als Newstead in Flammen aufging, lief der Verräter eilig nach Inveresk und warnte den römischen Oberbefehlshaber der nördlichen Festung an der Mündung des Großen Flusses.

Die schreckliche Folge war, dass Foltlaig und seine Leute nun doch zum Kampf mit dem Schwert antreten mussten. Der Verrat war nicht der erste gewesen und würde nicht der letzte bleiben.

Gerade, als die hundertvierzig Krieger der beiden vereinigten Kompanien die Feuer rings um die rechteckig angelegten Palisaden entzündeten, hörten sie innerhalb des Forts laute Kommandos.

Innerhalb weniger Minuten standen römische Soldaten in voller Rüstung oben auf den Wällen. Ein wahrer Regen von Pfeilen, Speeren und geschleuderten Steinen ging auf die Pikten nieder. Die Römer waren nicht nur zahlenmäßig im Vorteil; ein fast voller Mond tauchte das Fort und die gesamte Umgebung in bleiches Licht.

»Zurück! Sofort zurück!«, schrie Foltlaig seinen Leuten zu.

Die rings um das Fort verteilten Wachen taten ihr Bestes, den unvermuteten Angriff zurückzuschlagen. Aber sie waren nicht auf einen großen Kampf vorbereitet, und schon bald ging ihnen die Munition aus.

Foltlaig rannte auf sie zu und ruderte mit den Armen, um sie auf sich aufmerksam zu machen.

»Hört auf damit! Zurück zu den anderen!«, schrie er. »Höchste Zeit für den Rückzug!«

Sie rannten um ihr Leben. Japsend erreichten sie die Hügel

samt ihrem Schutz aus dicken Felsbrocken und wenigen Bäumen jenseits der offenen Heide, die das Fort umgab.

Nur Maelchon verspätete sich ein wenig. Er musste noch seine Aufgabe zu Ende führen.

An einer Stelle, von der er hoffte, dass sie nicht allzu weit von den Stallungen entfernt lag, bereitete er seine brennenden Speere vor. Wenn er lebend davonkommen wollte, blieb ihm keine Zeit mehr, die Umfriedung zu erklimmen. Er würde die Speere von seinem Standort aus werfen müssen.

Entschlossen griff er nach der ersten Lanze und katapultierte sie in einer irrwitzigen Anstrengung über die Palisaden. Dann präparierte er das zweite Geschoss, ließ es dem anderen folgen, drehte sich um und rannte hinter seinem Vater her. Foltlaig hatte auf seinem Weg in die Sicherheit der Hügel bereits die halbe Strecke durch die Heide hinter sich gebracht.

In diesem Augenblick öffneten sich die Flügel des Haupttors und des Nebeneingangs.

Aus dem Haupttor strömte eine unübersehbare Menge römischer Kavallerie, der Nebeneingang spuckte unablässig leichte Infanterie aus.

Zu Fuß auf der Flucht waren die bemalten Eingeborenen eine lächerlich leichte Beute für die Reiter. Schon zeichnete sich ein wildes Gemetzel ab. Der simple Verrat ihres eigenen Landsmannes würde schnell jeden einzelnen von ihnen in römische Gewalt bringen.

Trotzdem rannten sie weiter. Immer auf den Wald zu.

Maelchon, der wegen seiner Sonderaufgabe mit den brennenden Speeren ein Stück hinter ihnen lief, erkannte vielleicht besser als jeder andere die schreckliche Gefahr, in der seine Kameraden sich befanden. Plötzlich entdeckte er zu seinem Entsetzen eine einzelne Gestalt, die hinter den anderen zurückblieb.

Es war sein Vater!

Hilflos musste er zusehen, wie das Drama seinen Lauf nahm. Schrill tönten die Worte des Vaters immer wieder in seinen Ohren: Na sir's na seachain an cath – Weder suche noch fliehe den Kampf. Wenn der Feind sich zeigt, wendet sich nur ein Feigling ab ...

Als hätte Foltlaig die schicksalhaften Worte ebenfalls vernommen, verlangsamte er plötzlich seinen Lauf und blieb schließlich stehen. Wahrscheinlich war er sich der aufopferungsvollen Geste kaum bewusst, aber er drehte sich um und stellte sich den heranpreschenden Römern in den Weg, genau zwischen seine fliehenden Männer und den verfolgenden Feind.

»Nicht, Vater!«, rief Maelchon verzweifelt. »Lauf, Vater! Lauf!« Auch er unterbrach seine gehetzte Flucht in den rettenden Wald. Schreiend lief er auf den Vater zu.

Aber Foltlaig hörte ihn nicht. Und Maelchon war viel zu weit entfernt, um noch helfen zu können.

Foltlaig richtete sich zu seiner vollen, beeindruckenden Größe auf. Leichtfüßig ging er entschlossen auf die Römer zu. Dabei zog er drohend das Schwert aus der Scheide.

Der römische Hauptmann zögerte. Zu befremdlich war der Anblick dieses bemalten Eingeborenen, der furchtlos mit gezücktem Schwert und dem Tod im Blick auf sie zukam. Er zügelte sein Pferd. Plötzlich war es ihm egal, dass die anderen nun sicher entkamen.

Die Brust des römischen Soldaten steckte in einer ledernen, mit zusätzlichen Metallstreifen verstärkten Rüstung, die er über der Tunika trug. Von seinen Schultern hing ein roter Mantel. Aufgrund des ziemlich überhasteten Aufbruchs aus dem Fort hatte er seinen Helm vergessen. Doch in der Hand hielt er ein scharfes, zweischneidiges Schwert.

Alle Reiter hinter dem Hauptmann hielten an, die Infanteristen ebenfalls. Der Ausgang dieser ungleichen Begegnung interessierte sie.

Maelchon musste hilflos alles mit ansehen und erriet sehr wohl, was sein Vater vorhatte. Foltlaig wollte die Römer lange genug aufhalten, um seinen Leuten die Flucht in die schützenden Wälder jenseits des Hügels zu ermöglichen.

»Vater! Nein!« Ein markerschütternder Schrei entrang sich seiner Kehle, als er blindlings auf seinen Vater zustürzte.

Aber es war bereits zu spät.

Schon hatte sich der kaledonische Krieger auf einen tödlichen, aussichtslosen Schwertkampf mit dem Centurio eingelassen. Für Foltlaig bestand nicht die geringste Hoffnung, vom Boden aus den Feind auch nur aus dem Sattel heben zu können. Aber daran dachte er gar nicht. Seine einzige Sorge galt seinem Sohn und seinen Männern.

Mitten durch das metallische Geräusch der beiden aufeinander treffenden Schwerter klang Maelchons gellender Schrei über die Heide.

Foltlaig wusste sofort, wessen Stimme er da hörte. Er drehte sich um.

Tausend Gefühle stürzten auf ihn ein, als er seinen Sohn auf sich zurennen sah und hörte, wie er ihn anbettelte und flehte, den Kampf aufzugeben und zu fliehen. Zum ersten Mal in den dreiundvierzig Jahren seines Lebens verstand Foltlaig, warum sein eigener Vater und Tausende von Vätern davor und vermutlich auch danach in den Kampf marschiert waren. Männer mussten kämpfen, und sie würden es immer tun. Sie mussten dem Gegner die Stirn bieten!

Sie mussten Mut zeigen, ehe sie sich wirklich Männer nennen durften. Dieses Land war nicht in der Lage, aus Feiglingen Helden werden zu lassen. Mit Stärke und Ausdauer war es erkundet worden. Tapferkeit hatte es erobert. Und nur mit Mut konnte man es halten – und zwar wann immer und auf welche Art Mut auch verlangt wurde. Wenn er jetzt seinem Feind nicht die Stirn bot, würden sein Sohn und seine Kameraden sterben müssen. Was um alles in der Welt war die Liebe dann noch wert?

Auf dem Schlachtfeld musste ein Mann eins mit sich selbst sein, sonst war er verloren. Der Denker in ihm durfte nun auf keinen Fall die Oberhand gewinnen. Jetzt war der Krieger gefragt. Der Fidach in seiner Seele war nicht geeignet, dem Römer zu begegnen. An diesem Tag war es Cruithne, der den inneren Kampf gewonnen hatte.

Für den Bruchteil einer Sekunde trafen sich die Augen von Vater und Sohn. Und mit einer winzigen Handbewegung schickte der Vater den Sohn fort.

Maelchon zögerte. Sollte er seinem Instinkt oder dem väterlichen Befehl folgen?

In diesem Augenblick sauste das Schwert des Centurio auf Foltlaigs Schultern nieder. Blut schoss aus einer großen Fleischwunde am Oberarm. Die scharfe Klinge hielt erst am Knochen inne.

Ein schrecklicher Schrei gellte über das Schlachtfeld.

Schwer verwundet schaffte es Foltlaig nur noch mit Hilfe der gesunden Hand, sein Schwert anzuheben. Doch die Finger, die sich taub um das Heft klammerten, waren schon ohne Leben.

Wieder krachte das römische Schwert auf Foltlaig nieder. Es traf seinen Kopf mit der flachen Seite.

Foltlaig sackte zusammen.

Als die Pikten den Schrei ihres Anführers hörten, hielten alle in ihrer Flucht inne. Ausnahmslos drehten sie um und liefen zurück, sich den Römern entgegenzustellen. Wenn die Freiheit unbedingt Blut brauchte, nun, dann sollte sie es bekommen! Sie würden es ihr nicht vorenthalten!

Maelchon hörte das schrille Kriegsgeheul seiner Kameraden, die von den Hügeln stürmten, und kam wieder zur Besinnung.

Blind vor Wut und Schmerz raste er den Feinden entgegen. Bevor er sich wirklich bewusst wurde, was geschehen war, troff sein Schwert vom Blut des römischen Centurio. Der fremde Hauptmann lag tot auf der Erde. Das verängstigte Pferd galoppierte führerlos davon.

Die gellenden Schreie von hundertvierzig wild gewordenen, bemalten Pikten, die ihre Schwerter schwenkten und lange Speere wurfbereit hielten, und der Anblick ihres erschlagenen Centurio, legte für die römischen Soldaten beredtes Zeugnis über die

Wahrheit der schrecklichen Geschichten ab, die seit Agricolas Zeiten über die blutrünstigen Barbaren kursierten. Sie waren sicher, dass es gesünder war, diesen grässlichen Feind aus dem Schutz der meterdicken Palisaden heraus zu bekämpfen, und zogen sich Richtung Tor zurück. Die brüllende Horde folgte ihnen.

Maelchon hatte keine Ahnung, dass sein Verhalten haargenau der schrecklichsten Erinnerung seines Vaters glich. Verzweifelt sank der Sohn neben Foltlaigs blutig zerschlagener Gestalt nieder. Der Vater war ohne Bewusstsein, lebte aber noch.

Tränen strömten über Maelchons Gesicht. Er streckte die Hand aus und hob Foltlaigs schlaff herunterhängenden Kopf an.

»Vater«, flüsterte er heiser, »... mein Vater.«

Doch er durfte keine Zeit verlieren. Die Trauer würde warten müssen. Hinter ihm tobte ein wilder Kampf. Maelchon hob den schrecklich verwundeten Krieger in die Arme, kam mühsam auf die Füße und schleppte seinen Vater keuchend den Hügel hinauf in Sicherheit.

Hinter einem großen Felsen legte er ihn sanft auf den Boden. Seine Arme und sein ganzer Oberkörper waren mit Foltlaigs Blut besudelt. Er versuchte, es dem Verletzten so bequem wie möglich zu machen. Zärtlich und tröstend redete er auf ihn ein und bemühte sich, die klaffende Wunde mit Lederstreifen und Riemen so zu verbinden, dass der Blutstrom endlich nachließ. Während er mit tränenüberströmtem Gesicht noch die schwere Verletzung versorgte, hörte er seine Stammesbrüder zurückkommen.

»Wir haben sie ins Fort zurückgeschlagen.«

Maelchon blickte zu dem Überbringer der Nachricht auf.

»Endgültig?«, fragte er und stand auf.

»Ich fürchte nein. Aber das Fort brennt.«

»Dann müssen wir so schnell wie möglich hier verschwinden«, befahl Maelchon, der sofort das Kommando übernahm. »Nicht mehr lange, und sie werden eine komplette Kohorte hinter uns herschicken.«

Der Auftrag, für den Foltlaig sie versammelt hatte, war erfüllt.

Sie befanden sich im Gebiet der Votadini, nicht weit entfernt von den Ländereien der Selgovae.

Nachdem sich alle wieder versammelt und ihre Verluste beziffert hatten, die abgesehen von ihrem Anführer kaum der Rede wert waren, nahm Maelchon die Kompanieführer beiseite. »Am besten, wir trennen uns sofort. Ab sofort steht es euren Männern und Frauen frei, zu ihren Stämmen zurückzukehren. Aber verbergt euch! Lagert in Senken oder in Baumgruppen. Wandert bei Nacht. Vielleicht können wir unsere Verfolger noch in die Irre führen.«

Gemeinsam mit seinen Mitstreitern von den Damnonii und den Maeatae machte sich Maelchon im Geschwindmarsch am Ufer des Großen Flusses auf den Weg nach Westen. Foltlaig ruhte auf einem der mitgebrachten Karren. Sie eilten sich nicht nur wegen eventueller Verfolger. Foltlaig sollte so bald wie möglich besser versorgt werden, als es ihnen unterwegs möglich war.

Keiner von ihnen konnte wissen, dass ein Bruderverrat, wie ihn jetzt ein Stammesmitglied der Selgovae begangen hatte, viele hundert Jahre später in einem schmalen Tal nicht weit von Rannoch entfernt noch viel schrecklichere Folgen haben würde.

• Sechzehn •

Die Reise war mühselig. Langsam nur kam die Gruppe voran. Erst nach vielen Tagen erreichten Maelchon und seine Leute die Siedlung Rannoch. In der Karre, in der ursprünglich Torfbrocken transportiert worden waren, lag nun sein Vater und Anführer mit schwersten Verletzungen. Foltlaig hatte das Bewusstsein nicht wiedererlangt, aber er schien dickköpfig an seinem letzten Fünkchen Leben zu hängen. Hinter dem Wagen her schleppten sich die Überreste der Truppe, die der Feldherr drei Wochen zuvor in den Süden geführt hatte.

Lange bevor die Krieger selbst das Ufer von Loch Rannoch sehen konnten, wurden sie von ihren Stammesgenossen entdeckt. Alles, was laufen konnte, rannte ihnen entgegen. Chief Coel war einer der ersten. Ihm folgten die zurückgekehrten Kämpfer aus Turennas Gruppe und Maelchons Mutter, die noch in derselben Nacht Witwe wurde.

Denn als er endlich zu Hause und bei seinen Leuten war, gab der verwundete Krieger seinen Kampf ums Überleben auf. Niemand erfuhr je, ob er noch gemerkt hatte, wie liebevoll seine Frau und sein Sohn sich um ihn kümmerten. Kein einziges Wort drang mehr über seine Lippen. Nur eine Träne rann über seine eingefallenen Wangen, als Maelchon sich zum letzten Mal über ihn beugte. Sie war das einzige Zeugnis für eine große Hoffnung, die mit ihm sterben würde. Auch sein Sohn kannte den so lange geträumten und auf dem Schlachtfeld geopferten Traum nicht – den Traum von einem langen, glücklichen Leben an der Seite seines Sohnes.

In der folgenden Nacht starb Foltlaig. Auf seinem Gesicht lag ein glückliches Lächeln.

Der Oktober war fast vorüber.

Bald würde der erste Schnee die Berge unpassierbar machen.

Es würde ein kalter Winter werden. Die schlimmste Kälte aber zitterte im Herzen von Maelchon, Sohn des Foltlaig. Nicht, dass er mit seinem Schicksal haderte. Aber er hatte den besten Freund verloren, den ein Sohn haben konnte: seinen fröhlichen, freundlichen Vater, der ihn immer geliebt und mit dem er die schönsten Jahre seines Lebens verbracht hatte.

Mit dem Tod des Vaters war für Maelchon der Augenblick gekommen, in Foltlaigs Fußstapfen zu treten. Sein Ziel durfte nicht in Vergessenheit geraten. Trotz seiner noch jungen Jahre fühlte er sich verantwortlich, das Erbe derer zu bewahren, die dieses Land erobert und seine Freiheit verteidigt hatten.

Noch in derselben Nacht beschloss Maelchon, dass vor allen anderen sein Vater nicht vergessen werden durfte. Am nächsten

Tag entsandte er Boten zu den zehn Hauptleuten der piktischen Stämme und rief sie erneut zusammen.

»Wir gehen zusammen nach Norden«, sagte er, als sie alle versammelt waren, und erklärte ihnen den Wunsch seines Vaters. »Wir brechen sofort auf. Vor dem Winter noch soll der Plan meines Vaters in Erfüllung gehen.«

Seine Kameraden hörten ihm zu und erkannten die Veränderung, die in ihm vorgegangen war.

»Wir sind nur noch elf«, sprach Maelchon. »Mein Vater ließ sein Leben in dem Kampf, in den er uns geführt hat. Als Überlebende ist es unsere Pflicht, das weiterzugeben, was wir gelernt haben, als wir noch zu zwölft waren.

Auf in den Norden! Zu den Steinen!«

· **Siebzehn** ·

Der junge Mann stand allein im eisigen Wind. Es war die Art Wind, die einem Wanderer ohne Schutz, Feuer und Proviant schnell zum Verhängnis werden konnte. Schneidende Eiskristalle peitschten das Gesicht des einsamen Träumers.

Der junge Mann schien die Gefahr nicht zu bemerken. Unbeweglich starrte er dem Wind entgegen.

In ein paar Tagen würde er einundzwanzig Jahre alt werden. Aber seine Augen waren viel, viel älter. Er hatte den Tod miterlebt. Tiefe Trauer hatte ihn vor der Zeit reifen lassen.

Er stand auf dem gleichen Berg, auf dem er an einem warmen, schönen Sommertag mit seinem Vater gestanden hatte, und blickte auf das Steinmonument und die verlassene Hügelfestung jenseits des Tales. Er konnte nur hoffen, dass der Sturm noch ein paar Tage wartete, ehe er seine ungebremste Wucht über dem Land entfesseln würde. Sollte er allerdings früher losbrechen als

erwartet, würde er Zuflucht in der Ruine des ehemaligen Häupt-
lingshauses suchen wie in den Tagen zuvor, als seine Kameraden
noch da waren. Aber wirklich dichter Schneefall, der einen Fuß-
marsch unmöglich machte, konnte das Todesurteil für den jungen
Mann noch vor dem Ende des Winters bedeuten – und das
wusste er.

Trotzdem wollte er unbedingt seine Aufgabe beenden, bevor er
nach Süden zurückkehrte wie die zehn anderen, die er gestern
nach Hause geschickt hatte.

Turenna war die letzte gewesen, die ging. Auf der Reise nach
Norden waren sie einander näher gekommen. »Lass mich doch
hier bleiben!«, hatte sie gedrängt. »Ich würde gern mit dir zusammen zurückgehen.«

»Das hier muss ich alleine vollenden«, war Maelchons Antwort
gewesen. »Wir werden uns im Frühjahr sehen.«

Und so hatten sie sich getrennt. In der letzten Nacht hatte er
allein in dem alten Gemäuer geschlafen, das einst das Haus des
Chiefs eines Volkes gewesen war, von dem er und seine Leute
abstammten. Am Morgen querte er das eisige, leere Moor und erklomm den Abhang des Beinn Donuill, um seiner Vorfahren und
des toten Vaters zu gedenken ... und um seiner Sohnespflicht beiden gegenüber zu genügen.

Er betrachtete den länglichen Steinhaufen neben Cruithnes
Monument. Hier würde ein Schrein für die beiden größten Männer von Caldohnuill entstehen.

Vor drei Tagen hatten er und seine Kameraden seinen Vater
unter diesen Steinen zur letzten Ruhe gebettet. Sie hatten ein
schmales Grab ausgehoben und den Leichnam hineingelegt,
den Maelchons Mutter, so gut es ging, für die Reise vorbereitet
hatte. Doch dem Geruch nach zu urteilen, war es allerhöchste
Zeit für die Beerdigung gewesen. Da weder Chief noch Barde,
noch Druide anwesend war, hatten sie die alten Rituale selbst
durchgeführt, schließlich das Grab mit Torf und Grassoden geschlossen und mit Steinen markiert. Der gefallene Krieger lag

nur einen Steinwurf entfernt vom Grab des großen Taran, ganz in der Nähe der Stelle, wo der Urvater der Kelten in diesem Land beerdigt war.

Nach den Begräbnisritualen hatten Maelchon und die anderen zehn sich an die Arbeit gemacht, derentwegen sie die lange und angesichts der fortgeschrittenen Jahreszeit äußerst gefährliche Reise unternommen hatten. Mit Meißeln und hölzernen Schlag-hämmern verzierten sie Cruithnes Steine so, wie Foltlaig es sich vorgestellt hatte.

Sie halfen sich gegenseitig und schafften ihre Aufgabe inner-halb von drei Tagen. Natürlich war ihre Arbeit nicht so ermü-dend und schweißtreibend wie die ihrer kaledonischen Vorfah-ren, als sie die Steinsäulen über die Berge transportierten und an ihren Plätzen aufstellten, aber sie war sehr anstrengend und schmerzte in der Seele.

Sie hatten zunächst das Bildnis des Hirsches vervollständigt.

»Als nächstes gravieren wir die Legende von Cruithne ein«, entschied Maelchon dann, »und später kommt noch die Ge-schichte unseres Kampfes gegen die Römer hinzu.«

»Ist die alte Legende nicht viel wichtiger?«, wollte einer wissen.

»Du hast schon Recht. Mein Vater wollte vor allen Dingen die alten Geschichten für unsere Nachkommen bewahren«, antwor-tete Maelchon. »Aber ich möchte, dass nachfolgende Generatio-nen, die zu den Steinen von Laoigh kommen, nicht nur vom Weißen Hirsch und dem großen Cruithne erfahren, sondern auch von Foltlaig, Sohn des Gatheon, der es schaffte, die sieben Stäm-me des Piktenlandes gegen die Römer zu vereinen.«

Und so geschah es. Nur eine einzige Inschrift hob Maelchon für sich allein bis zum Schluss auf.

Dazu brauchte er einen Tag, den er allein mit den Erinnerun-gen an seinen Vater auf dem Gipfel des Berges verbrachte. Danach gravierte er einen Satz hinter den ursprünglichen, von den beiden Brüdern angebrachten Namen des Denkmals. Im An-denken an die Worte und Taten seines Vaters fügte er folgende

Inschrift hinzu: Ann an aonachd tha neart Caldohnuill – In der Eintracht liegt die Stärke von Caldohnuill.

Der Tag ging schon zur Neige, als das Werk vollendet war. Steif richtete Maelchon sich auf, rieb sich den schmerzenden Rücken und blickte ein letztes Mal über das weite Land. Tränen schossen ihm in die Augen. Es war die gleiche Trauer, die alle Söhne beim Tod ihres Vaters heimsucht, seit der Sohn des Wanderers um seinen von einem Mammutzahn aufgespießten Vater geweint hatte.

Maelchon verharrte noch einen Augenblick, dann wandte er sich um und ging langsam den Berg hinunter.

Er war nun bereit, nach Rannoch zurückzukehren. Dort würde er seinen eigenen Platz in der Geschichte des Volkes einnehmen, dem es gelungen war, die Römer aufzuhalten – dem Volk der Caledonier.

• Achtzehn •

Tatsächlich zogen sich die Römer aus dem Norden zurück.

Nachdem sie mehr als zwanzig Jahre lang versucht hatten, die bemalten Eingeborenen zu unterwerfen, gaben sie schließlich auf. Sowohl die vereinte Anstrengung der piktischen Stämme als auch ein nachlassendes Interesse der Caesaren an den nördlichen Regionen führten dazu, dass die Römer sich nach und nach mehr auf den Süden konzentrierten, den sie fast problemlos und sehr erfolgreich gezähmt hatten.

Nachdem die Forts der nördlichen Vorposten abgebrannt waren, drangen die Streitkräfte der Römer nicht mehr über die Linie zwischen Forth und Clyde hinaus. Selbst in Milton, wo Turennas Kompanie keinen Erfolg gehabt hatte, liefen noch vor dem Ende des Winters erste Vorbereitungen zur endgültigen Verlegung der dort stationierten Truppen an. Die Römer leisteten ganze Arbeit.

Nichts sollte den Feinden überlassen werden. Sie entfernten sämtliche Nägel aus allen Holzpflöcken und vergruben sie, sie zerschlugen alles, was sie an Glas und Steingut nicht mitnahmen, sie gruben tragende Pfeiler aus und schlugen alle Kacheln ab. Alles, was übrig blieb, zündeten sie an.

Im Jahr 117 n. Chr. wurde Hadrian Kaiser in Rom. Nur wenige Jahre später, nach einem erneuten Aufbäumen der vereinigten Piktenstämme unter Maelchon, Sohn des Foltlaig, befahl der Kaiser den Bau einer Steinmauer zwischen Carlisle und Newcastle, die als nördliche Grenzbefestigung des römischen Britannia dienen sollte.

Der zwischen 122 und 128 erbaute Hadrianswall diente von Anfang an weit mehr der Verteidigung als ähnliche, von den Römern errichtete Steinmauern an anderen Orten der Erde. Sein Sinn und Zweck lag nämlich vor allem darin, die unliebsamen Pikten aus dem Reich herauszuhalten.

Hadrians Nachfolger Antonius Pius ärgerte sich über die Entscheidung Roms, sich nicht weiter um Kaledonien zu bemühen. Er ordnete den Bau einer weiteren Mauer zwischen den Meeresarmen Clyde und Forth an, der in den Jahren 139 und 144 durchgeführt wurde. Damit wollte er seinen Anspruch auf die nördlichen Regionen demonstrieren. Doch bereits 154, als Maelchon zwar schon weit über sechzig, aber immer noch ein entschlossener Krieger und Feind der Römer war, erzwang er mit seinen vereinigten Piktenstämmen wieder den Rückzug der römischen Streitkräfte hinter den Hadrianswall. In diesem Kampf ließ der große kaledonische Feldherr sein Leben. Jeder einzelne Piktenstamm entsandte eine Abordnung nach Rannoch, um mit den Angehörigen um einen Krieger zu trauern, dessen Ruf schon zu seinen Lebzeiten größer gewesen war als der seines Vaters. Die Söhne und Töchter von Maelchon und Turenna führten die mächtigen, keltischen Blutslinien ihrer berühmten Eltern und Großeltern fort.

Es wurde weiter gekämpft. Doch niemals schafften es die Rö-

507

mer, die Pikten zu unterwerfen. Die Inschrift, die Maelchon auf dem Stein angebracht hatte, war Programm. Seit die Stämme einträchtig kämpften, konnten die Römer nichts mehr gegen sie ausrichten. Am Ende des dritten Jahrhunderts wurden sie endgültig aus dem Norden vertrieben.

Doch zu diesem Zeitpunkt gehörte Kaledonien bereits nicht mehr allein den Pikten.

Über die Meerenge im Westen drangen die Nachfahren des seefahrenden Wanderer-Enkels ein. Der Stamm kam aus dem nördlichen Irland, das Scotia oder Eirinn genannt wurde.

Die nach ihrer Heimat benannten Scoten segelten im dritten und vierten Jahrhundert über die Meerenge und besiedelten die menschenleere Westküste und die westlichen Inseln. Bald schon bauten sie feste Häuser. Im späten vierten Jahrhundert waren die Siedlungen der Scoten ein fester Bestandteil des Landes. Ihre Kolonie nannte sich Dalriada.

Aber die Scoten blieben nicht die einzigen Eindringlinge in der ursprünglichen Heimat der Pikten.

Als gegen Ende des vierten Jahrhunderts die Macht des Römischen Reiches zu bröckeln begann, gab der Rückzug der Legionen den Weg für andere Völker frei. Ein starker keltischer Stammesverband, die Britonen, wanderte von der Südwestküste in den Norden Britanniens.

Zu diesem Zeitpunkt, genau zur Hälfte des ersten Jahrtausends unserer Zeitrechnung, waren die piktischen Stämme zu einem einzigen zusammengeschmolzen, der den Namen des stärksten Volkes führte. Sie nannten sich Caledonier.

Alle drei Völkerstämme waren keltischen Ursprungs, sowohl die kaledonischen Pikten, als auch die Scoten aus Eirinn und die Britonen aus dem Süden. Sie sprachen verwandte Sprachen und besiedelten gemeinsam das Land nördlich des Hadrianwalls, das Land Alba.

Auch das Christentum, mittlerweile die stärkste Religion im Gebiet des Römischen Reiches, breitete sich langsam auf den Inseln des römischen Britannia aus. Christliche Missionare wurden zur Bekehrung ungläubiger Stämme entsandt. Während der letzten Jahre römischer Vorherrschaft reiste ein Britone namens Ninian aus der Gegend von Strathclyde nach Rom und wurde zum Bischof geweiht. Am Ende des vierten Jahrhunderts kehrte er in sein Vaterland zurück, gründete ein Kloster in Whithorn und schickte Missionare in den Norden.

Doch erst die Scoten aus Irland schafften es, die wilden Stämme Kaledoniens zu evangelisieren. Im fünften Jahrhundert wanderte der heilige Patrick durch Eirinn und predigte das Christentum. Zu Beginn des fünften Jahrhunderts waren die meisten Iren getauft. Um 540 landeten die ersten irischen Missionare auf der scotischen Inselkolonie Dalriada. Auf Iona, Mull und Tiree wurden die ersten Kirchen erbaut. Doch noch ehe die Religion bis zum Festland vordringen konnte, wurden die meisten Missionare 548 von einer Pestepidemie dahingerafft.

Bis zur Mitte des sechsten Jahrhunderts war Cruithnes Andenken fast vollständig im Dunkel der Geschichte untergegangen. Nur wenige Barden erinnerten sich dunkel einer uralten Legende. Doch sein Name überlebte. Das gälische Wort für die piktischen Stämme lautete: Cruithneach.

Zu dieser Zeit hieß der König des nördlichen Kaledonien Brude macMaelchon. Es war sein Wunsch, nicht den Namen seines leiblichen Vaters zu tragen, sondern als »mac« oder Sohn seines Vorfahren Maelchon aus dem zweiten Jahrhundert in die Geschichte einzugehen. Er nannte sich nach Maelchon, Sohn des Foltlaig, der ein Nachfahre von Cruithne, Sohn des Taran war, der wiederum aus der Vermischung des Blutes von Jäger und Seher stammte, den Söhnen von Sohn-des-Wanderers ... dem einzigen Sohn des Wanderers.

10

FRÜHJAHR DER ENTDECKUNGEN

• Eins •

Seit mindestens einer Woche war Andrew Trentham zurück in London.

Es war Frühling geworden. Zumindest behauptete das der Kalender. Und hier und da konnte man winzige Hinweise entdecken, dass es tatsächlich stimmte. Der Boden im St. James's Park und im Regent's Park war so weit aufgetaut, dass die ersten Frühlingsblumen munter sprossen. Die meisten Bäume trugen dicke Knospen. Zwar waren die Kensington Gardens noch nicht so üppig und grün wie im Mai, aber sie zogen von Tag zu Tag mehr Singvögel und mehr Touristen an.

Doch Andrews Gedanken drifteten nach Norden. Dank Wetterbericht und häufiger Telefonate mit seinen Eltern wusste er, dass es zu Hause noch immer bitterkalt war. Wann immer er eine Narzisse oder einen Krokus im Hyde Park entdeckte, ertappte er sich bei der Überlegung, ob sich im schottischen Hochland vielleicht schon die ersten grünen Spitzen zeigten.

Seit dem Nachmittag am Hadrianswall, mit der Geschichte von Foltlaig und Maelchon noch in frischer Erinnerung, dachte Andrew ziemlich häufig über Führungsqualitäten nach. Er hoffte, dass das Beispiel der historischen Anführer ihm vielleicht helfen könne, die Führung seiner Partei in einer neuen Weise anzugehen.

In einem kleinen Antiquariat hatte er ein schmales, hübsch grün-gold geprägtes Bändchen mit Gedichten von Robert Burns in einer Ausgabe von 1885 gefunden. Seither hatte er die Angewohnheit angenommen, jeden Morgen mit dem Büchlein in der Hand einen langen Spaziergang zu machen. In Gesellschaft von Burns' Gedichten lernte er die Natur seiner Umgebung einer- und viele wichtige Ereignisse der Schottischen Geschichte andererseits kennen.

Er machte viele interessante Entdeckungen während jener langen Spaziergänge vor dem Beginn seines Arbeitstages. Zunächst erkundete er die kleinen Parks in South Kensington und Chelsea, die sozusagen vor seiner Haustüre lagen. Doch allmählich weitete er seinen Radius aus. Er durchwanderte Wäldchen und Anlagen, von deren Existenz er bisher keine Ahnung gehabt hatte.

Seit dem Tag, als er frisch und ausgeruht aus dem Norden zurückgekehrt war, bereit, sich mit neuer Kraft den anstehenden politischen Auseinandersetzungen zu widmen, hatte er es sich zur Angewohnheit gemacht, morgens sehr früh aufzustehen. Schon zwischen fünf und halb sechs kam er aus den Federn, machte sich, weil Mrs. Threlkeld um diese Zeit noch nicht arbeitete, seinen Tee selbst und tauchte in die Lektüre seines Burns oder Sir Walter Scott ab, bis es hell genug für den Spaziergang wurde.

Im späteren Frühjahr, als es immer früher hell wurde, strich er den Tee und ging sofort an die frische Luft. Schon beim Schlafengehen freute er sich auf den morgendlichen Ausflug und die neuen landschaftlichen Entdeckungen, die er vielleicht am nächsten Tag machen würde.

Das Lesen und Verstehen des merkwürdigen schottischen Dialektes fiel ihm immer leichter, seit er ein Wörterbuch der archaischen Sprache erstanden hatte. Er versuchte sogar, seine Lieblingsgedichte auswendig zu lernen, und übte manchmal laut beim Gehen. Mehr als einmal fand er sich einem verdutzten Mitmenschen gegenüber, den er nicht rechtzeitig gesehen hatte und der sich Kopf schüttelnd über seine befremdlich klingenden Monologe wunderte.

Manchmal ertappte er sich grinsend bei dem Gedanken, was wohl Kirk Luddington von der BBC sagen würde, wenn er wüsste, dass eine der zur Zeit gefragtesten Persönlichkeiten der Londoner Politik jeden Morgen allein durch die Parks lief und dabei ein ziemlich merkwürdiges Benehmen an den Tag legte.

Aber Andrew Trentham liebte sein neues, aufregendes Entdeckerleben.

• Zwei •

Die Detektive, die mit Taschenlampen bewaffnet in den dunklen, matschigen Gängen unter dem Westminster-Palast herumkrochen, waren nicht zum ersten Mal dort. Aber der Fall war noch immer nicht gelöst, und allmählich wuchs der Druck, endlich Ergebnisse vorweisen zu können. Das weit verzweigte unterirdische System war eng, feucht und muffig. Für irgendwelche Lurche und vielleicht Ratten mochte es ein bequemer Aufenthaltsort sein, aber erwachsene Männer konnten sich hier nur sehr beschränkt bewegen.

Aber schließlich waren sie nicht zu ihrem Vergnügen in die Höhlen zurückgekehrt, durch welche die Diebe in die Abtei eingedrungen waren. Sie hatten den Befehl, neue Beweise zu finden.

»Hey, was ist denn das?«, sagte plötzlich einer der Männer. Er lag auf Händen und Knien im Modder. »Sieht aus wie ein Stück Papier.«

Mit seinen behandschuhten Händen kratzte er in dem schleimigen Bodenbelag herum. Tatsächlich! Da lag ein völlig durchweichter Papierfetzen, halb unter übelriechendem Matsch begraben. Zwei seiner Kollegen kamen mit ihren Taschenlampen.

»Ich würde sagen, das ist eine zerrissene Visitenkarte«, meinte einer.

Im Schein ihrer Lampen drehten sie das Fundstück um. Auf der Rückseite stand etwas geschrieben, was durchaus noch lesbar war. Die Männer pfiffen anerkennend.

»Da wird Shepley aber Augen machen«, grinste der stolze Finder.

• Drei •

Inspektor Shepley betrachtete die zerrissene Karte von allen Seiten. Sie hatten drei verwischte Fingerabdrücke auf ihr gefunden, aber es würde noch eine Weile dauern, ehe der Computer die Ergebnisse des Vergleichs ausspuckte. Vielleicht gab ja das wenige, was sie sonst noch zur Verfügung hatten, einen Hinweis auf die Täter.

Was um alles in der Welt hatte die Visitenkarte des verblichenen Eagon Hamilton an der Luke zu suchen, durch die die Diebe aus dem stillgelegten Abwassersystem in die Themse entkommen waren?

Und dann waren da noch die Zahlen auf der Rückseite. Vielleicht Teile einer Telefonnummer. Außerdem ein paar geheimnisvolle Buchstaben ... L-E-N-C ... Der Rest war entweder abgerissen oder so schmutzig, dass er unleserlich geworden war.

Inspektor Shepley wusste, wie viel Arbeit es bedeutete, aber er würde die Telefonnummer herausbekommen. Wenn es überhaupt eine war. Vielleicht war es ja auch Teil einer Adresse. Oder irgend etwas anderes. Und überdies musste es noch nicht einmal etwas mit England zu tun haben. Genauso gut konnte es eine Adresse oder Telefonnummer auf dem Kontinent oder ganz woanders sein.

Nachdenklich betrachtete Shepley die Trümmer der Karte.

Die Spur war wirklich äußerst mager. Nur leider stand ihm im Augenblick nichts anderes zur Verfügung.

• Vier •

Die Aprilsonne sandte ihre frühen Morgenstrahlen durch das große Ostfenster eines kleinen Appartements im Dachgeschoss.

Mit einer Kaffeetasse in der Hand stand Patricia Rawlings am Fenster und blickte auf das stille Sträßchen hinunter, das die lange Reihe Häuser im georgianischen Stil von den grünen Hügeln des Primrose Hill, einer Verlängerung von Regent's Park, trennte. Sie liebte ihre Drei-Zimmer-Wohnung. Vor drei Jahren hatte sie sie durch einen Zufall gefunden, und der Preis war trotz der wunderbaren Lage noch nicht einmal besonders hoch. Hier war es herrlich ruhig, obwohl der westliche Teil von Camden Town gerade einmal dreieinhalb Meilen vom Stadtzentrum Londons entfernt lag.

Aus unerfindlichen Gründen war Patricia Rawlings heute früher als üblich aufgewacht. Sie hatte sich einen großen

Becher Kaffee aufgebrüht, erfreute sich an seinem Duft und wartete, dass er auf Trinktemperatur abkühlte.

Zufrieden schaute sie aus dem Fenster und dachte an nichts anderes als den wirklich schönen Morgen. Plötzlich blieb ihr Blick an einer Gestalt hängen, die mutterseelenallein den gegenüber liegenden Bürgersteig entlangschlenderte. Sofort war sie hellwach. Wacher, als die Vorfreude auf den starken Kaffee es vermocht hatte.

Was hat er wohl hier zu suchen?, dachte sie. Und noch dazu um diese Uhrzeit?

Doch bevor sie ganz sicher war, dass es sich wirklich um denjenigen handelte, den sie erkannt zu haben glaubte, wandte sich die vertraute Gestalt dem Park zu und verschwand.

Sie setzte sich und begann gedankenverloren an ihrem Kaffee zu nippen.

Am nächsten Tag stand Patricia Rawlings wieder sehr früh auf. Dieses Mal allerdings absichtlich. Sie stellte die Kaffeemaschine an, zog sich eilig etwas über und rückte einen Stuhl ans Fenster. Kurze Zeit später saß sie mit ihrem Kaffeebecher auf Posten und beobachtete Primrose Hill.

Enttäuscht gab sie eine Stunde später auf. Sie hatte kein bekanntes Gesicht entdecken können. Trotzdem versuchte sie es am nächsten und am übernächsten Morgen erneut.

Am fünften Tag wurde ihre Geduld endlich belohnt. Und dieses Mal schaute Paddy genau hin.

Er war es wirklich. Sie erkannte seinen Gang, als er den Hügel hinauf wanderte. Er war leger gekleidet und hatte keine Aktentasche bei sich. Ganz offensichtlich befand er sich also nicht auf dem Weg zu einem offiziellen Termin.

Paddy sprang auf und war bereits auf halbem Weg zur Tür, als sie plötzlich zögerte. Was würde er denken, wenn er sich umdrehte und sie dabei ertappte, wie sie hinter ihm herrannte? Auf jeden Fall wäre es ziemlich peinlich und sicher keine besonders gelungene Art, miteinander ins Gespräch zu kommen.

Langsam kehrte sie ans Fenster zurück. Sie musste ihre Strategie noch einmal überdenken. Außerdem war er natürlich längst im Park verschwunden.

Paddy sah auf ihre Armbanduhr. Es war Viertel vor sieben.

Morgen würde sie noch früher aufstehen – rechtzeitig zum Erscheinen des ehrenwerten Gentlemans.

Am nächsten Morgen klingelte Paddys Wecker um Viertel nach fünf. Um Viertel vor sechs schlenderte sie gemütlich die Regent's Park Road entlang, die am Primrose Hill vorbeiführte. Ab und zu erkundete sie einen der kleinen Seitenwege, immer in der Hoffnung, niemanden zu übersehen, der an diesem frühen Morgen hier spazieren ging.

Um zehn vor sieben war sie es leid und kehrte in ihre Wohnung zurück. Schließlich hatte sie noch einen langen Arbeitstag vor sich.

Vier Tage hintereinander wiederholte sie das morgendliche Ritual. Jedes Mal ohne Erfolg. Gegen Ende der Woche fragte sich Paddy, ob er auch an den Wochenenden im Park spazieren ging.

Sie würde sich redlich bemühen, das herauszufinden.

•Fünf•

Es war ein wunderschöner Morgen, außergewöhnlich warm für das erste Maiwochenende. Seit einer guten halben Stunde schon wanderte Andrew Trentham durch den Regent's Park, den er in den letzten Wochen ganz besonders schätzte. Allmählich kam er ins Schwitzen. Er überquerte die Prince Albert Road und setzte seinen Weg über die grünen Rasenflächen des Primrose Hill fort. Das hatte er in der letzten Zeit schon einige Male getan. Sein Ziel war eine Bank oben auf dem Hügel. Wie jeden Morgen schmökerte er in seinem Burns-Band und zollte seiner Umgebung gerade genügend Aufmerksamkeit, um nicht mit einem der wenigen anderen Frühaufsteher aneinander zu rempeln.

»Hallo, Mr. Trentham! Das ist aber eine Überraschung!«

Fast erschrak er über die heitere Stimme, die ihn hinter einer Wegbiegung völlig unerwartet ansprach. Andrew blickte auf und blieb stehen.

»Oh, hallo Miss Rawlings!«, grüßte er freundlich, nachdem er sich vom ersten Schreck erholt hatte. Er schloss das Buch. »Ich wusste gar nicht, dass Sie auch gerne vor Tau und Tag unterwegs sind!«

»Nicht jeden Morgen, zugegebenermaßen«, antwortete Paddy. »Aber ich komme, wann immer es irgend geht. Morgens ist es hier einfach wunderschön.«

»Da haben Sie allerdings Recht«, pflichtete Andrew ihr bei. »Seit einiger Zeit gehe ich regelmäßig sehr früh spazieren. Vielleicht liegt es daran, dass dies meiner Ansicht nach der schönste Frühling ist, seit ich nach London gezogen bin. Und Sie? Wo wollen Sie hin?«

»Nirgendwo hin. Ich gehe einfach nur spazieren. Ich wohne gleich da drüben.«

Andrew blickte in die Richtung, die sie zeigte.

»Hätten Sie etwas dagegen, wenn ich Sie nirgendwohin begleite?«, fragte er. Ohne ihre Antwort abzuwarten, drehte er sich um und setzte seinen Weg in entgegengesetzter Richtung fort. Paddy trabte neben ihm her.

»Wohnen Sie gerne hier am Park?«, wollte er wissen.

»Oh, sehr«, gab Paddy zurück. »Vielleicht ist hier nicht gerade die allererste Adresse, aber hier gibt es nette Nachbarn, kleine Geschäfte und gemütliche Cafés. Mir gefällt es hier sehr gut!«

»Ich wohne am Hereford Square, Ecke Gloucester Road.«

»In South Kensington – na, das ist wirklich mal eine tolle Adresse!«

Andrew lachte. »Die Straße ist ganz nett«, sagte er, »aber leider eine ziemlich belebte Ecke. Ich kann den Verkehrslärm von der Old Brompton Road bis zu mir hören. Nicht, dass ich mich beklage! Immerhin liegt meine Wohnung sehr zentral. Und bequem ist sie auch.«

»Hier draußen hat man immer den Eindruck, dass die Leute es nicht so eilig haben. Wenn Sie sich an einem sonnigen Tag mit einem Buch bei Kaffee und Kuchen irgendwo hinsetzen, könnten Sie fast glauben, Sie befänden sich in einem niedlichen kleinen Dörfchen auf dem Land.«

»Vielleicht sollte ich mit meinem Buch wiederkommen und genau das tun!«

»Dann lade ich Sie zum Kaffee bei Cachao ein.«

»Was ist das?«

»Mein Lieblingscafé. Es liegt am Ende der Straße, nicht weit von meiner Wohnung. Und was lesen Sie da?«

»Robert Burns. Ein schottischer Dichter.«

»Ich glaube, ich habe noch nie etwas von ihm gelesen.«

»Er ist unvergleichlich!«

»Inwiefern?«

»Die Art, wie er sein Land beschreibt. Die Kultur. Die Geschichte. Die Mystik.«

»Schon wieder Schottland!«, lachte Paddy. »Anscheinend landen wir immer beim selben Thema, egal wann und wo wir uns treffen.«

»Ich interessiere mich sehr für Schottland.«

»Wieso?«

»Sie haben Ihren Notizblock für dieses Interview vergessen«, neckte Andrew. »Ich will Ihnen trotzdem mit einer Gegenfrage antworten: Haben Sie sich jemals mit Genealogie beschäftigt?«

»Eigentlich nicht.«

»Ich bisher auch nicht. Aber in letzter Zeit finde ich es spannend, mich mit der Geschichte eines Königreiches, eines Kontinentes, einer Nation oder einer Familie zu beschäftigen und zu erkunden, wo die eigenen Wurzeln mit Menschen und Ereignissen in Berührung gekommen sind, die die Vergangenheit dieses Landes entscheidend beeinflusst haben.«

»Und was hat das mit Burns und Schottland zu tun?«

»Nun, Burns ist *der* schottische Barde schlechthin«, antwortete Andrew, »und Schottland ist das Land, dessen Wurzeln ich zu entwirren versuche.«

»Und was hat das mit Ihnen zu tun?«, fragte Paddy. In dem Augenblick, als sie die Worte aussprach, dämmerte ihr die Erleuchtung, und sie setzte hinzu: »Wieso? Sie sind doch kein Schotte, oder?«

»Vielleicht doch, Miss Rawlings«, antwortete Andrew ernst. »Irgendwo in meiner Ahnenreihe gibt es Schotten. Bis vor kurzer Zeit habe ich dem nie Bedeutung beigemessen. Jetzt denke ich darüber nach ... oder sagen wir lieber: Es macht mich neugierig.«

Paddy nickte.

»Aber das bleibt bitte unter uns«, lachte Andrew. »Zumindest bis auf weiteres.«

»Sie kennen die Spielregeln, Mr. Trentham«, sagte Paddy mit einem schlauen Lächeln. »Geheimhaltung hätten Sie vorher beantragen müssen. Alles, was Sie mir so erzählen, darf veröffentlicht werden.«

»Also ist das tatsächlich ein Interview?«

»Nein. Aber ich kann den Reporter in mir nie ganz und gar abschalten.«

»Nun gut«, sagte Andrew und blickte seinerseits verschlagen drein, »wenn Sie eines Tages eine Story von mir wollen, dann sollten Sie meine Bitte doch vielleicht berücksichtigen?«

»Heißt das, Sie versprechen mir ein Exklusivinterview?«

Andrew ging schweigend ein paar Schritte weiter.

»Wenn es eine Story gibt, Miss Rawlings«, sagte er schließlich, »dann rufe ich Sie als Allererste an.«

»Gut«, nickte Paddy, »ich verspreche, dass alles heute Gesagte unter uns bleibt. Aber ich möchte Sie doch bitten, mich nicht immer so förmlich anzusprechen. Ich bin schließlich Amerikanerin. Könnten Sie mich nicht vielleicht einfach Paddy nennen?«

»Ich werde Sie weiterhin Miss Rawlings nennen«, gab Andrew lächelnd zurück. »Manche amerikanischen Sitten sind selbst für einen Liberalen der jüngeren Generation ein wenig zu locker. Ich möchte Ihnen Respekt zeigen, ohne allzu früh in Kumpelhaftigkeit zu verfallen. Aber die Einladung zum Kaffee habe ich nicht vergessen.«

Schweigend gingen sie weiter. Als die Unterhaltung wieder auflebte, war weder von schottischen noch von amerikanischen Vorfahren mehr die Rede.

• Sechs •

Andrew Trentham schlenderte durch den Regent's Park zurück nach Hause. Seine Gedanken drehten sich noch immer um das glückliche Zusammentreffen mit der attraktiven amerikanischen Journalistin namens Patricia Rawlings.

Warum nur hatte er seit ihrem gemeinsamen Mittagessen so viel Zeit verstreichen lassen? Dankbar erinnerte er sich der Einladung zu einem Gartenfest anlässlich der Chelsea Flower Show, das er am Ende dieses Monats besuchen musste. Er würde sie bitten, ihn zu begleiten.

Bestimmt würde es Spaß machen. Endlich könnten sich

die Leute einmal über etwas anderes als seine Politik das Maul zerreißen. Was würde das für einen netten, kleinen Skandal geben! Ein respektabler, englischer Gentleman mit einer streitbaren, amerikanischen Journalistin.

Grinsend überlegte Andrew, ob das schottische Blut in seinen Adern nicht vielleicht von einem nordländischen Eulenspiegel stammte.

Als er seine Wohnung betrat, schrillte das Telefon. Mit einem Satz war er am Apparat und nahm den Hörer ab.

»Hallo, Andrew«, sagte eine melodiöse Stimme am anderen Ende der Leitung.

»Blair!«, rief er verblüfft.

»Du hörst dich überrascht an.«

»Ich *bin* überrascht. Ehrlich gesagt bist du ungefähr die Letzte, deren Anruf ich jetzt erwartet hätte«, gab Andrew zurück. Er bemühte sich, seiner Stimme einen einigermaßen normalen Klang zu geben.

Sie lachte gutmütig. »Ich gebe zu, ich habe es verdient«, sagte sie. »Warum solltest du auch ausgerechnet an mich denken?«

Der Klang von Blairs Stimme und ganz besonders ihr Lachen verwirrten Andrew. Die Frau bezauberte ihn noch immer. Gleichzeitig kehrte der Schmerz über ihren radikalen Schlussstrich in sein Bewusstsein zurück. Ihre Frage war rein rhetorisch gewesen, denn bevor Andrew antworten konnte, sprach Blair weiter.

»Unser zufälliges Zusammentreffen bei Granby's letzten Monat hat mich an viele schöne Stunden mit dir erinnert. Ich muss noch immer oft an dich denken. Vielleicht habe ich ja einen Fehler gemacht.«

Die Wohnung um Andrew schien sich zu drehen.

»Ich würde dich gerne treffen«, sagte sie. »Ich möchte mit dir reden.«

Andrews erste Regung war, alles stehen und liegen zu

lassen und zu ihr zu rennen. Doch irgendwo tief in ihm mahnte eine Stimme zur Vorsicht. Vielleicht hatten ihm die langen Spaziergänge und das viele Nachdenken wenigstens zu mehr Selbstschutz verholfen. Er war misstrauisch. Er wollte nicht noch einmal verletzt werden. Und wenn er Blair wirklich nicht so gut kannte, wie er immer angenommen hatte – und das war ihm in letzter Zeit immer klarer geworden –, dann konnte ein kurzer Anruf von ihr daran bestimmt nichts ändern. Nein, erst musste er nachdenken.

Das Schweigen am Telefon dauerte nur wenige Sekunden. »Ich rufe dich an«, sagte Andrew nach einer Weile. »Bist du noch in der gleichen Wohnung?«

»Ich bin umgezogen«, antwortete Blair. »Ich gebe dir meine neue Nummer.«

Andrew schrieb sie auf. Sie tauschten noch ein paar Belanglosigkeiten und legten schließlich auf.

Er setzte sich und atmete tief durch. Der Anruf hatte ihn aufgewühlt. Langsam kehrten seine Gedanken zu Patricia Rawlings und ihrem Spaziergang im Park zurück.

Blair hin und Anruf her: Er würde die Amerikanerin bitten, ihn zu der Blumenausstellung zu begleiten!

• Sieben •

Das Klopfen an Inspektor Shepleys Bürotür klang dringend. Der Anklopfende nahm sich nicht einmal die Zeit, auf eine Aufforderung zu warten.

»Wir sind auf dem richtigen Weg, Inspektor«, rief er schon im Hineinstürmen.

»Was ist los, Burford?«

»Die Karte, die die Jungs im Abwassersystem gefunden haben, ist ein echtes As!«

»Wieso? Habt ihr die Telefonnummer?«, rief der Inspektor und sprang auf.

»Nicht nur das! Wir haben auch die Adresse. Sie passt genau zu den vier Buchstaben.«

Er reichte Shepley den Bericht. Der Inspektor überflog ihn. Stirnrunzelnd blickte er Burford an. Ungläubiges Staunen zeigte sich auf seinem Gesicht.

»Ich dachte, dass der Besitzer der Adresse Sie vielleicht interessiert«, sagte Burford nur.

»Mehr als das. Das kann kein Zufall sein. Aber was hat er mit Hamilton zu tun?«

»Keine Ahnung, Inspektor. Ich untersuche nur die Beweisstücke. Was sie bedeuten, das müssen schon Sie herausfinden.«

»Na ja, das ist oft leichter gesagt als getan«, meinte Shepley, griff nach seinem Mantel und strebte zur Tür. »Aber eines weiß ich ganz sicher: Sie sollten schleunigst packen, Burford. Wir beide nehmen die nächste Maschine nach Glasgow.«

• Acht •

Die Kellner huschten mit Tabletts voller Drinks zwischen Grüppchen plaudernder Menschen hin und her. Überall waren Leute. Sie lustwandelten zwischen akribisch beschnittenen Hecken und prachtvoll blühenden Blumenbeeten. Zwei Springbrunnen sprühten glitzerne Wasserfontänen, die zierlich in Teiche voller gelangweilt dreinblickender Koi und Japanischer Zierkarpfen zurückplätscherten.

Von den nahegelegenen Tennisplätzen unterstrich der Rhythmus geschlagener Bälle Borodins Streichquartett Nr. 2 in D-Dur, das von einem Kammermusikensemble dargeboten wurde. Eine Konzertharfe und ein Flügel, die noch unbenutzt auf dem Podium standen, ließen auf weitere Musikgenüsse hoffen.

»In solchen Situationen fühle ich mich nie besonders wohl«, sagte Paddy, während sie über den weitläufigen Rasen flanierten. »Ich kenne hier niemanden, und leider bin ich mir meines amerikanischen Akzents nur allzu bewusst. Irgendwie habe ich das Gefühl, dass jeder hier nur darauf wartet, dass ich mich danebenbenehme.«

»Keine Sorge«, lachte Andrew. »Ihre Aussprache ist sehr charmant. Ob Sie es nun glauben oder nicht – es gibt Engländer, die Amerikaner wirklich mögen. Und wahrscheinlich kennen Sie hier mehr Leute, als Sie ahnen. Zu solchen Gelegenheiten taucht immer massenhaft Presse auf.«

Viele Lords und Ladies aus allen bekannten Adelshäusern zierten die Menge der geladenen Gäste auf den gepflegten Rasenflächen rund um das aus dem achtzehnten Jahrhundert stammende Gutshaus von Chelsea. Es wurde sogar gemunkelt, möglicherweise könne der König einmal kurz vorbeischauen.

»König Charles hat den grünen Daumen, wissen Sie«, erklärte Andrew.

»Könnten Sie mich vorstellen?«, fragte Paddy aufgeregt.

»Wenn er wirklich kommt und wir nahe genug an ihn herankommen, kann ich es gerne versuchen«, antwortete Andrew.

»Tag, Trentham«, kam eine Stimme von der Seite. »Was gibt's Neues in der Hamilton-Affäre?«

Andrew drehte sich um.

»Hallo, McGrath«, sagte er und schüttelte seinem Gegenüber die Hand. »Nichts, von dem ich wüsste.«

»Trotzdem machen die Nationalisten es Ihnen ganz schön schwer.«

»Auch nicht mehr als zu Eagons Lebzeiten«, gab Andrew zurück. »Sie haben ihre erklärten Ziele, wie jede Partei. Nur dass sie die ihren ein wenig aggressiver verfolgen. Aber das darf man ihnen nicht zum Vorwurf machen. Gestatten Sie, dass ich vorstelle: Miss Rawlings, das ist Mr. Duvall McGrath, Mr. McGrath – Miss Rawlings.«

Die beiden gaben sich die Hand und tauschten die üblichen Höflichkeiten aus.

»Nun denn ... herzlich willkommen in England, Miss Rawlings. Ich hoffe, es gefällt Ihnen bei uns«, sagte McGrath schließlich und wandte sich zum Gehen. »... Trentham!« Er nickte dem Angesprochenen zum Abschied zu.

»Verstehen Sie jetzt, was ich meine?«, fragte Paddy, als er gegangen war. »Kaum mache ich meinen Mund auf, stellen die Leute Vermutungen über mich an. Er dachte doch jetzt auch, dass ich gerade erst frisch aus den Staaten eingereist bin.«

»Aber das war überhaupt nicht anzüglich gemeint«, antwortete Andrew. »Seien Sie doch einfach Sie selbst. Was schert es Sie, was andere über sie denken!«

Kaum hatte er die Worte ausgesprochen, da fiel Andrew ein, wie unfähig er selbst war, diesen Ratschlag umzusetzen. Aber darüber wollte er jetzt nicht weiter nachdenken. »Und da wir gerade dabei sind: Wie lange sind Sie denn wirklich schon hier?«, setzte er hastig hinzu.

»Ein paar Jahre.«

»Und wieso England?«

»Oh ... aus verschiedenen Gründen«, antwortete sie mit einem leisen Seufzer. »Das ist eine ziemlich lange Geschichte.«

Andrew spürte die leise Veränderung in ihrer Stimmung. »Ich hoffe, sie ist nicht zu traurig«, sagte er sanft.

»Ich kenne das Ende noch nicht. Deshalb weiß ich es nicht genau.«

Eine Weile schwiegen sie.

»Wie haben Sie es geschafft, in so kurzer Zeit einen so guten Job zu ergattern?«, fragte Andrew schließlich.

»Aha. Jetzt interviewen also Sie mich!«

»Nun, die britische Presse ist nicht gerade dafür bekannt, Neulingen eine Chance zu bieten«, lachte Andrew. »Und dann auch noch einer Frau. Die obendrein Ausländerin ist.«

Paddy lächelte schief. »Wahrscheinlich habe ich eben Glück gehabt«, antwortete sie knapp.

Andrew sah ihren Gesichtsausdruck und fragte nicht weiter. Er nahm ihren Arm und geleitete sie über den Rasen. Dabei grüßte er immer wieder nach rechts und links.

Plötzlich wurde Paddy von jemandem angesprochen.

»He, Rawlings«, sagte die von der Seite kommende Stimme, »wie geht's deiner Story über ...?«

Hastig fiel Paddy dem Mann ins Wort.

»Hallo, Bert! Ich habe dich ja Ewigkeiten nicht gesehen«, rief sie. Sie versuchte, völlig normal zu klingen, war aber sichtlich verwirrt. »Darf ich dich vorstellen?«

»Mr. Trentham«, sagte sie und wandte sich Andrew zu, »das ist mein lieber Freund Bert Fenton. Bert, das ist Andrew Trentham, der Abgeordnete von Cumberland.«

Die beiden Männer schüttelten einander die Hände. Paddy ließ ihnen keine Zeit für Worte.

»Mr. Fenton«, erklärte sie, wieder zu Andrew gewandt, »arbeitet für Midland Travel Service. Bert, ich bin sicher, du weißt, dass Mr. Trentham jüngst zum neuen Vorsitzenden der Liberaldemokraten gewählt worden ist.«

»Ja, natürlich«, sagte Bert. »Den Namen Trentham kennt mittlerweile wohl jeder in England.«

»Mr. Trentham«, sagte Paddy und sah Andrew an, »würden Sie mich für einen Augenblick entschuldigen? Ich muss ein paar Worte unter vier Augen mit Mr. Fenton reden. Und wo ich ihn gerade treffe ...«

»Selbstverständlich«, antwortete Andrew.

Paddy tauchte mit Bert im Schlepptau in der Menge unter. Eilig ließen sie die Musiker und ihre Zuhörerschaft hinter sich. Zehn Minuten später war sie wieder bei Andrew.

Der restliche Nachmittag verstrich ohne weitere Vorfälle.

• Neun •

Die Liberaldemokraten hatten Andrew den Einstieg in seine neue Position leicht gemacht. Alle standen hinter ihm und unterstützten ihn, wo sie nur konnten. Angesichts der unerfreulichen Umstände war der Wechsel im Vorsitz bemerkenswert reibungslos vonstatten gegangen.

Premierminister Barraclough behielt seine Mehrheit ohne größere Schwierigkeiten, obwohl die Kolumnisten der einschlägigen Blätter sich bereits im Vorfeld über zu erwartende heftige Debatten um die Vorreiterrolle im Unterhaus verbreitet hatten. Andrew und der Premier verbrachten viel Zeit miteinander und diskutierten Punkt für Punkt Barracloughs Parteiprogramm.

Trentham unterstützte die Labour-Regierung, wie es Hamilton vor ihm getan hatte. Damit verfügte Barraclough über eine stabile Mehrheit. Und auch die Schotten gefährdeten die Koalition nicht, obwohl ihre Forderungen nach mehr Unabhängigkeit klar und deutlich ausgesprochen im Raum standen.

Einen Monat nach seiner Rückkehr aus Cumberland hatte Andrew sich bereits zwei Mal lange mit dem Vorsitzenden der Schottischen Nationalisten getroffen. Nach wie vor stritt

MacKinnon jede Verwicklung seiner Partei in den Diebstahl des Krönungssteines ab.

Scotland Yard hatte zwei Verdächtige im Mordfall Eagon Hamilton festgenommen. Allerdings konnte bislang keiner der beiden dem Haftrichter vorgeführt werden, weil die Frage nach dem Motiv beim besten Willen nicht zu klären war. Die Affäre wurde von Tag zu Tag geheimnisvoller.

Als Patricia Rawlings von den Verhaftungen hörte, schüttelte sie den Kopf. Sie war sicher, dass mit dieser Maßnahme lediglich die Öffentlichkeit abgelenkt werden sollte und dass Scotland Yards wahres Interesse in eine ganz andere Richtung führte.

Wenn sie doch nur an die Leute auf ihrer Liste herankäme!

Am interessantesten erschien ihr noch immer der stellvertretende Vorsitzende Larne Reardon. Seit ihrem kurzen Zusammentreffen rangierte er auf Paddys Verdächtigenliste auf Rang eins.

In der Boulevardpresse waren zwei Artikel erschienen, die behaupteten, der Mord sei rein politischer Natur gewesen. Beide Massenblätter, die *Sun* und die *Star,* beriefen sich auf zwielichtige Interviewpartner, die angeblich beweisen konnten, die SNP habe den Mordauftrag gegeben, um das größte Hemmnis auf ihrem Weg in die Unabhängigkeit aus dem Weg zu räumen. Niemand maß den Interviews mehr Aufmerksamkeit bei, als das bei den üblichen, mindestens einmal monatlich erscheinenden Sensationsartikeln dieser beiden Zeitungen bezüglich des Ungeheuers von Loch Ness der Fall war.

Aber natürlich sprachen die Leute über diese Artikel.

• Zehn •

Obwohl Andrew selten vor acht oder neun Uhr abends zu Hause war, bemühte er sich das ganze Frühjahr hindurch, den Tag so zu beenden, wie er ihn begonnen hatte. Mindestens eine Stunde des Abends gehörten den Büchern, die er sich von Duncan MacRanald geliehen oder nach und nach selbst gekauft hatte.

Den ganzen Nachmittag schon freute er sich auf den Moment, wo er die Politik hinter sich lassen und sich bei einer Tasse Tee und einer Tafel Milchschokolade ganz der Geschichte des Landes widmen konnte, dessen Zukunft die Titelseiten aller Zeitungen beschäftigte.

Dann kam der Sommer und mit ihm die Parlamentsferien.

Seit langem schon plante Andrew für den Sommer eine Reise nach Norden. Nicht nach Cumberland und Derwenthwaite! Weiter nördlich. Er wollte tiefer in das Land eindringen, dessen Magie und Mystik ihn bezauberte. Schon lange war ihm klar geworden, dass auch Bücher und Gedichte nur begrenzte Möglichkeiten boten, das Land wirklich kennen zu lernen. Da nutzten weder Burns' Gedichte noch der Besuch schöner Geschäfte mit wollenen Tartans oder der Kauf von Haferplätzchen und Shortbread.

Trotzdem hatten all diese Dinge seine Zuneigung zu allem Schottischen durchaus vertieft. Aber jetzt wollte er das Land selbst erleben. Er wollte nach Schottland.

Es gab nur noch eine wichtige Angelegenheit, die er bisher nicht erledigt hatte – das Treffen mit Blair.

Ihr Anruf hatte ihn verunsichert. Nach der großen Enttäuschung, die sie ihm einige Monate zuvor bereitet hatte, wusste er nicht mehr genau, ob er die Beziehung wirklich wieder aufleben lassen wollte. Zu viel war seit jenem schicksalhaften Treffen geschehen.

Andererseits konnte er nicht abstreiten, dass allein der Klang ihrer Stimme ihn tief berührt hatte. Er musste sie noch einmal sehen. Er musste herausfinden, ob er sie noch liebte oder nicht.

Er würde versuchen, sie vor seiner Reise in den Norden noch einmal zu treffen.

• Elf •

In der ersten Woche der Parlamentsferien setzte sich Paddy nach dem Mittagessen an ihren Schreibtisch und hörte den Anrufbeantworter ab. Er enthielt nur eine einzige Nachricht.

Sie war sehr kurz: »Bert anrufen!«

Sie folgte der Aufforderung sofort.

»Hallo Bert ... hier ist Paddy!«

»Ich habe dir ja schon auf der Blumenausstellung gesagt, dass ich die Namen von deiner Liste alle mal durch den Computer habe laufen lassen«, erklärte Fenton am anderen Ende der Leitung. »Heute kam etwas dabei raus, das dich vielleicht interessiert. Dieser Reardon, der Abgeordnete, ist auf einen Flug ab Gatwick gebucht. Das ist wahrscheinlich nichts Besonderes. Nur – als ich den Zielflughafen gesehen habe ... na ja, vielleicht interessiert es dich ja wirklich.«

»Nun rück es schon raus! Wo fliegt er hin?«

»Nach Dublin!«

Paddy pfiff zwischen den Zähnen.

Ohne lange nachzudenken, fragte sie: »Könntest du mich auf den gleichen Flug buchen?«

»Warte mal ... hmm«, brummelte Fenton. Sie hörte ihn auf der Tastatur herumhämmern. »Scheint rappelvoll zu sein.

Wie wäre es mit einem Flug anderthalb Stunden später ab Heathrow?«

»Damit kann ich absolut nichts anfangen. Ich würde seine Spur verlieren, ehe ich überhaupt ankomme. Bert! Geht es wirklich nicht im selben Flieger?«

»Mal sehen, was ich tun kann. In fünf Minuten rufe ich zurück.«

Nervös wartete Paddy auf den Rückruf. Als es vier Minuten später auf ihrem Anschluss klingelte, grabschte sie sofort nach dem Hörer.

»Du bist auf dem ersten Standby-Platz«, sagte Bert. »Es war die einzige Möglichkeit. Sei pünktlich am Abflugschalter. Ich habe dir ein Ticket zum Vorzugspreis gebucht.«

»Wie das?«

»Frag lieber nicht. Aber jetzt bist du mir was schuldig.«

»Einverstanden«, sagte Paddy. »Und danke, Bert! Könntest du mir auch ein Auto besorgen?«

»Kein Problem! Was ist denn los, Paddy?«

»Das kann ich dir jetzt noch nicht sagen. Ich erzähle dir alles, wenn es vorbei ist – falls überhaupt jemals etwas dabei herauskommt.«

»Ich hoffe, du weißt, was du tust. Ich hab' ziemlich merkwürdige Dinge über Reardon gehört.«

»Was denn für Dinge?«

»Ach, der scheint sich mit irgendeinem mystischen Geisterkram zu beschäftigen. Wohl mehr spinnert als gefährlich. Trotzdem, ich mag solche Leute nicht.« Er brach ab. Paddy hörte die Tastatur klicken.

»Weißt du was?«, fuhr er nach einer Weile fort, »Ich habe gerade im Zusammenhang mit Reardon noch etwas Seltsames im Computer gefunden. Er hat eine riesige Kiste als Gepäck angemeldet.«

Paddy spitzte die Ohren. »Was denn für eine Kiste?«, fragte sie.

»Keine Ahnung. Halt eine große Kiste. Aus Holz. Fast wie ein kleiner Sarg. Außerdem steht als wichtige Mitteilung in meinem Computer: *Non scannable, Security cleared.*«

»Und was bedeutet das?«

»Dass sie nicht durchleuchtet werden darf.«

»Was ist denn drin?«

»Das steht nicht dabei. Nach meinen Informationen hat der irische Zoll die Kiste hier in England schon freigegeben. Für mich sieht das so aus, als ob da beim Sicherheitscheck ein ganz hohes Tier seine Finger im Spiel hatte.«

»Wieso findest du das merkwürdig? Viele Leute nehmen doch die unmöglichsten Dinge mit.«

»Aber nicht so schwere. Das Gewicht der Kiste beträgt laut Computer dreihundertfünfundsiebzig Pfund.«

Paddys Hirn arbeitete fieberhaft.

»Noch eine Bitte, Bert«, sagte sie schließlich. »Soviel ich weiß, kennst du dich doch recht gut mit Computern aus, nicht wahr?«

»Kann man so sagen.«

»Könntest du mir ein paar Telefonnummern besorgen?«

»Kinderspiel!«

»Auch welche, die nicht im Telefonbuch stehen?«

»Das dauert ein bisschen länger, ist aber auch kein Problem.«

Paddy sagte den Namen.

Jetzt pfiff Bert. »Du interessierst dich also für die höheren Kreise! Klar bekommst du deine Nummern! Aber auch, wenn ich mich wiederhole: Ich hoffe, du weißt, was du da tust.«

Paddy legte auf und überlegte krampfhaft, wie sie verhindern konnte, dass Reardon sie erkannte. Berts Warnung hatte sie ziemlich nachdenklich gemacht.

Zwölf

Einen Tag nach seiner Entscheidung rief Andrew die Nummer an, die Blair ihm gegeben hatte.

Eine Männerstimme antwortete.

Andrew zögerte kurz.

»Ich ... äh ... ich möchte Blair sprechen.«

»Blair?«, fragte der Mann, als höre er den Namen zum ersten Mal.

»Wahrscheinlich habe ich die falsche ...«

Dann war plötzlich Blairs Stimme am Apparat.

»Hallo!«

»Blair? ... Hallo, Blair! Hier ist Andrew.«

»Hallo, Andrew. Ich dachte mir schon, dass du es bist.«

»Ich dachte schon, ich hätte die falsche Nummer gewählt. Irgendwie hatte ich niemand anderen erwartet.«

»Ach, das ist nur ein Freund, der mich gerade besucht.«

»Wie dem auch sei ... ich habe über deinen Anruf nachgedacht«, sagte Andrew. »Ich habe dir versprochen, zurückzurufen, und ... tja, jetzt habe ich es getan. Die Parlamentsferien haben angefangen, und ... ich glaube, wir könnten uns jetzt einmal treffen.«

»Oh, Andrew«, antwortete sie, »leider hast du mich im völlig falschen Moment erwischt. Ich bin mitten im Aufbruch. In ein paar Stunden geht es los. Ich war sozusagen schon auf dem Weg zur Tür.«

»Wo gehst du denn hin?«

»Ach weißt du, Geschäfte eben.«

»Im Ausland?«

»Nicht ganz. Aber ich würde dich wirklich gerne treffen, Andrew. Wir müssen über so viele Dinge reden! Kann ich dich anrufen, wenn ich zurück bin?«

»Ja, natürlich«, antwortete Andrew. »In diesem Sommer

nehme ich mir einmal frei. Du kannst mich in Cumberland erreichen, die Nummer hast du ja.«

»Lieb von dir, dass du angerufen hast. Ich rufe zurück – versprochen!«

Am nächsten Tag fuhr Andrew nach Derwenthwaite.

Er plante, ein oder zwei Tage später nach Schottland weiterzureisen.

• Dreizehn •

Erleichtert ließ Paddy sich in den Sitz der Aer Lingus Maschine nach Dublin sinken.

Sie war sehr früh am Flughafen gewesen und hatte sich, so gut es ging, versteckt. Zwar würde der Mann, den sie verfolgte, ihr Gesicht mit ziemlicher Sicherheit nicht mehr wiedererkennen, aber man konnte ja nie wissen. Sie hatte sich an einem strategisch günstigen Punkt postiert, von dem aus sie Reardon ankommen und im Flugzeug verschwinden sah. Glücklicherweise war er bereits im Flieger, als die Standby-Namen aufgerufen wurden. Am Vortag war sie noch schnell beim Frisör gewesen. Mit der neuen Frisur fühlte sie sich wie ein Trampel. Aber außer ihr schien das niemand zu bemerken.

Wie Bert ihr versprochen hatte, war sie die Erste, die aufgerufen wurde. Sie gab ihre Reisetasche auf, ging an Bord und setzte sich auf ihren Platz hinten in der Kabine. Sie sah Reardon dabei nicht. Über ihren Mittelsitz freute sie sich, denn so konnte Reardon sie nicht sehen, falls er sich einmal umsah oder vielleicht den Gang entlang ging.

Paddy schnallte sich an und kramte eine Zeitschrift hervor.

Ausgezeichnet, dachte sie, hier kann er mir wenigstens nicht entwischen.

• Vierzehn •

Am Nachmittag vor seiner Abreise nach Schottland ritt Andrew zu Duncan MacRanalds Cottage hinüber. Im Verlauf ihrer Unterhaltung stellte Andrew fest, dass er sich dem alten Hirten mehr und mehr öffnete und auch die privaten Probleme zur Sprache brachte, mit denen er in letzter Zeit zu kämpfen gehabt hatte.

»Ich weiß nicht recht, Duncan«, sagte er, »ich werde mir einfach nicht darüber klar, was meine Mutter eigentlich denkt. Sie sagt nie etwas. Jetzt habe ich doch wirklich so ziemlich alles erreicht, was sie vermutlich von mir erwartete. Und trotzdem habe ich immer noch den Eindruck, ich reiche in ihren Augen nicht im Mindesten an das heran, was Lindsay hätte sein können.«

»Deine Mutter ist ein guter Mensch«, antwortete Duncan, »aber manchmal ein bisschen durcheinander. Und sie ist immer ziemlich hart mit dir umgesprungen. Aber mit deiner Schwester auch.«

»Hart mit Lindsay?«, rief Andrew verblüfft.

»Oh ja, und schlimmer als mit dir. Das arme Mädchen konnte es ihr nie recht machen, egal, was sie tat. Wahrscheinlich warst du noch zu jung, um es zu merken.«

Andrew war wie vor den Kopf geschlagen. Ungläubig registrierte er nicht nur, was Duncan über Lindsay und seine Mutter gesagt hatte, sondern auch die Tatsache, dass der alte Mann offenbar sehr genau darüber Bescheid wusste.

»Wenn ich mich nur von ihrem Erwartungsdruck lösen könnte«, sagte er nach einer Weile. »Das Gefühl, es ihr nie recht machen zu können, lähmt mich irgendwie.«

»Ich habe immer gewusst, was für eine Last du da mit dir rumschleppst, Jungchen. Bis jetzt hast du dich tapfer geschlagen. Ich bin sicher, der Herrgott wird dich eines Tages davon erlösen. Inzwischen können wir nur beten, dass deine Mutter eines Tages ihre eigene Bürde abwirft. Sie muss es selbst wollen. Es würde ihr unendlich gut tun. Und nur so kann sie in diesem Leben noch Ruhe und Frieden für sich selbst finden.«

»Wirklich«, fügte er hinzu, »auf ihren Schultern lastet viel mehr als auf deinen. Du bist gerade dabei, mit dir selbst ins Reine zu kommen, und du bemühst dich, deinen Mann zu stehen. Das ist sehr wichtig. Aber sie ist eine Frau, die noch nicht ihren Frieden mit sich selbst gemacht hat. Wie soll sie da im Frieden mit ihrer Umgebung leben? Sie tut mir unendlich leid. Sie ist schwer geschlagen.«

Andrew hatte schweigend zugehört. »Du hast gesagt, Gott wird die Last von mir nehmen«, sagte er schließlich. »Und auch von meiner Mutter. Was meinst du damit? Wie sollte er das anstellen?«

»Bei dir ist er schon am Werk«, antwortete Duncan. »Ich sehe genau, dass der Herrgott bei dir schon viel vollbracht hat. Und deine Mutter? Vielleicht geht es nicht auf die gleiche Art. Eigentlich muss sie nur die falschen Erwartungen endlich streichen, die sie in dich und deine arme Schwester gesetzt hat.

Was dich angeht, Jungchen, so solltest du einfach abwarten und auf Gott vertrauen. Er ist in dir. Er ist deine Stärke. Versteh mich nicht falsch. Ich weiß, dass du an Gott glaubst. Aber Glaube ist nicht das Gleiche wie der ernsthafte Wille, sich dem Herrgott hinzugeben und darauf zu vertrauen, was er aus einem macht. Und wenn der Tag kommt – er kommt für jeden von uns –, dann wirst du dich nicht mehr darum kümmern, was andere von dir denken. Du wirst glücklich und zufrieden sein, weil du Gottes Willen erfüllen darfst. In seinen Augen bist du ein Mann, und das ist das Wichtigste.«

Andrew dachte eine geraume Zeit über Duncans Worte nach. Lange war es sehr still im Cottage.

»Weißt du, Duncan«, sagte er schließlich langsam, »ich bin ein Mann von siebenunddreißig und habe es in den Augen der Leute zu etwas gebracht – meinst du nicht, es wäre allerhöchste Zeit, mich endlich aus dem Schatten meiner Mutter zu lösen und meiner selbst sicher zu sein? Und trotzdem: Jetzt sitzt sie zu Hause und ist verärgert, weil ich nach Schottland fahren will. Ihrer Meinung nach sollte ich besser ein paar politische und soziale Aufgaben übernehmen und nicht einfach Ferien machen. Warum kann ich nicht einfach darüber lachen? Warum fällt mir das so schwer?«

»Ach, Jungchen«, antwortete Duncan, »keiner von uns kann sich so einfach von den Erwartungen frei machen, die unsere Mütter und Väter in uns gesetzt haben. Das geht Königen ebenso wie Königinnen, Premierministern oder Hirten wie mir. Schau dir doch den armen König Charlie an! Ihm geht es wie allen Prinzen vor ihm. Oder den Sohn von Victoria. Aus dem ist nie ein richtiger Mann geworden, auch nicht, als er König war. Nein, Jungchen, wir alle leben mit den heimlichen Wünschen unserer Eltern in uns. Das macht uns zu dem, was wir sind, aber das führt auch manchmal dazu, dass wir an uns selbst zweifeln.«

Duncan hielt inne und nickte gedankenvoll. Andrew wartete ab.

»Natürlich gibt es auch Eltern«, fuhr der alte Schotte fort, »die wissen, wie sie ihre Söhne und Töchter auf den richtigen Weg bringen und ihnen Selbstvertrauen mitgeben. Und trotzdem ist es manchmal verblüffend, wie unterschiedlich Menschen sich entwickeln können, die in der gleichen Familie aufgewachsen sind. Auf ein und demselben Feld reifen oft sehr verschiedene Ähren. Wir können nicht alles unseren Eltern anlasten. Junge Menschen müssen selbst herausfinden, wer sie sind und das Beste aus ihren guten und schlechten Anlagen machen. Aber ich gebe zu, dass eure Mutter dir und Lindsay ein ganz schönes Päckchen aufgebürdet hat.«

»Meinst du, ich muss mich mein Leben lang mit Selbstzweifeln herumplagen?«, fragte Andrew verunsichert.

»Selbstzweifel sind nicht das Schlechteste, Jungchen«, sagte Duncan und lachte. »Sie erhalten uns unsere Bescheidenheit. Natürlich nur, solang sie dich nicht lahm legen. Ansonsten sind sie eine Art Gewürz der Seele, die dich davon abhalten, völlig über die Stränge zu schlagen.«

»In meiner gesellschaftlichen Stellung sind Selbstzweifel ein ziemliches Hemmnis.«

»Kann schon sein. Aber der Herrgott hat mit jedem von uns etwas anderes vor. Leider liegt auf uns Menschen der Fluch, uns entweder zu hoch oder aber zu niedrig einzuschätzen. Selbstzweifel oder Stolz − anscheinend geht nur das eine oder das andere. Dabei hat jeder von beidem mitgekriegt. Wir müssen aber offenbar mit dem einen oder dem anderen leben, bis der Herrgott sein Werk an uns getan hat. Ich persönlich ziehe es vor, eher mit Zweifeln als zu stolz durchs Leben zu ziehen. Vielleicht ist das ein bisschen schwerer. Aber es lässt zumindest Erkenntnis reifen, wenn wir es zulassen, während der Stolz auf Dauer mit Sicherheit den Charakter ruiniert.«

Wieder dachte Andrew über Duncans Worte nach.

»Lass dich nicht einschüchtern, Jungchen«, sagte Duncan schließlich sanft. »Du bist ein Mann. Ein Mann, der den richtigen Weg gefunden hat und das Gesicht dem Licht zuwendet. Du gehst mit den Kämpfen in deinem Herzen nur ein wenig offener um als die meisten von uns. Die anderen durchleiden das auch. Jeder einzelne Abgeordnete in deinem Parlament, auch dein Premierminister. Jeder muss kämpfen. Nur zeigen die meisten es nicht. Und viele wollen es nicht wahrhaben. Andrew, Jungchen, es gehört viel mehr Mut dazu, deinen Zweifeln ins Gesicht zu sehen und an ihnen zu reifen. Das macht dich mehr zum Mann, nicht weniger!«

Fünfzehn

Als Paddys Flugzeug in Dublin landete, wurde ihr plötzlich die Lücke in ihrem schnell gefassten Plan bewusst. In der Zeit, die sie brauchte, ihren Mietwagen abzuholen, wäre der gute Mr. Larne Reardon längst über alle Berge!

Nun gut, dachte sie, dann muss ich eben improvisieren.

Sie wartete auf ihrem Platz, bis die 737 fast leer war, und räumte so lange in ihrer Tasche herum, um von den Aussteigenden so wenig wie möglich bemerkt zu werden. Als die Bahn endlich frei war, sprang sie auf und eilte nach draußen.

Reardon war noch da. Sie sah, wie er geradenwegs zum Ausgang strebte. Offenbar hatte er weder Gepäck aufgegeben, noch musste er sich um die geheimnisvolle Kiste kümmern. Als Paddy am Ausgang ankam, sah sie seinen spärlich behaarten Kopf gerade noch in einem Taxi verschwinden.

Ihr Gepäck und ihr Mietwagen mussten warten! Im Augenblick durfte sie nur Reardon nicht aus den Augen verlieren.

Paddy sprintete los, winkte dem nächsten Taxi und sprang hinein.

»Ich kann kaum glauben, dass ich selbst jemals so etwas sagen würde«, murmelte sie vor sich hin. »Folgen Sie dem Taxi dort vor uns!«, fügte sie laut und für den Fahrer hörbar hinzu.

Die Fahrt dauerte nicht lange.

Beide Taxis hielten vor dem Doyle Skylon Hotel zwischen Flughafen und Innenstadt. Paddy wartete, bis Reardon in der Lobby verschwunden war, bezahlte ihren Fahrer und folgte dem Abgeordneten ins Hotel.

Allmählich wurde es dunkel. Was immer er auch vorhatte,

Reardon schien diese Nacht hier verbringen zu wollen. Wenigstens war es kein Fünf-Sterne-Haus, dachte Paddy, obwohl es sicher noch immer mehr kostete, als Pilkington ihr an Spesen bewilligen würde. Sie hatte keine andere Wahl. Sie war so weit gegangen, jetzt musste sie es auch bis zum bitteren Ende durchstehen. Und das, obwohl sie wusste, dass Reardon eigentlich in Ferien war. Möglicherweise war der Trip nach Irland nichts weiter als ein unschuldiger Ausflug. Und wenn das hier eine Ente war, würde der Chefredakteur nicht einmal einen Penny zu ihren Ausgaben beisteuern.

Paddy setzte sich in die Lobby und gab vor, sich intensiv mit einer Tageszeitung zu beschäftigen, bis sich die Aufzugtüren hinter Reardon geschlossen hatten. Dann stand sie auf und ging zum Empfang. Hoffentlich hatten sie noch ein Zimmer frei!

Nach der Anmeldung und wenn sie sicher war, dass Reardon für eine Weile sein Zimmer nicht verlassen würde, wollte sie zum Flughafen zurückkehren und sich um ihren Koffer und den von Bert reservierten Mietwagen kümmern.

• Sechzehn •

Am Morgen nach seinem ernsten Gespräch mit Duncan verabschiedete sich Andrew von seinen Eltern. Sein Vater war fröhlich und redete viel. Vielleicht wollte er damit auch nur das Schweigen seiner Frau vertuschen, die aus ihrem Unmut keinen Hehl machte.

Herzlich schüttelte er Andrews Hand. »Viel Glück, mein Sohn. Amüsier dich gut. Allerdings habe ich eine Bitte: Komm nicht im Kilt zurück!«

Andrew lachte. »Ich glaube kaum, dass meine Begeisterung für Schottland so weit geht, Vater.«

Er wandte sich seiner Mutter zu. »Wiedersehn, Mama«, sagte er leise, trat näher und umarmte sie. Sie blieb steif stehen.

»Andrew«, sagte sie, als er sich zurückzog, »nach deiner Rückkehr müssen wir beide ein ernstes Wörtchen miteinander reden. Wenn du es in London wirklich einmal zu irgendetwas bringen willst, musst du deine Aufgaben erheblich ernster nehmen.«

Andrew seufzte innerlich, bemühte sich aber, seinen Ärger nicht zu zeigen.

»In Ordnung, Mama«, sagte er freundlich. Er drehte sich um und ging zu seinem wartenden Auto, ehe sie noch etwas sagen konnte.

»So, ihr Lieben«, rief er, »ich bin jetzt weg!«

Seine Mutter hatte ihm bereits den Rücken gekehrt und ging ins Haus zurück. Andrew winkte seinem Vater, ließ den Motor an und setzte zurück.

Nachdem er den Wagen gewendet hatte, blickte er noch einmal zum Haus. Seine Mutter stand im Eingang und sah ihm nach. Andrew winkte flüchtig und gab Gas.

»Ach, Mutter«, seufzte er kopfschüttelnd, »du trägst wirklich das Gewicht der ganzen Welt auf deinen Schultern.«

Die Strecke von Derwenthwaite nach Carlisle kannte er im Schlaf. Erst, als er in Carlisle nach links abbog, anstatt sich wie sonst nach Süden zu wenden, überkam ihn freudige Erregung wie der Vorgeschmack eines Abenteuers. Das Gefühl verstärkte sich noch, als er zwanzig Minuten später das blaue Schild mit der Aufschrift »Willkommen in Schottland« an der M74 passierte.

Natürlich kannte er die Straße. In den vielen Jahren seiner politischen Laufbahn hatte er ungezählte Konferenzen in Glasgow und Edinburgh besucht. Doch heute sah er die

Strecke durch die Hügel von Dumfries mit anderen Augen. Heute war er an der Reihe, den Fußspuren des Wanderers zu folgen und das Land zu erobern. Nach Norden! Immer nach Norden. Hin zu den kahlen Bergen, die nur von denen geliebt wurden, die ihren Zauber erkannten.

Eine Zeile aus einem Burns-Gedicht schwirrte durch Andrews Kopf.

Der Winter ist vorüber, der Sommer endlich da,
In allen Zweigen zwitschern kleine Vögel. ...

Genau das fühlte er! Er war glücklich. Und er lebte gern. Endlich lagen der ständige Druck seiner Arbeit und sogar die prüfenden Augen seiner Mutter weit hinter ihm.

Das Land Kaledonien lockte!

Er wollte fahren und wandern, er wollte Moore, Wälder, Berge und weite Landschaften erkunden. Die kleinsten Pfade wollte er erobern. Von den Gipfeln der höchsten schottischen Berge wollte er in jede Richtung schauen. Er wollte Inseln umrunden und auf felsigen Klippen dem Spiel der Wellen zusehen.

Glasgow reizte ihn dieses Mal nicht, ebenso wenig wie jede andere Stadt. Ihn verlangte nach Einsamkeit.

Er durchquerte die Metropole auf dem kürzesten Weg und folgte dem Clyde Richtung Westen, hin zu den zerklüfteten Inseln und den Highlands. In Dumbarton bog er nach Norden zu einem der berühmtesten schottischen Seen ab.

• Siebzehn •

In Derwenthwaite folgte Harland Trentham den Schritten seiner Frau.

»Warst du nicht ein bisschen streng mit Andrew?«, fragte er mit einer für ihn recht ungewöhnlichen kritischen Note. »Es war nicht gerade die freundlichste Art, ihm eine gute Reise zu wünschen.«

Lady Trentham blickte ihren Mann an. Sie war nicht sicher, ob sie richtig gehört hatte. »Ich weiß doch nun wirklich am besten, wie die Dinge in London laufen, Harland. Es täte ihm besser, dann und wann meinen Rat einzuholen.«

»Vielleicht möchte er lieber auf eigenen Füßen stehen.«

»Er muss ganz einfach lernen, das Spiel der Politik zu beherrschen«, antwortete sie leicht gereizt.

»Also ich finde, dass sich unser Sohn bereits jetzt ziemlich wacker schlägt.«

»Und warum treibt er sich dann in der Weltgeschichte herum?«

»Das letzte Jahr war verdammt anstrengend für ihn. Lass ihm doch seine Ferien. Außerdem würde es weder dir noch ihm schaden, wenn du ihm dann und wann einmal sagen würdest, dass du stolz auf ihn bist. Weißt du eigentlich, wie wichtig ihm dein Lob ist?«

»Pah! Er weiß, wie stolz wir auf ihn sind!«

»*Wir* sind vielleicht stolz auf ihn, aber bist *du* es auch? Ich habe es dich nie aussprechen hören, und ich wette, er noch viel weniger.«

Lady Trentham starrte ihren Mann verständnislos an. Sie begriff seine Art zu denken einfach nicht.

Plötzlich wurde sie sehr blass.

»Ich glaube, ich muss mich kurz hinlegen«, sagte sie. »Ich fühle mich mit einem Mal nicht besonders gut.«

• Achtzehn •

Andrew wurde allmählich ruhiger. Er fuhr am Ufer des berühmten Sees entlang und dachte an das traurige alte Liebeslied.

By yon bonnie banks and by yon bonnie braes
Where the sun shines bright on Loch Lomond ...

Die Erinnerung an die Worte kam zurück. Andrew ertappte sich dabei, leise vor sich hin zu singen.

... And ye'll take the high road
And I'll take the low road,
And I'll be in Scotland afore ye ...

Immer noch singend passierte er ein Hinweisschild. Der Text lautete: »Crianlarich, das Tor zu den Highlands.« Andrew fühlte sich wie elektrisiert. Nun würde er endlich das wahre Wesen dessen kennen lernen, was ihn seit Monaten mit Leib und Seele beschäftigte. Die kahle Macht der Berge sprach zu ihm. Wie einsam die Gegend doch war, verglichen mit dem Lake District, seiner Heimat, die um diese Jahreszeit vor Ausflüglern und Touristen wie ein Bienenstock summte. Die Landschaft zog ihn in ihren Bann. Sie kündete von Weite und Abenteuer, aber auch von Mythen und Legenden.

Immer noch geisterte die Lomond-Melodie durch Andrews Kopf. Wie eine melancholisch-musikalische Untermalung würzte sie die verlockende Zubereitung mystischer Zutaten. Andrew fuhr weiter nach Norden bis Rannoch Moor, der Heimat von Foltlaigs archaischem Stamm und später von Brochan Cawdor aus dem Clan Campbell.

Schließlich lenkte er seinen Wagen in das enge, gewundene Tal von Glencoe.

Beim Anblick der mächtigen Berge rechts und links der Straße durchlebte Andrew noch einmal die fesselnde Geschichte des Mädchens von Glencoe und des jungen Soldaten. Auf welchem dieser steilen Hänge mochten sich Ginevra und Brochan wohl zum ersten Mal getroffen haben? Wohin waren sie während jener verhängnisvollen Februarnacht geflohen?

Für die erste Nacht hatte Andrew ein Zimmer in der Ballachulish Lodge bestellt. Die Unterkunft lag eingekuschelt zwischen Beinn a' Bheitir und dem Ufer von Loch Linnhe, fast genau an der Stelle, wo Campbells Truppe mit der Fähre von Fort Williams übergesetzt war.

Am nächsten Morgen stand er früh auf und fuhr zurück in das historische Tal. Er parkte am Besucherzentrum und wanderte eine Stunde am Ufer des Coe entlang, während er in seiner Erinnerung noch einmal die lang zurückliegende Geschichte abspulte.

Sein zweiter Reisetag führte ihn am Ufer von Loch Linnhe entlang nach Süden, nach Oban. Dort nahm er die Fähre über den Firth of Lorn and Loch Linnhe nach Craignure auf der Insel Mull. Den Nachmittag verbrachte er mit einer gemütlichen Fahrt durch die im Süden der Insel gelegenen Hügel. Irgendwann erreichte er das winzige Städtchen Fionnphort. Er stieg aus, ging bis ans Wasser und blickte über die flimmernden, unruhigen Wellen hinüber zu der Insel, auf der Schottlands geistiges Leben begonnen hatte: Iona.

Während der Überfahrt nach Iona durchlebte Andrew eine Fülle von Gefühlen. Sonne und Seewind trugen das Ihre zu der mystisch geprägten Stimmung bei, die Andrew auf dem Weg zum Ursprung von Columbas Mission empfand. Unerschütterlich standen die Felsen, auf denen vor langer Zeit die ersten Missionare und Pioniere gewandelt waren.

Andrew stieg mit den wenigen anderen Passagieren aus. Alles schien ehrfurchtsvoll zu verstummen, als die Menschen die Insel betraten. Auch Andrew fühlte einen großen Frieden in seiner Seele. Überwältigt von unbekannten Gefühlen ging er zum Hotel und meldete sich an. Er wollte die Nacht auf Iona verbringen, am Morgen die Fähre zurück nach Mull nehmen und dann weiter nordwärts fahren.

Nach Erledigung der Formalitäten spazierte Andrew durch das Dorf. Er besichtigte die Abtei und das nahe gelegene Grab von John Smith, einem schottischen Labour-Führer, dessen plötzlicher Herztod wenige Jahre zuvor ganz England erschüttert hatte.

Nachdem er zu Abend gegessen hatte, nahm Andrew sein Buch und erkundete im sanften Licht der Dämmerung die heilige Insel. Über eine felsige Anhöhe stieg er zur anderen Küstenseite hinunter.

Eine halbe Stunde später stand er staunend vor dem offenen Atlantik, der unaufhörlich gegen die Ufer anstürmte.

• Neunzehn •

Für Patricia Rawlings, Journalistin und seit neuestem auch Amateurdetektivin, war plötzlich die seit achtundvierzig Stunden verfolgte Spur des Abgeordneten Larne Reardon von wesentlich geringerem Interesse als der weiß-grüne Lieferwagen vor ihr.

Genau genommen interessierte sie sich vor allem für die große Kiste auf der Ladefläche.

Anderthalb sterbenslangweilige Tage hatte sie im Hotel

herumgelungert. Soweit sie es beurteilen konnte, hatte Larne Reardon in dieser Zeit nichts Besonderes unternommen. Natürlich hätte er von seinem Zimmer aus jede Menge Leute anrufen können, aber da Paddy zu ihrem Leidwesen keine Möglichkeit sah, Wanzen in sein Telefon einzubauen, musste sie sich auf den Augenschein beschränken. Aber dann kam plötzlich der LKW vom Flughafen und eine Viertelstunde später der Kleinlaster.

Reardon wartete bereits vor dem Hotel und überwachte höchstpersönlich das Umladen der großen Kiste. Sie sah genau so aus, wie Bert sie beschrieben hatte. Als der LKW-Fahrer begann, einen Kran auszuschwenken, war Paddy klar, dass der Inhalt der Kiste wirklich sehr schwer sein musste.

Nachdem die Fracht sicher verstaut war, stieg Reardon in ein Auto und fuhr in entgegengesetzte Richtung davon. Jetzt musste Paddy eine Entscheidung treffen. Welchem Fahrzeug sollte sie folgen? Sie schob die Vermutung, die ihr unwillkürlich kam, rasch beiseite. Dennoch wusste sie genau, dass sie jetzt auf keinen Fall die Spur dieser Kiste verlieren durfte.

Sie lief zu ihrem Auto und reihte sich direkt hinter dem Lieferwagen ein.

Das war vor anderthalb Stunden gewesen. Seither lenkte sie ihren Wagen durch die atemberaubend schöne irische Landschaft und befand sich nun etwa vierzig Meilen südwestlich von Dublin. Gerade hatte sie das Städtchen Carlow passiert und kam an einem ländlich wirkenden Pub vorbei. Auf dem Aushängeschild erkannte Paddy ausgebleichte Kleeblätter und einen Kobold. Die Kneipe hieß O'Faolain's Green.

Endlich wurde der Kleinlaster langsamer.

Paddy bremste und lenkte ihr Auto an den Fahrbahnrand. Der schwierigste Teil der Verfolgungsjagd war gewesen, auf keinen Fall zu nahe heran zu fahren. Sie glaubte zwar eigentlich nicht, dass sie entdeckt worden war, aber so ganz sicher war sie ihrer Sache nicht.

Ein paar hundert Yards hinter dem Pub blinkte der Lieferwagen und bog nach links ab. Langsam holperte er einen gepflasterten und offenbar privaten Weg zu einem von der Straße aus nicht sichtbaren Gebäude entlang. Knapp zwei Minuten später verschwand er hinter einer kleinen Erhebung, auf der hohe Bäume die Sicht versperrten.

Auf diesem Sträßchen konnte Paddy dem Kleinlaster auf keinen Fall folgen. Es wäre zu auffällig gewesen. Sie wendete ihr Auto und kehrte zu dem Pub zurück, wo sie parken und warten wollte.

Es dauerte zwanzig Minuten. Dreißig. Vierzig.

Plötzlich kam der Lieferwagen zurück. Er tauchte genau hinter der kleinen Erhebung unter den Bäumen auf, wo er zuvor verschwunden war. Unten angekommen, bog er auf die Hauptstraße ab, beschleunigte und fuhr in die Richtung zurück, aus der er gekommen war. Spielten Paddys Augen ihr einen Streich, oder hing die Ladefläche wirklich nicht mehr so tief herunter, als der Kleinlaster an ihr vorüberbrauste?

Kaum war der Lieferwagen außer Sichtweite, startete Paddy ihr Auto, fuhr vom Parkplatz des Pubs auf die Straße zurück und bog nach links in die geheimnisvolle Zufahrt ein. Vorsichtig lenkte sie den Wagen das holprige Sträßchen hinauf und dann wieder hinunter, in ein spärlich bewaldetes Gebiet. Der Weg war recht kurvenreich. Nach einem weiteren Anstieg mündete er in einer großen Lichtung.

Paddy hielt überrascht den Atem an. Ungefähr eine halbe Meile vor ihr prunkte ein weitläufiges Schloss. Dahinter, auf einer gepflegten Rasenfläche von mindestens zehntausend Quadratmetern, waren ein gutes Dutzend aufrecht stehender Steine in halbkreisförmigen Mustern angeordnet. Sie waren unterschiedlich groß. Es gab zwei oder drei wirklich hohe, die anderen maßen kaum mehr als höchstens drei Fuß.

Jetzt erinnerte sich Paddy. Vor einigen Jahren hatte sie etwas über diese Anlage gelesen. Sie blickte auf das Schloss und die Stehenden Steinen von Carlow.

Das also war das irische Stonehenge! Einmal im Jahr versammelten sich Druiden aus aller Welt in diesem Park, um die übernatürlichen Kräfte der Steine in sich aufzunehmen. Paddy entsann sich dunkel, dass es vor einiger Zeit einmal Ärger mit den Anwohnern gegeben hatte. Damals hatte die BBC ein paar ungehobelte, Ale trinkende Bauern in einem Pub interviewt − vielleicht sogar dem Pub, an dem sie eben vorbeigefahren war.

Sie schlich weiter die Zufahrt entlang, bis ihr zwei große Eisentore den Weg versperrten. Zu ihrer Rechten waren die Worte *Keltisches Druidenzentrum* mit rundlichen keltischen Buchstaben in einen Stein eingraviert. Auf der anderen Seite war in autogerechter Höhe eine Gegensprechanlage mit tastaturbedienter Öffnungsvorrichtung fest im Boden verankert.

Doch Paddy hatte auf keinen Fall vor, einen der Knöpfe zu drücken. Je schneller sie hier verschwand, desto besser!

In diesem Augenblick entdeckte sie ein paar Männer, die langsam über den dicken Rasenteppich gingen. Zwei von ihnen waren in lange Roben gekleidet, die Paddy für Druidengewänder hielt. Die beiden anderen waren stämmige Burschen. Einer hatte einen Spaten geschultert. Und sie schleppten oder schoben, soweit sie das von ihrem Standort beurteilen konnte, die Kiste aus dem Kleinlaster.

Hätte sie doch nur ein Fernglas gehabt! Offensichtlich transportierten sie den großen Kasten auf einer Art Handkarren zu den Stehenden Steinen. Sie schienen sich ziemlich abzumühen, den Karren in Bewegung zu halten.

Sollte das etwa …

Ganz Scotland Yard durchsuchte seit drei Monaten fieberhaft das gesamte Land – und ausgerechnet *sie* sollte fündig geworden sein?

Solche Zufälle gab es doch gar nicht! Schon gar nicht für sie.

Aber dort war er.

Und wenn sie mit ihrer Vermutung Recht hatte, wie um alles in der Welt konnte Reardon ihn während der laufenden Untersuchung durch Scotland Yard aus London herausgebracht haben? Wie hatte er ihn durch die Sicherheitskontrollen am Flughafen und den irischen Zoll gebracht? Selbst ein Abgeordneter hatte nicht so viel Einfluss. Also musste Reardon irgendeine einflussreiche Verbindung irgendwo ganz hoch oben haben. Vielleicht lag die Antwort ja in diesem Schloss. Hinter den beeindruckenden Eisentoren.

Doch das wollte Paddy lieber später herausfinden. Im Augenblick fühlte sie sich nicht besonders wohl in ihrer Haut. Auf keinen Fall wollte sie sich mit Druiden anlegen.

Langsam setzte sie den Wagen zu einer breiteren Stelle zurück, drehte und fuhr zurück zur Hauptstraße. Es war höchste Zeit, nach Dublin zurückzukehren und nachzuschauen, was aus Larne Reardon geworden war.

• Zwanzig •

Es war ein langer und peinlicher Tag für Harland Trentham gewesen.

Seine Frau war Kritik aus seinem Mund nicht gewohnt. Ihre politischen Gegner konnten ihr ruhig alle Arten von Gemeinheiten an den Kopf werfen; sie zahlte es ihnen prompt und mit gleicher Münze zurück. Aber bei ihrem

Mann lag die Sache ein wenig anders. Es kam selten vor, dass er ihr gerade heraus Vorwürfe machte. Daher hatte sie sich den größten Teil des Tages missmutig und still in ihren Räumen verkrochen.

Andrews Vater hielt es für das Beste, zum Mittagessen nicht zu Hause zu sein. Er war um elf Uhr ausgegangen und kam erst gegen zwei zurück. Doch als die Teestunde nahte, fand er, dass die ungemütliche Atmosphäre nun lange genug gedauert hätte. Als Franny den Tisch deckte, ging er hinauf in das Wohnzimmer seiner Frau. Bewegungslos saß sie da und starrte auf den Rasen hinter dem Haus.

»Kommst du zum Tee?«, fragte Harland Trentham so freundlich, wie er nur konnte.

Sie drehte sich um, stand auf und stieß einen kleinen Seufzer aus, der ihm wohl bewusst machen sollte, dass sie trotz der liebevollen Einladung zum Tee durchaus noch nicht vergessen hatte und dass ihnen doch sicher beiden klar war, wer von ihnen der Schuldige war.

Mr. Trentham trat zur Seite. Sie ging an ihm vorbei und vor ihm her die Treppe hinunter zum Esszimmer. Gemeinsam traten sie ein. Franny goss gerade kochendes Wasser in die Kanne auf dem Tisch. Andrews Vater drehte sich zu seinem Sessel um.

Im nächsten Augenblick krachte es hinter ihm.

Er wirbelte herum. Seine Frau war über dem Tisch zusammengebrochen.

Franny schrie auf. Kochendes Wasser floss über den Tisch, als Lady Trentham auf den Boden rutschte und dabei Tischtuch und Geschirr mitriss.

Sofort kniete Andrews Vater an ihrer Seite. Lady Trentham war ohne Bewusstsein, ihre Augen geschlossen und ihr Gesicht aschfahl.

»Franny, rufen Sie sofort einen Krankenwagen«, befahl er ruhig. Er stand auf, holte eine Serviette und ein Glas Wasser und bemühte sich, seine Frau zu sich zu bringen. Beruhigend redete er auf sie ein, während er ihr Gesicht und Stirn mit dem feuchten Tuch abtupfte. Es war offensichtlich etwas Ernsteres als ein einfacher Sturz.

Schließlich sprang er auf und ging selbst telefonieren. Den Hörer musste er der hysterisch zitternden Franny aus der Hand nehmen.

• Einundzwanzig •

Andrew wanderte über die legendäre Hybrideninsel. Schon allein beim Rauschen der sich an Ionas Küste brechenden Wogen überkam ihn das Gefühl, einem Stück ehrwürdiger, alter Geschichte zum Greifen nah zu sein.

Der Abend war warm und ruhig. Man hatte ihm erklärt, dass das Wetter dieses Tages für diesen hohen nördlichen Breitengrad eher unüblich sei. Der Geruch von Seewasser und nassem Tang mischte sich mit den Düften blühender Wiesen im Landesinnern. Andrew fühlte sich glücklich. Das tiefblaue Meer mit seinen grünlichen Reflexen, die vielfarbigen Felsen, der helle Sand und das dunkle Seegras erinnerten ihn eher an eine Mittelmeerlandschaft als an eine Insel im Nordatlantik.

Ein Fischer ordnete seine Netze und vertäute sein Boot für die Nacht. Andrew trat zu ihm.

»Guten Fang gehabt?«, fragte er.

»Geht so«, antwortete der Mann.

»Fischen Sie hier das ganze Jahr hindurch?«

»Im Winter gibt's nichts zu fischen.«

Andrew nickte.

»Die See ist zu rau«, sagte der Mann, mehr zu sich selbst

als zu Andrew. »Bei schlechtem Wetter lebt es sich hier nicht gut. Ich kümmere mich um mein Vieh und wohne auf Mull, bis ich zurückkommen kann.«

»Warum bleiben Sie denn, wenn das Leben hier so schwierig ist?«

Der Mann schwieg und starrte vor sich hin, als überlege er, ob er eine solche Unterhaltung überhaupt mit einem Fremden führen wollte. Aber dann entschloss er sich doch zum Antworten. »Die See ist mein Leben, junger Mann. Ich liebe sie. Ohne Wellen und salzige Gischt fühle ich mich einfach nicht wohl. Und wenn ich nicht mit meinem kleinen Boot auf ihr herumfahre, dann muss ich ihr wenigstens nah sein.«

Wieder nickte Andrew. »Ich verstehe sehr gut, dass ein so schönes Fleckchen Erde einen in seinen Bann schlagen kann«, sagte er.

»Iona ist anders als alles andere, junger Mann«, sagte der Fischer philosophisch. »Es ist meine Heimat. Meine Eltern haben hier gewohnt und die Eltern meiner Eltern auch. Deshalb bleibe ich.«

Andrew setzte seinen Weg fort. An einem Tag wie diesem, dachte er, kann einen das Klima leicht täuschen. Man hält es für milder, als es in Wirklichkeit ist. Der Mann hatte natürlich Recht: Der Atlantik war kein sanftes Meer. Nur ein harter Menschenschlag konnte hier überleben, Menschen wie dieser Fischer. Das Leben der Leute, die vor langer Zeit ihres Glaubens wegen über die See gekommen waren, war mit Sicherheit kein leichtes Leben gewesen.

Andrew stieg den Hügel empor, den man Dun-I nannte. Hier und da traf er auf ein paar Schafe, einmal sah er sogar eine Kuh. Auf dem sogenannten Gipfel, dem höchsten Punkt der Insel, konnte man fast ganz Iona überblicken. Gemächlich drehte sich Andrew in alle Himmelsrichtungen.

In der Richtung, aus der er gekommen war, erkannte er

die altehrwürdige Abtei, die vom heiligen Columba gegründet worden war. Andrew hatte nicht erwartet, dass der Besuch der alten Gemäuer ein paar Stunden zuvor ihn so berühren würde. Eine tiefe Ruhe war über ihn gekommen, während er das Sankt-Martins-Kreuz und das alte Steingebäude von außen besichtigte, eine Ruhe, die noch friedlicher wurde, als er die Abtei schließlich betrat.

Bis noch vor kurzer Zeit hatte Andrew eher selten gebetet. Aber jetzt, als er auf dem höchsten Punkt der Insel stand und auf die Stelle hinab blickte, wo der heilige Columba vermutlich gelandet war, erschien ihm plötzlich ein Gebet die einzig mögliche Äußerung zu sein.

Der weite Ausblick über die ruhige See ließ Andrew darüber nachsinnen, was Columba wohl gedacht haben mochte, als er von seiner Heimat Irland aus in See gestochen war.

Jedenfalls hatte diese Expedition den geistigen Samen einer neuen Religion in den felsigen Boden Schottlands gelegt. Was den Römern in dreihundert Jahren nicht gelungen war, schaffte Columba im Laufe eines Lebens.

Andrew setzte sich auf einen dicken Stein und sog genüsslich die duftende Abendluft ein. Er schlug das Buch auf, das er mitgebracht hatte, und begann die Geschichte der ersten Landung an diesem Ort zu lesen ... einer Landung, die Schottland für immer veränderte.

SIXTH CENTURY ALBA
and the
TRAVELS of ST. COLUMBA

SKYE

INBHIR-NIS

1st JOURNEY in 565-566

573

NORTHERN PICTS

PICTS

1st JOURNEY

JOURNEY IN 574

TIREE

MULL

SOUTHERN PICTS

IONA

570

DUNADD

LINDESFARNE

563

SCOTS

BRITONS

ANGLES

SCOTIA
(IRELAND)

11

DIE ANKUNFT DER TAUBE

•Eins•

Das zwölfjährige Mädchen weinte bitterlich. Eine schreckliche, drohende Gefahr hing über ihr.

Sie lief in der Mitte einer feierlichen Prozession nach keltischem Ritual. Die lange Menschenreihe zog langsam den sanften Hügel empor, auf dessen Rücken eine mächtige Eiche wuchs. Alle Leute des Dorfes widmeten sich mit tiefer Inbrunst ihrem heiligen Ziel. Nur das Herz des Mädchens brachte keine andächtigen Gefühle auf. Denn sie würde heute das Opfer sein.

Das Mädchen litt Todesängste. Auf ihre jugendliche, noch ungebildete Weise fühlte sie, dass irgendetwas an diesem grausamen Ritual nicht richtig sein konnte.

Sie war in dieser Kultur, in die sie hineingeboren war, immer ein Fremdkörper geblieben. Ihr Volk, das Überbleibsel eines ehemals großen keltischen Reiches, war zwar stark spirituell geprägt, doch die Ausdrucksform seiner Spiritualität beschränkte sich auf grobe, heidnische Riten. Tief in ihrem Inneren hatte das Mädchen schon früh immer nach Höherem gestrebt. Daher galt sie als seltsam; manche glaubten gar, sie sei von den Dunklen Mächten besessen.

Als das Mädchen heranwuchs, bestätigte ihr fremdartiges Benehmen den Verdacht der Leute. Sie fürchtete die Macht der Erde

nicht, wie es die meisten ihrer Landsleute taten, sondern sie erfreute sich im Gegenteil daran. Von früher Kindheit an fühlte sie
sich wohler, wenn sie weit weg vom Dorf allein unter dem blau-
en Himmel war; sie liebte die sternenfunkelnden, schwarzen
Nächte und fürchtete sich nicht einmal, wenn aus drohenden,
grummelnden Wolken feurige Blitze sprangen und Hagel und
peitschender Regen über das Land fegten. Es kam vor, dass sie inmitten des Tumults stand, das Gesicht dem Chaos am Himmel
zugewandt, und fröhlich lachte.

Sie liebte die Natur. Die Welt machte sie glücklich. Aber sie
verehrte sie nicht, wie ihre Landsleute das taten. Obwohl sie noch
ein Kind war, spürte sie, dass Erde, Himmel und Meer und alle
lebenden Pflanzen und Tiere von etwas geschaffen sein mussten,
das größer war. Die Wunder der Erde waren ein Geschenk, und
sie durfte darin leben – um sich daran zu erfreuen, nicht, um sie
zu vergöttlichen.

Natürlich war sie nicht in der Lage, das Bewusstsein in Worte zu
fassen, dass sie abstrakter denken konnte als zum Beispiel ein Ad-
ler, Bär oder sogar der mächtige Hirsch in den Wäldern. Doch sie
war sich darüber klar, dass sich zwar in allen Kreaturen eine höhere Macht zeigte, dass sie selbst aber eine Stufe näher an jenem Höheren stand, das sie erahnte, von dem sie aber nichts wusste.

Der Name des Mädchens war Diorbhall-ita[6]. Sie war die Tochter des Königs.

Als der Tag herannahte, erzählte man ihr, es sei die größte Ehre
für ein Mädchen wie sie, der Großen Eiche am Hohen Ort geop-
fert zu werden. Die Druidenpriesterinnen sagten, sie könne sich
glücklich schätzen, unter allen Jungfrauen des Dorfes ausgewählt
worden zu sein. Der große Gott Bilé, der in der Eiche wohnte, und
Danu, die Muttergottheit, die die Eiche vom Himmel aus bewäs-
serte, würden sich über eine solche Auswahl ganz besonders

---

[6] Ausgesprochen: Dialita. Diorbhall ist die gälische Form von Dorothee, das »die von Gott
Geschenkte« bedeutet.

freuen. Sie würden ihr Blut trinken und ihrem Volk zum Dank reiche Ernten und Wohlstand verleihen.

Tief in ihrem Herzen wusste Diorbhall-ita allerdings, dass sie von ihrem Vater, dem König der nördlichen Pikten mit Namen Brudei, nur ausgesucht worden war, weil er ihren Anblick nicht ertrug. Sie erinnerte ihn an ihre tote Mutter.

Er hatte sie verstoßen, als er sie nicht mehr brauchte. Nun würde er die Tochter ebenfalls loswerden.

»Die Götter werden dich fürstlich belohnen«, hatte der Hochdruide Broichan zum König gesagt, »wenn du deine eigene Nachkommenschaft opferst.«

Der König war schnell einverstanden gewesen.

Für Diorbhall-ita war es eine schreckliche Erfahrung, ausgerechnet von dem Mann verschmäht zu werden, der ihr das Leben geschenkt hatte. Sie hasste ihren Vater zutiefst, ebenso wie den bösen Menschen Broichan. Wenn sie gewusst hätte, wie sie es anstellen sollte, hätte sie beide getötet. Mit eigenen Händen umgebracht!

Aber sie war nur ein kleines Mädchen. Ihr Vater war der König, und Broichan war Hochdruide. Was konnte sie schon gegen die beiden ausrichten?

Als die Prozession den heiligen Hohen Ort über Inbhir-Nis erreichte, zitterte die für ihr Alter hoch gewachsene, zwölfjährige Diorbhall-ita vor schrecklicher Angst. Die langen Reihen von Druiden und Priesterinnen hinter ihr sangen feierliche Hymnen.

Vor dem blutbefleckten Altar hatte sich die schreckliche Gestalt von Broichan aufgebaut. Unwillkürlich starrte das Mädchen mit angstweiten Augen auf das Messer an seiner Seite. Die Klinge war eigens für ihren Hals geschärft worden!

Die Prozession hielt an. Hände drückten das Mädchen auf die Knie und zwangen ihren Kopf auf den Altarstein. Ein Schrei entrang sich ihren Lippen. Hoch über ihr dräute der böse Schatten Broichans. Mit seiner tiefen Stimme intonierte er einen feierlichen Gesang.

Sie wollte nicht sterben!

Aus dem Augenwinkel erkannte sie, wie seine Hand sich dem riesigen Messer näherte. Er fasste es am Heft und zog es zu ihr hin. Das Singen wurde immer lauter, immer lauter …

Da riss sich Diorbhall-ita los.

Entsetzt schnappten die versammelten Druiden nach Luft. Hände griffen nach ihr.

»Nein!«, schrie sie. »Ihr werdet mich nicht töten!«

Und sie schoss über den Hügelrücken davon.

Ein wütender Fluch ertönte hinter ihr. Es war die Stimme ihres Vaters. Auch Broichan brüllte eine Verwünschung. Als Nächstes hörte sie rennende Füße, die ihr folgten.

Aber sie war jung und im Laufen geübt. Und sie rannte um ihr Leben. Niemand von denen dort vor dem Altar würde sie einholen können.

Sie rannte und rannte. Sie hatte keine Ahnung, wo sie war und in welche Richtung sie lief. Nach dem Hügel kam ein Wald, dann eine Schlucht, die sie auf der anderen Seite wieder verließ, später folgte sie einem Fluss und erreichte offenes Heideland.

Und immer noch rannte sie … weiter und weiter und weiter.

Viele Stunden später fand sie sich am Fluss Nis ungefähr drei Meilen flussaufwärts wieder.

Mit tränenden Augen blieb sie völlig erschöpft liegen. Sie konnte nicht mehr laufen.

Als sich ihr Atem ein wenig beruhigt hatte, packte sie eine grässliche Verzweiflung. Erst wimmerte sie nur leise vor sich hin, dann brach sie in hoffnungsloses Schluchzen aus. Sie weinte lange und heftig, bis sich der erste Sturm gelegt hatte.

»Hilf mir«, flehte sie inbrünstig, »bitte, bitte, hilf mir!«

Und dann schlief sie ein.

Sie wusste nicht, wen sie da angebettelt hatte. Ihr Leben lang war sie das Gefühl nicht los geworden, dass es noch etwas anderes gab als die Eiche mit Bilé und Danu.

Ihr verzweifelter Aufschrei wurde erhört. Just zu jener Stunde machte sich ihr Retter auf, um sie von ihren Sorgen und ihrer Trauer zu erlösen.

• Zwei •

Diorbhall-ita wachte auf, weil sie rüde geschüttelt und herrisch angebrüllt wurde.

Unsanfte Hände rissen sie hoch und stellten sie auf die Füße. Die Männer waren Bedienstete ihres Vaters. Sie fesselten sie an den Handgelenken und stießen sie gnadenlos vor sich her zurück ins Dorf.

Zu Hause im Palast schlug ihr Vater sie grün und blau. Eine ganze Woche lang musste sie das Bett hüten. Blutige Striemen verunstalteten ihr Gesicht, schwere Blutergüsse auf dem Rücken verdammten sie zu völliger Bewegungslosigkeit, und ein Auge war schwarz und zugeschwollen. Nur einer mitleidigen Dienerin hatte sie zu verdanken, dass sie überhaupt am Leben blieb.

Broichan sprach beim König vor.

»König Bruid«, beschwor er den Herrscher, »ich weiß, du fühlst dich vor deinem Volk und vor den Göttern gedemütigt. Trotzdem darfst du das Mädchen nicht töten. Es ist nicht gestattet, ein entflohenes Opfer umzubringen, denn das würde ihre Sündhaftigkeit auf dein Haupt beschwören. Der Fluch der Götter wäre dir gewiss.«

»Wir sollten sie an Händen und Füßen fesseln und zum Altar zurückbringen«, schlug der immer noch aufgebrachte König vor. »Ein zweites Mal entkommt sie uns nicht!«

»Wir können sie nicht mehr brauchen«, antwortete der Druide, »sie ist entweiht. Die Götter wünschen ein bereitwilliges Opfer. Eine Gabe wie dieses Mädchen würden sie zurückweisen und Feuer vom Himmel regnen lassen. Nein, mein König, sie ist nicht länger würdig!«

»Was soll ich mit diesem missratenen Balg nur anfangen?«, schrie der König blass vor Zorn.

»Es gibt genügend Möglichkeiten, sich ihrer zu entledigen, mein König«, sagte der Druide sanft.

»Seit ihrer Geburt ist sie ein Fluch für mich gewesen.«

»Überlass alles mir, mein König. Ich werde ihr einen Ehemann suchen, der dich von deiner Last befreit und deiner missratenen Tochter das Schicksal bereitet, das sie verdient hat.«

Zwei Monate später wurde Diorbhall-ita im Nachbardorf mit einem Mann verheiratet, dessen Ruf Broichan sehr wohl kannte.

Gairbhith verfuhr nach eigenem Gutdünken mit der zwölfjährigen Königstochter aus Inbhir-Nis. Nachdem er seinen Spaß mit dem jugendlichen Körper des Mädchens gehabt hatte, vermietete er ihn an andere Männer seines Schlages. Broichan hatte schon lange gewusst, auf welche Weise Gairbhiths durchaus nicht unbeträchtliches Vermögen zusammengekommen war. Wenn die meist noch sehr jungen Mädchen seinen Kunden nicht mehr gefielen, verkaufte er sie als Sklavinnen an ein Seefahrervolk aus dem Norden, mit dem er seit langem einen regen Handel unterhielt.

Und so wurde aus Diorbhall-ita, der Tochter aus königlichem Geblüt, eine Ausgestoßene. Jegliche Freude in ihr starb ab. Sie liebte nicht länger den freien Himmel. Ihr Leben bestand nur noch aus Qual, Unglück und Missbrauch durch die groben Hände ekelhaft gieriger Männer.

Als ihr sogenannter Ehemann sechs Jahre später starb, ließ er sie mittellos und von der Gesellschaft geächtet zurück. Sie hatte weder Freunde, noch konnte sie in den Schoß ihrer Familie zurückkehren. Selbst jetzt noch hätte ihr Vater sie umbringen lassen, wäre ihm nicht der Zorn der Götter als Strafe verheißen worden.

In den folgenden Jahren überlebte sie nur, weil sie das Einzige tat, was sie je gelernt hatte: Sie gab sich fremden Männern gegen Bezahlung hin.

So vergingen sieben Jahre. Diorbhall-ita vegetierte nur noch vor sich hin. Ihre Tränen waren längst getrocknet, ihre Seele erstarrt.

Sie empfand den Schmerz ihres Herzens nicht mehr, sie spürte keine Sehnsucht, und sie vernahm nicht das leise innere Flehen nach den schönen Dingen des Lebens. Der Tod, vor dem sie einst davongelaufen war, schien ihr jetzt als verheißungsvolle Erlösung.

Doch der verzweifelte Hilferuf vor vielen Jahren am Fluss war nicht ungehört verhallt. Er war von dem Einen vernommen worden, dem Schöpfer von Engeln und kleinen Mädchen, dem Gebieter über Hagelschlag, Berge und Flüsse. Und in ihrer schwärzesten Schicksalsstunde hatte er sein Antlitz nicht von ihr abgewandt.

Er wartete nur die richtige Zeit ab. Die Antwort auf ihr Flehen sollte direkt vom Himmel kommen … auf den Flügeln einer Taube.

• Drei •

Ihr Befreier war neunzehn Jahre alt, als Diorbhall-ita geboren wurde, und einunddreißig, als man sie auf den Hügel führte, um sie den Gottheiten der Eiche als Opfer darzubringen.

Wie sie selbst stammte auch er aus königlichem Geblüt. Er wurde nicht als Taube geboren. Ursprünglich hieß er Crimthann, der Fuchs, und war ein Prinz der Dynastie O'Neill von Donegal. Erst bei der christlichen Taufe wurde sein Name in Colum O'Neill geändert. Wie Diorbhall-ita wurde er aus dem Elternhaus vertrieben und bekam nie die Chance, sein Reich zu regieren.

Das Schicksal beider war es, den Grundstock für ein neues Königreich zu legen und als Sohn und Tochter einer neuen, königlichen Familie gemeinsam zu helfen, die Welt zu verändern.

Als der irische Junge älter wurde, übergab man ihn der Obhut des Priesters Cruithnechan, der ihn Colum[7] – die Taube – getauft

---

[7] In den historischen Unterlagen findet man ebenfalls die Namen: Columcille, Columba und Columban.

hatte. Eines Tages, bei der Rückkehr aus der Kirche, hatte Cruithnechan eine Vision. Er sah Flammen über dem Gesicht des schlafenden Kindes schweben. Der Priester erklärte den Eltern, dass dies sicher ein Zeichen des heiligen Geistes sei, weil Gott in diesem Kind wohne. Die Eltern entschlossen sich daraufhin, ihren Sohn die Priesterlaufbahn einschlagen zu lassen.

Bei den abergläubischen Völkern der nach-römischen Welt galten geistige Führer mehr und hatten größere Macht als Könige. Um seine kirchliche Ausbildung zu vervollständigen, wurde der junge O'Neill einem christlichen Barden namens Gemnan übergeben. Der neue Lehrer vermengte auf kuriose Weise den alten keltischen und den neuen christlichen Glauben, der erst ein Jahrhundert zuvor vom heiligen Patrick nach Erin gebracht worden war. Colum lernte gut und viel bei Gemnan. Er selbst würde eines Tages das bardische Priestertum, allerdings mit eher christlichem als druidischem Einschlag, zur Vollkommenheit bringen und damit die keltische Welt zutiefst beeinflussen.

Mit zwanzig war Columba hoch gebildet und körperlich gestählt. Sowohl in politischer als auch in geistiger Hinsicht sollte er nur wenig später in ganz Irland von sich reden machen. Er besuchte ein Priesterseminar, wurde zum Priester geweiht und zeigte binnen kürzester Zeit, dass er zur vordersten Front einer gerade aufkeimenden religiösen Generation der irischen Führungsspitze gehörte.

Bereits mit fünfundzwanzig Jahren gründete der junge Columba eine Mönchsschule in Derry. Er verfügte über eine mitreißende Persönlichkeit und den jugendlichen Eifer, seinen noch jungen Glauben im ganzen Land zu verbreiten. Im Jahr 553 kam es zu einer weiteren Schulgründung in Durrow, ein Jahr später folgte eine Schule in Kells. Mit dreiunddreißig wusste Colum O'Neill, dass es seine Berufung war, Schulen und Klöster in heidnischen Ländern zu gründen.

Eine solche Vision hatte natürlich auch politische Konsequenzen. Die Tatsache, dass der junge Priester schon seit seiner Geburt mit einem Wunder in Verbindung gebracht wurde, hatte seine

Einbeziehung in die Interessen seines Vaterlandes zur Folge. Mit fünfunddreißig Jahren galt Columba als Nationalheld. Allerdings auch als ziemlich umstritten. Es gab Stimmen, die ihn aufgrund seiner hohen Geburt gerne auf dem Thron gesehen hätten.

Doch König Diarmaid von Eire war alles andere als bereit, seine Macht an einen jungen Emporkömmling von Priester abzugeben, auch wenn es sich um einen Verwandten handelte. Die Rivalität zwischen den Anhängern der beiden Kandidaten heizte sich auf und wurde heftig. Colum beschuldigte Diarmaid in aller Öffentlichkeit, einen anderen irischen Prinzen ermordet zu haben. Daraufhin weitete der Streit sich aus. Alle irischen Adelsfamilien wurden in die Auseinandersetzungen einbezogen. Die Feindseligkeiten gipfelten schließlich in der blutigen Schlacht von Cuildremne. Irlands Regierung stand auf dem Spiel.

Colum O'Neill verlor. Nach seinen einflussreichen und mit Wundern gesegneten Anfängen schien sich nun das Schicksal gegen ihn zu wenden. Plötzlich war auch der Vetter des Königs sein Feind. Die Kirchenführer mussten abwägen, wen sie unterstützen wollten. Die meisten entschieden sich für den König und gegen den Priester. Columba wurde öffentlich getadelt, zeitweilig sogar exkommuniziert und fiel in Ungnade.

Die Zeit für eine Veränderung war gekommen. Auch wenn seine hohe Geburt ihn zu einem Staatsamt befähigt hätte, Colum entschloss sich, seine Heimat zu verlassen. Er wollte nach einem neuen Betätigungsfeld für seine missionarischen Arbeiten suchen, und zwar jenseits des Meeres im Osten.

Er zog ins Exil und traf damit die richtige Wahl. Vermutlich war die Flucht aus Eire seine einzige Möglichkeit, mit dem Leben davonzukommen. Columbas Zukunft lag in einem Land im nördlichen Britannia. Was auch immer seine Gefühle gewesen sein mochten, ob er sich als geistigen Außenseiter, als Gesetzesbrecher oder einfach als einen Menschen betrachtete, dessen Ehrgeiz gebrochen und dessen Stolz gedemütigt worden war, jedenfalls verließ er mit zweiundvierzig Jahren das Land seiner Geburt.

Vor ihm lag eine Region, die von wilden, als Pikten bekannten Heiden bevölkert wurde. An der Westküste des Landes hatten irische Landsleute, die keltischen Scoten, damit begonnen, ihr Königreich Dalriada als Ausgangspunkt für weitere Eroberungen zu gründen. Das Land, das vor Colum lag, würde ihn eines Tages zum Heiligen machen … und obendrein zur Legende.

Columba und seine zwölf Gefährten, die ihn auf der Reise begleiteten, hatten zwei erklärte Ziele. Sie wollten die Pikten bekehren, die noch immer den größten Teil Kaledoniens beherrschten, und sie wollten ihre irischen Landsleute nach Kräften unterstützen. Die Scoten von Dalriada hatten erst wenige Jahre zuvor eine vernichtende Niederlage im Kampf gegen die Eingeborenen erleiden müssen.

Und so gab es drei Gründe für Columbas Reise: einen persönlichen, einen politischen und einen spirituellen.

• Vier •

Ein langes, schmales Boot aus Pinienholz durchschnitt die Gewässer des Nordkanals. Vorne im Bug stand der irische Priester, der verantwortlich für die Reise war, und hielt Ausschau nach Land.

Jede geschichtliche Epoche hätte ihn als Giganten bezeichnet. Er war sehr groß, eine geborene Führungspersönlichkeit, und vertraute kühn auf seine Fähigkeiten. Vielleicht war er ein Visionär, mit Sicherheit aber begeisterungsfähig. Manche sagten ihm ein aufbrausendes Wesen nach. Jedenfalls war das friedliche Symbol der Taube so ungefähr das Letzte, was man mit diesem Mann in Verbindung bringen konnte.

Dieser geborene Kelte aus dem irischen Stamm der Scoten, so ausgeprägt sein Charakter und so vielfältig sein Temperament auch gewesen sein mochten, er war dazu bestimmt, nicht nur das

Geschick der Pikten zu wenden, sondern die Geschichte ganz Kaledoniens zu beeinflussen.

Columba stand im Bug und beobachtete die weiße Gischt, die vom Kiel aus hoch aufschäumte, während der Wind sie vorwärts trieb. Steuerbord weit voraus war in der Ferne die Insel Islay mehr zu vermuten als zu sehen. Der Wind blies, sehr unüblich für diese Breiten, seit ihrem Aufbruch von hinten. Bis zu diesem Zeitpunkt war die Reise ohne Zwischenfall verlaufen. Das nächste Land, das sie sichten würden, war ein kleines, der Insel Mull vorgelagertes Felseneiland.

Er fragte sich, was sie wohl in Iona vorfinden würden. Wahrscheinlich nicht viel, denn fünfzehn Jahre zuvor hatte die Pest schreckliche Verheerungen auf dem Inselchen angerichtet. Zwar waren vor zwanzig Jahren drei Kirchen erbaut worden, aber die meisten Priester waren der Epidemie zum Opfer gefallen. Dadurch hatten die ersten Bemühungen, den Glauben ins nördliche Piktenland zu bringen, schwere Einbußen erlitten. Columba und seine Gefährten hofften, das Blatt noch einmal wenden zu können.

»Worüber denkst du nach, Vetter?«

Erschrocken drehte Columba sich um. Die Stimme hatte ihn aus einer Träumerei gerissen.

»Ah, Baithen, mein Freund«, antwortete er lächelnd. »Gerade erfreute ich mich an dem warmen Südwind in meinem Haar und wie sinnvoll sich Gott das Meer ausgedacht hat.«

»Mehr nicht? Dein Gesichtsausdruck ließ mich schwerwiegendere Themen vermuten.«

»Du kennst mich wirklich gut.«

»Es muss dich schwer ankommen, nicht zu wissen, ob du jemals nach Eirin zurückkehren wirst.«

»Ich kann nicht abstreiten, dass mein Herz in gewisser Weise trauert. Aber auch Alban-Dalriada gehört zu Eirin. Wir reisen also nur in eine andere Ecke unseres eigenen Reiches.«

»Vielleicht wirst du dort mehr als geistiger Führer und weniger als Gesetzesbrecher anerkannt.«

Columba lächelte nachdenklich, antwortete aber nicht.

»Worüber denkst du noch nach?«, bohrte sein um zwölf Jahre jüngerer Vetter weiter.

»Ich überlege, was wir auf Hy[8] vorfinden werden und was der Allmächtige für Abenteuer für uns bereithält.«

»Glaubst du, dass er uns das Festland öffnet?«

»Ich hoffe es«, antwortete Columba. »Es wird vieles davon abhängen, was uns mein Verwandter, König Conaill, zu berichten hat.«

»Du willst Dunadd besuchen?«

»So schnell wie möglich. Schließlich herrscht Conaill auch über Hy.«

»Und dann?«

»Ich bin sicher, dass wir unserm eigenen Volk in vieler Hinsicht helfen können. Und die heidnischen Pikten im Norden bedürfen dringend der Kirche und ihres Evangeliums.«

»Aber die Pikten sind es auch, die einer Ausweitung des dalriadischen Königreichs am meisten im Wege stehen.«

»Klug gesprochen«, pflichtete Columba bei. »Ihre Bekehrung wird somit auch dem politischen Zweck einer Ausweitung unserer Grenzen dienen.«

Es war Mittag geworden. Bald würden sie ihr Bestimmungsland sehen können. Im Morgengrauen waren Columba und seine zwölf Gefährten von Derry aus in See gestochen. Seine treuen Freunde hießen: Echoid, Baithen, Grillaan, Brenden, Rus, Rodain, Scandal, Luguid, Cobthach, Diormait, Tochannu und Cairnaan.

Der gleichmäßige Rhythmus der gegen den Schiffsrumpf klatschenden Wellen ließ Columbas Gedanken in die Poesie abschweifen. Wenige Stunden später, als die felsige Küste von Portna-Curaich schon deutlich auszumachen war, hatte das Gedicht

---

[8] Eine Form des irisch-gälischen Namens der Insel. Sie wurde auch *Hi*, *Ia* oder einfach nur *I* genannt. Die latinisierte Adjektivform *Ioua* wurde fälschlich als *Iona* gelesen, dem hebräischen Wort für Taube.

in seinem Kopf so deutliche Formen angenommen, dass er es noch in derselben Nacht während seiner Gebetsstunden niederschrieb.

Ich möchte gern dem Donnern der Wogen an felsiger Küste lauschen,
Ich möchte noch in der Kapelle der Insel vernehmen ihr Rauschen.
Ich möchte den Wolken nachschauen, die ein heftiger Sturm treibt heran,
Ich möchte einmal im Leben erblicken den mächtigen Leviathan.
Ich möchte Ebbe und Flut verstehen, des Wassers Daher und Dahin,
Und ich wünsche, mein mystischer Name sei Cul ri Erin[9].

• Fünf •

Das Land, das der irische Priester adliger Herkunft evangelisieren wollte, war Teil einer keltischen Kultur mit barbarisch anmutenden Traditionen. Das dort praktizierte Heidentum lebte von okkulten Ritualen, die gebildetere Menschen abstießen. Wie ihre Vettern auf dem Kontinent waren diese keltischen Stämme stolz darauf, die Köpfe erschlagener Feinde zu Ehren ihrer Götter auf Pfähle gesteckt allen Augen darbieten zu können. Ihr Heidentum unterschied sich nicht sonderlich von dem der Hethiter, Kanaaniter, Perizziter, Amoriter und Amalektiter des frühen Nahen Ostens.

Die Druiden, unter deren Fittichen der alte keltische Glaube gedieh, entstammten einer Priesterschaft von Magiern und Zau-

---

[9] Cul ri Erin: Irland zugewandt

berern, die der große Amairgen von Irland gegründet hatte. In den Augen des Volkes besaßen sie unermessliche geistige Kräfte. Sie waren Barden, Dichter, Priester, Wahrsager, Propheten und Naturheiler in einer Person. Mit düsteren, mysteriösen Riten erhielten sie ihre Macht über die Stammesgesellschaften. Die Welt der Stämme war primitiv, und die keltischen Druiden forderten oft blutige Opfer.

Doch selbst mitten in dieser dunklen Umgebung gedieh der intellektuelle Fortschritt der Menschheit. Die Druiden machten sich auch als Gesetzgeber, Lehrer und Richter in ihren Stammesverbänden nützlich. Ihre erzieherische und pädagogische Funktion kam ihren Aufgaben als geistiges Oberhaupt gleich. Sie waren ausgebildete Mathematiker, kannten sich in Geometrie, Kunst und Physik aus und sprachen Latein und Griechisch. Oft genug waren sie die ersten Erzieher ihrer analphabetischen Stammesbrüder. Die wichtigsten Familien schickten ihre Prinzen und Söhne in Druidenschulen.

Doch immer noch war es eine primitive Kulturstufe, die erst allmählich unter den Einfluss christlicher Religion und mediterran geprägter europäischer Zivilisation geriet. Nur in einem entlegenen Eckchen der Welt, jenem Irland, aus dem Columba geflohen war, vermischte sich die druidische Tradition in zunehmendem Maße mit jüdisch-christlichem Gedankengut.

Als die Kelten Christen wurden, änderten sie allerdings nicht sofort ihre Stammesbräuche. Das Christentum beeinflusste nur die Grundlage ihres Glaubens. Die alten Formen und Methoden blieben. Selbst als der Gott der Christen die früheren Idole als Gegenstand der Verehrung völlig ersetzt hatte, blieben eine Menge dämonischer Symbole und Zauber sowie ein gewisser Aberglaube erhalten, und auch Kunst und Musik änderten sich nicht grundlegend.

Die Folge davon war, dass unterschwellig viele Formen der pantheistischen Druidenreligion bestehen blieben. Zum Beispiel wurde die gesamte materielle Welt weiterhin als vom göttlichen

Element des Übernatürlichen beseelt angesehen. So fanden Tier- und andere Naturkulte, die Verehrung heiliger Eichen sowie Opfergaben für Wasser- und Himmelsgottheiten Eingang in die komplexen Strukturen frühen keltischen Christentums.

Das war allerdings kein rein keltisches Phänomen. In vielen Teilen der Welt passte sich das neue, jüdisch geprägte Christentum eher den heidnischen Strukturen an, als dass es sie ausmerzte.

Die Hebräer des Alten Testaments, Moses, Josua, David und Salomon sowie die Propheten, fügten sich ganz allmählich in die religiösen Praktiken ihrer heidnischen Nachbarn ein. In vielerlei Hinsicht zeigten sich Reste uralter Rituale noch lange in christlichen Bräuchen. Gerade in der keltischen Welt war dies eine besonders offenkundige Tatsache.

Daher entstand in diesen Ländern eine Art Dualismus zwischen dem christlichen Glauben und alten, heidnischen Traditionen. Die neue Religion gewann zwar an Anhängern, doch sie enthielt weiterhin viele Bräuche aus früheren Zeiten. Die keltischen Missionare legten keinen Wert darauf, dass alle heidnischen Riten verschwanden. Sie waren selbst Kelten. Eine einfältige, götzenanbeterische Form der Religionsausübung war Teil des keltischen Charakters, und die Stammeskultur erlaubte das harmonische Miteinander von Altem und Neuem.

Hinzu kam, dass viele christliche Priester selbst von Druiden erzogen worden waren. Die meisten Klosterschulen in Irland waren zuvor Druidenschulen gewesen. Das Neue wurde also aus dem Alten geboren.

Das Resultat war sehr praktisch: Die christlich-keltischen Mönche machten den langsamen Übergang aus dem Heidentum möglich.

Diese Art der Missionierung unterschied sich grundlegend von dem, was in anderen Teilen der Welt und anderen Kulturen geschehen war. Der Apostel Paulus und einige seiner Mitstreiter äußerten sich beispielsweise sehr kritisch über das Rom der Kaiserzeit. Ein durchschnittlicher Römer musste sein ganzes Leben umkrempeln und alles revidieren, was er zeitlebens gelernt hatte, wenn er zum Christentum konvertieren wollte. Das Christentum erwies sich als diametral den Werten entgegengesetzt, für die das römische Reich stand.

In Britannia hingegen wurde das Christentum leicht angenommen, denn es tolerierte das, was vorher gegolten hatte. Das heidnische Erbe der Kelten, denen Columba entstammte, bildete ein sicheres Fundament für die besondere Form keltischen Christentums, die sich allmählich zu entwickeln begann.

Daher lebten in dem Christentum, das von Eirin nach Alba und von dort weiter südlich nach England gebracht wurde und sich schließlich auf entgegengesetztem Weg weiter in Richtung Rom entwickelte, viele alte keltische Rituale weiter.

• Sechs •

Der erste Scote, der sich im späten dritten Jahrhundert von Irland über den Nordkanal gewagt hatte, hieß Cairpre Riata. Er war ein Vorfahre des großen Conn von Eire und Sohn des Cormac macArt. In Alba gründete er die erste irische oder scotische Siedlung, die sein Sohn Colla Uais und sein Enkel Eochaid erweiterten. Die Festung Dunadd, an der schmalsten Stelle der Halbinsel Argyll zwischen dem Jura-Sund und Loch Fyne, bot dem irischen Dalriada-König Conaill einen strategisch günstigen Ausgangspunkt für sein Königreich auf Alba.

Die irischen Auswanderer vom Stamm der Scoten waren seit ihrem Auftauchen an der Westküste Kaledoniens von den Pikten heftig bekämpft worden. Doch Dalriada schaffte es, seinen Brückenkopf auf dem Festland zu behalten. Conaill hoffte nun, dass Columbas Ankunft ihm die Möglichkeit geben könne, sein Reich zu erweitern. Er tat alles in seiner Macht Stehende, dem Abt zu helfen. Jeder noch so geringe religiöse Einfluss Columbas würde Dalriada stärken.

Weniger als einen Monat nach seiner Ankunft auf Iona segelte Columba hinüber zum Festland, nach Dunadd in Argyll. Er hatte viele Dinge mit dem König zu besprechen; nicht zuletzt ging es um die Frage, wie man am günstigsten Kontakt mit dem piktischen König aufnehmen könne, den man natürlich gerne taufen wollte.

»Brudei ist eine starke Führungspersönlichkeit«, sagte Conaill. »Wenn du ihn gewinnst, wird sein ganzes Volk folgen.«

»Ist er ein verständiger Mann?«, wollte Columba wissen.

»Ich habe nie mit ihm gesprochen. Soviel ich weiß, umgibt er sich gern mit mächtigen Druiden und Zauberern.«

»Zauberei kann mit dem Evangelium nicht konkurrieren«, meinte Columba.

»Da gibt es einen besonders zauberkundigen Druiden. Sein Name ist Broichan. Angeblich ist er der Hexerei kundiger als alle anderen zusammen.«

»Weißt du Genaueres über ihn?«

»Er war Brudeis Lehrer. Der König hält große Stücke auf ihn.«

»Dann weiß ich schon, wie wir sie überzeugen«, sagte Columba. »Wir werden seinen Zauber entmystifizieren.«

Sie redeten noch lange miteinander. Columba brach erst auf, nachdem bestimmte Vorkehrungen für seine Mission getroffen worden waren.

»Ohne Schutz würdet ihr nicht einmal bis zum Great Loch kommen«, meinte der König. »Ich werde die Pikten benachrichtigen lassen. Wenn wir ihnen erklären, dass du ein heiliger Mann aus dem Geschlecht der Könige Scotias bist, wird man euch passieren lassen.«

Conaill hielt inne.

»Und noch etwas«, sagte er schließlich feierlich. »Ich möchte dir die Eigentumsrechte an Iona übertragen. Von dieser Insel aus sollst du den Glauben im ganzen Land verbreiten.«

»Dein Vertrauen ehrt mich«, antwortete Columba respektvoll. »Du sollst deine Entscheidung nicht bereuen.«

Obwohl die religiösen Angelegenheiten in Eirin und Dalriada zum damaligen Zeitpunkt mindestens im gleichen Maß politisch wie geistlich waren, konnte man Columba als auf seine Art zutiefst frommen Mann bezeichnen. Sicher, er war stolz und so ehrgeizig, dass manche seiner Zeitgenossen ihn noch immer Crimthann, den Fuchs, nannten – und nicht etwa Columba, die Taube. Doch sein Ehrgeiz galt niemals seiner eigenen Person oder seiner Bereicherung, sondern viel mehr seiner Nation, seinem Stamm … und dem Evangelium.

Columbas Einfluss auf die irische Politik war enorm. Dennoch blieb er in gewisser Weise immer ein einfacher Mönch. Er lebte ein karges Leben. Nie war er sich zu schade, auf dem nackten Boden zu schlafen oder den anderen Mönchen die Schuhe auszuziehen und die Füße zu waschen. Weder nahm er Fleisch zu sich, noch trank er Ale.

Während seiner gesamten Mönchslaufbahn, selbst als er tief in weltliche Streitereien verstrickt war, widmete sich Columba hingebungsvoll der wichtigsten Aufgabe aller Priester: der sorgfältigen Abschrift der Bibel. Bücher gehörten zu den wertvollsten Schätzen der Menschen. Sie konnten einer breiteren Allgemeinheit nur zugänglich gemacht werden, wenn man sie mühselig Wort für Wort von Hand kopierte. Am liebsten mochte Columba die vier Evangelien und die Psalmen. Wo immer ihn seine Reisen im Verlauf der Jahre auch hinführten, er verbrachte seine freie Zeit grundsätzlich damit, in seiner Zelle eifrig jedes Manuskript zu kopieren, dessen er habhaft werden konnte.

Die Stellen, wo Wunder gewirkt wurden, beeindruckten ihn ganz besonders. Geschichten von Wunderheilungen, vom Streit zwischen Engeln und Dämonen, von der Macht Gottes über Tiere, Dinge und Menschen … in seinem Geist wurden sie alle Wirklichkeit. Columba entdeckte in den Evangelien eine Wahrheit, in die er sich hinein versetzen und sie selbst erleben konnte wie damals Jesus.

Bereits in früher Jugend war Columba fähig gewesen, Menschen zu heilen. Als er älter wurde, wuchs mit seinem Körper der Glaube, dass jeder Wunsch erfüllt wurde, wenn er nur inbrünstig genug betete.

• Sieben •

Acht Monate waren seit Columbas Besuch in Dunadd vergangen.

Seine Gefährten und er hatten den Winter damit verbracht, die Unterkünfte auf Iona auf Dauer bewohnbar zu gestalten. An den wenigen geschützten Stellen der Insel legten sie Felder an. Einige der alten Missionsgebäude waren noch nutzbar, aber es musste auch vieles neu gebaut werden. Das Wichtigste waren Wohngebäude, Ställe und Pferche für die Tiere, ein Dörrofen und natürlich eine Kirche. Mehrfach kehrten sie nach Erin zurück und baten um Unterstützung.

Auf steinernen Fundamenten errichteten sie zunächst Hütten aus mit Lehm beworfenem Flechtwerk. Dazu flochten sie Zweige, die sie dick mit einer Mischung aus feuchtem Ton und Stroh bestrichen. Wenn irgend möglich, verwendeten sie Holz; die Dächer wurden mit Binsen gedeckt. Wenn die Lehmwände ausreichend dick waren, hielten sie Nässe und Kälte zuverlässig draußen.

Im Lauf der Zeit wurde das Kloster größer und seine Bauart ausgeklügelter. Die Mönche importierten Schafe und Rinder aus Dalriada.

Im folgenden Frühjahr und Sommer kümmerte sich die kleine Gemeinschaft noch intensiver darum, die Gebäude winterfest und dauerhaft bewohnbar zu machen. Die Mönchszellen und die Kapelle wurden vollendet. Man brachte noch mehr Tiere vom

Festland herüber. Die Mönche legten einen großen Garten an und säten Getreide. Sie stachen Torf und horteten Vorräte für den Winter. Außerdem bauten sie eine neue Scheune.

Zu Beginn seines zweiten Winters auf Iona begann sich Columba in Gedanken und Gebeten allmählich mit der geplanten Mission zu beschäftigen, derentwegen er und seine Kameraden ihre Heimat verlassen hatten. Ihre Basis war jetzt so sicher und gut unterhalten, dass er sich anderen Aufgaben zuwenden konnte – den Pikten im Norden.

Eines Morgens wandelte Columba betend durch den Garten. Die Zeit ist gekommen, dachte er. Sobald das Wetter es gestattet, werde ich im kommenden Jahr nach Norden aufbrechen und mich um eine Audienz beim mächtigen König Brudei bemühen.

Den ganzen Winter lang erkundete Columba die entlegensten Winkel seiner Insel. Als der Frühling nahte, kannte er jeden Felsen und jede Klippe auf Iona, von Carraig ard annraidh im Norden bis Port a churraich im Süden, und hatte sämtliche zwei Dutzend Buchten des Eilands besichtigt.

»Die Insel ist nur drei Meilen lang und anderthalb breit und ringsherum von Wasser umgeben«, pflegte Columba in späteren Jahren oft zu erzählen. »Unsere kleine Gruppe ist vom Rest der Menschheit fast vollständig abgeschnitten. Aber manchmal, wenn ich über dieses liebliche Inselchen inmitten grüner und blauer Fluten wandere, dann ist mir, als gehöre mir die ganze Welt und ich gleite auf den Wogen der Zeit dahin.«

Damit lag er nicht gänzlich falsch. Wie oft hatte er schon die Worte der Bergpredigt niedergeschrieben: Selig die Sanftmütigen, denn sie werden das Land besitzen. Ob er wirklich zu den Sanftmütigen gehörte, das wusste nur Gott allein. Aber Columba wusste, dass er auf dieser Insel das Vermächtnis der ganzen Welt fühlte. Es kam ihm wie ein Segen vor, auf einsamen Pfaden wandelnd beten zu dürfen.

»Gibt es einen passenderen Ort als diese wunderbare, kleine Insel, um als Ausgangspunkt für das Christentum zu dienen?«, fragte Columba seine Gefährten eine Woche vor seinem Aufbruch zum Festland. »Sonnenaufgang und Sonnenuntergang vergolden täglich das Meer. Wellen brechen sich auf warmem Silbersand und tosen gegen scharfe Klippen, wenn es stürmt. Kein anderer Ort ist besser geeignet als dieses Heiligtum, Gott die Verehrung frommer Männer darzubringen.«

• Acht •

Ende Mai 565 brach Columba zu einer politischen und religiösen Mission auf, die Britanniens Zukunft für immer verändern sollte. In den folgenden Jahren wurde der Grundstein für den nationalen Zusammenhalt Kaledoniens gelegt.

Conaill informierte die Mönche so genau wie möglich über den Weg, den sie einschlagen mussten, und über die Pikten, zu denen sie unterwegs waren. Der dalriadische König stellte ihnen Führer und zwei irische Pikten namens Comgall und Canice zur Verfügung. Sie konnten als Übersetzer und Vermittler bei möglichen Schwierigkeiten mit den Eingeborenen dienen.

Columba und seine Gefährten umrundeten Mull mit dem Boot, ruderten durch den Sound of Lorne und dann weiter nordwärts durch die vier Seen Loch Linnhe, Loch Lochy, Loch Oich und Loch Ness. Zwischen den Seen mussten sie ihr Boot tragen. Die Reise durch die lang gestreckten Täler, die das Land in zwei Teile zerschnitten, dauerte drei Wochen. Endlich erreichten sie den Abhainn Nis und ruderten bis zur Mündung dieses Flusses. Dort lag der Ort Inbhir-Nis.

Im Jahr 565 war das Gebiet um diese Siedlung Kernland des nordpiktischen Königreiches. Hier herrschte ein Urenkel der zwölften Generation jenes piktischen Kriegers, der zusammen mit seinem Vater die römischen Festungen von Corbridge und

Newstead in Schutt und Asche gelegt hatte. Nach der komplizierten Erbfolge der Pikten hatte nun Brudei macMaelchon die gleiche Häuptlingswürde inne wie schon sein großer Vorfahre Cruithne, nach dem sich das Volk jetzt nannte.

Columbas Widersacher aber würde der mächtige Druide Broichan sein.

Obwohl Columba ein christlicher Mönch war, glaubte er an übernatürliche Kräfte. Aberglaube war ein grundlegender Charakterzug aller Kelten. Daher war Columba durchaus aus dem gleichen Holz geschnitzt wie Broichan. Überdies waren seine Methoden als christlicher Priester viel selbstbewußter als zum Beispiel die Missionierungsversuche des Apostels Paulus bei den Galatern oder in Athen. Columba würde sich auch der Zauberei bedienen, um den piktischen König von der Wahrheit des Evangeliums zu überzeugen.

Columba brachte einen neuen, übernatürlichen Mythos mit, der allmählich die Vorherrschaft über eine alte Mythologie davontrug. Er war der prominenteste Vertreter vieler Missionare, die eine uralte Metaphysik neu definierten und der keltischen Kultur das christliche Wunder schenkten. Die Kelten pflegten ihre Krieger und Könige in einen fast göttlichen Rang zu erheben. Dann kamen Mönche und Priester, die von neuen, hebräischen Helden erzählten. Daraufhin verehrten die gleichen Kelten die bescheidenen Missionare selbst als heldenhafte Heilige. Und noch später gingen sie dazu über, die Clan-Chiefs ihrer geliebten Highlands in einen göttlichen Status zu erheben. Das Christentum verbannte weder den Heldenkult noch die alten Mythen, sondern gab ihnen nur neue, christliche Inhalte.

Natürlich war die Bekehrung der Heiden zum christlichen Glauben sehr wichtig für Columba, aber auch die Belange von Volk und Nation mussten berücksichtigt werden. Zwar waren die Pikten ebenfalls Kelten, aber die Verbindung lag so weit im Dunkel der Geschichte zurück, dass sie für niemand mehr erinnerlich war. Auch wenn Scoten und Pikten den gleichen Ursprung hatten, war das zu jenem Zeitpunkt nicht mehr von Bedeutung.

Columbas Ehrgeiz beschränkte sich auf sein eigenes Volk, die Scoten von Dalriada. Er wollte Conaill helfen, sein Königreich zu vergrößern. Wenn er sich mit Brudei freundschaftlich verbünden konnte, indem er sich als Prinz von Erin und Abt von Iona vorstellte, dann wäre das ein unschätzbarer Gewinn für die sichere Zukunft Dalriadas. Wenn sich die Pikten außerdem noch taufen ließen – umso besser.

Von Dunadd aus waren bereits Boten nach Inbhir-Nis entsandt worden. Sie hatten den piktischen Herrscher informiert, dass ein hoch geschätzter, edler Mann unterwegs war und um eine Audienz in seinem Palast bat. Die Tatsache, dass die Boten Columba als Barden und heiligen Mann ankündigten, in dessen Adern das königliche Blut von Erin floss, bewog den piktischen König, die Grenzen zu öffnen und den Fremden vorzulassen.

Als Columba in Inbhir-Nis ankam, wartete Brudei bereits auf ihn.

• **Neun** •

In einem Steinhaus innerhalb von Brudeis Festung, nicht weit von der königlichen Residenz entfernt, stürmte ein fünfjähriger Junge aufgeregt durch die Tür.

»Vater«, rief er, »sie sind gesehen worden!«

»Wer denn, Fintenn?«

»Der heilige Mann und seine Freunde! Sie rudern ihn über den See. Darf ich hingehen, Vater?«

Der Mann wandte sich zur Tür und führte den Kleinen hinaus.

»Wir gehen zusammen, Fintenn«, antwortete Aedh. »Allein ist es zu gefährlich. Wir kennen den Zauber dieses Mannes noch nicht.«

Zufrieden nahm der kleine Junge die Hand des Vaters.

»Darf ich auch mit, Vater?«, tönte die Stimme eines noch kleineren Mädchens hinter ihnen aus dem Halbdunkel.

Aedh drehte sich um und nickte der Schwester des kleinen Jungen zu. Zu dritt verließen sie die Einfriedung und stiegen den sanften Abhang hinunter, der sich der weiten Flussmündung zuneigte. Die Nachricht hatte sich in Windeseile verbreitet. Aedh und seine Kinder waren nicht die einzigen Caledonii, die sich auf den Weg zum Ufer gemacht hatten. Weit in der Ferne konnte Aedh zwei segellose Boote erkennen, die sich flussaufwärts näherten.

Sein Bruder würde bestimmt nicht unter denen sein, die sich am Ufer versammelt hatten, um die Gäste willkommen zu heißen, dachte Aedh. Obwohl der heilige Mann auf Einladung seines Bruders kam, war Brudei viel zu stolz, sich zu früh zu zeigen. Er würde dem Ankömmling weder vorzeitig Ehre erweisen noch vor den Augen seines Volkes neugierig erscheinen, denn das wäre ein Zeichen von Schwäche. Zu Brudeis Stolz gesellte sich eine gewisse Eitelkeit, die mit Sicherheit zu der Stärke beitrug, mit der er seine Königswürde ausübte.

Der Nachkomme Foltlaigs herrschte über ein großes Reich. Es erstreckte sich über das gesamte nördliche Kaledonien. Sein Volk fürchtete ihn eher, als dass es ihn liebte.

Aedh und Brudei waren beide Söhne von Baldri, doch der große König von Nord-Kaledonien und sein bescheidener Bruder hätten kaum unterschiedlicher sein können. Sie waren so verschieden wie Cruithne und Fidach, doch wo die beiden Brüder aus grauer Vorzeit gerade dadurch zu engen Freunden wurden, war es bei Aedh und Brudei eher so, dass sie sich schon seit ihrer Jugend kaum etwas zu sagen hatten.

Was erhoffte sich Brudei wohl davon, dass er den dalriadischen Priester empfing, überlegte Aedh.

War es seine Faszination für Zauberei? Vielleicht war Brudei neugierig auf die magischen Möglichkeiten, die Dalriada zu bieten hatte. Wenn der Mann wirklich dem Königshaus von Erin entstammte und außerdem der Hexerei kundig war, dann könnte er es zu großer Macht bringen.

Dann allerdings, dachte Aedh düster, könnte sein Bruder ihn als potenziellen Rivalen um seinen Thron betrachten. Vielleicht hatte Brudei dem Besuch nur zugestimmt, um sich des Mannes so bald wie möglich zu entledigen. Normalerweise hatte sein Bruder in solchen Dingen wenig Skrupel. Aber es galt als gefährlich, jemanden mit übernatürlichen Fähigkeiten umzubringen. Selbst der Magier Broichan hatte nicht genügend Macht, den entfesselten Elementen Einhalt zu gebieten, die eine solche Schandtat unweigerlich zur Folge hätte.

Bevor Aedh noch mehr über seines Bruders Beweggründe nachdenken konnte, erinnerte ihn ein heftiges Zupfen am Ärmel daran, dass sie ihr Ziel fast erreicht hatten.

»Komm schnell, Vater«, drängte der kleine Fintenn mit kindlicher Begeisterung. »Sie sind fast angekommen.«

Schon hatte sich eine kleine Menschenmenge versammelt. Die Berater und Druiden des Königs waren allerdings nicht dabei.

Die Besatzung der beiden Boote hatte die Festung schon lange gesichtet und auf sie zu gehalten. Jetzt lenkten sie genau auf die wartende Menge zu.

Noch bevor die Boote anlegten, richtete ein Mann im vorderen Fahrzeug das Wort an die Versammelten.

»Seid gegrüßt, liebe Leute«, sagte er in ihrer Sprache. »Wir bringen euch gute Nachricht aus dem Königreich Dalriada. Wir kommen als Freunde. Unser Anführer ist der Abt von Hy. Sein Name ist Columba, Sohn des Fedhlimidh von Donegal. Er sucht Rat und Freundschaft bei eurem edlen und hochgeborenen König, Brudei, Sohn des Maelchon.«

Sanft glitten die beiden Boote auf das sandige Ufer. Schnell sprangen einige Männer heraus und zogen sie vollends ans Ufer. Da kein offiziell beauftragter Repräsentant des Königs anwesend war, trat Aedh vor.

»Mein Name ist Aedh«, richtete er das Wort an den Mann, der

gesprochen hatte, »Sohn des Baldri und Bruder des Königs. Mein Bruder hat sich den Namen unseres verehrten Vorfahren selbst ausgesucht und nennt sich macMaelchon. Im Namen unseres Volkes heiße ich euch in der Festung Brudeis willkommen.«

Ein hoch gewachsener Mann stieg aus einem der Boote, trat einige Schritte nach vorn, sah Aedh fest in die Augen und streckte seine Hand aus. Es gab keinen Zweifel, dass es der Mann war, von dem sie gehört hatten. Nach einem einzigen Blick in seine hellgrauen Augen wusste Aedh, dass er noch nie einen solchen Menschen getroffen hatte.

»Ich bin Colum von Iona«, sagte der Mann mit ruhiger, kraftvoller Stimme in einer ungewohnten Sprache.

Der Sprecher von zuvor übersetzte die Worte. Aedh nickte, dass er verstanden hatte, und streckte nun seinerseits die Hand aus, um die Hand des Besuchers zu schütteln.

»Danke für deine Begrüßung«, fuhr Columba fort. »Würdest du uns zu deinem Bruder, dem König, bringen?«

»Ich werde dich zur Festung begleiten. Man erwartet dich bereits. Allerdings gehöre ich weder dem Rat noch dem Hofstaat meines Bruders an. Daher weiß ich nicht, wann er dich empfangen wird.«

Columba nickte. Jetzt erst bemerkte er den Jungen und das Mädchen, die Hand in Hand neben dem Bruder des Königs warteten.

»Sind das deine Kinder?«, fragte er lächelnd.

Aedh nickte.

Columba wandte den Kindern sein Gesicht zu und kniete sich vor sie.

»Wie heißt du?«, fragte er den Jungen.

Der Übersetzer wiederholte den Satz.

»Fineach-tinnean«, antwortete das Kind und klammerte sich fester an die Hand seines Vaters auf der einen und seiner Schwester auf der anderen Seite.

»Ein sehr erwachsener Name«, lächelte Columba gutmütig. »Was bedeutet er?«

»Verbündeter in der Kette der Sippe«, antwortete sein Vater für ihn. »Wir nennen ihn Fintenn.«

»Fintenn«, wiederholte Columba nachdenklich. »Ein schöner Name. Und wie heißt du?«, wandte er sich an das kleine Mädchen.

»Anghrad«, antwortete sie.

»Auch ein schöner Name.«

Er schwieg, schaute wieder den Jungen an, legte die Hand auf dessen Kopf und sah ihm tief in die Augen.

»Möge der Herr Jesus dich beschützen, Sohn des Aedh und Neffe des Königs. Mögest du ein Sohn unseres Vaters im Himmel werden und damit das wichtigste Glied in der Kette unserer Clans.«

Nun sah er das Mädchen an und legte auch ihr die Hand auf den Scheitel.

»Möge Gott im Himmel auch dich beschützen, Anghrad. Auch du und deine Kinder sollen, wie dein Bruder, treue Verbündete der Familie des himmlischen Vaters werden.«

Columba lächelte warm. Die Kinder waren völlig verwirrt. Sie verstanden nicht, was die merkwürdigen Worte und das freundliche Lächeln bedeuten sollten. Gemeinsam mit dem Bruder des Königs stieg der Mönch schließlich zur Festung empor. Columbas Gefährten und die Menschenmenge, die am Ufer auf die Reisenden gewartet hatten, folgten ihnen in ehrfürchtigem Abstand.

• Zehn •

Aedh geleitete die Reisenden auf dem kürzesten Weg in die steinerne Umfriedung der Feste. Die nachfolgende Menschenmenge wurde zusehends größer.

Eine weibliche Gestalt huschte in einiger Entfernung möglichst versteckt zwischen den Wohngebäuden von Schatten zu Schatten. Sie hielt sich sichtlich abseits, bemühte sich aber, die Mönche nicht aus den Augen zu verlieren. Offenbar scheute sie sich, in Berührung mit dem Volk zu kommen, das den Reisenden vom Ufer bis zum Haus des Königs fröhlich lärmend Geleit gab. Ihr Gesicht spiegelte mehr als reine Neugier wider. Wie gebannt hingen ihre Augen an den Ankömmlingen.

Sie sah wie mindestens dreißig aus, war aber tatsächlich erst fünfundzwanzig Jahre alt. Ihr Gewerbe, das älteste der Welt, ließ Körper und Seele von Frauen vor der Zeit altern. Sie war nicht eigentlich schön, doch in ihren Augen loderte ein Feuer, das Männern die Sinne verwirrte. Die geradezu hypnotische Anziehungskraft, die sie unwiderstehlich hinter der neugierigen Menge herzog, entstammte einer anderen Welt als der, die sie ein Leben lang gekannt hatte.

Warum sie hinter der Menge her zum Fluss hinuntergelaufen war, vermochte Diorbhall-ita nicht zu sagen. Eigentlich interessierte sie sich weder für heilige Männer noch für Könige. Wie hätten die ihr schon helfen können? Väter, Könige, Männer – sie verachtete sie alle. Aber dann war dieser hoch gewachsene Mann aus dem Boot gestiegen, hatte mit Aedh gesprochen und ging nun an seiner Seite zum Schloss empor. Sie war nicht in der Lage, die Augen von ihm abzuwenden, und ihr hungriges Herz zitterte. Auf seinem Gesicht lag ein Leuchten, wie sie es nie gesehen hatte. Es war eine Glut, die sie zwang, ihm zu folgen. Doch sie wollte ihn nicht besitzen, wie sie die anderen Männer der Siedlung besaß, wenn sie nach Einbruch der Dunkelheit zu ihr kamen.

Sie konnte nur noch folgen und schauen. Das Gesicht des Mönchs zog sie magisch an. Ihre Taube war vom Oberlauf des Flusses gekommen, genau von der Stelle, wo sie mit verzweifeltem Herzen ihr kindliches Gebet in den Himmel gewimmert hatte.

Die vom Bruder des Königs angeführte Gruppe von Mönchen trat durch das weit geöffnete Tor in die Siedlung und strebte dem Haus des Königs zu. Es war das größte Gebäude im Dorf und stand an einem weiten Platz in der Mitte. Die beiden mächtigen Holztüren waren fest geschlossen.

Immer noch konnte Aedh keine Abordnung seines Bruders entdecken, die die Besucher hätte willkommen heißen müssen. Zu diesem Zeitpunkt hatte sich ihre Ankunft bereits wie ein Lauffeuer im Umkreis von vielen Meilen herumgesprochen; der König musste also Bescheid wissen. Mittlerweile waren sämtliche Bewohner der Siedlung auf dem Marktplatz versammelt. Obwohl fast zweihundert Menschen anwesend waren, hörte man außer dem Scharren von Füßen keinen Laut. Niemand sprach ein Wort. Schweigend beobachteten die Leute die Mönche, die sich dem königlichen Wohnhaus näherten. Sie waren zwar neugierig, aber in diese Neugier mischte sich ein gerütteltes Maß an Furcht und Aberglaube.

Aedh zeigte auf den Brunnen in der Mitte des Platzes, entschuldigte sich bei den Besuchern und erklärte ihnen, dass sie sich hinsetzen und erfrischen könnten. Er selbst wollte in der Zwischenzeit herausfinden, wo der König sich aufhielt.

»Du brauchst dir um meine Männer und mich keine Sorgen zu machen, Freund Aedh«, ließ Columba durch den Pikten Comgall mitteilen. »Der Nachmittag ist weit fortgeschritten. Wir wollen jetzt unsere Vespergebete sprechen und unserem Gott für die gnädige Führung danken.«

Das freundliche Lächeln auf dem Gesicht des hoch gewachsenen Priesters wischte für einen Augenblick Aedhs Ärger über das ungehörige Benehmen seines Bruders beiseite.

Plötzlich kam Bewegung in die Menge. Weit hinten gab es ein Handgemenge, und Stimmen waren zu hören.

»Was will die denn hier?«, rief eine gellende Stimme.

»Ach, die Hure!«, keifte eine Frau.

Die Menge schubste und schob die Frau weg, die es gewagt hatte, sich zu den anderen zu gesellen.

»Hau ab!«

Ein paar Frauen schlugen nach ihr.

»Hinaus! Vor das Tor!«

Durch den Streit wurde Columba aufmerksam und ging langsam auf den Tumult zu. Die Menge teilte sich und wurde ruhiger. Er erreichte die Frau just in dem Augenblick, als einer der Männer sie mit einem faustgroßen Stein bewerfen wollte.

Columbas kräftige Hand erwischte den Mann am Arm und hielt ihn fest. Ein einziger, scharfer Blick genügte.

Der Priester ließ das Handgelenk des Mannes los.

»Bist du ohne Sünde, mein Freund, dass du den ersten Stein werfen willst?«, fragte Columba. Seine Stimme war streng und herausfordernd.

Der Mann schwieg. Columba nickte einem der Dolmetscher zu, und der irische Pikte wiederholte die Frage in seiner Sprache. Verwirrtes Murmeln war aus der Menge zu hören. Noch nie hatte jemand so kühn etwas so Ungewöhnliches gesagt. Der Mann mit dem Stein trat ein paar Schritte zurück. Doch während er das tat, waren seine Augen nicht in der Lage, sich von Columbas Gesicht zu lösen.

Mit dumpfem Geräusch fiel der Stein in den Staub. Der Angreifer drehte sich um und wurde von der Menge verschluckt.

Nun wandte sich Columba dem Opfer zu. Er kniete nieder, denn sie war hingefallen. Dabei winkte er dem Pikten Comgall, zu ihm zu kommen.

Columba sah der Frau ins Gesicht. Er sah darin weder Scote noch Pikte, weder Mann noch Frau, weder leichtes Mädchen noch Königstochter. Das einzige, was ihm auffiel, waren Augen, so alt wie die Menschheit und voller Tränen.

»Wie heißt du, mein Kind?«, fragte er sanft.

Comgall übersetzte.

»Diorbhall-ita«, antwortete sie schüchtern. Ihr bleiches Gesicht war staubig und tränenverschmiert. Ihr glattes hellbraunes Haar hing wirr über Augen und Wangen. Mechanisch strich sie ein paar Strähnen zurück und rieb sich die Augen.

»Diorbhall – Geschenk Gottes«, lächelte Columba. »Ein Name wie ein Schatz. Er kann aber auch ›durstig‹ bedeuten. Sage mir, mein Kind, bist du durstig? Durstig auf das Wasser des Lebens?«

Mit großen, feuchten Augen starrte sie Columba an. Sie begriff nicht, dass ein solcher Mann ganz natürlich zu einer Frau wie ihr sprechen konnte.

»Ich glaube, du bist wirklich ein Geschenk Gottes, Diorbhall-ita«, sagte Columba. »Und ich glaube auch, dass er deinen Durst löschen wird.«

Er richtete sich auf und reichte ihr die Hand. »Steh auf, Tochter«, sagte er. »Komm zum Brunnen und setze dich zu uns. Höre unsere Lieder und Gebete, und sieh, ob sie deine Seele nicht erquicken.«

Wie in Trance nahm sie seine Hand. Er half ihr auf die Füße und führte sie zum Brunnen. Ungläubig sah das Volk zu und fragte sich, was das für ein Mann war, der da zu ihnen gekommen war und sich als erstes mit den Ausgestoßenen anfreundete.

• Elf •

Aedh machte sich auf den Weg zu den verschlossenen Türen der königlichen Halle.

Hinter ihm ließen sich Columba und seine Männer auf dem Boden rings um den Brunnen nieder. Bald beteten und sangen sie leise. Neben dem Brunnen saß die Prostituierte und hörte ihnen zu, verstand aber nichts. Ohne zu wissen, warum, weinte sie leise vor sich hin. In einem weiten Kreis standen zweihundert Dörfler in sicherem Abstand um sie herum und beobachteten misstrauisch und stumm die fremdartigen Gebräuche.

Aedh klopfte an die Türen des Palastes. Niemand antwortete. Seitdem die Boote der Fremden vor über einer Stunde zum ersten Mal gesichtet worden waren, hatte niemand eines der sieben Mitglieder des Ältestenrates oder einen der fünf Druiden gesehen, die den König berieten. Aedh wusste, dass sie sich sicher nicht aus Schüchternheit versteckten.

Er kannte seinen Bruder viel zu gut, um so etwas zu vermuten. Abergläubisch vielleicht, aber schüchtern? Doch nicht Brudei macMaelchon, König der Pikten!

Der Gesang der Fremden war mittlerweile so laut geworden, dass man ihn im ganzen Dorf hören konnte. Ihre Anwesenheit konnte dem König nicht verborgen geblieben sein! Und endlich schien sich hinter den dicken Mauern etwas zu regen.

Plötzlich flogen die schweren Türen auf. Fünf bärtige Druiden in langen Gewändern traten feierlich aus der Halle. Broichan führte sie mit strengem, Unheil verkündendem Gesicht an. Hinter ihnen flog die Tür krachend wieder ins Schloss. Ein kreischender Eisenriegel wurde von jemandem vorgeschoben, der im Innern der Halle zurückgeblieben war.

Ohne den Bruder des Königs eines Blickes zu würdigen, ging Broichan zielstrebig auf die Versammlung am Brunnen zu.

Columba sah ihn herankommen. Aufgrund der langen Robe und seines hoheitlichen Verhaltens schloss er, es müsse sich um den König handeln, und stand ehrerbietig auf. Seine Gefährten setzten ihre Gesänge fort. Der Gesichtsausdruck des Druiden war alles andere als freundlich.

»Im Namen Brudeis, König von Kaledonien und Beherrscher der Dunkeln See, ich befehle euch zu schweigen!«

Columba blickte dem Druiden gerade in das selbstbewusste Gesicht. Er zeigte keinerlei Erstaunen darüber, dass der Mann seiner eigenen Sprache mächtig war. Die Stimmen der singenden Mönche wurden eher lauter.

»Ruhe!«, brüllte der Druide, dessen Befehl soeben im Angesicht der gesamten Dorfbevölkerung missachtet worden war. Columba sah ihn nur weiter an. Jeder der beiden spürte im anderen eine starke Macht, die jedoch aus sehr unterschiedlichen Quellen gespeist wurde.

Die schweigende Konfrontation währte nicht lange.

Der Druide fühlte, dass dieser Mann nicht leicht einzuschüchtern war. Er drehte sich um und nickte seinen vier druidischen Begleitern zu. Sofort stellten sie sich im Kreis um die Mönche auf.

Und dann begannen sie zu singen. Sie intonierten einen feierlichen Gesang, der die Mächte der Luft, der See und der Erde um Hilfe anflehte, die bösen Zungen der Eindringlinge zum Schweigen zu bringen. Sie würden sie zur Ruhe zwingen.

Columba begehrte innerlich dagegen auf, dass heidnische Gottheiten all diese Leute unter ihrem Bann halten sollten. Er war gekommen, das Evangelium zu verkünden. Also würde er allen Anwesenden die Macht der Heiligen Schrift beweisen.

Er hob eine Hand. Seine Gefährten unterbrachen ihren Gesang. Einen kurzen Moment lang hörte man nur noch die Stimmen der Druiden.

Doch dann begann Columba zu singen. Seine Stimme hallte weit über den Platz und brach sich an den dicken Mauern der Festung. Er intonierte den sechsundvierzigsten Psalm.

»Gott ist uns Zuflucht und Stärke, als Hilfe in Nöten vielfach bewährt. Darum fürchten wir nichts, mag auch die Erde sich wandeln, mögen Berge taumeln in Meerestiefen. Mögen seine Wasser tosen und brausen, mögen Berge erbeben, wenn es sich aufbäumt.«

Die ersten Worte des Psalms erfüllten noch den Platz, als die gesungenen Verwünschungen der Druiden verstummten.

»Völker toben, Reiche wanken; er lässt seine Donnerstimme ertönen, und die Erde zergeht.«

Zum zweiten Mal hielt Columba inne und blickte sich um. Die Augen der Zuhörer auf dem Hof waren weit aufgerissen. Sie schwiegen. Die anfängliche Neugier wandelte sich allmählich in Furcht. Die fünf Druiden standen wie Statuen. Nun waren sie zum Schweigen verurteilt worden.

Columba sang weiter.

»Der Herr der Heerscharen ist mit uns, eine Burg ist für uns der Gott Jakobs. Kommt und schaut die Werke des Herrn, der Entsetzen verbreitet auf Erden. ›Gebt nach und erkennt, dass ich Gott bin, erhaben unter den Völkern, erhaben auf Erden.‹ Der Herr der Heerscharen ist mit uns.«[10]

Seine Stimme verhallte.

Die eingeborenen Pikten standen wie vom Donner gerührt. Die Sprache, die sie vernommen hatten, hatte Gemeinsamkeiten mit ihrer eigenen. Einige der Älteren hatten das eine oder andere Wort verstanden. Doch selbst, nachdem der Dolmetscher die Worte der Schrift ins Piktische übersetzt hatte, begriffen sie sie nicht. Sie waren zu neuartig und zu merkwürdig.

Wie gebannt standen die Dörfler auf dem umfriedeten Marktplatz. Zwar hatten die Worte des Psalms ihre Wirkung verfehlt, aber Columbas tragende Stimme, ihr Klang und ihre Kadenz hatten einen tiefen Eindruck hinterlassen.

Dieser Mann besaß eine Macht, die sie nie erlebt hatten. Zwar sprach er mit viel Autorität, aber ganz anders als die Druiden. Noch niemals hatte es jemand geschafft, Broichan zum Schweigen zu bringen. Die Dörfler waren sicher, dass in diesem Fremden eine schreckliche und starke Macht waltete.

Der kleine Fintenn, der in seiner kindlichen Unschuld vielleicht besser aufgepasst hatte als viele der Älteren, zupfte seinen Vater am Ärmel.

»Was heißt ›Herr der Heerscharen‹, Vater?«, flüsterte er.

»Ich weiß es nicht, mein Sohn«, flüsterte Aedh zurück.

In der Zwischenzeit war Columba langsam auf die schwere Tür zugegangen, durch die die fünf Druiden auf den Platz getreten waren. Broichan machte eine Bewegung, ihm Einhalt zu gebieten, aber er fand nicht die Kraft, zu sprechen. Vor der Holztür blieb Columba stehen.

---

[10] Psalm 46, Auszüge

Er hob die rechte Hand und machte ein ausladendes Kreuzzeichen über die mächtigen Türflügel.

»Im Namen des Vaters, des Sohnes und des Heiligen Geistes«, sagte er mit ruhiger, aber deutlich vernehmbarer Stimme, »ich befehle dir, König von Kaledonien, dem Evangelium unseres Herrn Jesus Christus, Sohn des lebendigen Gottes, deine Tür zu öffnen!«

Immer noch hatte er die Hand erhoben. Er ging noch zwei Schritte weiter vor und segnete die Tür ein weiteres Mal. Dann ballte er eine Faust und klopfte drei Mal laut und deutlich an das Holz.

Columba ließ die Hand sinken, trat zurück und wartete.

Auf dem Marktplatz war nicht der geringste Laut zu hören. Die Dorfbewohner standen reglos. Die fünf Druiden hätten sich gerne bewegt, doch ihre Füße schienen mit der Erde verwachsen. Columbas Gefährten warteten schweigend.

Die lastende Stille wuchs.

Plötzlich wurde der Eisenriegel zurückgeschoben. Es war nur ein schwacher Laut, aber er hallte durch das Schweigen wie ein lautes Signal. Der Mann Gottes hatte gesiegt.

Die beiden Türflügel wurden aufgestoßen. Columba trat zurück.

Zum größten Erstaunen seiner Druiden und ungläubig von seinem Volk begafft, trat König Brudei samt allen sieben Ratsmitgliedern auf den Platz.

Ohne zu zögern, ging er auf Columba zu, streckte respektvoll die Hand aus und begrüßte ihn auf das Freundlichste.

Der Zauber, der über dam Platz lag, war gebrochen. Das versammelte Volk auf dem Marktplatz geriet in Bewegung. Plötzlich hatte jeder etwas zu sagen, und alle redeten durcheinander. Die Menschen drängten nach vorn.

Nachdem der König den Gast endlich akzeptiert hatte, wollte jeder seiner Untertanen den Fremden einmal aus der Nähe in Augenschein nehmen.

In der allgemeinen Aufregung schlüpfte Broichan unbemerkt aus dem Hof und blieb viele Stunden lang verschwunden. Auch

Diorbhall-ita verschwand. Sie verkroch sich in dem elenden Schuppen am Ende des Dorfes, der ihr als Unterschlupf diente.

Alle Bewohner des Piktenlandes mussten hart um ihr Überleben kämpfen. Genug zu essen zu haben und nicht zu frieren war bereits ein wichtiger Sieg über die herbe Natur. Doch die Armut dieser von allen verlassenen Frau war schrecklicher als alles andere.

In dieser Nacht fand im Palast ein großer Festschmaus statt. Alle wichtigen Männer der Siedlung waren eingeladen.

In einer überraschenden Anwandlung bat Brudei auch seinen Bruder Aedh zum Gelage.

Als er sich auf den Weg machte, kam der kleine Fintenn angelaufen. »Vater«, fragte er, »was bedeutet ›Herr Jesus Christus‹?«

Aedh musste ihm die gleiche Antwort geben wie schon früher an diesem Tag. »Ich weiß es nicht, Fintenn«, sagte er. »Der heilige Mann aus dem Süden spricht von vielen neuen Dingen.«

• Zwölf •

Zwei Wochen vergingen.

Columba und seinen Gefährten war seit ihrer Ankunft in Inbhir-Nis nur Ehrerbietung und Respekt zuteil geworden. Sie wurden höflich behandelt und mit jedem erdenklichen Luxus überhäuft. Nach dem fragwürdigen Empfang konnte man sich eine angenehmere Wendung der Ereignisse kaum vorstellen. Columba und seine Gefährten wurden in vielen Häusern empfangen, sowohl bei Adligen als auch bei Bauern, und durften ihnen den christlichen Glauben erklären. Es gab nicht wenige, die sich zu der neuen Religion bekehren ließen, vornehmlich allerdings, weil sie begierig nach allem Übernatürlichen waren.

Der Zauberer Broichan und die anderen Druiden ärgerten sich

über die offenkundige Wertschätzung des dalriadischen Abtes durch das Volk und taten ihr Möglichstes, Columbas Erfolge zu hintertreiben. Dem König gefiel der Wettstreit zwischen den beiden Geistlichen. Er fand es spannend, herauszufinden, welcher von beiden die größere Macht besäße. Sein Leben lang hatte er unter dem oft unbequemen Einfluss Broichans gestanden, und das sichtliche Unbehagen des Druiden forderte ihm eine gewisse Schadenfreude ab. Für König Brudei war klar, dass der, dessen Magie wirkungsvoller war, auch die bessere Religion hatte.

Während in der Halle des Königs gerade ein angeregter Disput zwischen dem Druiden und dem Priester stattfand, verbrachte die Prostituierte Diorbhall-ita viel Zeit damit, sich in ihrer Hütte kräftig abzuschrubben und sich die Haare zu waschen. Sie tat alles in ihrer Macht Stehende, einigermaßen präsentabel zu erscheinen. Merkwürdige Gefühle hatten von ihr Besitz ergriffen. Seit der Priester angekommen war, hatte sie sich keinem Mann mehr hingegeben. Sie wollte in jeder Hinsicht sauber sein.

Seit Gairbhith sie zu dem gemacht hatte, was sie jetzt war, hatte sie sich nicht mehr darum gekümmert, ob sie hübsch war oder nicht. Es hatte keine Bedeutung mehr für sie gehabt. Sie war einen Kopf größer als die meisten Frauen der Siedlung, was sie auch unverwechselbar gemacht hätte, wenn sie keine Ausgestoßene gewesen wäre. Ihr Leben lang hatte sie sich gewünscht, sich den Blicken der anderen entziehen zu können. Doch das hatte ihre Körpergröße immer verhindert. Nirgends war sie vor angeekelten oder missgünstigen Blicken sicher.

Aber jetzt war plötzlich etwas in ihrem Herzen geschehen. Sie wollte sich gar nicht mehr verstecken, ganz im Gegenteil. Und sie hatte Lust, zu singen. Niemand hatte ihr je so viel Freundlichkeit geschenkt wie der Priester aus Dalriada. Mit klopfendem Herzen und unbekannten Melodien, die aus ihrer wieder erwachten Seele aufperlten, kämmte sie sich das Haar aus dem Gesicht. Sie würde hinunter zum Fluss gehen und sich noch gründlicher waschen.

Columba und seine Gefährten brachen derweil aus dem Palast

auf und begaben sich ans Ufer des Flusses Ness. Als sie dort spazieren gingen, fiel Columba ein besonders weißer Kieselstein auf. Er bückte sich, um ihn aufzuheben. Dabei fiel ihm in einiger Entfernung die Gestalt der traurigen jungen Frau auf, die er seit dem Tag ihrer Landung nicht mehr zu Gesicht bekommen hatte. Sie war allein.

Er bat seine Gefährten, auf ihn zu warten, und ging zu ihr. Seit dem letzten Mal hatte sie sich sehr verändert.

Als sie Columba gewahrte, lächelte sie froh.

»Du siehst anders aus als zuvor, meine Tochter«, sagte Columba. »Du bist wunderschön.« In der Zwischenzeit hatte er genügend piktisch gelernt, um ohne Dolmetscher mit den Leuten sprechen zu können.

Seine Worte sanken tief in ihre Seele, und ihr Herz bebte vor Freude.

Wie sehr doch Freundlichkeit dazu beitragen kann, das Reich Gottes zu verbreiten! Sie ist eine unsichtbare Macht, die dem Evangelium Tür und Tor öffnet. Schon Jesus befahl seinen Jüngern, Gutes zu tun, damit die Welt zum Glauben finde.

Ein freundliches Wort veränderte die Seele der kaledonischen Hure. Es bereitete sie darauf vor, im Sinne der damaligen Zeit zur Christin zu werden.

»Ich danke dir«, antwortete Diorbhall-ita scheu. Sie senkte die Augen. »Ich habe dir gehorcht und zugehört, was du gesagt hast.«

»Ich sehe die Veränderung in deinen Augen und in deinem Lächeln.«

»Ich möchte gerne glauben«, sagte sie einfach.

»Dann komm«, antwortete Columba.

Er nahm sie bei der Hand und führte sie ein Stück in den Fluss. »Knie nieder, meine Tochter.«

Sie tat wie geheißen.

Columba beugte sich vor, schöpfte mit der hohlen Hand ein wenig Wasser aus dem Fluss und goss es ihr auf die Stirn. Es tropfte über ihre Augen und netzte ihr Gesicht. Mit Daumen und

Zeigefinger zeichnete der Priester das Kreuzzeichen auf ihre feuchte Stirn.

»Diorbhall-ita«, sagte er, »ich taufe dich im Namen des Vaters, des Sohnes und des Heiligen Geistes.«

Dann nahm er ihr Gesicht behutsam zwischen seine beiden Hände, erhob die Augen zum Himmel und flüsterte ein kurzes Gebet für die junge Frau, die er gerade getauft hatte. Als er fertig war, reichte er ihr die Hand und half ihr, aufzustehen.

Mit Tränen der Freude in den Augen richtete sie sich strahlend auf.

»Nun bist du ein Ganzes, meine Tochter«, sagte Columba. »Du bist ein Kind Gottes, der dich nach seinem Ebenbild geschaffen hat. Gehe hin, sündige nicht mehr und lebe rein von diesem Tag an.«

Er drehte sich um. Diorbhall-ita sah ihm nach, als er davonging, wandte sich dann ebenfalls um und wanderte am Flussufer entlang vom Dorf weg. In ihrem gerade erwachenden Herzen musste sie über vieles nachdenken.

• Dreizehn •

Während Columba zu seinen Gefährten zurückkehrte, nahm er den weißen Stein aus der Tasche, den er zuvor am Flussufer gefunden hatte. Er öffnete die Hand und betrachtete den Kiesel nachdenklich. Da hatte er plötzlich eine Vision. Er sah seinen Widersacher, den Druiden, der heftig nach Luft rang.

»Broichan ist gestraft worden«, teilte er seinen Gefährten mit. »Ein Engel wurde vom Himmel gesandt und hat das Glas, aus dem er gerade trank, in tausend Stücke zerbrochen. Einer der Splitter ist ihm in die Kehle eingedrungen. Der König wird uns einen Boten senden und uns bitten, zurückzukehren und dem Druiden zu helfen.«

Kaum hatte er die Worte gesprochen, als zwei Reiter von der Festung herunter direkt auf sie zugaloppiert kamen.

Hastig erzählten sie, was geschehen war. Es war genau, wie Columba vorhergesagt hatte.

»Der König schickt uns«, schloss der Bote. »Er bittet euch, in seine Halle zurückzukehren und seinen Lehrer Broichan zu heilen. Sein Trinkgefäß zerbrach, während er trank. Ein Stück Glas steckt in seiner Kehle. Er atmet nicht mehr und ringt mit dem Tod. Der König hat große Angst um ihn.«

Aus Gründen, die nur er allein verstand, sandte Columba zwei seiner Gefährten zum König. »Nehmt den weißen Kiesel mit«, sagte er und gab ihnen den Stein. »Sagt dem König Folgendes: Broichan soll diesen Stein in Wasser geben und das Wasser trinken. Dann wird er geheilt werden.«

Sie taten, was Columba ihnen aufgetragen hatte.

Als sie im Schloss ankamen, waren Broichan und der König so verängstigt, dass sie sofort taten, was Columbas Gefährten ihnen sagten. Der König legte den Kiesel in das Wasserglas und bemerkte, dass der Stein obenauf schwamm.

»Was ist das für ein Zauber, den ihr da in meinen Palast bringt?«, rief Brudei.

»Das ist kein Zauber, ehrenwerter König«, antwortete einer der Männer. »Unser Priester und Abt hat diesen Stein gesegnet. Nun enthält er heilige Kräfte. Sage deinem Druiden, er soll trinken, während der Stein noch schwimmt.«

Mit zitternder Hand nahm Brudei das Glas und reichte es Broichan. Der Druide konnte kaum noch die Lippen netzen. Doch nachdem er zwei oder drei Mal sehr mühsam geschlürft hatte, war er plötzlich in der Lage, einen ganzen Schluck zu nehmen.

Dann begann er, schrecklich zu husten. Mehrere Glassplitter flogen aus seinem Mund. Er würgte, rang nach Luft, atmete tief ein, atmete erneut – und wieder und wieder. Das Luftholen fiel ihm zusehends leichter. Broichan nahm einen weiteren, tiefen

Schluck aus dem Glas. Wenige Minuten später war er geheilt und atmete frei.

Der König nahm ihm das Glas aus der Hand und lugte hinein. Immer noch schwamm der weiße Kiesel auf dem verbliebenen Wasser.

Brudei behielt den Wunderstein noch viele Jahre lang in seinem Staatsschatz. Oft benutzte er ihn, wenn seine Stammesgenossen gesundheitliche Probleme hatten. Der Kiesel versetzte den König in die Lage, sein Volk von vielen Krankheiten zu heilen.

• Vierzehn •

Von diesem Tag an folgte Diorbhall-ita der Gemeinschaft Columbas auf Schritt und Tritt. Es dauerte nicht lange, und sie wurde in der gesamten Siedlung als schon immer zu dem heiligen Mann gehörig betrachtet. Sie ging stolz erhobenen Hauptes einher und hatte keine Angst mehr, gesehen zu werden. Dabei war sie größer als die meisten der Männer, mit Ausnahme Columbas selbst und einiger weniger anderer. Wann immer Columba lehrte, saß sie zu seinen Füßen und lauschte. Hätte sie wohlriechende Wässer besessen, dann hätte sie ihm die Füße gewaschen und sie mit ihrem Haar getrocknet, wie die Maria aus der Bibel. Sie glühte vor Bewunderung und uneingeschränkter Hingabe. Niemand im Dorf wagte es mehr, sie zu quälen, denn alle hatten bemerkt, dass mit ihr eine große Veränderung vorgegangen war. Immer noch gingen ihr die meisten Leute aus dem Weg. Doch nun war es eher aus Furcht als aus Abscheu.

Ein hoher piktischer Würdenträger hörte Columbas Predigten häufig zu und begann schließlich, dem Wort Gottes zu glauben. Seine ganze Familie, Frauen, Kinder und Sklaven und er selbst wurden zusammen mit vielen anderen Einwohnern von Inbhir-

Nis getauft. Nur wenige Tage später wurde einer der Söhne des Mannes schwer krank. Die Krankheit kam so plötzlich, dass der Junge bereits im Sterben lag, ehe die Neuigkeit im Dorf bekannt wurde.

Als die Druiden vom Zustand des Kindes hörten, begaben sie sich in feierlicher Prozession zum Haus des Mannes. Sie machten den Eltern bittere Vorwürfe.

»Das habt ihr euch selbst zuzuschreiben«, sagten sie. »Ihr habt die Götter versucht. Hier habt ihr das Ergebnis. Die Geister sind verstimmt. Der Junge wird sterben, so, wie ihr alle sterben werdet. Wir können nichts für euch tun.«

Die Kunde vom Besuch Broichans bei seinem letzten Täufling drang bis zu Columba vor. Sofort brachen er und einige seiner Gefährten zur Wohnung des Würdenträgers auf. Als er ankam, fand er die Eltern in tiefer Trauer. Die Mutter weinte hilflos.

»Es ist zu spät«, sagte der Vater, »der Junge ist tot.«

»Hört auf zu weinen«, sagte Columba. Er nahm die Hand der Mutter und sah ihr freundlich ins Gesicht. »Zweifelt niemals an der Macht Gottes«, sprach er. »In welchem Zimmer liegt euer Sohn?«

Der Vater führte ihn hin. Columba betrat den Raum allein. Vor dem Lager fiel er auf die Knie und betete.

»Herr«, flüsterte er, »war das wirklich dein Wunsch? Hast du das gewollt? Was soll ich jetzt tun, oh Herr?«

Lange Minuten lag er auf den Knien. Schließlich öffnete er die Augen, stand auf und trat zum Leichnam des Jungen. Vorsichtig legte er ihm die Hand auf die Stirn. Er schien wirklich tot zu sein, auch wenn sein Körper noch immer eine gewisse Wärme ausstrahlte.

Plötzlich erinnerte sich Columba der Worte Jesu. Wie oft hatte er diesen Satz schon niedergeschrieben? Das Mädchen ist nicht tot. Es schläft nur.

Hoffnung keimte in seinem Herzen auf, als ihm der nächste Satz in den Sinn kam. Hatte nicht der Herr selbst gesagt, dass andere Größeres vollbringen würden? Wie kam er als bescheidener Diener Gottes dazu, an den Worten seines Herrn zu zweifeln?

Columba legte dem Jungen die Hand auf die Stirn und befahl: »Im Namen unseres Herrn Jesus Christus, stehe auf.«

Der Junge öffnete die Augen. Sein Blick irrte im Raum umher. Dann entdeckte er Columba und lächelte schwach.

Columba ergriff seine Hand und half ihm, sich hinzusetzen. Er wartete, bis das Kind wieder zu Atem kam, denn es war noch immer sehr schwach. Schließlich half er ihm auf die Füße. Vorsichtig führte er ihn aus dem Zimmer und brachte ihn zu seiner Mutter. Im ganzen Haus herrschte großes Staunen. Aus Tränen der Trauer wurden Freudentränen.

Columbas Verwandter Baithen, der die Ereignisse und den sanften Ausdruck auf dem Gesicht seines Vetters beobachtet hatte, lächelte und seufzte leise.

»Mein Gott, wie sehr musst du diesen Mann lieben«, murmelte er vor sich hin, »dass du ihn mit so vielen Talenten begabt hast.«

Im Haus des Würdenträgers und im ganzen Dorf wurde vor Freude gejubelt. Von diesem Tag an bekannten sich immer mehr Dörfler zu dem neuen Glauben. Dutzende ließen sich im Wasser des Flusses Ness taufen.

• Fünfzehn •

Das Gerücht von der Wunderheilung drang schon bald bis zum Palast des Königs. Brudei sandte nach Columba und bat ihn in seine Halle, denn er wollte ihn zu vielen Dingen befragen. Schon oft hatte er den Abt predigen hören und auch an einigen Gebeten teilgenommen. Nun sehnte er sich nach einer Antwort auf seine Fragen.

Sein druidischer Lehrer und Ratgeber in metaphysischen und

transzendentalen Dingen widersetzte sich der Audienz. Doch der König hörte nicht auf seinen Rat.

»Dann darf ich dich wenigstens bitten«, drängte Broichan, »meine Anwesenheit zu dulden.«

»Wozu?«, fragte Brudei.

»Damit ich den scotischen Priester davon abhalten kann, dich mit irgendeinem teuflischen Zauber gefügig zu machen.«

»Wie würdest du das denn anstellen, gelehrter Druide?«

»Mit einer Beschwörung.«

»Deine Magie ist weniger mächtig als seine. Ich möchte wissen, warum. Ich verspreche dir, dass ich mich vorsehe«, beruhigte er den Druiden. »Dennoch bin ich entschlossen, der außergewöhnlichen Macht dieses Mannes auf den Grund zu gehen. Geh, Broichan!«

Columba wurde hereingeführt. In seinen Augen erblickte der König etwas, das ihn verunsicherte. Noch nie war er so angesehen worden. Er war es gewohnt, dass die Menschen ihm mit Furcht begegneten. Zum ersten Mal erlebte er, dass ein Mensch ihn mit ... Mitleid betrachtete.

Aber nein! Das konnte es einfach nicht sein. Wahrscheinlich war das Ganze ein Zauber!

Brudei nahm sich zusammen und begann mit seinen Fragen. Neben ihnen saß Comgall, der irische Pikte.

»Jedes Mal, wenn ich dir zugehört habe«, sagte der König, während Comgall übersetzte »hast du von vier Gottheiten gesprochen. Du sprichst von Gott, du sprichst von dem Herrn, du sprichst von einem Geist und von einem Mann, den du Christus nennst. Ich wüsste gern, welcher der vier Götter dir deine Kraft verleiht. Sag mir seinen Namen.«

»Es sind nur viele Namen für einen Einzigen«, antwortete Columba sofort und in der Sprache des Königs.

»Für einen Einzigen?«, wiederholte Brudei verblüfft.

Columba nickte.

»Wir haben viele Götter«, fuhr der König fort. »Sie beherrschen den Himmel, die Erde und das Meer.«

»Die sogenannten Götter eurer Druiden sind in Wirklichkeit keine Götter, ehrenwerter König. Sie können dir kein ewiges Leben schenken. In Wahrheit gibt es nur einen Gott.«

»Und warum nennst du ihn mit vielen Namen, als sei er mehrere?«

»Weil er sich vielen Menschen in der verschiedensten Weise offenbart hat. Aber es ist ein einziger Gott.«

»Also ist er auch in der Sonne, dem Mond und dem Kranich? In der Eiche auch?«

»Ja, ungefähr so. Er weiß, dass manche seiner Erscheinungsformen die Menschen ängstigen, wie zum Beispiel ein schwerer Sturm über dem Meer oder ein Blitz, der mit krachendem Donner im Gefolge auf die Erde hernieder saust. Daher sandte er einen Teil seiner selbst als Mensch zu den Menschen. Es war ein Mann, der selbst Gott war, aber wie einer von uns unter uns lebte. Man brauchte ihn nicht zu fürchten wie den Donner oder den Sturm. Es war ein Mann, der uns erklären konnte, wie Gott wirklich ist. Wir können ihn nicht selbst sehen.«

»Bist du dieser Mann?«

»Nein. Dieser Mann war Gottes Sohn, den wir Christus nennen.«

»Wie heißt euer Gott?«

»Wir nennen ihn Jahve oder einfach den Herrn.«

»Und wer ist der Mann, den er geschickt hat?«

»Er heißt Jesus.«

»Wo lebt Jesus?«

»Jesus war ein Jude, der in einem Land namens Palästina geboren wurde. Hast du von diesem Land schon gehört, mein König?«

Brudei schüttelte den Kopf.

»Es liegt weit im Südosten. Es ist ein warmes Land. Seine Bewohner heißen Hebräer.«

»Wer aber ist dann dieser Krismus, von dem ihr sprecht?«

»Christus«, verbesserte Columba. »Jesus, der vor fast sechshundert Jahren geboren wurde, wird auch Christus genannt. Es bedeutet »der Gesalbte«, der von Gott Gesandte. Seine Geburt wurde den hebräischen Stämmen viele Jahrhunderte lang vorausgesagt. Sie wussten, dass einer kommen sollte, der sein Volk von allen seinen Sünden erlösen und ihm ewiges Leben bringen würde.«

»Ich habe dich schon oft vom ewigen Leben sprechen hören. Was ist das für ein Leben?«

»Ein Leben, das niemals endet, ehrwürdiger König.«

»Ich weiß von den Glücklichen Inseln und habe von den Früchten, Schwertern und schönen Mädchen gehört, die Niam mit dem Goldhaar Oisin versprach. Das, was du sagst, ist nichts Neues.«

»Hast du jemals mit einem Menschen gesprochen, der dort war und zurückgekehrt ist?«

Der König gab keine Antwort.

»Jesus ist gestorben. Doch drei Tage später kam er zurück, um zu erzählen, wo er gewesen war«, sagte Columba in seiner eigenen Sprache zu Comgall. Er wollte ganz sichergehen, dass die zentrale Aussage nicht missverstanden wurde.

»Pah!«, platzte der König heraus, kaum dass Comgall den Satz übersetzt hatte. Er hatte genug gehört. Für diese neue Religion hatte er nichts als ein verächtliches Lachen übrig. Von den Toten auferstanden! Lieber wollte er Broichans Beschwörungen und Zaubersprüchen lauschen.

»Du solltest meine Worte nach deinem eigenen Augenschein beurteilen, ehrenwerter Brudei«, sagte Columba. »Wenn der Gott, dem ich diene, und sein Sohn Jesus Christus nicht mächtiger wären als die Götter deiner Druiden, wieso konnte dann der weiße Kiesel auf dem Wasser schwimmen? Ich frage dich, ehrenwerter König, hat Broichan jemals etwas Ähnliches vor deinen Augen bewirkt?«

Der König schwieg.

»Und als dein Lehrer seine Götter anrief, die nichts als böse Geister sind, und einen Sturm gegen mich schicken wollte, hatte er da Erfolg? Ich aber rief meinen Herrn Jesus Christus und seine Engel an, bestieg mein schmales Boot und ließ es in den Wind treiben. Sofort änderte der Sturm seine Richtung. Ich frage dich noch einmal, ehrenwerter König, haben deine Druiden jemals etwas Ähnliches vor deinen Augen bewirkt?«

Immer noch antwortete der König nicht. Die Wunder Columbas hatten ihn wirklich nachhaltig beeindruckt.

»Darf ich dich noch an den kranken Jungen erinnern, den alle für tot hielten? Kaum hatte ich aber zu meinem Gott gebetet, da stand er auf und verließ sein Lager.«

Auch daran erinnerte sich Brudei nur allzu gut.

»Das alles waren nur kleine Zeichen und Wunder, mein König«, fuhr Columba fort. »Solche und noch viel mehr wird mein Gott für alle tun, die an Jesus Christus glauben.«

Der König blickte Columba in die Augen. Auf seinem Gesicht zeichneten sich weitere Fragen ab. Er hatte noch nicht alles verstanden.

»Du hast mich eben nach dem ewigen Leben gefragt, mein König«, sagte Columba. »Jesus hat es allen versprochen, die an Gott glauben und ihm nachfolgen wollen.«

»Was ist das für ein Ort, wo die Menschen für immer leben?«, fragte der König.

»Er ist nicht auf dieser Erde«, antwortete Columba. »Jesus sprach von einem anderen Leben. Der Körper der Menschen wird alt und stirbt. Aber die Seelen der Gläubigen werden für immer mit ihm und bei Gott leben.«

Brudei antwortete nicht sofort. Es war ganz still in der Halle. Er hatte schon von Seelen gehört. Aber keiner seiner Druiden konnte ihm die Frage nach der Lage der Glücklichen Inseln beantworten. Er war ein praktischer Mann. Niemals hatte er darüber nachgedacht, ob der Geist eines Feindes, dessen Herz er mit dem Schwert durchbohrte, vielleicht weiterleben könnte.

»Aber wie kann ich dir glauben?«, fragte Brudei schließlich. »Bist du dort denn gewesen? Hast du die Seelen der Toten gesehen?«

»Wir können sie nicht sehen, so lange wir auf Erden leben.«

»Woher willst du dann wissen, ob es wahr ist?«

»Weil Jesus es gesagt hat. Er war dort und ist zurückgekehrt, um den Menschen zu beweisen, dass der Tod keine Macht über ihn besitzt.«

»Lebt dieser Jesus noch?«

Columba nickte.

»Zeig ihn mir, und ich glaube dir!«

»Er lebt nicht mehr in dieser Welt, ehrenwerter König. Aber er lebt so sicher, wie du und ich hier zusammen sitzen.«

»Deine Worte drehen sich im Kreis!«, rief der König.

»Das ewige Leben, das uns von Christus versprochen wurde, ist kein irdisches Leben. Es ist ein ewiges Leben im Himmel. Gott verlangt von uns, zu glauben, ohne zu sehen. Zu glauben um des Glaubens Willen.«

»Wo befindet sich das, was du Himmel nennst?«

»Menschen können diesen Ort nicht sehen, ehrenwerter König. Es ist der Ort, von dem Jesus gesagt hat, dass Gott dort wohnt und dass dort die gläubigen Seelen ewig weiterleben werden.«

»Wie kann ein Mann etwas glauben, das er nicht sieht?«

»Du glaubst an viele Dinge, die du nicht siehst, ehrenwerter König. Glaubst du an die Kraft des Sturmes?«

Brudei dachte einen Augenblick nach, dann nickte er.

»Kein Mensch kann den Wind sehen«, fuhr Columba fort. »Er weht, wie es ihm gerade passt. Du kannst ihn hören, aber du weißt nicht, wo er herkommt. Du siehst nur seine Kraft. Genauso können wir zwar Jesus oder das ewige Leben nicht sehen, aber wir spüren seine Macht.«

Der König wog seine Worte ab. Dieser heilige Mann war nicht nur mächtig, er hatte auch eine scharfe Zunge.

»Du behauptest, der Mann namens Jesus stand nicht nur von den Toten auf, sondern er kam auch von dem Ort zurück, den ihr Himmel nennt. Woher willst du das wissen?«

»Er wurde von seinen Freunden und Jüngern gesehen. Von vielen.«

»Vielleicht war es ein Gespenst.«

»Sie fassten ihn an, sie spürten ihn und sprachen mit ihm. Er aß mit ihnen und ging mit ihnen umher. Sie legten ihre Finger in die Wunde, wo sein Leichnam nach seinem Tod mit einem Speer durchbohrt worden war und aus der sie Blut und Wasser hatten fließen sehen. Für alle nachfolgenden Generationen haben sie die Geschichte aufgeschrieben. Ich selbst habe die Berichte viele Male gelesen.«

»Das heißt, dieser Mann kam wirklich lebendig vom Tod zurück?«

Columba nickte. Der König wurde sehr nachdenklich. So etwas hatte er noch nie gehört.

»Ich wünschte, ich könnte das Loch in seiner Seite selbst berühren.«

»Einer seiner Jünger hat genau das Gleiche gesagt. Später sagte Jesus zu ihm, dass jene gesegnet seien, die nicht sehen und trotzdem glaubten. Das ist deine Chance, ehrenwerter König, genau wie meine: an Christus zu glauben, obwohl wir ihn nicht gesehen haben. Das ist der wahre Glaube.«

»Wenn du aber diesen Mann nie gesehen hast und er heute nicht mehr in dieser Welt lebt, woher weißt du dann von ihm?«

»Seine Jünger, die Männer und Frauen, die ihn gekannt haben, die ihn mit ihren eigenen Augen haben sterben sehen, und Zeugen wurden, als er drei Tage später wieder auferstand, haben die Ereignisse seines Lebens aufgeschrieben und seine Lehre überliefert. Viele, die später kamen – Leute wie ich – haben seine Lehre und seine Geschichte weitererzählt. Das Leben Jesu kennen wir von Zeitzeugen. Wir kennen die Worte, die er gesprochen hat. Und in ihnen finden wir das ewige Leben, das er allen versprochen hat, die an ihn glauben.«

»Ich würde gerne mehr von den Worten und Ereignissen wissen. Ich würde gerne mehr über Jesus und seinen Gott erfahren.«

»Dein Wunsch soll dir erfüllt werden, ehrenwerter König«, sagte Columba, »dir und deinem ganzen Volk. Wenn du gestattest, werde ich, solange meine Gefährten und ich hier bei euch verweilen, jeden Tag aus dem Evangelium vorlesen. Ich werde euch von Jesus erzählen, von seinen Taten, Wundern und Lehren; wir werden euch berichten, wie er über Wind und See herrschte, wie er Wasser in Wein verwandelte, wie er über den See wandelte und wie er von den Toten auferstand, nachdem er drei Tage lang im Grab gelegen hatte.«

»Ich gestatte es euch. Ich werde es sogar beim ganzen Volk bekannt machen lassen.«

»Wirst du unter den Zuhörern sein?«

»Das werde ich«, antwortete der König.

Er zögerte einen Augenblick, dann hob er die Arme und löste die dicke, doppelgliedrige Kette, die er um den Hals trug. Er reichte sie Columba.

»Das ist die Königskette«, sagte er, »das Symbol meiner königlichen Würde.«

Columba nickte.

»Du bist ein heiliger Mann«, fuhr der König feierlich fort. »Ich wünsche, dass du sie von heute an trägst.«

Columba nahm die Kette in die Hand. »Ich fühle mich sehr geehrt«, sagte er. »Die Kette soll ein Sinnbild nicht nur für deine Königswürde sein, sondern auch dafür, dass dein und mein Volk einander verstehen und wie Brüder sind.«

Die Lesungen aus dem Evangelium begannen am folgenden Morgen. Der König nahm tatsächlich teil. Er nahm keine Notiz von der hochgewachsenen jungen Frau, die bereits zu Columbas Füßen saß. Sie hatte sich so sehr verändert, dass er sie auch bei einem direkten Blick in ihr Gesicht nicht erkannt hätte.

Erst als sie nach der Lesung aufstand, wurde er auf ihre Gestalt und ihre außergewöhnliche Größe aufmerksam. Er erkannte sie sofort. Auf seinem Gesicht spiegelte sich ein so abgrundtiefer Hass, dass er einen Krieger das Fürchten gelehrt hätte. Doch er konnte Diorbhall-ita keinen Schmerz mehr zufügen.

»Was sucht die Lange da bei dir?«, fragte er Columba. Seine Stimme klang verärgert.

»Sie ist unsere Gefährtin geworden«, antwortete Columba.

»Dann weiß ich jetzt, dass deine Worte hohl und leer sind.«

»Das Evangelium ist für alle da. Für Könige ebenso wie für Ausgestoßene. Jeder Mensch ist ein Sünder.«

»Pah! Sie ist ...«

»Was ist sie, mein König?«, unterbrach Columba ihn. »Kennst du sie? Vor Gott ist ihr Herz rein.«

»Rein?«, schnappte der König. »Das ist doch lächerlich! Weißt du, was sie ist?«

»Sie ist eine Sünderin, die bereut hat. Ich bin ein Sünder, der bereut hat. Auch du bist ein Sünder, mein König!«

»Pah! Ich kenne sie selbstverständlich, und sie ist alles andere als rein. Sie ist meine Tochter, und ich hasse sie!«

Columba fehlten die Worte. Diorbhall-ita war die Tochter des Königs! Aber schnell hatte er sich wieder unter Kontrolle und lächelte. Nun, dachte er, dann ist sie jetzt Tochter von zwei Königen!

Verärgert ging der König auf Abstand.

Als Folge der Lesungen und dank der vielen guten Taten, die Columba beim Volk wirkte, wurden viele Menschen bekehrt und getauft. Columbas Ruhm verbreitete sich wie ein Lauffeuer. Unter den gläubigsten Anhängern befand sich die Familie von Aedh macBaldridh, dem Bruder des Königs, der sich selbst, seine Frau, seinen fünfjährigen Sohn Fineach-tinnean und seine vierjährige Tochter Anghrad taufen ließ. Nun wusste Columba um ihre verwandtschaftliche Verbindung zu Diorbhall-ita, aus der eines Tages ein wichtiges Glied in der Geschichte ihres Clans entstehen würde.

• Sechzehn •

Als es für Columba und seine Gefährten allmählich Zeit wurde, Inbhir-Nis zu verlassen, wurde Diorbhall-ita immer trauriger und stiller. Columba ahnte nicht, was in ihrem Herzen vorging.

Wie sollte sie ohne den Mann weiter existieren, der sie zum Leben erweckt hatte? Niemals wieder würde sie zu dem werden, was sie zuvor gewesen war. Aber was sollte sie tun? Was sollte sie fern von Columba nur anfangen?

Am Tag vor seiner Abreise suchte Diorbhall-ita ihn auf. Er war allein.

»Ich habe Angst«, sagte sie leise. Ihre Augen füllten sich mit Tränen. »Bitte, verlass mich nicht.«

»Ich muss das Evangelium auch noch anderen Menschen bringen, meine Tochter«, antwortete Columba. »Der Herr wird dich behüten.«

»Ich kann nicht hier bleiben. Bitte, Columba, nimm mich mit.«

»Mitnehmen?«, fragte er überrascht. »Diese Mission ist nichts für Frauen.«

»Ich könnte dir dienen. Oder dir bei deiner Mission helfen.«

»Das ist unmöglich.«

»Ich weiß nur das eine: Ich muss bei dir bleiben.«

»Aber unsere Aufgabe ist hart. Uns drohen vielerlei Gefahren. Du weißt nicht, was du da verlangst.«

»Ich fürchte keine Gefahr. Lass mich mitkommen! Vielleicht als ...«

Sie zögerte und senkte den Blick. Plötzlich fehlte es ihr an Mut.

»Was meinst du, meine Tochter?«

»Bitte, Colum! Lass mich dir dienen«, bettelte sie. Ihre Augen flehten so sehr, dass ihm fast das Herz zerschmolz. »Ich möchte dir mein Leben lang dienen. Wenn ich schon nicht als deine Gefährtin mitkommen kann, dann ... dann nimm mich ... nimm mich als deine Frau mit.«

Das Wort bebte mit wuchtiger Kraft in Columbas Ohren. Plötzlich wurde es um die beiden herum so still, als warte die gesamte Natur ängstlich zitternd auf eine Reaktion.

Columba antwortete erst nach geraumer Zeit.

»Liebes«, antwortete er sehr zärtlich, »ich kann dich nicht heiraten.«

»Ich dachte, du liebst mich«, sagte Diorbhall-ita. Mit unschuldigen Augen sah sie ihm hoffnungsvoll ins Gesicht.

»Ich liebe dich. Aber meine Liebe ist christlicher Natur und nicht mit der Liebe eines Mannes zu seiner Frau vergleichbar.«

Der Hoffnungsschimmer in ihrem Gesicht erstarb. Sie wankte, als ob jemand sie gestoßen hätte. Dann wandte sie sich wortlos ab. Tränen schossen in ihre Augen. Ihr war, als sei ihr Herz von einem kalten Steindolch durchbohrt worden.

Sie durfte nicht länger bei ihm bleiben. Sie musste fort. Sie hatte sich selbst zum Narren gemacht.

Schnell ging sie davon.

Columba hastete hinter ihr her und legte ihr die Hand auf die Schulter.

Diorbhall-ita blieb stehen. Es war das erste Mal seit ihrer Taufe, dass er sie berührte. Langsam drehte sie sich um. Wie oft hatte sie unter den Händen fremder Männer leiden müssen! Und nun brachte ihr der neue Glaube wiederum nur Schmerz. Doch nicht nur ihr Herz war gebrochen. Sie fühlte sich auch unendlich gedemütigt. Nach allem, was sie zu ihm gesagt hatte, konnte sie Columba doch niemals mehr ins Gesicht sehen! Aber sein Blick suchte ihre Augen.

»Liebste, liebste Diorbhall-ita«, sagte Columba leise. »Ich liebe dich. Aber ich bin Mönch. Ich kann nicht heiraten.«

»Warum?«, fragte sie.

»Ich habe Christus mein Leben geweiht.«

»Was unterscheidet einen Mönch von einem anderen Mann?«

»Wir selbst machen den Unterschied. Wir haben ein Gelübde getan.«

»Was für ein Gelübde?«

»Ehelos zu leben, weder Ale noch Wein zu uns zu nehmen und auf jeden Luxus zu verzichten.«

»Musst du das Gelübde halten?«

»Es ist mein Wunsch, es einzuhalten, Liebste.«

»Aber du hast mir das Leben geschenkt«, flehte sie. »Ich kann nicht ohne dich sein. Lass mich wenigstens als Dienerin mitkommen!«

»Eine Frau, die in diesem Gebiet mit uns reist? Das ist unmöglich, mein Liebes. Unser Leben ist gefährlich. Wir gehen zu Stämmen, die uns möglicherweise nach dem Leben trachten. Ich fürchte mich bereits bei dem Gedanken, was dir alles zustoßen könnte.«

»Hier wird es schlimmer sein«, sagte sie und wandte sich ab. Leise begann sie zu schluchzen.

Sie sprachen nicht weiter. Columbas Herz tat weh. Aber er konnte der jungen Frau, die hilflos weinend vor ihm davonlief, keinen Trost spenden. Er durfte sie nicht in die Arme schließen, wie ein normaler Mann es getan hätte. Doch der Trost Gottes konnte ihrer gemarterten Seele ebenfalls nicht helfen.

In dieser Nacht weinte sich Diorbhall-ita in den Schlaf. Aber auch Columba fand lange Zeit keine Ruhe.

• Siebzehn •

Lange wälzte sich Columba auf seinem Lager hin und her. Das Gesicht Diorbhall-itas wich nicht aus seinem Gedächtnis. Das Gespräch hatte ihn zutiefst erschüttert. Lange dachte er über seinen Auftrag nach, der ihn noch tiefer in das Gebiet der Pikten führen würde.

Und dann dachte er an Maria Magdalena. Sie hatte zu den treuesten Gefährten Jesu gehört und war ihm so zuverlässig wie jeder andere Jünger auf allen Wegen gefolgt. Warum sollte nicht auch er eine Frau in seinen Kreis aufnehmen? Diorbhall-ita hatte Recht. Was gab es hier noch für sie zu tun, nachdem er fortgegangen wäre? Welche Gefahr es auch immer zu bewältigen gab, hier würde sie es unter Umständen schlimmer antreffen.

Trotz ihres wunden Herzens war es Diorbhall-ita schließlich doch gelungen, Schlaf zu finden. Als sie aufwachte, war es noch finster.

Träumte sie noch, oder hatte sie gerade ihren Namen flüstern hören? Irgendein Geräusch hatte sie geweckt. An Gottes Stimme dachte sie dabei nicht, denn von Samuel hatte sie noch nie gehört.

»Diorbhall-ita!«

Da war es wieder. Es war nicht mehr als ein scharfes Flüstern. Doch die Stimme hätte sie unter Tausenden erkannt!

»Colum!«, raunte sie überrascht. »Wo bist du?« Sie spähte ins Dunkel.

»Draußen. Komm rasch!«

Im nächsten Augenblick war sie an der Tür und blickte in die Nacht hinaus. Sie spürte seine Anwesenheit, obwohl sie im Finstern fast nichts erkennen konnte.

»Nimm das hier«, sagte er.

Er drückte ihr ein weiches Bündel in die Hand.

»Was ... was ist das?«

»Kleider. Männerkleider. Zieh dich an und nimm mit, was du für die Reise brauchst.«

»Nimmst du mich mit?«, platzte sie heraus.

»Wenn du bereit bist, dich als Mann zu verkleiden«, antwortete er, »und dich niemandem hingibst. Nur meine engsten Freunde werden eingeweiht.«

»Aber sicher bin ich bereit! Ich danke dir, Columba.«

Sie freute sich so sehr, dass sie ihn einfach umarmte und ihm einen Kuss auf die Wange drückte. Doch kaum wurde sie sich bewusst, was sie getan hatte, zog sie sich reuig zurück.

»Zieh dich an und mach dich so schnell wie möglich fertig«, sagte er. »Du musst vor dem Morgengrauen aus dem Dorf verschwinden. Geh zwei Meilen flussaufwärts und warte dort auf uns.«

Achtzehn

Sie waren noch nicht lange miteinander gereist, als Columba feststellen musste, dass seine Gefühle mehr als lediglich Mitleid mit einer verlorenen Seele waren, wenn er in Diorbhall-itas Gesicht schaute. Außerdem wurde er sich darüber klar, dass er bereits an jenem Morgen, als sie ihn im Überschwang ihrer Freude küsste, mehr als die reine Liebe Christi für sie empfunden hatte. Die Liebe des Mannes war ebenfalls in ihm gekeimt.

Doch er begrub diese unerwarteten Gefühle tief in seiner Seele. Er war Mönch und wollte seine Gelübde halten. Daher legte er umso mehr Ernst und Hingabe in seine Arbeit, als er sich tagtäglich aufs Neue bewusst zu seinem freiwilligen Zölibat bekennen musste. Vielleicht wurde seine Liebe zu Gott noch tiefer, seit die Liebe zu einer Frau Einzug in sein Herz gefunden hatte.

Diorbhall-ita diente Columbas Gefährten mit Hingabe und Treue. Ab und zu sah ein Mann aus den Siedlungen und Dörfern, die sie im Laufe der Reise aufsuchten, sie zweifelnd an, und mehr als nur einmal fragten sich die Leute, wer dieser hoch gewachsene, schweigsame Gefährte Columbas sein mochte.

Ihre Verkleidung schützte sie vor Annäherungsversuchen. Auf ihre stille Weise half sie, das Evangelium zu verbreiten.

Als sie schließlich nach Iona zurückkehrten, ließ Columba ihr ein kleines Haus mit eigener Privatkapelle bauen, wo sie friedlich und allein wohnen konnte.

Im Lauf der Jahre wurden weitere Frauen in die Gemeinschaft aufgenommen, und das Haus wurde entsprechend vergrößert.

Neunzehn

Es gab nur eine Sache, die sich in Diorbhall-itas Leben nicht änderte. Ihre Vergangenheit verfolgte sie nach wie vor.

Oft erwachte sie nachts nach schrecklichen Albträumen von Bildern ihres früheren Lebens. Die Erinnerung an den Hass ihres Vaters und die schrecklichen Erfahrungen unter den rohen Händen Gairbiths und vieler anderer Männer nach ihm raubten ihr den Schlaf.

Kein Gebet, keine Fürbitte der Gemeinde oder Columbas selbst konnte sie von der allnächtlichen Wiederkehr der Pein ihrer frühen Jahre erlösen, als ihr Leben eine wahre Hölle gewesen war. Nachts fand sie keinen Schlaf mehr. Erschöpft und matt schleppte sie sich durch die Tage. Ihre Gesundheit litt in zunehmendem Maß.

»Warum hilft mir keines deiner Wunder?«, fragte sie Columba eines Tages verzweifelt.

»Ich weiß es nicht, meine Liebe«, antwortete er.

»Ich glaube, ich bin damals doch nicht neu geboren worden. Ich war ein sündiges Weib und kann meiner Vergangenheit nicht entrinnen. Ich werde nie so werden wie ihr.«

»Ich bete jeden Tag für dich, meine Tochter. Aber die Wege des Herrn sind unergründlich.«

»Hilf mir, Colum. Ich weiß nicht mehr weiter.«

»Ich kann dir nicht helfen, Liebste. Nur Gott allein hat die Macht, dich zu heilen.«

Sie drehte sich um und ließ ihn stehen. Er hatte sie nie einsamer erlebt.

In der nächsten Nacht hatte Diorbhall-ita einen besonders schrecklichen Traum. Sie schrie so krampfhaft, dass man ihren verzweifelten Schmerz auf der ganzen Insel hören konnte. Es klang, als würde sie von einer Horde fürchterlichster Dämonen grässlich gequält.

Columba wachte in seiner Zelle auf.

»Herr und Gott«, betete er innig, »warum schickst du ihr diese entsetzliche Qual? Ich bitte dich, Herr, gib ihr endlich Frieden.«

Doch die Schreie hielten an. Diorbhall-ita heulte, jaulte und brüllte.

»Weg mit euch … weg mit den Händen! Ihr Tiere! Lasst mich in Ruhe! Oh Jesus, Jesus, hilf mir doch!«

Da stand Columba auf. Er musste zu ihr!

In diesem Augenblick verstummten die Schreie. Voll tiefstem Mitgefühl hielt er inne, fiel auf die Knie und betete inbrünstig.

Diorbhall-ita war von ihren eigenen Schreien wach geworden. Je weiter der Schlaf von ihr wich, umso ferner schienen ihr die furchtbaren Bilder, die sie im Traum gesehen hatte. Doch ihr blieben Angst einflößende Visionen. Verschwitzt und zitternd trat sie in die Nacht hinaus. Der Vollmond stand hoch am Himmel. Sie stieg auf den Hügel, ihren Lieblingsplatz, von dem aus sie die ganze Insel überblicken konnte. Es war warm und still. Sanft plätscherten kleine Wellen an die Küste.

»Ich weiß, ich habe kein Recht, Frieden von dir zu fordern«, betete sie im Gehen. »Ich weiß, ich muss für meine vielen Sünden büßen. Dennoch, Herr! Columba predigt, du gäbst uns Frieden. Warum aber ist kein Friede in meiner Seele? Warum fühle ich mich immer noch schuldig? Warum schickst du mir diese Stimmen, die mich anprangern? Wenn du mir wirklich vergeben hast, warum habe ich dann jede Nacht so schreckliche Träume? Warum zerren Hände an mir? Wird mich die Angst mein Leben lang nicht mehr in Ruhe schlafen lassen?«

Allmählich wurde sie ruhiger. In der Stille der Nacht spürte sie plötzlich ein fremdes Sein. Eine unsichtbare, riesengroße, schneeweiße Decke schien vom Himmel auf sie hernieder zu sinken. Es fühlte sich an, als ob Gott selbst sie herabholte und um ihre Schultern legte. Die Decke war warm und rein. Es war ein herrliches, weiches und sauberes Empfinden. Wenige Augenblicke lang fühlte sie sich unendlich sicher und behütet.

Dann hob sich die Decke wieder. Doch bereits die wenigen Momente waren Diorbhall-ita wie ein gnädiger Segen erschienen.

Sie hob die Augen zum Firmament und sah vor ihrem inneren Auge die weiche Decke in den Himmel zurückschweben. Doch nun sah sie ganz anders aus. Sie war beschmutzt und fleckig, mit Blut und Schlamm beschmiert, und ihre Ränder waren zerschlissen und ausgefranst.

Verwirrt sah Diorbhall-ita ihr nach, bis sie ihren Blicken entschwand. Dann erkannte sie eine Gestalt, die auf sie zukam. Die Gestalt war von Kopf bis Fuß in reinstes Weiß gekleidet. Sie trat zu Diorbhall-ita und schaute ihr tief in die Augen. Da wusste sie, dass sie vor der Erscheinung nichts in ihrem Leben hätte verbergen können. Sie schämte sich und versuchte, den Blick zu senken.

Doch sie war nicht in der Lage, ihre Augen von seinen abzuwenden.

»Fürchte dich nicht, mein Kind«, sagte eine wundersame Stimme. »Ich weiß, was in deinem Herzen vorgeht. Ich weiß, was du gewesen bist, und ich weiß, was du getan hast. Und dennoch liebe ich dich.«

Sie vernahm die Worte tief in ihrem Herzen und staunte.

»Hast du nicht gesehen, dass die Decke nun verschwunden ist?«, fragte die Erscheinung und lächelte sanft. »Sie hat den Schmutz der Sünde von dir genommen und in den Schoß meines himmlischen Vaters gebracht.«

Plötzlich spürte Diorbhall-ita, dass das Leid der Schuld von ihr gewichen war.

»Was fühlst du, mein Kind? Geht es dir besser?«

Sie fühlte sich, als ob ihre Seele in einer warmen Quelle gebadet hätte. Zum ersten Mal in ihrem Leben war sie mit sich im Reinen, und ihr Herz schien ihr sauber und schön.

»Ich habe deine Sünden von dir genommen, mein Kind«, sagte der Erlöser. »Sie sind verschwunden wie die Decke deiner Schuld. Meine Gnade hat dich gereinigt. Du brauchst niemals mehr über das Vergangene nachzudenken. Nun bist du wirklich mein. Die Zeit deiner Ängste ist vorbei. Nie wieder wird die Vergangenheit dich peinigen.«

Er legte ein Gewand um ihre Schultern, das noch sauberer, weißer und weicher war als die himmlische Decke.

»Dies ist das Gewand der Reinheit und wird dich von nun an kleiden, mein Kind«, sagte die Erscheinung. »Du kannst es nicht mehr verlieren. Niemals wird es schmutzig oder fleckig werden. Es ist das Gewand meiner vergebenden Gnade, und es gehört dir für alle Zeit.«

Diorbhall-ita fiel auf dem mondbeschienenen Boden auf die Knie und weinte vor Dankbarkeit und Erlösung. Sie weinte sehr lange.

Endlich versiegten die Tränen. Sie atmete ruhiger. Als sie schließlich aufblickte, sah sie nur noch den Mond über dem silbrig glänzenden Meer.

Die Vision war vorüber. Doch sie wusste, dass der Erlöser alle Sünden von ihr genommen und ihr ein weißes Gewand übergestreift hatte. Dankbaren Herzens erhob sie sich und kehrte in ihre Zelle zurück.

Weder in dieser Nacht noch jemals wieder in ihrem Leben wurde sie von Albträumen geplagt.

Zwei Tage später ging ein heftiger Regen nieder. Diorbhall-ita stürmte aus ihrer Zelle und begrüßte ihn so fröhlich, wie sie es als Kind getan hatte. Ihre Wonne an den wilden Wundern der Natur war zurückgekehrt! Gott gab ihr das Geschenk zurück, das das Leben ihr geraubt hatte!

Sie lachte und weinte gleichzeitig vor Freude, und der reinigende Regen strömte über ihr Gesicht. Gott hatte sie glücklich gemacht!

Dankbar sank sie auf die Knie. Tief in ihrem Innern hörte sie eine feine Stimme. Plötzlich wusste sie, dass es an ihr allein lag, die Heilung zu vervollkommnen. Die sanften Worte, die durch den brausenden Sturm klangen, waren nicht für menschliche

Ohren bestimmt. Aber sie klangen zu Gott empor, und er verstand, was Diorbhall-ita ihm zu sagen hatte.

»Mein Gott«, flüsterte sie in den pausenlos prasselnden Regen, »ich vergebe ihnen. Ich verzeihe Gairbhith, ich verzeihe Broichan und ... ich verzeihe meinem Vater.«

• Zwanzig •

Neun Jahre vergingen.

Columbas Religion gedieh prächtig in den Stammesgebieten der Pikten.

Nachfolger der irischen Priester, deren Namen für immer mit der Christianisierung der Scoten und Pikten in Verbindung gebracht werden würden, reisten weiterhin kreuz und quer durch den Norden und predigten. Später drangen sie auch immer häufiger in den Süden vor und erreichten schließlich auch die Stämme der Britonen und der Angeln. Im ganzen Land wurden Klöster gebaut, auf dass die Gottesmänner sich der Forschung, der Lehre und dem Kopieren der Bibel widmen konnten.

Im frühen Frühling des Jahres 574 bereiteten Columba und seine Gefährten eine weitere Mission durch das nördliche Piktengebiet vor. Es war ihre fünfte Expedition. Den vergangenen Sommer hatten sie auf der Insel Skye verbracht. Columba hatte mittlerweile ganz Alba bereist und erkannte, dass die bevorstehende Reise möglicherweise seine letzte sein könnte. Er hatte Tausende von Pikten bekehrt. Die Grenzen des dalriadischen Königreichs waren befriedet. Die Macht des Herrschers dehnte sich langsam weiter aus. Auch das Kloster von Iona war erheblich größer geworden. Es war an der Zeit, dass andere die missionarische Tätigkeit übernahmen. Columba selbst wollte sich in Zukunft nur noch dem Schrifttum und der Ausbildung der Priester widmen, die in den piktischen Stammesgebieten weitere Klöster erbauen sollten.

Der junge Fintenn war jetzt vierzehn Jahre alt. Columba wusste, dass dieser Junge vielen ein Vorbild im Glauben werden würde. Schon als er den Jungen kennen lernte, hatte er seine Begabung erahnt und ihn nun eingeladen, ihn zu begleiten. Fintenn liebte Columba wie einen engen Verwandten und war ihm blind ergeben. Sein Vater Aedh, selbst getauft und mit größerem Einfluss auf das Volk an der Mündung des Ness als sein Bruder, der König, gab seine Zustimmung nur allzu gern. Den einzigen Widerstand leistete Aedhs mittlerweile dreizehnjährige Tochter Anghrad, die ebenfalls unbedingt mitgehen wollte. Das konnte ihr Aedh allerdings beim besten Willen nicht gestatten.

»Ich möchte aber wissen, warum ich nicht auch gehen darf!«, hatte das Mädchen gereizt wissen wollen.

Der so überrumpelte Columba blickte mitleidig auf sie hinab und lächelte.

»Du bist zu jung, mein Liebes«, sagte er. »Du wirst noch so oft Gelegenheit haben ...«

»Ich bin nur ein Jahr jünger als Fintenn!«, unterbrach sie ihn.

»Es tut mir leid, aber ich kann wirklich kein junges Mädchen mitnehmen.«

Anghrad drehte sich um und stürmte davon. Besorgt, aber freundlich blickte Columba Vater und Mutter an.

»Sie kann ziemlich heftig werden, wenn sie ihren Willen nicht bekommt«, sagte Aedh. »Wir können froh sein, dass sie schon in jungen Jahren getauft worden ist. Ich bin sicher, anderenfalls hätte sie sich für das Schwert entschieden und wäre in die Armee meines Bruders eingetreten.«

Insgeheim freute sich Columba, dass Diorbhall-ita in Iona geblieben war. Im Dorf ihrer Kindheit ahnte niemand etwas über ihren Verbleib. Und in diesem besonderen Fall war es eher hilfreich, wenn niemand erfuhr, dass er tatsächlich schon einmal von einer Frau begleitet worden war.

Schließlich war die Gruppe abgereist – mit Fintenn, aber ohne Anghrad. Seit dem Vortag schien ihm der Junge sehr blass. Immer öfter blieb er hinter den anderen zurück. An diesem Abend widmete Columba einen großen Teil seiner Gebete dem jungen Fintenn.

»Entschuldige bitte, Columba«, sagte plötzlich eine Stimme.

»Was gibt es, Diormait?«, fragte Columba seinen treuen Diener, der leise herangetreten war.

»Der Junge hat hohes Fieber«, antwortete Diormait. »Baithen befürchtet das Schlimmste und bat mich, dich zu holen.«

Sofort erhob sich Columba und folgte seinem Diener.

Er fand Baithen auf den Knien vor dem Lager des Jungen. Sofort erkannte Columba, dass er sich große Sorgen machte. Instinktiv spürte er die Furcht seines Vetters vor dem drohenden Tod des Jungen.

Sanft legte Columba seine Hand auf die Wange des Jungen. Fintenn erschauerte. Seine Haut glühte.

»Wie geht es dir, mein Sohn?«, fragte Columba zärtlich.

»Mir ist heiß … so schrecklich heiß«, murmelte Fintenn.

Columba wandte sich ab und entfernte sich einige Schritte. Niemand hörte das innige Flehen, mit dem der heilige Mann um das Leben seines jungen Freundes bat.

Noch in der Nacht sank Fintenns Fieber. Zwar mussten sie ihn am nächsten Tag tragen, doch bereits einen Tag später war der Junge wieder auf den Beinen, und nach weiteren zwei Tagen schien es, als sei er nie krank gewesen. Gott hatte beschlossen, ihnen Fintenn zu erhalten.

Während der gesamten weiteren Reise half der Junge ihnen häufig mit seinem Mut und seiner Begeisterung. Er erinnerte Columba an den jungen Johannes, der mit Jesus gewandert war und später sein Leben in einem der Evangelien aufschrieb. Häufig fragte er sich, was Gott mit diesem Knaben wohl vorhatte.

Es war Fintenn, der während ihrer Reise durch die nördlichsten Regionen des Piktenlandes eine merkwürdige Ansammlung von

Steinen entdeckte. Einige waren klein, andere jedoch so groß, dass selbst zehn Männer sie nur mit viel Mühe hätten bewegen können. In der Nähe befand sich etwas, das wie eine sehr alte, seit langem verlassene Siedlung aussah.

Ein uralter, verhutzelter Piktenbarde erzählte ihnen eine Legende, in der von einem oder mehreren – niemand wusste es ganz genau – Königen und Herrschern die Rede war, die unter den Steinen begraben liegen sollten. Sicher war auf jeden Fall, dass die Steine etwas zu bedeuten hatten. Nicht nur, dass sie mit eingravierten Zeichen geschmückt waren, sondern zwei von ihnen waren offensichtlich von Menschenhand senkrecht aufgerichtet worden.

Wenn die stehenden, beschrifteten Steine tatsächlich ein Heiligtum waren, dachte Columba, dann durften er und seine Gefährten ihre Ruhe auf keinen Fall stören. Gerne jedoch wollte er ein Stück des großen, flachen Steins mit nach Iona nehmen, als Symbol für die Verbindung zwischen dem neuen Zentrum geistlicher Macht und den Legenden von historischen Königen, die lange vor ihnen gelebt hatten. Sofort schickte er seine Gefährten ans Werk.

Fintenn kam erst später nach Iona. Zum ersten Mal seit vielen Jahren sah er dort seine Base Diorbhall-ita. Er erkannte sie nicht, doch irgendwie erinnerte ihn die hohe Gestalt an jemanden, dessen Anblick ihm früher vertraut gewesen war. Fintenn war achtzehn und Diorbhall-ita eine strahlende, auf Gott vertrauende Frau von achtunddreißig. Fintenn hatte nie erfahren, dass die Ausgestoßene, die während seiner Kindertage am Rand des Dorfes ihr Dasein fristete, seine Base war. Als Columba es ihm jedoch erzählte, fühlte er sich stolz ob der verwandtschaftlichen Bande.

Von diesem Tag an waren Fintenn und Diorbhall-ita unzertrennlich wie Bruder und Schwester.

Einundzwanzig

Wieder wurde eine Reise geplant.

Seit Diorbhall-ita ein Zuhause hatte, begleitete sie die Gruppe nicht mehr. Sechs Jahre lang hatte sie auf der Insel gelebt, ohne das Bedürfnis zu verspüren, sie zu verlassen. Sie fühlte sich frei genug, ganz sie selbst zu sein. Seitdem sie das Festland verlassen hatte, trug sie keine Männerkleidung mehr.

Am Vorabend seiner Abreise kam Columba zu ihrem Haus, um sich zu verabschieden.

Er blickte sie an und erkannte am Strahlen ihrer Augen, dass sie eine tiefe Liebe zu ihm verspürte.

Zärtlich und schweigend blickten sie einander an. Ihre Herzen waren übervoll.

»Ich bin glücklicher, als du ahnst, dich hier auf Iona zu wissen, meine Tochter«, sagte Columba schließlich. »Die ganze Gemeinde liebt dich.«

Diorbhall-itas Liebe zu Gott war nicht weniger, sondern immer größer geworden. Dank dieser Liebe war ihre weibliche Leidenschaft für Columba rein und ohne Schande. Langsam begann sie, sich vor ihm auszuziehen.

»Ich habe bei keinem Mann gelegen, seit du nach Inbhir-Nis gekommen bist«, sagte sie sanft. »Ich möchte mich dir schenken, um wenigstens ein einziges Mal die Freuden wahrer Liebe zwischen Mann und Frau kennen zu lernen.«

Ihr Körper war das einzige Geschenk, über das sie verfügte. Und sie wollte ihn dem Mann geben, den sie ihr Leben lang geliebt hatte und immer lieben würde.

»Ich möchte nicht von der Gemeinde geliebt werden«, sagte sie einfach. »Ich möchte, dass du mich liebst.«

»Geliebte Diorbhall-ita«, antwortete Columba tief bewegt, »wie gerne wäre ich dein, wenn es nur möglich wäre. Aber ich darf nicht, Liebste.«

»Liebster Colum«, gab Diorbhall-ita zurück, »ich habe dir viele Jahre lang gedient. Du bist freundlicher und liebevoller zu mir gewesen, als ich es je von einem Mann geglaubt hätte. Bitte, tu mir nicht so weh!«

»Wir sind Gott geweiht«, sagte er. »Zwar sind wir in den Körpern von Mann und Frau geboren, aber er hat uns zu Höherem berufen. Wir vollenden unsere Liebe, indem wir sie ihm opfern. Diese Insel, die wir beide lieben, ist uns und ihm heilig. Wir werden sie durch unsere Reinheit ehren.«

Sanft zog er ihr das Gewand wieder über die Schultern und nahm sie in die Arme.

Sie weinte vor Schmerz und Glück. Welch großen Mann durfte sie lieben! Einen Mann, der die Liebe zu Gott über seine Liebe zu einer Frau stellte. Ihr Herz blutete, doch sie liebte Columba umso mehr, weil er nun einmal war, wie er war.

Er hielt sie lange Zeit schweigend fest. Dann ließ er sie los und entfernte sich ein Stück von ihr. Es sollte das einzige Mal in ihrem ganzen Leben sein, dass er sie in die Arme nahm.

Doch dieser unvergessliche Augenblick blieb ihr für den Rest ihrer Tage tief im Gedächtnis.

• Zweiundzwanzig •

Die Verbreitung des Christentums auf dem Festland verhinderte weder Gebiets- noch Stammesfehden. Tatsächlich förderte die neue Religion eher noch Konflikte, als dass sie sie verhinderte. Dalriada wurde größer und größer, und die Pikten im Norden und Süden von Alba stellten das größte Hindernis für die Ausbreitung dar. Dalriada war kein Königreich, das seine Stellung mit Gebeten und Gesängen festigen konnte. Dazu waren eher Schwerter vonnöten.

Columbas Autorität wurde in ganz Kaledonien anerkannt. Als Conaill von Dunadd starb, erklärte Columba, ein Engel habe ihn besucht und verlangt, dass Conaills Vetter Aedan König werden solle.

Aedan wurde nach Iona gebracht und zum König gesalbt. Zum ersten Mal wurde das Stück heiligen Steines aus dem Piktenland für eine Königskrönung benutzt.

Columba forderte seinen entfernten Verwandten auf, sich auf den Stein zu stellen, den seine Gefährten aus den Highlands mitgebracht hatten. Der Stein war etwa einen Fuß hoch und maß zweieinhalb auf dreieinhalb Fuß.

Aedan tat wie geheißen. Columba erzählte ihm die Geschichte des Steins, den er von der uralten Beerdigungsstätte lange vergessener Piktenkönige nach Iona hatte bringen lassen. Indem Aedan auf ihn schwor, fügte er sich nicht nur in die Linie dalriadischer Könige, sondern in die Königslinie von ganz Kaledonien ein.

Schließlich befahl der Abt Aedan, auf dem Stein niederzuknien.

»Glaube mir, Aedan«, verkündete Columba bei der Krönung, »niemals werden deine Feinde dir widerstehen können. Doch ich verpflichte dich, deine Kinder und Kindeskinder und deine gesamte Nachkommenschaft, niemals das Zepter aufgrund von Verrat weiterzugeben. Sollten deine Nachkommen einst den Namen Gottes verraten, werden die Herzen ihrer Untertanen sich im gleichen Maße von ihnen abwenden, und ihre Feinde werden an Stärke gewinnen.«

Nachdem Columba den neuen König solcherart beschworen hatte, legte er ihm die Hände auf den Scheitel und segnete ihn.

Und als neuer König von Dalriada stieg Aedan von dem Stein herab.

Dreiundzwanzig

Der scotische König Aedan kämpfte erbitterter um Land und Macht als seine Vorgänger. Sechs Jahre nach seiner Krönung nahm er 580 das Schwert und bekämpfte die Pikten im Norden und im Süden. Während der Kämpfe verlor er zwei seiner Söhne. König Brudei fiel 584.

Aedan regierte vierunddreißig Jahre. Zu Beginn des siebten nachchristlichen Jahrhunderts hatte er mit Erfolg den größten Teil des Piktenlandes der scotischen Krone von Dalriada unterworfen. Es schien, als ob die Scoten zur dominierenden Macht auf dem nördlichen Festland werden sollten.

Columba verbrachte den größten Teil seiner späten Jahre im Kloster auf Iona. Die kleine Insel war zum religiösen Zentrum der keltischen Welt geworden. Jeder, der Columba kannte, liebte ihn. Sein Einfluss erstreckte sich über Erin, Dalriada und die piktischen Stammesgebiete. Er war nicht nur in geistlicher Hinsicht ein großer Mann. Im Lauf seines Lebens hatte er Könige gekrönt, war Diplomat gewesen und hatte zeitweise mehr Macht in seiner Hand vereint als irgendein anderer Mensch in den so unterschiedlichen Keltenreichen.

Doch allmählich wurde Columba alt. Im Jahr 593 war er zweiundsiebzig und fühlte sich ausgelaugt. Er war es müde, zwischen Politik und Religion zu vermitteln, müde seines weltlichen Ehrgeizes, und endlich bereit für die Verheißungen der ewigen Seligkeit. Er betete zu Gott, ihn endlich heimzuholen.

In der ersten Juniwoche verspürte er plötzlich eine große Glückseligkeit.

»Gott, mein Gott«, flüsterte er einsam in seiner Zelle, »seit dreißig Jahren bin ich nun in Alba. Nun wünsche ich nichts sehnlicher, als zu dir zu kommen. Ich freue mich, weil der Tag vielleicht nicht mehr fern ist.«

Plötzlich hatte er eine Vision. Er erblickte Engel. Sein Herz wurde weit. Sie waren gesandt, ihn aus seinem fleischlichen Gefängnis zu erlösen. Er sah sie auf einem Felsen an dem schmalen Sund zwischen Mull und Iona stehen.

Doch warum kamen sie nicht näher? Warum standen sie bewegungslos und holten ihn nicht heim?

Aber dann sandte ihm Gott die Erklärung. Große Trauer überkam den heiligen Mann.

Die Engel konnten den Meeresarm nicht überqueren, weil Menschen im ganzen Land und in allen Kirchen für Columbas Leben beteten. Gott erhörte sie und schenkte dem Mönch weitere vier Jahre. Erst am Ende dieser Zeit würde er ihn zu sich nehmen.

Columba starb genau vier Jahre später, wie die Vision vorhergesagt hatte.

Als er in der zweiten Aprilwoche das Ende nahen fühlte, rief er seine beiden liebsten Gefährten zu sich. Es waren Diormait, sein Diener, und Diorbhall-ita, seine Freundin.

Diese beiden bat er, zwei weitere Gefährten nach Iona rufen zu lassen, um ihm in seinen letzten Stunden beizustehen. Er wünschte Baithen zu sehen, der mittlerweile vierundsechzig Jahre zählte und den er selbst zu seinem Nachfolger bestellt hatte. Baithen stand dem Kloster Maigh Lunga am Tiree vor. Außerdem fragte er nach Fintenn macAedh, einem Bekehrten aus Kaledonien, Vetter von Diorbhall-ita und inzwischen siebenunddreißig Jahre alt, der aus eigenem Antrieb ein Kloster in Kailli-an-Inde bei den Pikten im Süden erbaut hatte.

Diormait kümmerte sich um Columbas Wünsche, während Diorbhall-ita die Einsamkeit der felsigen Inselküste suchte, um in Ruhe zu beten. Seit dreiunddreißig Jahren liebte sie ihren Mentor, ihren geistigen Vater, ihren Bruder und Freund. Sie fürchtete sich davor, von ihm verlassen zu werden. Ihr Herz würde an dem Verlust zerbrechen.

Am Nachmittag des folgenden Tages waren Boten nach Maigh Lunga und Kailli-an-Inde unterwegs.

Fintenn kam am zehnten Mai auf Iona an. Sofort begab er sich in die Gemächer des ehrwürdigen Greises.

Der junge Mann hatte Columba seit fünf Jahren nicht mehr gesehen und erschrak. Der Mönch hatte sich sehr verändert. Früher war Columba immer groß und stark gewesen. Jetzt fand Fintenn ihn bleich, schwach und müde auf seinem Lager vor; seine wunderbaren grauen Augen hatten ihren Glanz verloren. Es war offenbar, dass der Geist den Körper floh.

Fintenn hatte Tränen in den Augen. Er ging zum Bett, kniete nieder, umarmte die gebrechliche Gestalt, legte seinen Kopf auf die magere Brust des alten Mannes und begann, hilflos zu weinen.

»Ach, mein Liebes, weine doch nicht um mich«, sagte Columba ruhig. »Du darfst nicht traurig sein. Meine Zeit ist endlich gekommen. Du solltest dich mit mir freuen.«

Während er sprach, legte er seine durchsichtige weiße Hand auf den Scheitel des jungen Mannes. Mit Wärme erinnerte er sich an den Tag, als er Fintenn zum ersten Mal gesehen hatte. Als Fünfjähriger war er an der Seite seines Vaters unmittelbar nach der Landung in Inbhir-Nis zu ihm gekommen.

Fintenn blickte zu Columba auf. Noch immer glänzten Tränen auf seinen Wangen. Doch das warme Lächeln seines alten Freundes wischte für einen Augenblick alle Trauer beiseite.

Er richtete sich auf und erwiderte Columbas Lächeln.

»Es ist schön, dich wieder einmal zu sehen, mein Freund«, sagte er.

»Und du?«, fragte Columba. »Wie geht es in Kailli-an-Inde?«

»Gut! Sehr gut!«

»Was macht deine Schwester?«

»Auch ihr geht es gut.«

»Ist ihr Temperament ein wenig abgekühlt?«

»Das wird es vermutlich nie«, grinste Fintenn. »Aber jetzt hat sie wenigstens ein Ziel. Anghrad und Domhnall haben drei Kinder und sind dabei, den christlichen Glauben auf den Inseln zu verbreiten. Der geistige Samen, den du in unserer Familie ausgelegt hast, trägt reichliche Früchte.«

Sie sprachen noch von vielen Dingen. Sein ganzes Leben lang ließ Fintenn niemals auch nur das Geringste von dem verlauten, was Columba an jenem Tag noch zu ihm sagte. Obwohl er später viele Bücher verfasste, schrieb er nicht ein einziges Mal über diesen Tag. Für dessen Wahrheit, so sagte Fintenn viel später, gäbe es nur einen würdigen Platz: die stille Tiefe seines eigenen Herzens.

• Vierundzwanzig •

Am nächsten Morgen strahlte die Sonne nach einem heftigen Regen rein und klar über die Insel. Columba bat Fintenn und Diormait, ihn nach draußen zu bringen. Die Sonne lockte, und es war für die Jahreszeit ungewöhnlich warm.

»Geht und sucht Diorbhall-ita«, sagte Columba. »Sie soll uns begleiten.«

Sie holten Columbas Freundin. Zusammen trugen sie den Greis zur anderen Seite der Insel, wo einige Klosterbrüder bei der Arbeit waren. Die Mönche legten ihre Werkzeuge beiseite und versammelten sich um ihren Abt. Columba gab jedem die Hand und segnete einen nach dem anderen, wobei er ihnen für ihre schwere Arbeit beim Ausbau des Klosters dankte.

Anschließend bat er die beiden Männer, ihn so zu setzen, dass sein Gesicht nach Osten gewandt war. Stumm betete er für die Insel und ihre Bewohner. Erst nach geraumer Zeit brachten seine Freunde ihn wieder ins Kloster zurück. Diorbhall-ita folgte ihnen mit ein paar Schritten Abstand. Sie weinte leise vor sich hin.

Wenige Tage später, an einem Samstag, fühlte sich Columba wieder besser bei Kräften. Mit Diormait und Diorbhall-ita ging er ein wenig spazieren. Plötzlich wandte sich Columba an seinen

Diener. »Könntest du uns einen Augenblick allein lassen, mein Lieber?«, bat er ihn. Diormait tat wie geheißen.

Als Columba und Diorbhall-ita allein waren, begann der Mönch zu sprechen. »Ich möchte dir ein Geheimnis verraten, Liebste«, sagte er, »aber du musst mir versprechen, es vor meinem Tod niemandem zu enthüllen.«

»Ich verspreche es«, sagte Diorbhall-ita. Allerdings fühlte sie sich ein wenig unsicher dabei.

»In der Schrift heißt der heutige Tag Sabbat. Das bedeutet Ruhe«, begann Columba. »Für mich ist heute tatsächlich Sabbat. Gott hat mir versprochen, dass heute der letzte Tag meines irdischen Wirkens sein wird. Heute um Mitternacht, wenn der Sabbat vorüber ist, werde ich sterben.«

»Liebster Colum, bitte sag so etwas nicht!«

»Es tut mir leid, dich traurig zu sehen, Liebste. Du solltest nicht trauern. Wenn du nur wüsstest, wie glücklich ich bin! Meine einzige Sorge ist Baithens Verspätung. Ich hätte meinen lieben Freund gerne noch ein letztes Mal gesehen.«

Langsam gingen sie zum Kloster zurück.

Auf dem Weg kam ihnen Fintenn mit Baithen entgegen, der gerade mit dem Boot vom Festland übergesetzt war.

Obwohl sie wusste, dass Columba wirklich glücklich war, schmerzte Diorbhall-itas Herz. Das Geheimnis, das sie mit ihm teilte, lastete schwer auf ihr. Sie wandte sich ab und ließ die Männer allein. So schnell es ihm seine müden Beine erlaubten, eilte Columba auf den Freund zu. Die beiden Mönche, die gemeinsam vierunddreißig Jahre zuvor nach Iona gekommen waren, umarmten sich herzlich und weinten vor Freude. Auch Baithen war nicht mehr jung, aber noch stark und männlich. An seiner Seite wirkte Columba gebeugt und zerbrechlich.

Diorbhall-ita kam zurück, um Baithen ihrerseits zu begrüßen. Zu viert setzten sie sich hin und begannen, Erinnerungen auszutauschen. Doch schon bald stand Diorbhall-ita wieder auf und stieg allein auf den Hügel, an den sich die Klostergebäude duckten. Mühsam erhob sich auch Columba und nickte seinen Freunden zu.

Verständnisvoll ließen sie ihn gewähren. Columba folgte Diorbhall-ita langsam auf den Hügel.

Sie sah ihn kommen und wartete. Lange Zeit standen sie dort oben und betrachteten schweigend die Landschaft. Es war ein wunderbar warmer, sonniger Tag Anfang Juni.

»An einem solchen Tag ist es leicht, zu vergessen, wie entsetzlich kalt der Winter sein kann«, sagte Diorbhall-ita nach einer Weile.

Columba nickte. Es sah sich um und wusste, dass er die Schönheit der Insel zum letzten Mal genoss.

»Hat dich mein Geheimnis traurig gemacht, Liebste?«, fragte Columba schließlich.

»Natürlich!«, antwortete sie. »Wie sollte es nicht? Du weißt doch, wie sehr ich dich liebe!«

Columba nickte. Er betrachtete die im Sonnenlicht liegende Insel und seufzte.

»Ich werde dich vermissen, Iona«, sagte er leise. »Und dich auch, Liebste. Gott hat dich zu mir gesandt und mein Leben damit bereichert. Ich danke Gott für dich.«

»Ich danke dir, liebster Colum.«

»Er hat uns gesegnet, indem er uns gestattet hat, unser Leben gemeinsam zu verbringen.«

Gedankenverloren bückte er sich schwerfällig und hob ein Steinchen auf. Es war nicht größer als eine Walnuss. Eine Zeit lang betrachtete er es, dann hob er beide Arme. In der Rechten hielt er noch immer den Kiesel. Mit lauter Stimme segnete er das Kloster und sein Werk.

»So klein diese Insel auch ist«, sagte er, »so hoch in Ehren soll sie gehalten werden. Großes ist aus ihr entstanden. Nicht nur die Scoten sollen sie lobpreisen, sondern auch Herrscher und Völker fremder Länder. Selbst die Heiligen anderer Religionen sollen diese Insel mit Ehrfurcht betrachten.«

Er senkte die Arme, sah den Kiesel in seiner Hand an und

dann die Frau, die ihm über all die Jahre hinweg eine treue Freundin gewesen war. Er lächelte und ließ den Stein fallen.

Ein leiser Wind regte sich. Weit weg, fern über dem Meer, hatten sich Sturmwolken gebildet, die allmählich näher kamen.

Langsam stiegen sie den Hügel hinunter. Plötzlich blieb Diorbhall-ita stehen, bückte sich und hob das Steinchen auf. Sie nahm es mit in ihre Zelle und legte es zu ihren wenigen Habseligkeiten.

Als Columba wieder in seinen Gemächern war, hatten sich die dicken Wolken über den ganzen Himmel ausgebreitet. Scharfe Windböen fegten über die Insel.

Columba legte sich hin und ruhte bis zum abendlichen Vespergebet. Nach dem Gebet kehrte er sofort in seine Zelle zurück. Wieder legte er sich auf sein Lager, einen einfach behauenen Sandstein. Den ganzen Abend verbrachte er so. Sein Kopf ruhte, wie gewöhnlich, auf einem Kissen aus Stein.

Weil Diorbhall-ita wusste, was geschehen würde, weigerte sie sich, ihn zu verlassen. Nur allzu gern hätte sie ihr bitteres Geheimnis mit Columbas besten Freunden geteilt. Aber sie hatte versprochen zu schweigen.

Und so verbrachte nur sie seine letzten Stunden mit ihm zusammen.

• Fünfundzwanzig •

Die Zeit schritt voran.

Ab und zu döste Columba ein. Der Samstag war fast vorüber.

Während der Abt schlief, saß Diorbhall-ita neben seinem Bett und streichelte ihm sanft Hände und Gesicht. Ihre Gedanken waren bei Maria Magdalena, die demselben Beruf nachgegangen war wie sie und deren Sünden ihr ebenfalls vergeben worden waren.

Was mochte Maria Magdalena wohl für Jesus empfunden haben? Durfte sie überhaupt glauben, dass jene Maria den Sohn Gottes vielleicht auch auf eine sehr menschliche, eine weibliche Art geliebt hatte? Hatte sie ihm auf zwei Arten gedient? Als treue Gefährtin und als Frau, die ihn tief verborgen in ihrem Herzen liebte?

Was für ein Glück sie doch gehabt hatte, dachte Diorbhall-ita, dass ihr ein ähnlicher Vorzug zuteil geworden war.

Sie blickte auf das Gesicht des Schlafenden hinunter. Seine Wangen waren nun alt und faltig geworden, aber sie spürte noch immer die gleiche Liebe wie vor vielen Jahren, als sie ihn kennen lernte. Was mochte Jesus wohl für Maria Magdalena empfunden haben?

Wenn Columba doch nur sein Herz öffnen würde, bevor er für immer ging! Wenn er ihr doch nur sagen würde, ob er in all diesen Jahren vielleicht eine ähnliche Art der Liebe für sie empfunden hatte wie sie für ihn.

Vorsichtig neigte sie den Kopf und küsste ihn auf die runzlige Wange.

Der Kuss weckte Columba, ohne dass er wusste, was ihn aufgeschreckt hatte. Er schlug die Augen auf. Vor ihm saß Diorbhall-ita mit einem Lächeln auf den Lippen, wie er es noch nie bei ihr gesehen hatte.

Die flackernde Kerze auf dem Nachttisch gab nicht genügend Licht, um den ganzen Raum zu erhellen. Aber sie reichte aus, die beiden Gesichter zu erleuchten. Columba suchte Diorbhall-itas Augen. Und was er ihr mit seinen Blicken sagte, erfüllte sie für den Rest ihres Lebens mit tiefem Glück.

Ohne die Augen von ihrem Gesicht abzuwenden, griff er nach ihrer Hand. Lange Zeit hielt er sie fest in seiner. In diesem Moment begriff sie, dass er sie liebte und sein ganzes Leben lang geliebt hatte.

»Geliebter, lieber Colum«, flüsterte sie mit Tränen in den Augen, »ich danke dir!«

Glücklich lächelte sie ihn an.

»Ich möchte dir meinen letzten Willen diktieren«, flüsterte Columba schließlich. »Schreib alles auf, liebste Diorbhall-ita, damit du meinen Brüdern getreulich berichten kannst.«

Er wartete. Sie holte Papier und Tinte.

»Dies sind meine letzten Worte für euch, meine Kinder«, begann Columba. »Lebt in Frieden miteinander und liebt euch mit christlicher Nächstenliebe. Wenn ihr dieser Regel folgt, kann ich bei Gott, unserem Vater, Fürbitte für euch leisten. Doch Gott steht euch nicht nur in diesem irdischen Leben bei. Wenn ihr seinen Geboten gehorcht, werdet ihr mit der ewigen Seligkeit belohnt.«

Columba schwieg.

Schlag für Schlag verkündete die Klosterglocke, dass es Mitternacht geworden war. Der Sabbat war vorüber. Man schrieb jetzt Sonntag, den 9. Juni. Der Sturm, der sich schon am Nachmittag angekündigt hatte, brach mit voller Wucht über Iona herein.

Columba stand auf. Er wollte unbedingt rechtzeitig zur Mitternachtsmesse in der Klosterkapelle sein. Mühsam verließ er seine Zelle. Obwohl er sehr schwach war, lief er schnell. Erschrocken bemühte sich Diorbhall-ita, in seiner Nähe zu bleiben.

Columba erreichte die Kapelle, strebte eilig vor den Altar und fiel in tiefem Gebet auf die Knie.

Nur einen Sekundenbruchteil später betrat Diorbhall-ita das Gotteshaus. In diesem Augenblick zuckte ein greller Blitz über den Himmel; fast gleichzeitig krachte der Donner. Für Diorbhall-ita schien die ganze Kapelle mit gleißendem Licht erfüllt. Es erstrahlte genau über dem Altar. Die ersten Mönche, die zur Messe kamen, erlebten das gleiche Schauspiel. Columbas Diener war bei ihnen.

Das Licht verschwand so schnell, wie es gekommen war.

Sofort stürzte Diormait vorwärts in die plötzliche Dunkelheit. Er konnte Columba nicht mehr sehen. Der Sturm draußen schien die Insel verschlingen zu wollen.

»Vater!«, rief Diormait. »Vater, wo bist du?«

Er tastete sich durch die Finsternis der Kapelle. Schnell zündeten die Mönche Kerzen an und fanden ihren alten Abt neben dem Altar. Diormait beugte sich nieder und hob Columbas Kopf ein wenig an.

Die anderen traten vorsichtig näher.

Diorbhall-ita war als Erste am Altar, dann kamen Baithen und Fintenn. Allen war klar, dass ihr Abt und Freund im Sterben lag. Diorbhall-ita kniete neben ihm nieder und brach in Tränen aus.

Columbas Augen waren weit offen. Ein Ausdruck wunderbarer Freude und tiefen Glücks lag auf seinem Gesicht. Die Engel hatten endlich die Erlaubnis bekommen, das Wasser zu überqueren und ihn heimzuholen!

Diormaid nahm seine rechte Hand und hob sie so an, dass Columba die Gemeinde segnen konnte. Der Abt konnte nicht mehr sprechen, doch seine Hand machte ein erkennbares Kreuzzeichen.

Dann seufzte er auf und atmete ein letztes Mal. Der irdische Körper des Mannes, der als Heiliger von Iona in die Geschichte eingehen sollte, hatte sein Leben ausgehaucht. Langsam schlossen sich seine Augen, als würde er sanft in den Schlaf hinübergleiten. Das glückliche Lächeln auf seinen Lippen erlosch nur sehr langsam.

Alle Anwesenden weinten.

Wie vorgeschrieben, sangen die Mönche die Mitternachtsmesse. Erst danach wurde der Leichnam des Abtes in seine Zelle gebracht, wo er drei Tage und drei Nächte aufgebahrt ruhte. Während der gesamten Zeit brüllte ein wilder, trockener Sturm über Iona. Schließlich wurde der Leichnam Columbas in feines weißes Leinen gehüllt, in den vorbereiteten Sarg gelegt und direkt neben dem Kloster begraben.

Der Sturm hörte in dem Augenblick auf, als der Sarg in die Erde gesenkt wurde.

Columba, die Taube der Kirche, war heimgeflogen.

Sechsundzwanzig

Viele heilige Männer, deren Namen die Geschichte uns verschweigt, führten Columbas Lebenswerk fort. Sie verbreiteten das Evangelium weiter in Dalriada und dem Piktenland.

In einem Zeitraum von weniger als drei Generationen war das Land in weiten Teilen christlich geworden und begann nun seinerseits, den Rest der Britischen Inseln und das europäische Festland zu beeinflussen.

Es war eine besondere Art von Christentum, das noch lange an die keltischen Naturreligionen der Vergangenheit erinnerte.

Wenn sie auch keine natürlichen Objekte mehr verehrten, blieb den keltischen Christen dennoch die tiefe Ehrfurcht vor dem Fleckchen Erde, das Gott ihnen geschenkt hatte. Schon der Anblick der grandiosen Natur ihres Landes verhieß ihnen die Schönheit des Paradieses. Christliche Relikte jener frühen Zeit wurden auf windumtosten Klippen, in einsamen Mooren und an atemberaubenden Aussichtspunkten über das Meer oder eine stille Bucht gefunden – ein bezeichnender Hinweis auf die angeborene Naturliebe der Kelten. Die Menschen, die Columba bekehrt hatte, suchten sich die Plätze ihrer Andacht nach dem Fingerzeig Gottes. Sie legten wenig Wert auf menschliche Baukunst.

Nie entwickelten sie eine ausgeprägte Kunst des Kirchenbaus. Der Wert natürlicher Schönheit kam fast an den Wert heran, den sie Clan und Familie beimaßen. Sie fühlten sich Gott enger verbunden, wenn sie den Wind im Gesicht spürten, als vor einem kunstvoll geschnitzten Altar voller Gold und Silber. Die Priester columbanischer Färbung lebten für Erde und Himmel eher als für Tabernakel und edle Gewänder. Sie versuchten nie, das Heilige künstlich zu verschönern.

Die Kelten bauten niemals Kirchen aus weißem Marmor, sondern eher Kapellen aus grauem Stein. Kathedralen waren nicht ihre Sache.

Ihr Gewölbe war der blaue Himmel, den der Schöpfer selbst über ihnen ausgebreitet hatte. Anstatt auf hartem, kalten Marmorboden wanderten keltische Priester über die einsame Heide und freuten sich am federnden Gras unter ihren Füßen. Anstelle gefärbter Glasfenster genossen sie weite 'Ausblicke auf die bewegte See, deren unendliche Vielfalt von Grün, Blau, Weiß und Grau und ihr flammend rotes Farbenspiel bei Sonnenuntergang. Was konnten ihnen schon Kirchtürme samt ihrer kunstvollen Spitzen bedeuten, wo sie doch die majestätischen Gipfel der Highlands besaßen?

Wie von Columba vorhergesagt, lebte Fineach-tinnean bis ins hohe Alter von zweiundneunzig Jahren. Seine Schwester Anghrad und ihr Ehemann Domhnall verbrachten ihr gesamtes Leben auf den Hebrideninseln. Sie vermischten ihr piktisches und sein scotisches Erbe mit dem christlichen Glauben, der in beiden Ländern die keltische Naturreligion ersetzte. Ihr Leben lang nahmen sie die politische Einheit vorweg, die sich später auf dem gesamten Festland durchsetzen sollte. Ihre Tochter Frangag heiratete einen christlichen Pikten aus dem Süden mit Namen Rhaonuill. Ihren Sohn nannten sie nach dem Onkel Fineach.

Nachdem Anghrad und Domhnall längst gestorben waren, ließ der bereits hoch betagte Fintenn macAedh eine Metalltruhe bauen. Sie sollte die Schätze seines christlichen Erbes beherbergen. Eines Tages wollte er sie seiner Nichte Frangag und ihrem Ehemann vermachen, die sie später an seinen Namensvetter Fineach weitergeben sollten.

Und so wurde das Reliquiar von Kailli für den alten Priester geschaffen. Es stellte einen Menschen der vorcolumbanischen Zeit dar. Die Truhe war mit Silber und Gold eingelegt und mit christlichen und piktischen Symbolen geschmückt. Sie maß etwa drei Handbreit[11] in der Länge und zwei Handbreit in der Tiefe und war ungefähr eineinhalb Handbreit hoch. Der Deckel war gewölbt und mit Scharnieren versehen. An beiden Seiten befan-

---

[11] Handbreit: ca. 4 Zoll = 10,16 cm (Anm. d. Übersetzers).

den sich Messingringe, an denen man die Truhe mit etwas Mühe mit beiden Händen anheben konnte.

Als die Truhe fertig war, legte Fintenn eine Kopie aller vier Evangelien sowie einen Psalter hinein, den er eigenhändig von einem reich geschmückten Manuskript abgeschrieben hatte. Außerdem bewahrte er in ihr eine silberne Kette auf, die einst seinem Onkel, König Brudei, gehört hatte, und die Columba ihm anlässlich seiner Priesterweihe auf Iona zum Geschenk gemacht hatte. Des Weiteren enthielt die Truhe ein kleines silbernes Kreuz und andere Schmuckstücke seiner Mutter, einige goldene Kleinodien, einen silbernen Kelch, den er bei der Kommunion zu benutzen pflegte, ein paar Edelsteine, seine persönlichen, mit eigener Hand niedergelegten Erinnerungen an Columba und einen Stein, den seine Base, König Brudeis Tochter, viele Jahre lang aufbewahrt hatte. Eines Tages hatte Diorbhall-ita ihm den Stein geschenkt, als bleibende Erinnerung an den Mann, der seiner Familie und seinem Volk den Weg zur Erlösung gewiesen hatte. Jeder, der diesen Stein später besaß, hielt ihn in hohen Ehren.

Diorbhall-ita selbst war nach Columbas Tod auf das Festland zurückgekehrt. Im Alter von achtundfünfzig Jahren gründete sie das erste Nonnenkloster Kaledoniens. Dort lebten piktische und scotische Frauen, die ihr Leben Gott geweiht hatten, und lauschten der Lehre Diorbhall-itas, die dem Heiligen von Iona näher gestanden hatte, als irgendeine von ihnen ahnen konnte. Als Diorbhall-ita eines Tages, viele Jahre später, allein in den Highlands unterwegs war, sah sie von weitem einen außergewöhnlich großen Hirsch mit sehr hellem Fell. Sie zitterte vor Erregung. Sie hatte den Eindruck, das herrliche Tier schaue ihr genau in die Augen und warte nur darauf, von ihr gesehen zu werden. Plötzlich wusste sie, dass Columba ihr ein Zeichen gesandt hatte. Sein Geist wachte noch immer über das Land, für das er so viel getan hatte.

Sie wurde sechsundachtzig Jahre alt. Als sie starb, betrauerte man sie fast ebenso ehrlich wie den Mann, den sie im Geiste ihr Leben lang »mein liebster Colum« genannt hatte.

Beim Volk war sie sehr beliebt gewesen. Und so, wie Columba als Vater der kaledonischen Kirche angesehen wurde, kam der piktischen Königstochter Diorbhall-ita der Titel einer Mutter zu.

• Siebenundzwanzig •

In seinem siebenundachtzigsten Lebensjahr plante Fineach-tinnean, der sich zwar körperlich noch wohl fühlte, aber sehr genau wusste, dass auch seine Leistungsfähigkeit eines Tages nachlassen würde, eine letzte Reise nach Iona.

Es war ein Jahr der Erinnerung. Die Mönche in Fintenns Kloster widersetzten sich heftig dieser Reise, die sie für viel zu anstrengend für den alten Mann hielten. Doch er musste es tun. Für ihn gehörte die Pilgerfahrt einfach zur Erfüllung der geistlichen Tradition, der er sein ganzes Leben geweiht hatte.

Das ganze Land befand sich im Umbruch. Sein eigenes Volk, die ehemaligen Caledonii, waren zu seinen Lebzeiten immer weiter nach Norden und Westen abgedrängt worden. Dafür übten die Scoten von Dalriada und einige neu hinzugekommene Stämme aus dem Süden eine nicht immer besonders friedliche Macht aus.

Auch die Religion änderte sich, ebenfalls nicht immer friedlich. Unter Bischof Aiden war die Kirche erstarkt. Aiden hatte im Süden, in Lidisfarne, ein Kloster gegründet, dessen Mönche nach fast den gleichen Regeln lebten wie die auf Iona.

Missionare waren nach England entsandt worden, nach Glastonbury und Cornwall und sogar über den Kanal auf den Kontinent, nach Gallien und an den Rhein. Überall versammelten sich die frisch getauften Gläubigen, um den irischen und kaledonischen Priestern zuzuhören. Und auf diese Weise war die Jahrtausende zurückliegende und längst vergessene Reise des Wanderers wieder zurück zu ihren Ursprüngen gelangt.

Doch die Ausbreitung verursachte auch Konflikte mit der römischen Kirche. Der Papst entsandte Boten nach Britannien, deren Aufgabe es war, die Kirchen und Klöster auf die römische Linie zurückzubringen und ihre Eigenständigkeit zu unterbinden.

Bei den Fehden in Kaledonien ging es von nun an nicht mehr ausschließlich um Stammesrechte oder Gebietsvorherrschaft, sondern auch um Doktrinen. Die Kelten waren nicht zu bewegen, ihre stolze Unabhängigkeit zu opfern. Und so, wie die alten Pikten den Römern widerstanden hatten, widerstanden ihre Nachkommen der religiösen Vorherrschaft der römischen Kirche.

Fintenn wusste nicht, was die Zukunft für sein Land bereithielt. Der prophetische Weitblick seines religiösen Ziehvaters war ihm nicht in die Wiege gelegt worden. Als er älter wurde, hatte er sich sogar dabei ertappt, den Blick mehr in die Vergangenheit als in die Zukunft zu richten.

Während Fintenn von Mull aus übersetzte und das felsige Eiland vor seinen Augen größer und größer wurde, spürte er, wie die Jahre von ihm abfielen. Er hatte seine Ankunft genau für diesen Tag geplant, denn es war gleichzeitig ein trauriger und ein fröhlicher Jahrestag. Als das Boot anlegte, fühlte er sich wieder wie ein junger Mann.

Erinnerungen stürmten auf ihn ein. Er dachte an sein erstes Zusammentreffen mit Columba, als er noch ein kleiner Junge gewesen war, und an die sturmtosende Todesnacht des Heiligen zweiunddreißig Jahre später. Über der ganzen Insel lag eine geheimnisvolle, heilige Ausstrahlung.

Fintenn spürte es. Jeder auf Iona spürte es.

Der bescheidene Mönch dachte, es läge an der geistigen Anwesenheit Columbas, der viele Jahre auf Iona gelebt hatte. Aber alle anderen fühlten, dass Fintenn selbst das Zentrum der Aura war.

Die im Kloster ansässigen Mönche warteten bereits ungeduldig auf ihn. Er war der einzige überlebende Zeitzeuge aus der Ära Columbas. Er war mit dem Heiligen befreundet gewesen. Er war ein Neffe des damaligen Piktenkönigs. Er war Vetter von Diorbhall-ita, der Gründerin des ersten kaledonischen Nonnenklosters. Als er noch ein Kind war, hatte Columba ihm die Zukunft vorhergesagt. Er war im Palast von Brudei ein und aus gegangen. Er war mit Columba durch das Piktenland gereist. Und er war bei Columba gewesen, als dieser starb.

Die Mönche hielten ihn ebenfalls für einen Heiligen. In seiner Anwesenheit empfanden sie die gleiche Ehrfurcht, die Fintenn für seinen heiligen Freund und Lehrer verspürt hatte.

Ahnungslos ob der Gefühle, die man ihm entgegenbrachte, stieg Fintenn langsam zum Kloster empor. Ehrfürchtig betrat er Columbas Zelle. Ihm war, als spüre er die Anwesenheit seines Freundes. Mit einem Gebet auf den Lippen betrachtete er gerührt das karge Zimmer, wo Columba gelebt und gearbeitet hatte.

Seine Begleiter warteten vor der Tür. Sie wollten ihm Gelegenheit geben, mit seinen Erinnerungen allein zu sein.

Zehn Minuten später kam Fintenn aus der Zelle. Seine Augen waren feucht. Noch einmal hatte er das letzte Gespräch mit Columba durchlebt, das in dieser Zelle stattgefunden hatte.

Er ging weiter zur Kirche.

Er betete, dann zog es ihn nach draußen. Noch einmal wollte er den Stein betrachten, den Columba aus jenem viel größeren Stein hatte brechen lassen, den Fintenn selbst als Junge in den Highlands gefunden hatte. Es war der Stein, auf dem Aedan zum König gekrönt worden war. Er beugte sich vor und strich mit der Hand über die raue Oberfläche. Dabei fragte er sich zum wohl hundertsten Mal, ob die Legende des alten Pikten nicht vielleicht doch ein Körnchen Wahrheit enthalten hatte. Mühsam richtete er sich auf und ging weiter.

Als Nächstes wandte er sich dem Pfad zu, der seit vielen Jahren schon eine Art Pilgerweg geworden war – dem Weg zu Columbas Grabstätte.

Vor dem Grab verharrte er eine Weile.

Als er sich schließlich abwandte, sahen die Mönche, die hinter ihm gewartet hatten, ein überirdisches Licht in den grauen Augen des alten Mannes. Für Fintenn war die Zeit gekommen, sich auf die Reise in das neue Königreich vorzubereiten, in dem er mit Columba, Diorbhall-ita und allen anderen Gläubigen vereint sein würde.

Es war der 9. Juni 747, auf den Tag genau fünfzig Jahre nach Columbas Tod.

Vier Wochen blieb Fintenn bei den Brüdern auf Iona. Er erzählte ihnen viele Geschichten aus der Zeit, als der christliche Glaube in Kaledonien noch in den frühesten Anfängen war.

Schließlich verließ Fintenn die Insel. Er sollte niemals mehr zurückkehren.

Fünf Jahre später starb er. Die Mönche von Iona und Kailli-an-Inde trauerten um ihn. Doch der Name Fineach-tinnean, Sohn des Aedh, war nur wenigen in Kaledonien bekannt, und kaum jemand nahm Notiz von seinem Dahinscheiden.

12

WURZELN, VERGANGENHEIT
UND GEGENWART

• Eins •

Andrew legte das Buch zur Seite und holte tief Luft. Was für eine Geschichte! Ob Gott wirklich so persönlich, wahr und mächtig war?

Die Erzählung war so ... verlockend. Sie stahl sich in das Bewusstsein und veränderte es.

Ob sie wohl der Wahrheit entsprach?

Ob es solche Wunder wirklich gab?

Die Geschichte von Columba erinnerte Andrew an seinen Freund Duncan MacRanald. Was war wohl so Besonderes an den Schotten, dass sie eines solchen Glaubens fähig waren?

Andrew stand, noch ganz im Bann der Geschichte, auf und schlenderte langsam den Hügel hinunter. Es war fast dunkel – zumindest so dunkel, wie es eben in solch nördlichen Breiten an einem Hochsommertag werden konnte. Er fühlte sich kein bisschen müde. Still lag die Insel zu seinen Füßen. Das einzige Geräusch waren sanft anrollende Wellen ringsum an der Küste.

Andrew erinnerte sich an Duncans Worte vor ein paar Tagen.

... Aber Glaube ist nicht das Gleiche wie der ernsthafte Wille,

sich dem Herrgott hinzugeben und darauf zu vertrauen, was er aus einem macht. Und wenn der Tag kommt ... dann wirst du glücklich und zufrieden sein, weil du Gottes Willen erfüllen darfst. In seinen Augen bist du ein Mann ...

Wie oft in seinem Leben hatte Andrew schon den Ausdruck *Gottes Wille* gehört! Am häufigsten von Duncan. Aber er hatte sich noch nie die Zeit genommen, darüber nachzudenken, was es im Einzelfall bedeuten könnte. Hatte Gott etwa einen ganz besonderen Willen für jeden Menschen? Für jeden Mann, jede Frau? Wahrscheinlich hatte Duncan das gemeint, als er davon sprach, Gottes Willen zu erfüllen. Er sprach von Gott wie von einem engen Freund, der sich immer bemühte, das Beste für jedes seiner Geschöpfe zu tun.

Wie viel von dem, was Duncan ihm im Lauf der Jahre über Gott erzählt hatte, war zum einen Ohr hinein und zum anderen wieder hinaus gehuscht! War er nur zu jung gewesen? Zu unreif? Zu unsensibel, darüber nachzudenken? Oder war lediglich die Zeit noch nicht reif gewesen?

Was konnte er bedeuten – Gottes Wille ... für ihn persönlich? Gab es das überhaupt? Gottes Wille für Andrew Trentham?

Aber wenn Gott einen besonderen Willen für Duncan MacRanald hatte, oder für Columba O'Neill, der später ein Heiliger wurde, oder für eine Prostituierte, die rein wurde und ein Kloster gründete – warum dann nicht auch für ihn?

Er fühlte sich auf merkwürdige Weise innerlich berührt. Lag es an dem besonderen Ort, an dem er sich aufhielt? Wo sollte das alles noch hinführen?

Gab es noch andere Wurzeln als die des Geschlechts und der Abstammung? Was für eine Rolle spielten geistige Wurzeln im Leben und bei der Suche nach der eigenen Identität? Geistige Wurzeln, die bis zum Ursprung zurück reichten?

Selbst, wenn sich eines Tages herausstellen sollte, dass er auf tausenderlei Umwegen dem Samen des Wanderers entstammte ... war das wirklich genug? Denn auch das würde nicht die erste, wichtigste und grundsätzlichste Frage nach der wahren Wurzel erklären, nach dem, was am Ursprung stand, nach dem wahren Kern des Seins.

Woher waren die Menschen ursprünglich gekommen?

Der Satz hakte sich in Andrews Kopf fest.

Ursprünglich. Ursprünglich?

Stammten nicht alle Menschen aus dem lebensspendenden Herzen, aus dem Atem Gottes? Stammten nicht alle vom Schöpfer des Himmels und der Erde? Stammte nicht jeder Mensch vom Schöpfer aller Frauen und Männer ab?

Das war der Ursprung.

Und das, so erkannte Andrew, war die Botschaft dieser kleinen Insel. Es war der tiefere Sinn der Geschichte Columbas, ebenso wie der Geschichte des Wanderers. Es war der tiefere Sinn einer jeden Geschichte und der Historie als Ganzes.

Jede Geschichte hatte einen Anfang, eine Quelle, wie der Name der Schwiegertochter des Wanderers nahe legte.

Wie war noch der Satz zu Beginn des Ersten Buches Moses? Im Anfang schuf Gott ... es waren mächtige Worte, Worte voller Energie, die die ganze Menschheit beflügelt hatten, angefangen vom Wanderer bis hin zu Columba ... und jetzt ihn, Andrew Trentham.

Andrew setzte blindlings einen Fuß vor den anderen. In seinem Kopf schwirrten Gedanken, die er noch nie gedacht hatte. Langsam umrundete er die dicken Steinmauern der Abtei. Es dauerte eine Weile, ehe er den Weg zum Hotel einschlug.

Als er die Eingangshalle betrat, fiel ihm als Erstes die besorgte Miene des Portiers auf.

»Mr. Trentham«, sagte er, »wir haben Sie überall gesucht.«

»Nun, jetzt bin ich da«, lächelte Andrew. »Womit kann ich Ihnen dienen?«

»Jemand hat für Sie angerufen. Es schien sehr wichtig zu sein. Hier ist die Nachricht.«

Er reichte Andrew ein Stück Papier. Die Worte *Bitte dringend* zurückrufen standen darauf, sowie eine Nummer, die er nicht kannte.

Andrew eilte in sein Zimmer, um anzurufen.

• Zwei •

Die Stimme am anderen Ende der Leitung meldete sich mit »Städtisches Krankenhaus«. Da wusste Andrew, dass etwas nicht stimmte.

»Mein Name ist Andrew Trentham«, sagte er. »Ich sollte mich bei Ihnen melden.«

»Oh ja, Mr. Trentham. Wir haben Ihren Anruf erwartet. Einen Augenblick bitte, ich stelle Sie durch.«

Ein paar Sekunden später hörte Andrew die Stimme seines Vaters.

»Hallo, Vater«, sagte Andrew, »was ist los?«

»Tut mir leid, wenn ich so in deine Ferien platze, mein Junge«, sagte Harland Trentham. »Deine Mutter hatte einen schweren Schlaganfall. Sie liegt im Krankenhaus von Carlisle.«

»Wie schlimm ist es?«

»Ziemlich schlimm. Vermutlich kommt sie nicht durch.«

Entsetzt schnappte Andrew nach Luft.

»Wenn sie aber durchkommt«, fuhr sein Vater fort, »bleibt es fraglich, ob sie jemals wieder sprechen kann.«

»Wie ist ihr Zustand jetzt?«

»Sie liegt im Koma. Ihr Körper scheint vollständig gelähmt zu sein.«

»Ich komme sofort«, sagte Andrew. »Gegen zwei, drei Uhr morgen früh kann ich da sein.«

Er brach ab.

»Warte mal –, das geht ja gar nicht!«, murmelte er nachdenklich. »Ich bin auf Iona und habe den Wagen nicht dabei. Nachts gehen keine Fähren. Hier schlafen schon alle. Ohne Hubschrauber kann ich nirgendwohin.«

»Stimmt. Das verstehe ich«, sagte sein Vater.

»Morgen nehme ich das erste Schiff.«

»Du kannst hier sowieso nichts tun – außer vielleicht beten.«

»Das werde ich. Oh glaube mir, das werde ich. Ruf mich bitte an, wenn es irgendeine Veränderung gibt, Vater.«

»Bestimmt, mein Junge.«

Andrew legte den Hörer auf und stand einen Augenblick wie betäubt vor dem Telefon. Die Ereignisse überstürzten sich in einer Weise, die er bestimmt nicht erwartet hatte.

Langsam ging er die Treppe hinunter.

»Gibt es irgendeine Möglichkeit, um diese Uhrzeit hier wegzukommen?«, fragte er den Nachtportier.

»Ich fürchte nein, Mr. Trentham. Und selbst wenn, es gäbe keine Möglichkeit, von Mull aus jetzt noch das Festland zu erreichen.«

»Ich dachte es mir bereits.«

Andrew hielt es nicht im Hotel. Er ging hinaus in die dämmrige Sommernacht. Immer noch war die Luft warm und duftete. Eine sanfte Brise strich von der offenen See her über das winzige Inselchen. Ganz plötzlich hatte sich alles verändert. Es war erst eine gute Stunde her, dass er in Columbas Geschichte geschmökert und sich Gedanken über ihre Bedeutung gemacht hatte.

Während er ziellos über die Insel streunte, führte er im Geist eine Unterhaltung mit seiner Mutter und überlegte, ob sie ihm überhaupt zuhören würde, wenn sie jetzt hier wäre. Doch bald schon schlugen seine Gedanken eine ganz andere Richtung ein.

Ohne sich darüber im Klaren zu sein, hatte Andrew zu beten begonnen.

»Lass sie jetzt noch nicht sterben«, sagte er mit halblauter Stimme. »Nicht, bevor ich noch einmal mit ihr reden konnte. Nicht, bevor ich nicht mit ihr im Reinen bin – mit ihr und mit meiner Erinnerung an Lindsay.«

Andrew beschleunigte seinen Schritt. Er wusste nicht einmal genau, wen er da anflehte.

»Ich muss noch einmal mit ihr sprechen«, sagte er. »Über Lindsay. Selbst wenn sie nicht mehr sprechen kann, wird sie vielleicht verstehen. Verstehen, dass es nichts mehr gab, was ich noch hätte tun können. Dass ich Lindsay liebte. Bitte ... bitte, lass mich noch einmal mit ihr sprechen dürfen.«

Andrew wanderte am Ufer entlang, blieb jedoch in Sichtweite des Hotels. Sollte noch ein Anruf kommen, wollte er nicht zu weit entfernt sein.

•Drei•

Wir nehmen das Leben so selbstverständlich hin, dachte Andrew. Dabei ist der Tod immer in der Nähe. Er wartet, aber wir merken es nicht. Geburt, Leben, Tod, es ist ein immerwährender Fluss.

Plötzlich kam ihm alles ins Bewusstsein, was er in den letzten Monaten erlebt hatte. Alles schien in der Geschichte von Columba zu gipfeln. Andrew erinnerte sich an etwas, das Duncan vor vielen Jahren gesagt hatte.

»Er ist kein altertümlicher Gott, Jungchen«, hatte der Schäfer erklärt. »Er ist jetzt ebenso wirklich und lebendig wie in den Tagen, als sein Sohn auf Erden wandelte. Er lebt für dich und für mich, wie er es für den heiligen Columba oder für den heiligen Petrus getan hat.«

Ob es wirklich so einfach war? Andrew dachte nach. Musste man wirklich nur vertrauen, und schon war Gott da, wahr und lebendig?

War es vielleicht die Einfachheit von Columbas Glauben gewesen, die ihm solche Macht verliehen hatte? Sogar die Macht, Wunder zu wirken?

Vor Andrews innerem Auge entstand mit einem Mal das Bild seiner Mutter. Mitten in seinen wirren Gedanken stand sie plötzlich vor ihm, fröhlich, kerngesund und lächelnd.

Und neben ihrem Gesicht war das von Columba. Natürlich hatte Andrew keine Ahnung, wie der Heilige ausgesehen haben mochte; er wusste einfach, dass er es war.

In diesem Augenblick wurde Andrew klar, dass seine verzweifelte Suche nach Identität und Wurzeln in der Beziehung zu seiner Mutter gipfelte – und vielleicht gleichzeitig auch im Glauben des ehrwürdigen Columba. Zwar wusste er nicht genau, wie die beiden zusammen gehörten, aber er spürte, dass es eine Verbindung gab.

Andrew blieb stehen. »Lieber Gott, hilf mir herauszufinden, wer ich bin«, sagte er laut in die Nacht. »Und hilf mir herauszufinden, wer du bist.«

Danach wurde er ruhiger. Plötzlich aber tauchte ein ungeheuerlicher Gedanke in seinem Kopf auf.

Wenn Columba einen solch praktischen Glauben ausüben konnte ... wenn Columba den Mut hatte, einfach nichts anderes zu tun, als zu glauben ... und wenn, nur weil er glaubte, Steine auf Wasser schwammen und Menschen geheilt wurden ...

Andrews Gedanken wirbelten wild in seinem Kopf herum.

Wenn Columba so einfach blind glauben konnte ... warum nicht er auch?

Wenn eine ehemalige Hure den Schmerz vergeben konnte, den ihr Vater ihr angetan hatte, warum sollte dann nicht ein Sohn seiner Mutter den Schmerz vergeben können, den sie verursacht hatte? Warum sollte er nicht dem Beispiel der bewegenden Geschichte folgen?

Im Dämmerlicht der nächtlichen Insel sank Andrew Trentham am Ufer auf die Knie.

»Lieber Gott«, betete er, »ich komme zu dir wie einst Columba an dieser Küste hier. Genau wie er bitte ich dich, ein Wunder zu tun. Ich kann nicht behaupten, dass mein Glaube sehr tief ist. Ich weiß noch nicht einmal, ob ich wirklich glaube. Aber wenn du der Gott bist, den Columba angerufen hat, der Gott, von dem der liebe alte Duncan wie von einem guten Freund spricht, wenn du der Gott dieses Landes und seiner Menschen bist, dann bitte ich dich flehentlich, meiner Mutter zu helfen, ihre Krankheit zu überstehen und mir zu helfen, ihr zu verzeihen und sie wieder neu zu lieben.«

Die Nacht war still.

Andrew hob die Augen und blickte in den sternenübersäten Himmel über ihm. Da war kein leerer Raum! Alles rings umher war erfüllt von einer großen Gegenwart.

Langsam überkam ihn ein tiefer Friede, wie er ihn noch nie gespürt hatte. Er war noch nicht einmal sicher, ob er den Sinn verstanden hatte.

Andrew stand auf und ging zum Hotel zurück. Gerne wäre er noch viel länger dort am Ufer geblieben, aber er würde morgen früh aufstehen müssen und brauchte wenigstens ein paar Stunden Schlaf.

Trotz der Sorge um seine Mutter schlief Andrew tief und fest.

Am nächsten Morgen verließ er die Insel mit der ersten Fähre.

• Vier •

Patricia Rawlings saß mit einer Zeitschrift auf den Knien in der Empfangshalle des Doyle Skylon Hotels und langweilte sich zu Tode. Sie müsste unbedingt noch mehr herausfinden, dachte sie.

Viel mehr.

Wenn sie jetzt zu irgendjemandem gehen würde und ihm erklärte, was sie dachte – er würde sie einfach auslachen! Natürlich würde Reardon alles abstreiten. Sie sah Pilkington und Luddington schon vor sich, wie sie sich nur mühsam das Grinsen verkniffen und kaum, dass sie die Tür hinter sich zugemacht hätte, in brüllendes Gelächter ausbrachen. Sie würde Zielscheibe des Spottes der ganzen Redaktion sein!

Bis jetzt war das Ganze nicht mehr als eine riesige Seifenblase. Und selbst wenn es wirklich der Krönungsstein war, den sie dort auf dem Druidengelände entdeckt hatte, könnten sie ihn bis zum Eintreffen der Polizei mit Leichtigkeit verstecken oder fortbringen.

Es gab tatsächlich keinerlei Beweis dafür, was in der Kiste gewesen war. Und dass Reardon in irgendeine undurchsichtige Geschichte verwickelt war, konnte sie ebenfalls nicht beweisen.

Ganz gleich, ob sie nun eine Story schreiben oder die Polizei benachrichtigen wollte, sie brauchte etwas Handfestes. Ansonsten könnte sie gleich nach Hause gehen.

Eine Stunde später kam Reardon wieder aus dem Aufzug. Er würdigte Paddy keines Blickes, als er die Eingangshalle durchquerte.

Sie sauste so dicht hinter ihm her, wie sie es nur wagen konnte.

• Fünf •

Andrew traf im Lauf des Vormittags im Krankenhaus von Carlisle ein. Er fand seinen Vater im Flur vor dem Krankenzimmer seiner Mutter. Andrew ging schneller und nickte seinem Vater ernst zu. Dabei registrierte er verdutzt, dass der Ausdruck im Gesicht des alten Trentham alles andere als niedergeschlagen war.

»Es gibt gute Nachrichten, mein Sohn«, sagte Mr. Trentham fast fröhlich und schüttelte Andrew herzlich die Hand. »Deine Mutter ist aus dem Koma erwacht.«

»Was – das ist ja wunderbar!«, rief Andrew unwillkürlich. »Wann ist es passiert?«

»Irgendwann letzte Nacht. So zwischen Mitternacht und zwei Uhr morgens setzten plötzlich alle Reflexe wieder ein. Ich hatte wirklich Angst, dass sie es nicht überstehen würde. Die Kurve des Herzmonitors schlug wie wild aus. Aber der Arzt hat gesagt, das sei ein gutes Zeichen. Irgendetwas ist in ihr drin passiert, meinte er. Es war, als hätte jemand sie von außen angeschubst und ihr Herz und ihr Gehirn hätten ausprobiert, ob sie es noch tun.«

Während sein Vater erzählte, kroch eine Gänsehaut über Andrews Körper.

»Vor ein paar Stunden hat sie zum ersten Mal die Augen geöffnet«, fuhr sein Vater fort. »Die Ärzte stehen vor einem

Rätsel. Sie haben keine Ahnung, was die plötzliche Veränderung verursacht hat. Einige sprachen sogar von einem Wunder, obwohl ich nicht glaube, dass sie das wörtlich meinten. Es kam eben ziemlich unerwartet.«

Wie vom Donner gerührt stand Andrew vor seinem Vater. Er traute seinen Ohren kaum.

»Ist sie ... ist sie denn jetzt wach?«, stammelte er.

»Nicht ganz. Bis jetzt hat sie auch noch nicht gesprochen. Sie wissen immer noch nicht, ob sie es jemals wieder können wird. Aber ich habe den Eindruck, sie erkennt mich.«

Er wandte sich um und führte Andrew ins Krankenzimmer.

•Sechs•

Als Andrew seine Mutter so bleich, schwach und verletzlich daliegen sah, blieb ihm fast das Herz stehen. Er spürte eine Liebe aufwallen, wie er sie nie zuvor gespürt hatte.

Vater und Sohn setzten sich. Lange Minuten verharrten sie schweigend am Bettrand. Beiden fiel gleichzeitig auf, dass Lady Trenthams Augenlider zu zittern begannen und sich schließlich leicht hoben. Sie konnten aber nicht erkennen, ob Andrews Mutter sie sehen konnte. Jeder der beiden nahm eine ihrer Hände.

»Andrew ist hier, Waleis«, sagte Andrews Vater sanft.

Es schien, als ob sie ihren Hals leicht bewegte. Doch ihre Augen blieben ausdruckslos.

»Hallo, Mama«, sagte Andrew. Seine Stimme zitterte.

Ihr Kopf wandte sich eindeutig dem Klang zu. Die Augen wurden feucht und glitzerten in der trüben, gelben Krankenhausbeleuchtung.

»Würde es dir etwas ausmachen, Vater, mich mit Mutter einen Augenblick allein zu lassen?«, bat Andrew.

»Aber natürlich nicht, mein Junge«, sagte Mr. Trentham friedlich, stand auf und ging hinaus.

Andrew saß ein paar Minuten einfach nur stumm da. Die Hand seiner Mutter ruhte widerstandslos in seiner, ihre feuchten Augen starrten ihn ohne Ausdruck an. Andrew wusste nicht, wie viel sie verstehen würde, aber er musste es probieren. Gott hatte sein Gebet erhört. Jetzt war Andrew an der Reihe, zu handeln. Vielleicht hatte Gott das Leben seiner Mutter nur deshalb verlängert, damit Andrew das Andenken an Lindsay für sie beide zusammen reinwaschen konnte. Wer weiß, ob er je eine zweite Gelegenheit bekam.

»Mama«, sagte er schließlich und verstummte sofort wieder. Das erste Wort war das schwierigste gewesen. Aber er musste jetzt weitermachen! Andrew holte tief Luft.

»Ich habe dir so viel zu sagen«, fuhr er schließlich fort. »Ich weiß, wir sind einander nie so nah gewesen, wie wir es vielleicht gern gehabt hätten. Mir kam es immer so vor, als ob Lindsay zwischen uns stünde ...«

Wieder hielt Andrew inne und atmete durch. Das hier war unendlich viel schwerer als eine Rede vor dem Unterhaus. Und es verlangte erheblich mehr Mut.

»Vielleicht bin ich ja im Unrecht«, sprach Andrew weiter, »aber ich hatte immer das Gefühl, dass die Erinnerung an sie dir wichtiger war als ich. Obwohl ich lebte und sie tot war. Ich weiß, dass du sie geliebt hast und dass ihr Tod dich tiefer getroffen hat, als ich vielleicht jemals verstehen werde. Das, was ich jetzt sage, hat auch nichts mit Respektlosigkeit dir oder ihr gegenüber zu tun. Ich habe euch doch auch geliebt. Alle beide!«

Andrew kämpfte hart mit sich, aber er musste weiterreden.

»Aber ich war ich und nicht sie«, sagte er. »Ich konnte nicht wie sie werden, obwohl ich immer gespürt habe, dass du genau das wolltest. Du hast etwas von mir erwartet, aber ich hatte nie die geringste Chance, es jemals zu erfüllen. Was immer ich gemacht habe, wie weit ich es auch gebracht habe – immer war ihr Vorbild da, und es war unerreichbar für mich. Es tut mir leid, dass ich jetzt davon spreche, wo es dir nicht gut geht. Aber ich glaube, es ist für dich ebenso wichtig wie für mich, und ich glaube, wir müssen genau jetzt darüber sprechen.

Ich habe in letzter Zeit viel darüber nachgedacht, wer ich bin, und was das für mich bedeutet. Eines ist mir dabei klar geworden: Ich kann einfach nicht länger unter einem ständigen Erwartungsdruck leben und dir trotzdem nie etwas recht machen, bloß, weil ich nicht Lindsay bin. Ich weiß nicht einmal, ob ich mir diesen Erwartungsdruck nicht nur einbilde. Aber das ist jetzt auch egal. Auf jeden Fall muss ich ihn loswerden.

Aber, Mama, du musst dich auch davon befreien. Es ist höchste Zeit, dass wir unser Schweigegelübde endlich brechen und darüber reden, was an jenem Tag geschah. Ich glaube, es war falsch von mir zu schweigen, und es war falsch von dir, mich dazu zu zwingen. Mir ist heute klar, dass du im Schock gehandelt hast. Aber ich war noch ganz klein und hatte schreckliche Angst! Es war einfach nicht richtig! Du hast unseren Schmerz in eine Kiste gepackt und den Deckel versiegelt. Aber das war der Grund, warum wir uns beide nie davon befreien konnten. Es hat eine Mauer zwischen uns errichtet. Wie ein verborgenes Krebsgeschwür hat diese Sache an unserem Verhältnis genagt. Wir müssen das Geheimnis mit Stumpf und Stiel aus unseren Herzen herausreißen und ans Tageslicht bringen. Du wirst die Trauer über das, was geschehen ist, niemals verarbeiten, wenn wir nicht endlich über Lindsay sprechen. All diese Jahre habe ich einen aussichtslosen Kampf geführt, aber jetzt habe ich Frieden gefunden. Und du kannst das auch. Sprich über Lindsay – und sprich mit mir.«

Andrew schwieg und holte Luft. Er hatte nicht geplant, so viel zu reden.

Zärtlich sah er seine Mutter an. Sie weinte. Feuchte Spuren zogen sich über ihre Wangen. Ihm schien, als versuche sie zu sprechen, doch sie brachte keinen Laut hervor.

»Es tut mir leid, dass ich dir noch einen Schmerz zufügen musste, Mama«, sagte Andrew.

Er streckte die Hand aus und wischte seiner Mutter sanft die Tränen vom Gesicht. Mit einem dicken Kloß in der Kehle stellte er fest, dass dies die ersten Tränen waren, die er seit Lindsays Tod bei ihr gesehen hatte.

Ihre Augen folgten jeder seiner Gesten. Sie bewegte die Lippen. Aber kein Laut drang hervor.

Da spürte Andrew, wie sie seine Hand drückte. Sanft gab er die Liebkosung zurück.

Lady Trentham wandte den Kopf ab und schloss die Augen. In einer zärtlichen Anwandlung beugte sich Andrew über seine Mutter und küsste sie auf die Wange. Dann stand er leise auf, ging hinaus und suchte nach seinem Vater.

»Wie geht's jetzt weiter, Vater?«, fragte er mit brüchiger Stimme. »Was machen wir jetzt?«

»Mal sehen, was die Ärzte so sagen«, antwortete Mr. Trentham. »Ich bleibe auf jeden Fall über Nacht hier.«

»Ich glaube, ich fahre lieber heim«, sagte Andrew. »Ich habe Mutter gerade durch ein ziemliches Fegefeuer geschickt. Wahrscheinlich ist es besser, wenn ihr beide jetzt allein seid.«

Sein Vater blickte ihn fragend an. »Tu, was du für richtig hältst, mein Sohn«, sagte er dann schulterzuckend.

»Ich rufe dich heute Abend noch einmal an. Morgen früh komme ich wieder.«

13

VON EIRE NACh KALEDONIEN

• Eins •

Die Straße, die von Dublin aus nach Südwesten führte, kannte sie jetzt schon.

Paddy konnte sich ziemlich genau vorstellen, wohin Reardon wollte, und folgte ihm in sicherem Abstand.

Carlow lag bereits eine Meile hinter ihnen. Rechts erkannte sie in der Ferne den Pub mit seinem verblichenen Aushängeschild und der rot-weißen Telefonzelle davor. Kurz dahinter kam die Einfahrt des Privatweges zum Druidenzentrum.

Völlig unerwartet bremste das Auto vor ihr und fuhr auf den Parkplatz der Kneipe.

Paddy bremste, fuhr langsam weiter und beobachtete den Parkplatz im Rückspiegel. Es war tatsächlich Reardon, der da aus dem Auto stieg. Was sollte sie tun? Sie entschloss sich, den Wagen außer Sichtweite zu wenden und zurückzukommen. Dann würde sie schon weitersehen.

Wenige Minuten später lenkte Paddy ihr Auto auf den staubigen Parkplatz. Reardons Wagen stand noch immer da. Paddy setzte ihren breitkrempigen Hut auf – es war die bestmögliche Verkleidung unter den gegebenen Umständen – stieg aus, zog ihre dünne Jacke dicht um ihre Schultern und ging in den Pub.

Die Kneipe war nur spärlich beleuchtet. Dicke Schwaden Tabakqualm waberten unter der niedrigen Decke. Es roch ziemlich streng nach irischem Lagerbier und Stout. Touristen verirrten sich sicher nur selten hierher. Die Kneipe wurde offensichtlich nur von Einheimischen besucht. Soweit Paddy erkennen konnte, saßen vielleicht acht oder zehn Männer an den wenigen Tischen herum. Ein paar andere standen an der Bar und diskutierten lauthals mit dem kahlen Wirt. Nach jedem Zapfen wischte sich der Kneipier die Hände an der schmierigen, ehemals weißen Schürze ab, die sich über seinen ansehnlichen Bierbauch spannte.

Paddy ließ sich auf einen Stuhl möglichst nahe der Tür sinken. Ihr war nur allzu bewusst, dass sich sämtliche Köpfe auf einen Schlag in ihre Richtung drehten. Einen Augenblick lang war es fast still im Pub, während die Männer den ungewöhnlichen Gast beäugten. Doch schnell setzte das übliche Lärmen und Lachen wieder ein. Paddys rege Fantasie argwöhnte in mindestens der Hälfte der Anwesenden radikale Mitglieder der IRA, die unter ihren Jacken Maschinenpistolen versteckt hatten. Nur eine einzige andere Frau war außer ihr in der Kneipe. So etwas konnte wirklich nur ihr passieren, dachte Paddy, geradewegs in ein Terroristenschlupfloch zu stapfen!

Paddy betrachtete angelegentlich den schweren Eichentisch und wartete. Plötzlich wurde ihr bewusst, dass sich eine umfängliche Gestalt ihrem Tisch näherte und sich direkt vor ihr aufbaute. Sie blickte auf. Es war die schmuddelige Schürze.

»Was wünschen Sie, Miss?«, fragte der Mann kurz angebunden. Er schien nicht allzu erfreut über einen weiteren Kunden zu sein.

»Ich hätte gern ein ... äh – ein Guinness«, bestellte Paddy. Es war das Einzige, was ihr im Augenblick einfiel. Es stand

zu vermuten, dass es in diesem Etablissement keinen ge-
kühlten Chardonnay gab.

Ohne sich zu ihrer Bestellung irgendwie zu äußern, verschwand die Schürze hinter dem Tresen. Kurze Zeit später
kam sie zurück und trug ein gigantisches, zu vier Fünfteln
mit einer dunklen, fast schwarz wirkenden Flüssigkeit ge-
fülltes Glas vor sich her. Der Rest war cremefarbener, dichter Schaum. Der Wirt knallte den Humpen wortlos vor Paddy auf den Tisch und trollte sich wieder.

Sie versuchte krampfhaft, sich den Anschein zu geben, als
ginge sie häufiger auf ein, zwei Bier in die Kneipe. Mutig
lupfte sie den riesigen Humpen, nahm einen tiefen Schluck
– und brach in eine heftige Hustensalve aus.

Pfui Teufel, dachte sie, was ist das denn für ein ekelhaftes
Zeug? Wenn das Guinness war, warum um alles in der Welt
war es so berühmt? Wer mochte wohl so etwas freiwillig
oder sogar gerne trinken?

Ein paar Männer warfen ihr irritierte Seitenblicke zu, interessierten sich aber schon bald wieder für etwas anderes.
Nachdem ihre Augen sich an das Dämmerlicht gewöhnt
hatten, hob Paddy von Neuem das Glas. Dieses Mal
allerdings nippte sie nur am Schaum, während sie sich im
Schutz des Bieres gründlich umsah. Sie entdeckte Reardon
am anderen Ende des Raumes. Er schien auf jemanden zu
warten. Falls er sie überhaupt bemerkt hatte, achtete er
jedenfalls nicht auf sie.

Die Tür in ihrem Rücken wurde aufgerissen. Ein schmaler Lichtfinger stach durch die verrauchte Luft und verschwand wieder, als die Tür zufiel.

Ein Mann durchquerte das Lokal und setzte sich neben
Reardon.

• Zwei •

Andrew Trentham fuhr langsam von Carlisle nach Derwenthwaite. Er hatte viel nachzudenken. Über seine Erfahrung in Iona, aber auch, was er gerade im Krankenhaus mit seiner Mutter erlebt hatte.

Mit ihr zu sprechen war peinlich und sehr schwer gewesen. Und doch! Was in diesen wenigen Minuten zwischen ihnen geschehen war, grenzte fast schon ebenso an ein Wunder wie ihre plötzliche Erholung.

Ihm war plötzlich zum ersten Mal im Leben wirklich bewusst geworden, wie sehr er seine Mutter liebte. Wahrscheinlich hatte er sie immer schon geliebt, es aber nie richtig wahrhaben wollen. Ihr angeschlagener Gesundheitszustand und sein ehrliches Bekenntnis schienen sein Herz von der doppelten Last der Erwartung und der Missbilligung befreit und für das tiefe Gefühl eines Sohnes für seine Mutter geöffnet zu haben.

Er fühlte sich unendlich erleichtert.

Ihm war ein riesiger Stein vom Herzen gefallen, den er sein ganzes Leben mit sich herumgeschleppt hatte. Endlich war er frei, so zu leben, wie Gott ihn gewollt hatte, oder wollte, dass er werden solle.

Er seufzte.

»Lieber Gott, ich weiß nicht recht, was ich sagen soll«, flüsterte er. »Aber ich danke dir von ganzem Herzen. Danke, dass du meine Gebete erhört hast. Und danke für meine Mutter. Danke, dass ich erfahren durfte, wie viel sie mir bedeutet.«

• Drei •

Eine ganze Weile saß Paddy nun schon im O'Faolain's und mühte sich ohne viel sichtbaren Erfolg, ihr Glas Stout zu leeren. Immer wieder nippte sie daran herum. Dabei tat sie ihr Bestes, das Gesicht nicht allzu sehr zu verziehen. Der Schaum war fast verschwunden. Sie musste sich jetzt allmählich des bitteren, braunen Zeugs annehmen. Der dicke Mann in der Schürze kam an ihren Tisch und sah sie nachdenklich an.

Ob sie noch etwas wünsche?

Paddy schüttelte den Kopf und zwang sich zu einem Lächeln. Er nickte und ging wortlos weiter zu den anderen Gästen.

Irgendwo am anderen Ende des Pubs löste sich die Gestalt einer Frau aus dem verräucherten Mief und setzte sich zu Reardon und dem anderen Mann. Das blonde Haar passt nicht in diese Umgebung, dachte Paddy unwillkürlich. Abwesend sah sie die Frau an. Aber plötzlich wurde sie aufmerksam.

Das war doch …

Und plötzlich fiel es ihr ein. Sie kannte das Gesicht!

Was suchte *die* denn hier?

Flüchtig dachte sie an Andrew Trentham. Vielleicht wüsste er es.

Sie stand auf und ging hinaus. Jetzt war sie wirklich sicher, dass da irgendetwas im Busch war. Sie sprintete in die Telefonzelle vor dem Eingang. Hastig kramte sie in ihrer Handtasche nach Trenthams Privatnummer, die Bert für sie herausgesucht hatte.

Das Telefon klingelte zwei Mal. Dann hörte sie seine Stimme. »Hier ist der Anschluss von Andrew Trentham. Zur Zeit bin ich nicht zu Hause. Wenn Sie aber Ihren Namen und Ihre …«

Oh nein! Innerlich fluchte sie. Sch ... maschine! Ich hasse Anrufbeantworter! Gerade jetzt, wo ich es am wenigsten gebrauchen kann!

Sie hängte den Hörer ein und dachte einen Augenblick nach. Es gab nur eine einzige Möglichkeit: Sie musste wieder hinein und zusehen, dass sie so viel wie möglich von dem mitbekam, was an Reardons Tisch gesprochen wurde. Sie konnte Trentham nicht erreichen, also würde sie die Sache eben allein durchstehen.

Widerstrebend ging sie in die Kneipe zurück und setzte sich auf ihren Platz. Immer noch stand dieses unselige Guinness da. Paddy überlegte, ob es in dieser Kneipe wohl auch Limonade gab. Ihr Magen rebellierte.

Sie lauschte angestrengt. Aus einem Hinterzimmer stieß jetzt noch eine vierte Person zu dem Grüppchen.

Doch so sehr sie ihre Ohren auch anstrengte, mehr als den Klang ihrer Stimmen konnte sie bei dem hohen Geräuschpegel in der Kneipe einfach nicht ausmachen.

Plötzlich hatte Paddy eine Eingebung. Wo hatte sie nur ihren Kopf gehabt? Er hatte ihr doch gesagt, dass er in Ferien fahren wollte! Natürlich war Andrew Trentham nicht in London! Er war bei seinen Eltern in Cumberland!

Mit zitternden Fingern schlug sie ihr kleines Adressbuch auf. Ja – da war die Nummer. Zum zweiten Mal stand sie auf und ging zur Telefonzelle.

Meine Güte, wie gut, dass sie Bert gebeten hatte, ihr diese Nummern zu besorgen! Aber dass sie sie so bald brauchen würde, damit hatte sie wirklich nicht gerechnet.

Sie hob ab und wählte eilig die Nummer, die in ihrem Büchlein stand.

• Vier •

Andrew fuhr die vertraute Zufahrt zu seinem Elternhaus Derwenthwaite Hall entlang.

Ein sehnsüchtiges Gefühl überkam ihn, als wäre er jahrelang nicht zu Hause gewesen. Dabei waren es nicht einmal drei Tage seit seinem Aufbruch. Aber in der kurzen Zeit hatte sich so viel verändert!

Langsam schlenderte Andrew auf das große Hauptgebäude zu. Er betrachtete es mit neuen Augen, wollte seinen Anblick ganz in sich aufnehmen, ehe er die Eingangstür aufschloss. In der Eingangshalle hingen die Familienporträts, so wie es immer gewesen war. Und doch reagierte er ganz anders als zuvor.

Liebevoll sah er die Bilder von Vater und Mutter an, und zärtlich stellte er fest, dass Lindsays Porträt neben dem der Mutter hing. Tiefes Mitgefühl stieg in ihm auf. Wie sehr musste seine Mutter gelitten haben! Der Schmerz, der Verlust eines geliebten Kindes!

Lieber Gott, dachte er und stellte erstaunt fest, wie leicht und natürlich ihm das Beten plötzlich von den Lippen ging, lieber Gott, es tut mir so leid, dass ich nicht früher verstanden habe, wie schrecklich es für sie gewesen sein muss. Bitte, gib uns die Jahre zurück, in denen wir vielleicht nur zu feige waren, uns füreinander zu öffnen. Nimm sie noch nicht zu dir. Schenk mir die Zeit, ihr ein guter Sohn zu sein, und schenk sie ihr, damit sie lernt, eine gute Mutter zu werden. Befreie sie von ihren Schuldgefühlen und ihrer Enttäuschung, damit sie mir ihre Liebe zeigen kann. Ich bin sicher, das hätte sie all die Jahre hindurch gerne getan. Sie konnte nur einfach nicht.

Das nervtötend anhaltende Klingeln des Telefons schlich sich allmählich in Andrews Bewusstsein.

Fünf

Larne Reardon war zwar irischer Abstammung, was ihn jedoch nicht hinderte, sich zeit seines Berufslebens als loyales britisches Parlamentsmitglied zu geben. Er hatte eine geraume Weile leise auf seine Tischgenossen eingeredet. Die anderen Gäste des Pubs interessierten ihn nicht. Er hatte sich nicht einmal richtig umgeschaut.

Die meisten Abgeordneten wussten von Reardons irischer Abstammung. Aber niemand ahnte, wie tief die Liebe zu seinem Vaterland wirklich saß. Das hatte er immer gut zu verbergen gewusst. Reardons Kollegen wären ziemlich schockiert gewesen, hätte man ihnen erzählt, dass der ehrenwerte Parlamentarier weitreichende Verbindungen in die höchsten Kreise der IRA besaß, verschiedenen Druidenzirkeln angehörte und mehr als nur am Rande verwickelt war in diverse Ereignisse, gegen die er im Unterhaus wild gewettert hatte.

Seine gegenwärtige Aufgabe war beinahe vollendet. Ob sie eine Auswirkung auf seine öffentliche Stellung haben würde, die vielleicht eine schnelle Korrektur seiner Laufbahn erforderte, musste sich erst noch herausstellen. Doch im Augenblick stand seine Zukunft eher weniger zur Debatte. Es ging um die Aussichten der beiden anderen Männer und der Frau, die mit am Tisch saßen.

»Wann zahlen die uns endlich aus, Reardon?«, fragte einer der Männer. »Sollte heute nicht der Termin sein?«

»Die Lieferung ist erfolgt, Malloy«, gab der Abgeordnete zurück. »Wir müssen ein wenig Geduld mit diesen Leuten haben.«

»Wir waren schon viel zu lange geduldig! Wo zum Teufel bleibt dieser Typ?«

»Er wird schon noch kommen. Glaub mir, das Geld wird ...«

Reardon brach ab.

Plötzlich wurde sein Blick magisch von einem Tisch auf der anderen Seite des Raums angezogen, wo gerade niemand saß, auf dem aber ein halb leerer Humpen stand.

»Hat einer von euch die Frau bemerkt, die vor einer Minute noch da drüben gesessen hat?«

Die beiden Männer sahen sich um und schüttelten die Köpfe.

»Jetzt, wo du's sagst«, meinte die junge Frau. »Irgendwie kam sie mir bekannt vor. Ich bin fast sicher, ich habe sie schon einmal gesehen.«

»Das habe ich befürchtet. Hol sie, Malloy«, befahl Reardon streng. »Du gehst mit, Fogarty. Findet raus, was sie will. Vor allen Dingen dürfen wir sie auf keinen Fall hier weglassen. Wenn sie einen von uns erkannt hat, kriegen wir fürchterlichen Ärger.«

Die beiden Männer sprangen auf und eilten zum Eingang.

• Sechs •

Hallo, Mr. Trentham! Hier ist Patricia Rawlings«, tönte es völlig unerwartet aus dem Hörer, als Andrew das Gespräch annahm.

»Miss Rawlings!«, sagte Andrew überrascht. »Wie um alles in der Welt haben Sie mich hier gefunden?«

»Vergessen Sie's fürs Erste«, gab Paddy zurück. »Ich werde mich später dafür entschuldigen!«

»Im Augenblick habe ich hier ein paar familiäre Probleme. Wenn Sie auf ein Interview aus sind, fürchte ich ...«

»Bitte, Mr. Trentham«, unterbrach Paddy ihn, »hören Sie mir nur einen Moment zu.«

Andrew fiel der besorgte Unterton ihrer drängenden Stimme auf.

»Nur zu«, sagte er, »ich lausche Ihnen aufmerksam.«

»Ich bin in einer Telefonzelle in Irland«, fing Paddy an.

»Irland? Welches? Nordirland?«

»Nein, in Irland. Südwestlich von Dublin. Ich bin ihrem Freund Larne Reardon hierher gefolgt.«

»Sie sind Reardon gefolgt? Aber ...«

»Er ist da in etwas verwickelt, Mr. Trentham. Ich weiß es ganz sicher. Wie gut kennen Sie ihn?«

»Wir sind nicht gerade eng befreundet, falls Sie das meinen. Warum sind Sie ihm gefolgt?«

»Genau deswegen rufe ich Sie an. Ich fürchte, er hat etwas mit dem Raub des Steins von Scone zu tun.«

»Was? Larne?«, platzte Andrew heraus. »Also ehrlich, Miss Rawlings ...«

»Und er ist nicht allein. Erinnern Sie sich an die Frau, die wir zusammen im Horseguards Restaurant getroffen haben? Sie sind aufgestanden und haben sich mit ihr unterhalten!«

»Natürlich erinnere ich mich. Was ist mit ihr?«

»Sie ist auch hier, Mr. Trentham. Sie ist bei Reardon.«

»Blair? Das glaube ich kaum. Ich habe noch vor wenigen Tagen mit ihr gesprochen.«

»Es ist die gleiche Frau, ich schwöre es Ihnen, Mr. Trentham. Und sie sitzt hier mit Reardon.«

»Ich wusste gar nicht, dass sie sich kennen. Ich gebe zu, ich bin etwas überrascht. Trotzdem ist das ja schließlich kein Verbrechen. Und ehrlich gesagt weiß ich nicht, was Sie das angeht, Miss Rawlings. Genauso wenig wie mich übrigens.«

Während er noch sprach, kehrten Blairs hastig ausgestoßene Worte am Telefon in sein Gedächtnis zurück. *Ich bin mitten im Aufbruch. In ein paar Stunden geht es los.* Außerdem hatte sie ihm nicht sagen wollen, wohin sie fuhr.

»Es sind noch zwei andere Typen bei ihm«, sagte Paddy gerade, »und wenn Sie mich fragen, sind die von der IRA. Ich kenne die Sorte. Aber um Ihre Frage zu beantworten: Es geht Sie etwas an. Sie kennen beide. Sie sind ein wichtiger Mann. Sie sind der Einzige, der mir helfen kann. Ich wüsste niemanden sonst, an den ich mich wenden könnte. Und wenn sie wirklich etwas mit dem ...«

Ein Schmerzensschrei gellte an Andrews Ohr.

»Au! Hey!«, hörte er Paddy japsen. »Was macht ihr da? Aufhören!«

Es hörte sich an wie ein Handgemenge.

»Andr...!«, kam ein schon im Ansatz erstickter Schrei. Dann schien die Leitung tot.

Jetzt war Andrew wirklich besorgt.

Doch nur Sekunden später hörte er eine andere Stimme. Sie gehörte einem Mann und klang verärgert.

»Ich habe keine Ahnung, wer Sie sind«, sagte die Stimme, »aber wenn Ihnen das Mädchen was bedeutet, halten Sie sich besser da raus. Sonst – Sie wissen schon!«

Es klickte. Die Verbindung war unterbrochen.

• Sieben •

Die Junisonne brannte schon warm vom Himmel, obwohl es noch nicht einmal acht Uhr morgens war.

Andrew stand so weit vorne auf dem Deck der Fähre, wie es nur irgend ging. Er hatte das erste Schiff ab Stanraer genommen und würde bald in Larne, einem Hafen im Norden von Belfast, ankommen. Als er die Fahrkarte gekauft hatte, rief ihm der Name der Stadt plötzlich wieder Larne Reardons Verbindungen nach Irland ins Gedächtnis. Die ganze Nacht hindurch, seit Paddys Anruf, hatte er versucht, sich vorzugaukeln, dass es bestimmt eine harmlose Erklärung für alles gab, was sie gesehen hatte. Aber allmählich glaubte er selbst, dass ihre Verdächtigungen durchaus Hand und Fuß haben könnten.

Nachdem Andrew sich die Nummer vom Display seines Telefons notiert hatte, verbrachte er den größten Teil des Abends damit, über London herauszufinden, wo genau der Anruf hergekommen war. Es war nicht ganz einfach gewesen, aber schließlich konnten sie eine Telefonzelle neben einem Pub namens O'Faolain's Green bei Carlow im Südosten Irlands lokalisieren. Das stimmte mit Paddys Angaben überein, die gesagt hatte, sie befände sich südwestlich von Dublin.

Als Andrew den Namen des Pubs hörte, fielen ihm sofort die Vernehmungen bei Scotland Yard wieder ein. Er erinnerte sich auch, dass er mit Larne Reardon darüber gesprochen hatte, Larne aber behauptete, er habe von der Kneipe noch nie gehört. Wenn Paddys Behauptung stimmte und Reardon in diesem Pub gewesen war, dann hatte er ihn entweder gerade entdeckt ... oder er hatte damals gelogen.

Was auch immer hier gespielt wurde, dachte Andrew, es fing an, bitter ernst zu werden.

Ihm war klar, dass er keine andere Wahl hatte, als sofort nach Irland zu fahren. Patricia Rawlings hatte Probleme, das hatte er selbst aus erster Hand mitbekommen. Natürlich hätte er die Polizei rufen können, aber Scotland Yard hatte in Irland keine Polizeigewalt. Und die irische Polizei einzuschalten – dazu erschien es Andrew noch zu früh.

Schließlich entschloss er sich, allein und mit dem eigenen Wagen zu fahren. Mit dem Auto ging es schneller, als wenn er sich erst hätte um Flüge kümmern müssen, und er war beweglicher. Er hoffte, dass die englischen Nummernschilder kein zusätzliches Problem darstellen würden. Außerdem würde er sein Handy angeschaltet lassen. Shepleys Nummer hatte er gespeichert. Wenn ihm die Sache über den Kopf wuchs, konnte er immer noch Scotland Yard oder wenigstens *irgendjemanden* informieren. Schließlich war er kein James Bond.

In der Nacht hatte er nur wenig geschlafen. Wohl oder übel musste er trotzdem bis zum frühen Morgen warten, denn um zwei Uhr nachts gab es nun einmal keine Fähre.

Bei Tagesanbruch war er in Derwenthwaite losgefahren. Er hatte kurz am Krankenhaus in Carlisle angehalten und seinem Vater die Gründe für die plötzliche Abreise erklärt. Seine Mutter hatte eine ruhige Nacht verbracht und schlief noch.

»Ich hoffe, dass ich heute Abend wieder in England bin, Vater«, sagte er beim Abschied.

Von Carlisle aus fuhr er durch das südliche Dumfries und Galloway nach Stanraer.

Und jetzt sah er bereits die Umrisse der irischen Küste deutlich näher kommen. Er würde von Belfast aus schnell in Dublin sein. Dann musste er den letzten Ort suchen, von dem er sicher wusste, dass Paddy dort gewesen war.

Wenn er ihn gefunden hatte ... nun, bis jetzt wusste er noch nicht, was er dann tun würde. Das würde sich ergeben.

• Acht •

Wenige Stunden später bog Andrew auf den Parkplatz von O'Faolain's Green ein.

Vor der Tür stand eine rot-weiße Telefonzelle. Von hier aus musste Paddy ihn angerufen haben. Im hellen Tageslicht wirkte der Ort absolut ungefährlich. Nirgends konnte Andrew bewaffnete IRA-Männer entdecken. Überhaupt schien hier nicht besonders viel los zu sein. Auf dem Parkplatz standen gerade einmal drei oder vier Autos.

Andrew stieg aus und ging in die Kneipe. Er trug ein verblichen kariertes Arbeitshemd und ein paar alte Jeans. Wenn er nicht allzu viel reden musste, so hoffte er, würde er in dieser Kluft kaum auffallen.

Er sah sich um, strebte zum Tresen und bestellte sich ein Bier. Der fette Schürzenmann musterte ihn von oben bis unten, während er das Bier zapfte. Andrew nahm einen tiefen Schluck. Dabei spitzte er die Ohren. Er wollte möglichst alles mitbekommen und die Besonderheiten der Gäste ergründen, bevor er begann, Fragen zu stellen. Einheimische in solchen Lokalen zeigten sich in aller Regel neugierigen Fremden gegenüber äußerst reserviert. Er starrte in sein Glas und tat so, als würde er seinen Gedanken nachhängen.

Um Andrew herum summte ein mäßiges Stimmengewirr. Die Männer sprachen einen ausgeprägten irischen Akzent. Die Stimme eines alten Bauern hob sich scharf aus dem allgemeinen Gemurmel hervor. Er schien ein guter Kandidat für weitere Forschungen zu sein und kam in Andrews engere Wahl.

Seine Stimme war nicht ausgesprochen laut, aber er sprach heiser und schnell in relativ hoher Tonlage und lachte oft. Er war einfach nicht zu überhören. Offenbar war er ein ausgemachter Experte für den gesamten örtlichen Tratsch. Der Wahrheitsgehalt seiner Anekdötchen stand allerdings auf einem anderen Blatt.

Die anderen Männer im Pub beachteten ihn kaum. Sein Lachen und Schwatzen zeigten Andrew, dass der Mann ein ordentliches Bier zu schätzen wusste und bei seinen Geschichten gerne ein bisschen übertrieb. Außerdem war nicht zu übersehen, dass er gerne einen zur Brust nahm und das auch schon ausgiebig getan hatte. Andrew schätzte, dass er ein Bauer aus der Gegend von Carlow war, der sich weitestgehend aufs Altenteil zurückgezogen hatte.

Bei einer passenden Gelegenheit blickte Andrew sich neugierig um. Schnell konnte er den Kerl anhand seines durchdringenden Organs ausmachen.

Sein Äußeres harmonierte geradezu perfekt mit seiner Stimme. Eine uralte Wollkappe hing dem Mann schief über einem Ohr. Auf der anderen Seite wucherte ein wildes graues Lockengestrüpp, das so aussah, als sei es in den letzten zehn Jahren mit keinem Kamm in Berührung gekommen. Das Gesicht war von Runzeln durchzogen, ziemlich kantig und sichtlich häufig der frischen Luft ausgesetzt gewesen. Ein gegerbter Bauer wie aus dem Bilderbuch. Sein Kumpel, der die ganze Zeit die Geschichten des Alten über sich hatte ergehen lassen, stand gerade auf und wollte gehen.

Andrew wandte sich an den Schürzenmann: »Mach mir mal zwei Murphys«, sagte er.

Der Wirt konnte sich einen neugierigen Blick nicht verkneifen, als er die beiden vollen Gläser vor Andrew auf den Tresen setzte.

Andrew nahm das Bier und ging zu dem Tisch, von dem die wilden Geschichten gekommen waren. Er setzte die Gläser ab und schob eins quer über den Tisch.

»Hier. Ein Murphy für dich, mein Freund«, sagte er.

»Danke, Jungchen. Gibt's was zu feiern?«, fragte der Alte. Doch er wartete die Antwort gar nicht erst ab. Sofort kippte er sich eine ansehnliche Menge der unerwarteten Wohltat hinter die Binde.

»Nichts Besonderes«, antwortete Andrew. »Ich bin neu in der Gegend und wollte jemanden kennen lernen, der weiß, wo's langgeht. Ich dachte, du bist vielleicht so einer.«

»Hi, hi, hi«, lachte der alte Ire mit seiner schrillen, brüchigen Stimme. »Gut getroffen, Fremder. Ich bin dein Mann. Hi, hi.«

Er nahm einen weiteren, tiefen Schluck. »Aber was sucht ein verflixter Engländer hier am Ende der Welt?«, fragte er und wischte sich mit einer dick geäderten Hand den Schaum von den Lippen.

»Ich erforsche die Grafschaft«, gab Andrew zurück.

»Denke, dass du keinen Besseren als mich dafür finden kannst. War mein Leben lang hier.«

Plötzlich hielt der Mann inne. Seine Augen verengten sich, und er blickte Andrew misstrauisch an.

»Du bist doch nicht etwa 'n Freund von diesem Kerl? Diesem Amairgen Dwyer, oder?« Höhnisch schien er den Namen auszuspucken.

»Nein, bin ich nicht«, sagte Andrew. »Ehrlich gesagt habe ich keine Ahnung, wer das ist.«

»Glück gehabt, Jungchen. Bleib ihm von der Pelle. Überhaupt: schon der Name! Wer nennt wohl sein kleines Baby Amairgen? Kann wohl nicht ganz dicht sein. Wenn du mich fragst, ist das gar nicht sein richtiger Name. Komischer Kauz, der.«

Wieder verstummte er und musterte Andrew mit kritischer Miene.

»Oder bist du einer von den Fernsehfritzen? Die hängen hier immer rum und filmen, wenn die da ihr Äquinoktialdingsbums veranstalten.«

»Nein«, lachte Andrew, »ich bin auch nicht vom Fernsehen. Was für ein Äquinoktialdingsbums?«

»Jeden Frühling ist das. Der Dwyer lädt Hunderte von Spinnern ein, die hier in komischen Kostümen durch die Stadt schleichen. Und eh' du dich's versiehst, geben deine Kühe keine Milch mehr, und dein Hund bellt die ganze Nacht den Mond an. Kann einfach nix Gutes bei rauskommen. Kannste mir glauben!«

Während Andrew dem Mann zuhörte, war ihm plötzlich, als hätte er den Namen doch schon einmal gehört. Irgendwie kam er ihm bekannt vor, er wusste ihn aber nicht einzuordnen. Also stocherte er weiter.

»Und dieser Dwyer lebt hier irgendwo in der Umgebung?«

»Ja klar. Spielt den Druiden da draußen, wo die ganzen alten Steine rumstehen. Er und seine verkleideten Kumpels. Singen ständig irgendwelche Gebete für Steine oder Sterne oder den Himmel, oder was weiß ich! Die sind alle bekloppt, wenn du mich fragst. Das ha'm wir auch den Fernsehfritzen gesagt. Die Druiden sollen verschwinden, ha'm wir gesagt. Können so Typen hier nicht brauchen!«

Der Bauer netzte ausgiebig seine trocken geredete Kehle. Und als er feststellte, dass schon wieder ein frisches Murphys vor ihm stand, wurde seine Zunge erst richtig locker.

»Warst du schon einmal da draußen?«, wollte Andrew wissen.

»Klar, Kumpel. Klar war ich schon mal da.«

Das Bäuerlein spähte in der Kneipe herum und lehnte sich dann vertraulich über den Tisch. Seine Stimme sank zu einem heiseren Flüstern. »Bin durch den Wald gegangen. Wollte es doch einmal selbst sehen! Aber einmal genügt. Hab' ordentlich Schiss gehabt, nur vom Gucken. Ein Riesenzaun ist da. Und Tore. Und dann die Steine. Gruselig! Hab' so gezittert, dass ich erst mal drei ordentliche Bier kippen musste, als ich im O'Faolain's ankam.«

Er schwieg, lehnte sich zurück, als habe er gerade die größte Heldentat eines Ritters der Tafelrunde zum Besten gegeben, nahm einen langen, gedankenvollen Schluck und leerte schließlich sein Glas auf einen Zug.

Andrew stand auf, besorgte ein frisches Bier und kehrte zu seinem neuen Freund zurück. Der Mann war immer noch in seiner Erinnerung versunken. Es brauchte einen Augenblick, bis er wieder zu sich kam. Der Anblick des vollen Glases auf dem Tisch wirkte Wunder.

Jetzt war es an Andrew, die Stimme zu senken. Er schob dem Bäuerlein das Glas zu.

»Wenn aber einer von seinen Freunden da rein will«, fragte er verschwörerisch, »durch die Tore und so? Wie stellt er das an?«

»Ich weiß, wie's geht, hi, hi! Ist ganz einfach«, lachte der Ire. »Aber mich kriegen da keine zehn Pferde mehr hin! Nie!«

»Und wie geht es?«

Der Ire lehnte sich über den Tisch.

»Verrate dir ein Geheimnis, Jungchen«, sagte der Bauer, und seine Augen blitzten verschmitzt. »Hab mal gehört, wie er einem von den Hampelmännern den Code verraten hat. Hi, hi! Bin längst nicht so blöd, wie die glauben!«

»Du hast ihn gehört? Wo? Hier?«

»Manchmal kommt er ins O'Faolain's. Sogar Druiden haben manchmal Durst, weißt du? Der beachtet uns natürlich nicht, aber ich hab' bessere Ohren, als er denkt. Hi, hi. Quatscht die ganze Zeit über den verlorenen Stein, und wenn sie ihn kriegen, wird Irland auferstehen und so. Faselt über Druiden und Priester und alte Könige. Nix als Blödsinn, hi, hi. Priester und verlorene Steine! So'n Quatsch. Er hat mich angeguckt. Wusste genau, was er dachte. Glaubt, dass ich nicht alle Tassen im Schrank hab'. Aber ich hab' jedes Wort von dem dämlichen Spinner verstanden.«

Ein tiefer Schluck Murphys folgte.

»Wo ist das Gelände?«, fragte Andrew neugierig.

»Drüben auf dem Hügel, nur die Straße ein Stück runter. Geh ruhig selbst mal hin und guck dir die Steine an. Bestimmt siehst du auch ein paar von den Kerlen in Nachthemden. Sie schleichen rum, schwätzen irgendwas in komischen Sprachen, reden mit Bäumen und Steinen, gucken erst in den Himmel, dann wieder auf die Erde ... ›Wir sind eins mit dem Gras. Wir sind das Gras.‹ Hi, hi! Schon mal so'n Quatsch gehört?«

»Warst du gestern auch hier?«, fragte Andrew.

»Gestern? Wieso? Hier?«

Andrew nickte. »Ich suche nach einem Freund.«

»Nee, gestern hatte ich keine Zeit. Musste mich um die Kühe kümmern. Der Knecht war krank.«

»Du hast mir den Code noch nicht verraten«, meinte Andrew.

»Wenn's sonst nix ist, Jungchen«, antwortete der alte Bauer und zwinkerte Andrew zu. Er rückte wieder näher, streckte den Arm aus, packte Andrew am Hemd und zog ihn halb über den Tisch. »Tipp die Buchstaben C-E-L-T mit den Nummern auf dem Tor ein. Hat er jedenfalls gesagt. Hab's nie selbst ausprobiert. Einfach eintippen, wie beim Handy, hat er gesagt.«

Andrew nickte. Das klang interessant. Sobald es einigermaßen unauffällig war, zahlte er und ging.

•Neun•

Die Angaben des pfiffigen irischen Bauern stimmten. Es genügte, drei Mal die 2 für C, zwei Mal die 3 für E, sowie drei Mal die 5 und ein Mal die 8 in die Tastatur der Gegensprechanlage am Eingang des Keltischen Druidenzentrums einzutippen. Sofort rollte das schwere Eisentor zur Seite.

Andrew hatte seinen Wagen etwa fünfzig Yards vor dem Tor abgestellt, wo die Straße breiter wurde, und war zu Fuß weitergegangen. Als das Tor zurückglitt, huschte Andrew sofort hinein. Dreißig Sekunden später schloss sich das Tor wie von Geisterhand wieder.

Er genoss den gleichen Anblick wie Paddy drei Tage zuvor: das Schloss und der große Hof mit der ausgedehnten Rasenfläche dahinter, in deren Mitte die berühmten Stehenden Steine von Carlow angeordnet waren.

Ein Grüppchen Leute stand bei den Steinen. Er konnte nicht sehen, ob Paddy dabei war. Alles, was er mit Sicherheit erkennen konnte, war, dass einer der Leute etwas trug, das Andrew für ein traditionelles weißes Druidengewand hielt.

Andrew hielt sich im Schatten der Bäume. Er wollte nicht gesehen werden, während er sich vorsichtig den Hügel hinunter und an das Freigelände heran schlich. Die Zufahrt führte geradenwegs zum Haupteingang des Schlosses. Auf dem großen, gepflasterten Parkplatz standen höchstens drei oder vier Autos. Allerdings entdeckte Andrew neben dem Schloss verschiedene Anbauten; möglicherweise waren es Garagen. Niemand war in der Nähe. Andrew rief sich Columbas Weg zum Palast von König Brudei ins Gedächtnis zurück. So weit würde er allerdings nicht gehen, dachte Andrew, direkt zum Haupteingang zu marschieren und Einlass zu begehren. Außerdem befand sich der moderne Broichan sowieso draußen auf dem Rasen bei den Steinen, die er für mächtig hielt.

Andrew schlich vorsichtig an einen Flügel des Schlosses heran. Von hier konnte er zumindest von der Gruppe bei den Steinen nicht entdeckt werden, die sich mindestens dreihundert Yard von ihm entfernt aufhielt. Er ging um das Hauptgebäude herum. Wenn er unbemerkt bis zu den Steinen gelangen wollte, musste er das von der Ecke des anderen Flügels aus probieren.

Fünf Minuten später näherte sich Andrew der kleinen Versammlung auf dem Rasen. Er ging langsam und sah zu, dass sich immer einer der größeren Steine zwischen ihm und dem Druiden befand. Glücklicherweise schaute nur der

Druide in seine Richtung, alle anderen wandten ihm den Rücken zu.

Zwei Frauen waren in der Gruppe. Eine von ihnen trug einen Hut. Es hätte Paddy sein können, aber Andrew war sich nicht ganz sicher.

Der in ein Gewand gekleidete Druide stand ihm zwar genau gegenüber, hatte aber die Augen zum Himmel erhoben. Mit unheimlicher, mystischer Stimme sang er Beschwörungsformeln.

Im Zeitlupentempo bewegte Andrew sich vorwärts. Immer, wenn er einen großen, stehenden Stein erreichte, verbarg er sich dahinter. Vorsichtig lugte er um die Ecke. Kaum war die Luft rein, sauste er zum nächsten Stein und kauerte sich dahinter zusammen.

Inzwischen war er nah genug, die Stimmen der Leute zu hören und die Gesichtszüge des Druiden zu erkennen. Er erinnerte sich, in irgendeiner Zeitschrift schon einmal Fotos von ihm gesehen zu haben. Amairgen Cooney Dwyer, Druidenpriester und Oberhaupt des Irisch-Keltischen Zentrums, hatte darunter gestanden. Dwyer war ein hochgewachsener Mann mit mächtigen Schultern. Dank seiner Größe und vielleicht auch dank seiner übernatürlichen Kräfte wirkte er ungeheuer imposant. Andrew hörte zu. Der Singsang schlug ihn schnell in seinen Bann.

Ich rufe dich, altes Land Eire, umringt vom Zauber des Meeres,
Voll fruchtbarer Berge und tiefer, unendlicher Seen.
Die Quelle des Hügels ist unergründlich tief; die
Stämme sind versammelt, ihre Könige tagen in Tara.
Tara, Hügel der Stämme, Stämme der Söhne des Mil.
Wie ein erhabenes Schiff ist Eire, listig besungen und
Verzaubert von den Frauen von Bres von Buaigne.
Doch Eremon hat sie erobert, die heilige Göttin Eire.
Ich, Amairgen, rufe die Macht der heiligen Steine an.

Die Steine erwarten den König, der das neue Eire
Regiert.
Das neue Eire, Herrscherin über alle Könige,
Königreich, das sich die Welt unterwirft.
Der Heilige Stein ist zurück.
Ich rufe die Macht des alten Landes Eire.

Nur mit Mühe fand Andrew in die Wirklichkeit zurück. Er konnte es sich nicht leisten, sich von so etwas einlullen zu lassen!

Er kauerte sich wieder zusammen und sprintete bei der ersten sich bietenden Gelegenheit zum nächsten Stein. Jetzt konnte er auch ein paar der anderen Gesichter erkennen. Tatsächlich, da war Larne Reardon. Er stand ein paar Schritte hinter der Frau mit dem Hut. Es war wirklich Paddy. Sie war sehr bleich, und ihre Hände waren mit einem Seil zusammengeschnürt. Und plötzlich dämmerte ihm, wer die andere Frau war, die neben Reardon stand und deren Gesicht er nicht sehen konnte. Natürlich! Wer sonst hatte so langes, blondes Haar? Es war Blair.

Andrew konnte sich nicht weiter vorwagen, ohne sich zu verraten. Aber jetzt war sein Mut gefragt.

Er trat hinter dem Stein hervor und ging direkt auf die Gruppe zu. Dwyer sah die Bewegung und blickte zu ihm herüber. Der beschwörende Gesang verstummte. Die anderen drehten sich um.

»Was immer Sie da gerade tun, Dwyer«, sagte Andrew, »ich muss Sie leider kurz unterbrechen. Selbstverständlich habe ich nichts dagegen, wenn Sie gleich weitermachen, aber Sie werden gestatten, dass ich Miss Rawlings mitnehme.«

Paddy war schon beim ersten Wort herumgewirbelt.

»Kommen Sie rüber zu mir, Paddy«, sagte Andrew.

Sie jauchzte vor Erleichterung und begann zu laufen.

»Halt!«, donnerte Dwyers Stimme. »Sie bleiben, wo Sie sind!«

Paddy blieb stehen. Alle Blicke wandten sich Andrew zu.

»Trentham, halten Sie sich da raus«, mischte sich nun Reardon ein. »Sie haben doch keine Ahnung, was hier abläuft.«

»Darüber reden wir später, Reardon«, sagte Andrew. »Ich weiß nicht, was Sie in alledem zu suchen haben und welche Rolle Sie hier spielen. Aber ich hole auf jeden Fall Miss Rawlings hier raus.«

Mit einem vorwurfsvollen, vielleicht ein wenig traurigen Blick streifte er Blair.

»Aber wieso bist *du* in diese Sache verwickelt, Blair?«, fragte er leise.

Trotzig hielt sie seinem Blick stand, sagte aber nichts. Ihr Gesichtsausdruck war völlig unpersönlich. Man konnte den Eindruck haben, sie habe Andrew noch nie im Leben gesehen. Andrew suchte ihre Augen, aber sie starrte einfach durch ihn hindurch. Jetzt wusste er endlich, dass seine verspätete Einsicht tatsächlich richtig gewesen war: Er hatte diese Frau niemals wirklich gekannt.

»Kennst du den Mann, Fiona?«, fragte jemand, der an ihrer Seite stand, den Andrew aber nicht kannte.

»Das ist Andrew Trentham«, gab sie zurück, während sie noch immer in Andrews Richtung starrte. Ihre Stimme erschien ihm fremd und hart, so ungewohnt wie ihr Gesichtsausdruck. Andrew hatte sie noch nie in einem solchen Tonfall sprechen hören.

»Ach, das ist also der Typ, den du angemacht hast, um Zugang ...«

Andrew fühlte sich, als ob ihm jemand mit einem kalten Messer die Eingeweide zerfetzt hätte. Er hörte den Rest des Satzes nicht mehr. Die ganze Geschichte war also von Anfang an geplant gewesen! Sie hatte ihn nur benutzt!

Andrew riss sich zusammen.

»Trentham, das hier geht Sie wirklich nichts an«, wiederholte Reardon. »Hier geht es um Kräfte, die größer und mächtiger sind als wir beide zusammen, unbezwingbarer als jeder von uns hier.«

»Das hilft Ihnen auch nicht weiter, Reardon. Es gibt noch andere Mächte, und die sind stärker als Ihre Druiden hier, das verspreche ich Ihnen.«

Andrew wandte sich an Paddy. Ihr Gesicht war kreideweiß, und sie zitterte.

»Kommen Sie, Paddy. Los jetzt!«, sagte er sanft.

Doch so einfach ließ der Druide sie nicht gehen. Er kam näher und murmelte Verwünschungen und Drohungen in Paddys Richtung. Paddy stand wie angenagelt.

Andrew fühlte eine neue Kraft in sich wachsen. Er hatte den Eindruck, endlich wach zu werden.

»Keinen Schritt weiter!«, sagte er mit selbstbewusster Stimme zu Dwyer. »Im Namen Gottes befehle ich Ihnen, stehen zu bleiben und still zu sein!«

Der Druide tat, was Andrew verlangte. Keiner der Anwesenden sprach. Die beiden Männer musterten einander feindselig.

Plötzlich fiel Andrew das erste Zusammentreffen von Columba und Broichan ein. Er wiederholte die Worte des sechsundvierzigsten Psalms, die ihm im Gedächtnis haften geblieben waren.

»*Der Herr der Heerscharen ist mit uns*«, rief er laut. »*Gebt nach und erkennt, dass ich Gott bin, erhaben unter den Völkern, erhaben auf Erden. Der Herr der Heerscharen ist mit uns.*«

Der Druide stand wie vom Donner gerührt.

»Sie haben keine Macht, Amairgen«, fuhr Andrew fort, »weder über sie noch über mich.«

Als Amairgen Cooney Dwyer hörte, dass Andrew seinen angenommenen Druidennamen wie eine Beschwörung gegen ihn schmetterte, schien er in sich zusammenzusinken.

Kalte Wut blitzte aus seinen Augen, doch er blieb stehen und rührte sich nicht.

»Ich sage es Ihnen zum letzten Mal.« Andrew sprach langsam und deutlich, wie zu einem kleinen Kind. »Ich werde sie jetzt mitnehmen, und nichts, aber auch gar nichts, was Sie meinen, tun zu müssen, kann mich davon abhalten. Kommen Sie jetzt, Paddy.«

Endlich traute sich Paddy, zu laufen. Reglos wie Statuen schauten die anderen hinter ihr her. Nur Blairs Augen schossen glühende Dolche. Völlig aufgelöst warf sich Paddy in Andrews ausgebreitete Arme.

Schritt für Schritt zogen sich die beiden rückwärts Richtung Schloss zurück. Andrew hatte den Arm tröstend um Paddys Schultern gelegt. Die junge Frau zitterte zum Erbarmen. Andrew wandte kein Auge von dem Druiden – nur so würde er ihn hindern können, ihn und Paddy zu verfolgen.

Sie waren noch kaum fünfzig Fuß weit gekommen, als Andrew vor Überraschung fast ins Stolpern geriet.

Er konnte kaum glauben, was er da sah. Die ganze Zeit hatte er ihn am Rand seines Blickfeldes gehabt, diesen kleinen, aufrecht in die Erde gesetzten Sandstein, den Dwyer gerade so lyrisch besungen hatte!

Einer der Eisenringe hing noch von seiner Spitze. Der andere war tief in die Erde eingegraben. Es war mit Abstand der kleinste Stein in der ringförmig angeordneten Sammlung. Aber Dwyer schien ihn für den wichtigsten zu halten, für das fehlende Glied in der sonst vollständigen Kette.

Es war wirklich der Stein von Scone.

»Paddy«, flüsterte er, »könnte es sein, dass ...?«

»Ja, ja«, unterbrach sie ihn mit unsicherer Stimme. »Es ist der Krönungsstein. Vor zwei Tagen haben sie ihn hergebracht. Ich habe gesehen, wie er geliefert wurde.«

»Ich habe zwar keine Ahnung, wie Sie das geschafft haben, aber ... warten Sie. Wir müssen unbedingt Scotland Yard informieren.«

Sich immer noch rückwärts vorantastend, ließ er Paddys Schulter los, kramte das Handy aus der Hosentasche und tippte die eingespeicherte Kurzwahl für Scotland Yard.

»Shepley«, sagte er, als der Inspektor sich meldete, »Sie werden kaum glauben, wo ich gerade bin und was ich hier vor meinen Augen habe.«

Der Inspektor lauschte stumm.

»Dann war Glencoe also nur falscher Alarm«, stellte er fest.

»Glencoe?«, echote Andrew.

»Vergessen Sie's«, meinte der Inspektor. »Beschreiben Sie mir lieber ganz genau, wo Sie sind.«

Andrew erklärte, wo sich das Keltische Zentrum befand. »Ich weiß, dass Sie in Irland keine Polizeigewalt haben«, fuhr er fort, »aber der Stein ist hier, und ich stehe vor den Leuten, die ihn gestohlen haben. Also sehen Sie zu, dass jemand kommt. Und zwar bald.«

Während Andrew noch mit dem Handy beschäftigt war, wachte Malloy aus seiner Trance auf. Plötzlich hatte er ein Gewehr in der Hand.

»Los, Paddy«, schrie Andrew. »Laufen Sie! Mein Auto steht vor dem Tor.«

Er wirbelte herum und rannte auf die Einfahrt zu. Paddy bemühte sich redlich, einigermaßen Schritt zu halten. Während er um sein Leben lief, brüllte Andrew weiter ins Telefon.

»Wir machen, dass wir wegkommen, Shepley! Die haben ein Gewehr. Außerdem sind wir zwei gegen fünf. Wir hauen ab!«

Er blickte sich um und sah, wie Malloy anlegte. Reardon, Blair, Fogarty und Dwyer stürmten auf das Schloss zu.

• Zehn •

Ein Schuss peitschte hinter ihnen.

Paddy schrie auf.

»Los! Wir schaffen das schon!«, rief Andrew ihr zu. Gemeinsam rannten sie über die Zufahrt zum Tor. Paddy hatte große Probleme beim Laufen. Ihre Hände waren noch immer gefesselt.

»Ich kann nicht mehr«, keuchte sie außer Atem.

»Wir sind schon fast da«, tröstete Andrew. Er griff nach ihren zusammengebundenen Händen und zerrte die junge Frau, so gut es ging, hinter sich her.

Malloy feuerte wieder. Dieses Mal traf er einen Baum rechts von Andrew. Rindensplitter spritzten ihnen ins Gesicht.

Vermutlich hatten sie, ohne es zu wissen, eine optische Schranke passiert, denn das Tor vor ihnen glitt plötzlich fast lautlos zurück. Bis zu Andrews Auto waren es nur noch ein paar Schritte. Doch ihnen blieb keine Zeit für Erleichterung. Hinter ihnen röhrte irgend etwas sehr Lautes.

Hastig sah sich Andrew um. Ein Garagentor war weit geöffnet. Zwei schwere Motorräder donnerten die Zufahrt entlang. Die Druidengewänder der Fahrer flatterten im Fahrtwind.

Mit einem Satz waren Andrew und Paddy beim Wagen.

Doch Andrew hatte einen schwerwiegenden Fehler gemacht, den er jetzt bitter bereute: Sein Auto stand falsch herum. Er musste drehen. Wertvolle Sekunden vergeuden. Niemals konnten sie den Bikes entkommen! Nicht auf den kurvigen, irischen Landstraßen.

Andrew schubste Paddy auf den Beifahrersitz. Das Rolltor war schon wieder fast geschlossen. Die Motorräder brausten hinter ihnen her.

Andrew rannte um den Wagen herum, warf sich hinein und drehte den Zündschlüssel. Er dachte nicht lange nach. Krachend legte er den ersten Gang ein, gab Gas und hielt stur geradeaus.

Er hatte jetzt einfach nicht genug Zeit für den C-E-L-T-Code!

»Was haben Sie ...«, setzte Paddy an. Im nächsten Augenblick schrie sie leise auf und duckte sich in ihren Sitz.

Andrew raste durch das geschlossene Tor. Der schwere Eisenrahmen wurde aus den Angeln gerissen und knallte scheppernd auf die Straße.

Die beiden jungen Druiden auf den Motorrädern hatten Befehl, eine Flucht zu vereiteln. Das letzte, was sie erwarteten, als sie in Höchstgeschwindigkeit durch die letzte Kurve der Zufahrt auf das Eingangstor zujagten, war ein Verrückter, der mitten auf der Straße mit jaulendem Motor auf sie zukam. Der Wagen beschleunigte und rammte erst das eine, dann das andere Bike.

Paddy blickte nur kurz auf und sank sofort wieder in ihren Sitz zurück. Die beiden Motorräder trudelten von der Straße. Eine Maschine, mittlerweile führerlos, krachte gegen einen Baum. Die andere kollerte den seitlichen Abhang neben der Zufahrt hinunter in den Graben. Der zugehörige Druide flog im hohen Bogen kopfüber ins Unterholz.

Andrew raste auf das Schloss zu.

»Wo haben Sie denn *so* Auto fahren gelernt?«, quiekte Paddy.

»Ich kann überhaupt nicht *so* Auto fahren. Ich lerne es gerade.«

»Also, wenn Sie mich fragen, Sie beherrschen es schon recht gut. Mir wird gleich schlecht!«

Aus dem Augenwinkel sah Andrew Malloy auf sich zukommen. Wieder krachte ein Schuss. Ein Fenster zerplatzte. Dwyer lief mit wehender Robe über den gepflasterten

Parkplatz zum Schloss und brüllte Befehle. Sie galten einem halben Dutzend Druidenlehrlingen, die aus dem Hauptgebäude strömten.

»Zum Schlechtwerden ist jetzt keine Zeit, Paddy«, rief Andrew. »Halten Sie Ihren Hut fest!«

Er warf das Lenkrad hart nach rechts. Das Heck brach aus. Mit quietschenden Reifen schleuderte der Wagen um die eigene Achse über den Parkplatz. Das hatte Malloy nicht kommen sehen. Er wurde gestreift und unsanft auf das Pflaster geschmettert.

Das Auto kam, wie geplant, in Richtung auf das Tor zum Stehen. Sofort drückte Andrew das Gaspedal durch.

Malloy kam schon wieder zu sich. Er sprang auf die Füße und tastete hektisch nach seiner Waffe. Doch er war viel zu erregt, um noch sicher zu zielen. Zwar schoss er wild hinter den Flüchtenden her, aber nicht einer der Schüsse erreichte sein Ziel.

Mit qualmenden Reifen, die stinkende, schwarze Gummispuren auf der Zufahrt hinterließen, raste Andrew die Zufahrt wieder hinauf, sauste an den beiden Motorradfahrern vorbei, die gerade mühsam aus dem Dickicht krochen, und flitzte durch das Tor.

Dwyer und Reardon starrten ungläubig hinter dem röhrenden Wagen her. Schließlich rannten sie zu einem der abgestellten Autos. Sie würden die Jagd wohl selbst aufnehmen müssen.

• Elf •

Anderthalb Minuten später bog Andrew zwei Meilen westlich von Carlow mit aufjaulendem Motor in die Schnellstraße ein. Paddy nestelte an ihren Fesseln herum und versuchte, die Handgelenke frei zu bekommen.

»Mein Auto«, rief sie plötzlich, »es steht da drüben vor dem Pub! Beinahe hätte ich es vergessen.«

Da hatte Andrew eine Eingebung.

»Haben Sie die Schlüssel bei sich?«, fragte er.

»In meiner Tasche.«

Andrew trat hart auf die Bremse und bog zu O'Faolain's Green ab.

»Was machen Sie da?«, rief Paddy.

»Gegen die Motorräder haben wir keine Chance«, grinste Andrew. »Somit tritt Plan B in Kraft. Los, raus hier! Schnell!«

Mit Paddy auf den Fersen eilte er im Laufschritt in die Kneipe und ging schnurstracks auf seinen neuen, irischen Bekannten zu.

»He, Jungchen«, rief der Alte leutselig, »wie wär's mit noch 'nem Bier?«

»Ich habe jetzt keine Zeit, mein Freund«, gab Andrew zurück. Er beugte sich zu dem alten Mann hinunter und redete schnell auf ihn ein. »Erinnerst du dich, worüber wir eben gesprochen haben? Du hast mir erklärt, wie man auf das Gelände der Druiden kommt. Es hat funktioniert. Ich war drin. Aber jetzt sind die Druiden hinter mir her.«

»Hinter dir her? Mist! Hab' dir doch gesagt, da kommt nix Gutes bei raus.«

»Würdest du mir helfen?«

Sofort rappelte sich der alte Ire auf. Zwar zitterten ihm die Knie bei dem Gedanken, gegen die Druiden antreten zu müssen, aber er hielt sich tapfer wie ein guter Soldat.

»Sicher, Jungchen, sicher helfe ich dir. Auf Coogan Mulroney kann man immer zählen.«

»Dann komm mit!«

Er ging mit dem alten Mulroney nach draußen und gab ihm seine Autoschlüssel. Paddy folgte ihnen kopfschüttelnd.

»Könntest du meinen Wagen zur Polizeistation in Carlow fahren?«, bat er. »Die Druiden sollen denken, dass sie mich verfolgen. Schaffst du das?«

Mulroney nickte. Er war so stolz auf das Vertrauen seines neuen Freundes, dass er fast nüchtern wirkte.

»Ich weiß, du hast ein oder zwei Bier getrunken«, sagte Andrew. »Versuche einfach, auf der Straße zu bleiben. Fahr, so schnell du kannst. Wenn wir es schaffen, die Druiden an der Nase herumzuführen, springt für dich sicher auch etwas dabei heraus.«

»Ich bin aber noch nie schneller als fünfundzwanzig Meilen gefahren, Jungchen!«

»Das ist schon in Ordnung«, sagte Andrew. Plötzlich plagten ihn Gewissensbisse. »Pass auf dich auf. Und schnall dich an!«

Andrew drehte sich um und blickte prüfend in Richtung der privaten Zufahrt zum Keltischen Zentrum.

»Schnell«, drängte er und zeigte auf den Hügel. »Siehst du? Da oben sieht man schon ihren Wagen. Sie kommen geradenwegs hierher.«

»Ist in Ordnung, Jungchen. Druiden an der Nase herumführen – eine meiner leichtesten Übungen!«

Andrew half ihm ins Auto. Der Motor heulte auf. Mulroney legte einen Kavalierstart hin, der den Kies hinter ihm aufspritzen ließ. Schlingernd beschleunigte er auf die für ihn angenehmen fünfundzwanzig Meilen, gab aber weiter Gas.

»Der arme Kerl!«, rief Andrew und blickte dem nun

schon mindestens dreißig fahrenden Wagen hinterher. »Ich hoffe, er schafft es bis Carlow. Und jetzt schnell! Rein mit uns, bevor sie uns entdecken!«

Sie stiegen in Paddys Leihwagen und duckten sich. Keine Minute später sauste ein Auto vorbei. Andrew riskierte ein Auge.

»Sie haben den Köder geschluckt«, frohlockte er. »Sie folgen ihm. Jetzt aber los! Es ist Ihr Wagen – wollen Sie fahren?«

»Sie machen wohl Witze! Mir klappern noch immer die Zähne, und ich habe seit vierundzwanzig Stunden nichts mehr gegessen!«

Andrew setzte sich ans Steuer, und sie fuhren in entgegengesetzter Richtung davon.

»Sobald wir einigermaßen in Sicherheit sind«, sagte Andrew, »besorgen wir Ihnen etwas zu essen.«

»Noch viel nötiger scheinen mir ein Bad und ein Bett zu sein.«

»Das wird leider noch warten müssen. Übrigens – Ihre neue Frisur gefällt mir wirklich gut.«

»Danke«, sagte Paddy mit einem schiefen Lächeln.

Schweigend genossen sie einige Minuten lang ihre Erleichterung. Schließlich sagte Paddy leise:

»Danke, dass Sie gekommen sind. Ich hatte solche Angst!«

»Was hätte ich sonst tun sollen?«, gab Andrew zurück. Er streifte ihr immer noch angespanntes Gesicht mit einem Seitenblick. »Wissen Sie, wir englischen Edelleute pflegen immerzu schöne Damen aus misslichem Geschick zu erretten!« Er schmunzelte.

»Damen im Missgeschick! Dass ich nicht lache! Ich war eine komplette Idiotin! Wie konnte ich nur auf die Idee kommen, ganz allein und auf eigene Faust loszuziehen!«

»Wenn Sie das nicht getan hätten, wäre der Stein vielleicht nie gefunden worden.«

Weit hinter ihnen ertönte das Jaulen mehrerer Polizeisirenen.

»Das hört sich an, als ob Inspektor Shepley tatsächlich ziemlich schnell jemanden auf den Fall angesetzt hätte.«

»Eigentlich wissen wir immer noch nicht so recht, was da genau passiert ist, nicht wahr?«, meinte Paddy.

»Immerhin haben wir den Stein. Der Rest wird schon noch kommen.«

»Die Sache war mir eine Nummer zu groß und gefährlicher, als ich vermutet hatte.«

»Beim nächsten Mal machen wir keine Fehler mehr.«

»Wir?«, fragte Paddy.

»Ja, natürlich«, antwortete Andrew. »Ich stecke doch jetzt mit drin. Und wir werden der Geschichte auf den Grund gehen! Aber zunächst einmal müssen wir schnell weg aus Irland!«

• Zwölf •

Die Sonne war bereits untergegangen, aber der Himmel glühte noch in den herrlichsten Farben.

Andrew Trentham und Patricia Rawlings standen auf dem Oberdeck der gleichen Fähre, mit der Andrew vierzehn Stunden früher nach Nordirland gekommen war. Beide waren am Ende ihrer Kräfte, freuten sich aber darauf, bald endlich schottischen Boden unter den Füßen zu haben.

»Meine Güte, ist das schön«, schwärmte Paddy. »Vor allem nach einem solchen Tag.«

»Es gibt ein eigenes schottisches Wort für dieses Naturschauspiel. Sie nennen es ›Gloamin‹«, erklärte Andrew. »Es ist eine ganz besondere Tageszeit.«

»Wissen Sie was?«, sagte Paddy. »Ich bin tatsächlich noch nie in Schottland gewesen. Heute Abend ist für mich eine Premiere.«

Sie brach ab und sah Andrew mit vor Übermut blitzenden Augen an. Während der Rückfahrt hatte sie im Auto ein Nickerchen gemacht. Eine warme Mahlzeit hatte ein Übriges dazu beigetragen, dass sie sich jetzt erheblich besser fühlte.

»Und wo ich gerade daran denke«, fügte sie hinzu, »in gewisser Weise ist es Schottland zu verdanken, dass wir uns näher kennen gelernt haben.«

»Wieso?«, fragte Andrew.

»Ich habe versucht herauszufinden, warum Sie sich so für Schottland interessieren. Aber Sie sind mir ausgewichen.«

Andrew musste lachen.

»Wie wäre es denn jetzt, Mr. Trentham? Haben wir zwei nicht genug zusammen durchgemacht, dass Sie mir endlich Ihr Vertrauen schenken?«

»Wahrscheinlich haben Sie Recht. Die Gründe, warum ich es für mich behalten wollte, scheinen mir auf einmal nicht mehr wichtig. Ich wollte damit noch nicht an die Öffentlichkeit, ich wollte nichts Unausgegorenes über mich in der Zeitung lesen oder im Fernsehen damit überfallen werden. Aber mittlerweile ist es mir egal.«

»Ohne Ihr Einverständnis würde ich sowieso nichts veröffentlichen. Nicht nach dem, was Sie für mich getan haben.«

»Nett von Ihnen«, sagte Andrew. »Und wo wir gerade dabei sind: Wir haben wirklich eine Menge zusammen durchgemacht. Ich glaube, allmählich sollten wir uns duzen.«

»Es ist mir eine Ehre, Andrew.«

»Aber jetzt mal im Ernst: Wo hast du meine Telefonnummer her?«

»Ich hatte ja gesagt, dass ich mich später entschuldigen würde. Also: Es tut mir leid! Ehrlich gesagt allerdings nicht so leid, wie es vielleicht sollte. Dass ich dich anrufen konnte, hat mir vermutlich das Leben gerettet. Wie ich die Nummern bekommen habe, erzähle ich dir aber erst, wenn du mir dein schottisches Geheimnis enthüllst.«

»Eins zu null für dich«, lachte Andrew.

Sie hatten Stanraer fast erreicht. Schon wurden die Passagiere aufgefordert, zu ihren Wagen auf dem Autodeck zurückzukehren. Als die Fähre anlegte, saß Andrew wieder am Steuer.

Das feurige Abendrot war allgegenwärtig. Sie fuhren durch die Landschaft am Solway Firth, tief im Süden Schottlands, die man bei gutem Wetter von den Hügeln hinter Derwenthwaite aus sehen konnte. Andrew dachte daran, wie viele Fragen die Aussicht noch vor ein paar Monaten in ihm aufgeworfen hatte. Allmählich wurde es dunkel. Paddy und Andrew schwiegen zufrieden. Andrew fuhr nicht allzu schnell und sinnierte vor sich hin, wie sehr er sich doch in diesen letzten Monaten verändert hatte.

Ab und zu unterhielten sie sich leise. Andrew erzählte Paddy von seiner Familie, von Duncan und schließlich von seinem zunehmenden Interesse an seiner schottischen Herkunft.

»Früher habe ich nie darüber nachgedacht«, sagte er. »Und dann, ganz plötzlich, habe ich mit einem Mal alle Lektüre verschlungen, derer ich habhaft werden konnte. Ich musste unbedingt herausfinden, wer ich war, woher ich kam und welche Rolle Schottland in diesen beiden Fragen spielte. Es begann, nachdem ich ein paar der alten Geschichten noch einmal gelesen hatte, die Duncan mir als Kind immer erzählt hatte.«

»Was waren das für Geschichten?«, wollte Paddy wissen.

»Legenden über die ersten Siedler, über Menschen, die

das Land eroberten und sich untertan machten, und über die Heiligen, die den christlichen Glauben in Schottland verbreiteten.«

»Diesen Duncan würde ich gerne einmal kennen lernen.«

»Vielleicht ergibt sich das eines Tages sogar«, antwortete Andrew. »Zunächst war ich nur neugierig auf meine Herkunft. Aber dann übernahm Kaledonien die Macht. Die Geschichte des Landes ist einfach unglaublich faszinierend! Nie zuvor hatte ich so etwas gehört. Ich habe den Eindruck, seit mich der kaledonische Virus gepackt hat, lebe ich in einer völlig anderen Welt.«

»Deine Begeisterung wirkt ansteckend. Wer waren denn nun die ersten Siedler in diesem Land?«

Bevor Andrew sich versah, erzählte er Paddy eine verkürzte Version der Geschichte vom Wanderer. Gebannt lauschte sie seiner Erzählung.

»Du bist ein wunderbarer Geschichtenerzähler!«, rief sie, als er fertig war. »Ich war richtig aufgeregt, als das Mammut angriff! Ich glaube, ich habe noch nie erlebt, dass Historie so sehr nach ... ja, nach Abenteuer klang. Du hast sie zum Leben erweckt. Mir war, als wäre ich dabei gewesen.«

»Vielleicht liegt es daran, dass es für mich wirklich ein Abenteuer *ist*, und zwar ein großartiges.«

Nachdenklich schwieg er. »Aber es ist mehr als das«, fügte er schließlich noch hinzu. »Schottlands Vergangenheit ist so lebendig. Ich fühle mich ihr verbunden. Immer häufiger habe ich den Eindruck, die Menschen aus den alten Zeiten könnten uns etwas lehren. Sie scheinen alle so etwas wie eine Universallektion für die heutige Zeit bereitzuhalten. So wie Cruithne und Fidach, die uns beibringen, wie wichtig Einheit und Brüderlichkeit sind. Oder Foltlaig und Maelchon mit ihrem Vorbild für den Mut, um sein Land zu kämpfen.

»Crui … wie?«, hakte Paddy nach. Sie hatte Schwierigkeiten, den fremdartigen Namen auszusprechen. »Wer sind all diese Leute?«

Andrew lachte. Er ließ sich nicht lange bitten und erzählte Paddy die Geschichten, die er als Junge von Duncan gehört hatte. Die Stunden vergingen im Flug.

»Verstehst du jetzt, was ich meine?«, fragte er, nachdem er einige frühe Zeitalter wieder hatte aufleben lassen. »Mit uns geht es weiter. Es ist alles schon einmal da gewesen. Sogar das verrückte Abenteuer, das wir heute erlebt haben.«

»Ich glaube, ich fange an, zu verstehen«, sagte Paddy. »Ist es das, was du den kaledonischen Virus nennst?«

»Genau! Er überkommt dich einfach. Wie eine Grippe.«

»Ich fürchte, er hat mich auch schon erwischt! Können wir nicht einfach nach Norden abbiegen? Ich hätte jetzt nicht übel Lust, ganz Schottland kennen zu lernen.«

Andrew lachte.

»Woran liegt es, dass ausgerechnet die schottische Geschichte so verlockend ist?«, fragte Paddy interessiert. »Mir kommt es vor, als ob ich sie *spüre*. Ich fühle sie, während wir durch die dunklen Hügel brausen. Wo kommt dieser Zauber her?«

»Schottland selbst verzaubert dich. Kaledonien. Das Land. Seine Geschichte. Heidekraut, Torf, Schlachten, Clans, Tartans, Dudelsäcke. Die Leute. Die keltische Vergangenheit. Zu einem gewissen Teil wahrscheinlich auch die Sprache, die Musik, die Farben, die Kultur – einfach das Zusammenspiel all dieser Dinge.«

»Eben hast du auch das Christentum in Schottland erwähnt.«

»Hast du schon einmal vom heiligen Columba gehört?«

Paddy nickte.

»Er kam im sechsten Jahrhundert nach Iona. Ich war noch vor wenigen Tagen auf der Insel. Kaum zu fassen! Es kommt mir wie mindestens ein Monat vor. Aber die Geschichte ist überaus interessant.«

»Ich höre!«

Andrew erzählte ihr die Legende von Columba und Diorbhall-ita. Als er fertig war, hingen sie beide lange und schweigend ihren Gedanken nach.

»Bis jetzt hast du mir die Geschichte Schottlands − oder Kaledoniens, wie du es nennst − nur bis ungefähr zum Jahr 600 erzählt«, sagte Paddy nach einer geraumen Weile. »Es kommt mir vor, als ob wir gerade erst am Anfang wären.«

»Du hast völlig Recht. Da kommt noch einiges. Aber weißt du, ich habe selbst erst vor kurzem angefangen, mich dafür zu interessieren. Ich muss noch viel, viel mehr lesen.«

»Erzählst du mir die Geschichten dann wieder?«

»Ja, natürlich! Und warte nur, bis du von Glencoe hörst«, sagte Andrew. »Das ist eine der späteren Geschichten. Sie spielt im siebzehnten Jahrhundert. Duncan hat sie mir erst vor einigen Monaten erzählt. Sie ist sehr, sehr traurig.«

»Worum geht es?«

»Um Clans, um Treue und um Verrat. Darum, dass sich die Zeiten auch in den Highlands ändern. Und um ein junges Mädchen namens Ginevra und einen Highlander mit Namen Brochan.«

»Hört sich an wie eine Liebesgeschichte.«

»Ist es auch.«

»Hat sie wenigstens ein Happyend?«

»Ja und nein«, antwortete Andrew. »Sie endet glücklich, aber trotzdem traurig. Doch sogar traurige Geschichten aus Kaledonien verfügen über diesen Zauber.«

»Wieso sagst du das?«

»Nun, du selbst hast diesen Zauber vorhin bemerkt. Kaledonien ist einfach ein zauberhaftes Land.«

Mitternacht war längst vorüber, als sie Derwenthwaite erreichten. Von unterwegs hatte Andrew Franny angerufen und den Gast angekündigt. Eines der Gästezimmer wartete mit weichen Kissen, frisch bezogenem Bett und einem hübschen Blumenstrauß auf Paddy. Nach den Abenteuern, die Paddy an diesem Tag durchgestanden hatte, und dem duftenden, heißen Bad, das Franny ihr einließ, hätte die junge Frau wahrscheinlich auch auf dem Fußboden hervorragend geschlafen.

»Möchtest du vielleicht deinen Produzenten anrufen?«, fragte Andrew.

»Ich glaube kaum, dass Edward Pilkington sehr erfreut wäre, um diese Uhrzeit geweckt zu werden. Außerdem bin ich viel zu müde.«

»Dann schlaf gut!«

Paddy sah ihm ernst ins Gesicht. »Ich kann mich nur von ganzem Herzen dafür bedanken, was du getan hast. Danke für alles.«

»Keine Ursache. Du weißt ja – Damen in misslichen Geschicken und so!«

»Und vielen Dank für die Geschichten. Sie waren ein wunderbarer Abschluss für diesen Tag.«

»Es hat mir Spaß gemacht, sie zu erzählen. Für mich war es eine echte Hilfe, sie in einen Zusammenhang zu bringen.«

»Dann gute Nacht, Andrew!«

»Gute Nacht, Paddy.«

• Dreizehn •

Ein strahlend sonniger Sommertag dämmerte über Derwenthwaite herauf. Ausgeruht und erfrischt erwachten die
beiden Abenteurer.

Als Paddy aus dem Gästezimmer kam, wurde sie von
Franny freundlich begrüßt. Sie hörte Andrew telefonieren.

»Sind Sie schon bereit für ein leckeres, englisches Frühstück, junge Dame?«, fragte die Haushälterin fröhlich.

»Aber gern. Vielen Dank.«

»Mr. Andrew ist im Speisezimmer und wartet auf Sie.«

Sie ging voraus und zeigte Paddy den Weg. Andrew legte
gerade den Hörer auf, als sie eintraten.

»Guten Morgen!«, sagte er. »Gut geschlafen?«

»Wunderbar. Wie ein Baby«, antwortete Paddy.

»Ich habe gerade versucht, Inspektor Shepley zu erreichen. Er ist nicht da, wird aber wohl gleich zurückrufen.
Und du solltest deinen Produzenten anrufen.«

»Stimmt. Und vor allen Dingen sollte ich in London sein,
bevor Luddington Wind von der Steingeschichte bekommt.«

»Ruf doch eben schnell an. Ich gieße uns schon einmal
eine Tasse Tee ein.«

Kaum eine Minute später meldete sich Paddys Produzent
am anderen Ende der Leitung.

»Hallo, Mr. Pilkington«, sagte Paddy, »hier ist Patricia
Rawlings ...«

Eine kurze Pause folgte.

»Es spielt doch jetzt keine Rolle, von wo ich anrufe. Ich
wollte Ihnen nur sagen, dass ich heute Nachmittag, aller-
spätestens aber morgen früh in der Redaktion bin. Ich habe
eine wirklich *große* Story für Sie, Mr. Pilkington. Die Sache,
hinter der ich her war. Zumindest teilweise.«

Wieder sagte der Produzent etwas.

»Stimmt ... Nein, lieber nicht am Telefon. Aber so viel kann ich Ihnen verraten: Der Stein von Scone ist gefunden worden.

Selbst vom Tisch aus konnte Andrew noch Pilkingtons ungläubigen Aufschrei hören.

»Waas?«, tönte es aus dem Hörer.

»Ich bin sicher, es wird noch vor heute Abend in ganz London bekannt sein«, fuhr Paddy fort. »Aber, Mr. Pilkington – ich war dabei! Ich habe alles mit angesehen. Wenn Sie also nicht möchten, dass ich die Story anderswo herausbringe, sollten Sie auf mich warten und nicht etwa Kirk auf die Geschichte ansetzen.«

Paddy lächelte Andrew zu und zwinkerte.

Er nickte zurück, als wolle er sagen: »Gut gemacht!«

»In Ordnung. Danke Mr. Pilkington. Ja, und über die Spesen müssen wir auch noch reden. Wir sehen uns heute Nachmittag.

Paddy legte auf und prustete los. »Der arme Mann. Er wusste nicht mehr, was er sagen sollte!«

»Was sollte er schon sagen? Du sitzt doch eindeutig am längeren Hebel.«

Sie setzten sich an den reichlich mit Eiern, Würstchen, Tomaten, Pilzen, Toast und Tee gedeckten Frühstückstisch. Kaum hatten sie angefangen, da klingelte das Telefon. Andrew stand auf.

»Hallo, Inspektor«, sagte er, »sind Sie wieder in England?«
Andrew nickte.

»Ja, ich verstehe. Und was gibt es Neues vom Krönungsstein?«

Während Andrew interessiert zuhörte, beobachtete Paddy sein Gesicht. Andrew nickte, konzentrierte sich auf die Stimme des Inspektors und brach plötzlich in lautes Gelächter aus.

»Ach, das war nur ein Ire, den ich im O'Faolain's getroffen habe«, sagte er grinsend.

Wieder sagte der Inspektor etwas.

»... wer ich bin? Nein. Ich habe ihm meinen Namen nicht genannt ...«

Wieder lachte er.

»Ist gut. Wahrscheinlich haben Sie Recht ... Das wird eine ziemliche Überraschung für ihn sein! Danke, Inspektor. Bis dann!«

Er legte auf und kam grinsend an den Tisch zurück.

»Der Stein ist in Sicherheit«, erklärte er Paddy, während er sich über sein Frühstück hermachte. »Allerdings war niemand mehr auf dem Gelände. Jetzt haben sie erst einmal die Räume des Schlosses versiegelt und das Gelände umstellt. Inspektor Shepley sagt, die Zusammenarbeit mit der irischen Polizei klappt hervorragend. Morgen oder übermorgen kommt der Stein nach Edinburgh zurück.«

»Was war denn so lustig?«, wollte Paddy wissen.

Wieder musste Andrew lachen.

»Shepley fragte mich, was mein Auto dort zu suchen hatte. Die irische Polizei fand vier Meilen vor Carlow einen Wagen mit englischen Kennzeichen im Straßengraben. Als sie die Nummern überprüften, stellten sie natürlich fest, dass ich der Halter bin.«

Paddy lachte.

»Tja, und im Auto lag völlig unversehrt ein alter irischer Bauer und schlief seinen Rausch aus.«

Andrew prustete.

»Als sie ihn schließlich mit Mühe und Not geweckt hatten, war das Einzige, was er sagen konnte: ›Druiden ... dürfen das Jungchen nicht schnappen ... Druiden an der Nase rumführen ... kannst auf mich zählen.‹ Vermutlich hat er die Polizeiwache nicht gefunden.«

»Das ist ein schöner Ansatz für meine Story«, lachte Paddy.

»Und das Schönste ist: Kirk Luddington weiß bestimmt nichts davon!«

»Da gibt es allerdings ein kleines Problem. Unser Freund Mulroney mag Fernsehleute überhaupt nicht. Fast so wenig wie Druiden.«

»Dann musst du ihm eben erzählen, dass ich zu dir gehöre.«

»Mal schauen, was ich tun kann«, sagte Andrew schmunzelnd.

Später fuhren sie zusammen nach Carlisle. Paddy setzte Andrew am Krankenhaus ab, und sie verabschiedeten sich. Paddy fuhr weiter nach London, und Andrew ging ins Krankenzimmer zu seinem Vater und seiner bettlägerigen Mutter.

• Vierzehn •

Eine Woche später brachte Harland Trentham seine Frau heim nach Derwenthwaite. Sie konnte schon wieder laufen, war aber noch etwas wacklig auf den Beinen. Ihr linker Arm hing bewegungslos herab. Seit dem Schlaganfall hatte sie noch nicht wieder gesprochen. Ihre Ärzte wagten noch keine Prognose, ob die Behinderungen von Dauer sein würden. Allerdings hatten sie mit den Therapeuten bereits eine Reihe von Therapiemaßnahmen besprochen.

Die ganze Woche war Andrew nicht von ihrer Seite gewichen. Er hatte ihr jeden Wunsch von den Augen abgelesen, ihr Tee gebracht, ihr aus der Zeitung vorgelesen und ihr geholfen, sich so schnell wie möglich an ihr neues, drastisch verändertes Leben zu gewöhnen. Wenn er bei ihr war, schien sie immer entspannt zu sein. Wenn er das Zimmer einmal verließ, blickte sie sich unruhig suchend um und wartete.

Andrew war froh, etwas für sie tun zu können. Er wusste nicht, was diese sonst immer so starke Frau dabei fühlte, auf fremde Hilfe angewiesen zu sein. Aber sie schien sich mit ihrem Schicksal besser abzufinden, als ihre Umgebung erwartet hätte.

Am dritten Tag der zweiten Woche entdeckte der überraschte Andrew, dass seine Mutter morgens auf ihre neue Gehhilfe gestützt am Fenster stand und über den Park und den weiter entfernt liegenden See hinausblickte. Wie oft schon hatte er sie aus genau diesem Fenster hinausschauen sehen! Meistens auf ihn hinunter. Fast immer missbilligend. Doch dieses Mal sah sie nicht ihren Sohn an, sondern blickte in ihr Inneres. Das Fenster war zum Spiegel geworden.

»Ich habe dir Tee gebracht, Mutter«, sagte Andrew leise und betrat das Zimmer.

Sie regte sich nicht. Er fragte sich, ob sie ihn überhaupt gehört hatte.

Schließlich drehte sie sich um. Auf ihrem Gesicht lag ein merkwürdiger Ausdruck. Mit ihrer gesunden Hand zeigte sie auf den Teetisch. Andrew setzte das Tablett ab. Sie wies auf einen Stuhl neben dem Tischchen. Andrew verstand, dass er sich setzen sollte. Er gehorchte. Sie setzte sich ihm gegenüber auf ein Sofa.

Andrew wartete ab. Er hatte keine Vorstellung, was sie von ihm wollte.

Und dann begann sie zu sprechen. Die ersten Worte klangen noch ungeschickt und schlecht artikuliert. Andrew war so außer sich vor Freude, dass er mit einem Satz auf die Füße sprang. Er wollte so schnell wie möglich seinen Vater holen.

Doch seine Mutter bedeutete ihm, sitzen zu bleiben.

»... muss dir ... etwas sagen«, flüsterte sie.

Andrew lehnte sich in den Stuhl zurück. Das Gesicht seiner Mutter spiegelte ihre unendliche Mühe weider, Worte zu finden und zu formulieren.

»... ich weiß ... war nicht leicht für uns ... Lindsay ...«

Während sie sprach, fielen ihr die Worte zunehmend schneller ein. Nur ihre Aussprache blieb verwaschen.

»... Nach Schlaganfall ... ein paar Sekunden lang ... mein Leben wie ein Film ... war unfair zu dir ... viele Jahre ... immer verglichen ... hast Recht gehabt ... Ich wusste, es war etwas Schlimmes ... habe gebetet ... wollte es dir selbst sagen ... bin aber ohnmächtig geworden ...«

Sie wandte ihm ihr blasses, immer noch schönes Gesicht zu. Ihre Augen schwammen in Tränen.

»... und dann ... bin aufgewacht ... du warst da ... ich war glücklich ... sehr glücklich ... konnte nicht sprechen ... mein Mund hat nicht gehorcht ... dann hast du geredet ... ich habe alles gehörte ... und konnte nur weinen.«

Andrew fühlte, wie auch seine Augen feucht wurden.

Harland Trentham hatte auf dem Flur die Stimme seiner Frau gehört. Von Mutter und Sohn unbemerkt, war er hereingekommen und stand, ebenfalls mit den Tränen kämpfend, an der Tür.

»Ich bin stolz auf dich, Andrew«, fuhr Lady Trentham fort. Ihre Stimme wurde nun allmählich sicherer. »Jede Mutter wäre stolz auf dich. Nicht nur, weil du wirklich viel erreicht hast ... du bist ein guter Mensch geworden ... du hast Charakter. Dein Vater hat es immer gewusst ... er denkt viel an dich ... Ich wollte nicht zu oft daran denken, aus Angst, Lindsay zu vergessen. Ich glaube, ich habe mich selbst daran gehindert, stolz auf dich zu sein ... habe gedacht, es wäre Unrecht ihr gegenüber ... ich weiß auch nicht warum ... ich war vermutlich viele Jahre lang ziemlich verwirrt. Du bist deinem Vater und mir ein guter Sohn gewesen ... Es tut mir so leid, dass ich immer die Augen davor verschlossen und es dir nie gesagt habe ... In Wirklichkeit habe ich es vielleicht wohl gesehen, aber nicht wahrhaben wollen ... und ich habe es dir nie gesagt ... Verzeih mir, Andrew.«

Andrew stand auf, setzte sich neben sie auf das Sofa und nahm sie fest in die Arme.

»Aber sicher verzeihe ich dir, Mama«, sagte er leise. »Ich hatte dir schon längst verziehen.«

»Danke, mein Sohn«, flüsterte sie. »Ich liebe dich, Andrew.«

»Ich liebe dich, Mama.«

An der Tür, die er leise von außen geschlossen hatte, stand der, der sie beide liebte, und schluckte seine Tränen hinunter.

• Fünfzehn •

Am folgenden Nachmittag saß Andrew in seinem Lieblingssessel in der Bibliothek. Sein Vater war irgendwo oben, und seine Mutter schlief ruhig in ihrem Zimmer. Zum ersten Mal seit Jahren atmete das Haus tiefen, inneren Frieden. Endlich waren sie alle drei in der Lage, sich offen und ehrlich miteinander zu unterhalten und weder ihren gegenseitigen Respekt noch ihre Liebe zueinander zu verbergen.

Auf Andrews Knien lag eins der dicken Bücher von Duncan, in dem er gerade mit Interesse gelesen hatte. Es war eine Geschichte, die er sich genau für den richtigen Moment aufgespart hatte. Natürlich hatte der alte Duncan sie ihm als kleinem Jungen schon einmal erzählt, aber selbst gelesen hatte er sie noch nie. Und so schmökerte er selbstvergessen in dem abgenutzten, geliebten Buch.

Plötzlich hörte er ein Geräusch. Er blickte auf. Sein Vater betrat die Bibliothek.

»Weißt du was, mein Sohn«, sagte Harland Trentham, »seitdem du mich damals nach unserem Stammbaum und den alten Portraits gefragt hast, ist mir der alte Highlander da oben auf der Galerie nicht mehr aus dem Sinn gegangen. Gerade bin ich noch einmal oben gewesen. Ich verstehe jetzt, warum dich seine Augen fasziniert haben, denn ehrlich gesagt, bei mir wirken sie genauso. Immer, wenn ich jetzt oben auf der Galerie bin, habe ich das Gefühl, er blickt auf mich hinab. Und wenn ich ihm selbst in die Augen schaue, dann überkommt mich eine Art Schauer, etwas Geheimnisvolles. Erklären kann ich es nicht. Verstehst du, was ich meine, Andrew?«

»Ich denke schon, Vater«, lächelte Andrew.

»Und als ich darüber nachdachte, fiel mir ein, dass man mir als Kind von einem schottischen Zweig der Familie erzählt hat. Wahrscheinlich hat es damit zu tun, dass uns das Bild so anrührt.«

»Ich habe hier ein altes Buch, das du vielleicht lesen solltest. Duncan hat es mir geliehen.«

»Was du nicht sagst! Ich würde es gerne einmal sehen!«

»Hier«, sagte Andrew und reichte seinem Vater das Buch.

»Jetzt nicht«, meinte Mr. Trentham. »Im Augenblick ist mir nicht nach Lesen. Ich sehe es mir heute Abend an. Wovon handelt es?«

»Erzählungen von Männern und Frauen, die früher gelebt haben«, antwortete Andrew und lehnte sich wieder in seinen Sessel. »Duncan hat mir als Kind die Geschichten erzählt und mich in das Buch schauen lassen.«

»Haben sie etwas mit dem Herrn da oben in der Galerie zu tun?«

»Ich weiß es nicht. Ich habe aber auch noch nicht alle Geschichten gelesen.«

»Hmm – trotzdem frage ich mich, wer der alte Highlander wohl sein könnte.«

»Keine Ahnung, Vater. Aber ich werde es herausfinden. Ich habe den Eindruck, wir sind da einem Geheimnis unseres Stammbaums auf der Spur.«

»Sag mir bitte Bescheid, wenn du irgendetwas herausbekommst, mein Junge.«

»Bestimmt, Vater. Ich bin fest entschlossen herauszubekommen, was der alte Highlander in seinem Kilt da oben mit uns zu tun hat.«

»Du machst mich wirklich neugierig. Aber jetzt muss ich nach den Pferden sehen! Was hältst du davon, wenn wir beide morgen früh Herta und Kelpie satteln, und − vorausgesetzt natürlich, deiner Mutter geht es gut − zusammen auf eine Stippvisite beim alten Duncan vorbeischauen?«

Andrew nickte.

»Gute Idee, Vater. Das macht bestimmt Spaß!«

Harland Trentham verließ die Bibliothek. Ein paar Sekunden später hörte Andrew die Eingangstür ins Schloss fallen.

Er hatte einen ganzen, herrlich langen Nachmittag vor sich. Auf dem Tisch neben ihm standen eine Kanne mit heißem Tee und eine Schale frisch gebackener Haferplätzchen.

Zufrieden schlug Andrew das alte Buch auf und blätterte bis zu der Stelle, wo ein ledernes Lesezeichen die Seiten teilte. Nach einem köstlichen Schluck heißen Tees begann er zu lesen.

»*Es war ein wildes Gebirgstal. Ein Flüsschen, das den Hang hinabtobte, hatte ihm seinen Namen gegeben …*«

Zwei Stunden später saß Andrew Trentham noch immer in seinem Lieblingssessel. Längst war die Teekanne leer, und auch von den Plätzchen kündeten nur noch ein paar Krümel auf seinem Hemd. Doch Andrews Geist war viele Meilen und Jahrhunderte weit entfernt …

Nachdem sie sich mühsam durch den Schnee gequält und in der Höhle in Sicherheit gebracht hatten, zog Ginevra Brochan eilig die durchweichten Stiefel aus und rieb seine kalten Füße heftig zwischen ihren Händen. Dann wickelte sie ihn in die trockene Wolldecke mit dem Tartan ihres eigenen Clans, die der Sohn des neuen Chiefs von Glencoe für sie zurückgelassen hatte. Sie würden hier bleiben. Ginevra wollte ihr Möglichstes tun, den Mann, den sie liebte, gesund zu pflegen.

Major Duncanson kam erst gegen sieben Uhr im Tal an. Die Teufelstreppe erwies sich als im Schneesturm unpassierbar, sodass Oberstleutnant Hamilton erst um elf Uhr eintraf.

Zu diesem Zeitpunkt war das Gemetzel schon fast vorüber.

Den beiden Regimentern blieb nichts anderes mehr zu tun, als das restliche Vieh zusammenzutreiben, nachzuschauen, ob es noch etwas zu stehlen gäbe, und schließlich die verbleibenden Häuser anzuzünden. Etwas halbherzig versuchten sie anschließend noch, den Spuren der Überlebenden in die Berge zu folgen, doch der Erfolg ließ zu wünschen übrig. Im Dorf selbst fanden sie knapp vierzig Leichen. Sie waren bereits gefroren, und sie ließen sie einfach liegen.

Sowohl Duncanson als auch Hamilton bekamen einen Wutanfall, als sie hörten, dass beide MacIain-Söhne entkommen waren. Ihr Zorn richtete sich gegen Campbell of Glenlyon, der seine Befehle nicht ordnungsgemäß ausgeführt hatte. Weniger als ein Zehntel der Dorfbevölkerung war tot.

Nur achtunddreißig Menschen waren erschossen, erstochen oder erdolcht worden. Die weitaus meisten hatten in die Berge fliehen können. Von den Überlebenden allerdings waren viele dem eisigen Sturm zum Opfer gefallen, dem sie, oft nur halb bekleidet und ohne Proviant, nichts entgegenzusetzen gehabt hatten.

Die einzelnen Gruppen von Flüchtlingen trafen nach einiger Zeit in den Tälern von Appin zusammen. Ruadh Og sah seinen Vater wieder und erzählte ihm, was geschehen war; er erzählte auch, wem er sein Leben verdankte. Der Clan Maclain ließ sich in Appin nieder und erholte sich erst im Lauf vieler Jahre von der verheerenden Mordnacht in einem Tal namens Coe.

Kein einziger Angehöriger des Clans kehrte jemals nach Glencoe zurück. Das Blut der Maclains hatte den Boden getränkt und aus Glencoe für alle Zeiten einen Hort furchtbarer Erinnerungen an Völkermord und unerfüllte Freiheitswünsche werden lassen.

Nachdem sie ihren Patienten so bequem wie möglich untergebracht hatte, kehrte Ginevra am folgenden Tag in ihr Tal zurück. Dankbar stellte sie fest, dass irgendwer ihre Mutter und ihren kleinen Bruder zusammen mit den anderen Toten beerdigt hatte.

In einem Cottage in Achtriachtan entdeckte Ginevra die verkohlte Harfe des Barden Ranald of the Shield. Die meisten Saiten waren gerissen und der Klangkörper fast völlig schwarz. Aber das Eichen- und Weidenholz war nicht gesprungen, und auch die Form schien noch zu stimmen. Sie nahm die Harfe mit in ihr Versteck, und während der langen, kalten Winternächte saß sie neben Brochan und sang ihm, so gut es eben ging, Lieder zur Harfe vor.

Keiner von beiden wurde je wieder bei den Clans im Tal gesehen.

Viele Jahre später entdeckte man am Abhang des Aonach Mor ein kleines Cottage aus Stein, von dem niemand in der Gegend etwas gewusst hatte. Es war offenbar schon lange nicht mehr benutzt worden.

Das einzig interessante Fundstück in diesem Häuschen war eine alte, abgenutzte Wolldecke mit einem Tartan-Muster. Man brachte sie in ein Dorf in Appin, wo ein gewisser Ruadh Og lebte. Er war der Bruder des Chiefs, dem der kleine Clan unterstand.

Als er die Decke sah, lächelte Ruadh. Natürlich wusste er, dass dieses Muster nur von der Familie des Chiefs benutzt wurde und dass die Decke vor langer Zeit einmal ihm gehört hatte.

Noch viele Jahre lang konnte man in den Bergen bei windigem Wetter ein sanftes Singen hören. Es waren leise, traurige

Töne, wie von einer Windharfe, die um die Toten von Glencoe weinte.

Es gab Stimmen, die behaupteten, dass ein unsichtbarer Finger die Melodie des Liedes zupfte, das der Barde einst für das stumme Mädchen von Glencoe gesungen hatte.

Wer bist du, mein Kind? Wer wird aus dir schlau?
Sag uns, was du denkst. Sag uns, was du weißt.
Wir sehen deine Augen, so herrlich tief und blau.
Sag uns, was du denkst. Sag uns, was du weißt.
Augen wie Himmel. Leeres, weites Azur.
Sprich mit uns, wenn du kannst ...
Wer bist du, mein Mädchen, und wo willst du hin?
Sprich mit uns, wenn du kannst ...

Epilog

Sechs Monate später...

Hier meldet sich Patricia Rawlings live vom Westminster Palace ...«

Die wenig bekannte amerikanische Journalistin hatte endlich den Knüller gelandet, der sie in den Augen ihrer Arbeitgeber befähigte, live vor laufender Kamera zu berichten. Ein kalter, winterlicher Nieselregen prickelte auf ihrem Gesicht, aber innerlich glühte sie vor Begeisterung, als sie in die Kamera blickte und ihren Bericht begann.

Es war die meistdiskutierte Nachricht, seit Luddington die Meldung von der Abdankung der Königin an die Öffentlichkeit gebracht hatte. Pilkington hatte keine andere Wahl gehabt, angesichts der Tatsache, dass Rawlings selbst eine wichtige Rolle bei der Lösung der beiden ineinander verhakten Fälle gespielt hatte.

Plötzlich war aus der jungen Frau, die nur wenige Monate zuvor genau an dieser Stelle vor ihrer versammelten Kollegenschar mitten ins Fettnäpfchen getreten war, zumindest für eine gewisse Zeit die berühmteste Reporterin Londons geworden. Ihre waghalsige Verfolgungsjagd, sowohl was den Verbleib des Steins von Scone als auch den damit zusammenhängenden Mordfall betraf, hatte sie, wenn nicht zur Heldin, so doch zumindest zur Berühmtheit gemacht. Hätte ihr Produzent bei der BBC ihr nicht die gewünschte Sendezeit zur Verfügung gestellt, hätte sie ohne Probleme die freie Auswahl unter vielen attraktiven Angeboten gehabt.

Vor allen Dingen war Rawlings amerikanischer Akzent

wenigstens dieses Mal kein Hemmschuh, sondern eine echte Trumpfkarte.

Nun stand Paddy vor dem Westminster Palace. Ihr Herz klopfte bis zum Hals in ihrem stetigen Bemühen, nicht allzu amerikanisch zu klingen. Äußerlich jedoch war sie die Ruhe selbst, während sie konzentriert in die Kamera blickte und ihren Zuschauern die Zusammenhänge erklärte.

»Nach tagelangen Beratungen einiger Parteivorstände«, fuhr sie fort, »an denen auch der Vorsitzende der Liberaldemokraten, Andrew Trentham, teilnahm und die unter Ausschluss der Öffentlichkeit stattfanden ...«

Während sie sprach, konnte Paddy sich einen kurzen Seitenblick auf Andrew nicht verkneifen.

»... wurde gestern am späten Nachmittag endlich die Nachrichtensperre über den Tod des Unterhausabgeordneten Eagon Hamilton aufgehoben. Wie schon zuvor vermutet, stand der Mord in direktem Zusammenhang mit dem Raub des Krönungssteines, der im Frühsommer im Keltischen Druidenzentrum von Carlow wiedergefunden und mittlerweile ins Schloss von Edinburgh zurückgebracht wurde.«

Paddy atmete durch. Jetzt fühlte sie sich in ihrem Element.

»Das gesamte Land«, fuhr sie fort, »und mit ihm die ganze Welt wartet nun darauf, wie sich nach dieser Aktion, an der Mr. Trentham maßgeblich beteiligt war, die Debatte um die Zukunft Schottlands gestalten wird. Bis zur Stunde hüllt sich Trenthams Büro in Schweigen, doch gut informierte Quellen wollen wissen, dass er in den nächsten Tagen eine Erklärung abgeben wird.«

Wieder schweifte ihr Blick in Andrews Richtung ab. Der Hauch eines Lächelns zeichnete sich auf ihren Lippen ab, weil es ihr gelungen war, diesen versteckten Hinweis auf ihre eigene Person in ihren Bericht einzuflechten. Auch Andrew lächelte. Als die Kameras bei Paddys Ankündigung vom Gesicht der Journalistin auf den Abgeordneten schwenkten, gluckste er still in sich hinein.

Paddy fuhr in ihrem Bericht fort.

»Sobald es diesbezüglich nähere Informationen gibt, werden wir selbstverständlich darüber berichten. Einer Verlautbarung des Pressesprechers Jack Hensley von Scotland Yard zufolge, wurden in der Mordsache bisher drei Personen verhaftet, allerdings verfolgt die Polizei noch weitere Spuren. Innerhalb der nächsten achtundvierzig Stunden wird Scotland Yard einen vollständigen Bericht veröffentlichen, sagte Hensley weiter. Im Unterhaus, das durch die Verwicklung von Abgeordneten aus den eigenen Reihen in die Vorfälle schwer betroffen ist, bereitet man sich derzeit auf eine Debatte vor, die sich als Meilenstein in der Geschichte des Landes herausstellen könnte ...«

Dokument

Der englische Stammbaum
von Andrew Gordon Trentham

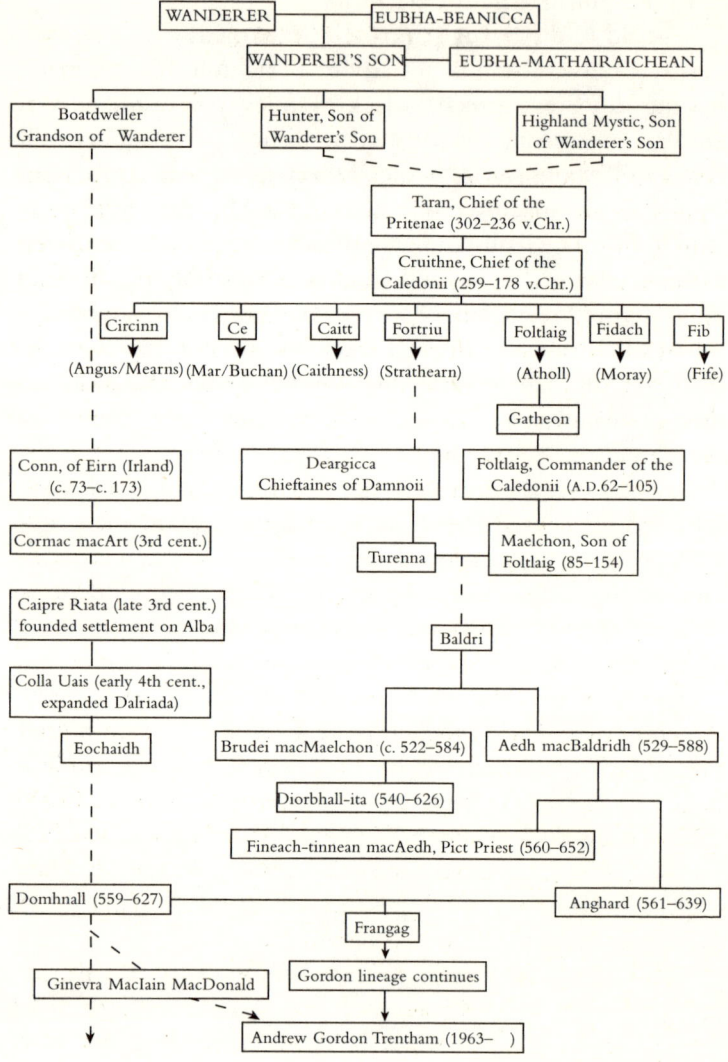

WANDERER — EUBHA-BEANICCA

WANDERER'S SON — EUBHA-MATHAIRAICHEAN

Boatdweller, Grandson of Wanderer

Hunter, Son of Wanderer's Son

Highland Mystic, Son of Wanderer's Son

Taran, Chief of the Pritenae (302–236 v.Chr.)

Cruithne, Chief of the Caledonii (259–178 v.Chr.)

Circinn (Angus/Mearns)
Ce (Mar/Buchan)
Caitt (Caithness)
Fortriu (Strathearn)
Foltlaig (Atholl)
Fidach (Moray)
Fib (Fife)

Gatheon

Conn, of Eirn (Irland) (c. 73–c. 173)

Deargicca, Chieftaines of Damnoii

Foltlaig, Commander of the Caledonii (A.D.62–105)

Cormac macArt (3rd cent.)

Turenna

Maelchon, Son of Foltlaig (85–154)

Caipre Riata (late 3rd cent.) founded settlement on Alba

Baldri

Colla Uais (early 4th cent., expanded Dalriada)

Eochaidh

Brudei macMaelchon (c. 522–584)

Aedh macBaldridh (529–588)

Diorbhall-ita (540–626)

Fineach-tinnean macAedh, Pict Priest (560–652)

Domhnall (559–627)

Anghard (561–639)

Ginevra MacIain MacDonald

Frangag

Gordon lineage continues

Andrew Gordon Trentham (1963–)

Danksagung

Kein Autor kann über geschichtliche Ereignisse berichten, ohne sich auf eine ganze Reihe anderer, hauptsächlich natürlich historischer – Schriftsteller zu berufen. Aus deren Werken sammelt er eine Vielzahl von Perspektiven, die alle einen bestimmten Einfluss auf sein eigenes Buch ausüben.

Natürlich ist mein Buch nicht allein meiner Fantasie entsprungen, und ich möchte auf keinen Fall versäumen, Ihnen auch die Autoren zur Kenntnis zu bringen, deren Werke für mich eine große Hilfe bedeutet haben.

Das Manuskript zum vorliegenden Werk habe ich Freunden und Wissenschaftlern zu lesen gegeben, die sich wesentlich besser als ich selbst in den historischen Zeitaltern auskennen, in denen die Geschichte spielt. Nach meinem Dafürhalten sind historische Ungenauigkeiten weitestgehend ausgeschaltet. Meine Anforderung an die Geschichtstreue sind sehr hoch; daher habe ich keine Mühe gescheut, auch kleine Details so genau wie möglich zu recherchieren, wann immer das möglich war. Doch ich bin nicht nur Historiker, sondern auch Geschichtenerzähler. Als solcher habe ich einen natürlichen Hang zu interessanten Themen ebenso wie zu allen Fragen, bei deren Beantwortung ich meine Fantasie zu Hilfe nehmen musste, weil sie durch die vorliegenden Fakten nicht unbedingt beantwortet werden konnten.

Ein Romanautor bietet aufgrund seines Status' als Erzähler den Lesern zwangsläufig eine bereits interpretierte Sicht der Dinge. Es ist nicht von der Hand zu weisen, dass es in einem Roman daher auch Passagen gibt, die nicht unbedingt die Zustimmung aller Historiker finden. Wenn mir daher im Laufe der Erzählung der eine oder andere wissenschaftliche Irrtum unterlaufen sein sollte, so bitte ich bereits im Vorfeld den historisch vorgebildeten Leser, diesen als dem Fortlauf des Romans dienlich zu entschuldigen.

Ganz besonders geholfen haben mir: Bill und Eve Murison (Schottischer Dialekt, Geografie), Donnie Macdonald (Gälisch), Helen Macpherson (hat das Feuer geschürt), Archie Duncan (Geschichte), Joan Grytness (Kartenmaterial), Nigel Halliday (alle irischen Fragen und eine angenehme Begleitung nach Iona, Glencoe und Edinburgh), Arthur Eedle (Britische Politik und Namen), Rick Christian (für die Unterstützung meiner Träume, was aus *Caledonia* einst werden könnte), Stephen und Hillary Anderson (für eine Oase der Gastfreundschaft samt einem Tag in London aus dem Stegreif und für das Korrekturlesen), Judith Pella (für zündende Ideen), sowie Mary Hutchinson, Anne Buchanan und Helen Motter (verlegerische Beratung).

Ein besonderer Dank gilt meinem verstorbenen Vater Denver Phillips, dessen handschriftliche Anmerkungen auf früheren Manuskripten mich immer an seine maßgebliche Beteiligung an der Entwicklung von *Caledonia* erinnern werden. Auch meiner Mutter Eloise Phillips möchte ich für das Korrekturlesen einer früheren Fassung danken, ebenso meinen Söhnen Patrick, Robin und Gregory und natürlich meiner Frau Judy, die mich zehn Jahre lang tatkräftig unterstützt hat, während die Vision von *Caledonia* allmählich Form annahm und schließlich Realität wurde.

Ebenfalls erwähnen möchte ich Gary und Carol Johnson, Jeanne Mikkelson, David Horton, Julie Klassen und viele andere Mitarbeiter des Verlags Bethany House Publishers, die fast genauso begeistert von diesem Projekt waren wie ich selbst und die mir mit Rat und Tat zehn Jahre lang bei-

gestanden haben. Hunderttausende Leser von George Mac-
Donald fühlen sich Bethany zu größtem Dank verpflichtet,
denn der Verlag hat sein Bestes getan, die Werke des berühmten schottischen Autors des letzten Jahrhunderts nicht
in Vergessenheit geraten zu lassen. Nun fügt Bethany seinem
wachsenden Programm von Büchern über Schottland das
Epos *Caledonia* hinzu. Ich bin sicher, dass Leser mit Interesse
für Schottland weltweit dieses Bemühen zu schätzen wissen.

Nicht zuletzt aber möchte ich an dieser Stelle eines Mannes gedenken, dessen Literatur mich tiefgreifend beeinflusst
hat und dessen Name jedem geläufig ist, der eines meiner
Werke gelesen hat: James A. Michener, der große, im Jahr
1997 verstorbene amerikanische Autor und Historiker.
Wenn George MacDonald mich geistig beeinflusst hat, dann
war es James Micheners Verdienst, das Gleiche für mich in
geschichtlicher Hinsicht zu tun. Beide Autoren dienten und
dienen mir als literarische Vorbilder. Was auch immer ich
schreibe, es ist ihr Stil und ihr Ausdruck, dem ich nacheifere.

Ich habe Herrn Michener mein halbes Leben lang verehrt.
In seinen Büchern erweist er sich als wahrer Meister der
schwierigen Aufgabe, durch feinfühlige Ausgewogenheit his-
torisch-wissenschaftliche Tatsachen in einen spannenden Roman zu verwandeln. Er hat es geschafft, eine breite Leserschaft
mit einer ihm eigenen Kunstform lehrreich zu unterhalten,
indem er Wahres und Erfundenes geschickt ineinander ver-
woben und damit einen bunten Bilderbogen der verschiedensten Epochen entworfen hat. Ich fühle mich ihm zutiefst
verpflichtet und danke ihm posthum für seinen Beitrag zu
meinem Werk.

Aufgrund dieser Tatsache und stellvertretend für sein Mil-
lionenpublikum auf der ganzen Welt möchte ich seiner
nicht nur in diesen kurzen Worten gedenken, sondern habe
ihm den vorliegenden Band gewidmet.